Die Autorin

Ute Jäckle lebt mit ihrer Familie in einer ländlichen Gegend Baden-Württembergs. Bei ausgedehnten Spaziergängen mit ihrem Hund kommen ihr oft die besten neuen Romanideen. Vor wenigen Jahren noch hat sie BWL in Nürnberg studiert und das Studentenleben in vollen Zügen genossen. Ein vierjähriger Aufenthalt in den USA brachte ihr den American Way of Life näher und noch heute gehört ihre große Liebe den Vereinigten Staaten. Durch Zufall kam sie zum Schreiben und kann nun nicht mehr davon lassen. Mit viel Hingabe verfasst sie Liebesromane in allen Variationen und taucht dabei völlig in die Welt ihrer Protagonisten ab.

UTE JÄCKLE

Süß wie Cherry Cola

New Adult Romance

ROMANCE EDITION

Süß wie Cherry Cola

UTE JÄCKLE

8712 Niklasdorf, Austria

1. Auflage

Covergestaltung: © Sturmmöwen
Titelabbildung: © Wisky, © Gulnara Khadeeva
Korrektorat & Lektorat: Melanie Reichert

Printed in Germany

ISBN-Taschenbuch: 978-3-903130-50-0
ISBN-EPUB: 978-3-903130-51-7

www.romance-edition.com

1. Kapitel

»Ganz schön voll hier.« Meine Mitbewohnerin Pia sah sich nach allen Seiten um. Überall auf der Liegewiese verstreut lagen oder saßen Leute auf ihren Handtüchern, die sich unterhielten, lasen oder einfach nur chillten. Kaum ein Plätzchen war mehr frei, schon gar nichts im Schatten. Ich aalte mich gern in der Sonne, aber Pias helle Haut nahm sehr schnell die Farbe eines gekochten Hummers an, sodass wir uns nicht irgendwo mitten hineinlegen konnten. Auch Luca und Ben suchten das Gelände mit Blicken ab.

Luca deutete mit ihrer zusammengerollten Badematte zu ein paar vereinzelten Büschen am Rand, die etwas Schatten spendeten. »Vielleicht können wir uns da noch irgendwo hinquetschen. Oder möchtest du lieber woanders liegen, Pia?«

»Hm, lauern im Gebüsch nicht diese fiesen Zecken?« Pia schob nachdenklich ihre Nase zur Seite, auf der ein paar vereinzelte Sommersprossen prangten, während mir die Sonne schon fast das Gehirn weichkochte.

»Pia muss sich ja nicht reinlegen«, kam es leicht genervt von Lucas Freund Ben, einem der attraktivsten Männer, die ich je in meinem Leben erblicken durfte. Manche Frauen hatten einfach Glück. Die beiden passten so gut zusammen, dass es mich ein Stückweit an Schicksal glauben ließ oder eine göttliche Fügung des Himmels, die mich bisher leider noch nicht ereilt hatte.

»Wir hätten einen Sonnenschirm mitnehmen sollen«, warf ich nachdenklich ein.

»Haben wir aber nicht.« Pia zog ihren dunkelblonden Pferdeschwanz fest.

»Wir finden schon einen Platz.« Ben marschierte mit großen Schritten voran. Er bekam immer recht schnell die Krise, wenn wir Mädels uns nicht rasch genug für etwas entscheiden konnten. Aber manche Dinge mussten eben ausdiskutiert werden.

Seufzend folgten wir ihm. Was blieb uns auch anderes übrig? Ich wollte mich endlich auf mein Handtuch legen und entspannen. Heute war mein erster freier Tag seit über einer Woche. Obwohl ich nichts auf der Welt lieber tat, als Medizin zu studieren, schlauchte mich das Pflegepraktikum gerade ein wenig, das ein Pflichtteil meines Grundstudiums war. Vor allem die ständig wechselnden Dienstzeiten hatten es in sich. Bei herrlichen dreißig Grad und strahlendem Sonnenschein mit meinen Freunden ein Weilchen am See abzuhängen und meine Bräune aufzufrischen, war der pure Luxus.

»Na, sieh mal einer an«, hörte ich eine dunkle Stimme von irgendwoher neben mir. »Wenn das nicht die notorisch schlecht gelaunte Aida ist.«

Als mein Name fiel, sah ich mich suchend um und in der Tat war meine gute Stimmung schlagartig hinüber. Das durfte doch nicht wahr sein. Ausgerechnet dieser ätzende Typ. Was machte der denn hier? Nick lag ein Stückweit entfernt seitlich auf seinem Handtuch und winkte mir grinsend. Zwei Typen leisteten ihm Gesellschaft, die mich interessiert begutachteten. Jeder von ihnen hielt eine Bierflasche in der Hand.

»Schlecht gelaunt bin ich nur in deiner Nähe«, konterte ich innerlich kochend. Der Kerl war mein Kommilitone – und besaß die Fähigkeit, mich binnen Sekunden in Rage zu versetzen.

»Was machst du bei diesem Wahnsinnswetter eigentlich draußen?«, fragte Nick. »Chillen permanent übellaunige Gestalten wie du nicht lieber in dunklen Gewölbekellern oder auf irgendwelchen Friedhöfen?«

»Auf dem Friedhof werde ich erst chillen, wenn ich auf deinem Grab tanze.«

Seine bescheuerten Kumpels brachen in Gelächter aus und sogar er stimmte mit ein. Hach, wie lustig die drei das fanden.

Seit dem ersten Semester trug ich meine ganz persönliche Fehde mit Nick Brockmann aus. Dabei war es mir egal, dass neunundneunzig Prozent meiner Kommilitoninnen ihn für einen absoluten Traumprinzen hielten. Eigentlich war ich so ziemlich die Einzige, die sich nicht von seinem perfekten Aussehen einlullen ließ. Er war ein dermaßen übler Egoist, dass mir schon fast schlecht wurde. Im ersten Semester hatte er sich aus einer von uns Neulingen gegründeten Lerngruppe schon nach dem ersten Treffen wieder verabschiedet, weil wir ihm lerntechnisch zu langsam gewesen wären. Die gemeinsam erarbeiteten Lösungen zum Begleitskript hatte er aber dann doch haben wollen und Marga aus unserer Gruppe bezirzt, sie ihm zu kopieren. Im zweiten Semester hatte er vor allen Leuten in der Mensa herausposaunt, mein frisch gestochenes Tattoo im Dekolleté – ein chinesisches Schriftzeichen – würde übersetzt *Ente süßsauer* bedeuten. Das war schlichtweg gelogen, wie er sehr wohl gewusst hatte. Aber die grölende Menge um uns herum hatte die Wahrheit natürlich nicht mehr interessiert. Im dritten Semester hatte ich das große Pech, ihm als Labortpartnerin zugeteilt worden zu sein. Ich hatte mich von ihm als *sterbenslangweilige Labormaus* titulieren lassen müssen, weil ich keine Lust darauf gehabt hatte, mit ihm Körperflüssigkeiten auszutauschen, damit wir sie hinterher unter dem Mikroskop untersuchen konnten. Ja, klar. Im Dienste der Wissenschaft verstand sich selbstredend. Im vierten Semester hatte er mir das Thema einer Facharbeit vor der Nase weggeschnappt, auf die ich mich schon wochenlang vorbereitet hatte. Einfach nur, weil er der Professorin erzählt hatte, er würde das gern machen. Angeblich hatte er von meinen Ambitionen diesbezüglich nichts geahnt. Er vielleicht nicht, aber die bestimmt schon in den Wechseljahren steckende Professorin hatte davon gewusst und ihn gnadenlos vorgezogen. Und ich wollte nicht wissen, was er ihr im Gegenzug für diesen dreckigen Deal geboten hatte. Im fünften Semester hatte er mich gefragt, ob ich zugenommen hätte, weil mein Rock hinten angeblich gerissen wäre. Es war ein Schlitz im Stoff gewesen, da war nichts gerissen gewesen. Der Fiesling hatte mir lediglich mitteilen wollen, dass er mich für fett hielt. Da war ich mir zu hundert Prozent sicher. Die Krönung allerdings war im aktuellen Semester gekommen. Dieser Mistkerl war doch tatsächlich derselben Station für das Pflegepraktikum zugeteilt worden wie ich, sodass wir uns nun zwei Monate lang, ohne jegliche Ausweichmöglichkeit, auf demselben engen Raum aufhielten. Und jetzt verfolgte der Arsch mich sogar in meiner Freizeit.

»Jetzt werd mal nicht gleich sauer, Muffelchen«, sagte er betont milde.

»Nenn mich nicht immer Muffelchen«, knurrte ich. Dieses Wort war seine Lieblingsbeleidigung für mich, weil er mich für eine notorisch mürrische Person hielt, wie er mir mal erklärt hatte. Dabei galt meine Antipathie ausschließlich ihm! Aber diesen kleinen Unterschied wollte Nick natürlich nicht wahrhaben.

»Was hast du eigentlich gegen mich?« Er war sich allen Ernstes keiner Schuld bewusst. Nicht einer einzigen. Einfach unglaublich.

»Du bist ein aufgeblasener Wicht, der sich für den Mittelpunkt des Universums hält?«, half ich ihm auf die Sprünge, ließ es aber wie eine Frage klingen. Sollte er ruhig ein wenig darüber nachdenken. Nick wusste genau, was ich von ihm hielt. Und die miese Nummer mit der Facharbeit würde ich ihm sowieso niemals verzeihen. Dank ihm hatte ich mir kurzfristig ein anderes Thema suchen müssen, für das ich am Ende eine zwei als Note kassiert hatte, die meinen Einser-Schnitt kaputt machte.

Mit einer Hand strich er sich die hellbraunen Haare zurück, die ihm sofort wieder in die Stirn fielen. Er war so ein gottverdammter Poser.

Drei blonde Bikini-Schönheiten schlenderten mit wackelnden Hüften an uns vorbei und lächelten die Kerle an. Sofort verlor Nick das Interesse an mir und grinste breit zurück. Das war so typisch für ihn. Zum wiederholten Mal fragte ich mich, wie ein Mensch so oberflächlich sein konnte und mit genau dieser Masche mehr Frauen anzog als Channing Tatum. Nick sonnte sich in der Aufmerksamkeit der gertenschlanken Grazien. Höchste Zeit für mich, das Feld zu räumen. Ich sah mich um. Huch, meine Freunde standen nicht mehr neben mir. Schließlich entdeckte ich sie in der Nähe der Büsche liegend. Vor lauter Rage wegen Nick hatte ich nicht mal bemerkt, dass sie schon weitergeschlendert waren. Ohne Abschiedsgruß setzte ich mich in Bewegung, sollte sich Nick doch von diesen blonden Hohlköpfen anhimmeln lassen, für mehr reichte es bei ihm sowieso nicht.

»Hey.« Ich ließ meine Badetasche neben Pia ins Gras fallen, bevor ich mein Handtuch hervorholte und es ausbreitete. Rasch streifte ich mir noch mein mohnblütenrotes Sommerkleid über den Kopf, bevor ich mich in meinem schwarzen Badeanzug, den ich darunter trug, darauflegte. Auch Luca und Ben dösten vor sich hin.

Pia öffnete träge ein Auge. »Wer war der heiße Typ?«

Das durfte doch nicht wahr sein. Was fanden alle an diesem Kerl?

»Nick.« Mehr gab es nicht zu erläutern. Immerhin kannte sie sämtliche Storys über Nicks Gemeinheiten und ich informierte sie auch regelmäßig über seine dummen Sprüche, mit denen er mich in der Öffentlichkeit liebend gern und mit voller Absicht blamierte.

Sie stützte sich auf den Ellenbogen ab. »*Der* Nick?«

»Ja, genau der Idiot.«

»Du hast mir nie gesagt, dass er so gut aussieht.«

»Nur äußerlich, in seinem Inneren ist er hässlich wie die Nacht.« Interessierte sich denn heutzutage niemand mehr für den Charakter eines Menschen?

Glücklicherweise beendete Pias klingelndes Smartphone jeglichen weiteren Austausch über diesen Angeber. Ich wollte einfach nur vergessen, dass der Kerl existierte. Schlimm genug, seinen Sprüchen morgen wieder auf der Krankenstation schutzlos ausgeliefert zu sein. Auch dort hatte er in Nullkommanichts sämtliche Frauen um den Finger gewickelt. Sogar die Oberärztin war hellauf begeistert von ihm und ich hatte keinen blassen Schimmer, weshalb.

»Hey, Chad. Wo bleibst du?«, fragte Pia neben mir in ihr Handy. Am Telefon war ihr Freund, ein amerikanischer Austauschstudent, der irgendwann in den nächsten Wochen zurück in die Staaten reiste, was meine arme Mitbewohnerin schwer belastete. Die beiden telefonierten ein paar Minuten miteinander. Meine Pia tat mir so leid.

»Du solltest heute in deiner Bude übernachten«, sagte sie in ihr Smartphone. »Mir reicht es langsam.«

Ich horchte auf. Schon wieder hatten die beiden Knatsch. In letzter Zeit häufte sich der Ärger zwischen den zweien bedenklich. Warum konnte Chad ihr nicht mal verbindlich sagen, wie es mit ihnen nach seinem Umzug weitergehen sollte?

»Jeder Mensch mit Augen und Hirn im Kopf versteht, what the problem ist«, äffte sie ihn nach, denn Chad neigte dazu, je nach Lust und Laune deutsch und englisch in seinen Sätzen zu vermischen. »Nur du nicht. ... Ja, bye.«

Pia warf ihr Smartphone zurück in die Badetasche. »Mistkerl«, fluchte sie leise.

Luca setzte sich auf. »Ist was?«

»Chad schafft es nicht her. Er muss noch mit der Uni in Atlanta telefonieren und ein paar wichtige Dinge klären. Wegen der Zeitverschiebung kann er erst jetzt anrufen.«

»Und das dauert so lang?«, fragte ich. Chad war nicht unbedingt das, was man unter einem zuverlässigen Menschen verstand. Im Gegenteil.

»Anscheinend.« Sie legte sich zurück auf ihr Handtuch und schloss die Augen. »Von mir aus braucht er sich gar nicht mehr blicken zu lassen. Langsam hab ich echt die Nase von ihm voll.«

»Wann haut er denn wieder ab in die Staaten?«, wollte Ben wissen.

»In sechs Wochen. Zu Semesterbeginn muss er an der Georgia Tech sein«, gab Pia Auskunft. »Soll er sich doch solang mit einer anderen vergnügen. Ich bin raus.«

»Mach mal halblang. Es kann doch gut sein, dass er wirklich noch einen Haufen zu erledigen hat«, wagte Ben sich zum ungünstigsten Zeitpunkt auf ein gefährliches Terrain. Von Luca wusste ich, dass Ben vor ihrer Zeit einer der größten Womanizer der Erlanger Universität gewesen war. Ben musste ein Draufgänger durch und durch gewesen sein und ich nahm ihm das bei seinem bloßen Erscheinungsbild ohne jeglichen Zweifel sofort ab. Ich wäre ihm höchstwahrscheinlich ebenso mit Haut und Haar verfallen, musste ich mir zu meiner Schande eingestehen. Sein Körper war superathletisch, aber nicht übertrieben muskulös, und sein Gesicht schlichtweg umwerfend. Aber am Auffälligsten stachen seine Augen heraus, ein seltenes Blauschwarz, das ich so noch nie gesehen hatte.

Pia setzte sich wieder auf. »Und weil er so viel zu tun hat, war er gestern auch den ganzen Tag mit dir weiß Gott wo unterwegs und hat es dann abends auf dem Boot so richtig krachen lassen.«

Das Boot hieß eigentlich *The Boat* und war einer der angesagtesten Nachtclubs Nürnbergs. Ben selbst hatte ihn vor ein paar Monaten eröffnet, was unserer Clique jederzeit freien Eintritt bescherte. Vitamin B war in der Tat sehr angenehm.

»Wir haben die ganze Nacht im Club gearbeitet«, verteidigte sich Ben, während er eine Flasche Wasser aus Lucas Badetasche kramte.

»Hattest du deswegen heute Morgen so einen dicken Kopf, dass du dir drei Schmerztabletten auf einmal eingeworfen hast?«, sprang Luca Pia zur Seite. Ihr stanken Bens exzessive Männerabende, die er sich öfters mal leistete und meist derart ausarteten, dass hinterher zwei Tage lang nichts mehr mit ihm anzufangen war.

»Wir hatten ein paar Bierchen«, verteidigte er sich, worauf Luca prustete.

»Und vielleicht noch den einen oder anderen Tequila«, schob er hinterher und zog umgehend die geballte Aufmerksamkeit meiner beiden Freundinnen auf sich.

Ich erhob mich. Für Streitereien hatte ich heute keinen Nerv, die Nachtschicht steckte mir noch in allen Knochen. »Ich hol mir was Kaltes zu trinken. Will noch jemand was?«

Nachdem die Mädels mit den Köpfen geschüttelt hatten, zog ich davon. Pia und Luca wollten gerade etwas ganz anderes. Und zwar den armen Ben zerfleischen.

Eine endlose Warterei in der langen Menschenschlange am Kiosk später, hielt ich endlich eine Flasche mit eiskaltem Mineralwasser in der Hand. Es prickelte erfrischend in meiner Kehle, als ich einen großen Schluck nahm. Einen Moment blieb ich stehen, denn die kalte Flüssigkeit fror fast mein Gehirn ein.

Gemütlich schlenderte ich über die Wiese zurück zu unserem Platz, in der Hoffnung, dass sich die erhitzten Gemüter zwischenzeitlich ein wenig beruhigt hatten. Die Sonne brannte erbarmungslos auf meine Schultern, was mittlerweile sogar mir zu viel war.

Kurz darauf kam ich an Nick vorbei, den mein Bewusstsein die letzten Minuten gnädigerweise aus meinen Gedanken gestrichen hatte. Er lag neben seinen beiden ebenfalls dösenden Kumpels auf einem Handtuch im Gras und sonnte sich. Die Augen waren geschlossen, beide Arme hatte er über dem Kopf abgelegt, wodurch seine Muskeln deutlich hervortraten. Zum ersten Mal begutachtete ich die vielen Tattoos auf seinen Armen, die sich bis hoch zu den Schultern zogen, genauer. Betrachtete auch sein markantes Kinn mit den winzigen Bartstoppeln. Diese hellbraune Haarsträhne hing ihm wieder lässig in die Stirn. Mein Blick glitt über seinen Adamsapfel, der sich deutlich an seinem Hals abzeichnete, weiter bis zu seinem muskulösen Brustkorb. Seine Haut war glatt und tief gebräunt, eine feine dunkle Haarlinie zog sich vom Bauchnabel nach unten und verschwand im Bund seiner hellgrünen Badeshorts. Sein makelloses Erscheinungsbild machte mich wütend. Er war nichts weiter als ein elender, gottverdammter

Blender. Dieser Arsch!

Ein Gedanke zuckte durch meinen Kopf, ein kleines Säuseln, das mir zuflüsterte: Tu es, los mach es, trau dich. Ich grinste in mich hinein. Wie von selbst schraubte meine rechte Hand den Verschluss meiner Wasserflasche ab. In Zeitlupe hob ich den Arm. Nick und seine beiden Kumpels schlummerten selig vor sich hin, ein paar Schweißtropfen kullerten über Nicks Brustkorb. Höchste Zeit für eine Abkühlung. Dann kippte ich die Flasche und ein großer Schwall Eiswasser traf auf Nicks Brust. Schneller als erwartet, setzte er sich auf. Er japste nach Luft. Verdammt, hatte der Kerl eine Reaktion. Mit großen Augen sah er mich an, bevor ich die Flasche fallen ließ und die Flucht antrat.

»Aida, du bist fällig«, tönte Nicks Stimme dichter hinter mir, als mir lieb war. Scheiße! Kreischend erhöhte ich mein Tempo und sprang in Panik über am Boden liegende Leute. Ich hörte Nick näher kommen. »Ich krieg dich sowieso«, rief er.

»Im Leben nicht«, gab ich zurück und hastete weiter. Mist, meine Kondition ließ zu wünschen übrig. Schon im nächsten Moment legte sich eine Hand um meinen Oberarm, die meinem Spurt ein jähes Ende bereitete.

»Kleines Miststück«, sagte Nick an meinem Ohr, ehe er mich im Rekordtempo schnappte und wie einen eingerollten Teppich bäuchlings über seine Schulter warf.

»Lass mich runter, du Blödmann.« Ich stützte mich so gut es ging an seinem Rücken über den Shorts ab.

Er lachte. »Ich glaube, du brauchst eine kleine Abkühlung.«

Als er sich in Bewegung setzte, bemerkte ich mit einem Blick an seiner Hüfte vorbei, dass er den Badesteg anvisierte. »Wehe«, drohte ich ihm und trat nach ihm. »Wag es nicht.«

Nick schnappte meine Beine und hielt mich im Klammergriff, Gegenwehr war zwecklos. Als ich seine Hand auf meinem Hintern spürte, hielt ich den Atem an. »Nimm sofort deine Finger von meinem Hintern oder du bist ein toter Mann.«

»Ups, das war ein Versehen.« Sein amüsiertes Lachen drang an meine Ohren. Ihm tat das nicht leid, in keinster Weise. Dennoch rutschte er brav mit der Hand in Richtung Oberschenkel, was die Sache nicht wirklich besser machte.

»Pfoten weg«, fauchte ich.

»Irgendwo muss ich dich ja festhalten«, verteidigte er sich und betrat die hölzernen Planken des Stegs.

»Du musst mich überhaupt nicht festhalten, lass mich runter.« Ich trommelte mit beiden Händen auf Nicks Rücken herum, bis er mich endlich von seinen Schultern gleiten ließ und ich auch noch direkt in seinen Armen landete. Er hielt mich am Rücken und unter den Kniekehlen fest, ignorierte meine düstere Miene. Sein Blick schweifte unangenehm langsam über meinen – im Vergleich zu seinem – nicht ganz so makellosen Körper. Würde sein Aussehen etwas über seinen Charakter verraten, müsste Nick einer lebenden Version von Gollum ähneln. Aber nein, ein ganzes Füllhorn an körperlicher Perfektion war über diesem Mistkerl ausgeschüttet worden.

»Warum trägst dieses Teil eigentlich?«, fragte er mit dem Kinn auf meinen schwarzen Badeanzug deutend. »Damit siehst du aus wie eine Oma.«

»Du bist so ein Arsch. Lass mich runter.« Ich wand mich strampelnd in seinen Armen. Verdammt, er sollte mich endlich loslassen, das letzte, was ich wollte, war irgendeine Art von Körperkontakt.

Aber er hielt mich einfach nur fester. »War nicht böse gemeint. Du hast doch eine ganz gute Figur. Damit solltest du einen Bikini tragen.«

Seine Ansage schnürte mir kurz die Kehle zu. Unbeabsichtigt hatte er meinen wundesten Punkt getroffen, der ihn einen riesengroßen Scheiß anging. »Lass mich endlich runter, du Arsch. Sonst kannst du ...« Noch bevor ich ausreden konnte, nahm Nick Anlauf und sprang.

Ich stand wie ein begossener Pudel am Ufer des Sees, das warme Wasser tropfte aus meinen dunkelbraunen Haaren.

»Fiesling«, schleuderte ich ihm entgegen.

Er lachte. »Humorlos wie immer.«

Obwohl ich es nicht wollte, musterte ich möglichst unauffällig seine muskulösen, tätowierten Arme. Wassertropfen glitzerten wie ein Meer aus Brillanten auf seiner gebräunten Haut. Neben ihm kam ich mir vor wie eine Seegurke.

»Du hast es übertrieben.« Ich war unverhältnismäßig sauer.

Immerhin herrschte eine Affenhitze und verdammt, ja, es war nur etwas Wasser. Bei jedem anderen hätte ich mitgelacht. Aber er – Nick – hatte mich in den See geworfen, was für mich fast schon einer Kriegserklärung gleichkam.

»Du bist so eine Mimose.« Nick kramte aus der kleinen Innentasche seiner Shorts einen Zwanzig-Euro-Schein hervor. »Ich kauf dir ein neues Wasser. Und vielleicht sogar ein Eis, damit du mal ein bisschen netter zu mir bist.«

»Lass stecken.« Ich winkte ab. Am liebsten hätte ich ihn einfach stehen gelassen, aber ich wollte mich nicht wie die letzte Zicke aufführen.

»Jetzt komm schon.« Nick verdrehte kurz die Augen.

»Okay.« Hoffentlich klang ich nicht zu genervt. Sollte er mir halt ein neues Wasser kaufen, wenn es ihm so wichtig war.

Am Kiosk studierte Nick die Eiskarte.

»Welches möchtest du?«, fragte er.

»Keins.«

»Oh, Mann. Für dich finde ich nicht mal ein Wort.«

Ich zuckte mit den Achseln. Seine Nähe machte mich nervös. Normalerweise war mein ganzes System darauf ausgerichtet, Abstand zu diesem Kerl zu halten. Und ich wollte ihn auch am liebsten so schnell wie möglich wieder loswerden. Am besten, ich suchte mir ein blödes Eis aus, damit ich mich endlich davonmachen konnte. »Dann nehm ich halt eins«, sagte ich und ignorierte, dass er mich ansah. Immerhin hatte er mir mal eine wichtige Note versaut und würde ganz sicher nicht zögern, mich erneut kaltzustellen, sobald er einen Vorteil für sich sah. Auch wenn er mich jetzt so charmant anlächelte und seine grauen Augen funkeln ließ.

»Nimm doch ein *Calippo*.« Nick lachte leise. Nichts schien seine gute Laune trüben zu können. »Ich schaue Frauen gern dabei zu, wenn sie das lutschen.«

Ich verbarg mein Augenrollen nicht. »Und du wirst nicht neidisch?«

»Du darfst gern mal meinen Riesenlolli probieren, wenn du Lust auf was Süßes hast.«

»Oh Gott, du bist so ein Angeber«, sagte ich mangels Schlagfertigkeit.

»Stehst du nicht auf Süßes?« Nick studierte mein Gesicht.

Unwillkürlich fragte ich mich, was er wohl gerade über mich dachte.

»Du bist nicht süß. Katzenbabys sind süß oder Küken.« Sein Geruch stieg mir in die Nase. Er roch nach Sommer, einer Prise Salz und frisch geschnittenem Gras.

»Schnurren kann ich auch, wenn du die richtigen Stellen streichelst.« Seine Stimme war tiefer geworden, wurde harzig und rauchig wie guter Bourbon. Oh, ging er etwa in den Flirtmodus über? Unzählige Male hatte ich ihn schon in dieser Tonlage mit irgendwelchen Frauen an der Uni reden hören und sie waren allesamt dahingeschmolzen. Bei mir biss er auf Granit.

»Das wird garantiert nie passieren.« Ich schüttelte mich allein bei dem Gedanken daran.

Ihn schien meine Abfuhr nicht sonderlich zu treffen. Er zuckte lediglich mit den Achseln. »Muss schwer sein, sich immer so im Griff zu haben. Ich weiß nicht mal weshalb. Du stehst doch auf mich. Wo ist das Problem?«

Ich hasste es, dass er mich mit schöner Regelmäßigkeit auf meinen kleinen Anfall von Schwäche hinwies, der mich im ersten Semester bei seinem Anblick überfallen hatte. Etwas, das ich nur zu gern verdrängen und vergessen würde, wenn es sich schon nicht ungeschehen machen ließ. In meiner allerersten Uniwoche hatte ich einer Kommilitonin von einem Typen in meinem Anatomie-Kurs vorgeschwärmt, der heiß wie die Saharasonne war. Nick, den ich damals noch gar nicht persönlich gekannt hatte, war richtiggehend aus der Menge herausgestochen und natürlich nicht nur mir aufgefallen.

Das sofortige Ende meiner Schwärmerei hatten die ersten Worte eingeläutet, die ich aus seinem Mund gehört hatte. *Überheblicher, arroganter Bastard* war danach noch die schmeichelhafteste Bezeichnung gewesen, die mir auf Anhieb für ihn eingefallen war.

Leider hatte Marga damals nichts anderes zu tun gehabt, als Nick zu stecken, dass ich ihn scharf wie eine Peperoni fand. Von da an hatte es Nick zu einer Art sportlicher Disziplin auserkoren, mir das Leben schwer zu machen, indem er mir seine sexuelle Willigkeit demonstrierte, wann immer sich die Gelegenheit ergab. Er hörte einfach nicht damit auf, obwohl ich ihm schon hundertmal gesagt hatte, dass er mich mal konnte. Ego-geboostet wie Nick nun mal war, fand er meine umnachtete Schwärmerei zu lustig, um die Sache auf sich beruhen zu lassen.

»Ich nehme ein Sandwich-Eis«, sagte ich schließlich auf die bunte Karte deutend, damit ich endlich von hier wegkam. Von dem Ding konnte man abbeißen, was mir noch am unverfänglichsten zu essen erschien.

Nick bestellte für sich ein *Magnum*-Mandel. Mit unserem Eis in der Hand schlenderten wir zurück. Das Wasser hatte er glatt vergessen, wie mir unterwegs auffiel.

»Wem bist du morgen im Krankenhaus zugeteilt?«, fragte er plötzlich.

»Lehmann.«

»Ich auch. Morgen darf ich ihr bei der Gallen-OP zuschauen.«

Mir blieb der Mund offen stehen. »Wie du darfst zuschauen? Die nimmt nie Praktikanten mit in den OP, wir sollen erst mal die Grundlagen lernen, sagt sie immer. Und damit meint sie Bettpfannen leeren.«

Er zwinkerte mir zu. »Sie hält mich für sehr talentiert.«

Nick wusste genau, wie er mich bis aufs Blut reizen konnte. Nur aus diesem Grund erzählte er mir davon. Dieser elende Wichtigtuer. Abrupt blieb ich stehen, ein Gedankenblitz zuckte durch meinen Kopf. »Du schläfst mit der Lehmann.«

»Nein.« Er hob abwehrend beide Hände und wirkte total perplex, als wäre es das Abwegigste auf der Welt, dass ein Kerl wie er sich nach oben rammelte. »Sie weiß meine Qualitäten beim Blutabnehmen zu schätzen. Meinte, ich wäre ein sehr präziser Stecher.« Sein Grinsen wurde breit, während er mein Gesicht beobachtete.

Ich setzte mich wieder in Bewegung. »Du hast mit ihr geschlafen«, sagte ich trocken. Es war nicht zu fassen, der Kerl prostituierte sich schamlos durch sein gesamtes Studium und ihm war das nicht einmal peinlich. Während wir anderen auf der Station jede Drecksarbeit verrichten durften, tummelte sich Nick während des Pflegepraktikums bereits in OP-Sälen und durfte den Ärzten sogar hin und wieder bei Forschungsprojekten im Labor über die Schulter sehen. Und jetzt wusste ich endlich warum.

»Hab ich nicht.« Er klatschte sich eine Hand an die Stirn, als wäre mein Einwand völlig abstrus. »Die Ärzte mögen mich halt und wissen meine Fähigkeiten zu würdigen.«

»Mach doch, was du willst. Mir egal.«

Er hielt mich am Arm fest. »Soll ich Doktor Lehmann mal fragen, ob du morgen auch bei der OP dabei sein darfst?« Er senkte seine Stimme. »Ich weiß auch schon, wie du dich dafür revanchieren könntest.«

Ich wischte seinen Arm von mir. Auf Nicks Almosen konnte ich gut und gern verzichten und wie die Bezahlung aussah, konnte ich mir lebhaft vorstellen.

»Sag bloß, ich darf dann mal von deinem Riesenlolli probieren«, erwiderte ich euphorisch. »In diesen Genuss würde ich sonst ja nie kommen, wo doch so wenige daran lecken dürfen«, ergänzte ich mit einem Kopfschütteln und fragte mich allen Ernstes, ob die alte Lehmann es wirklich so nötig hatte. Das Bild der vor Nick knienden Ärztin stieg vor meinem inneren Auge auf und ich beendete hastig mein Kopfkino. Das war krank.

»Du bist eine wirklich harte Nuss. Irgendwie gefällt mir das.«

»Wie meinst du das?«

Er legte den Kopf in den Nacken und schien zu überlegen. »Ganz ehrlich?«, fragte er schließlich, als stünde er kurz vor der großen Offenbarung, die die Welt verändern könnte.

Ich hasste dieses Getue, sollte er doch einfach damit rausrücken, was er zu sagen hatte, oder für immer schweigen. Wobei mir letzteres fast noch besser gefiel. »Rede halt, du erstickst doch schon fast an deinem Wissen.«

»Also gut«, er winkte ab, »du wolltest es wissen.«

Die Art, wie er das formulierte, war mir nicht geheuer, denn es implizierte zwischen den Zeilen, dass er nicht vorhatte, mir ein Kompliment zu machen.

Eigentlich sollte ich jetzt einen auf Cool machen, ihm mit einem Zeichen von Desinteresse signalisieren, wohin er sich sein blödes Gelaber stecken konnte. Leider siegte die Neugier und das regte mich tierisch auf. »Lass es endlich raus«, zischte ich und leckte einen Tropfen Schokoeis von meinem Daumen.

»Ist ja schon gut. Seien wir mal ehrlich, du bist keine Wow-Frau ...«

»Keine was?«, unterbrach ich ihn ungläubig.

»Keine Wow-Frau«, wiederholte er geduldig, als hätte lediglich ein akustisches Problem vorgelegen, obgleich er ganz genau wusste, dass dem nicht so war. »Lass mich doch erst mal ausreden.«

»Rede«, knurrte ich, als würde ich ihm eine geladene Pistole an die Schläfe halten.

»Du bist eher eine Frau für den zweiten Blick.« Nachdem er mich kurz gemustert hatte, ergänzte er rasch: »Das sollte ein Kompliment sein.« Offenbar war ihm die Verdüsterung meiner Miene durchaus aufgefallen. Somit konnte er sich in Zukunft auch den billigen Spruch sparen, man würde meinem süßen Gesicht einfach nie ansehen, wann ich wütend wurde.

»Aha, ein Kompliment. So auf die Art: Aber sie ist nett.«

»Nein, so habe ich das nicht gemeint«, stellte er ungewohnt energisch fest. »Du machst einfach so wenig aus dir.« Mit einer auffälligen Geste deutete er auf meinen schwarzen Einteiler, der im Kaufhaus noch das schickste von allen Modellen gewesen war. Er hätte mal die anderen Ungetüme sehen sollen.

»Warum trägst du so Zeug? Du würdest toll in einem Bikini aussehen, wieso machst du dich absichtlich zwanzig Jahre älter?«

Das war zu viel, in mir brodelte es hoch. »Vielleicht will ich Typen wie dir gar nicht gefallen. Schon mal daran gedacht? Ich scheiß auf Komplimente von dir, vor allem, wenn sie sowieso nur dazu dienen, dass du dich auf meine Kosten lustig machen kannst.« Ich setzte mich wieder in Bewegung. Warum reagierte ich auf einmal so emotional?

Nick hielt mich am Arm zurück und drehte mich zu sich. »Hey.« Er sah mich so durchdringend an, als versuchte er, meine Gedanken zu lesen. »Ich wollte mich nicht über dich lustig machen. Du bist hübsch, aber du bemühst dich nicht einmal, es zu zeigen. Mehr wollte ich dir damit nicht sagen. Sorry, wenn ich dir zu nahegetreten bin.« Er lächelte ansatzweise, während er mir seinen durchtrainierten Körper mit einer weit ausholenden Geste präsentierte. »Du darfst mich jederzeit kritisieren und du wirst sehen, ich nehme es dir nicht übel.«

Widerwillig musterte ich seinen Körper. Leider fand ich keinen einzigen Makel, sogar seine hunderttausend Tattoos auf beiden Armen sahen heiß aus, sie flossen ineinander und fügten sich zu immer neuen Bildern zusammen, hatten Stil. Auf seinem Bauch zeichnete sich jeder einzelne gottverdammte Muskel ab und verführte regelrecht zum Darüberstreicheln. Nur mit Mühe hielt ich meine Hand davon ab, etwas Dummes zu tun. Verdammt, mein Hirn vernebelte in seiner Nähe.

»Du bist nicht mein Typ«, erklärte ich hochmütig. Das war ganz klar gelogen. Optisch fand ich ihn toll, so viel Selbsteinschätzung besaß ich. Er zuckte zusammen und sah mich für einen Moment starr an, was sich wie ein minikleiner Triumpf anfühlte. Ich hatte ihn getroffen – mitten ins Ego. Strike. »Ich muss zugeben, anfangs fand ich dich ganz kurz mal gut.« Ich zuckte mit den Schultern. Das war lang her. »Die Tratsch-Post an der Uni hat es dir schließlich brühwarm zugetragen. Aber weißt du, wann sich das gelegt hat?«

»Wann?«, fragte er knapp, zeigte dabei allerdings keine äußerliche Regung. Zu schade. Ich hätte ihn so gern ein paar Tränen wegblinzeln sehen. »Als ich dich näher kennenlernte. Da merkte ich, dass das Aussehen zu einer unwichtigen Komponente wird, wenn der Rest nicht stimmt.«

»Und der stimmt nicht?«

»Tja ...«, Ich musste zugeben, ich genoss es, den Spieß umgedreht zu haben. »Sagen wir mal, du bist so interessant wie ein ausgefülltes Kreuzworträtsel.« Der Kerl war sich seiner gottgegebenen Perfektion so sicher. Vielleicht war er das in den Augen seines weiblichen Fanclubs auch, aber mich konnte er nicht darüber hinwegtäuschen, dass er nichts weiter als ein Blender war.

Bedauerlicherweise fing er sich viel zu schnell wieder und strahlte die gewohnte Selbstsicherheit aus. Nicht mal das kleinste bisschen Freude konnte er einem gönnen.

»Du kennst mich gar nicht«, sagte er schließlich, drehte sich um und schlenderte zurück zu seinem Platz. Im Weggehen winkte er lässig.

Mir blieb der Mund offen stehen. Ich kannte ihn gar nicht? Wer, wenn nicht ich, das jahrelange Opfer all seiner Gemeinheiten, kranken Späße und bescheuerten Scherze, hatte denn mehr Erfahrungen mit ihm sammeln können? Und jetzt ließ er mich einfach stehen? Das wäre eigentlich mein Part gewesen.

Nachdem ich ihm lang genug hinterhergestarrt hatte, ging ich zurück zu meinen Freunden. Nick konnte mich mal.

2. Kapitel

Gegen Spätnachmittag packten wir unsere Sachen zusammen. Pias Haut zierte schon eine leichte Röte und Ben schien nach seiner durchfeierten Nacht mehr der Sinn nach Ruhe und Schatten zu stehen.

In der Umkleidekabine entledigte ich mich des von Nick so verachteten Ungetüms von Badeanzug. Ich hasste das Teil ebenfalls, es war beileibe nicht so, dass ich mich freiwillig der Öffentlichkeit in diesem Einteiler präsentierte. Auch ich hätte mich lieber in einem knappen sexy Bikini in die Sonne gelegt. Nick hatte recht. Ohne eingebildet klingen zu wollen, aber meine Figur war ganz nett, ich war schlank, meine Proportionen stimmten, zudem wurde ich im Sommer wunderbar braun, da gab es nichts daran auszusetzen.

Mein Blick glitt an meinem Körper nach unten. Mit einer Hand strich ich über die vernarbte Haut am Bauch, die ich einem Unfall als Kind zu verdanken hatte. Nie im Leben konnte ich mich mit dieser Entstellung in der Öffentlichkeit zeigen, ohne von allen angestarrt zu werden. Vor allem nicht von Mr. Makellos. Nick. Dabei konnte ich froh sein, dass ich überhaupt noch am Leben war, in den ersten Monaten in der Spezialklinik für Verbrennungen hatten die Ärzte nicht einmal gewusst, ob ich es überhaupt schaffen würde. Die Schmerzen von damals würde ich für den Rest meines Lebens nicht mehr vergessen, wochenlang hatte ich wirklich nur noch sterben wollen. Zudem hatte ich nun panische Angst vor Feuer.

Frustriert ließ ich die Hand sinken. Mein Bauch war eklig, hässlich, verunstaltet. Ich war beileibe keine Wow-Frau, mit dieser Beschreibung hatte Nick voll ins Schwarze getroffen. Meinen Exfreund Linus hatten die Narben auch immer abgetörnt, obwohl ich wirklich alles versucht hatte, sie im Bett zu verbergen. Ich hatte das Licht im Schlafzimmer extrem gedimmt, irgendwann sogar mein Unterhemd während des Sex angelassen, bis wir am Ende nur noch in Stellungen miteinander geschlafen hatten, in denen er meine hässlichen Wundmale nicht zu Gesicht bekommen hatte.

Alles hatte nichts geholfen. Schließlich hatte er mit den einfachen Worten Schluss gemacht: Er könne meine Narben nicht mehr ertragen, sie würden ihn so sehr anwidern, dass er keinen mehr hochbekäme.

Unsere Beziehung war jetzt vier Jahre her, seither hatte ich mir keinen Freund mehr angelacht und ersparte mir Scherereien dieser Art lieber. Stattdessen verschlang ich mit Begeisterung erotische Romane, kompensierte damit mein nicht vorhandenes Liebesleben und ließ mich ein wenig über die Tatsache hinwegtrösten, dass ich solche heißen Schweinereien mit einem sexy Christian Grey wohl niemals würde ausleben können. Ich spürte, wie mich diese Gedanken runterzogen, das passierte manchmal ganz schnell. Wenn ich nicht aufpasste, musste ich mich stundenlang unter die warme Dusche stellen, bis ich mich wieder einkriegte. Ein Tick von mir, aber ich liebte Wasser auf meiner Haut, brauchte es und war richtiggehend süchtig danach.

Hastig schlüpfte ich in den schwarzen Slip und mein mohnblütenrotes, kurzes Sommerkleid, band meine dunkelbraunen Haare zu einem Pferdeschwanz zusammen und verließ die Umkleide. Jetzt trug ich wieder Tarnung, niemand ahnte, was sich unter diesem Stück Stoff verbarg.

Auf dem Parkplatz sah ich mich nach den anderen um. Die Hitze machte mich langsam fertig, Schweißtropfen perlten meinen Rücken hinunter und hinterließen ein klebriges Gefühl auf der Haut. Um mich herum war alles zugeparkt. Schließlich entdeckte ich Pia auf der Lehne einer Parkbank sitzend. Luca leistete ihr Gesellschaft, während sich Ben ein Stück entfernt mit seinem besten Freund Erdie unterhielt. Dieser Bär von einem Kerl war erst vor Kurzem mit seiner Freundin Rhashmi von einem längeren Indienaufenthalt zurückgekehrt. Ich schlenderte zu den Mädels und setzte mich neben Pia. »Hey, ich könnte jetzt was Kaltes zu trinken vertragen.«

»Ich auch«, sagte Pia.

»Sollen wir bei uns den Grill anwerfen?«, fragte Luca. »Wir haben noch Würstchen und Steaks im Kühlschrank. Bier ist sowieso immer da.«

»Klingt super.« Ich stand auf, als dezentes Zeichen für die beiden Grazien, sich ebenfalls in Bewegung zu setzen. »Worauf warten wir noch?«

»Ben«, rief Luca über unsere Köpfe in Richtung der beiden Jungs. »Wir grillen noch bei uns, haben wir gerade beschlossen.«

»Klingt gut, dann kriegen wir das Gammelfleisch aus dem Kühlschrank endlich los«, erwiderte er lachend.

»Blödmann.« Luca schüttelte den Kopf.

»Ich glaube, ich bleibe heute bei Salat.« Pia kicherte. Ihre Augen wurden groß, bevor sie unauffällig mit dem Kinn in Richtung See nickte. »Aida, schau mal, wer da kommt.«

Einer üblen Vorahnung folgend, warf ich einen Blick zur Seite. Nick und seine beiden Kumpels schlenderten in unsere Richtung.

»Na, wieder eingekriegt?«, fragte Nick, als sie uns erreicht hatten. »Rot steht dir übrigens – das war ein Kompliment«, schob er noch nach, als wäre ich generell schwer von Begriff und hob beschwichtigend beide Hände vor die Brust.

»Puh, jetzt bin ich aber beruhigt, hatte mich den ganzen Tag schon gefragt, ob ich mit meiner Kleiderwahl wohl deinen modischen Geschmack getroffen habe.« Vorsichtshalber ließ ich den sarkastischen Unterton deutlich herausklingen, um etwaigen Missverständnissen vorzubeugen.

Einer seiner Kumpels klopfte ihm lachend auf die Schulter. »Die zeigt es dir aber ganz schön.« Er zwinkerte mir zu und wirkte herzerfrischend sympathisch neben Nick. »Normalerweise lechzen die Mädels nach seinen Komplimenten. Egal, was der Typ von sich gibt, sie finden jedes einzelne Wort toll. Hauptsache es kommt aus seinem Mund«, sagte er und warf Nick einen schrägen Seitenblick zu. »Was findet ihr Frauen bloß an dem?«

»Ich habe nicht den blassesten Schimmer«, erwiderte ich achselzuckend, als wäre Nick gar nicht anwesend.

Nick schien unser Gerede in keinster Weise ernst zu nehmen, er deutete mit dem Daumen auf seinen Kumpel, während er zu mir sagte: »Ich kann dir Joshua wärmstens empfehlen, er ist ein richtig netter Kerl, nicht so ein übler Bad Boy wie ich. Also, wenn man auf John-Bon-Jovi-Verschnitte abfährt.«

Joshua rempelte ihn an der Schulter an, worauf Nick lachte, als hätte er einen Megagag gerissen. Hach, wie lustig mein Kommilitone heute wieder drauf war. Ich verzog keine Miene, während sich meine verräterischen Freundinnen ein amüsiertes Grinsen verbissen. Denn dieser Joshua sah mit seinen halblangen Haaren dem guten John tatsächlich ähnlich.

»Warum suchst du dir nicht selbst erst mal eine, die es mit dir aushält?« Konnten die drei nicht einfach weiterlaufen? »Das wird wahrscheinlich schon schwierig genug.«

»Vielleicht sollte ich für eine Übungsnacht mit dir anfangen«, konterte er frech.

»Oh wow«, erwiderte ich übertrieben euphorisch. »Endlich werden meine geheimsten Träume wahr. Lass mich kurz über dieses verlockende Angebot nachdenken.« Ich legte den Zeigefinger auf meine Lippen, tat, als überlegte ich. »Ähm, nein.« Ich schüttelte den Kopf. »Eher friert die Hölle zu.«

»Du lässt dir was entgehen.« Nick zwinkerte mir zu.

»Was denn? Einen selbstgefälligen Rammler, dessen größtes Hobby es ist, sein Sperma weitläufig in der Gegend zu verteilen? Danke, nein. Beglück deine Hand damit.«

»Noch nie was von Kondomen gehört?« Er nahm mich nicht mal ernst. Ich wusste, dass er eine heiße Nacht mit mir in Wahrheit niemals in Betracht zog. Er wollte mich nur vor meinen Freundinnen dumm dastehen lassen.

»Noch nie was von *Ich stehe nicht auf dich* gehört?«

»Seit wann das denn?« Natürlich konnte er es nicht lassen und zog diese uralte Karte. In mir brodelte es hoch, genervt rollte ich mit den Augen.

»Du bist so ein eingebildeter Angeber.« Ich würde dieses Mal das letzte Wort haben.

Seine Kumpane lachten verhalten. Der kleinere Hellblonde schien sichtlich erfreut. »Das ist so geil, Alter. Wenn du die rumkriegst, dann kannst du meine *Ducati* haben.«

Sofort streckte Nick ihm die Hand hin, als hätte er sein ganzes Leben auf dieses Angebot gewartet. »Schlag ein, Lars. Den Deal bekräftigen wir auf der Stelle.« Er wandte sich an mich. »Nicht irgendeine *Ducati*. Eine *Monster 900* in Weinrot.«

»Aha«, ich zuckte mit den Achseln. Gab es etwas Langweiligeres als Motorräder?

»Du hast drei Monate Zeit«, ergänzte Lars. Die beiden besiegelten ihren bescheuerten Deal, als wäre ich überhaupt nicht anwesend.

»Ich kann euch hören«, sagte ich gelangweilt, als ginge mich deren blödes Gerede überhaupt nichts an. »Glaubst du nicht, dass dieses winzige Detail deine Chancen, bei mir im Bett zu landen, bedeutend schmälern könnte? Ist ja immerhin nicht gerade schmeichelhaft, dass deine Ambitionen mir gegenüber von einer Wette herrühren.« Ich fand, ich klang vollkommen sachlich. Man merkte meiner Stimme nicht an, wie sehr mich sein Gequatsche ärgerte. Pia legte einen Arm um meine Schultern, als wüsste sie, was in mir vorging, und diese Geste tat mir gut.

»Ach, das macht nichts.« Nick winkte siegessicher ab. »Ich krieg dich trotzdem rum.« Ein Funkeln stahl sich in seine Augen, als hätte ich ein schlafendes Raubtier zum Leben erweckt. »Immer nur der *Pink Rabbit* wird doch auf Dauer langweilig, oder?«

Er konnte es einfach nicht lassen. In diesem Moment hasste ich ihn abgrundtief. Da stand dieser optisch perfekte Kerl vor mir, der vor Selbstbewusstsein nur so strotzte und nichts Besseres zu tun hatte, als mich zu verarschen. Diese unverschämte Sex-Wette vor meiner Nase abzuschließen, war wirklich das Allerletzte. »Steck dir deinen *Rabbit* in den Hintern.«

Er grinste frech. »Komm schon, Baby. Tu es für mich und die *Monster 900*, auf die ich schon seit Jahren scharf bin. Du darfst auch mal mitfahren.«

»Vorher würde ich mit Lord Voldemort schlafen und zwar liebend gern. Im Vergleich zu dir, wirkt er sogar sehr verlockend.«

Luca und Pia kicherten. »Gib's ihm«, flüsterte Pia mir ins Ohr.

»Aber du könntest ihm hinterher nicht vorwerfen, dass er nicht ehrlich war«, meldete sich Luca zu Wort, was Nick sofort zum Anlass nahm, in einer übertriebenen Geste mit beiden Händen auf Luca zu deuten. »Siehst du, wenigstens eine sieht die Sache aus einem sehr gesunden Blickwinkel. Bei mir weißt du wenigstens, woran du bist.«

Ich musterte ihn finster. »Genau aus diesem Grund halte ich mich auch von dir fern.« Ich deutete den geschotterten Weg entlang, wo gerade die drei Blondinen von vorhin erschienen. »Warum versuchst du nicht bei denen dein Glück? Dann hast du das Motorrad noch heute.«

»Nein, nein, die zählen nicht«, sagte Lars kopfschüttelnd. »Das wäre dann doch zu einfach. Ich will die *Ducati* eigentlich behalten. Also halt die Knie zusammen und zeig Nick die Zähne.«

»Da mach dir mal keine Sorgen.« Als ob ich in Nicks Gegenwart jemals etwas anderes tun würde. Allein der Gedanke, diesen Blödmann ranzulassen, war lachhaft.

Nebenher fiel mir auf, wie Joshua Luca einer genauen Inspektion unterzog. Irgendwie fuhren alle Typen auf Luca ab, was immer wieder zu Eifersuchtsszenen seitens Bens führte, obwohl sie ihm noch nie irgendeinen Anlass gegeben hatte.

»Keine Beeinflussung, Lars.« Nick stieß ihn an der Schulter an. »Fair bleiben. Was Aida mit ihren Knien anstellt, ist allein ihre Sache.«

»Am liebsten würde ich dir mein Knie in den Hintern rammen.« Mein Grinsen geriet schief. Niemals in meinem ganzen Leben würde ich Nick näher als nötig an mich heranlassen. Diese Wette hatte er bereits verloren und es würde mir große Freude bereiten, Zeugin seines grandiosen Scheiterns zu werden. Nick hatte unbedingt einen kleinen Dämpfer nötig, eigentlich tat ich ihm mit dieser erzieherischen Maßnahme lediglich einen Gefallen. Vielleicht brachte ihn sein Versagen wieder ein wenig zurück auf den Boden der Realität.

»Was treibt ihr heute noch so?«, fragte Joshua an Luca gerichtet, die sich sichtlich geschmeichelt fühlte.

»Wir grillen nachher bei uns auf der Terrasse.«

»Grillen klingt gut.« Er lächelte sie an, es war ein schüchternes und freundliches Lächeln, das ihn liebenswürdig wirken ließ. In keinster Weise zu vergleichen mit Nicks überheblichem Gegrinse.

Luca rutschte auf der Banklehne herum. »Also ...«

Sie würde doch jetzt nicht allen Ernstes ... Mir wurde flau im Magen. Ich beschwor sie in Gedanken, den Mund zu halten. Wenn sie mir nicht den Appetit verderben wollte, war sie jetzt besser ruhig.

»Du wolltest bestimmt sagen, dass dein Freund da drüben steht und darauf wartet, dass wir endlich von hier wegkommen«, half ich ihr zuvorkommend aus und erntete wunderlicherweise einen düsteren Blick von ihr.

»Oh, du hast einen Freund.« Joshua klang enttäuscht.

»Ja, wir wohnen zusammen.« Wie aus dem Nichts stand Ben plötzlich neben Luca. Als hätte er eine Abhörwanze an ihr angebracht, sah er zwischen ihr und Joshua hin und her. Schließlich wandte er sich Luca zu. »Hauen wir ab?«

Wie von einer Wespe gestochen, sprang sie auf. »Ja, sonst wird es zu spät zum Grillen.«

Ben fasste nach ihrer Hand, aber sie bückte sich im selben Moment nach ihrer Badetasche, sodass sein Griff ins Leere ging.

Nick und seine Kumpels wechselten einen kurzen Blick, ehe sie sich in Bewegung setzten. »Tschau«, sagten sie im Weggehen.

Meine Erleichterung wuchs, je weiter sie sich von uns entfernten, ich hatte das Gefühl, mich erst einmal von Nick erholen zu müssen.

»Ich kann immer noch nicht glauben, dass die echt um dich gewettet haben«, kam es von Luca.

»Eine Wette?«, fragte Ben.

»Ja, es ging um eine *Ducati Monster 900*. Wenn Nick es schafft, Aida innerhalb von drei Monaten ins Bett zu kriegen, bekommt er das Motorrad«, erzählte Luca, als wäre das die normalste Sache auf der Welt.

»Der Honk wettet darauf, Aida in die Falle zu kriegen? Wie kacke ist das denn?« In Bens Miene spiegelte sich Verachtung.

»Deswegen werde ich ihn auch bei jeder Gelegenheit auflaufen lassen, bis er geschnallt hat, dass er bei mir niemals landen kann.« Ich schnappte meine Badetasche vom Boden.

»Die Wette war nicht Nicks Idee, sondern die seines Kumpels«, machte Luca weiter. Konnte sie dieses Thema nicht endlich auf sich beruhen lassen?

»Was macht das für einen Unterschied? Dann sind sie halt alle Idioten«, sagte Ben.

Lucas Lippen verkniffen sich zu einem rosa Strich. »Du kennst sie doch gar nicht.«

»Du etwa? Oder weshalb verteidigst du diese Typen?« Ben klang sauer.

»Ich verteidige die doch überhaupt nicht, ich habe nur erzählt, wie das mit der Wette abgelaufen ist.«

»Du meinst, dass alle drei gleich scheiße drauf waren, oder wie? Super, das relativiert den Mist jetzt aber, den sie mit deiner Freundin abziehen.«

»Das stimmt doch gar nicht«, giftete Luca zurück. »Joshua hatte mit der Sache zum Beispiel überhaupt nichts zu tun, er stand nur daneben.«

»Ach, du meinst diesen Bon-Jovi-Verschnitt, der dir die ganze Zeit in den Ausschnitt geschielt hat?«

»Du spinnst doch.« Luca tippte sich an die Stirn.

Bens Kiefer spannte sich an. »Ich finde es scheiße, dass du vor meinen Augen mit anderen Typen flirtest.«

»Ich habe nicht mit ihm geflirtet, wir haben nur geredet.«

»Ach, so nennt man das jetzt.«

Luca setzte sich in Bewegung. »Manchmal hast du echt antiquierte Ansichten«, warf sie über die Schulter zurück.

»Luca hat nicht geflirtet.« Ich hatte das Gefühl, die Ärmste ein wenig in Schutz nehmen zu müssen. »Sie haben wirklich nur zwei oder drei Sätze miteinander gewechselt.«

Ben sah mich an, er wirkte erleichtert. »Von Weitem sah es anders aus. Und du«, er deutete auf mich, »lass dich bloß nicht von diesem Arschloch flachlegen.«

»Niemals, ich schwöre«, erwiderte ich, drei Finger spreizend.

Nick hatte eine Wette auf mich abgeschlossen – vor meinen Augen. Entweder war er sich seiner Sache wirklich sicher oder ich wirkte so verzweifelt, dass er annahm, früher oder später würde ich mich allein aus diesem Grunde ergeben. Aber da hatte er sich geschnitten. Ich würde ihn auflaufen lassen, wann immer sich mir die Gelegenheit bieten würde.

3. Kapitel

Bis Mitternacht auf der Terrasse von Ben und Luca zu grillen, machte Spaß, sofern man nicht gerade sein Pflegepraktikum absolvierte. Ich verfluchte meine Unvernunft, als ich wie gerädert, mit kleinen Augen und einem Pappbecher voll Automatenkaffee auf der Station des Krankenhauses erschien.

Meine Kommilitonin Marga saß im Stationszimmer und kritzelte irgendwas in eine Patientenakte. Wie Nick und ich war sie derselben Abteilung für das Praktikum zugeteilt worden. Wir drei Medizinstudenten unterstützten somit für die kommenden Wochen das Pflegepersonal und sammelten erste Berufserfahrung.

»Morgen.« Ich ließ mich auf den freien Stuhl neben sie sinken und trank den letzten Schluck des scheußlichen Kaffees, der allerdings immer noch besser schmeckte als die Brühe, die von den Schwestern gekocht wurde und ewig in der Kanne herumgammelte.

»Hey«, sie sah auf, ihre wilde mittelblonde Lockenpracht stand nach allen Seiten ab. »Die Lehmann war vorhin da, wir dürfen nachher alle mit zur Morgenvisite. Ist das nicht cool?«

»Was ist denn mit der los?« Normalerweise ignorierte Doktor Lehmann uns kleine Praktikanten-Würmer vollkommen – mit einer Ausnahme, unseren ach so beliebten Mitstudenten: Mr. Lover Lover. Unser Pflegepraktikum war für diese Frau genau das, was der Name beinhaltete: Pflegetätigkeit. Dabei durften manche meiner Kommilitonen auf anderen Stationen sogar schon ab und an bei kleineren OPs zuschauen. Nur ich hatte wieder mal die Niete gezogen.

Marga klappte die Krankenakte zu und warf ihren Kugelschreiber darauf. »Ich glaube, Nick hat das irgendwie klargemacht. Zum Glück hat er so einen guten Draht zu der. Ich freue mich total. Nick ist einfach der Beste.« Ihre wasserblauen Augen glänzten, als wäre sie eine Bhagwan-Jüngerin, die ihren Guru anbetete.

»Nick ist der Beste?«, wiederholte ich fassungslos. »Nur um deinem Erinnerungsvermögen ein wenig auf die Sprünge zu helfen. Der Kerl hat sich vom ersten Tag an bei der Lehmann eingeschleimt und wird andauernd bevorzugt. Wegen ihm dürfen wir nun die ganze Drecksarbeit allein machen. Er hat ja besseres zu tun.«

»Findest du?« Sie klang überrascht, was wiederrum mich überraschte. »Ich weiß echt nicht, was du immer wegen Nick hast.«

»Findest du nicht?«

Sie zog ihre sommersprossige Nase kraus. »Ich habe ihn noch nie schleimen sehen. Er ist halt gut.«

»Hey, wir sind auch nicht schlecht!« Immerhin legten wir beide uns auf der Station richtig ins Zeug und schreckten auch vor unangenehmen Aufgaben nicht zurück, vor denen sich Nick erfolgreich drückte. Aber Marga hatte sich ja schon immer von ihm um den kleinen Finger wickeln lassen. Sie war ein sehr hilfsbereiter Mensch. Manchmal fast schon zu selbstlos. Leider dachte sie nicht immer nach, bevor sie den Mund aufmachte. Genau wie damals, als sie Nick von meiner Schwärmerei für ihn berichtet hatte. Aber sie hatte sich hinterher tausendmal bei mir entschuldigt und mir geschworen, in Zukunft dichtzuhalten, wenn ich ihr was erzählen würde. Was sie seither auch tatsächlich machte.

Marga lehnte sich zurück. »Klar, hat er schon bei einem Haufen Untersuchungen dabei sein dürfen, die für uns noch nicht drin waren«, gab sie mir nun doch recht. Immerhin etwas. »Aber Nick hat es echt drauf. Er jobbte nach dem Abitur ein ganzes Jahr in einem Pflegeheim für Schwerbehinderte. Ich glaube, da hat er mehr Erfahrungen gesammelt, als wir uns in den paar Wochen hier aneignen können. Die Lehmann weiß das und ist bestimmt deswegen darauf bedacht, dass er auch was aus seinem Praktikum herausholen kann.«

Oh. Das war mir neu. Woher wusste Marga so gut über ihn Bescheid? »Ich hatte keine Ahnung«, gab ich kleinlaut zu.

»Vorhin hat sich Nick für uns eingesetzt und die Lehmann so lang bequatscht, bis auch wir bei der Visite dabei sein durften. Ist doch total nett von ihm.«

Klar, war das nett von ihm. Aber musste ich das etwa zugeben? Erstaunt gestand ich mir ein, dass ich wahrhaftig so gut wie nichts über Nick wusste. Ob ich am Ende mit meiner Abneigung ein wenig über die Stränge schlug? Schaden konnte es bestimmt nicht, ein bisschen freundlicher zu Nick zu sein. Vielleicht ließ er mich dann endlich in Ruhe. Außerdem hatte ich es ihm zu verdanken, dass ich heute bei der Visite dabei sein durfte, anstatt Bettpfannen zu leeren und Medikamente zu verteilen.

Scheppernd stellte ich das letzte leere Frühstückstablett zurück in den Geschirrwagen. Wie ein Sturmtief war ich heute durch die Zimmer gefegt. In zehn Minuten begann die Visite, die ich auf keinen Fall verpassen wollte.

Plötzlich tauchte Nick neben mir auf, der die Medikamente ausgeteilt hatte. »Na, alles klar?« Er lehnte sich an die Wand, einen Pappbecher mit Kaffee in der Hand und trank einen Schluck durch die Öffnung im weißen Deckel.

Ich streifte ihn mit einem Seitenblick. Er stand lässig und cool neben mir. Wie es aussah, hatte er sich heute Morgen nicht rasiert, Bartstoppeln umrahmten sein kantiges Kinn. Warum fiel mir das überhaupt auf? »Geht schon. Und selbst?« Das war wohl die lahmste Antwort, die ich seit Langem über die Lippen gebracht hatte, aber zumindest war ich freundlich gewesen und hatte obendrein Interesse an ihm vorgetäuscht.

»Bestens. Ich habe gestern eine Proberunde mit der *Ducati* gedreht, der absolute Hammer.« Seine Mundwinkel hoben sich.

Dieser Mistkerl! Er hörte mit dieser blöden Wette einfach nicht auf. In mir brodelte es hoch und ich musste mich beherrschen, ihm nicht eine gesalzene Antwort an den Kopf zu pfeffern. Rache servierte man am besten kalt und dann würde es mir noch größere Genugtuung bereiten, ihn scheitern zu sehen. Ich sah ihm direkt in die Augen, ging auf volle Konfrontation. »Gewöhn dich besser nicht daran, du wirst auch zukünftig nur hinten drauf mitfahren.«

Er zwinkerte mir zu. »Wenn du fährst, setze ich mich jederzeit hinter dich.«

»Ich bin nicht gern meine eigene Knautschzone, deshalb fahre ich nicht Motorrad. Und schon gar nicht mit dir.« Nick stieß sich von der Wand ab. »Schade, stelle ich mir gerade so schön vor.« Übertrieben umarmte er sich selbst. »Ich schmiege mich an deinen Rücken, schlinge die Arme um deinen schlanken, weichen Bauch, während du Gas gibst. Du würdest es lieben, Muffelchen.«

»Nenn mich nicht immer Muffelchen«, fauchte ich zwischen

zusammengepressten Zähnen.

Unmöglich. Ich konnte einfach nicht freundlich zu ihm sein, wir beide waren schlichtweg nicht kompatibel. Nick raubte mir den letzten Nerv. Zu meiner Erleichterung fiel mir ein, dass ich dringend noch was erledigen musste. Am besten noch vor der Visite, sonst wäre Doktor Lehmann nachher sicher not amused. »Ich muss noch Frau Hausers Verband entfernen«, gab ich das Stichwort, der anregenden Unterhaltung ein Ende zu bereiten.

Nick wurde ernst. »Eitert das Knie etwa immer noch?«

»Ja, es wird nicht besser, die Wunde schließt sich nicht und das Antibiotikum schlägt nicht an.«

»Ich sehe mir das mal an.« Ohne meine Reaktion abzuwarten, setzte er sich zielstrebig in Bewegung.

Eine Sekunde der Verblüffung später eilte ich ihm nach. »Hey, das ist meine Patientin.«

»Ich will ja nur mal einen Blick darauf werfen.«

»Na gut«, grummelte ich. Einerseits war ich von Nicks Engagement überhaupt nicht begeistert, andererseits fühlte ich mich als Newbie hier im Krankenhaus immer so hilflos, wenn ich Patienten leiden sah, und ihnen nicht wirklich helfen konnte. Da war Beistand nicht das Schlechteste.

Ich schob den Verbandswagen in das Zimmer mit der Nummer vier. Frau Hauser lag mit schmerzverzerrter Miene in ihrem Bett und wandte langsam den Kopf, als sie uns hörte. Ihr kurzes graues Haar stand ungekämmt nach allen Seiten ab. Aber der Hauch eines Lächelns zeigte sich auf ihrem Gesicht.

»Guten Morgen, Frau Hauser«, sagte Nick. Seine Stimme hatte sich verändert, sie klang freundlich und mitfühlend. »Wie geht es Ihnen heute?«

»Nick«, sagte sie erfreut, »wenn ich gewusst hätte, dass Sie mich besuchen kommen, hätte ich mir mehr Mühe mit meinem Aussehen gegeben.« Verschmitzt grinsend, deutete sie auf ihr quietschgelbes Nachthemd mit aufgedruckten rosa Rosen.

»Hallo, Aida, Liebes«, grüßte sie auch mich mit warmer Stimme.

»Guten Morgen, Frau Hauser«, erwiderte ich und ging ans Bett. »Ich wechsle jetzt den Verband.«

»Ist gut.« Die Ärmste klang zerknirscht.

»Frau Hauser«, sagte Nick lächelnd. »Ich stehe total auf Blumen.

Bringt ein bisschen Farbe ins Zimmer und Sie sehen toll in Gelb aus.«

»Meine Schwiegertochter hat es mitgebracht. Sie wusste, dass ich mich nicht rühren kann und mir deshalb nichts anderes übrig bleibt, als es zu tragen.«

»Ist das dieselbe Schwiegertochter, die hinter Ihrem Rücken die Münzsammlung Ihres verstorbenen Mannes verkauft hat?«, fragte Nick, während ich den Verband abwickelte.

Sie nickte. »Genau die, dieses hinterhältige Frauenzimmer. Wer weiß, was sie jetzt gerade bei mir zu Hause anstellt.«

Nick beugte sich etwas zu ihr. »Ganz im Gegensatz zu Ihnen zaubert Ihre Schwiegertochter einem Mann kein Lächeln ins Gesicht.«

Frau Hauser gluckste und sah gleich viel besser aus. »Schade, dass ich nicht fünfzig Jahre jünger bin. Ich glaube, ich hätte Ihnen gefallen, Nick. Solche Männer wie Sie gab es früher nicht, zumindest nicht in dem Ort, in dem ich gelebt habe. Sie hätten mal meinen Karl-Heinz sehen sollen, wo ich damals meine Augen hatte, weiß ich heute auch nicht mehr.« Sie ächzte leise und schmerzerfüllt auf, fing sich aber gleich wieder und lächelte tapfer.

»Ich weiß. Sie haben mir Ihr Hochzeitsbild gezeigt, Frau Hauser.« Er legte seine Hand auf ihre. »Sie waren ein heißer Feger, da hätte ich bestimmt nicht Nein gesagt.«

Frau Hausers Lachen klang geschmeichelt und ich fasste es nicht, dass sogar Frauen über siebzig ungeniert mit ihm flirteten. Zutiefst verstört, ließ ich die abgerollte Bandage im Müllbeutel am Verbandswagen verschwinden und hob vorsichtig die Kompresse an. Sie klebte an der Wunde fest, weshalb Frau Hauser ein jaulender Schrei entfuhr. Sofort hielt ich inne. Ich wollte der Patientin nicht noch größere Schmerzen zufügen und hatte Angst, die Verletzung zu verschlimmern. Nick musste meine Unsicherheit bemerket haben, denn er beobachtete jeden meiner Handgriffe. Verdammt, ausgerechnet vor ihm musste ich mich so dämlich anstellen.

»Wenn du ein wenig davon nimmst«, er deutete auf die Plastikflasche mit der Ringerlösung, die auch als subkutane Infusion genommen wurde, wenn Patienten zu wenig tranken, »und etwas zwischen Kompresse und Wunde träufelst, lässt sie sich ganz leicht ablösen.« Er nickte mir aufmunternd zu. »Probier es mal.«

Nach einem Moment des Zögerns nahm ich die Flasche und folgte Nicks Anweisungen. Die Zeit rannte uns davon, in fünf Minuten begann die Visite. Aber es klappte. Ohne Frau Hauser weitere Schmerzen zufügen zu müssen, konnte ich die Kompresse entfernen. »Danke für den Tipp.« Ich schenkte ihm ein kleines Lächeln, das er erwiderte.

»Kein Problem. Nächstes Mal hilfst du mir.«

»Sicher, ich zeige dir, wie man am effizientesten Bettpfannen ausleert.«

»Endlich werden meine geheimsten Fragen erhört«, erwiderte er theatralisch.

Nachdem ich Frau Hausers Knie gesehen hatte, war mir nicht mehr nach Scherzen zumute. Wir warfen uns einen kurzen Blick zu, die Wunde sah gar nicht gut aus. Die Ränder waren dick geschwollen, heute quoll noch mehr Eiter hervor als gestern. Zu allem Übel breitete sich auch noch ein fauliger Geruch im Raum aus. »Ich hätte ein anderes Parfüm auflegen sollen«, sagte Frau Hauser, die ebenfalls ihr Knie begutachtete.

»Rosenduft zum Beispiel.« Nick zwinkerte ihr zu.

»Sieht schlimm aus, nicht wahr?« Die Dame klang ängstlich.

»Ja, tut es«, hielt Nick nicht mit der Wahrheit hinter dem Berg. »Aber gleich sieht sich das Doktor Lehmann an und die weiß, wie wir das mit der Entzündung wieder hinkriegen. Sie ist eine der besten Ärzte hier im Krankenhaus.«

»Hoffentlich. Ich wollte doch noch eine Kreuzfahrt machen und mein Geld verprassen, bevor meine Schwiegertochter mein Sparbuch in die Hände kriegt.«

»Das klappt bestimmt«, sagte ich und legte eine frische Kompresse auf. »Ich decke die Wunde jetzt nur ab, nach der Visite bekommen Sie dann einen frischen Verband.«

»Ist gut.« Sie nickte und hielt die Luft an, als sie sich bewegte.

»Ich werde einen Arzt um ein Schmerzmittel bitten, das bringe ich Ihnen gleich.« Ich zog meine sterilen Handschuhe aus und warf sie dem alten Verband hinterher.

»Danke«, sagte Frau Hauser, als wir im Begriff waren, zu gehen.

»Wir sehen uns gleich noch mal, so schnell werden Sie uns heute nicht los«, drohte Nick scherzhaft.

Draußen auf dem Flur nahm Nick seinen Becher vom Geschirrwagen, den er vorhin dort abgestellt hatte.

»Ich hatte noch nicht mal Gelegenheit, meinen Kaffee zu trinken.«

Ich rollte mit den Augen. Oh Gott, unser Starpraktikant war ja so gestresst.

Er nahm einen Schluck. »Dann bleibt mir wohl nichts anderes übrig, als ihn während der Visite zu trinken.«

»Doktor Lehmann wird dich umbringen, wenn du das tust. Dann ist es aus mit dem Stationsliebling.« Hoffentlich! Seine Unverschämtheiten nahmen Ausmaße an, die schon nicht mehr tolerierbar waren. Er hatte wirklich vor niemandem Respekt.

»Ach, ich stecke ihn in meine Kitteltasche. Das hat sie noch nie gemerkt.« Seine stahlgrauen Augen funkelten mich an, verweilten einen Moment an meinen Lippen, ehe er den Blick hob und mich direkt ansah.

»Guten Morgen, Nick.« Steffi, eine der Lernschwestern, strahlte ihn an, als wäre sie zu irgendeinem Rockstar auf die Bühne geholt worden. Mit einer Hand strich sie sich durch ihr tizianrotes Haar, das ihr bis zu den Schulterblättern reichte. Hatte sie nicht vorhin noch einen Pferdeschwanz getragen?

Ihr Blick schweifte auffällig über seinen muskulösen Oberkörper, den selbst das weiße Krankhausoutfit unmöglich verstecken konnte. Die breiten Schultern spannten seinen weißen Kittel.

»Schade, dass man deine scharfen Tattoos heute nicht sieht«, hauchte Steffi mit glänzenden Augen und streichelte mit den Fingerspitzen seinen linken Oberarm entlang. »Sie lassen dich so aufregend und gefährlich wirken.«

Ich spürte einen Würgereiz in mir aufsteigen. Oh Gott, gleich würde ich mich bei dem Gesülze übergeben müssen.

Als sich sein linker Mundwinkel hob, erkannte ich auf der Stelle, wie er in den Flirtmodus überging. Frecherweise warf er mir an Steffi vorbei einen tiefen Blick zu, woraufhin ich hastig den Augenkontakt unterbrach. Er turtelte ernsthaft mit uns beiden gleichzeitig? So was brachte nur Nick fertig, es war nicht zu fassen.

»So gefährlich bin ich auch wieder nicht«, sagte er und klang amüsiert.

»Dann muss ich ja keine Angst vor dir haben«, gurrte sie wie eine liebestolle Taube. »Kannst du mir nach der Visite im Verbandsraum helfen?« Sie strich ihren Hals entlang. »Ich komme so schlecht an die Bandagen im oberen Regalfach.«

»Dort steht eine Trittleiter für solche Fälle«, erwiderte er trocken, ließ aber eine Strähne ihres roten Haars durch seine Finger gleiten, als würde er ihre Offerte ernsthaft in Betracht ziehen. Wahrscheinlich tat der Mistkerl das sogar. Was gab es denn bei diesem offensichtlichen Angebot für ihn noch zu zögern? Ich fragte mich, wie man sich als moderne Frau auf so billige Art und Weise einem Kerl an den Hals werfen konnte. Noch dazu an den von Nick. Mehr wunderte mich allerdings, warum er diese freizügige Einladung zu schnellem Sex während der Arbeitszeit nicht sofort annahm.

»Willst du mir dann nicht wenigstens im Verbandsraum Gesellschaft leisten?«, ließ Steffi nicht locker und schmiss sich so dicht an ihn heran, dass nicht mal mehr eine Krankenakte zwischen die beiden gepasst hätte. Wie konnte man sich dermaßen erniedrigen?

Er schüttelte den Kopf. »Sorry, keine Zeit. Hab zu viel zu tun.«

Steffis Lippen verkniffen sich zu einem schmalen Strich. »Dann halt nicht.« Beleidigt rauschte sie an ihm vorbei den Gang hinunter. Selbst Schuld. Wusste sie nicht, dass man bei dem Blödmann mit allem rechnen musste? Immerhin führte er sich nicht erst seit gestern wie ein Gottesgeschenk an die Frauenwelt auf.

»Hast *du* vielleicht Lust auf einen Abstecher in den Verbandsraum?« Er zwinkerte mir zu und ich wusste, dass er mich verarschte.

»Nachdem ich dir dein selbstgefälliges Grinsen aus dem Gesicht geschlagen habe, jederzeit«, erwiderte ich mit zuckersüßer Stimme. »Danach bandagiere ich dir im Verbandsraum gern deinen Mund.«

»Hey, war doch nur Spaß.« Er klang, als meinte er tatsächlich, was er daherplapperte. Aber ich blieb auf der Hut.

»Lass deine blöde dauernde Anmache«, sagte ich mit fester Stimme. »Dass ich zu Studienbeginn mal kurz für dich geschwärmt habe, war ein Anfall von geistiger Umnachtung, weiter nichts. Das ist schon so ewig lang vorbei, du kannst dir die dummen Witze langsam echt sparen.«

»Habe ich behauptet, dass ich Witze mache? Hör doch einfach auf, dich zu sträuben.« Nick rückte gefährlich nah an mich heran.

»Spring über deinen Schatten«, raunte er verführerisch.

Ich schluckte, mein Puls pochte bis hoch in den Hals. Was zog er jetzt schon wieder für eine Show ab? »Damit du das Motorrad bekommst?« Ich konnte nur schwer mit der Situation umgehen, vor allem mit dem Punkt, dass er mir so nah kam. Meine Unsicherheit schnappte mich mit eisernem Griff. Obwohl ich Nick für seinen unterirdischen Charakter aus tiefstem Herzen verabscheute, war mir sehr wohl bewusst, wie attraktiv er aussah. Da stand dieser Angeber vor mir, mit diesem makellosen Äußeren und meine Hemmungen wuchsen in den Himmel.

»Scheiß auf das Motorrad.« Sein warmer Atem streifte meine Wange. »Komm schon, Aida, du willst es doch auch.«

»Nein, will ich nicht.« Ich trat einen Schritt zurück und wurde wieder klar im Kopf. Nick war wie ein Wolf, der noch ein wenig mit seiner Beute spielte, bevor er sie verspeiste. Der Mistkerl testete mich.

Schließlich fuhr er sich mit einer Hand durch die Haare. »Du bist eine echt harte Nuss«, sagte er. »Schade, dass gleich die Visite beginnt. Vielleicht hätte ich dich sonst doch noch in den Verbandsraum gelotst.«

Ich knirschte mit den Zähnen, weil mir leider auf die Schnelle keine schlagfertige Antwort einfiel. Nick war das Letzte, das Allerletzte.

»Jungelchen, kannst du mir kurz helfen?«, hörte ich neben uns die steinalte Frau Jakob fragen. Obwohl sie wahrscheinlich auf die Hundert zuging, war sie noch außerordentlich rüstig. Sie hielt ihm ihren linken Fuß entgegen; die Schnürsenkel ihres grellpinken Turnschuhs hingen lose herunter.

Nick stellte seinen Kaffeebecher auf den Geschirrwagen. »Aber gern. Vor Ihnen gehe ich sogar auf die Knie, Frau Jakob.« Theatralisch sank er nach unten und machte sich an den Schnürsenkeln zu schaffen.

Mein Blick fiel auf zwei Salzpäckchen, die irgendein Patient auf seinem Frühstückstablett zurückgelassen hatte. Nach einem Moment des Zögerns riss ich sie auf, lüpfte den Plastikdeckel und ließ den Inhalt in Nicks Kaffee rieseln. Gerade hatte ich mit einem Holzstäbchen umgerührt, da erhob er sich wieder. Hastig ging ich einen Schritt beiseite.

»Doktor Lehmann ist im Anmarsch«, sagte ich auf die kleine Menschentraube in weißen Kitteln deutend, die die Oberärztin in ihre Mitte genommen hatte.

Nick griff nach seinem Kaffee und ließ ihn in der Kitteltasche verschwinden, ehe wir dazustießen.

4. Kapitel

Doktor Lehmann schenkte Nick ein winziges Lächeln, als wir die Gruppe erreicht hatten. Mich übersah sie vollkommen. Ich war mir sicher, dass sie nicht einmal meinen Namen kannte. Die akkuraten Konturen ihres dunkelbraunen Bobs betonten die Härte in ihrem Gesicht, die nur eben einen Moment gewichen war, als sie meinen Kommilitonen erspäht hatte. Marga streckte sich seitlich hinter der Oberärztin und winkte verhalten in meine Richtung, ihre Augen glühten vor Vorfreude.

»Dann sind wir jetzt vollzählig und können mit der Visite beginnen«, sagte Doktor Lehmann und setzte sich in Bewegung. Ich ließ sie vorüberziehen und gesellte mich zu Marga.

»Ich bin so aufgeregt, unsere erste Visite«, flüsterte sie mir ins Ohr.

»Ich auch«, pflichtete ich ihr bei, dachte dabei aber komischerweise an Nicks Kaffee und fragte mich, wann er wohl den ersten Schluck nehmen würde. Als erstes steuerten wir Frau Hausers Zimmer an. Meine Hände wurden feucht bei der Vorstellung, die strenge Oberärztin könnte vor der versammelten Mannschaft ein paar Fragen zur Patientin an mich richten. Andererseits fände ich das auch cool. Gestern Vormittag hatte ich vor lauter Sorge ein paar Fachbücher gewälzt und mich in Frau Hausers Fall eingelesen. Nun wusste ich ungefähr, wie die weitere Behandlung verlaufen würde. Das wäre der Hammer, wenn ich vor allen Anwesenden mit meinem Fachwissen glänzen könnte, vielleicht würde Doktor Lehmann sogar mein Name im Gedächtnis bleiben.

Wir scharten uns um das Patientenbett, Doktor Lehmann ließ sich die Krankenakte reichen und studierte sie ausgiebig. Meine Fingerspitzen kribbelten, sie las gerade, was ich hineingeschrieben hatte.

»Guten Morgen, Frau Hauser. Ihrem Knie geht es immer noch nicht besser, wie ich lese.«

»Nein.« Frau Hauser schüttelte traurig den Kopf. »Im Gegenteil. Ich finde, es ist schlimmer geworden.«

Mit einem Nicken gab sie die Akte an den Assistenzarzt zurück und sah sich um.

»Aida di Giorgio«, sagte sie plötzlich mit nachdrücklicher Stimme, worauf ich sichtlich zusammenzuckte.

»Ja«, piepste ich wie eine Maus und räusperte mich. Zaghaft trat ich einen Schritt vor.

»Nehmen Sie bitte die Kompresse herunter.«

Mein Herzschlag schwoll an, sie kannte dank der Krankenakte jetzt meinen Namen, zudem durfte ich vor ihren gestrengen Augen die Kompresse entfernen und vielleicht sogar mit einer Oberärztin über eine Verletzung fachsimpeln. Heute hatte ich das große Los gezogen. Yeah! Marga stieß mir ihren Ellenbogen in die Rippen, sie zappelte neben mir herum und schien noch aufgeregter zu sein als ich.

»Das ist so cool, du Glückspilz«, raunte sie, mir einen leichten Schubs gebend, der mich nach vorn zum Bett bugsierte.

Alle Augen waren auf mich gerichtet, als ich vorsichtig das Stück Gazestoff anhob, das infizierte Gewebe freilegte und es so stolz präsentierte wie ein Archäologe einen prähistorischen Fund.

Doktor Lehmann trat näher und begutachtete die Verletzung von allen Seiten, streifte sich ein Paar sterile Handschuhe über und betastete die äußere Verdickung unter dem leisen Ächzen von Frau Hauser. Die Ärztin sah auf und mir direkt in die Augen. Mein Magen schlug Purzelbäume.

»Was haben wir hier?«, fragte sie auf das geschwollene Knie deutend.

Ich räusperte mich. »Nach einem Sturz hat sich die Wunde infiziert und ist über mehrere Tage nicht geheilt. Die Stelle zeigt die klassischen Entzündungszeichen wie Rötung, Schwellung, Wärme. Außerdem hat die Patientin starke Schmerzen und kann das Gelenk nur eingeschränkt bewegen. Der erste Abstrich hat eine Infektion mit *Staphylococcus aureus* ergeben. Trotz oraler Eingabe von Antibiotika klingt die Infektion nicht ab und an den Rändern zeigen sich teilweise erste Anzeichen von Nekrose.« Mein Puls im Hals pochte.

»Gut«, sie nickte mir zu und verlagerte ihr Interesse hin zur Ärzterunde. Wie? Das war es schon gewesen? Was war mit alternativen Behandlungsmethoden, dem weiteren Verlauf, den nächsten Schritten? Meine Einschätzung zum Fall. Warum, verdammt noch mal, fragte sie mich nichts? Ich wusste alles, eigentlich könnte ich die Patientin mit Leichtigkeit selbst behandeln.

»Nick«, hörte ich sie sagen und ächzte innerlich auf. Ausgerechnet. Was wollte sie jetzt mit dem, wenn ich neben ihr stand? Nick schob sich zwischen einem Arzt und Marga hindurch und kam näher.

»Ja, Doktor Lehmann?«, fragte er mit deutlichem Respekt in der Stimme.

»Schauen Sie sich die Wunde mal an.« Sie deutete in Richtung von Frau Hauser.

»Das habe ich vorhin schon getan«, erwiderte er völlig unbeeindruckt, als wäre seine Vorab-Visite das Normalste auf der Welt gewesen.

»Oh.« Doktor Lehmann nickte beeindruckt. »Obwohl Sie dem Zimmer gar nicht zugeteilt sind?«

»Ich machte mir Sorgen, als ich hörte, dass Frau Hausers Knie noch immer eitert, deswegen habe ich nachgesehen.« Während er redete, schenkte er Frau Hauser ein freundliches Lächeln, das diese selbstverständlich sofort erwiderte.

Dieser elende Schleimer. Was bildete er sich eigentlich ein? Sie war meine Patientin und nicht seine. Mittlerweile hatte Doktor Lehmann vollkommen vergessen, dass ich existierte. Ihre ganze geschätzte Aufmerksamkeit galt Nick, während ich wie ein Trottel mit der besudelten Kompresse in der Hand neben ihnen stand.

»Wie würden Sie die Patientin behandeln, Nick?«

WAS? Das war meine Frage, mein Part, meine Patientin. Wieso fragte sie jetzt ihn? Ich wusste genau Bescheid, man würde einen Abstrich der Wunde machen und davon ein Antibiogramm anfertigen, zur Bestimmung von Empfindlichkeit und Resistenz der Krankheitskeime.

»Ich würde einen weiteren Abstrich mit Schwerpunkt auf multiresistente Erreger machen. Außerdem ist eine Duplexsonographie sinnvoll. Die Patientin muss sorgfältig auf Anzeichen einer Blutvergiftung hin im Auge behalten werden. Bis ein Ergebnis vorliegt, könnte man zur Unterstützung der Antibiotikagabe beim Spülen der Wunde eventuell mit alternativen Heilmitteln arbeiten«, hörte ich Nick neben mir sagen und hätte ihm am liebsten die versiffte Kompresse um die Ohren gehauen.

»Sehr gut, Nick. Ich bin beeindruckt.« Doktor Lehmann nickte, während sie ihm mal wieder eines ihrer seltenen Lächeln vergönnte. Ich hätte ausflippen können über diese himmelschreiende Ungerechtigkeit. Der Assistenzarzt redete leise dazwischen und forderte Doktor Lehmanns Aufmerksamkeit, die beiden steckten flüsternd die Köpfe zusammen. Worüber sie wohl redeten? Über Nicks sofortige Beförderung für diesen grandiosen Auftritt?

Ich spürte Nicks Blick wie Sonnenbrand im Nacken und wandte mich ihm reflexartig zu. Völlig locker griff er in die Jackentasche seines Kittels, förderte den Kaffeebecher zutage und drehte sich seitlich, ehe er einen großen Schluck daraus trank.

Ich hörte ihn röcheln und hätte nie gedacht, dass der braun gebrannte Nick rot anlaufen könnte. Seine Backen blähten sich auf, offenbar ließ sich das Zeug nicht herunterschlucken, er kämpfte sichtlich mit der Atmung.

Ein noch nie dagewesenes Gefühl von kindischer Genugtuung überkam mich. Ich konnte meine unverhohlene Freude nicht unterdrücken, was natürlich taktisch unklug war, und strahlte Nick wie eine 500-Watt-Lampe an. In der Hoffnung, dieser Moment möge nie vergehen, war ich sogar versucht, mein Handy aus der Kitteltasche zu zücken. Dieser Augenblick musste für die Ewigkeit festgehalten werden. Schweren Herzens verzichtete ich darauf, wahrscheinlich würde Doktor Lehmann einen Schnappschuss während der Visite nicht wirklich lustig finden.

»Und was würden Sie als Nächstes machen, Nick?«, hörte ich Doktor Lehmann neben mir, was meinem Triumpf eine ganz besondere Würze verlieh.

Nick schluckte dreimal hintereinander, begleitet von Würgegeräuschen, die wie ein Streichkonzert in meinen Gehörgängen hallten. Dann holte er tief Luft.

»Alles in Ordnung mit Ihnen?« Die Oberärztin musterte Nick irritiert.

»Ja, alles in Ordnung« keucht er und wischte sich immer wieder über die Lippen. Er warf mir einen so finsteren Blick zu, als hätte ich soeben seine gesamte Familie ausgelöscht. Wie kam der gleich auf mich?

»Ist wirklich alles in Ordnung?«, fragte ich gespielt mütterlich. »Hast du etwas in den falschen Hals gekriegt?«

»Nein«, knurrte er wie ein Bernhardiner und schüttelte sich hustend. »Reizhusten«, erklärte er und hustete noch einmal in seine Faust.

»Dann schonen Sie Ihre Stimme.« Doktor Lehmann sah mich an. »Wie würden Sie weiter vorgehen? Ich weiß, Sie sind noch Studentin, aber haben Sie vielleicht eine Idee?«

Als ob er kein Student wäre ...

Es gab doch einen Gott. Ich schickte ein kurzes Dankgebet gen Himmel, ehe ich mit gewichtiger Stimme mein gestern angelesenes Wissen präsentierte. »Es scheint nicht auszureichen, die Wunde regelmäßig zu spülen, sie sollte deshalb chirurgisch gereinigt werden. Da das Antibiotika bisher keine Wirkung gezeigt hat, sollte man zusätzlich zu dem Abstrich ein Antibiogramm anlegen und das Mittel, das sich als wirksam erweist, intravenös verabreichen. Zeigt der Abstrich, dass multiresistente Krankenhauskeime, wie MRSA, nicht ausgeschlossen werden können, muss die Patientin isoliert werden.«

»Sehr gut, Frau ...« Sie warf einen Blick in die Krankenakte. »Frau di Giorgio. Ich bin sehr beeindruckt. Das haben Sie perfekt erklärt.« Dann wandte sie sich an die Patientin. »Wir machen nachher einen Abstrich von der Wunde und setzen die Behandlung mit einem anderen Antibiotikum fort. Mit dem neuen Medikament sollten wir das Problem schnell in den Griff kriegen.«

»Vielen Dank.« Frau Hauser wirkte erleichtert.

Die Truppe setzte sich wieder in Bewegung. Ich schwebte wie mit Engelsflügeln, das war so cool gewesen. Ich hatte mir den besten Job der Welt ausgesucht, der wie für mich gemacht war.

»Du kleines Miststück«, raunte Nick mir ins Ohr.

»Wovon redest du?« Ich tat empört.

»Du weißt genau, wovon ich rede.« Er räusperte sich erneut.

»Geht's um deinen Reizhusten? Soll ich dir nachher den Hals mit Jod auspinseln?«, schlug ich hilfsbereit vor und bog um die Ecke in den Flur.

Nick musterte mich zwar finster, musste sich eine Antwort allerdings verkneifen, denn er geriet ins Visier von Doktor Lehmann, die ihm einen merkwürdigen Blick zuwarf. Er straffte sich und rückte von mir ab. Hach, das Leben konnte manchmal einfach wunderbar sein.

5. Kapitel

Völlig erschlagen verließ ich am Spätnachmittag das Krankenhaus. Draußen tröpfelte es leicht, alles war nass. Die großen Pfützen am Boden, in denen sich das Sonnenlicht spiegelte, verrieten, dass sich ein heftiger Regenschauer über die Stadt ergossen hatte. Vor lauter Arbeit hatte ich nichts davon mitbekommen. Zügig marschierte ich los in Richtung S-Bahn-Haltestelle, die feinen, lauwarmen Tropfen fühlten sich herrlich erfrischend auf meinem Gesicht an. Von Erlangen waren es zwanzig Minuten mit der Bahn bis nach Nürnberg, Zeit genug für ein kleines Nickerchen nachher im Abteil, das ich bitter nötig hatte. Immer wieder stieg Nicks entsetztes Gesicht vor meinem inneren Auge auf, in dem Moment, als er den Schluck des Salzkaffees nicht herunterbekommen hatte. Ich gratulierte mir selbst zu diesem grandiosen Einfall. Der kleine Dämpfer, den ich Nick hatte verpassen können, war umso süßer gewesen, weil ich endlich einmal die Chance erhalten hatte, meine Fähigkeiten vor allen anwesenden Ärzten unter Beweis zu stellen. Ich hatte mich wie ein Experte gefühlt, den man in einer wichtigen Angelegenheit um seinen hochgeschätzten Rat gefragt hatte. Vielleicht sollte ich in meiner Freizeit mehr Fachbücher lesen. Schluss mit diesen ganzen Erotikromanen. Christian Grey konnte mir nicht das geben, was ein eiterndes Knie für mich bedeutete. Manchmal musste man eben Prioritäten setzen.

Ein Auto brauste mit aufheulendem Motor von hinten heran und fuhr in rasantem Tempo an mir vorbei, direkt durch eine Pfütze. Die hochschießende Wasserfontäne prasselte nach allen Seiten und traf mich mit voller Wucht. Erschrocken japste ich nach Luft. Schmutzwasser triefte von meinen Haaren und mein weißes Outfit war von oben bis unten mit Dreckspritzern übersät. Als ich dem Wagen hinterhersah, knirschte ich mit den Zähnen. Es war eindeutig Nicks auffällig rotes Cabriolet. Elender, hinterhältiger Bastard. Das würde er mir büßen.

Selten kam mir der Heimweg länger vor und vor lauter Wut schaffte ich es noch nicht einmal, ein wenig zu dösen. Entsprechend erschöpft schleppte ich mich zu Hause ins Wohnzimmer und warf mich aufs Sofa. Mit beiden Händen glättete ich mein zerzaustes Haar, das nach allen Seiten abstand, als hätte ich es mir gerauft. Pia kam herein und reichte mir ein Glas *Cherry Coke.* »Du siehst aus, als hättest du einen Drink bitter nötig.«

Ich nahm ihr das Glas ab. »Danke, das habe ich auch.« Pia war wirklich ein Schatz. Wir wohnten zwar erst seit ein paar Monaten als WG zusammen, aber freiwillig würde ich sie nie mehr hergeben. Als meine vorherige Mitbewohnerin mit ihrem Freund nach Barcelona gezogen war, hatte der mir im Gegenzug seine Schwester Pia als Nachfolgerin für das leer stehende Zimmer vermittelt. Zu dem Zeitpunkt hatte Pia gerade erst mit dem BWL Studium in Nürnberg begonnen, da sie die Uni in München geschmissen hatte.

Nachdem ich einen großen Schluck Cherry Cola getrunken hatte, fühlte ich mich auf jeden Fall erfrischter. »Du hättest ruhig einen Schuss Bacardi hineinmischen können. Nach diesem Tag brauche ich was Härteres.«

Sie setzte sich neben mich und streichelte mitleidig meine Schulter. »Was ist denn mit dir passiert? Hast du Schlamm-Wrestling gemacht?«

»Nick«, sagte ich knapp, der Name allein sollte als Erklärung für meinen ramponierten Zustand ausreichen. Nach einer kleinen Pause, in der Pia mich fragend musterte, als wäre ihr der Typ vollkommen unbekannt, fügte ich hinzu: »Ich bin fix und fertig. Stell dir vor, was Nick heute schon wieder gemacht hat.« Mein Seufzer geriet vielleicht etwas theatralisch, aber sei's drum.

»So schlimm?« Sie setzte sich seitlich auf die Waden. Eine ganze Reihe zusätzlicher Sommersprossen tummelten sich seit unserem Besuch am See auf ihrer Nase. Obwohl Pia gestern die meiste Zeit im Schatten gelegen war, zierte noch immer ein Hauch von Röte ihre helle Haut.

Ich stellte das halb leere Glas auf dem Sofatisch ab. »Er ist mit seinem beschissenen Cabrio durch eine riesengroße Pfütze gefahren, natürlich genau in dem Moment, als ich da langgelaufen bin.«

Pia lachte kopfschüttelnd. »Ihr könntet eure Differenzen zur Abwechslung auch mal wie zwei Erwachsene austragen. Indem ihr euch einfach ignoriert zum Beispiel.« Interessiert musterte sie die braunen Spritzer, die bis hoch zu meinen Schultern reichten, als würde sie im Kaffeesatz lesen.

Ich winkte ab, sie hatte ja keine Ahnung. »Kultivierten Umgang kannst du mit dem Kindskopf vergessen.«

»Das war auch nicht sehr nett von ihm. Warum hat er das gemacht?«

»Keine Ahnung.« Ich spürte, wie Hitze in meinem Gesicht bis hoch zur Stirn kroch.

»Bist du sicher?« Pia schnappte sich mein Glas und trank einen Schluck.

»Okay, ich hab ihm heute Morgen Salz in seinen Milchkaffee gestreut.«

»Aida«, mahnte sie mich scharf und erinnerte mich dabei erschreckend an meine Mutter. Mist, die hatte ich gestern auch noch anrufen wollen. Das Telefonat musste ich nachher schleunigst nachholen, sonst schickte sie mir am Ende noch ein Suchkommando auf den Hals.

»Was?« Ich hob die Hände. »Er wollte mir eine schnelle Nummer in der Verbandskammer aufschwätzen.«

»Und weil du nicht mitgemacht hast, hat er dir im Gegenzug eine Pfützendusche verpasst«, schlussfolgerte sie.

»So ähnlich.« Ich winkte ab, alle Details musste sie auch nicht wissen. »Egal. Themenwechsel. Was ist mit Chad, dieser Birne? Hat er sich schon gemeldet?«

»Er kam heute Morgen vorbei.« Sie zuckte mit den Achseln, als wäre das nichts Besonderes.

»Oh, oh.« Der Mann hatte Courage, das musste man ihm lassen. Pia hatte gestern nicht so gewirkt, als wollte sie lediglich eine Nacht über den Knatsch schlafen.

Der Hauch eines Lächelns streifte über Pias Gesicht. »Chad stand völlig aufgelöst vor der Tür und erzählte mir, sein Goldfisch wäre entführt worden und nun wüsste er nicht, was er tun sollte. Er hatte einen Erpresserbrief dabei, in dem stand, dass der Kidnapper den Fisch erst wieder rausrücken würde, wenn ich mich mit ihm versöhne. Die Handschrift sah schwer nach der seines Mitbewohners aus.«

Ich prustete in meine Hand. »Ist das niedlich. Und? Was hast du gemacht?« Chad hatte wirklich dermaßen einen an der Klatsche, aber dafür fielen ihm auch immer die süßesten Aktionen ein, um Pia milde zu stimmen. Und mit diesen Missionen hatte er an manchen Wochen viel zu tun.

»Ich habe mir den Brief durchgelesen, in dem stand klipp und klar, dass Franky wohl für immer in den Weiten der Kanalisation verschwinden würde, wenn ich nicht einlenke. Was sollte ich da tun?« Sie hob die Hände an. »Nachher bin ich noch schuld an Frankys verfrühtem Ableben«, gluckste sie. »Also hab ich Chad reingelassen, zufällig hatte er noch Brötchen und eine Flasche Sekt dabei, wie gemacht für ein Frühstück im Bett. Wir haben wirklich alles für Frankys Rettung gegeben, das kannst du mir glauben.« Sie nahm meine Hand und sah mir in die Augen. »Es war für einen guten Zweck, was sollte ich tun? Ich wollte ein Leben retten.«

»Du hast dich sozusagen geopfert«, spielte ich mit.

»Treffender hätte ich es nicht formulieren können.« Lachend stand sie auf. »Ich hab echt keine Ahnung, warum ich so an dem Blödmann hänge. Vor allem, da er sowieso nur noch ein paar Wochen hier ist. Warum halse ich Idiotin mir absichtlich eine Riesenladung Herzschmerz auf? Bin ich masochistisch veranlagt?«

»Weil du ihn liebst.« Ich kratzte etwas angetrockneten Dreck von meiner Hose. »Wer weiß, was kommt. Die absolute Sicherheit hast du sowieso nie.«

»Das stimmt auch wieder.«

Sie setzte sich in Bewegung. »Ich muss lernen. Dank Chad habe ich heute meine Statistikvorlesung verpasst.«

»Viel Spaß mit den Zahlen.« Ich winkte ihr zu und kramte mein Handy aus der Tasche, um meine Mutter anzurufen, die mir die letzten Tage schon fünf Nachrichten hinterlassen hatte. Mein schlechtes Gewissen regte sich, weil ich mich viel zu selten bei ihr meldete. Aber in meinem Leben war einfach so viel los, dass die Zeit nur so dahinflog.

»Löwenstein«, meldete sich meine Mam mit fröhlicher Stimme. Nach der Scheidung von meinem Vater vor siebzehn Jahren hatte sie ihren Mädchennamen wieder angenommen. Damals war ich gerade erst sechs Jahre alt gewesen, aber ich erinnerte mich noch deutlich, wie er eines Morgens das Haus verlassen hatte und einfach nicht mehr zurückgekehrt war. Seit diesem Tag hatte ich nichts mehr über seinen Verbleib in Erfahrung bringen können, als hätte mein Vater aufgehört, zu existieren. Noch immer tat mein Herz weh, wenn ich daran dachte.

»Hi, Mam. Wie geht's?«

»Gibt es dich auch noch? Ich versuche seit Tagen, dich zu erreichen.« Sie klang ein wenig vorwurfsvoll.

»Tut mir leid, ich habe so viel im Krankenhaus zu tun, Überstunden ohne Ende. Ich bin fix und fertig.«

»Du Ärmste«, sofort veränderte sich ihr Tonfall, wurde mitleidig und besorgt. »Ob dieser Beruf wirklich das Richtige für dich ist, wenn du dabei zugrunde gehst?«

»Tue ich nicht, der Job ist toll. Ist halt nur gerade etwas stressig, das ist alles. Was gibt es Neues bei dir?«, wechselte ich das Thema und gähnte. Heute würde ich früh schlafen gehen.

»Nicht viel. Ich habe mich für einen Malkurs bei der Volkshochschule angemeldet. Aquarell mit Schwerpunkt Blumen.«

»Klingt toll, das macht bestimmt Spaß.« Ich freute mich, dass meine Mutter endlich mal wieder etwas für sich tat.

»Du hast mich ja auch lang genug bequatscht«, stellte sie lachend fest. »Ich hoffe, du bist jetzt zufrieden.«

»Für den Anfang auf jeden Fall. Du wirst sehen, ein bisschen Abwechslung wird dir guttun.« Meine Mutter konnte richtig toll malen. Als ich klein war, hatte sie mein Zimmer in ein Aquarium verwandelt, indem sie die Wände mit Fischen, Meeresschildkröten und Nixen in eine riesige Unterwasserwelt umgestaltet hatte. Dorthin hatte ich mich nach dem Unfall am liebsten zurückgezogen, überall war Wasser gewesen, in meinen vier Wänden hatte mir nichts passieren können.

»Ich hoffe nur, Opa kommt solang allein zurecht«, gab sie zu bedenken.«

»So ein Kurs dauert doch nicht länger als zwei oder drei Stunden, das ist doch kein Problem.« Ich spürte ihre Zweifel durch das Telefon. Hoffentlich meldete sie sich nicht wieder ab. Seit zehn Jahren pflegte meine Mutter hingebungsvoll meinen Opa, der nach einem Schlaganfall halbseitig gelähmt war. »Und wenn es gar nicht anders geht, sag mir Bescheid. Ich versuche es so einzurichten, dass ich in der Zeit heimkommen kann.« Mein Elternhaus lag nur eine halbe Stunde von Nürnberg entfernt. Irgendwie schafften wir

Franken es nicht, den Landkreis zu verlassen. Unser Herz hing einfach an der Gegend.

»Quatsch«, schlug sie mein Angebot aus. »Du hast sowieso schon so viel zu tun. Das kriege ich schon irgendwie geregelt. Aber was ich dich fragen wollte. Magst du Sonntag nicht zum Mittagessen kommen? Opa und ich vermissen dich so.«

Sonntag hatte ich frei, das würde passen. »Wenn du deinen leckeren Sauerbraten mit Klößen machst, hätte ich nichts dagegen.« Meine Mutter war die beste Köchin der Welt. Ich war schon viel zu lang nicht mehr zu Hause gewesen und vermisste die beiden und ihr Essen total.

»Kriegst du. Ich koche die doppelte Portion, dann kannst du den Rest für dich und deine Mitbewohnerin mitnehmen.«

Das klang verlockend, Pia würde sich sicher auch freuen. Leider waren unser beider Kochkünste nicht die besten, weshalb es meistens nur Milchreis oder Nudeln mit Ei gab. »Super. Ich freue mich. Bis Sonntag dann.«

»Ich mich auch. Hab dich lieb, Schatz.«

»Ich dich auch, Mam. Tschüss.«

Nachdem ich aufgelegt hatte, schnappte ich mir meinen E-Book-Reader vom Tisch und kuschelte mich in die Sofakissen. Gestern hatte ich mir einen heißen Erotikroman heruntergeladen, den würde ich mir jetzt zu Gemüte führen.

6. Kapitel

Nach nur fünf Stunden Schlaf stand ich wieder im Krankenhaus und begann meine Schicht. Der Roman gestern hatte mich so umgehauen, dass ich ihn nicht aus der Hand legen konnte und die Story in einem Rutsch gelesen hatte. Ich befand mich noch immer im Rausch der Gefühle. Der Kerl in der Geschichte hatte es wirklich draufgehabt. Was der im Bett alles mit seiner Auserwählten angestellt hatte, lag beinah jenseits meiner Vorstellungskraft.

Am liebsten würde ich auch einmal einen sexy-versauten Erotikroman schreiben, jedoch fehlte mir für dieses Vorhaben leider die Erfahrung. Mit Linus damals hatte es nicht gerade Erdbeben im Bett gegeben. Und seit Linus hatte ich mich auch auf keinen Typen mehr eingelassen. Ich reagierte gar nicht erst auf Flirtversuche und geriet allein beim Gedanken, einem Mann sexuell näherzukommen, in helle Panik. Welchen Mann überkamen beim Anblick meines nackten Körpers schon erotische Fantasien?

Meine Entstellung würde mir wohl leidenschaftliche Kissenschlachten mit tollen Kerlen für immer verwehren. Der Gedanke schaffte mich und ich verfluchte das Schicksal für seine Grausamkeit. Warum hatte es damals ausgerechnet mich treffen müssen? Ich war ein kleines Mädchen gewesen, das niemandem etwas getan hatte.

Schon von Weitem sah ich Marga neben dem Stationszimmer an der Wand lehnen, die sich angeregt mit Nick unterhielt. Sie gestikulierte wild in der Luft herum, während er sich mit einer Hand an der Mauer abstützte und ihr aufmerksam lauschte. Was hatten die beiden denn so intim zu bereden? Der Kerl ließ wirklich nichts anbrennen. Ob er Marga ebenfalls auf einen Ausflug in die Verbandskammer einlud? Es regte mich tierisch auf, dass Nick anscheinend bei jeder Frau dieselbe Masche abzog. Was sonst säuselte er ihr wohl ins Ohr? Marga tat kein bisschen spröde. Als er irgendwas antwortete, lächelte sie lasziv und wickelte eine Strähne ihrer mittelblonden Locken um den Zeigefinger. Mit langsamen Schritten kam ich näher, die beiden hatten mich noch nicht entdeckt. Nick redete leise auf sie ein, ab und an schenkte Marga ihm ein glockenhelles Lachen. Ich fragte mich, wie diese intelligente Frau auf Nicks durchschaubares Getue hereinfallen konnte. Überhaupt war er so oft mit irgendeiner Frau in ein Gespräch vertieft, dass ich mich schon fragte, wann der Kerl eigentlich mal arbeitete. Wie ein brünstiger Keiler legte Nick seine Duftspur von der Ambulanz bis hoch zur Neugeborenen-Intensiv. Keine Frau unter dreißig, die hier arbeitete und halbwegs passabel aussah, war vor ihm sicher.

»Ach, das hab ich doch gestern gern gemacht«, hörte ich Nick mit kratziger Stimme sagen, als ich bei ihnen angelangt war.

»Trotzdem, ohne dich hätte die Lehmann uns nie mit zur Visite genommen. Das war so cool. Du bist ein Schatz.« Margas Blick verweilte auf seinen Lippen, als stünde sie kurz davor, ihn hier auf dem Gang zu vernaschen. Meine Schultern spannten sich an, während ich betont locker das kleine Geplänkel mit einem *Guten Morgen* unterbrach.

Nick wandte den Kopf und stieß sich von der Wand ab. Als er einen Schritt zurücktrat, wurde Margas Miene länger.

»Morgen«, grüßte er lächelnd, in seinen grauen Augen glitzerte es, als er mir einen ausgedehnten Blick vergönnte, der mich glücklicherweise kaltließ.

Marga verschränkte die Arme vor der Brust und wirkte nicht, als würde sie sich über mein plötzliches Auftauchen freuen. Ich musste ein Augenrollen unterdrücken. Auch sie kannte Nick seit dem ersten Semester und müsste eigentlich wissen, dass das seine übliche Masche war.

»Na, alles klar bei dir?«, fragte Nick und deutete mit dem Kinn in meine Richtung. Eine winzige Vertiefung fiel mir dort auf, noch immer umschatteten Barstoppeln sein Gesicht und verliehen ihm etwas Draufgängerisches.

»Geht so. Bin nur etwas müde, war gestern lang wach.« Ich unterdrückte ein Gähnen.

»Allein?«, fragte Nick und musterte mich interessiert.

»Nein«, gab ich überspitzt zurück. »Mit einem Buch.«

»Oh, du liest.« Er klang beeindruckt. »Was liest du denn gerade?«

Mist. Sollte ich ihm etwa auf die Nase binden, dass ich gestern *Bestrafe mich, mein Milliardär* verschlungen hatte? Mein Gehirn sprang an und ratterte auf Hochtouren. »Ähm, also, das war so ein

Klassiker, von diesem Dingens, diesem Literaturnobelpreisträger – wie hieß er noch gleich?« Ich rieb meine feuchten Handflächen, während Nick geduldig auf den Namen des verflixten Autors wartete.

»Ich geh dann mal.« Marga rauschte davon. Ein wenig tat es mir leid, sie verärgert zu haben. Ich konnte schließlich nichts dafür, dass Nick mich sofort in eine Unterhaltung verwickelt hatte. Wer konnte schon ahnen, dass dieser oberflächliche Wicht sich für Bücher interessierte? Wahrscheinlich tat er sowieso nur so, machte einen auf belesen, weil er glaubte, seine intellektuelle Ader käme in der Damenwelt gut an. Hier bot sich gerade eine günstige Gelegenheit ihn auflaufen zu lassen. Ich kramte in den Tiefen meines Gedächtnisses fieberhaft nach dem Namen eines Autors, über den ich einmal etwas gelesen hatte. Leider fiel er mir partout nicht ein, aber Nick hatte wahrscheinlich sowieso keine Ahnung, deswegen pokerte ich.

»Dieser peruanische Autor, du kennst ihn bestimmt nicht. Aber er schreibt herrliche Bücher, ein richtiger Sprachakrobat. Anspruchsvolle Unterhaltung ist bei ihm garantiert. Was dieser Mann an schriftstellerischem Können präsentiert, ist ein beinah greifbares Erlebnis, das eine unangefochtene Virtuosität der Worte voraussetzt, wenn er diese in seine ganz eigene Erzählsprache transkribiert. Ein Meister seines Fachs.« Hoffentlich hatte ich nicht zu dick aufgetragen. Nick betrachtete mich ohne äußere Regung. In Gedanken unterzog ich meine Aussage noch mal einer Prüfung, leider konnte ich mich an meinen eigenen genauen Wortlaut nicht mehr erinnern. Egal. Ob er mir mein Gerede abkaufte? Bestimmt. Ich konnte mir nicht vorstellen, dass dieser Klugscheißer in seiner Freizeit freiwillig ein Buch in die Hand nahm.

Zu meiner Überraschung nickte er anerkennend. »Meinst du Mario Vargas Llosa? Der ist in der Tat klasse. Ich liebe seine Bücher. Welches liest du gerade?«

Oh, nein. Das durfte doch nicht wahr sein. Dieses Großmaul kannte sich mit Literaten aus? »Oh, ähm, also.« Ich schnippte wie wild in der Luft herum. »Ich komme gerade nicht auf den Titel. Wie war der noch gleich?«

»Meinst du *Himmel und Hölle*?«, gab er mir glücklicherweise eine Vorlage.

Ich klatschte in die Hände, als hätte ich soeben ein Zeichen von ganz oben erhalten. »Genau das. Es lag mir auf der Zunge.«

Nick deutete mit dem Zeigefinger auf mich. »Hättest du gedacht, dass Silvio der Mörder ist?«, fragte er, während ich innerlich zusammenbrach. »Also, ich wäre im Leben nicht darauf gekommen. Die ganze Zeit über hatte ich Wilda in Verdacht, aber dann dieser fiese Plot-Twist am Ende.«

Himmel noch mal, er wollte jetzt nicht wirklich mit mir über dieses verdammte Buch quatschen. »Also ... ich hatte Silvio schnell in Verdacht.« Überall musste er sich einmischen, es war nicht zum Aushalten. Theatralisch warf ich einen Blick auf mein Handy. »Schon so spät, ich muss Frau Hausers Verband wechseln und nachsehen, ob das neue Antibiotikum angeschlagen hat. So gern ich es wollte, ich habe leider gerade überhaupt keine Zeit, mit dir über *Himmel und Hölle* zu philosophieren. Zu schade.« Ich fand, ich klang ziemlich enttäuscht, mir war eindeutig schauspielerisches Talent in die Wiege gelegt worden. Hastig machte ich mich zu den Spinden im Umkleideraum des Personals davon.

»Aber den Rest der Unterhaltung holen wir nach«, rief er mir hinterher. »Mich interessiert die Virtuosität deines greifbaren Erlebnisses.«

Nervensäge!

Nur langsam ließ mein Herzklopfen nach, als ich meine leichte graue Strickjacke über den Bügel hing und sie in meinem Spind verstaute. Meine Wangen glühten wie heiße Grillkohle. Der Kerl wollte allen Ernstes mit mir über diesen peruanischen Autor fachsimpeln, dessen Namen mir bereits wieder entfallen war. Ich zog mein Smartphone aus der Tasche und googelte *Himmel und Hölle*, wollte wenigstens einen Blick auf den Klappentext geworfen haben, falls ich Nick nachher in die Arme laufen sollte. Immerhin konnte er sehr penetrant sein. Die Rückansicht einer Frau zierte das Cover. Ganz hübsch, wenn auch nicht halb so ansehnlich wie mein halb nackter Milliardär aus dem gestrigen Roman. *Himmel und Hölle – Neun Erzählungen* von Alice Munro, las ich. Kanadische Literaturnobelpreisträgerin von 2013. Dieser verdammte Mistkerl. Ich war voll auf ihn reingefallen. Den leisen Respekt, der sich in mir regte, weil er mich mit meinen eigenen Waffen geschlagen hatte, ignorierte ich gekonnt.

Die nächsten zwei Stunden gelang es mir doch tatsächlich, Nick weiträumig zu umschiffen. Marga zeigte sich mittlerweile auch wieder umgänglicher und ließ mich am neuesten Tratsch über die Oberschwester teilhaben, die zwar verheiratet war, aber anscheinend eine Affäre mit einem Rettungssanitäter begonnen hatte. Den beiden war man bei einem Schäferstündchen im Rettungswagen auf die Schliche gekommen, als dieser zu einem Einsatz hatte aufbrechen sollen. Das alles berichtete mir Marga haarklein und unter ausdauerndem Gekicher. *Wie kann man nur so blöd sein* war einer ihrer Lieblingssätze während der ausufernden Berichterstattung. Ob die Sache noch ein Nachspiel für die beiden haben würde, wusste sie jedoch nicht. Sodom und Gomorra, mehr fiel mir zu den Zuständen in diesem Krankenhaus nicht mehr ein.

Nick kam mit einer Handvoll Mullbinden aus dem Verbandsraum, just zu dem Zeitpunkt, als ich daran vorbeiging. Reflexartig scannte ich den Raum durch den offenen Türspalt auf etwaige Sexpartnerinnen, fand ihn jedoch zu meinem Erstaunen tatsächlich leer vor. Offenbar arbeitete Nick durchaus manchmal.

»Na? Schon *Himmel und Hölle* gegoogelt?«, fragte er mit unschuldiger Stimme.

»Na? Immer noch keine willige Gespielin für den Verbandsraum gefunden?«, lenkte ich hastig vom heißen Thema ab und sofort stieg er darauf ein. Ich kannte ihn langsam einfach zu gut.

»Ich nehme doch nicht jede x-Beliebige mit da rein.« Er deutete auf die mittlerweile geschlossene Tür. »Nur die Belesenen.« Sein Grinsen wurde fies. »Rufst du schweinische Dinge, wenn du kommst? Ich steh da total drauf. *Ja, Nick*«, äffte er mich mit heiserer, hochgeschraubter Stimme nach und rollte mit den Augen, als nahte ein Orgasmus. »*Sei mein Meister, zeig mir dein Können und transkribiere deinen Vargas Llosa in meine Munro. Ich brauche mehr Virtuosität, wenn ich deinen Namen schreie.*« Er zwinkerte mir zu. »Ein greifbareres Erlebnis wirst du garantiert nicht mehr finden. Also, ich würde mir das nicht entgehen lassen.«

»Fällt dir nichts Besseres ein, du Schwanzakrobat?« Ich demonstrierte ein gelangweiltes Gähnen. »Leider kapierst du immer noch nicht, dass ich nicht auf billige Nummern stehe. Du hast in etwa das Niveau dieser platten Frauenärzte in Groschenromanen am Bahnhofskiosk. Tut mir leid, aber die sind einfach nichts für mich.

Zu nichtssagend, man konsumiert sie und hat die Typen fünf Minuten später schon wieder vergessen.« Natürlich hütete ich mich, zu erwähnen, wie gerne ich diese Heftchen eine Zeitlang gelesen hatte.

Die Haut über seinen Wangenknochen spannte sich an und seine geschwungenen Lippen öffneten sich einen Spalt, als machten sie sich für einen Kuss bereit. Der Player zog alle Register. Mir wurde warm. Ich stand voll auf sein Gesicht, verdammt. Noch immer. Das konnte doch nicht sein. Auf die kräftigen Konturen seines Mundes und die kantigen Linien des Kinns. Alles an ihm war männlich, sexy und auffällig. Nein! Nein! Nein! Er war der größte Fiesling des Jahrhunderts, das durfte ich über seinem imposanten Erscheinungsbild nicht vergessen. »Mich würdest du für immer in Erinnerung behalten«, sagte er plötzlich mit leiser, aber fester Stimme und tief in mir drinnen, wusste ich das ebenfalls. Diesen schönen Mann in meinem Bett würde ich garantiert für immer in Erinnerung behalten.

Unwillkürlich fragte ich mich, ob er mir diesen heißen Blick auch dann noch schenken würde, wenn er wüsste, was sich unter meinem Shirt verbarg. Mist. Warum machte ich mir über so etwas überhaupt Gedanken? Der Kerl stand hundertprozentig nicht zur Debatte.

»Ich würde am liebsten sogar den Tag vergessen, an dem wir uns kennengelernt haben«, sagte ich eine Spur härter als beabsichtigt. Mein Herz klopfte mir hoch bis zum Hals. Ich hatte das Gefühl, als müsste ich mich irgendwie erwehren, was vollkommen verrückt war.

Nick stieß den Atem durch die Nase aus, er sah sauer aus. Sauer und verletzt. Aber dieses Mal verschaffte mir seine Reaktion keine Genugtuung.

Zum Glück kam uns gerade Oberschwester Biggi entgegen. Sie schien blendender Laune zu sein und ihr schnittlauchdünnes blondes Haar wippte bei jedem Schritt fröhlich auf ihre Schultern. Ich fragte mich, ob sie am Ende gar nicht wusste, dass sie gerade für *das* Tagesgespräch auf sämtlichen Stationen sorgte, oder ob die Liebe sie in eine Art drogenähnlichen Rauschzustand versetzte, der sämtliche Gerüchte an ihr abperlen ließ wie Wassertropfen an einem Lotusblatt. Im Prinzip eine gesunde Einstellung. Ihr Privatleben ging uns nämlich überhaupt nichts an. Aber ich wusste nicht, ob ich eine solche Tratsch-Orgie über fünf Stockwerke so einfach wegstecken könnte.

»Nick.« Sie blieb neben uns stehen und lächelte. Ich mochte Biggi gern. Sie war immer freundlich und gut gelaunt, von ihr hatte ich schon einiges Wertvolles in der Patientenpflege gelernt.

»Hey, Biggi. Wie geht's?« Er klang nett, wie immer wenn er mit anderen Leuten redete, offenbar bekam nur ich seine dunkle Seite zu spüren.

Sie zuckte mit den Achseln und blinzelte. Plötzlich wirkte sie ein wenig traurig. »Ganz okay, mal abgesehen von den hundert dummen Sprüchen, die ich noch vor der Frühstückspause zu hören bekommen habe.«

Er rieb aufmunternd ihren Arm. »Mach dir nichts daraus. Lass die Leute reden. Dein Leben geht niemanden etwas an. Du hast schon so viel durchgestanden. Hör einfach nicht hin, nächste Woche ist ihnen der Tratsch um dich zu langweilig geworden und sie suchen sich das nächste Opfer.«

»Du hast recht.« Der Anflug eines Lächelns huschte über ihr Gesicht und verwandelte sie wieder in die gut gelaunte Biggi von vorhin. Ein Schutzpanzer, wie ich nun wusste, und ich konnte ihr das nicht verdenken. »Sollen sie doch reden. Erik ist so ein toller Mann, das lasse ich mir von niemandem kaputt machen.«

»Du hast es auch verdient.« Er nahm sie in den Arm und streichelte freundschaftlich über ihren Rücken. Also kannte Nick das fiese Gerede über Biggi ebenfalls und ich musste zugeben, er reagierte wirklich toll.

»Doktor Lehmann möchte, dass du dem kauzigen Herrn Koslowski zwei Ampullen Blut abnimmst«, sagte Biggi.

»Geht klar«, erwiderte Nick, als wäre diese Anweisung das Selbstverständlichste auf der Welt, und mir wurde schlagartig bewusst, dass er dieser Aufgabe in der Tat nicht zum ersten Mal nachging.

Wie? Nick durfte schon ganz allein Blut abnehmen? Im Pflegepraktikum? Wo und vom wem hatte er das denn gelernt? Was kam als nächstes? Eine Bypass-OP?

Zu meinen Highlights zählte bis jetzt das Ziehen einer Infusionsnadel unter den wachsamen Augen von Biggi, die mir das ein einziges Mal großzügig gestattet hatte. Außer der gestrigen Visite natürlich, selbst an den Patienten arbeiten zu dürfen, toppte alles.

Biggi musste meine Verstimmung aufgefallen sein, Mr. Großkotz merkte natürlich nichts, er sonnte sich in seiner Sonderstellung wie unter einem Solarium.

»Willst du dabei zuschauen?«, fragte sie mich. Natürlich wollte ich das, aber nicht bei ihm.

»Ich weiß nicht.« Ich verschränkte die Arme vor der Brust wie ein trotziges Kind.

»Komm schon mit.« Nick deutete mit dem Kopf zur Seite, aber ich regte mich nicht. »Stell dich nicht so an.« Er beugte sich etwas in meine Richtung. »Du willst es doch auch.«

Kichernd ging Biggi weiter. »Jetzt geht es mir schon viel besser. Ihr zwei seid wie füreinander gemacht.«

Hä? Ich sah ihr baff hinterher, ihr reges Liebesleben vernebelte ihr wohl das Hirn. Was wollte sie denn damit sagen?

Seufzend fügte ich mich in mein Schicksal und schloss mich Nick an. Immerhin war Blutabnehmen um einiges interessanter, als Betten zu machen, was gerade auf meiner Agenda stand.

»Du kennst dich aber gut in Biggis Privatleben aus«, konnte ich mir dann doch nicht verkneifen, obwohl ich eigentlich gar nicht wissen wollte, wieso er das tat. Biggi war mindestens fünfzehn Jahre älter als er.

»Sie hat viel durchgemacht in ihrer Ehe und jetzt endlich einen tollen Mann gefunden. Aber hier ziehen das mal wieder alle in den Dreck.«

»Na ja, in den Dreck ziehen, geht wohl etwas zu weit. Eine schnelle Nummer in einem Rettungswagen ist ja nicht alltäglich.«

»Und deswegen muss man sie gleich verurteilen?« Er warf mir einen unangenehm schrägen Blick zu, als stünde ich auf dem Prüfstand.

»Nein, ich verurteile Biggi nicht. Mir ist es egal, was sie wann mit wem tut.«

»Ihr Mann ist schwerer Alkoholiker, er hat sie jahrelang misshandelt und sie hat trotzdem immer zu ihm gehalten, ihn unterstützt, zig Therapien mit ihm durchgestanden. Aber er wurde immer wieder rückfällig und hat sie brutal geschlagen.«

»Oh.« Ich blieb stehen. »Das wusste ich nicht.« Mein Herz sank gefühlt in den Magen, als ich das hörte. Die liebevolle, gutmütige Biggi war in einer brutalen Ehe gefangen?

»Jetzt hat sie endlich den Absprung geschafft«, erzählte Nick weiter, »Erik kennengelernt und diesen alten Säufer verlassen.«

»Die arme Biggi, ich hätte so etwas nie vermutet.«

»Vermutungen sind immer scheiße«, erwiderte er und es klang wie eine Anspielung. Bloß worauf? Auf ihn?

»Woher weißt du eigentlich von der schnellen Nummer im Rettungswagen?«, fragte ich.

»Marga erzählt es doch überall herum. Woher weißt du sonst davon?«

Ich zuckte nur mit den Achseln. Auf einmal kam ich mir schäbig vor, dass ich Marga vorhin diese Plattform gegeben und mich auch noch über Biggi amüsiert hatte.

7. Kapitel

Obwohl wir nun täglich bei den Visiten dabei waren und das die Arbeit viel interessanter machte, schien die Woche kein Ende zu nehmen. Umso mehr freute ich mich über mein erstes freies Wochenende seit Langem. Ich stand an der Reling von Bens Club und genoss die kühle Brise auf meiner erhitzten Haut. Die vergangene Stunde hatte ich mit Luca und unserer gemeinsamen Freundin Rhashmi auf der Tanzfläche unter Deck zu den neuesten Hits abgefeiert. Ihr Freund Erdie machte sich gemeinsam mit Chad als Türsteher wichtig. Wo Ben herumschwirrte, wusste keiner von uns. Seit Ben den ollen Kahn Anfang des Jahres in einen wirklich tollen Club verwandelt hatte, brauchte man Vitamin B um hier jederzeit feiern zu dürfen, denn die Warteschlange riss wie immer am Samstag nicht ab. *The Boat* war ein echter Szeneladen, etwas Originelleres hatte die Stadt im Moment nicht zu bieten.

Meine Mitbewohnerin Pia verdiente sich am Wochenende als Barkeeperin auf dem Oberdeck, das auch als Cocktail-Bar fungierte, ein paar Euro dazu. Von dort bugsierte sich Luca gerade mit drei Margaritas vorsichtig durch die Leute. Als sie uns erreichte, stürzten wir uns durstig auf die Drinks. Ich nahm einen Schluck durch den schwarzen Strohhalm und sog scharf die Luft ein, als sich mir die großzügige Mischung die Speiseröhre hinunterbrannte. »Wow.« Meine Stimmbänder brauchten eine kurze Regenerationspause. »Pia meint es heute aber gut mit uns.«

»Du müsstest mal diesen indischen Mango-Schnaps probieren«, sagte Rhashmi, die an ihrem Drink wie an Eistee nuckelte. Sie und Erdie waren erst kürzlich aus Indien zurückgekehrt, wo Rhashmi als Biologin bei einem Umweltprojekt mitgearbeitet hatte. Als Halbinderin hatte es sie zurück zu ihren Wurzeln gezogen. »In Mumbai haben sie uns das Zeug mal in einem Restaurant serviert. Ich dachte, mir bläst es die Lichter aus.«

»So schlimm?«, fragte Luca, die heute ein kurzes schwarzes Kleid mit Wasserfallausschnitt trug, das ihre beiden mehr als üppigen Vorzüge gekonnt in Szene setzte. Neben ihr kam ich mir fast unsichtbar vor, trotz meines schneeweißen Minikleides, von dem ich fand, dass es meine Bräune außerordentlich gut betonte.

»Ich glaube, das Zeug war gepanscht«, erzählte Rhashmi weiter, weshalb ich ihr wieder meine Aufmerksamkeit widmete. »Als ich am nächsten Tag aufwachte, waren meine Augen so angeschwollen, dass ich nichts mehr sehen konnte. Ich habe ausgeschaut, als hätte mich jemand verprügelt. Drei Tage habe ich mich nicht aus dem Haus getraut.«

»Das ist wirklich übel.« Luca schüttelte fassungslos den Kopf. »Du hättest sterben können.«

»Ich habe das Zeug auch nie wieder angerührt, das kannst du mir glauben.« Sie hob ihr Glas, ihr langes schwarzes Haar glänzte im künstlichen Licht wie lackiert. »Da ist mir Pias Mischung tausendmal lieber, die macht wenigstens nur einen dicken Kopf.«

Wir prosteten uns lachend zu, über uns warfen Laserstrahler bunte Muster in den Himmel und verbreiteten eine ganz besondere Atmosphäre, die wunderbar zu unserer Feierlaune passte. Die gedämpften Beats aus dem Unterdeck vibrierten an meinen Fußsohlen. Der Abend war perfekt.

»Wenn das nicht die hübsche Lady vom See ist«, sagte plötzlich eine dunkle Stimme. Gleichzeitig drehten wir die Köpfe. Dieser Joshua stand neben uns und hatte – wie konnte es auch anders sein – nur Augen für Luca.

»Oh, hi«, hauchte Luca und klammerte sich an ihrem Glas fest, als würde sie an einem Dachvorsprung hängen. Sie warf ihm ein fast schon schüchternes Lächeln zu, das er beinah ebenso scheu erwiderte. »Zufälle gibt es.«

Nachdem er auch uns eine kurze Begrüßung in Form eines angedeuteten Winkens gegönnt hatte, zeigte er auf Lucas fast leeres Glas. »Möchtest du noch eins?«

»Nein, nicht nötig.« Sie schüttelte den Kopf. »Meinem Freund gehört der Club, ich kann hier umsonst trinken.«

»Schade, ich würde dich eigentlich gern näher kennenlernen.«

Jetzt ging er aber ran, fand ich, bevor ein grauenvoller Gedankenblitz in meinem Gehirn einschlug. Ob ich ihn fragen sollte? Nein. Besser nicht. Ich wollte mir nicht den schönen Abend verderben.

»Eher nicht.« Luca schlug die Lider nieder. Sie klang wehmütig. Oder bildete ich mir das nur ein? Joshuas halblange Haare hingen ihm in die Stirn. Irgendwie stand ich nicht auf lange Haare bei Männern, obwohl Joshua durchaus ein hübscher Anblick war. Zwar war sein Gesicht nicht ganz so markant wie das von Nick, aber er hatte was, das musste man ihm lassen.

»Aber deinen Namen verrätst du mir doch wenigstens? Ich heiße Joshua.« Er hielt ihr seine Hand hin.

Sie schlug grazil ein. »Ich weiß, dein Kumpel hat dich auf dem Parkplatz so genannt«, gab sie zu. »Ich bin Luca.«

Er schmunzelte. »Das ist ein außergewöhnlicher Name für eine Frau.«

»Es ist ein Spitzname, meinen echten Vornamen willst du nicht wissen, glaub mir.«

»Doch, will ich. Jetzt auf jeden Fall.« Joshua nickte beim Reden.

»Vergiss es«, sie winkte ab.

Die beiden schienen uns vollkommen ausgeblendet zu haben. Rhashmi und ich wechselten einen ausgedehnten Blick. Ob sie sich ebenso fehl am Platz vorkam? Sollten wir uns mit einer Ausrede verziehen?

»Ich muss mal kurz Erdie was fragen, bin gleich wieder da«, kam Rhashmi mir zuvor. Das durfte doch nicht wahr sein.

»Ich komme mit«, schloss ich mich an und hakte mich bei Rhashmi ein, die einen ganzen Kopf kleiner als ich war.

Luca runzelte die Stirn. »Aber ihr kommt wieder.«

»Klar, fünf Minuten.« Und weg waren wir.

»Wer war denn das?«, fragte sie im Gehen.

»Ein Kumpel meines bescheuerten Kommilitonen. Die Typen vom See mit der Wette. Ich hatte dir doch davon erzählt.«

»Ach, die waren das«, zog sie den kurzen Satz unnötig in die Länge, sie stupste mich an. »Und? Hat er schon gewonnen?«

»Nein, hat er nicht.«

»Gut so«, lobte sie mich. »Könnte ja jeder kommen. Lass ihn so richtig abblitzen.«

»Ich hoffe nur, er ist nicht auch hier. Nick hat das absolute Talent, mir jeden Spaß zu verderb...« Und dann sah ich ihn. Fünf Schritte vor mir, in ein angeregtes Gespräch mit einer Blondine vertieft. Die passte, im Gegensatz zu mir, ganz genau in sein übliches Beuteschema. Unwillkürlich hielt ich an. Rhashmi blieb ebenfalls stehen. »Was ist denn?«

»Mist, da vorne ist er.« Ich nickte so unauffällig wie möglich nach vorn.

»Wer?«

»Na, Nick. Der Typ mit der Wette.«

»Wo?«, fragte Rhashmi aufgeregt und scannte die Leute vor uns. »Du meinst doch nicht etwa den heißen Typen mit der hellen Jeans und dem schwarzen Hemd?«

»Doch.« Mein Blut pulsierte im Hals.

»Oh ... Wow.« Mehr kam Rhashmi offenbar nicht über die Lippen und da ich Augen im Kopf hatte, wusste ich auch, warum. Nick stach aus der Menge, er überragte die meisten Männer um sich herum und hatte eine Präsenz, die ich sonst nur von Schauspielern kannte. Das schwarze Hemd lag eng an und betonte seinen muskulösen Oberkörper. Die Ärmel waren bis zu den Ellenbogen hochgekrempelt, wodurch ein Teil seiner Tattoos an den Armen sichtbar wurde, was ihn irgendwie verrucht wirken ließ. Als er lachte, legte er den Kopf in den Nacken und schien sich wirklich gut zu amüsieren. Er wirkte locker, einfach gut gelaunt. Und ich konnte mich mal wieder nicht dagegen wehren, mir über einen Mann seines Kalibers überhaupt den Kopf zu zerbrechen. Mein Herz vollzog einen Trommelwirbel, ich hörte es bis in meine Ohren schlagen. Dieser Toni-Garrn-Verschnitt daneben passte perfekt zu ihm.

Als sein Blick in die Runde schweifte, blieb er an mir hängen und Nick stockte. Er schien überrascht, dann wuchs ein Lächeln auf seinen Lippen und er winkte mir kurz zu. Bevor ich reagieren konnte, widmete er sich wieder seiner Gesprächspartnerin.

»Der Typ ist der absolute Hammer.« Rhashmis Stimme katapultierte mich zurück in die Gegenwart. Ich riss mich aus meiner Starre und zog sie weiter, in einigem Abstand, an Nick vorbei.

»Warum schnappst du ihn dir nicht?« Sie klang völlig verständnislos.

»Weil er es nur auf das Eine anlegt«, half ich ihr auf die Sprünge. »Er macht mit jeder rum. Der Typ will nichts von mir, er will nur poppen und die *Ducati*. Und vielleicht sieht er gut aus, aber er ist die größte Nervensäge, die ich kenne.«

»Das ist natürlich blöde.« Sie musterte mich ausgiebig. »Dann vernasch ihn doch einfach«, änderte sie schamlos ihre Meinung.

»Ich werde ihn ganz bestimmt nicht vernaschen.«

»Wen wirst du ganz bestimmt nicht vernaschen?«, hörte ich Ben hinter mir fragen und zuckte zusammen. Wie schaffte der es immer, sich so lautlos anzuschleichen?

»Niemanden«, brummelte ich.

»Den Typen vom See«, grätschte mir Rhashmi unnötigerweise rein.

Bens Augenbrauen schoben sich zusammen. »Ist der Typ hier?«, fragte er grimmig, worauf ich Rhashmi am liebsten ihren vorlauten Mund mit Klebeband verschlossen hätte.

Rhashmi kaute auf ihrer Unterlippe. Madame schien ein Licht aufzugehen, reichlich spät allerdings. »Also wer jetzt genau?«, versuchte sie, Zeit zu schinden.

»Alle«, sagte Ben.

»Wie viel waren es denn?«, fragte Rhashmi vorsichtig.

»Rhashmi«, knurrte Ben.

»Ich weiß nur von zweien und jetzt muss ich zu Erdie.« Ehe Ben antworten konnte, zerrte sie mich aus der Schusslinie. »Puh«, sagte sie, als wir in Sicherheit waren und wischte sich imaginären Schweiß von der Stirn. »Hoffe, das gibt nicht noch Zoff heute.«

»Ich auch.« Warum musste Nick von allen Clubs in Nürnberg ausgerechnet hier auftauchen? Verfolgte er mich etwa?

Stunden später war der Laden immer noch gerammelt voll. Meine Füße taten mir vom vielen Tanzen weh. Wir hatten Luca von Joshua losgeeist, bevor Ben sie zusammen hatte finden können und uns auf die Tanzfläche verkrümelt. Luca hatte uns ewige Dankbarkeit geschworen. Langsam kroch mir die Müdigkeit in alle Knochen, mittlerweile war es zwei Uhr und ich überlegte, mich auf den Heimweg zu machen. In weniger als neun Stunden musste ich im Zug nach Hause sitzen.

»Ich mach Schluss für heute«, schrie ich durch den Lärm. »Morgen Früh fahre ich zu meiner Mutter, sonst komme ich nicht aus den Federn.«

Wir umarmten uns zum Abschied.

»Tschau, war super heute«, brüllte Rhashmi mir ins Ohr, was ein Klingeln in meinem Gehörgang hinterließ.

»Ja, ich hatte schon lang nicht mehr so viel Spaß. Ihr seid die Besten«, rief ich und nahm Luca in den Arm.

»Tschüss. Wie kommst du heim?«, fragte sie.

»Vorne am Pier stehen doch immer Taxis, ich nehme mir eins. Bis bald.«

Ich winkte im Weggehen und stieg die Treppe nach oben zum Zwischendeck, quetschte mich zwischen der Wand und einer lärmenden Gruppe durch, als ich leider viel zu spät Nick bemerkte, der in einiger Entfernung an der Schiffsmauer lehnte und mich betrachtete. Ob ich wollte oder nicht, ich musste an ihm vorbei, zudem war es kindisch, ihm hektisch aus dem Weg zu gehen. Ich straffte mich also und lief mit schwingenden Hüften auf ihn zu.

»Na, amüsierst du dich gut?«, fragte ich und unterbrach unseren intensiven Augenkontakt, weil ich ihm nicht standhalten konnte.

Er nickte. »Super, und du?«

Mein Blick schweifte so unauffällig wie möglich an ihm entlang. Sein Hemd sah teuer aus, es war keins dieser protzigen Shirts mit Emblem, aber Schnitt und Qualität stachen ins Auge. Das war mit ziemlicher Sicherheit ein Designerteil. Wo hatte er als Student eigentlich die viele Kohle her? Cabrio, Markenklamotten, teure Uhr, nagelneues Smartphone. Bestimmt hatte er reiche Eltern, das würde zumindest seine Arroganz und Selbstherrlichkeit erklären. Sicher studierte er nur zum Spaß oder übernahm mal Papis Privatpraxis.

»Ich bin schon auf dem Sprung.« Ich deutete zum Steg, über den man zurück an Land kam.

»Hoffentlich nicht wegen mir. Ich habe mich extra von dir ferngehalten, um dir nicht den Abend zu verderben.« Auffällig musterte er meinen Körper, was mich sofort nervös machte.

»Wie rücksichtsvoll von dir.« Sein Aftershave wehte mir schwach in die Nase und bescherte mir weiche Knie. Er roch gut. Herb männlich, aber nicht zu aufdringlich. Unauffällig atmete ich ein, sog seinen Duft tief in meine Lunge.

»Du haust also nicht wegen mir ab?«, fragte er noch einmal.

Fahrig strich ich mir übers Haar. »Nein, ich hab morgen was vor und muss früh raus.«

»Dann ist ja gut.« Er klang tatsächlich erleichtert. »Obwohl ich es sehr schade finde, dass du schon gehst.«

»Warum?«

»Weil wir uns noch gar nicht unterhalten haben.« Sein Lächeln war schmeichelnd und warm und bescherte mir Herzklopfen.

Ich legte den Kopf schräg. Was sollte das schon wieder? Dieses halbherzige Flirten. Tat er es wegen der *Ducati* oder wollte er sich was beweisen? »Du hast nicht so ausgesehen, als würdest du dich langweilen.«

»Hab ich auch nicht. Aber ich hätte trotzdem gern mal mit dir gequatscht.« Nick rückte näher. »Du siehst sehr sexy aus in diesem Kleid.« Erneut sah er an mir entlang, dieses Mal langsam und genüsslich.

Ich begann innerlich zu zittern. Der einzige Mann, der heute ein nettes Wort über mich verlor, war ausgerechnet Nick. »Spar dir deine Komplimente«, flüsterte ich heiser, war jedoch gleichzeitig geschmeichelt.

»Sei doch nicht immer so kratzbürstig.« Mittlerweile stand er so nah vor mir, dass ich die winzigen Barstoppeln auf seinem Kinn zählen konnte, wenn ich wollte. Seine Lippen kamen dicht vor meine. Nur mit Mühe hielt ich mich von einer Kurzschlusshandlung ab, die ich in der nächsten Minute bitter bereuen würde. Vor mir stand Nick! *Nick. Nick. Nick*, hämmerte ich mir in meinen Betonschädel. War ich von allen guten Geistern verlassen?

»Wir könnten so viele schöne Dinge miteinander tun«, raunte er mir ins Ohr, zwischen uns beide passte höchstens noch ein Blatt Papier.

»Und was?«, fragte ich der Ohnmacht nah und hätte mich für diesen Moment der Schwäche am liebsten geohrfeigt.

»Wenn wir jetzt allein wären und du dich nicht immer so sträuben würdest, würde ich meine Hände auf deine Hüften legen und dein Kleid langsam nach oben schieben. Dabei deinen Hals küssen, genau an der Stelle, an der dein Blut pulsiert.« Er klang dunkel und verführerisch und verfehlte seine Wirkung auf mich nicht. Ich sehnte mich so sehr nach ein wenig Zärtlichkeit.

Ich schluckte. Unfähig, etwas zu erwidern, verharrte ich weiter reglos. Mir wurde heiß, viel zu heiß.

»Dann würde ich mit den Fingerkuppen über deinen Slip streicheln, bevor ich langsam mit meiner Hand in dein Höschen gleite, während meine Lippen hoch zu deinem Ohrläppchen wandern und daran knabbern.« Seine Stimme wurde rauer, hungriger, er beobachtete jede meiner wenigen Regungen. Zwischen meinen Beinen pochte es, ich schloss für einen Moment die Augen. Meine innere Abwehr bröckelte wie alter Putz von einer Mauer, das durfte doch nicht wahr sein. Es musste am Alkohol liegen, dass ich plötzlich derart auf ihn reagierte. Ich sollte abhauen, konnte mich jedoch nicht bewegen, denn ich wollte noch mehr von dem hören, was er mir zu sagen hatte.

»Mein Finger würde deine Perle berühren«, machte er leise weiter, »sodass du zuckst, und ich würde darum kreisen, sie streicheln, bis sie geschwollen und hart ist und du dich an mich klammern müsstest, weil dir die Knie weich werden würden. Du wärst so wundervoll feucht.«

Ein süßes Ziehen machte sich in meinem Höschen bemerkbar, ich spürte jede seiner Berührungen, obwohl er mich gar nicht anfasste, sondern nur mit Worten liebkoste.

Seine Atmung wurde hitziger, meine leider auch. »Mit der anderen Hand würde ich deine Brüste streicheln, mit deinen Brustwarzen spielen, bis du keuchst vor Lust und nach mehr verlangst. Erst jetzt würde ich dich küssen, mit meiner Zunge deinen Mund erobern und deine Unterlippe wund beißen, während ich mit einem Finger langsam in dich eindringe. So magst du es, nicht wahr?«

Mir wurde schwindlig und mein Atem bebte, ich war gefangen in meinem eigenen inneren Zittern. Nur mit Mühe verkniff ich mir eine Zustimmung. Alles in mir lechzte nach seiner Berührung. Ich wollte ihn. Ja, ich wollte wenigstens ein einziges Mal erleben, was er mir ins Ohr flüsterte. Hilflos legte ich den Kopf in den Nacken, bot ihm meinen Hals an und sehnte mich nach seinen fiebrigen Lippen auf meiner Kehle. Er kam zwar näher, berührte mich jedoch nicht, nur sein hitziger Atem traf auf meine Haut und das reichte schon aus, um mich verrückt zu machen. Ich brauchte mehr, merkte er das denn nicht? Lust überspülte mich wie schäumende Gischt einen Felsen.

»Du bist jetzt ganz nass«, sagte er leise an meinem Ohr, »vollkommen bereit für mich, das törnt mich so an, du machst mich so heiß, Baby. Ich dringe nun mit zwei Fingern in dich ein, verteile deine Nässe auf dir und streichle diesen Punkt tief in deinem Inneren, bei dem du laut aufstöhnen musst.«

Ein leises Keuchen verließ meinen Mund. Hilflos schnappte ich nach Luft, bei dem Versuch, mich wieder einigermaßen in den Griff zu kriegen, aber es gelang mir nicht. Ich müsste nur meine Arme um seinen Nacken legen und könnte all dies in echt erleben. Mein Spitzenhöschen war schon feucht, auch meine empfindlichste Stelle pochte fordernd, während Nicks heißer Atem noch immer auf meinen Hals traf.

»Nick«, japste ich, noch immer unfähig, mich zu bewegen.

»Du kannst das alles haben, Baby. Du wirst es mögen, glaub mir, lass es einfach zu.«

»Verpiss dich«, hörte ich in einiger Entfernung jemanden rufen und schrak zusammen. Oh mein Gott! Ich hatte ganz vergessen, wo wir uns befanden. Um uns tummelten sich lauter Leute! Auch Nick schien aus seinem Taumel zu erwachen und wich zurück. Verwirrt sahen wir uns um.

Ben hatte sich in einiger Entfernung vor Joshua aufgebaut, neben ihnen stand Luca, die eindringlich auf ihren Freund einredete.

»Was zum Teufel ist da los?«, fragte Nick und eilte durch die umstehenden Gäste zu seinem Kumpel. Ich hastete hinterher.

»Lass deine Drecksfinger von meiner Freundin.« Ben deutete auf Joshua, der nur den Kopf schüttelte, als wüsste er überhaupt nicht, was Ben von ihm wollte.

»Was ist eigentlich dein Problem?«, fragte er schließlich. »Ist sie dein Eigentum?«

»Was laberst du für eine Scheiße, Mann?« Ben klang aggressiv. »Natürlich ist sie nicht mein Eigentum, aber mich geht es sehr wohl etwas an, wenn Typen wie du ihre Pfoten nicht von ihr lassen können.«

»Ben, wir haben doch nur geredet«, sagte Luca und stellte sich dazwischen, sie stemmte beide Hände gegen Bens Brustkorb.

»Und dafür musste er den Arm um dich legen?« Er musterte Luca finster.

»Es ist alles gut.« Sie stellte sich auf die Zehenspitzen und küsste Ben auf die Lippen. Er ließ es zu, erwiderte den Kuss jedoch nicht. Sein Blick klebte an ihren Augen, ich konnte die Enttäuschung in seinem Gesicht buchstäblich ablesen.

Nick klopfte Joshua auf die Schulter. »Was geht ab?«

»Der Typ macht Stress wegen gar nichts.« Joshua machte eine Handbewegung, als würde er eine Stechmücke verscheuchen. Im selben Moment stieß Ben Nick zur Seite und schnappte Joshua am Kragen. »Verpiss dich. Du hast Hausverbot. Lass dich hier nie wieder blicken.«

»Ben, du spinnst.« Luca zerrte an Bens Arm. »Er hat doch gar nichts gemacht.«

Joshua riss sich los. »Geht's noch?«

»Das ist mein Club und ich suche die Gäste aus«, sagte Ben in scharfem Tonfall zu Luca, ehe er sich wieder an Joshua wandte. »Du zählst definitiv nicht dazu. Und jetzt hau ab.« Er stieß seinen Widersacher an den Schultern zurück, sodass Joshua ins Taumeln geriet und zwei Schritte nach hinten stolperte.

Erdie kam dazu. »Gibt's Probleme?«

»Schmeiß ihn raus.« Ben deutete auf Joshua. »Der Typ hat Hausverbot. Und den«, er zeigte auf Nick, »kannst du auch gleich mitnehmen.«

»Hauen wir ab«, sagte Nick kopfschüttelnd und klopfte seinem Kumpel auf die Schulter.

»Ja, gehen wir«, stimmte Joshua zu und setzte sich in Bewegung, ehe er sich doch noch mal umwandte. »Wir sehen uns«, sagte er zu Luca und lief weiter, wurde aber von Ben gestoppt, der ihn schnappte und ihm einen Faustschlag ins Gesicht verpasste. In Bens Gesicht explodierte die Wut, in seinen Augen brannte ein wahres Höllenfeuer.

»Mach sie noch einmal an und du bist erledigt.«

Getroffen hielt sich Joshua die Wange. »Hast du sie noch alle?«, ächzte er.

»Verdammt, Ben. Komm wieder runter«, hörte ich Erdie aus dem Gewirr heraus. Im selben Moment schnappte sich Nick Ben und stieß ihn gegen Erdie.

»Werd mal wieder klar«, sagte Nick. »Wir gehen doch.«

Erdie packte Joshua am Arm und zerrte ihn aus dem Kriegsgebiet, Nick folgte ihnen. Mittlerweile war auch Chad dazugekommen, der eine Statur wie ein Footballspieler besaß, und nun Ben im Zaum hielt, da dieser offenbar nicht gewillt war, die Sache auf sich beruhen zu lassen. Chad sprach leise und eindringlich auf ihn ein.

Ich schlich zu Luca und nahm sie in den Arm. Die Ärmste zitterte am ganzen Körper und hielt sich beide Hände vor Mund und Nase. Um uns löste sich die Menschentraube langsam auf. Die Show war vorbei.

»Ben ist so ein Idiot«, schluchzte Luca. »Joshua hat doch gar nichts gemacht. Wir haben geredet und dabei hat er mal ganz kurz den Arm um mich gelegt und sofort rastet Ben aus.«

Ich schielte hinüber zu Ben, der sich nur langsam wieder einkriegte, immer wieder schweifte sein Blick zu Luca. Er sah schuldbewusst und traurig aus, dazwischen blitzte Angst in seinen Augen auf. Ben tat mir leid. Man sah ihm an, wie sehr er Luca liebte.

»Wie hättest du dich denn gefühlt, wenn Ben eine andere im Arm gehabt hätte?«, fragte ich, woraufhin Luca den Kopf hob. Tränen glitzerten an ihren Unterlidern. Sie schien zu überlegen.

»Ich hätte ihr die Augen ausgekratzt«, antwortete sie schließlich.

Ich streichelte ihr aufmunternd über die Wange. »Ben liebt dich«, sagte ich mit Nachdruck. »Sei froh, dass du jemanden hast, der dich von ganzem Herzen liebt. Ich würde alles dafür geben, einen Mann wie Ben in meinem Leben zu haben.«

Luca starrte vor sich hin. »Das mit Joshua war scheiße von mir. Ich bin zu weit gegangen. Mir tut das Ganze so leid.«

»Sag das nicht mir.« Ich deutete auf Ben, der sich soeben umdrehte und mit hängendem Kopf verschwand.

»Mach ich.« Luca gab mir einen Kuss auf die Wange, ehe sie ihm nacheilte.

Schließlich machte ich mich auf den Nachhauseweg. Ich fühlte mich allein und einsam. Jede meiner Freundinnen war in festen Händen, hatte einen Partner, jemanden, der sie liebte. Ben prügelte sich sogar um seine Angebetete. Für mich würde nie jemand so etwas tun. Ob ich wohl für den Rest meines Lebens Single bleiben würde? Höchstwahrscheinlich schon. Dieser Gedanke erwischte mich kalt. Ich senkte den Kopf, allein die Vorstellung machte mich fertig, einfach nur fertig. Der Unfall hatte mich zu sehr entstellt, als dass ich meinen Körper einem Mann auf Dauer zumuten konnte. Ein Stückweit vor mir sah ich zwei Typen stehen, die sich lachend mit drei Frauen unterhielten. Nick und Joshua.

8. Kapitel

»Hallo, ich bin da.« Ein würziger Duft wehte mir entgegen, als ich die Haustür aufschloss.

Meine Mutter erschien im Türrahmen der Küche, ihr nackenlanges Haar hatte dieselbe dunkelbraune Farbe wie meins. Lediglich ein paar Fältchen gruben sich rings um ihre Augen in die Haut, ansonsten sah meine Mutter wie höchstens dreißig aus, obwohl sie dreizehn Jahre älter war. Sie strahlte, als sie mich sah, und eilte auf mich zu. »Du bist da. Ich freu mich so.« Wir nahmen uns in die Arme, ich schmiegte mich an ihre Schulter und fühlte mich sofort geborgen.

»Das Essen ist auch schon fertig«, sagte sie.

»Christine«, rief eine ältere, dunkle Stimme undeutlich aus dem Wohnzimmer. »Ist die Kleine da?«

»Ja, ich bin da, Opa.«

»Geh schon«, meine Mutter nickte mit dem Kopf zur Seite, »er wartet schon den ganzen Vormittag sehnsüchtig auf seinen Liebling.«

»Er ist ja auch mein Lieblingsopa.« Ich ging hinüber ins Wohnzimmer, das meine Mutter aus Platzmangel zu einer Art Krankenstation umfunktioniert hatte. Mein Großvater lag in einem dieser verstellbaren Metallbetten, die ich vom Krankenhaus her kannte, und das meiner Mutter die Pflege erleichterte. Seit meinem Praktikum konnte ich gut nachvollziehen, was sie täglich leistete. Nebenher arbeitete sie vormittags noch in einer Bäckerei und ging frühmorgens Zeitungen austragen. Zusammen mit Opas kleiner Rente und dem Pflegegeld kamen sie gerade so über die Runden.

»Schätzchen«, sagte er mühsam. Seine linke Gesichtshälfte war gelähmt und hing nach unten, was ihm das Sprechen erschwerte.

»Lieblingsopa.« Ich lümmelte mich neben ihn aufs Bett, wie ich das früher schon immer getan hatte.

Meine Mutter kam mit zwei dampfenden Schüsseln ins Zimmer und stellte sie auf den schmalen Esstisch in der Ecke. »Das Essen ist fertig.«

Gemeinsam halfen wir Opa in seinen Rollstuhl und schoben ihn zum gedeckten Tisch, ehe auch wir uns setzten. Voller Vorfreude füllte ich meinen Teller mit Braten und Klößen. Das Essen duftete einfach köstlich. Als ich den ersten Bissen nahm, fiel mir eine Aquarellzeichnung an der Wand auf: Mohnblumen am Rand eines Kornfeldes, inmitten der hohen Halme lag ein Liebespaar versteckt. »Das ist aber schön.« Ich deutete mit der Gabel in Richtung des Bilds. »Von dir?«

Meine Mutter hielt mit dem Fleischschneiden auf Opas Teller inne. »Ich dachte, ich male mich ein bisschen warm für den Kurs.«

»Du ziehst das mit dem Malkurs also durch?«

»Ja, ich muss.« Mam zeigte mit dem Daumen auf Opa. »Er tritt sonst in den Hungerstreik, wenn ich nicht etwas für mich mache.«

Opa nickte. »Was willst du den ganzen Tag bei einem alten behinderten Mann, der noch dazu die meiste Zeit schlechte Laune hat? Geh raus, du bist jung, amüsier dich.«

»Ich will doch nur, dass es dir gut geht«, verteidigte sich meine Mutter.

»Mir geht es viel besser, wenn du nicht so oft da bist.« Er führte mit zittriger Hand ein Stück Fleisch zum Mund. »Dann komme ich mir wenigstens nicht dauernd wie ein Pflegefall vor.«

Ich kicherte. Immerhin kannte ich meinen Großvater gut genug, um zu wissen, wie sehr er meine Mutter liebte und ihr dankbar war. Wahrscheinlich wollte er sie eher vor sich selbst bewahren, damit sie sich und ihre Bedürfnisse nicht völlig aufgab.

»Opa hat recht. Du musst auch mal an dich denken. Wenn du zwischendurch nicht mal auftankst, liegst du bald neben ihm.«

Mam seufzte. »Diplomatie war noch nie deine Stärke. Ihr habt euch wohl gegen mich verschworen. Jaja, ich gehe Montag in den Kurs.« Dann wandte sie sich an ihren Vater. »Hedwig hat gesagt, du kannst in der Zeit anrufen, wenn was ist, sie springt dann schnell rüber.«

»Die alte Wachtel ruf ich garantiert nicht an«, grummelte Opa.

»Dein Altersstarrsinn ist schlimmer, als die Folgen deines Schlaganfalls.« Meine Mutter lehnte sich zurück und betrachtete ihr Bild. »Aber du hast mich jetzt so weit. Ich freue mich auf den Kurs und darauf, ein paar Stunden außer Haus zu sein.«

Opas verhaltenes, schiefes Grinsen verriet mir, dass er genau das mit seiner Show bezweckt hatte. Raffinierter alter Mann.

Nach dem Essen saß ich mit meiner Mutter bei einer Tasse Kaffee in der Küche beisammen, ein wundervoller Kräuterduft stieg mir vom Fensterbrett her in die Nase, der mich an meine Kindheit erinnerte. Opa hatte sich zum Mittagschlaf hingelegt und ich genoss die selten gewordene Zweisamkeit mit meiner Mam.

»Und?« Meine Mutter strich ihre fliederfarbene Bluse zurecht, die ihre blauen Augen leuchten ließ. Leider hatte ich die schnöde, braune Farbe meines Vaters geerbt. »Was gibt es Neues in der Liebe?«

Unerwartet tauchte Nick vor mir in Gedanken auf, als schwacher Funke, nur und dieses Mal konnte ich ihn glücklicherweise aus meinen Gedanken verscheuchen, bevor ich noch ins Grübeln kam, mit welcher der drei Grazien er gestern den Heimweg angetreten hatte.

»Nichts.« Ich zuckte mit den Schultern. »Zu viel zu tun.«

»Bist du sicher?« Sie sah mich durchdringend an. Mist, sie kannte mich einfach zu gut. Dennoch setzte ich ein Pokerface auf. Um weiteren unangenehmen Fragen auszuweichen, warf ich ihr einen Knochen hin, auch wenn es gelogen war. »Da gibt es einen netten Typen an meiner Uni. Mit dem treffe ich mich manchmal, aber es ist nichts Festes.«

»Warum?«

»Warum?«, wiederholte ich. Konnte sie sich nicht ein einziges Mal mit einer simplen Erklärung zufriedengeben?

»Ja, warum?« Sie trank einen Schluck Kaffee. »Wegen deinen Narben?«

»Nein, nicht deswegen.« Mir wurde das Ganze zu intim, ich suchte nach einem unverfänglichen Themenwechsel, bevor meine Mutter mich noch auf mein nicht vorhandenes Sexualleben ansprach.

»Ich hoffe, dass du dich deswegen nicht mehr so quälst wie damals während der Pubertät«, redete sie weiter, bevor ich nach dem Wetter der letzten Tage fragen konnte. »Es ist passiert. Du musst dich so annehmen, wie du bist. Und sieh dich an.« Stolz leuchtete in ihren Augen. »Du bist so hübsch, eine sehr attraktive Frau geworden.«

»Du bist meine Mutter, du musst das sagen«, unterbrach ich sie. »Selbst wenn ich aussehen würde wie Quasimodo, wäre ich in deinen Augen das schönste Wesen der Welt. Was nicht heißen muss, dass andere das genauso sehen.«

Sie nahm meine Hand. »Ich erinnere mich, dass es zu deiner Schulzeit genügend Jungs gab, die hinter dir her waren, aber du hast keinem von ihnen eine Chance gegeben.«

Ja, weil ich mich irgendwann vor ihnen hätte ausziehen müssen und dann wäre Schluss mit großer Liebe gewesen. Dass meine Mutter das nicht begreifen konnte. Die bittere Erfahrung mit Linus reichte mir voll und ganz, ich brauchte keine Wiederholung.

»Warum hattest du seit deiner Scheidung keinen Mann mehr?«, drehte ich den Spieß um. »Immerhin warst du gerade erst sechsundzwanzig als Papa abgehauen ist, nur drei Jahre älter als ich heute. Und trotzdem hast du dir nie wieder einen angelacht.«

»Ich hatte dich ...«

»Ach, jetzt bin ich schuld?«, unterbrach ich sie fassungslos.

»Nein, so habe ich das nicht gemeint.« Sie seufzte vernehmlich. »Du warst mir damals wichtiger. Immerhin lag der Unfall erst ein Jahr zurück, du warst kaum über den Berg und ich wollte für dich da sein.«

»Aber später.« Ich hob die Hände. »Jetzt. Warum hattest du in den letzten Jahren nie einen Partner? Hast du das nie vermisst? Dich an jemanden anzulehnen, Zuneigung, Sex«, fügte ich hinzu. Immerhin war Mam nicht nur Mutter, sondern auch eine Frau.

»Nein«, sagte sie mit fester Stimme. »Ich habe das alles nie vermisst. Man gewöhnt sich ans Alleinsein und irgendwann kann man es sich gar nicht mehr anders vorstellen.«

»Aber du bist attraktiv«, ließ ich nicht locker. »Deine Figur ist super, du siehst zehn Jahre jünger aus, du bist so eine tolle Frau. War in all der Zeit wirklich nie ein Mann hinter dir her? Ich kann mir das ehrlich gesagt nicht vorstellen.«

Sie trank einen Schluck Kaffee. »Natürlich hat mich ab und zu der eine oder andere Mann nach einem Date gefragt. Aber ich wollte keine Verpflichtung eingehen, mir gefällt meine Freiheit. Als dein Vater noch hier lebte, hat er mir immer alles vorgeschrieben: Was ich anziehen sollte, wohin ich gehen sollte, mit wem ich reden sollte. Die Scheidung war für mich wie eine Erlösung, plötzlich durfte ich wieder ich selbst sein – und diese Freiheit möchte ich nicht wieder aufgeben. Ob du es glaubst oder nicht, ich mache immer noch meinen monatlichen Ausflug zu Lotti und bleibe sogar bei ihr über Nacht. Opa passt es zwar nicht, dass er dann zur Nachtpflege ins Altersheim muss, aber dieses eine freie Wochenende, lasse ich mir nicht nehmen. Mit Freundinnen macht das Ausgehen doch viel mehr Spaß.« Ihr Lächeln geriet ein wenig schief. Ich sah ihr an, dass ihr unser Gespräch an die Nieren ging, genauso wie mir.

»Ich wusste nicht, dass er ein so tyrannischer Kerl war.« Wir redeten selten über ihn, meist fragten wir uns lediglich, wo er wohl untergetaucht war und das reichte auch schon, um uns in trübe Stimmung zu versetzen. Anscheinend hatte er sich irgendwo ins Ausland abgesetzt.

»Unsere Differenzen hatten auch nichts mit dir zu tun.« Sie streichelte meinen Handrücken. »Wir haben uns einfach nicht mehr geliebt. Wir waren viel zu jung. Als ich mit dir schwanger wurde, war ich ja gerade mal neunzehn.«

Opa rief nach einem Glas Wasser und störte die Unterhaltung glücklicherweise, bevor wir beide noch gemeinsam in Tränen ausbrachen. Ich stand ebenfalls auf und ging hinüber, fest entschlossen, keine heiklen Themen mehr anzuschneiden. Ich wollte den Tag mit meiner Familie genießen.

9. Kapitel

Am Montagmorgen musste ich Nick wieder unter die Augen treten. Peinlich, peinlich. Er hatte mich mit seiner scharfen Performance am Samstag fast vor allen Leuten zum Höhepunkt gebracht. Eine Minute länger und ich hätte ihm an Ort und Stelle die Klamotten vom Leib gerissen und wäre über ihn hergefallen. Zu Hause hatte ich als erstes mein Höschen wechseln müssen. Dabei hatte er mich nicht mal berührt. Entweder ich war völlig auf Sex-Entzug oder Nick ein Meister in dieser Disziplin. Wahrscheinlich traf beides zu. Ich war leichte Beute, stellte ich erschüttert fest, und nahm mir vor, Nick künftig keine Gelegenheit mehr für derlei Eskapaden zu bieten. Hoffentlich hielten meine guten Vorsätze auch noch an, wenn Nick mir wieder auf die Pelle rückte und schweinische Dinge in mein Ohr flüsterte. Natürlich würde ich das nicht mal unter Folter zugeben, aber irgendwie hatte ich die Situation auch genossen. Wenn nicht Nick vor mir gestanden hätte, sondern ein anderer Mann, wäre ich vielleicht sogar schwach geworden. Den kleinen Dirty Talk hatte ich die halbe Nacht nicht aus dem Kopf bekommen, bis ich schließlich aus dem Bett gesprungen war und ihn detailgetreu niedergeschrieben und abgespeichert hatte. Vielleicht konnte ich die Szene irgendwann einmal für einen Erotikroman brauchen. Die Versuchung, mit Nick diese und weitere anregende Szenen live zu erleben, war groß. Er war bestimmt sehr kreativ im Bett. Gott sei Dank hielten mich mein Stolz und meine Antipathie ihm gegenüber davon ab, irgendwas in der Richtung mit ihm auszuprobieren. Oder waren es die Narben? Hastig wischte ich alle Gedanken beiseite. Langsam war ich mir selbst nicht mehr geheuer.

Marga schob den Verbandswagen aus Zimmer vier, als ich den Gang entlanghastete, ihre Schicht begann diese Woche eine Stunde früher als meine.

»Hey«, sagte ich atemlos und blieb stehen. »Hast du Frau Hausers Verband gewechselt?«

»Hi.« Sie knallte den Wagen recht unsanft gegen die Wand. »Ja, sieht schon viel besser aus. Das Antibiotikum wirkt.«

»Das klingt gut.« Ich freute mich, dass die nette Frau Hauser keine starken Schmerzen mehr hatte und die Wunde endlich verheilte. Vielleicht konnte sie ihrer fiesen Schwiegertochter dann doch noch ein Schnippchen schlagen.

Wir setzten uns gemeinsam in Richtung Stationszimmer in Bewegung. »Und, was hast du am Wochenende gemacht?« Marga zückte ihr Smartphone und kontrollierte ihre Nachrichten.

»Samstagabend war ich im *Boat* und Sonntag bin ich nach Hause gefahren, mich ein bisschen verwöhnen lassen.«

»Das hört sich gut an. Ich war schon lang nicht mehr daheim, meine Eltern machen mir deswegen schon die Hölle heiß.«

»Du hattest doch auch frei.« Wir bogen ins Stationszimmer ab, wo ich mir erst mal eine Tasse Kaffee einschenkte, der noch grauenhafter schmeckte als sonst. Aber heute war mir der Geschmack relativ egal, ich brauchte Koffein. Ich wandte den Kopf. »Auch einen?«

»Nein, ich hatte schon einen, mehr vertrag ich von dem Zeug nicht.«

»Was hast du denn jetzt am Wochenende gemacht?«, hakte ich noch mal nach und verzog die Lippen, als sich das bittere Aroma auf meiner Zunge ausbreitete. Irgendwie wollte Marga nicht so recht mit der Sprache rausrücken.

»Gearbeitet«, sagte sie kurz angebunden.

»Hier?« Ich machte eine ausschweifende Handbewegung.

»Ich habe meinen Dienst mit Nick getauscht, er hatte dringende und unaufschiebbare Pläne. Er hat mich quasi bekniet, was sollte ich da machen?«

Mir blieb beinah der Kaffee im Hals stecken. »Du hast was?« Ich konnte es nicht fassen. Warum ließen sich alle Frauen immer von diesem Egomanen einlullen?

»Ich glaube, es war ein Notfall.« Mittlerweile klang Marga sauer, sie musste merken, dass ich sie für naiv hielt. »Du wärst doch auch froh, wenn jemand mit dir seinen Dienst tauscht, wenn es brennt.«

»Nick war am Samstag im *Boat* und er sah nicht aus, als würde es brennen. Ihm brannte höchstens ein ganz bestimmtes Körperteil«, sagte ich trocken, obwohl mir ein wohliger Schauer über den Rücken rieselte bei der Erinnerung an Nicks heißen Atem auf meiner nackten Haut. Was mir doch glatt entgangen wäre, wäre

Marga nicht auf ihn hereingefallen.

»Das ist nicht dein Ernst.« Ihr stand der Mund offen.

»Lass mich raten.« Ich sank auf einen Schreibtischstuhl, immerhin hatte ich noch drei Minuten, bis meine Schicht begann. Somit war kein Grund zur Eile geboten. »Dafür hast du diesen Mittwoch keinen Dienst, was eigentlich Nicks freier Tag gewesen wäre.«

Sie nickte.

»Er ist so durchschaubar«, sagte ich von oben herab. Ich hatte das Gefühl, in Nick lesen zu können wie im Duden. Sämtliche charakterliche Schwächen und Hinterhältigkeiten prangten doch unübersehbar und alphabetisch geordnet in großen Lettern auf seiner Stirn. Man musste nur dechiffrieren können. War ich wirklich die Einzige weit und breit, die ihn durchschaut hatte?

»Da hat er mich wohl reingelegt.« Marga ließ den Kopf hängen. Sie nahm eine Krankenakte und blätterte darin herum, ihre Wangen zierte ein Hauch von Röte. Sie wirkte verletzt und ich hätte ihr den harten Aufprall in der Realität gern erspart, aber langsam sollten die anderen kapieren, was Nick für ein Blender war. Marga konnte sicher ein paar tröstliche Worte brauchen, immerhin hatte sie es gut gemeint. Doch bevor ich den Mund aufmachen konnte, erschien der Fiesling höchstpersönlich im Zimmer.

»Morgen«, grüßte er gut gelaunt und schlenderte zur Kaffeemaschine, er hatte seinen weißen Kittel ausgezogen und locker über die Schulter gehängt. Sein weißes T-Shirt lag eng an, umschmeichelte seinen muskulösen Oberkörper und betonte jeden einzelnen harten Bauchmuskel. Unwillkürlich hielt ich den Atem an.

»Guten Morgen«, brummte ich und war mir sicher, dass Marga ihm bei diesem Anblick augenblicklich verzeihen würde. Aber ich hatte mich getäuscht. Sie ignorierte ihn, was dem Mittelpunkt der Erde selbstverständlich überhaupt nicht auffiel. Kurzerhand beschloss ich, meinem werten Kommilitonen ein wenig auf die Sprünge zu helfen, er sollte nicht unwissend sterben.

»Na, Wochenende noch gut verbracht?«, fragte ich betont vergnügt, als würde mich sein Privatleben tatsächlich interessieren. Sofort stutzte er, schließlich kannte auch er mich gut genug, um zu wissen, dass ich mich einen Dreck um seine Freizeitgestaltung scherte.

»War ganz okay.« Sein Blick schweifte zu Marga, die Strichmännchen auf den Rand eines Blocks kritzelte, als gäbe es nichts Wichtigeres auf der Welt.

»Du siehst auch sehr erholt aus«, machte ich unnachgiebig weiter, in der Hoffnung, auf einen Moment der Schwäche bei Nick gestoßen zu sein.

Er trank einen großen Schluck aus seiner Kaffeetasse, die er nicht mehr aus den Augen ließ, sobald ich in seiner Nähe auftauchte. Wie konnte man nur so nachtragend sein?

»Erholt, wäre jetzt zu hochgegriffen«, sagte er und bewegte sich in Richtung Tür. Och nein, er würde doch jetzt nicht etwa das Tribunal durch feige Flucht beenden wollen? Das musste ich verhindern.

»Stimmt, du hast ja auch das halbe Wochenende im *Boat* abgefeiert. War das eine super Stimmung dort, also mich hätte das tierisch angekotzt, wenn ich Dienst hätte schieben müssen. Glück muss man haben.«

Ruckartig hielt er an. Er ließ einen gewichtigen Moment verstreichen, ehe er sich mit langsamen Bewegungen umdrehte, seine stahlgrauen Augen feuerten Blitze in meine Richtung ab, ehe sein Blick auf Marga verweilte. Er hatte es geschnallt. Ich war gespannt, wie er sich jetzt rauswinden würde und lehnte mich zufrieden zurück. Egoistischer Mistkerl. Ob mir jemand Popcorn reichen könnte?

»Ich habe nicht das halbe Wochenende im *Boat* abgefeiert«, sagte er schließlich, jedes einzelne Wort betonend.

»Ach nicht?« Ich tat erstaunt. »Dann hatte ich wohl mit deinem Zwillingsbruder diese informative und aufschlussreiche Unterhaltung über Anatomie.«

»Ist schon okay«, knickte Marga ein und warf ihren Kuli auf den Block. »Dafür hab ich Mittwoch frei.«

»Das ist nicht dein Ernst.« Ich vergaß mein Drehbuch und redete drauflos. »Er quatscht dir unter Vorspiegelung falscher Tatsachen dein freies Wochenende ab, damit er sich in den Clubs mit irgendwelchen Weibern amüsieren kann, und du sagst *halb so schlimm*?« Mein Mund stand offen, ich fasste es nicht. »Wozu werden denn die Dienstpläne gemacht? Wieso denkt er, die gelten nicht für ihn?« Ich hatte fast schon vergessen, dass *er* im Türrahmen stand und redete mich weiter in Rage. »Und er hat nicht einmal ein schlechtes Gewissen. Ganz selbstverständlich geht Mr. Alles-dreht-sich-nur-um-mich davon aus, dass wir nur dazu da sind, ihm sein Leben zu erleichtern. Auch wir haben gern am Wochenende frei, selbst wenn das nicht in sein ichbezogenes Weltbild passt. Andere verarschen, nur um einen Vorteil für sich selbst rauszuschlagen, ist echt das Letzte.« Kurz überlegte ich, ob ich noch einen Satz über allgemeine Charakterschwäche fallen lassen sollte, ließ es dann aber gut sein. Es war alles gesagt, sollte er doch zwischen den Zeilen deuten. Das Mindeste, was man von Nick jetzt erwarten konnte, war eine tränenreiche Entschuldigung mit dem Geloben von Besserung, und diese Einsicht hatte Marga nur meinen klaren und längst überfälligen Worten zu verdanken, zu denen sie selbst ja nicht fähig war. Ich hatte die Ungerechtigkeit, die ihr widerfahren war, offengelegt. Damit hatte ich sogar fast die Welt ein Stückweit besser gemacht.

Nick zeigte keinerlei Anzeichen von Reue, im Gegenteil, mein zugegeben recht impulsiver Auftritt verfehlte seine Wirkung vollkommen. Er ignorierte mich. Ließ sich entweder rein äußerlich nicht anmerken, was in ihm vorging, oder war sich der begangenen Untat tatsächlich nicht bewusst.

»Ich muss bei Herrn Koslowski noch mal Blut abnehmen, sein Zustand bereitet uns Sorgen, wir müssen ihn wahrscheinlich die nächsten Tage auf die Intensiv verlegen. Doktor Lehmann hat gesagt, ihr sollt mitkommen und zuschauen, dann könnt ihr das Blutabnehmen demnächst mal selbst probieren. Es ist nicht schwierig.«

Okay, auf diese Art und Weise konnte man ein missliebiges Thema auch beenden. Nick könnte eine großartige Karriere in der Politik hinlegen.

»Ich muss noch die Kissenbezüge wechseln«, sagte Marga und blinzelte.

»Bitte, komm mit.« Nicks Blick wurde flehentlich. »Schau zu.«

Ihre Lider flatterten. »Ich weiß nicht.«

»Deine großmäulige Freundin ist doch auch dabei.« Er deutete auf mich. »Bitte, Marga«, flehte er noch einmal leise.

»Hey«, sagte ich empört und stand schwungvoll auf. Immerhin hatte ich nur für Gerechtigkeit gesorgt und ich würde mich jetzt ganz bestimmt nicht vor ihm verkriechen. Ich hatte lediglich die

Wahrheit ausgesprochen. Er war der Bösewicht in dieser Story und nicht wir!

Energisch schnappte ich die bedrückte Marga bei der Hand und zog sie auf die Beine. »Schauen wir uns an, was der Held des Wochenendes zu bieten hat.«

Nick trat beiseite und ließ uns zuerst durch die Tür gehen, er selbst folgte in zwei Schritten Abstand.

Herr Koslowskis Anblick erschreckte mich, am Freitag hatte er nicht halb so schlecht ausgesehen. Seine Haut zeigte einen unnatürlichen Gelbstich, kraftlos und mit eingefallenen Wangen lag er im Bett. Ich hätte nie gedacht, dass ein Mensch so schnell abbauen konnte. Hastig riss ich mich zusammen und schenkte ihm ein freundliches Lächeln, während Margas Laune noch immer auf dem Tiefpunkt verharrte. Mit hängenden Mundwinkeln starrte die Ärmste vor sich hin. Wahrscheinlich würde sich Nick eher die Zunge abbeißen, als eine simple Entschuldigung über die Lippen zu bringen.

»Guten Morgen, Herr Koslowski. Na, gab es heute wieder die eklige Marmelade zum Frühstück?«, fragte ich.

Er schüttelte den Kopf. »Morgen, Aida. Nichts mehr mit Marmelade, nur noch leichte Schonkost. Dagegen ist der normale Krankenhausfraß ein Fünf-Sterne-Menü.«

Zwischenzeitlich bereitete Nick alles für die Blutabnahme vor, legte Kanülen, verpackte Nadeln und Desinfektionsmittel auf dem Nachttisch ab.

»Wir nehmen heute noch einmal Blut ab, Herr Koslowski«, sagte er und kramte ein paar sterile Handschuhe aus der Box, die bei den Sachen stand.

»Bringt doch sowieso alles nichts mehr, Junge.« Herr Koslowski winkte ab. »Wenn die Leber hin ist, ist sie hin. Der Krebs frisst mich auf.«

»Sie stehen auf der Transplantationsliste, so schnell werden Sie doch nicht aufgeben wollen.« Nick lächelte.

»Wofür soll ich denn noch leben?« In den Augen des Patienten schimmerten Tränen. »Meine Frau ist vor drei Jahren gestorben, Kinder hab ich keine und nicht mal den Hund haben sie mir gelassen. Ist in München im Tierheim geblieben, wo er jetzt versauert, weil sich kein Mensch um ihn kümmert.«

»Man sorgt sich dort bestimmt liebevoll um ihn«, sagte ich in dem verzweifelten Versuch, ihn ein wenig aufzumuntern. Herr Koslowski tat mir so leid.

»Aber Familie hat er keine mehr.« Herr Koslowski schniefte. »Genauso wie ich. Hat doch alles keinen Sinn.« Er drehte den Kopf und sah hoch zu Nick. »Nimm dein verdammtes Blut und dann verschwindet, was interessiert es euch schon, wie es mir geht.«

»Ich habe in der Krankenakte gesehen, dass Sie heute Geburtstag haben«, erwiderte Nick ruhig, »darf man Ihnen trotzdem gratulieren?«

»Nein, darf man nicht«, brummte Herr Koslowski. »Ist ohnehin mein letzter und das ist auch gut so. Wenn man nicht mehr leben will, dann müsst ihr Ärzte das halt akzeptieren.«

»Tun wir«, versicherte Nick. »Hätten Sie etwas dagegen, wenn Aida Ihnen heute Blut abnimmt?«

Ich zuckte erschrocken zusammen. »Was?«, hauchte ich.

»Du hast doch letztes Mal zugesehen, wie es geht.« Nick blickte mich durchdringend an.

Unwillkürlich trat ich einen Schritt zurück. »Ja, schon, aber ich habe es noch nie selbst gemacht.«

Nick zuckte mit den Schultern. »Einmal ist immer das erste Mal, ich bin ja dabei.«

»Was er damit sagen will, Mädchen«, mischte sich Herr Koslowski ein, »mit mir geht es dermaßen bergab, dass es egal ist, wie Sie stechen.«

»Das wollte ich nicht damit sagen.« Nick schüttelte den Kopf.

»Ja, mach, Mädchen. Dann bin ich wenigstens noch zu was nutze. Lerne an mir.«

»Sind Sie sicher?«, fragte ich mit zittriger Stimme.

»Du führst keine Lebertransplantation durch«, raunte Nick. »Du nimmst ihm nur ein bisschen Blut ab.«

Dieser Kerl konnte einfach nicht aus seiner Haut. Okay, wenn er darauf bestand. Ich musterte leicht verunsichert die Kanülen. Marga stand einfach nur traurig da, während Nick ihr immer wieder einen prüfenden Blick zuwarf. *Tja, dein Werk, Junge.*

»Weißt du noch, wie man das macht?«, fragte er auf die Utensilien deutend.

»Ein bisschen«, gab ich zu, Nervosität machte sich in mir breit und brachte meine Finger zum Zittern.

Er reichte mir den schmalen blauen Venenstauer. »Zuerst staust du das Blut. Herr Koslowski macht dann eine Faust.«

Nachdem ich den Gurt am Oberarm festgezurrt hatte, starrte ich auf die Armbeuge des Patienten, die Haut färbte sich rötlich.

Nick beugte sich so nah zu mir, dass seine Körperwärme auf mich abstrahlte, was einen wahren Bienenschwarm in meinem Magen Sturm fliegen ließ. Warum hatte er nur immer diese Wirkung auf mich? Dazu noch ausgerechnet jetzt, wo ich mich konzentrieren musste. Ich ertrug seine Nähe kaum.

»Jetzt musst du die Vene ertasten.« Seine Stimme klang dunkel und rau, floss langsam durch mich hindurch wie warmer Sirup. Eine einzige Folter. »Mach das am besten, bevor du die Handschuhe anziehst, dann hast du mehr Gefühl in den Fingern.«

Ich tastete die Armbeuge ab, bevor ich sachte mit der Fingerkuppe klopfte. Die feinen Härchen an meinem Arm stellten sich auf, als Nicks Ärmel mich streifte. Noch immer stand er dicht neben mir. Ich holte zittrig Luft, in der Hoffnung, dass er nichts von meiner unregelmäßigen Atmung mitbekam.

»Nimm nicht die Vene, die du direkt unter der Haut schimmern siehst, die sind meistens zu dünn, du musst eine dickere darunter ertasten. Fühlst du sie?«

Ich drückte leicht mit dem Zeigefinger und entdeckte die geschwollene Vene. »Ja, ich denke, ich hab sie.«

»Gut. Dann zieh jetzt die Handschuhe an und desinfizier die Einstichstelle.«

Nachdem ich alles erledigt hatte, öffnete ich die Verpackung der Nadel und nahm sie heraus.

Meine Hände bebten und die Knie sackten mir beinah weg, nun allerdings vor Schiss. Nick musste meine Panik spüren, er legte eine Hand auf meine Schulter und grub die Finger hinein, was merkwürdigerweise eine beruhigende Wirkung auf mich hatte. Ich mochte seine Berührung, obwohl ich das niemals öffentlich zugeben würde.

»Wenn du stichst, dann mach es schnell, auf diese Art tut es am wenigsten weh«, sagte er leise.

Ich nickte und atmete einmal tief durch, während Herr Koslowski teilnahmslos in den leise laufenden Fernseher starrte.

»Sie sticht jetzt, Herr Koslowski«, sagte Nick, woraufhin der Mann nur achselzuckend nickte.

»Macht ihr mal.«

Noch einmal suchte ich mit dem behandschuhten Finger nach der Vene, was nun tatsächlich nicht mehr so einfach war, aber mittlerweile wusste ich ungefähr, wo sie sich befand, und stach zu. Glücklicherweise hatte ich gleich beim ersten Versuch getroffen. Erleichtert löste ich den Venenstauer und füllte zwei Röhrchen mit Blut. Mein erstes Mal! Mein Herz wurde ganz warm. Liebevoll bewunderte ich die beiden Röhrchen in meiner Hand, in denen die rote Flüssigkeit schwappte. Mein Werk. Wow! Herr Koslowski hatte nur kurz die Lippen verzogen und schenkte mir nun doch ein freundliches Nicken, als ich ein Pflaster auf die Einstichstelle klebte.

»Gut gemacht«, sagte Nick. »Du darfst es beim nächsten Mal probieren«, versprach er Marga, die sich ein gequältes Lächeln abrang.

»Saubere Arbeit, Mädchen«, lobte mich auch Herr Koslowski.

Ich strahlte. Meine Glückshormone tanzten Samba, mit heißen Wangen befreite ich mich von den Handschuhen. Das war so cool gewesen. Selbst Nick hatte nette Seiten. Beinah überfielen mich Gewissensbisse, bis mir Margas gemarterte Miene ins Auge stach.

»Danke schön«, sagte ich. »Ich wünsche Ihnen alles Gute zum Geburtstag.«

»Bist ein nettes Mädel.« Er schluckte. »Aber spielt keine Rolle mehr. Nicht mal den Hund haben sie mir gelassen, nicht mal den Hund.« Herr Koslowski massierte sich mit Daumen und Zeigefinger die Augen und tat mir nun noch mehr leid. Sein deprimierter Anblick schmerzte mich richtig in der Seele. Der arme todkranke Mann. Leider fiel mir auf die Schnelle nicht ein, wie ich ihn ein wenig aufmuntern konnte. Immerhin war es vielleicht wirklich sein letzter Geburtstag.

Die Tür schwang auf und Doktor Lehmann kam hereingeschneit.

»Guten Morgen, Herr Koslowski«, sagte sie beim Näherkommen. »Wie geht es Ihnen heute? Haben Sie Schmerzen?«

»Nein, bin vollgepumpt mit Schmerzmitteln«, murrte er, demonstrativ in den Fernseher starrend. Doktor Lehmann und Nick wechselten einen ausgedehnten Blick, die beiden schienen sehr vertraut miteinander zu sein. Wie er das immer anstellte, war mir ein absolutes Rätsel. Ob er sich tatsächlich hochschlief?

»Brauchen Sie sonst noch etwas?«, fragte sie.

»Nö.« Er schüttelte den Kopf. »Ich brauch nichts mehr, nur noch einen Totengräber.«

»Darf ich Ihnen trotzdem zum Geburtstag gratulieren?«, Sie lächelte ihn freundlich an.

Er zuckte mit den Schultern. »Dürfen Sie, Frau Doktor. Aber mir ist nicht nach Feiern zumute.«

Leises Winseln wehte wie ein Windhauch durch die geschlossene Tür. Was war das? Ich horchte. Noch einmal, dieses Mal lauter. Auch Herr Koslowski hob den Kopf. »Was is'n das für ein Geräusch?«

»Keine Ahnung.« Doktor Lehmann zuckte mit den Schultern. »Was für ein Geräusch?«

Ein einzelnes *Wau* löste das Winseln ab. Wo kam das denn her? Ich warf einen Blick zu Nick, der schien nichts zu hören, seelenruhig sammelte er die Utensilien der Blutabnahme zusammen. Dann sprang die Tür auf und ein hellbraunes Fellknäuel stürzte bellend und schwanzwedelnd ins Zimmer.

Ruckartig hob Herr Koslowski den Kopf. »Jacky, wo kommst du denn her, mein Bester?« Er streichelte dem kleinen Hund über den Kopf, der beim Versuch aufs Bett zu hopsen, wild kläffte. Nick hob ihn schließlich auf die Matratze, wo das Kerlchen sich in den Arm seines Herrchens kuschelte und ihm das Gesicht ableckte. Tränen rannen über Herrn Koslowskis Gesicht, unaufhörlich streichelte er seinen Hund. »Dass ich dich noch mal wiedersehen darf.«

Die Szene rührte mich bis in den hintersten Winkel meines Herzens, ich durfte einer wunderbaren Familienzusammenführung beiwohnen und kam aus dem Grinsen gar nicht mehr heraus. Was für ein schönes Geburtstagsgeschenk für diesen todkranken Mann.

»Aber jetzt erzählt doch mal«, sagte Herr Koslowski und wehrte sanft die feuchte Hundeschnauze in seinem Gesicht ab. »Wie kommt Jacky hierher? Dürfen Hunde überhaupt ins Krankenhaus?«

»Wenn sie dem Patienten bei der Genesung helfen, dann ist es ausnahmsweise mal erlaubt.« Nick tätschelte Jackys Kopf und zwinkerte ihm zu. »Man darf sich bloß nicht dabei erwischen lassen.«

»Nick ist am Samstag nach München gefahren und hat Jacky dort im Tierheim abgeholt«, erklärte Doktor Lehmann und mir stockte beinah das Herz. Was? Dafür hatte Nick also den freien Samstag gebraucht? Er hatte seinen Dienst getauscht, um einem schwerkranken Mann einen Herzenswunsch zu erfüllen und mir war nichts Besseres eingefallen, als ihn zu beleidigen und dumm anzumachen. Ein Kloß bildete sich in meinem Hals, der sich nicht wegschlucken ließ. Ich stand da wie festgewurzelt, presste eine Hand vor den Mund und versuchte, die Tränen zu unterdrücken. Es war unheimlich berührend, zu sehen, wie sich der alte Mann und der kleine Hund freuten, wieder zusammen zu sein. Zum ersten Mal bemerkte ich etwas anderes als Resignation in Herrn Koslowskis Gesicht. Nicks Hand legte sich um meinen Nacken, er massierte mich. In völliger Schockstarre ließ ich es über mich ergehen.

»Alles okay?«, fragte er leise und mit einem Hauch von Spott in der Stimme. »Du siehst so blass aus.«

»Nick hat sogar eine Pflegefamilie für Jacky in Nürnberg gefunden, sodass Sie beide sich oft sehen können. Und wenn Sie gesund sind, können Sie den Kleinen wieder mit nach Hause nehmen«, erzählte Doktor Lehmann.

Das war die netteste Aktion, die ich seit Langem mitbekommen hatte. Er hatte obendrein für das Wohlergehen des kleinen Hundes hier vor Ort gesorgt, jetzt fühlte ich mich schrecklich wegen meiner gemeinen Unterstellungen vorhin.

»Ab heute gelten keine Ausreden mehr, Herr Koslowski«, sagte Nick. »Sie werden gebraucht, also lassen Sie sich nicht mehr so hängen.«

»Ganz bestimmt nicht.« Herr Koslowski nahm den kleinen Hund in den Arm, der auf ihm herumwuselte wie ein aufgeregtes Wiesel. »Wir beide gehen wieder nach Hause«, flüsterte er und hob den Kopf. »Das ist der schönste Geburtstag meines Lebens. Vielen

Dank dafür.«

»Alles Gute auch von mir«, sagte Marga nun. Ein Glanz schimmerte in ihren Augen, sie strahlte Nick an, als wäre er Superman. Das war er gerade auch. Und ich, ich musste mir schleunigst was einfallen lassen, um mich für meine Vorwürfe zu entschuldigen.

Im Gang lief ich Nick hinterher und stellte mich ihm in den Weg. »Warum hast du nichts gesagt?«, fragte ich aufgelöst, die emotionale Wiedervereinigung von Hund und Herrchen arbeitete noch in mir.

Er musterte mich erstaunt. »Was meinst du?«

»Warum hast du nicht vorhin schon erzählt, dass du den Tag freigenommen hast, um den Hund abzuholen? Das konnte doch keiner ahnen.«

»Und deine Show unterbrechen?« Er lachte amüsiert auf. »Du hattest dich so schön in Rage geredet, nicht mal ein Bulldozer hätte dich aufgehalten.«

»Aber ich war im Unrecht.« Ups! War mir das eben wirklich rausgerutscht?

Sein Grinsen wurde gemein. »Wenn ich dich jedes Mal darauf hinweisen müsste, hätte ich viel zu tun.«

»Haha.« Ich rollte mit den Augen. »Es tut mir leid«, sagte ich schließlich leise und meinte es wirklich so.

Sein Blick ruhte auf meinem Gesicht, so intensiv, dass es mir durch und durch ging. Wie in Zeitlupe legte er eine Hand auf meine Wange und streichelte mich mit dem Daumen. Instinktiv hielt ich den Atem an. »Schon gut, mach dir keinen Kopf. Ich bin härtere Sachen von dir gewohnt.«

Starr vor Überraschung ließ ich es geschehen, dass er mich berührte. Gänsehaut stellte die feinen Härchen in meinem Nacken auf. »Deine Haut ist so zart«, flüsterte er rau und kam einen Schritt näher, dabei fixierte er meinen Mund. »Und deine Lippen haben dieses ganz besondere Rot.« Er strich mit dem Daumen über meine Oberlippe und ließ mich beinah innerlich verglühen. »Sie sehen aus wie geschminkt, aber das sind sie gar nicht.«

»Ich ...«, ich räusperte mich, »ich muss noch die Betten machen.« In meinem Inneren herrschte ein heilloses Durcheinander. Ich wollte seine Berührung nicht mögen, tat es aber. Sehr sogar. Nein, das durfte ich nicht zulassen. Er spielte mit mir. Trotzdem stoppte ich ihn nicht.

»Hast du Angst vor mir?« Er schaute mir tief in die Augen, bis ich das Gefühl hatte, er könnte all meine Geheimnisse darin lesen.

»Was?« Mein inneres Beben legte ein paar Nuancen zu. »Nein.«

»Doch.« Seine Augen wurden dunkler. »Ich glaube, du hast Angst davor, was ich mit dir anstellen könnte, und vor allem davor, dass es dir am Ende auch noch gefallen würde.«

»Ich habe keine Angst vor dir«, flüsterte ich, konnte aber seinem intensiven Blick nicht standhalten und strafte meine eigenen Worte Lügen. War er näher dran an der Wahrheit, als mir lieb war?

»Ich frage mich, ob du wirklich so schüchtern bist oder ob du mir nur etwas vorspielst.« Langsam ließ er seine Hand sinken und übrig blieb ein kühles, verlorenes Gefühl auf meiner Haut. Nick lag falsch. Ich spielte ihm nichts vor. Aber er trieb sein Spiel mit mir, ich war nicht so blöd, das nicht zu erkennen. Sobald ich darauf einstieg, würde er merken, wie unerfahren ich war, und das Interesse an mir verlieren. Ich hatte ihm nichts zu bieten, weder optisch noch sexuell, auch wenn er letzteres nicht wusste. Vielleicht mimte ich die Kratzbürste einfach nur, um mich vor einer weiteren Enttäuschung zu schützen.

»Ich muss weiter.« Ich trat einen Schritt zurück. »Urinproben ins Labor bringen.«

»Immer auf der Flucht«, sagte Nick und ließ mich gehen.

10. Kapitel

Auf dem Heimweg von meiner Schicht fragte ich mich, wie ich das angespannte Verhältnis zwischen mir und Nick wieder in natürliche Bahnen lenken konnte. So wie früher. Als Nick mir noch meilenweit am Allerwertesten vorbeigegangen war. Ich würde in Zukunft einfach nicht mehr auf Nicks optische Reize reagieren, sondern kollegiale Distanz halten. Wenn es mir gelänge, sein Äußeres auszublenden, bestand die Möglichkeit für mich, irgendwie heil aus der Nick-Sache wieder herauszukommen. Seinen Charakter mochte ich sowieso nicht und seinen Sextalk sollte er gefälligst einer anderen ins Ohr säuseln. Statt Streitereien würde es zukünftig freundliche Zurückhaltung sowie unverbindlichen Umgang miteinander geben.

Ich wollte mich sogar bei Nick für meine ungerechte Unterstellung entschuldigen und den Backofen anwerfen.

Morgen wollte ich als Zeichen meiner Reue Nick und Marga mit ein paar Schokomuffins überraschen. Wen überkamen beim Anblick von Kuchen schon erotische Gedanken? Nick am Ende? Vielleicht war er ein Schokofetischist oder er leckte gern Kuchenkrümel aus dem Bauchnabel. Stopp. Wenn ich nicht schleunigst mit diesen kranken Gedanken aufhörte, würde das nie etwas mit dem entspannten kollegialen Verhältnis werden.

Zielstrebig eilte ich in den Supermarkt nah der Straßenbahn-Station. Im Gehen googelte ich nach Muffin-Rezepten, da ich noch nie welche selbst gebacken hatte, und stellte fest, dass man dafür ganz schön viele Zutaten brauchte. Außer Zucker und Eiern hatten wir nichts davon im Haus. Margarine war doch ungesund, konnte man nicht was anderes nehmen? Kakao las ich als nächstes. Meinten die dieses Instant-Schokogetränk oder das Schokoladenpulver daneben im Regal?

Eine Tüte saure Apfelringe würde es vielleicht auch tun. Aber das war irgendwie nicht dasselbe als mit Liebe gebackene Muffins. Kuchen kam mütterlich rüber und Nick stand garantiert nicht auf mütterliche Frauen. Ich fand meine Idee genial, ich würde nett genug wirken, damit er mich normal behandelte, aber zu bieder für sexuelle Anspielungen. Also auf jeden Fall Muffins statt Apfelringe.

In meiner Not sprach ich eine Verkäuferin an, die gerade Schokotafeln in ein Regal räumte.

»Entschuldigen Sie bitte.« Ich lächelte sie freundlich an. »Ich suche Kakao und Margarine. Ich möchte Schokomuffins backen«, teilte ich ihr euphorisch mit und deutete auf mein Smartphone. »Ich backe heute zum ersten Mal«, ließ ich sie im Vertrauen wissen. »Es soll eine Überraschung für ein paar Kollegen werden.«

Die Dame studierte derweil die Zutaten, ihr Doppelkinn wackelte, als sie sie sich selbst leise vorlas.

»Warum nehmen Sie dann so ein kompliziertes Rezept?«

Kompliziert? Es gab unterschiedliche Backanleitungen für Schokomuffins?

»Warum nehmen Sie nicht eine fertige Backmischung? Ist doch viel einfacher.« Sie zuckte mit den Schultern. »Dafür brauchen Sie nur Eier und Öl. Der Teig ist in zwei Minuten fertig.«

Das klang machbar. Musste ja keiner wissen, dass es Muffins aus der Packung waren. »Und wo finde ich die?« Ich sah mich in dem Labyrinth von Gängen um. In fünf Minuten kam meine Straßenbahn.

»Kommen Sie mit, ich zeig es Ihnen.«

Erleichtert trippelte ich der Dame hinterher, die einen erstaunlich schnellen Gang draufhatte. Wir marschierten durch den halben Laden, als würde sie mich abführen. Da erklang eine tiefe Stimme hinter mir.

»Hey, Aida. Haben sie dich beim Klauen erwischt?« Nick trompetete durch den Laden wie durch ein Megaphon.

Abrupt blieb ich stehen. Meine Wangen wurden heiß vor Scham, als die Verkäuferin sich umdrehte und mich argwöhnisch musterte. »Was meint er denn damit?«, fragte sie und stemmte die Hände in die Hüften. Unwillkürlich wich ich einen Schritt zurück. »Nichts, er redet nur Blödsinn.«

Ich hörte Nick in meinem Rücken lachen und sah mich in dem Moment um, als er im nächsten Gang verschwand. Mühsam widerstand ich dem Drang, ihn zu verfolgen und ihm den Hals umzudrehen. Das würde mich erst recht verdächtig machen. Hinterhältiger Mistkerl.

»Soso.« Sie glaubte mir nicht. Am liebsten hätte ich mich in ein

Mauseloch verkrochen, neben uns tuschelten ein paar Kunden. »Ich habe nichts geklaut«, beteuerte ich und wollte nur noch raus. »Könnten Sie mir endlich die Backmischung zeigen?« Eigentlich war mir die Lust am Backen vergangen.

»Hier.« Sie lupfte einen Pappkarton aus dem Regal. »Öl gibt es vorne.«

Ich strich mir eine Strähne aus der Stirn, und wischte mit dem Handrücken ein paar Schweißtropfen weg. »Danke.« Wie eine Maus huschte ich zum Öl und eilte mit meiner Beute in Richtung Kasse. Unterwegs wanderte noch eine Halbliterflasche Cherry Cola aus dem Kühlschrank dazu, die ich bitter nötig hatte. Hektisch legte ich alles auf das Band und kramte nach meiner Geldbörse.

»Darf ich mal einen Blick in Ihre Tasche werfen?«, fragte die Kassiererin und ich nickte gottergeben. Der gut aussehende, blonde Kerl hinter mir musterte mich interessiert. Ich warf ihm ein freundliches Lächeln zu. »Reine Routine«, flüsterte ich und wandte mich an die Dame. »Sehen Sie«, ich legte alles der Reihe nach auf das Band, »nur mein Handy, Taschentücher, Schlüssel und, äh, Tampons.« Meine Wangen pulsierten, obwohl jeder erwachsene Mensch wusste, dass Frauen diese Dinger ab und zu brauchten. »Bitte noch eine Plastiktüte«, sagte ich und wollte nur noch raus aus dem Laden.

Draußen vor der Tür schaute ich meiner Straßenbahn beim Davonrattern zu. Missmutig ging ich mit meiner Plastiktüte in Richtung Haltestelle, wo ich nun dank Nick die nächsten dreißig Minuten meines Lebens verbringen durfte. Ein Auto hielt neben mir, aus dem Augenwinkel erkannte ich Nicks rotes Cabrio und sah deshalb gar nicht erst hin.

»Brauchst du eine Mitfahrgelegenheit?«, fragte er.

»Verschwinde«, zischte ich und lief weiter.

»Komm schon. War doch nur Spaß.«

»Du Situationskomiker.«

Er rollte neben mir her. »Ich konnte nicht anders. Das war eine Steilvorlage von dir.«

»Du bist und bleibst eben ein Mistkerl.«

»Muffelchen«, zog er das dämliche Wort unnötig in die Länge.

»Jetzt sei doch nicht so. Spring rein, ich fahr dich nach Hause.«

»Nenn mich nicht immer Muffelchen«, presste ich durch die zusammengebissenen Zähne hindurch. Ich war drauf und dran ihm die Backmischung über den Kopf zu schlagen. Auf diese Muffins würde er ewig warten, rächte ich mich in Gedanken.

»Gerade siehst du aber sehr muffelig aus.«

»Gleich siehst du sehr misshandelt aus.«

»Sag doch nicht immer solche Sachen, das törnt mich voll an, ich hab ein paar Kinks von denen du nichts weißt.«

Ich rollte mit den Augen. »Erspar mir deine sexuellen Präferenzen, das interessiert mich null.«

»Weil du es noch nie probiert hast. Du bist bestimmt auch so eine *Shades-of-Grey*-Leserin, die sich heimlich wünscht, ihr Typ würde ihr mal ordentlich den Hintern versohlen oder sie an der Leine auf allen vieren durchs Wohnzimmer führen, sich aber in Wirklichkeit über die Missionarsstellung nicht hinaustraut.«

»Was hast du gegen die gute alte Missionarsstellung?«, fragte ich gezielt empört und schielte kurz in seine Richtung.

Er hatte den linken Unterarm lässig auf das offene Fenster gelegt. »Nichts. Aber da gibt es so viel mehr, als nur auf dem Rücken zu liegen.«

»Was weißt du schon von *Shades of Grey*?«, erwiderte ich und merkte zu spät, dass ich mich damit verraten hatte. Natürlich sprang er sofort darauf an.

Sein einer Mundwinkel hob sich. »Wozu so ein dämliches Buch lesen, wenn du das alles auch bei mir haben könntest? Du stehst auf SM? Ich ebenfalls, also nicht das volle Programm, aber ein bisschen spanken hat was.«

»Nein, ich stehe nicht aufs Spanken«, erwiderte ich grob. Das war wahrscheinlich die Wahrheit, wenn ich so darüber nachdachte.

»Du magst es sanfter, stimmt's?«, wagte er einen weiteren Vorstoß. »Streicheln, ein bisschen lecken, küssen. Mag ich auch, ich bin da flexibel.«

Mir wurde warm um den Hals. Genau das mochte ich, würde dies vor ihm jedoch niemals zugeben.

»Steig schon ein, ich halte den ganzen Verkehr auf.« Er winkte mich zu sich.

Hinter uns hupte ein schwarzer *Opel Corsa*. Mir verging die Lust aufs Herumstehen in der Hitze und außerdem war er mir nach der fiesen Aktion von vorhin etwas schuldig. Also stieg ich ein.

Als er losbrauste, drückte es mich in den Ledersitz. Es hatte etwas, mit offenem Verdeck durch die Stadt zu fahren. Insgeheim genoss ich den warmen Fahrtwind im Gesicht, ließ mir aber rein äußerlich nichts anmerken und verzog keine Miene. So einfach kam er mir nicht davon. Nick bog auf die Stadtautobahn Richtung Nürnberg ab und gab richtig Gas. Im Radio wechselte der Song zu *Shape of you*.

Währenddessen kramte ich die noch immer kalte *Cherry Coke* aus meiner Plastiktüte, die ich im Fußraum abgestellt hatte, und drehte den Verschluss ab. Sie schäumte ein wenig über, weshalb ich rasch einen großen Schluck nahm, bevor ich mir die kühle Flasche an meine von der Sonne erhitzte Stirn hielt.

Nick warf mir einen kurzen Seitenblick zu. »Was trinkst du denn da?«

»Cherry Coke.«

Er überholte einen dahinschleichenden *Ford Taunus*. »Ich glaube, Cherry Cola habe ich seit meiner Kindheit nicht mehr getrunken. Darf ich mal probieren?«

»Bitte.« Ich hielt ihm die Flasche so dicht vor die Nase, dass er mit dem Kopf zurückweichen musste, bevor er sie mir abnehmen konnte. Nachdem er einen großen Schluck getrunken hatte, verzog Nick die Lippen. »Das Zeug schmeckt noch künstlicher, als ich es in Erinnerung habe. Wenigstens ist die Cola kalt.«

Er gab mir die Coke zurück und ich saß da, meinen Blick auf die Flaschenöffnung gerichtet, die im Gegensatz zu mir bereits Nicks Lippen berührt hatte.

»Ich bin nicht giftig«, hörte ich ihn spöttisch neben mir. »Keine Sorge.«

»Bist du sicher?« Demonstrativ nahm ich einen großen Schluck. »Manchmal kommst du mir sehr giftig vor.«

Nick lachte leise auf. Immer wieder strich ich meine Haare hinter die Ohren, die mir wild im Gesicht herumschwirrten.

»Das mit dem Hund war wirklich nett von dir«, platzte es aus mir heraus. »Hätte ich dir gar nicht zugetraut«, setzte ich noch nach, um das unüberlegte Kompliment ein wenig abzumildern. Immerhin hatte er mich eben erst in meinem Stammsupermarkt bis auf die Knochen blamiert.

»Veronika ... Ich meine, Doktor Lehmann hatte die Idee. Ich habe mich nur um den Hund gekümmert.«

Veronika. Er sprach sie mit Vornamen an. Wie intim waren die beiden denn miteinander? Es schien, als habe Nick meine Gedanken gelesen.

»Es ist nicht so, wie du denkst.«

»Was denke ich denn?«, stellte ich mich dumm, er sollte bloß nicht auf die Idee kommen, ich würde mich für sein Geplänkel mit der Oberärztin interessieren.

»Mein großer Bruder lebt in einem Heim für Schwerbehinderte«, sagte er plötzlich und ich horchte auf. Nicks Hände krallten sich um das Lenkrad. »Er kam mit multiplen Behinderungen zur Welt, auch geistigen. Er ist ein Pflegefall.«

»Oh«, stieß ich aus, mit dieser Beichte hatte ich jetzt nicht gerechnet. »Das tut mir leid.«

»Meine Eltern pflegten ihn jahrelang zu Hause, er kann nicht laufen, nicht selbstständig essen, sich nicht anziehen, braucht rund um die Uhr Betreuung. Aber ich liebe meinen großen Bruder trotzdem. Früher habe ich Daniel immer vorgelesen und bin mit ihm im Rollstuhl die Straße bei uns hinuntergeheizt, dass meine Eltern fast einen Herzinfarkt bekamen. Aber er fand's cool, hat immer gelacht und *Schneller!* gerufen.« Er lächelte in sich hinein, schien in Erinnerungen zu schwelgen. Ich wollte ihn nicht unterbrechen und hatte zudem keine Ahnung, was ich sagen sollte. Wow, ich wusste wirklich rein gar nichts über ihn.

»Ich habe ihn überall hin mitgenommen«, fuhr er fort. »Auf den Fußballplatz, zum Äpfelklauen, meine Kumpels und ich haben ihn heimlich an unseren Zigaretten ziehen lassen. Alle mochten ihn, er gehörte dazu. Aber als er älter wurde, fehlte meinen Eltern schlichtweg die Kraft für die Pflege, meine Mutter bekam dauernd Bandscheibenvorfälle vom schweren Heben, mein Vater arbeitete und ich musste für mein Abi lernen.« Er kramte aus dem Fach in der Sonnenblende eine Sonnenbrille hervor und setzte sie sich auf. »Schließlich gaben wir Daniel in ein Pflegeheim bei uns in der Nähe und das hat mir beinah das Herz rausgerissen. Auf einmal war er nicht mehr da, er fehlte morgens, wenn ich aufstand, und abends, wenn ich schlafen ging. Nach dem Abitur habe ich dann ein Jahr in dem Pflegeheim meines Bruders gejobbt, um Zeit mit ihm zu verbringen, und dieses Jahr hat mir wirklich viel gebracht.« Nick räusperte sich. »Doktor Lehmann war in dem Heim die leitende Ärztin, von dort kennen wir uns. Zu der Zeit habe ich mir überlegt, Medizin zu studieren und sie hat mich darin bestärkt und mir damals schon viel beigebracht.«

»Deswegen musst du also keine Bettpfannen leeren«, sagte ich und merkte selbst, dass ich ziemlich taktlos klang. Dabei hatte ich es gar nicht fies gemeint. Mir wurde jetzt nur klar, warum er auf der Station schon einiges mehr tun durfte als wir, und sah die Sache nun in einem anderen Licht.

Er lachte leise auf. »Ich habe damals mehr Bettpfannen geleert, als du dir vorstellen kannst.«

Ich wandte mich ihm zu und war völlig überwältigt, von dem, was er mir erzählt hatte. »Ich finde es toll, dass du so für deinen Bruder da bist.«

Nick hob kurz eine Hand vom Lenkrad. »Wir sehen uns nicht mehr so viel wie früher, ich habe einfach nicht mehr die Zeit. Das ist schade. Aber ihm geht es gut, er fühlt sich in dem Heim wohl und das ist das Wichtigste.« Obwohl er starr geradeaus sah, bemerkte ich Wehmut in seiner Miene.

»Dann habe ich dich am Ende wohl falsch eingeschätzt, was Doktor Lehmann betrifft, Casanova«, gab ich zu.

»Deswegen habe ich dir davon erzählt, damit du dir nicht wieder irgendwas zusammenspinnst«, erwiderte er trocken.

»Als Veronika nach Erlangen versetzt wurde, hat sie mich gefragt, ob ich bei ihr auf der Station das Praktikum machen möchte, immerhin hatte ich ausreichend Grundkenntnisse gesammelt und sie wollte nicht, dass ich in einer anderen Abteilung versauere. Aber zwischen uns läuft nichts. Wir stehen uns sehr nah, ich würde sagen, sie ist eine sehr liebe Freundin, der ich viel zu verdanken habe.«

»Und durch diese weise Entscheidung sind wir zufällig auf derselben Station gelandet.« Mein Kichern brachte auch Nick zum Lachen und lockerte ein wenig die angespannte Atmosphäre zwischen uns. Mittlerweile waren wir in Nürnberg, Nick fuhr den Ring entlang, hoch in Richtung Burg.

»Es kann ja nicht immer alles glattgehen«, sagte er lachend.

»Wo wohnst du eigentlich?«, nutzte ich den günstigen Moment, um noch ein wenig mehr von Nick in Erfahrung zu bringen, ich sog jede Information über sein Leben regelrecht auf wie ein Schwamm.

Er warf mir einen raschen Seitenblick zu. »Warum? Möchtest du vorbeikommen?«

»Nein.« Ich dehnte das Wort in die Länge. Er konnte es einfach nicht lassen.

»Ich wohne in Johannis, direkt an der Pegnitz. Ist echt schön dort.« Nick zwinkerte mir zu. »Nur für den Fall, dass du deine Meinung änderst.«

Johannis. Darauf hätte ich auch selbst kommen können. Ein Szeneviertel nah der Altstadt, wo das Nachtleben pulsierte. Wenn einer dorthin passte, dann Nick. Und wenn jemand nicht dorthin passte, dann ich. Trotzdem fühlte ich mich wohl neben ihm, ich mochte diese unterhaltsame Seite an Nick, die er mir gegenüber allerdings nur sehr selten zeigte. Wir führten fast nie ein normales Gespräch miteinander, dabei konnte er richtig nett sein, wenn er wollte. Er bremste vor meinem Haus. Vor ein paar Wochen hatte es sich schon einmal ergeben, dass er mich nach Hause gefahren hatte, und ich war erstaunt, dass er noch wusste, wo ich wohnte.

»Das nächste Mal erzählst du mir ein bisschen von dir, okay?« Er schob die Sonnenbrille hoch in die Haare. Wir sahen uns in die Augen, die Sonne stach auf uns herunter und lud die fiebrige Atmosphäre zusätzlich auf.

»Mach ich.« Das nächste Mal. Er wollte mehr über mich wissen? »Danke fürs Fahren.«

Nick strich mir eine Strähne hinters Ohr und verweilte einen Moment mit seinen Fingern an meinem Hals. Mein Herzschlag schwoll an und eine Schar Schmetterlinge flatterte wie wild in meinem Magen herum. »Bekomme ich eine Belohnung?«, fragte er leise.

Ich beugte mich vor und küsste ihn auf die Wange, verbot mir dabei, meine Lippen in Richtung seines Mundes zu lenken. Die Stimmung im Wagen war so aufgeheizt, dass ein winziger Funke genügte, um die Kontrolle über mich zu verlieren.

Nick wirkte überrascht und ein wenig amüsiert. »Das war höchstens ein Belöhnchen«, stellte er schmunzelnd fest und kam mit dem

Gesicht näher. »Ich habe noch nie eine so freche und gleichzeitig so schüchterne Frau getroffen wie dich.«

Ich atmete zittrig ein und wusste nicht, was ich erwidern sollte. Mehr ging von meiner Seite aus nicht.

»Irgendwas verbirgst du vor mir.« Nick hielt mein Kinn fest, zwang mich, ihm in die Augen zu sehen. »Und ich verspreche dir, ich bekomme heraus, was das ist. Du bist keine Jungfrau, oder?«

Oha, er hielt mich für eine Loserin. Seine Frage war mir peinlich, aber noch peinlicher war es, dass er mich allen Ernstes für unberührt hielt. »Nein, bin ich nicht.«

»Ich finde das nicht schlimm«, beteuerte er und kam näher, bis er dicht vor meinem Gesicht stoppte. »Ich wäre dann einfach nur ganz vorsichtig.«

Ich schluckte, in meinem Nacken kribbelte es, als hätte ich mich in ein Ameisennest gelegt.

»Bis morgen dann.« Seine Lippen legten sich auf meine, weich und schmeichelnd. Nicks Kuss dehnte dieses süße Kribbeln bis in meinen Magen aus, ließ verbotene Lust in mir erwachen. Er küsste mich so zärtlich, dass ich dahinschmolz wie Vanilleeis in der Sonne. Schon war ich versucht, meine Arme um seinen Nacken zu legen, als er fordernder wurde, mit seiner Zunge meine Lippen teilte und mich aus meinem Taumel riss. Wenn ich unser Geplänkel nicht an diesem Punkt beendete, würde ich es später nicht mehr schaffen. Ich stemmte beide Hände gegen seinen Brustkorb und schob ihn von mir, fing nervös seinen Blick auf.

»Ich denke, das reicht«, japste ich. Was er wohl über mich dachte? Ich benahm mich wirklich wie eine Jungfrau und rief mir in Erinnerung, dass er eine Wette auf mich laufen hatte. Das genügte, um meinen rasenden Puls zu senken. Ein feines Lächeln legte sich auf seine Lippen, als hätte er meine Reaktion bereits erwartet.

»War doch ganz okay für den Anfang«, raunte er mit dunkler Stimme und streichelte über meine Wange.

»Ich muss gehen.« Hastig öffnete ich die Tür und floh buchstäblich aus dem Wagen.

»Man sieht sich.« Nick hob locker die Hand und gab Gas.

Am liebsten hätte ich mich selbst geohrfeigt, während ich ihm nachsah, wie er davonfuhr. Was hatte ich mir nur dabei gedacht, mich von ihm küssen zu lassen?

11. Kapitel

Um mich abzulenken, machte ich mich daran, die Muffins zu backen und öffnete die Schachtel der Backmischung, die glücklicherweise sogar Papierförmchen enthielt. Die hatte ich natürlich völlig vergessen. Im Stillen dankte ich dem Hersteller für seine Weitsicht. Nick war mein Kollege, wir studierten zusammen und sahen uns fast jeden Tag. Ein One-Night-Stand würde alles noch komplizierter machen, erklärte ich mir selbst, während zwei Eier bei der Backmischung und dem Öl in der Schüssel landeten. Ich würde mich danach morgens nicht mehr im Spiegel anschauen können, während er zur Krönung auch noch die Wette gewinnen würde. Schwungvoll goss ich eine Tasse Wasser zum Teig, bevor ich wie wild mit dem Schneebesen auf die arme Schokopampe einschlug. Das durfte einfach nicht wahr sein! Meine Standhaftigkeit wurde tatsächlich von Nicks oberflächlichem und durchschaubarem Charme ernsthaft bedroht. Energisch löste ich die Papierförmchen voneinander und drapierte sie auf dem Backblech, heizte noch rasch den Ofen vor, was mir beim ersten Durchlesen der Anleitung doch tatsächlich entgangen war. Ben würde mir die Hölle heiß machen, wenn er erfuhr, dass ich die Knie nicht zusammengehalten und dem Aufreißer wissentlich zur *Ducati* verholfen hatte. Nick hatte eine gottverdammte Wette auf mich laufen. Wie dämlich war ich eigentlich? Wahrscheinlich baggerte er ohnehin nur wegen dem verfluchten Motorrad an mir herum. Ich musste mich zwingen, den Teig gleichmäßig in die Förmchen zu füllen, statt ihn mit Wucht hinein zu klatschen. Wütend riss ich den vorgeheizten Ofen auf, schob das Backblech hinein und schloss ihn mit einem Knall wieder. Puh, jetzt ging es mir irgendwie besser. Rasch stellte ich noch den Küchenwecker, damit die wertvollen Babys ja nicht verbrannten. Was nun?

Mit einem Glas *Cherry Coke* schlenderte ich schließlich ins Wohnzimmer und ließ mich erschöpft auf die Couch fallen, während ein aromatisch süßlicher Duft durch die Wohnung zog. Backmischungen waren ein Geschenk des Himmels. Wieso gab es bloß keine für Männer? Ich grinste in mich hinein, während ich mir die Anleitung auf der Packung vorstellte: *Süßen Sie nach Belieben und machen Sie den Kerl anschließend heiß, schon ist der perfekte Sexpartner fertig!* Das würde mein Leben ja so viel einfacher gestalten.

Mein Handy kündigte eine Nachricht von Mam an.

Der Kurs ist wirklich toll. Ich habe heute so viel Interessantes über Perspektive gelernt. Danke, dass du und Opa mich dazu gezwungen habt. Ich hoffe, dir geht es gut. Küsschen.

Ich las lächelnd ihre Zeilen und freute mich, dass sie ein bisschen Spaß gehabt hatte.

Na siehste. Aber vorher Zicken machen. Genieß die Stunden dort, bei mir läuft alles super. Hdl.

Spät am Abend saß ich in meinem Zimmer am Schreibtisch und surfte gelangweilt auf *Facebook* herum. Der verdammte Kuss ging mir einfach nicht aus dem Kopf. Nicks weiche und sinnliche Lippen auf meinen. Allein die Erinnerung daran ließ mir einen wohligen Schauer nach dem anderen über den Rücken rieseln. Ich war total untersext, anders konnte ich mir meinen erbärmlichen Zustand nicht erklären. Weshalb sonst geriet ich über einen dämlichen Kuss derart in Ekstase?

Seufzend öffnete ich die Word-Datei, in der ich mein Dirty-Talk-Erlebnis schriftlich hinterlegt hatte. Wie oft ich die paar Seiten schon durchgelesen hatte, wusste ich nicht mehr, aber Nicks schmutzige Worte übten noch immer dieselbe Faszination auf mich aus wie damals im *Boat*. Wieso ließ ich es überhaupt zu, dass dieser Player sich derart in meinem System festsetzte? Ich verschlang jedes einzelne Wort, sog mein Geschreibsel in mich auf wie ein riesengroßer Lustschwamm und fand mich gleichzeitig erbärmlich. War es das, was das Leben für mich bereithielt? Zweideutige Worte, zugeflüstert von einem Mann, der den Kick suchte? Eine Handvoll erotischer Szenen, mit denen ich meinem Körper vorgaukelte, er könnte durchaus liebenswert sein und solche Dinge selbst erleben? Pia und Chad redeten auf dem Flur miteinander, lachten, atmeten, pulsierten, durchbrachen die Stille, die mich umgab und sich drückend über mich gelegt hatte. Plötzlich fühlte ich mich wie der einsamste Mensch der Welt. In meinem Freundeskreis gab es keinen einzigen Single und irgendwie gehörte ich nicht zu ihnen. Ich störte, war das Anhängsel. Das Beziehungsglück meiner Freunde immer vor Augen zu haben, machte mich fertig. Nicht, dass ich es ihnen nicht gönnte. Sie waren wunderbare Menschen, jeder besaß ein großes Herz, sie waren lustig und mitfühlend, auch mit ein paar Macken und Fehlern gesegnet. Aber sie waren eine Einheit, ein unsichtbares Band verknüpfte sie miteinander. Etwas, was ich niemals haben würde. Sie alle hatten einen Partner. Sie liebten, lebten große Gefühle aus, stritten und vertrugen sich wieder, hatten wahrscheinlich großartigen Versöhnungssex, während ich meine kindischen Streitigkeiten mit Nick austrug, die sowieso nirgendwohin führten, und hinterher allein schlafen ging. Meine Einsamkeit packte mich mit scharfen Klauen, hielt mich im Würgegriff und schmerzte in meinem Brustkorb. Tagsüber hatte ich mich gut unter Kontrolle, konnte mich ablenken. Aber wenn ich ganz für mich war, konnte ich meine Gedanken nicht davon abhalten, sich an meiner Einsamkeit festzubeißen. Und das war gar nicht gut.

Plötzlich musste ich mich zwingen, die Zeilen im Computer zu lesen, besonders den Part, wo Nick mir das Kleid hochschob und meinen Bauch freilegte. Die Worte bekamen eine völlig neue Bedeutung. Nick starrte mich entsetzt an, ehe er zurückwich, als ob ich mich in einen Werwolf verwandelt hätte, der aus seinen Kleidern ausbrach. Ich sah den Ekel in seinem Gesicht, die Abscheu in seinen Augen und spürte, wie sich heiße Tränen an meine Unterlider hefteten. Ich wollte nicht weinen, mein Alltag war so weit okay. Bisher hatte ich mir viele Wünsche und Träume erfüllen können, nur den einen, den halt nicht. Aber wer bekam schon alles im Leben? Ich verscheuchte die negativen Gedanken. In meiner Story war ich sexy und verführerisch und Nick hatte nur Augen für mein makelloses Ich.

»See you later, Honey«, sagte Chad, dann fiel die Haustür ins Schloss. Kurz darauf klopfte es an meine Tür.

»Komm rein.« Ich machte mir nicht einmal die Mühe, das Browserfenster zu schließen. Pia war die Einzige, die von meinen Narben wusste und auch von meinen Komplexen deswegen.

»Hey, was treibst du?« Sie setzte sich auf mein Bett, ihre Mundwinkel hatten der Schwerkraft nachgegeben und hingen nach unten.

»Nichts, ich lese nur gerade noch einmal die versaute Szene, die ich geschrieben habe, und feile ein wenig am Ausdruck und an den Sätzen«, erklärte ich rasch, um nicht ganz so kläglich zu wirken. Vor lauter Euphorie hatte ich Pia in mein kleines Schreibprojekt eingeweiht und es sie sogar lesen lassen. Sie fand es klasse und meinte, ich hätte Schreibtalent ... für Pornos. Haha.

»Die ist doch super, so wie sie ist. Ein absoluter Höschenbefeuchter, dieser Nick. Warum lässt du dir nicht noch mehr Sauereien von ihm soufflieren, dann könntest du einen Bestseller schreiben und steinreich werden.«

»Ganz sicher nicht«, lehnte ich entschieden ab. Es war schon würdelos genug, dass ich mir die Szene notiert hatte. Aber über Sex zu schreiben, den ich selbst nicht erlebt hatte, war für mich unvorstellbar. »Aber was ist bei dir los? Du schaust, als wäre Chad mit einer anderen durchgebrannt, dabei habt ihr gerade im Flur noch Geräusche von euch gegeben, als würdet ihr einen Porno drehen«, lenkte ich von mir ab.

Sie lächelte gezwungen, ein Hinweis, dass sie etwas tierisch bedrückte. Normalerweise war sie ein Typ, der seinen Emotionen freien Lauf ließ, nur wenn es ganz schlimm wurde, dann spielte sie die Starke.

»Chad.« Pia zuckte lediglich mit den Schultern, als wäre damit alles erklärt.

»Hat er mal wieder irgendwas Dämliches gesagt?« Ich stand auf und lümmelte mich neben sie aufs Bett.

»Nein.« Energisch schüttelte sie den Kopf. »Ich habe was Dämliches gesagt.«

»Und was?«

»Ich habe ihm gesagt, dass ich ihn liebe.« Sie spielte mit einer Strähne ihres Haars.

»Das ist doch nicht dämlich.« Ich nahm sie in den Arm, denn ich konnte mir schon denken, wie dieser Holzklotz Pias Beichte aufgenommen hatte, wenn sie nun in einer derartigen Verfassung war.

»Doch ist es«, schniefte sie.

»Wie hat er reagiert?«

»Er hat *thanks* gesagt, das war's.« Pia zuckte mit den Schultern.

»Echt jetzt?« Ich traute meinen Ohren kaum. Die beiden waren immerhin schon ein paar Monate zusammen.

»Ja, und dann ist er abgehauen.«

»Vielleicht besorgt er nur Blumen«, wagte ich einen verzweifelten Aufmunterungsversuch.

»Bestimmt.« Pia klang abfällig und leider musste ich ihr zustimmen. Ich mochte Chad, er war ein wirklich netter Kerl, aber ganz bestimmt kein Romantiker.

»Warum gerate ich immer an diese Chaoten?«, lamentierte sie lauthals und ballte eine Faust um mein armes Deckbett. »Mein letzter Freund hat mir zum Geburtstag einen Satz Autoreifen geschenkt, dabei habe ich nicht mal einen Wagen.«

»Das ist nicht wahr.« Mein Mund stand offen.

»Er bekam sie irgendwo verbilligt und meinte, man könnte ja nie wissen. Zufälligerweise passten die Dinger allerdings zu seinem Auto und da ich ohnehin keine Verwendung dafür hatte, hat er sie dann bei sich montiert. Er meinte, es käme doch aufs Gleiche raus, immerhin würde ich doch sowieso dauernd mitfahren.«

»Das nenne ich mal pragmatisch.« Irgendwie imponierte mir diese bodenlose Frechheit fast schon ein wenig. Es gab so viele Idioten da draußen, dass mir mein Singleleben nicht mehr halb so furchtbar vorkam.

Pia schnaubte.

»Aber dass Chad so blöd reagiert, hätte ich echt nicht gedacht. Ich meine, der ist total in dich verschossen. Wie er dich immer ansieht und mit Blicken auszieht, Chad hat nur Augen für dich.«

Meine arme Pia kaute an ihrer Unterlippe, als hielte sie Tränen zurück. »Langsam bekomme ich das Gefühl, er spielt nur mit mir, bis er wieder zurück in die USA abhaut.«

»Glaubst du wirklich, er ist so fies?« Allmählich wurde ich echt sauer auf Chad. Wie konnte sich ein erwachsener Kerl nur so kindisch anstellen?

Sie zuckte nur traurig mit den Schultern. »Ich weiß es nicht. Aber wir machen nie Pläne, wie es mit uns beiden ab September weiterlaufen wird. Ich meine, das sind nur noch ein paar Wochen. Will er sich bis dahin mit mir im Bett vergnügen und mich dann abschießen?«

»Hast du ihn schon darauf angesprochen? Eine Long-Distance-

Beziehung kann sehr anstrengend werden. Ihr würdet euch wahrscheinlich wochenlang nicht sehen, könntet nur telefonieren oder skypen.«

»Ich würde es darauf ankommen lassen. Das habe ich Chad auch gesagt, aber er meinte, er könne sich jetzt noch nicht dazu äußern. Wieso kann er nichts dazu sagen? Irgendeine Meinung muss er doch haben.«

»Vielleicht hat er Angst.«

»Angst?« Sie wirkte entrüstet. »Wovor denn? Dass er mich nicht mehr loskriegt?«

»Davor, dass er sich für dich entscheidet und du es dir dann anders überlegst vielleicht? Immerhin liegt dann ein Ozean zwischen euch.«

»Nein.« Sie ließ den Kopf hängen. »Ich denke eher, er liebt mich nicht. Ich fühle es irgendwie.«

Mitleidig streichelte ich ihren Arm. »Ihr habt doch noch ein paar Wochen, vielleicht findet ihr noch einen Weg.«

»Wenn er sich nicht einfach klammheimlich verzieht.« Pias Stimme klang bitter, dann winkte sie ab. »Lass uns nicht mehr über diesen Idioten reden. Reden wir lieber über deinen Idioten. Hat Nick heute nichts angestellt?«

»Er hat mich geküsst«, gab ich leise zu und senkte die Lider, da Pias Augen sich weiteten und drohten, aus den Höhlen zu fallen.

»Er hat was?« Sie klang so ungläubig, dass ich mich kurz fragte, ob diese Aktion tatsächlich so abwegig klang.

»Danke«, sagte ich gekränkt. »Du lässt es wirklich so klingen, als wäre es das Undenkbarste auf der Welt, dass ein Mann wie er mich küssen könnte. Aber es war sowieso nur ein ganz kurzer Abschiedskuss, weiter nichts.«

»So habe ich das doch gar nicht gemeint.« Sie wurde ganz aufgeregt und setzte sich gerade hin. »Nick kann sich glücklich schätzen, deine Lippen berührt zu haben. Ich war nur so überrascht, weil du ihn doch nicht leiden kannst.«

»Kann ich auch nicht«, grummelte ich undeutlich. »Er hat mich heimgefahren, es war quasi ein kleines Dankeschön, das war alles.«

»Und, hat es dir gefallen?«, fragte sie mit frivolem Unterton.

»War ganz nett«, gab ich widerwillig zu, während schon wieder ein kleiner Lustschauer meinen Rücken überzog.

»Warum nimmst du ihn dir nicht einfach?«, fragte Pia mich nun auch noch. Schlimm genug, dass Rhashmi diese Schnapsidee bereits an mich herangetragen hatte.

»Weil er mein Kommilitone ist und ich ihm danach nie wieder in die Augen sehen könnte. Und weil mir außerdem jeder andere Mann lieber wäre als Nick«, log ich und fand, ich hörte mich ganz überzeugend an.

»Aber vermisst du das nie?« Pia lächelte mitfühlend. »Ein bisschen Sex, neben einem Mann im Bett liegen, geküsst werden?«

Natürlich vermisste ich das – und wie. Aber das konnte ich ja schon vor mir selbst kaum zugeben, geschweige denn vor Pia. Bevor mir wieder Tränen in die Augen stiegen, setzte ich mich auf.

»In meinen Pornogeschichten kann ich doch alles ausleben, was mir so in den Sinn kommt, ohne hinterher von einem Typen schief angeschaut zu werden.«

»Und woher nimmst du die Inspiration?« Sie schmunzelte.

»Ich hör euch drüben jede Nacht stöhnen, glaube mir, das reicht vollkommen, um mir vorzustellen, was ihr da treibt.«

»Wehe, du schreibst einen Porno über mich«, drohte sie mir mit dem Zeigefinger. Ich grinste nur breit.

»Mal im Ernst«, fing sie wieder an. »Dann reiß dir doch einfach irgendeinen hübschen Typen für eine Nacht auf und spiel die Szenen mit ihm durch.«

»Und wenn er eine Niete im Bett ist?« Ich lachte. »Dann hab ich mich völlig umsonst vögeln lassen.«

Pia schnellte mit dem Oberkörper in die Höhe. »Dann buch dir einen Callboy, die sind bestimmt Meister in ihrem Fach und müssen alles tun, was du willst. Schließlich bezahlst du sie. Du könntest mit so einem Typen all das ausprobieren, worüber du hinterher schreiben willst.«

»Du spinnst.« Ich tippte mir an die Stirn. »Ich werde mir ganz bestimmt keinen Mann für eine schnelle Nummer buchen. Immerhin bin ich eine Frau, wir müssen für solche Sachen kein Geld hinlegen, wir kriegen die Jungs auch so ins Bett.«

»Mit dem Risiko, einen Schlappschwanz zu erwischen«, erinnerte sie mich kichernd.

»Das stimmt.« Pia hatte echt einen Vogel. Zu meinem Entsetzen konnte ich mich nicht entscheiden, ob ich es erbärmlich fand, einen Callboy zu buchen, oder irgendwie sogar aufregend. Gefährlich und anstößig. Kein ungeschicktes Gefummel, sondern High-Level-Sex in Reinform mit einem Profi. Wahrscheinlich war ich auch schon völlig verrückt, weil ich die Idee überhaupt in Erwägung zog.

Pia sprang von meinem Bett. »Komm, wir googeln mal, ob es Callboys in Nürnberg überhaupt gibt.« Sie war voll in ihrem Element, was mir richtig Angst machte.

»Du spinnst.« Ich rutschte an die Bettkante und fühlte mich nicht wohl bei der Sache. Manchmal hatte Pia echt die schrägsten Einfälle und die gingen selten gut aus.

»Wir schauen doch nur mal, du Spaßbremse.« Sie warf sich auf meinen Schreibtischstuhl und gab *Callboy Nürnberg* auf *Google* ein. Sofort erschien eine lange Trefferliste. Dieses versaute Nest, es war unglaublich. Wo reichlich Angebot herrschte, musste wohl auch eine gewisse Nachfrage bestehen. Pia klickte eine Seite an. Die Homepage hatte irgendwie Stil, ein in Grautönen gehaltenes Foto fesselte meine Aufmerksamkeit. Links stand einfach *Julian*, rechts war ein echter Astralkörper abgebildet. Der Oberkörper verschwand in grauem Nebel und ließ sich nur noch erahnen. Sein Rücken verjüngte sich zu einer schlanken Taille. Der Kerl hatte kein Gramm Fett am Leib, sogar sein grandioser Hintern wirkte knackig und fest. Selbst seine kräftigen Oberschenkel waren zum Sterben schön. Unwillkürlich leckte ich mir die Lippen. Echte Callboys sahen tatsächlich aus, als wären sie den Covern meiner versauten Bücher entsprungen. In natura war mir bisher noch kein solches Prachtexemplar über den Weg gelaufen. Das konnte natürlich auch daran liegen, dass es solche Kerle in echt gar nicht gab, aber jemand gut im Umgang mit *Photoshop* war.

»Und?« Pia stieß mir kichernd ihren Ellenbogen in die Seite. »Was sagst du? Der Kerl läuft in Nürnberg frei herum.«

»Wow.« Mehr kam mir erst mal nicht über die Lippen, ich verliebte mich gerade in einen Hintern. »Was für ein Body.«

»Was schreibt er denn so über sich?« Sie klickte auf *Julian* in der Startleiste.

Ich freue mich, dass du auf meine Seite gefunden hast. Mein Name ist Julian und ich sehne mich nach dir. Ich möchte dich verwöhnen und dir ein paar unvergessliche Stunden schenken. In meinen Armen wirst du zu meiner Königin, nur du allein bestimmst, was passiert. Möchtest du zärtlich gestreichelt werden, vielleicht verbunden mit einer anregenden Massage und anschließendem gefühlvollem Sex? Dann bist du bei mir in den besten Händen. Oder wirst du lieber etwas härter angepackt, liebst Spielzeug im Bett und möchtest als böses Mädchen bestraft werden?

Ich lasse alle deine Träume wahr werden, trau dich!

Schreib mir eine Mail, dann können wir alles Weitere klären. Ich sende dir auf Wunsch auch gern ein Foto von meinem Gesicht.

Dein Julian.

Pia warf mir einen Blick über die Schulter zu. »Was sagst du?« Ihre Wangen glühten. »Der Typ ist ein Traum, wenn ich nicht schon Chad hätte, würde ich es mir überlegen.«

»Da gibt es nichts zu überlegen, das bring ich nicht.« Vehement schüttelte ich den Kopf. Mein Herz wummerte mir bis hoch in den Hals, während ich mir Julian in allen Einzelheiten vorstellte, was meinen Magen zu einem schweren Stein verklumpen ließ. Der Typ war ein professioneller Liebhaber und ich hatte gerade mal mit einem einzigen Mann in meinem dreiundzwanzigjährigen Leben geschlafen.

»Der Typ ist ein Vollprofi«, gab ich zu bedenken.

»Das ist ja der Sinn der Sache.« Pia klang ungehalten. »Luschen kannst du dir auch im *Boat* aufreißen.« Sie bewegte den Cursor und klickte auf Preise. »Mal schauen, was er kostet.«

Ich kam mir vor wie auf dem Viehmarkt, aber meine Neugier war geweckt. Noch nie hatte ich mir Gedanken darüber gemacht, was Professionelle für ihre Dienste so verlangten.

»Puh«, stieß Pia aus und ich konnte ihr nur beipflichten. Das war happig. »Hundert Euro die Stunde«, las sie laut vor, »hundertachtzig Euro für zwei Stunden oder achthundert Euro für die ganze Nacht bis sechs Uhr morgens, zuzüglich hundert Euro für das Hotelzimmer, falls wir nicht zu dir gehen.« Ihr Grinsen wurde breit. »Du würdest hundert Euro sparen, wenn ihr euch hier trefft.«

»Du hast echt einen Vogel.« Ich langte an ihr vorbei und klappte den Laptop zu. »Ich werde mich ganz bestimmt nicht mit diesem Julian treffen und jetzt kein Wort mehr darüber.«

12. Kapitel

Ich fühlte mich wie gerädert. Die halbe Nacht hatte ich nicht geschlafen, weil mir Julian nicht aus dem Kopf ging. Was war mit mir los? Verdammt, ich musste nur diese eine Mail tippen, meine Ersparnisse von der Bank holen und schon könnte ich meine Finger auf den echten statt den virtuellen Hintern legen. Wenigstens hielt Julians hübsche Kehrseite meine masochistischen Gedanken davon ab, sich mit Nick und seinen Lippen zu beschäftigen. An ihn hatte ich bis eben tatsächlich keine Minute lang gedacht, was in letzter Zeit eher selten vorgekommen war. Nun saß ich frühmorgens an meinem Schreibtisch und bewunderte Julian, zeichnete mit dem Zeigefinger die Umrisse seines Körpers nach. Zu gern würde ich Julian einmal in natura bewundern. Und wenn ich daran dachte, was für atemberaubende Dinge er mit mir anstellen konnte, wurde mir heiß, sogar sehr, sehr heiß. Wie sich seine Stimme wohl anhörte? Bestimmt sexy und rau, jedes seiner Worte würde an mir entlangfließen wie Honig. Er würde an meinen Brustwarzen saugen, die empfindliche Stelle an meinem Hals mit kleinen Küssen verzieren und mir Wahnsinnsorgasmen bescheren, während sein verlangender Blick mich verschlang. Ich könnte ihn an jede Stelle meines Körpers dirigieren, er müsste alles genau so machen, wie ich es wollte, und am nächsten Tag würde es keine unangenehmen Momente geben. Denn dann war er schon fort. Nichts davon würde nach außen dringen, ich würde ihm seinen wohlverdienten Lohn in die Hand drücken und damit hätte sich die Sache erledigt.

Irgendwie gefiel mir diese Vorstellung. Ich hatte solche Lust auf Sex, dass es mich innerlich verzehrte. Blieb nur noch die Frage des Geldes. Eine Stunde war schnell vorbei, in dieser Zeit hätten wir uns gerade ausgezogen und eine Runde Bettwalzer hingelegt. Zwei Stunden wären da schon besser, aber würde ich mich wohlfühlen, wenn ich dermaßen unter Zeitdruck stand und Julian wahrscheinlich immer mit einem Auge die Uhr im Blick hatte? Nein. Falls ich mich tatsächlich auf dieses Abenteuer einlassen würde, dann nur für die ganze Nacht. Ihn mit zu mir zu nehmen, kam nicht infrage.

Also wären neunhundert Euro inklusive Hotel fällig. Hatte ich es wirklich so nötig?
Eventuell sollte ich mir wirklich lieber einen netten Typen im *Boat* aufreißen, das käme mich auf jeden Fall billiger. Ich verwarf diesen Gedanken in der nächsten Sekunde wieder, denn noch immer lachte mir Julians knackiges Hinterteil auf dem Bildschirm entgegen und zog meinen Blick wie magisch an. Entweder er oder keiner. Ich hatte ein wenig Geld für Notfälle gespart und das war doch irgendwie einer, oder? Ein Sexentzug-Notfall! Andere fuhren in den Urlaub, ich gönnte mir einen Callboy. Warum nicht? Vielleicht musste man ab und zu etwas Verrücktes tun, um zu spüren, dass man noch lebte. Ich merkte, wie mein Körper jede Menge Adrenalin in meine Venen pumpte, als ich Julians E-Mail-Adresse eintippte, was mich ganz kribbelig machte. Und nun? Was schrieb man einem Callboy? Meine Finger zitterten. Wenn es schon daran scheiterte, dann sollte ich das Vorhaben besser sein lassen. Gott, was war ich für ein erbärmlicher Feigling, es war nur eine Mail, reine Interessensbekundung, weiter nichts. Ich forderte lediglich ein unverbindliches Angebot ein. *Zieh das einfach cool und locker durch*, redete ich mir ins Gewissen. Ich riss mich zusammen.

Lieber Julian,

das Foto auf deiner Homepage ist wirklich toll, deswegen habe ich beschlossen, mich bei dir zu melden. Wirklich nur aus reiner Neugier und ganz im Vertrauen, ich habe so etwas noch nie zuvor gemacht. Also, einem Callboy geschrieben, meine ich. Falls, also nur falls, rein hypothetisch gesprochen, ich dich irgendwann einmal buchen wollte, obwohl ich noch nicht weiß, ob ich das auch wirklich tun werde. Aber, wie wäre denn dann der genaue Ablauf? Ich muss zugeben, dass ich keinen blassen Schimmer habe, und auch auf die Gefahr hin, dass ich mich hier gerade lächerlich mache, würde ich dich, wenn schon, denn schon, für die ganze Nacht nehmen. Also, ich hoffe, du verstehst, wie ich das meine. Denn ein bisschen Zeit muss man sich dabei ja schon lassen, finde ich. Ich stehe übrigens nicht auf den Böses-Mädchen-Kram, den lassen wir dann lieber weg, aber das könnten wir ja besprechen, falls ich irgendwann einmal deine Dienste in Anspruch nehme, so für alle Fälle. Ist ja immer gut, wenn man vorab schon mal darüber gesprochen hat. Nicht, dass du am Ende deinen Folterkoffer für nichts und wieder nichts mitschleppst (kleiner Scherz). Wie gesagt, eine kurze Info tut es auch, dem Foto nach zu urteilen, bist du bestimmt sehr gefragt, und Zeit ist Geld, das muss man dir bei deinen Preisen ja nicht extra sagen. Also dann, ich würde mich freuen, wenn du irgendwann einmal von dir hören lässt. Keine Eile!

Liebe Grüße
Angelina

In letzter Sekunde hatte ich meinen echten Vornamen abgeändert, bestimmt war es besser, inkognito vorzugehen, und welcher Callboy legte bei seinen Kundinnen schon Wert auf den Namen? Nach längerem Zögern nahm mein rechter Zeigefinger mir die Entscheidung ab, indem er auf *Senden* drückte. Hastig klickte ich auf das Postfach der abgeschickten Mails, um zu überprüfen, ob sie wirklich raus war. Ja. War sie. Definitiv. Mit kochend heißem Kopf überflog ich noch einmal die Nachricht, die Mail las sich, als wäre ich Psycho. Wo hatte ich eigentlich mein Gehirn gelassen? Manchmal zweifelte ich echt an meinem eigenen Verstand. Wie konnte man in so wenigen Zeilen, so viel Blödsinn unterbringen? Inständig hoffte ich nun, Julian möge die Mail einfach senkrecht ablegen und sich nicht weiter um mein lächerliches Geschreibsel kümmern. Ich klang wie ein geistesgestörter Justin-Bieber-Fan. Absolut plemplem. Das war an Peinlichkeit kaum mehr zu überbieten. Am liebsten hätte ich mir selbst in den Hintern gebissen. Warum nur hatte ich mich von Pia aufstacheln lassen? Von allen dummen Ideen, die ich je in meinem Leben in die Tat umgesetzt hatte, war diese wohl mit Abstand die dümmste gewesen.

Liebevoll drapierte ich den Teller mit den Muffins auf dem Schreibtisch im Stationszimmer und hoffte, mit dieser Tat Nick ein für alle Mal das erotische Geplänkel auszutreiben. Wer verspürte beim Anblick von Muffins schon etwas anderes als Hunger? Ich musterte die Teile kritisch, sie waren gut aufgegangen, wölbten sich über dem Rand der Papierförmchen. Hoffentlich erkannte Nick in ihnen keine Anspielung auf Brüste oder ähnlich Anrüchiges, sonst geriet mein sorgfältig ausgeklügelter Plan ins Wanken. Ich wollte schließlich wie meine eigene Großmutter wirken, alles Konservative verkörpern und damit das genaue Gegenteil zu den blonden Ludern sein, mit denen sich Nick sonst gern umgab. Das Geheimnis der Backmischung würde ich mit ins Grab nehmen.

Als erstes schneite glücklicherweise Marga herein, sie war beladen mit leeren Tabletten-Dosetten, die neu befüllt werden mussten.

»Hey«, grüßte sie und leerte die Schachteln neben meinen Muffins auf den Schreibtisch. Dann sah sie mich an. »Hast du heute Geburtstag?«

Ich schüttelte den Kopf. »Nein, erst im Januar.« Konnte man heutzutage denn nicht mehr nett zu seinen Kollegen sein, ohne gleich argwöhnisch beäugt zu werden?

Nick kam herein, bevor ich mich verteidigen konnte. Natürlich entdeckte auch er sofort die Muffins. Ungefragt nahm er sich einen. »Hat jemand heute Geburtstag?« Er sah in die Runde. Jetzt fing der auch noch damit an.

»Sind von Aida, aber sie hat erst im Januar Geburtstag«, klärte Marga ihn auf und schnappte sich ebenfalls einen der kleinen Kuchen.

»Und wofür sind die dann?« Nick biss hinein. »Nicht schlecht«, sagte er kauend. »Selbst gebacken?«

»Ja.« Ich lächelte ihn an. »Hatte gestern mal wieder solche Lust, den Backofen anzuschmeißen. Ich liebe es einfach in der Küche zu stehen. An mir ist eine richtige Hausfrau verloren gegangen.« Wenn die Gelegenheit es schon mal zuließ, ihm meine Story unterzujubeln, dann wollte ich das auch ausgiebig tun und wartete mit klopfendem Herzen auf seine Reaktion.

»Cool.« Er goss sich Kaffee ein, während ich auf die Fortsetzung seines Satzes wartete, der mit *Cool* begonnen hatte. Aber es kam nichts mehr.

»Was meinst du mit *cool*?«, stellte ich ihn deshalb zur Rede. Er sollte das nicht cool finden. Seit wann waren Hausfrauen für Männer Mitte zwanzig cool?

»Du kennst den Sinn dieses Wortes nicht?«, fragte er, als wäre ich unterbelichtet. »Es kommt aus dem Englischen und heißt so viel wie ...«

»Ich weiß, was cool bedeutet«, unterbrach ich ihn unwirsch. »Ich will wissen, warum du es cool findest.« Ich klang vielleicht eine Spur zu angriffslustig und rief mich selbst zur Ordnung. Ich sollte fair bleiben.

Nick steckte sich in aller Ruhe das letzte Stück Kuchen in den Mund. »Weil ich es gut finde, wenn jemand Muffins zum Frühstück mitbringt. Eine ganz neue Seite an dir, gefällt mir.«

Gefiel ihm? Mehr nicht? Wenigstens hatte er keine anstößige Bemerkung fallen lassen. Vielleicht war ich mit meiner Mission wirklich erfolgreich gewesen.

»Siehst du.« Ich strahlte ihn an. »Ist das nicht kollegial von mir? Ich mag es, wenn ein gutes Klima am Arbeitsplatz herrscht, wenn man sich mit den Leuten, mit denen man zusammenarbeitet, gut versteht.«

»Ich mag das auch. Nette Idee von dir und sie sind wirklich gut gelungen.« Er nahm sich noch einen und grub seine Zähne hinein. Meine kleine Intrige zeigte anscheinend Wirkung.

»Das freut mich. Man sollte sein Privatleben und den Arbeitsplatz auch strikt trennen«, machte ich weiter, um endlich auf den Punkt zu kommen, und Nick auch ja kapierte, was es mit meiner einmaligen Backaktion auf sich hatte. Nick hob eine Augenbraue an, es sah misstrauisch aus.

»Ich habe gern ein gutes Verhältnis zu den Leuten mit denen ich arbeite, aber mal unter uns ...«, ich senkte die Stimme, als würde ich ihm etwas im Vertrauen mitteilen, »... ich persönlich würde niemals Privates und Berufliches miteinander vermischen. Ich könnte zum Beispiel unter keinen Umständen etwas mit einem Kollegen anfangen. Wenn du verstehst, was ich meine.«

»Du bist ein Mensch mit Prinzipien«, sagte er mit der gütigen Stimme eines Psychologen. »Für mich sind Prinzipien da, um sie zu brechen. Wovor hast du eigentlich solch einen Schiss? Dass dich jemand deiner Jungfräulichkeit beraubt?«

»Wie kommst du dauernd darauf? Schwachsinn.«

Er fixierte mich mit seinen stahlgrauen Augen, die aufblitzten, als bräche sich das Licht darin. »Du siehst nicht aus wie jemand, der mit seinem Zustand zufrieden ist.«

»Ich bin nicht in irgendeinem Zustand«, erwiderte ich empört. Was meinte er damit jetzt schon wieder? Er redete über mich, als wäre ich ein Straßenköter, den man verwahrlost in irgendeiner

Ecke aufgegriffen hatte. »Ich habe lediglich eine starke Persönlichkeit, das ist alles. Und du kannst damit eben nicht umgehen. Denn du misst dein Selbstwertgefühl daran, wie viele Frauen du flachlegst und da spiele ich nicht mit.«

Sein amüsiertes Lachen irritierte mich.

»Du meinst also, ich brauche dich für mein Selbstbewusstsein?« Sein einer Mundwinkel zuckte bei dem Versuch, ernst zu bleiben. »Nur fürs Protokoll«, legte er nach. »Damit wir nicht aneinander vorbeireden.«

»Das habe ich so nicht gesagt!« Der Kerl verdrehte mir eiskalt die Worte im Mund.

Nick wandte sich zu Marga um. »Das hat sie doch eben gesagt, oder?«

»Ja, hat sie«, stand Marga ihm zu meiner Überraschung bei. Darüber würde ich in einer ruhigen Minute mal ein ernstes Wort mit ihr reden müssen. Sie erkannte doch, was für ein doppeltes Spiel dieser Blender spielte.

»Marga hat es auch so verstanden.« Er beugte sich zu mir. »Schätzchen, ich brauche dich nicht, um mein Ego zu pushen. Trotzdem eine nette Idee mit den Muffins.« Er winkte im Weggehen und ließ mich einfach stehen, bevor mir eine gesalzene Antwort eingefallen war.

»Wann bist du eigentlich so arrogant geworden?«, hörte ich Marga hinter mir mit bitterer Stimme fragen und drehte mich erstaunt um.

»Wie bitte?« Ich hatte kaum Nicks unverfrorene Ansage verarbeitet und glaubte, mich verhört zu haben.

»Was spielst du uns hier eigentlich für ein Theaterstück vor?« Sie deutete auf die Muffins. »Zuerst bringst du Muffins mit, unter dem Vorwand, uns eine kleine Freude bereiten zu wollen, und im nächsten Satz erzählst du uns, dass wir dir ja nicht auf die Pelle rücken sollen. Also ich finde das schon abgehoben.« Demonstrativ warf sie ihren angebissenen Muffin in den Papierkorb und diese Geste tat mir richtig weh.

»So habe ich das doch gar nicht gemeint«, verteidigte ich mich. Was war eigentlich eben hier passiert? Diese Aktion war doch überhaupt nicht gegen Marga gerichtet gewesen, sondern hatte lediglich Nick auf Abstand halten sollen. Zu meinem Schutz!

»Wie denn dann?«

Ich ließ die Luft langsam durch meine Nase entweichen, zugegeben, das hatte etwas Gekünsteltes an sich, aber ich konnte gerade nicht anders. »Es ist wegen Nick. Ich will, dass er Abstand zu mir hält, das ist alles«, weihte ich sie schließlich in der Hoffnung auf ein wenig Zuspruch ein.

»Du solltest dich mal hören.« Marga spuckte die Worte beinah aus. *»Ich will nicht von Nick angemacht werden«*, äffte sie mich nach und ich fragte mich nicht zum ersten Mal, was genau Marga sich eigentlich von Nick erhoffte.

»Schau dich an und schau ihn an«, redete Marga abfällig weiter. »Mit uns flirtet er genauso. Glaubst du wirklich, du hättest bei ihm irgendwelche Chancen? Dein Selbstbewusstsein möchte ich haben.«

Ich hatte das Gefühl, als hätte Marga mir soeben einen Kinnhaken verpasst. »Ich weiß, dass ich keine Chancen bei Nick habe«, sagte ich langsam und jedes Wort betonend. Aus ihrem Mund hatte die Aussage etwas treffend Endgültiges. Alles lief nur in meinem Kopf ab. Nick spielte mit mir auf dieselben Weise, wie er es bei allen anderen ebenso tat. Und ich Idiotin hatte wirklich geglaubt, mir diesen Mann mit Muffins vom Hals halten zu müssen.

»Warum lenkst du dann dauernd seine Aufmerksamkeit auf dich?«, hakte Marga unnachgiebig nach. »Wie heute mit den Muffins? Warum konntest du nicht einfach die Klappe halten, uns die Dinger essen lassen und gut wär's gewesen? Um alles musst du so ein Trara machen, du hast die Muffins doch sowieso nur gebacken, um dich bei Nick einzuschleimen.«

»Nein, habe ich nicht«, widersprach ich, war mir aber nicht mehr ganz so sicher. Lief ich Nick wirklich nach wie eine läufige Hündin? Kein Wunder, dass er dauernd testete, ob ich mich flachlegen ließ. Ich presste eine Hand vor den Mund, Scham durchsprudelte meinen Körper.

Biggi stieß zu uns und stutzte, als sie die Muffins entdeckte. »Für wen sind die?« Ich war froh über ihr Erscheinen, denn Margas Miene wurde immer finsterer, dabei wollte ich sie wirklich nicht verletzen oder mit ihr streiten. Schon gar nicht wegen Nick.

»Für alle«, sagte ich mit einem gezwungenen Lächeln. »Ein kleines Dankeschön, weil ich so viel bei euch lerne.«

Ich ignorierte Margas abfälliges Prusten, die mittlerweile mit den Pillen-Dosetten beschäftigt war.

»Das ist aber lieb von dir.« Biggi klang gerührt, als sie sich einen Muffin nahm. Wie Nick es vorausgesagt hatte, war der Tratsch über sie im Haus abgeklungen, seit im Netz Nacktfotos einer Assistenzärztin aus der Neurochirurgie die Runde machten.

»Hab ich doch gern getan.«

Marga knallte eine Dosette auf den Schreibtisch und stampfte zur Tür, nicht ohne mir noch einen abfälligen Blick zu vergönnen. »Paracetamol-Tabletten sind alle, ich muss neue besorgen.«

»Was hat sie denn?«, fragte Biggi erstaunt und auf die offene Tür blickend.

Ich zuckte mit den Achseln. »Keine Ahnung, Hormonschwankungen?«

»Ich glaube eher, Nick bringt hier alle Frauen unter dreißig um den Verstand.« Sie schälte in einer Ruhe das weiße Papier von dem braunen Kuchen, als hätte sie gerade von einem Tiefdruckgebiet über Skandinavien geredet.

»Du meinst, sie ist scharf auf Nick?«, fragte ich entgeistert.

Biggi sah hoch. »Seid ihr das nicht alle?«

»Nein, ich zum Beispiel nicht.« Schließlich hatte ich mich gestern extra in die Küche gestellt, um nicht mehr in sein Beuteschema zu passen. Und in diesem Moment empfand ich wirklich so. Ich war über die merkwürdige körperliche Anziehung hinweg, die Nick auf mich ausgeübt hatte, seit meine Augen Julians strammen Hintern ins Visier genommen hatten. Folglich war auch bewiesen, dass es sich bei Nick lediglich um eine kindische Schwärmerei gehandelt hatte. Er war austauschbar und diese Einsicht verschaffte mir eine gewisse Sicherheit. Somit war er auch nur aus Fleisch und Blut wie wir Normalsterblichen, ich hatte ihn nach dem Kuss lediglich kurzzeitig glorifiziert und stellte nun fest, dass er ein ganz gewöhnlicher Mensch war, der nur eben rein zufällig gut aussah. Mehr nicht. Für diese Einsicht hätte es die Muffins gar nicht gebraucht.

»Nick ist ein Lebemann, aber einer mit einem guten Herz«, sagte Biggi und ich musste dieses veraltete Wort erst mühsam einsortieren. Sie meinte wohl einen Playboy, das war er in der Tat, aber nicht bei mir, grinste ich erleichtert in mich hinein und war froh, seinen Verlockungen so tapfer widerstanden zu haben.

Nach der Mittagspause bewaffnete ich mich mit einem Stirnthermometer, um bei ein paar kritischen Fällen Temperatur zu messen. Die Tortellini mit Sahnesoße aus der Kantine lagen mir noch schwer im Magen. Ich musste dringend mehr auf meine Ernährung achten, nahm ich mir für die Zukunft vor und steckte mir noch rasch ein Schokobon in den Mund. Ab morgen!

Ich ging zu Herrn Koslowski ins Zimmer, der bedeutend besser aussah als an seinem Geburtstag. Zwar schimmerte seine Haut immer noch gelblich, aber er hatte neuen Lebensmut geschöpft, was, wie ich zugeben musste, auch Nicks Verdienst war. Jacky wurde einmal täglich zu Besuch auf die Station geschmuggelt und war mittlerweile der Liebling von allen. Der kleine Hund saß auf dem Bett und wedelte mit dem Schwanz, als er mich bemerkte.

»Hallo, Herr Koslowski«, begrüßte ich ihn gut gelaunt.

»Aida.« Er lächelte. »Du wirst ja immer hübscher.«

»Danke«, erwiderte ich geschmeichelt und hielt ihm das Thermometer an die Stirn. »Sie machen mich ja ganz verlegen.«

»Was wahr ist, darf auch gesagt werden.« Herr Koslowski nickte in Richtung des Thermometers. »Wie hoch?«

»38,5 Grad.« Ich notierte die Zahl zusammen mit der Uhrzeit in seine Krankenakte.

»Immer noch?« Er ließ die Mundwinkel hängen.

»Das kriegen wir schon in den Griff«, baute ich ihn auf, obwohl ich mir Sorgen machte. Das Fieber ging einfach nicht runter, egal, was wir probierten. Zu allem Übel waren die Leberwerte alarmierend. Herr Koslowski brauchte dringend eine Transplantation, aber mit Fieber würde das nicht möglich sein.

»Ich stehe das durch«, hörte ich ihn sagen. »Ich muss ja. Was passiert sonst mit meinem Kleinen?«

Ich kraulte Jacky hinter den Ohren. »Sehe ich genauso.«

Als die Tür aufschwang, drehte ich mich um. Nick trat ein und kam zu uns. Sein Blick blieb einen Herzschlag lang an mir hängen und sofort erfasste mich ein inneres Beben. »Wie hoch ist die Temperatur?«

»Unverändert«, gab ich Auskunft und bemühte mich, um einen neutral höflichen Ton.

»Nachher kriegen wir die neuen Blutwerte, Herr Koslowski. Dann wird Doktor Lehmann den weiteren Therapieverlauf mit

Ihnen besprechen.«

»Eine Leber gibt es wohl keine?«, fragte Herr Koslowski.

»Leider nein.« Nick schüttelte den Kopf. »Aber Sie stehen mittlerweile ziemlich weit oben auf der Transplantationsliste.«

Er sah uns abwechselnd an. »Ist das jetzt gut oder schlecht?«

»Es ist zumindest so weit gut, als dass Sie das nächste passende Spenderorgan bekommen.« Nick lächelte ihn aufmunternd an.

Herr Koslowski schluckte. »Und schlecht, weil es mir mittlerweile so dreckig geht, dass ich die OP vielleicht nicht mehr erlebe.«

»Warten wir es erst mal ab«, sagte Nick und tätschelte Jacky, der ihm sofort die Hand leckte. »Jacky wird schon dafür sorgen, dass Sie keinen Unfug anstellen.«

»Das stimmt.« Herr Koslowski lachte leise und betrachtete seinen Hund mit feuchten Augen, dann hob er den Kopf. »Und solang es so hübsche Schwestern wie Aida gibt, springe ich bestimmt nicht in die Kiste.«

»Sie ist keine Schwester«, verbesserte Nick ihn, »sondern Medizinstudentin.« Er warf mir einen Blick zu, der mir durch und durch ging. »Aida wird Ärztin und Sie springen auch noch nicht in die Kiste.«

»Noch besser. Gibt so wenig hübsche Ärztinnen.« Herr Koslowski grinste breit. »Und? Hast du auch schon versucht, bei ihr zu landen?« Er zwinkerte Nick zu.

Nick lachte leise, wirkte kein Stück verlegen. Ich an seiner Stelle wäre wahrscheinlich in kleinlautes Gestammel ausgebrochen. Heute Morgen noch hätte Herr Koslowskis Gerede Panikattacken in mir ausgelöst. Mittlerweile jedoch hatte ich definitiv kapiert, dass Nicks Interesse nicht exklusiv war.

»Ich schätze Aida als Kollegin«, sagte Nick und seine Wortwahl ließ mich aufhorchen. Das war doch ganz klar mein Satz. Nick schätzte mich als Kollegin. Punkt. Das saß. Obwohl seine Aussage genau das ausdrückte, was ich mit all meinen durchgeknallten Aktionen bezweckt hatte. Wir waren auf der Kollegen-Base gelandet. Das war doch gut. Nick blätterte inzwischen die Krankenakte durch, was auch besser war, denn ich konnte ihm gerade nur schwerlich in die Augen sehen. Herr Koslowski hingegen studierte mein Gesicht und lächelte schwach.

»Manchmal ist es besser, man lässt die Dinge auf sich beruhen, bevor sie ihren Lauf nehmen und Situationen heraufbeschwören, in die man nie geraten wollte«, sagte er vage.

»Hier nimmt nichts seinen Lauf«, erwiderte Nick ernst. »Manchmal sollte man einfach nicht zu viel in Situationen hineininterpretieren.« Er warf die Krankenakte auf Herrn Koslowskis Nachttisch und ging, bevor ich mich für eine Antwort sammeln konnte. Nick hatte mich abgehakt. Ich war aus dem Spiel. Warum war ich jetzt nicht froh?

»Mädchen, ich fürchte, den musst du vergessen.«

»Ich weiß«, flüsterte ich. Im nächsten Moment drehte ich mich um und lief Nick hinterher. Ich erwischte ihn auf dem Flur und hielt ihn am Ärmel fest. »Was sollte das eben?«

Er wirkte genervt. Genervt von mir! Ein Kloß wuchs in meinem Hals, der sich nicht wegschlucken ließ.

»Aida«, sagte er gereizt. »Dein Getue geht mir langsam tierisch auf den Geist. Mal suchst du meine Nähe, dann rennst du davon, als wollte ich dich umbringen. An einem Tag kann man sich tatsächlich normal mit dir unterhalten, aber schon am nächsten gebärdest du dich wie eine Furie. Ich werde einfach nicht schlau aus dir. Was willst du eigentlich von mir?«

»Dass wir uns als Kollegen gut verstehen«, war das Erste, was mir einfiel. Ich wusste es doch selbst nicht. Nur, dass ich ihn auf diese Art und Weise nicht gehen lassen wollte.

»Das ist alles?« Sein Blick durchleuchtete mich nahezu. »Das dürfte kein Problem sein.«

»Dann sind wir uns ja einig«, erwiderte ich rasch und schluckte das beengte Gefühl in meiner Kehle weg.

Nick ließ einen Moment verstreichen. »Ich habe dir schon einmal gesagt, dass ich glaube, du verheimlichst etwas vor mir. Aber das ist auch dein gutes Recht, geht mich nichts an.«

»Du hast keine Geheimnisse vor mir?«, setzte ich zur Gegenwehr an, aber dieses Mal sprang er nicht darauf an.

»Versteh mich nicht falsch.« Er breitete die Arme aus und die Muskeln bewegten sich unter seiner Haut. »Ich mag dich. Du bist ganz witzig und forderst mich heraus. Das habe ich selten bei Frauen erlebt, normalerweise werden sie in meinen Händen zu schnurrenden Kätzchen. Aber wenn man ein Spiel immer weiter in die Länge dehnt, dann verliert es irgendwann seinen Reiz.«

»Das sagst du nur, weil ich noch nicht mit dir im Bett gelandet bin.« Meine Stimme bebte, ich hatte das Gefühl, als würde Nick mit mir Schluss machen, was absolut irrational war.

Nick holte hörbar Luft. »Nein«, er schüttelte den Kopf, »sondern weil du mich für einen absoluten Scheißkerl hältst.«

»Das tue ich nicht ... nur manchmal ... ein wenig.« Fahrig strich ich mir eine Strähne hinters Ohr. Diese Unterhaltung fühlte sich vollkommen falsch an.

»Aida, du brauchst einen Mann, der sanfter zu dir ist.« Er dämpfte seine Stimme. »Jemanden, dem du dieses Geheimnis anvertrauen kannst, von dem ich immer noch glaube, dass es so winzig ist, dass es lediglich in deinem Kopf existiert.«

Ich wusste sofort, worauf er anspielte. Er hielt mich für eine Jungfrau, die Angst vor dem ersten Mal hatte. »Nichts, was du nicht erledigen könntest, stimmt's? Ganz sanft natürlich.« Nur mühsam behielt ich mich im Griff. Mein Atem zitterte.

Seine Augen wurden schmal. »Du musst mich für ein Riesenarschloch halten.«

»Und du? Was denkst du von mir?«

Nick fuhr sich durch seine hellbraunen Haare. »Ich denke, dass die Idee mit dem Kollegensein, gar nicht schlecht ist. Ich tue dir nicht gut und das möchte ich nicht.«

»Du Samariter«, sagte ich verächtlich, meine Wangen brannten vor Wut. »Du drehst es jetzt hin, als würdest du mir einen Gefallen tun. Und was läuft in Wirklichkeit?«

»Aida, zwischen uns läuft nichts«, erinnerte er mich an dieses winzige Detail, das ich in meiner Aufregung total vergessen hatte. Gott, ich hatte mich blamiert, ich benahm mich wie eine Verrückte. Nun wollte ich nichts wie weg.

»Vielleicht kann ich mich auf eine andere Station versetzen lassen.«

»Warum wirst du immer gleich so dramatisch?« Seine Miene wurde hart. »Wozu willst du dich versetzen lassen?«

»Vergiss dieses Gespräch einfach, okay?« Das war die peinlichste Unterhaltung, die ich seit Langem geführt hatte. Ich verhielt mich wie ein absoluter Psycho.

Nick wirkte betroffen. »Aida ...«

»Nein, im Ernst.« Ich winkte ab. »Vergessen wir dieses

Gespräch. Es hat nie stattgefunden.« Hastig machte ich, dass ich weiterkam. Ich war der größte Trottel auf dieser Erde. Nun war ich Nick los, das war ganz schnell und einfach gegangen, dafür hatte es weder Muffins noch kratzbürstiger Worte bedurft, ich hatte ihn einfach nur langweilen müssen.

13. Kapitel

Luca war zu Besuch gekommen und half Pia und mir im Wohnzimmer beim Leeren einer Flasche Sekt. Nach diesem verhunzten Tag hatte ich einen kleinen Seelentröster auch bitter nötig. Nicht nur der Streit mit Nick war mir auf den Magen geschlagen, sondern, was fast noch schlimmer war: Julian hatte sich nicht bei mir gemeldet. Okay, es war erst acht Uhr abends, aber über ein kleines Lebenszeichen hätte ich mich schon gefreut. Meine Ungeduld machte mir schwer zu schaffen, doch die Mädels lenkten mich glücklicherweise von der Warterei ab. Bisher hatte ich Pia nicht erzählt, dass ich Julian doch gemailt hatte, ich war mir noch nicht einmal sicher, wie weit ich bei ihm gehen würde.

»Wie geht's Ben?«, fragte ich und leerte den Rest meines Sekts. Pia, die auch schon ausgetrunken hatte, schenkte bereitwillig nach.

»Frag lieber nicht.« Luca schnappte sich ein paar Erdnüsse aus der Packung auf dem Tisch und knabberte daran herum wie ein Eichhörnchen.

»Oje, hört sich nicht gut an«, sagte Pia, die auch schon wieder Stunk mit Chad hatte, weil der partout die drei besonderen Worte nicht zu ihr sagen wollte.

Luca nippte an ihrem Glas. »Er macht immer noch Stress wegen Joshua.«

»Was?« So nachtragend kannte ich Ben gar nicht. »Meine Güte, kann er da nicht mal drüber wegkommen? Ich dachte, ihr hättet euch ausgesprochen. So dramatisch war es jetzt auch wieder nicht, dass Joshua für zwei Sekunden den Arm um dich gelegt hat.«

»Er ist nicht deswegen sauer, wir sind schon in der nächsten Phase.« Luca trank einen großen Schluck. »Joshua spielt Schlagzeug in einer Band, die machen so eine Mischung aus Rock und Punk, klingt wirklich nicht schlecht.«

»Woher weißt du das denn?«, fragte Pia und klang erstaunt.

»Auf deren Homepage gibt es ein paar Videos von ihren Auftritten.«

»Wenn ich dich richtig verstehe, tickt Ben aus, weil du dir Joshua beim Schlagzeugspielen reinziehst?« Wow, dass Ben dermaßen zartbesaitet war, war mir noch nie aufgefallen. Ich wusste zwar von seiner Neigung zur Eifersucht, aber diese Reaktion fand ich dann doch einen Tick zu übertrieben.

»Nein, nicht deswegen«, warf Luca uns den nächsten Happen hin und langte nach der Sektflasche.

»Jetzt mach es doch nicht so spannend«, sagte Pia gereizt.

Luca goss sich ihr Glas voll, etwas Schaum lief über den Rand. »Okay, Ben ist sauer, weil ich ihn gefragt habe, ob Joshua mit der Band im *Boat* auftreten darf.«

Ich kratzte mich am Kinn. »Joshua hat doch Hausverbot.« Jetzt kapierte ich überhaupt nichts mehr.

»Moment mal.« Pia sprang auf und deutete mit dem ausgestreckten Arm auf Luca, als wäre ihr eben ein Licht aufgegangen. Wie es aussah, schaltete sie schneller als ich, denn mir war bisher nichts Merkwürdiges aufgefallen.

»Du hast Kontakt zu Joshua«, warf Pia ihr an den Kopf.

»Was?« Ich fasste es nicht.

»Wir schreiben uns gelegentlich auf dem Handy«, erwiderte Luca leise und trank einen großen Schluck.

»Das ist nicht dein Ernst.« Mir blieb der Mund offen stehen.

»Was denn?« Luca klang aggressiv. »Darf ich mich mit keinem Mann mehr unterhalten, nur weil ich einen Freund habe?«

»Aber der Typ steht auf dich«, half ich ihr auf die Sprünge. »Er flirtet mit dir und Ben hasst ihn.«

»Ich bin nicht mit Ben verheiratet. Vor ein paar Monaten ist Ben noch ausgetickt, weil Chad sich zu lang mit mir unterhalten hat. Mich nervt sein eifersüchtiges Getue langsam tierisch.«

»Chad hat sich damals nicht nur mit dir unterhalten, er hat dich angebaggert«, erinnerte Pia sie und leerte den Rest der Flasche in ihr Glas.

»*Ich* habe aber nicht mit ihm geflirtet«, stellte Luca klar.

»Ich weiß, außerdem war ich damals ja auch noch nicht mit Chad zusammen.« Pia winkte ab.

»Was ist eigentlich zwischen dir und Chad?«, wechselte Luca höchst auffällig das Thema.

Pia stand auf. »Der Typ ist bald Geschichte, also wen juckt's? Ich hol uns mal eine neue Flasche«, sagte sie im Weggehen.

»Was ist denn zwischen den beiden los? Zurzeit ist aber auch überall der Wurm drin.« Luca sah ihr nach.

»Er will Pia nicht sagen, wie es mit ihnen weitergeht, wenn er zurück in den Staaten ist. Außerdem verweigert er ihr ein *I love you.*« Ich kippte den Rest Sekt aus meinem Glas in mich hinein.

»Oh«, Luca verzog die Lippen, »das ist bitter. Chad ist manchmal echt ein Idiot, dass er sich so ziert. Die beiden passen super zusammen.«

»Ja, ist er.« Ich beugte mich zu ihr. »Jetzt mal ehrlich, triffst du dich mit Joshua?« Mit pochendem Herzen und um Bens willen, hoffte ich auf ein Nein.

»Treffen ist zu viel gesagt.« Luca rollte mit den Augen.

Oh nein!

»Wir hatten im *Boat* unsere Handynummern getauscht. Dann schrieb er mir vor zwei Tagen, dass er gerade im *O'Sheas* sitzt und ein Guinness trinkt. Ich war zufällig in der Nähe und bin auf ein Glas *Coke* bei ihm vorbeigegangen. Das war alles, ich schwöre.« Sie spreizte drei Finger zum Eid.

Mittlerweile war Pia wieder zurück und schoss mit einem lauten Knall den Korken gegen die Decke, bevor sie uns nachschenkte.

»Dort hat er mir erzählt, dass seine Band ausgerechnet einen Gig im *Boat* klargemacht hat. Die Jungs haben sich so tierisch gefreut, dass er es nicht übers Herz brachte, ihnen von seinem Hausverbot zu erzählen. Aus dem Grund hat er mich gefragt, ob ich nicht mal mit Ben reden könnte, damit er wegen dem Auftritt eine Ausnahme macht.«

»Klingt eigentlich ganz harmlos.« Pia zuckte mit den Achseln. »Aber so wie ich Ben kenne, wird er das niemals tun.«

»Er ist total ausgerastet, als ich ihn gefragt habe. Entweder sie besorgen sich für den Auftritt einen neuen Schlagzeuger oder es ist alles gecancelt. Ben lässt überhaupt nicht mit sich reden, er ist so ein Sturkopf.«

»Ich glaube, Ben hat Angst, dich zu verlieren«, gab ich zu bedenken und konnte ihn eigentlich verstehen. Wer wollte schon einen Kerl im Haus haben, der die eigene Freundin anbaggerte?

»Dann ist er gerade auf dem besten Weg dazu.« Luca klang wütend. »Er meinte, wenn ich weiterhin Kontakt zu Joshua habe, dann war's das.«

»Nicht euer Ernst?« Ich war entsetzt. »Luca, willst du dich tatsächlich wegen Joshua trennen? Ich meine, du kennst ihn kaum und Ben ist ein Goldstück. Ich sag's dir: Wenn du Ben abschießt, schnapp ich ihn mir«, drohte ich zwinkernd, weil ich nicht nachvollziehen konnte, wie Luca eine Trennung von diesem tollen Kerl überhaupt in Betracht ziehen konnte. Ben war, ähnlich wie Nick, eine absolute Augenweide und er liebte Luca von ganzem Herzen, selbst wenn er das manchmal nur auf eine ungeschickte Art und Weise zeigte. Aber er würde einfach alles für Luca tun.

»Bis jetzt habe ich es nicht vor.« Luca trank ihr Glas aus, sie kippte heute so einiges weg. »Ansonsten klappt es eigentlich super zwischen uns und der Sex mit Ben ist auch toll. Eigentlich kann ich mich nicht beklagen.«

»Das klingt schon viel besser.« Ich nahm einen großen Schluck, um mit den anderen mithalten zu können, obwohl sich langsam alles um mich drehte. »Seid froh, dass ihr so tolle Männer in eurem Leben habt. Will eine von euch vielleicht mit mir tauschen?« Ein kleiner Depri-Anfall gesellte sich zu meinem angeschwipsten Zustand, den ich gerade gar nicht gebrauchen konnte.

Pia kuschelte sich neben mich. »Für dich finden wir auch noch einen Blödmann. Kann doch nicht so schwierig sein, es gibt doch so viele Sozial-Chaoten da draußen. Warum sollen nur wir uns mit solchen Exemplaren herumschlagen?«

Wir verfielen in kindisches Gekicher. Pias Aufmunterungsversuch zeigte tatsächlich Wirkung.

»Wenn schon blöd, dann bitte wenigstens einen fürs Auge.« Ich schenkte uns mit Schwung den Rest der zweiten Flasche nach, ein paar Tropfen landeten auf Lucas Jeans.

»Joshua hat mir etwas über Nick erzählt«, fing Luca unvermittelt an und mir wäre beinah die Flasche aus der Hand gerutscht.

»Und was?«, fragte ich.

»Ganz kryptisch.«

Ich wartete wie erstarrt. »Was hat er gesagt?«

Luca wedelte mit einer Hand in der Luft herum. »Dass Nick nicht der ist, für den er sich ausgibt.«

»Hä?« Jetzt verstand ich gar nichts mehr. »Ist er so eine Art Geheimagent? Ein 007?«

»Keine Ahnung.« Sie zuckte mit den Achseln. »Ich wollte nachfragen, aber dann klingelte sein Handy und ich hab es wieder vergessen.«

Irgendwie wurde ich das Gefühl nicht los, dass dieser Joshua ein großer Spinner war, wollte dies aber vor Luca nicht laut sagen. Ich kannte Nick seit nun mehr über drei Jahren. Oder etwa doch nicht? Wenn Nick nicht der war, für den er sich ausgab, wer war er dann?

Luca warf einen Blick auf ihr Handy. »So spät schon. Ich muss gehen.« Sie stand auf, blieb jedoch einen Moment lang stehen. »Ui, der Boden wackelt.«

»Soll ich dir ein Taxi rufen?«, fragte Pia.

»Nein, nicht so wild, ich gehe zu Fuß.«

Nachdem wir uns ausgiebig verabschiedet hatten, wobei wir uns gegenseitig bezeugten, dass wir die Besten waren, schwankte ich in mein Zimmer und warf mich aufs Bett. Bei mir drehte sich ebenfalls alles, aber ich fühlte mich ansonsten ganz okay. Nick ging mir nicht aus dem Kopf und Lucas Worte über ihn ebenso wenig. Gerade sehnte ich mich nach ihm und unser Streit bedrückte mich selbst in meinem wattierten Zustand. Ich bekam ein schlechtes Gewissen. Sollte ich mich entschuldigen? Plötzlich tat mir alles so ganz furchtbar schrecklich leid. Kurzerhand zückte ich mein Handy und suchte ihn in der Telefonliste. Er war noch immer von unserem Lerngruppentreffen im ersten Semester bei mir abgespeichert, als wir alle unsere Nummern ausgetauscht hatten. Nach zweimaligem Klingeln ging er tatsächlich ran.

»Aida, was verschafft mir die seltene Ehre deines Anrufs? Doch noch deine Meinung mit der Entjungferung geändert?«

»Idiot«, sagte ich mit leicht schwerer Zunge.

»Tja, wenn du schon so eine Meinung von mir hast, dann möchte ich dich nicht enttäuschen.«

»Ich wollte mich bei dir entschuldigen.«

Pause. Stille. Silence.

»Nick? Bist du noch dran?«

»Ja.« Er klang amüsiert. »Aida, kann es sein, dass du betrunken bist?«

»Wie kommst du denn auf so was?«

»So was hättest du nüchtern nie zu mir gesagt.«

»Hey«, erwiderte ich empört und mit leichtem Zungenschlag. »Das stimmt doch gar nicht.«

»Süße«, sein Tonfall wurde dunkel und verführerisch, »du wolltest nur meine Stimme hören, gib es zu.«

»Ja«, hauchte ich ins Telefon, während ich mir vorstellte, wie er sich über mich beugte und seine Lippen auf meine legte. »Ich will nicht, dass du sauer auf mich bist. Du sollst mich wieder mögen.«

»Okay, du bist wirklich betrunken. Gibt es eine Chance, das auszunutzen? Kann ich vorbeikommen? Ein bisschen Telefonsex tut's zur Not auch.«

»Du bist so ein Arsch«, sagte ich lächelnd.

»Ich muss doch dem Image treu bleiben, das du von mir hast.«

»Und ich bin keine Jungfrau mehr«, plapperte mein Mund drauflos, um dieses leidige Thema, das er irgendwie gerade gar nicht angeschnitten hatte, endlich ad acta zu legen. »Ich hatte schon Sex mit einem Mann, wenn du es genau wissen willst.«

»Mit einem Mann«, wiederholte er.

Was fand er daran so merkwürdig? »Ja, es war ein Mann.« Hielt er mich für lesbisch?

»Einer?«, hakte er nach.

»Ja, einer.« Ups. Das hatte ich ihm so deutlich eigentlich nicht verraten wollen. Meine Wangen pulsierten. »Das heißt ... also ... es war so ...«

»Aida«, unterbrach er mich sanft. »Du musst dich für nichts rechtfertigen. Das ist vollkommen okay. Selbst wenn du Jungfrau wärst, wäre das in Ordnung. Aber dann habe ich mich wohl getäuscht und du verheimlichst etwas anderes vor mir?« Er hatte es wie eine Frage gestellt und wartete nun auf meine Antwort. Aber so betrunken konnte ich gar nicht werden, um dieses Geheimnis preiszugeben.

»Es gibt kein Geheimnis.« Mein Herz klopfte.

»Ich denke doch und ich kriege es raus«, versprach er mir. »Und wenn ich es weiß, wirst du erkennen, dass es nur halb so schlimm ist, wie du dir einredest.«

Doch, es war schlimm und er würde es niemals herausfinden. »Sag mir was Nettes«, hauchte mein Mund ohne mein Zutun, um meine Sehnsucht nach Nick in den Griff zu kriegen.

»Etwas Nettes?« Er wirkte schon wieder überrascht. »Ich sage dauernd nette Sachen zu dir. Aber gut. Du bist eine sehr attraktive Frau, ich glaube, du weißt gar nicht, wie hübsch du bist.«

»Komm vorbei«, flüsterte ich und streichelte mit einer Hand

über meine Brüste, die nach seiner Berührung lechzten, mein Inneres verglühte beinah. Vielleicht konnten wir miteinander schlafen, ohne uns ganz auszuziehen. Ich sehnte mich so nach Nick, wollte ihn auf mir haben, in mir, ihn schmecken und seinen Körper küssen.

»Süße, ich komme jederzeit gern bei dir vorbei, aber nicht heute. Nicht wenn du betrunken bist und es morgen bereust.«

»Ich werde es nicht bereuen.« Meine empfindlichste Stelle pulsierte so heftig, dass ich es fast nicht mehr aushielt.

»Nicht heute.« Nick klang wehmütig. »Sag mir das noch einmal, wenn du vor mir stehst und nichts getrunken hast, okay?«

»Ich glaube, dann werde ich es nicht mehr sagen«, gab ich leise zu und versuchte, mich wieder in den Griff zu kriegen. Ich wollte ihn so sehr.

Ich konnte ihn durchs Handy lächeln hören. »Glaube ich auch. Und genau deswegen ist das keine gute Idee.«

»Also dann bis morgen.« Seine Worte hatten wie ein kalter Guss auf mich gewirkt, schlagartig fühlte ich mich nüchtern – und beschissen.

»Schlaf gut«, sagte er und legte auf.

14. Kapitel

Mein Kopf tat höllisch weh, als ich am nächsten Morgen die Augen aufschlug. Durch die Vorhangritze drangen die ersten schwachen Sonnenstrahlen und malten einen goldenen Schimmer in den Raum. Ein kleines Saufgelage unter der Woche war wohl nicht die brillanteste Idee gewesen, die uns jemals eingefallen war. Mühsam hievte ich die Beine von der Matratze und blieb einen Moment lang am Bettrand sitzen. Eine latente Übelkeit gesellte sich zu dem Hämmern in meinem Schädel, meine Zunge fühlte sich trocken und rau an wie ein Reibeisen. Oje, das würde heute ein langer Tag im Krankenhaus werden. Ich kramte in meinem Nachttisch nach ein paar Kopfschmerztabletten und tapste zum Schreibtisch, auf dem noch die Cherry-Cola-Flasche von gestern stand. Ein winziger Schluck schwamm am Flaschenboden, mit dem ich die Tabletten hinunterspülte und mich wie in Zeitlupe auf meinen Schreibtischstuhl sinken ließ, darauf wartend, dass der verdammte Schmerz endlich nachließ. Um mich abzulenken, schaltete ich den Laptop ein und checkte meine E-Mails. Ich erstarrte, denn ein Name blinkte mir wie eine Signallampe im Mailfolder entgegen. Julian hatte sich tatsächlich gemeldet. Mein Herzschlag setzte einen Moment lang aus, nur um dann im doppelten Tempo zu rasen. Er hatte mir wirklich geschrieben. Ja und? Das bedeutete gar nichts. Vielleicht hatte er auch gar keine Zeit, war die nächsten Monate ausgebucht, oder traf sich prinzipiell nicht mit irren Mailverfasserinnen. Schließlich rief ich die Nachricht auf, bevor das Gedankenkarussell mich völlig verrückt machte.

Liebe Angelina,

ich habe mich sehr über deine Mail und dein Interesse an meiner Dienstleistung gefreut. Ja, ich muss sogar sagen, dass ich deine Zeilen sehr witzig und unterhaltsam fand. Du bist mir, zumindest virtuell, gleich sympathisch. Du wolltest etwas zum genauen Ablauf wissen, falls du dich irgendwann – rein hypothetisch natürlich – entschließen solltest, mich zu buchen. Meine Neugier auf dich ist nach deiner süßen Mail auf jeden Fall geweckt. Ich gehe mal davon aus, dass du dich in einem Hotel mit mir treffen würdest. Normalerweise bevorzuge ich das Gloria Empire. *Es hat eine Lobby-Bar, was ich sehr angenehm für ein erstes Kennenlernen finde. Wir würden uns bei einem Gläschen Sekt ein wenig unterhalten, uns sozusagen etwas beschnuppern, bevor du dann entscheidest, wie sich der weitere Verlauf des Abends gestalten soll. Wie du siehst, gibt es keinen Grund, nervös zu werden.*

Ich freue mich darauf, wieder von dir zu hören.

Liebe Grüße
Julian

Oh. Mein. Gott. Er klang so nett. Mein Herz hüpfte wie verrückt in meiner Brust. Julian hatte mir tatsächlich geantwortet, gestern Nacht noch, und fand mich obendrein auch noch witzig. Draußen hörte ich Pia in der Küche rumoren und beschloss spontan, sie einzuweihen. Ich brauchte eine zweite Meinung und vor allem einen Ratschlag für mein weiteres Vorgehen. Noch einmal überflog ich Julians Zeilen und eilte dann in die Küche, wo Pia an der Kaffeemaschine hantierte.

»Mein Schädel brummt«, sagte Pia, als sie mich bemerkte. »Deiner auch?«

»Hab mir vorhin was eingeworfen, jetzt geht es besser.« Ich ging zu ihr.

»Ist was?« Pia goss Wasser in den Behälter.

»Ich habe Julian geschrieben«, platzte es aus mir heraus.

»Du hast was?« Pias Mund stand offen. »Aber ich dachte, ein Callboy kommt für dich nicht infrage, das ist ein ganz sündiger Sexgott.«

»Nur aus Neugier, ich weiß noch nicht mal, ob ich mich wirklich mit ihm treffen soll, aber dieser Hintern hat es mir einfach angetan.« *Und ich bezahle ihn, also darf er sich nicht an meinen Narben stören*, setzte ich in Gedanken hinzu. Laut erklärte ich: »Ich brauche deine Einschätzung. Magst du mal lesen, was er geschrieben hat?«

»Klar.« Pia ließ alles stehen und liegen. Ihre Kopfschmerzen schienen wie weggeblasen, als sie mit großen Schritten voranging.

In meinem Zimmer zeigte ich ihr zuerst meine Mail. Der Form halber und nicht, weil ich stolz darauf wäre. Ich fand sie immer noch bescheuert. Aber Pia musste ja wissen, was ich geschrieben hatte, um seine Antwort einzusortieren.

»Witzig.« Pia grinste breit.

»Dämlich trifft es besser.« Ich klickte auf Julians Mail und wartete, bis Pia sie gelesen hatte.

»Und, was meinst du?«, fragte ich, als sie endlich den Kopf hob. Es hatte den Anschein gehabt, als wollte sie seine Zeilen auswendig lernen.

»Er klingt sehr professionell. Ich glaube, Julian weiß genau, was er tut und wie man einer Frau ein gutes Gefühl gibt.« Sie musterte mich. »Was hast du jetzt vor?«

»Keine Ahnung.« Ich zuckte mit den Achseln. »Einerseits reizt es mich schon, muss ich zugeben. Trotzdem habe ich total Schiss davor.«

»Verständlich, würde mir genauso gehen. Andererseits, was kann schon groß passieren? Ich finde es gut, dass er sich zuerst in einem öffentlichen Raum mit dir treffen möchte. Somit ist die Wahrscheinlichkeit, dass er in Wahrheit ein Psychokiller ist, recht gering.«

»Vielen Dank.« Ich ächzte innerlich auf. An diese Möglichkeit hatte ich bisher noch keinen einzigen Gedanken verschwendet.

Ihr Blick klebte am Bildschirm.

»Ich sag ja, er würde sich bestimmt nicht in der Hotelbar treffen, wenn er was anderes im Sinn hätte, als sein Gehalt aufzubessern.«

»Aber meine Narben ...«, schnitt ich zögerlich das Thema an, das mich dabei am meisten belastete. »Selbst wenn ich ihn dafür bezahle, kann es sein, dass er sich vor meinem Bauch ekelt.«

»Das wird er nicht. Mach dir nicht so einen Kopf deswegen.« Ihre Stimme klang mitfühlend.

»Und wenn doch?« Unwillkürlich verschränkte ich die Arme vor dem Oberkörper.

Sie drehte sich auf dem Schreibtischstuhl in meine Richtung. »Dann kauf dir ein sexy Satinunterhemd und sag ihm, du willst es anlassen. Das wäre so ein Fetisch von dir.« Sie kicherte. »Immerhin bezahlst du ihn und er hat doch geschrieben, dass er alles ganz genau so macht, wie du es willst. Na also.«

Wahre Worte, so könnte ich unser kleines Sexabenteuer wirklich handhaben. Als Callboy hatte er meine Wünsche zu erfüllen. Ich würde ihm einfach befehlen, dass mein Bauch tabu für ihn war und konnte aufregenden Sex genießen. Mein Verlangen wuchs in dem Maße an, wie meine innere Abwehr schwand. »Meinst du wirklich, ich sollte es machen?«

»Warum nicht?« Pia war voll in ihrem Element, sie glühte förmlich von innen. »Wie sieht er eigentlich aus?«

Ich legte eine Hand vor den Mund. »Das habe ich ganz vergessen, zu fragen. Werde ich bei der nächsten Mail nachholen.«

Meine Mitbewohnerin stand auf und deutete auf den Laptop. »Los, schreib ihm, bevor du es dir anders überlegst. Du brauchst dringend Sex.«

»Du weißt, wie man Freunde aufbaut.« Seufzend ließ ich mich auf den Stuhl sinken. Ich legte meine zittrigen Finger auf die Tastatur und sah hoch. »Wann soll ich mich mit ihm treffen?«

»Wann hast du denn das nächste Mal frei?«

»Dieses Wochenende.«

»Na, dann Samstag.«

Ich schluckte, während die Nervosität an meinen Eingeweiden zerrte. »Vielleicht ist er am Wochenende schon ausgebucht?«

»Frag ihn.« Pia klang genervt, warum hatte ausgerechnet ich die ungeduldigste Mitbewohnerin der Welt erwischt?

Lieber Julian ...

Ich zögerte, bis Pia mir diktierte:

Lieber Julian,

*danke für die umgehende Antwort. Hoffentlich bist du nicht in allen Bereichen von der schnellen Truppe *lol*. Du klingst ebenfalls sehr witzig und nett. Dein Vorschlag mit der Lobby-Bar lässt auch darauf schließen, dass es sich bei dir nicht um einen psychopathischen Triebtäter handelt, was ich sehr beruhigend finde. Man kann ja nie vorsichtig genug sein. Zufälligerweise habe ich diesen Samstag frei und wollte dich deswegen fragen, wie es denn da in deinem Terminkalender aussieht? Manchmal sollte man einfach spontan sein. Wie gesagt, würde ich dich für die ganze Nacht buchen, auf die Stunden gerechnet, komme ich damit wohl am günstigsten weg.*

Liebe Grüße
Angelina

»Ich bin erleichtert, dass ich nicht die einzig Durchgeknallte in dieser Wohnung bin«, sagte ich, während ich den Text noch einmal überflog. Mangels Kreativität fiel mir leider nichts Besseres ein. Ob ich das allen Ernstes so abschicken sollte?

Pia kicherte. »Ich habe nur versucht, wie du zu klingen.«

Meine Zweifel an dem Vorhaben wuchsen ins Unermessliche, ich sollte dieses groteske Geschreibsel besser nicht abschicken. Bevor ich meinen inneren Dialog beenden konnte, hatte Pia schon auf *Senden* geklickt.

»Hey, spinnst du?«, rief ich empört über ihre grobe Einmischung.

»Du machst dir schon wieder viel zu viele Gedanken, das sehe ich dir an. Bleib doch mal locker und genieß es einfach. Bis jetzt ist dein Turteln mit Julian nur ein Game, weiter nichts.«

Nach kurzer Überlegungspause, nickte ich. Rückgängig konnte ich sowieso nichts mehr machen. »Stimmt, zur Not versetze ich ihn am Samstag einfach.«

»Du bist unverbesserlich.« Sie schüttelte ungläubig den Kopf.

Ich warf einen Blick auf die Uhrzeit am unteren Bildschirmrand. »So spät schon? Mein Dienst fängt in einer Dreiviertelstunde an und ich muss noch duschen.«

Als ich durch die Station eilte, fiel mir ein, dass wir Julian schon wieder nicht nach einem Foto seines Gesichts gefragt hatten. Dann würde ich das eben mit der nächsten Mail erledigen. Oder ich ließ mich einfach überraschen, ein bisschen Nervenkitzel hatte doch auch was. Marga riss mich aus meinen Grübeleien, als sie wie aus dem Nichts neben mir auftauchte.

»Na, heute keine Muffins dabei?«

»Nein, heute nicht«, erwiderte ich so freundlich wie möglich. Vielleicht ließ sich Marga ja wieder besänftigen. Die vergangenen Jahre waren wir eigentlich ganz gut miteinander ausgekommen. Ich wollte keinen Streit mit ihr, schon gar nicht wegen Nick. »Sonst alles klar?«

Sie nickte, wirkte allerdings ein wenig nervös. »Ich darf nachher zum ersten Mal Blut abnehmen.«

»Super.« Ich lächelte. »Das ist so cool, du wirst sehen.«

»Ich hab echt Schiss, dass es nicht klappt. Würdest du mir nachher vielleicht noch mal kurz zeigen, worauf ich achten muss?«

»Mach ich gern. Wenn du magst, schau ich auch zu und assistiere dir.«

Marga wirkte erleichtert. »Das wäre toll.« Sie atmete tief durch. »Wegen gestern ... es tut mir leid, dass ich so ausgerastet bin.«

Ich winkte ab, froh, dass sich unser Verhältnis wieder normalisiert hatte. »Vergessen wir's. Ich muss gleich Kissen überziehen, danach komme ich vorbei.«

Während Marga ins nächste Patientenzimmer abbog, überlegte ich unwillkürlich, wo Nick sich wohl herumtrieb und scannte bei jedem Schritt mein Umfeld. Den ganzen Morgen über hatte ich das peinliche Telefonat verdrängt und meinem Gehirn strikt verboten, darüber nachzudenken. Was hatte ich ihm gestern bloß alles erzählt? Ich dumme Nuss. Dazu hatte ich ihm eine schnelle Nummer in Aussicht gestellt, die er abgelehnt hatte. Tiefer konnte man fast nicht mehr sinken. Seufzend kramte ich im Wäscheschrank nach frischen Kopfkissenbezügen und machte mich auf den Weg.

Erst am Nachmittag kam es zu dem von mir befürchteten Zusammentreffen. Ich lief Nick im Verbandsraum wortwörtlich in die Arme, denn ich bemerkte ihn zu spät, als er sich dort gerade mit frischen Mullbinden eindeckte. Hinter mir fiel die Tür ins Schloss und kerkerte mich mit Nick im selben Raum ein.

Er drehte sich um, als er das Klacken der Tür vernahm. »Hey, du bist ja doch da. Dachte, du hast heute blaugemacht, nach deinem kleinen Saufgelage.«

»Ich hatte nur ein paar Gläschen Sekt mit den Mädels«, stellte ich klar.

Nick winkte ab. »Lass mich raten, du willst mir jetzt erzählen, dass ich nichts auf dein Gerede von gestern geben soll. Du hattest dich einfach nicht im Griff und deine Einladung zum One-Night-Stand hatte nichts zu bedeuten, zudem wird sich diese Offerte sowieso nicht wiederholen. Im Gegenteil, du wirst mir gleich wieder mit deinem üblichen Kollegen-Gequatsche kommen, um auf Nummer sicherzugehen, dass ich dich in nüchternem Zustand nicht in Versuchung führe.« Er grinste breit.

»Woher weißt du ... Ich meine, wie kommst du ...«, stotterte ich baff herum. Denn das wäre ungefähr der Wortlaut meiner sorgfältig einstudierten Rede gewesen, über die ich mir den halben Morgen den Kopf zerbrochen hatte. Eigentlich hatte ich meine Ausrede nachvollziehbar und gelungen gefunden.

Nick schüttelte leicht den Kopf. »Stell dir mal vor, du hättest dich gestern von mir flachlegen lassen, hättest es auch noch genossen, weil es der beste Sex deines Lebens gewesen wäre. Immerhin hast du ja einen Vergleich, wie ich gestern erfahren durfte. Du wärst also heute Morgen neben mir aufgewacht, so herrlich wund, und hättest Muskelkater in den Oberschenkeln gehabt.« Er lehnte sich mit der Schulter gegen ein Regal und ignorierte meinen offen stehenden Mund. »Du hättest heute den ganzen Tag all die heißen Sachen im Kopf gehabt, die ich mit dir gemacht hätte«, sprudelte es fröhlich aus ihm heraus. »Würdest alles noch einmal vor deinem inneren Auge abspulen, jeden einzelnen Orgasmus noch einmal in Gedanken erleben.«

»Wie viele hätte ich denn gehabt?«, fragte mein vorwitziger Mund. Verdammt. Ich langte mir an den Kopf. Ich musste noch im Delirium sein.

Nicks Lippen verzogen sich zu einem feinen Grinsen. »Eine ganze Menge. Aber dann hätte es heute in deinem Kopf zu rattern begonnen: *Oh, Nick ist nicht gut für mich*«, äffte er mich mit hoher Stimme nach. »*Er ist ein Bad Boy, was habe ich nur getan? Ich habe mich ihm hingegeben. Was denkt er jetzt bloß von mir? Hat er nur mit mir gespielt? Ich kann ihm nie wieder unter die Augen treten*«, betonte er theatralisch jedes einzelne Wort.

»Du hättest dir gestern locker die *Ducati* holen können«, erinnerte ich ihn an seine vergebene Chance und suchte hektisch nach Kompressen, überspielte das peinliche Gefühl, das in mir hochkroch.

Er stutzte. Wie es aussah, hatte er eher mit einer Verteidigungsrede gerechnet, aber mein leicht desolater Zustand ließ ein anständiges Streitgespräch sowieso nicht zu.

»Stimmt«, gab er mir schließlich recht. »Aber auf diese Weise würde ich sie nicht wollen.«

»Auf einmal plagen dich Gewissensbisse?« Das glaubte er doch selbst nicht. »Ich meine, du hast eine bescheuerte Wette auf mich laufen. Auf welche Weise willst du dir das Motorrad denn sonst unter den Nagel reißen?«

»Ach, so ist das.« Ihm schien irgendeine Erleuchtung zu kommen. »Deswegen das ganze Theater. Das war doch nur Scheiß. Wir haben Blödsinn geredet, ich wollte dich ein bisschen ärgern, das war alles. Wer konnte denn ahnen, dass du diesen Unsinn ernst nimmst?«

»Vielleicht haben wir nur einen unterschiedlichen Humor.« Ich fühlte mich wie ein Trottel, dennoch bekam ich plötzlich Herzklopfen. Er redete also nicht wegen der Wette die ganze Zeit über so daher.

Nick stieß sich vom Regal ab und kam so nah, dass seine Körperwärme auf mich abstrahlte und meinen Brustkorb zum Beben brachte. Als er beide Hände auf meine Hüften legte, ließ ich es geschehen, war vollkommen willenlos. Dabei kam er mit dem Gesicht so dicht an mein Ohr, dass sein heißer Atem auf meine Haut traf und mir eine Gänsehaut bescherte. Mein Herzschlag schwoll an. Ich konnte mich nicht regen, stand einfach nur da wie einzementiert. Seine Hände strichen an meinen Seiten nach oben, so herrlich männlich und fest. Knapp unterhalb meiner Brüste stoppte er. »Ich könnte dich jederzeit haben, wenn ich wollte«, raunte er und blies seinen warmen Atem in mein Ohr, dass es bis in meinen Bauch prickelte. In diesem Moment auf jeden Fall. Ein süßes Ziehen macht sich in meinem Höschen bemerkbar, ich hielt dieses verlangende Gefühl fast nicht mehr aus.

»Ich weiß, was du magst, wie du angefasst werden willst, du wärst Wachs in meinen Händen. Wenn ich wollte, könnte ich dir jetzt die Bluse aufknöpfen und du würdest es zulassen, du würdest es sogar genießen.« Wie zum Beweis öffnete er den obersten Knopf meiner weißen Arbeitsbluse, was ich mit zurückgelegtem Kopf tatsächlich geschehen ließ. Ich gierte regelrecht nach mehr von ihm, aber er nahm seine Hand weg. »Ich könnte dich jetzt sogar zwischen den Beinen streicheln und dabei an deiner Brustwarze saugen. Das magst du, ich weiß es, danach sehnst du dich heimlich. Du magst es auch, wenn ich mit meiner Zunge deine

Schamlippen teile und dich lecke.« Er pustete sanft in mein Ohr, spürte ganz sicher den leichten Schauer, der mich schüttelte. Warum musste er immer davon reden? Warum tat er es nicht einfach? »Und dir gefällt es, von meinen Fingern genommen zu werden. Du magst es am liebsten mit zwei Fingern, die ich langsam und tief in dich schiebe. Genau so willst du es, nicht wahr?«

Ich nickte schwach und mit geschlossenen Augen, hatte mich nicht mehr im Griff. Das Pochen zwischen meinen Beinen wurde fordernder, drängender, ich hoffte heimlich, er würde mich nur einmal an dieser Stelle streicheln.

»Und wenn ich jetzt nicht damit aufhöre«, flüsterte er in mein Ohr und strich mit den Daumen an den Seiten meiner Brüste entlang, »wirst du mich jetzt auf der Stelle all das mit dir tun lassen.«

Meine Brustwarzen wurden hart, stellten sich auf und drückten gegen den Stoff meines BHs, steigerten mein Verlangen.

»Ich würde dich hochheben und gegen diese Wand hier lehnen, während ich im Stehen in dich eindringe und dich nehme, bis du deinen Orgasmus herausschreist. Willst du das alles erleben?«

Ja! Ich wollte all das mit ihm erleben. Genau das! Da meldete sich mein letzter Funke Restverstand zu Wort. »Nein«, hauchte ich mit geschlossenen Augen und legte eine Hand an seinen Nacken, streichelte die samtene Haut und schmiegte mich an seinen breiten Brustkorb, unterdrückte den schwachen Widerstand, der sich regte.

»Natürlich nicht«, sagte er spöttisch und löste sich von mir. Mein Arm sank von seiner Schulter. »Du würdest hinterher nämlich ein Riesending daraus machen, rumkreischen, warum ich dir das angetan habe. Würdest sagen, ich hätte nur an mich gedacht und dich reingelegt. Du würdest mir erzählen, ich wäre ein gefühlloses, egoistisches Arschloch, der sich einfach nimmt, was er braucht. Aida, belassen wir es beim Dirty Talk.«

Schlagartig war ich wieder klar. Nick hatte mich schon wieder getestet und ich war erneut darauf hereingefallen. »Du bist und bleibst ein Mistkerl«, schleuderte ich ihm entgegen, meine Wangen brannten vor Scham und Wut.

»Bin ich eben nicht, auch wenn du das jetzt anders siehst, weil du so scharf auf mich bist.« Er ging einen Schritt zurück. »Denn ich werde nicht mit dir schlafen, solang ich dein Geheimnis nicht kenne. Solang ich nicht weiß, was mit dir los ist, und du dich nicht fallen lassen kannst. Solang du mir keinen Meter über den Weg traust.« Nick lachte leise auf, fixierte mich mit seinem durchdringenden Blick. »Du bist am Zug oder wir vergessen die Sache.«

»Vergessen ist eine gute Idee.« Ich hatte mich noch nie in meinem Leben so gedemütigt gefühlt wie jetzt und seine Abfuhr setzte diesem peinlichen Augenblick noch die Krone auf. »Jeder andere wäre mir sowieso lieber als du.«

»Aida«, sagte Nick und machte wieder eine seiner gewichtigen Pausen, die die Dramatik des Momentes immer so beschissen unterstrichen. »Ich glaube, ich mag dich betrunken lieber.« Er schlenderte aus dem Raum, während ich mich gegen die Wand sinken ließ. Ich musste dieses Zwischenspiel erst mal sacken lassen.

Vielleicht sollte ich mich wirklich auf eine andere Station versetzen lassen. Zwischen mir und Nick lief mittlerweile alles aus dem Ruder. Ich war einfach nicht gewappnet für diese ganzen widersprüchlichen Gefühle, die Nick in mir hervorrief. Solang ich ihn nicht vor Augen hatte, war alles okay, ich hatte mich im Griff und mein Gehirn konnte ungestört seiner Tätigkeit nachgehen, indem es mir mitteilte, dass ich gefälligst die Finger von ihm lassen sollte. Sowie Nick jedoch vor mir stand, waren meine Vorsätze wie weggeblasen, schlugen meine Hormone Salto und interessierten sich kein bisschen für vernünftige Argumente. Sobald ich in Nicks Fänge geriet, erwachte etwas Ungezähmtes in mir, eine Bandbreite der unterschiedlichsten Gefühle, dazu gesellte sich eine verbotene Sehnsucht, nur ein einziges Mal in seinen Armen liegen zu dürfen. Die Luft lud sich elektrisch auf, wenn wir aufeinandertrafen, und ich fühlte mich ihm machtlos ausgeliefert. Ich hasste es, dass er diese Wirkung auf mich hatte, dass ich schon in seiner bloßen Reichweite schwach wurde. Sein unglaublicher Körper war schuld, ich hatte eine absolute Schwäche für seinen Body. Wenn er in seinem engen weißen T-Shirt vor mir stand, das jeden einzelnen seiner steinharten Bauchmuskeln betonte und die Sonnenbräune seiner tätowierten Arme hervorhob, brach mein Verlangen durch die Oberfläche wie ein Löwenzahn durch den Asphalt. Dann brannte der Wunsch in mir, jeden Zentimeter von ihm zu erkunden, in seinen muskulösen Armen zu liegen und diesen wunderschönen Mann ganz für mich zu haben. Nick war zum Dahin-

schmelzen heiß.
Ich bremste meine Gedanken scharf ab. Jetzt, wo Nick nicht mehr in meiner Nähe war, konnte ich wieder einigermaßen klar denken und kratzte den letzten Rest Würde zusammen, der noch in mir schlummerte. Schließlich strich ich meine weiße Bluse glatt und schloss den verräterischen offenen Knopf wieder.

Es war dumm von mir, dass ich mir sogar jetzt noch wünschte, er würde mich packen und gegen die Wand drücken, um wilden, ungezügelten Sex mit mir zu haben. Wahrscheinlich brauchte ich einfach nur mal wieder einen Mann. Mein Entschluss stand plötzlich fest. Falls Julian am Samstag Zeit hatte, würde ich die Nacht mit ihm durchziehen. Mich ein paar heiße Stunden lang von diesem Sexgott verwöhnen lassen, all meine schmutzigen Fantasien ausleben und so herrliche Orgasmen erleben, dass Nicks Gequatsche danach an mir abprallte wie ein Racquetball an der Wand. Es wurde endgültig Zeit, Nick seine Macht über mich zu entreißen.

Ich zog mein Smartphone aus der Hosentasche, checkte meine E-Mails und da war tatsächlich eine. Eine Mail von Julian. Er hatte keine zehn Minuten später geantwortet. Sozusagen ein Geschenk des Himmels. Mit zittrigen Fingern öffnete ich sie und las.

Liebe Angelina,

ich freue mich, dass du dich für mich entschieden hast. Und ich kann dir auch versprechen, dass ich keiner von der schnellen Truppe bin. Im Gegenteil: Ich werde mir sehr viel Zeit für dich nehmen und all deine Wünsche erfüllen. Der Samstag-Termin ist noch frei, einem Meeting steht somit nichts mehr im Wege. Falls ich nichts Gegenteiliges von dir höre, werde ich für acht Uhr in der Lobby-Bar einen Tisch reservieren. Auf unserem Tisch wird eine rote Rose stehen, unser Erkennungsmerkmal sozusagen. Bei einem Glas Sekt können wir dann alles Weitere besprechen.

Liebe Grüße
Julian

Mein Kopf fühlte sich wie in Watte gepackt an. Julian hatte Zeit und er wollte mir alle meine erotischen Wünsche erfüllen. Ich brauchte gar nichts weiter tun. Julian hatte alles für mich geregelt. Das Treffen stand, ich musste nur noch dort erscheinen.

15. Kapitel

Mit klopfendem Herzen stand ich auf dem Bürgersteig gegenüber des *Gloria Empire.* Zweifel nagten an mir wie eine Maus an einem Stückchen Käse, ich wusste nicht, ob ich das wirklich durchziehen konnte. Es war eine Sache, einem Callboy zu mailen, aber diesem dann persönlich gegenüberzusitzen, hob die Situation auf ein ganz neues Level. Mit zittrigen Händen zog ich einen Klappspiegel aus der Handtasche und kontrollierte zum hundertsten Mal mein Aussehen. Zur Feier des Tages hatte Pia mich geschminkt, doch nun kam mir das Make-up im Licht der Abendsonne ein wenig stark aufgetragen vor, obwohl Pia gute Arbeit geleistet hatte. Schwarze Lidstriche verliehen meinen Augen einen erotischen Katzenblick und der rote Lippenstift ließ meine Lippen voller und verführerisch aussehen. Energisch klappte ich den Spiegel zu und ließ ihn wieder in der Tasche verschwinden. Zehn vor acht, las ich auf dem Handy. Noch war Zeit für einen Rückzieher. In meinem Magen summten Bienenschwärme, die eine süße Leichtigkeit in meine Nervosität mischten. Mein Körper wollte Julian heute Nacht definitiv, nur mein dummer Verstand quatschte wieder mal dazwischen. Ich blockierte ihn, indem ich mein Outfit der ebenfalls gefühlt hundertste Inspektion unterzog. Auf Pias Ratschlag hin hatte ich mich dezent angezogen, Julian sollte nicht den Eindruck einer dauergeilen Nymphomanin von mir bekommen. Meine Beine steckten in hautengen hellen Jeans, dazu trug ich ein tief ausgeschnittenes Oberteil aus schwarzem fließendem Stoff. Das ebenfalls schwarze hauchdünne Seidenunterhemd, das ich mir extra für diesen Abend zugelegt hatte, blitzte an manchen Stellen vorwitzig hervor. Ich fand mich eigentlich ganz okay, immerhin war ich erst dreiundzwanzig und so sah ich auch aus.

Ich war gespannt, was Julian heute trug, blöderweise wusste ich immer noch nicht, wie er aussah, nachdem er in der Mail bereits alles abgeklärt hatte, hatte ich ihn nicht mehr belästigen wollen. Was dachten Callboys wohl über ihre Klientinnen? Belächelten sie die verzweifelten, ungeliebten Tanten heimlich oder bissen sie einfach nur die Zähne zusammen und dachten ans Geld?

Ich beendete mein inneres Zwiegespräch, indem ich die Straße überquerte, bevor mein verräterisches Gehirn zum Rückzug blasen konnte. Bei der Glastür hielt ich inne und spähte hindurch. Das Hotel machte einen guten Eindruck. Rote Läufer führten über den hellen, glänzenden Marmorboden zur dunkelbraunen Rezeption und den Fahrstühlen. Riesige Kronleuchter spendeten ein warmes Licht. Auf der linken Seite entdeckte ich den Eingang zur Lobby-Bar, in der mein Mann für eine Nacht mich vielleicht bereits erwartete. Nervös checkte ich erneut die Uhrzeit auf meinem Handy, fünf vor acht. Die Zeit schien zu kriechen wie eine fußkranke Schnecke. Schließlich nahm ich allen Mut zusammen und betrat die weitläufige Eingangshalle. Eine Rezeptionistin lächelte mir freundlich entgegen. Als ich in Richtung Bar zeigte, nickte sie aufmunternd. Mit hölzernen Schritten machte ich mich auf den Weg, mein Herz klopfte zum Zerspringen und ich war froh, dass die Make-up-Schicht das verräterische Glühen meiner Wangen kaschierte. Auf einmal war mir todschlecht, ich hatte das Gefühl, mich übergeben zu müssen und atmete tief durch.

Ein Barkeeper in weißem Hemd und schwarzer Weste füllte an der Bar zwei Männern in vornehmen Anzügen die Gläser mit einer braunen Flüssigkeit. Die beiden stießen miteinander an und inspizierten mich grinsend von oben bis unten. Hastig wandte ich den Blick ab und suchte nach dem Platz, den Julian für uns reserviert hatte. Zwei Pärchen waren in ihre Gespräche vertieft, ansonsten war alles noch frei. Weit und breit war nichts von Julian zu sehen, bis ich auf einem Tisch in der hinteren Ecke eine rote Rose in einer Vase entdeckte. Somit war klar, dass Julian wirklich mit meinem Erscheinen rechnete. Ich kämpfte gegen die nervöse Übelkeit an, die mich schubweise überfiel, und durchquerte wie auf Götterspeise den Raum. Dort angekommen, war ich froh, mich setzen zu können, denn meine Knie gaben fast nach. Nervös checkte ich die Uhrzeit erneut. Noch zwei Minuten. Einen Moment lang wünschte ich mir, Julian möge sich verspäten oder dass ihm etwas dazwischengekommen war. Die beiden Kerle an der Bar deuteten tuschelnd in meine Richtung. Die hatten mir gerade noch gefehlt. Vom Alter her könnten sie locker meine Väter sein. Ich strich mir die Haare glatt und hätte alles für einen Schnaps gegeben. *Bleib locker*, sagte ich in Gedanken zu mir. Julian war professionell, er hatte die Situation im Griff. Wenn er auftauchte, würde ich ihm einfach die Führung überlassen.

Als die Tür mit einem leichten Knarzen aufschwang, sah ich reflexartig hin und mein Herz wäre beinah stehen geblieben. Das durfte doch nicht wahr sein! Von allen möglichen Albträumen, die sich in meinem Leben bewahrheiten könnten, war dies mit Abstand der Schlimmste. Nick stand in der Tür und scannte den Raum. Er trug eine legere dunkelblaue Jeans, die tief auf seinen Hüften saß, dazu ein anthrazitfarbenes langärmliges Hemd, dessen Ärmel er einmal aufgekrempelt hatte. Über die Schulter geschlagen, hielt er lässig eine schwarze Lederjacke. Was zum Teufel machte der denn hier? Mein Herz verklumpte zu einem Stein und sank in meinen Magen. Oh Gott. Was, wenn er ebenfalls hier verabredet war? In diesem gehobenen Ambiente am Ende noch mit Doktor Lehmann und dann erwischten die beiden mich in flagranti mit einem Callboy.

Hastig wandte ich mich ab, denn Nick setzte sich in Bewegung. Mit viel Glück hatte er mich noch nicht erkannt und ich könnte mich klammheimlich verziehen, sobald er irgendwo saß. Ich hasste Nick abgrundtief dafür, dass er dabei war, mir diesen verheißungsvollen Abend mit Julian zu ruinieren, und hoffte, sein nächstes Luder würde ihm eine harmlose kleine Geschlechtskrankheit zur Strafe andrehen. Ich fasste es einfach nicht, dass dieser Kerl hier aufgetaucht war, als ich im selben Momente eine Person neben mir spürte. Und dieser Jemand konnte nur einer sein. Am liebsten hätte ich Nick aus der Bar geprügelt. Ohne zu fragen, setzte er sich mir gegenüber. Das war ja wohl die oberfrechste aller Frechheiten. Als ich wie in Zeitlupe den Blick hob, saß Nick reglos da und musterte mich. Die Unterarme hatte er auf die Tischplatte gelegt und die Finger locker ineinander verschränkt. Kalter Schweiß brach mir aus allen Poren. Sein Gesicht war ausdruckslos wie eine Maske. Zudem musste Julian jede Sekunde hier auftauchen und wäre über Nicks Anwesenheit garantiert nicht erfreut. Ich musste Nick loswerden und zwar schnellstmöglich. Am besten so, dass er der Bar und mit viel Glück auch gleich Nürnberg für längere Zeit den Rücken kehrte.

»Wann habe ich gesagt, dass du dich zu mir setzen sollst?«, giftete ich ihn mit schmalen Augen an.

»Guten Abend, Aida. Du hier? Das ist aber eine Überraschung.« Sein Mundwinkel zuckte, bei dem Versuch, ein Grinsen zu unterdrücken, was mich rasend machte. Was zum Teufel war so lustig daran, dass ich in einer Lobby-Bar saß?

Ich atmete tief durch und stieß hörbar die Luft aus meiner Lunge. »Könntest du dich bitte woanders hinsetzen? Ich bin mit jemandem verabredet und er müsste jeden Moment auftauchen.« Immer wieder warf ich einen Seitenblick in Richtung Tür, aber Julian war glücklicherweise noch nicht in Sicht.

Wie üblich war Nick teflonbeschichtet. Meine freundlich vorgetragene Bitte perlte an ihm ab.

»Mit wem denn?«

»Tut mir leid, Nick. Aber das geht dich überhaupt nichts an. Auch wenn dir der Begriff *Privatsphäre* fremd ist, so lege ich doch großen Wert darauf, also würdest du bitte den Tisch freimachen.« Ich wedelte mit einer Hand, um ihn zu vertreiben wie eine lästige Stechmücke.

»Möchtest du nichts trinken?« Er deutete auf die gähnende Leere vor mir.

»Ja, ich möchte etwas trinken, mit meiner Verabredung. Verstehst du?«, redete ich, als wäre Nick geistig träge. Dabei war er schlichtweg ignorant.

Ohne mich weiter zu beachten, winkte Nick dem Barkeeper und für diese Frechheit hätte ich ihm am liebsten den Stuhl unter dem Hintern weggezogen. Was musste ich tun, damit er endlich verschwand? Ihn huckepack aus dem Hotel tragen? Ich überlegte ernsthaft, ob ich seine bestimmt an die hundert Kilo Muskelmasse stemmen könnte.

Der Kellner eilte herbei und lächelte uns an. »Sekt?«, fragte er, als wäre das die normalste Sache der Welt. In gehobenen Kreisen war Perlwein wahrscheinlich das Standardgetränk.

Mein aufdringlicher Gegenüber nickte nur stumm und spreizte dabei Daumen und Zeigefinger. Unter größter Selbstbeherrschung wartete ich, bis der Kellner sich entfernt hatte, denn ich wollte ungern vor ihm eine Szene machen. Als er jedoch außer Hörweite war, brachen bei mir alle Dämme. »Sag mal, spinnst du? Was soll denn das? Falls du den zweiten Sekt für mich bestellt hast, vergiss es. Ich warte auf meine Verabredung, auf einen anderen Mann, mit dem ich Sekt trinken möchte, und zufällig störst du gerade total. Merkst du das denn nicht?«

Nick rieb sich mit den Fingerspitzen die Stirn, er schien irgendwas nicht fassen zu können, aber ehrlich gesagt, hatte ich gerade keine Lust, herauszufinden, was ihn beschäftigte. Er sollte den Platz endlich für Julian räumen.

»Was?«, fauchte ich wie eine gereizte Katze.

Nick zupfte die Rose aus der Vase, drehte den Stil zwischen seinen Fingern und roch mit geschlossenen Augen daran. Er versuchte, Zeit zu schinden, um mir mein Date zu versauen, wurde mir klar und die Wut schäumte in mir über.

»Wenn du dich nicht wegsetzt, tu ich es«, drohte ich, mit dem Zeigefinger auf ihn deutend. Ich hatte das Gefühl, zu explodieren. Nick hörte sich meine Empörung teilnahmslos und leicht amüsiert an.

»Ich mag rote Rosen«, sagte er, mein Gesicht studierend. »Für mich sind sie ein Zeichen von Sinnlichkeit, erotischen Stunden und hingebungsvollen Frauen.«

»Schön für dich.« Ich schnappte meine Handtasche von der Stuhllehne und erhob mich halb, mir war es bitterernst. Aber Nick hielt mich mitten in der Bewegung an der Hand zurück, sodass ich wieder auf den Stuhl sank.

»Ich bin noch nicht fertig«, sagte er mit fester Stimme. »Manchmal sind rote Rosen aber einfach nur ein romantisches Zeichen für einen bevorstehenden reizenden Abend.« Seine Augen verschlangen mich beinah, als warte er auf eine bestimmte Reaktion. Ich hatte keinen blassen Schimmer, warum er mich über Rosen vollsülzte.

Er hielt mir die Blume entgegen. »Was bedeutet sie für dich, Angelina?«, fragte er mit harmlosem Unterton in der Stimme und ich verschluckte mich beinah an meinem eigenen Atem. Wie hatte er mich gerade genannt?

Der Kellner stellte zwei langstielige Gläser zwischen uns und verschwand wieder. Obwohl ich nicht mit Nick trinken wollte, nahm ich einen großen Schluck. Einfach nur, weil ich Alkohol gerade bitter nötig hatte. »Wie hast du mich gerade genannt?«, hakte ich nach, als ich mich mühsam gefasst hatte.

»Angelina«, wiederholte er hilfsbereit.

»Ich habe ehrlich gesagt keinen blassen Schimmer, worauf du mit deinem Schmierentheater hinauswillst«, ging ich in Verteidigungsstellung. Woher wusste er von Angelina? Hatte er meinen E-Mail-Account geknackt? Das würde zumindest erklären, warum er hier war. »Ich möchte einfach nur, dass du abhaust, und zwar jetzt.«

»Du kapierst es wirklich nicht, oder?« Er schüttelte ungläubig den Kopf.

»Was kapiere ich nicht?« Eine vage Ahnung stieg plötzlich in mir auf, die ich sofort am Kragen packte und in den Schwitzkasten nahm. Das war zu abwegig. Nick sollte einfach nur die Fliege machen.

»Triffst du dich mit Julian?«

»Wer hat dir davon erzählt?«, feuerte ich wie aus einem Maschinengewehr ab.

»Aida.« Er lachte auf. »Ich bin Julian.«

»Nein.« Mein Mund stand offen, ich hatte das Gefühl, von einem Panzer überrollt zu werden. Das durfte nicht wahr sein. Wie in Zeitlupe presste ich eine Hand vor den Mund, in der Hoffnung, auf der Stelle von einem Meteoriten erschlagen zu werden. Ich hatte Nick gebucht!

16. Kapitel

»Dein Entsetzen spricht nicht gerade für mich«, sagte Nick trocken und genehmigte sich einen großen Schluck Sekt. Er nahm das Glas nicht beim Stiel, wie ich das tat, sondern weiter oben, als tränke er Whiskey oder so. Dabei konnte er sich ein amüsiertes kleines Lachen nicht verbeißen.

»Ich glaube immer noch, du verarschst mich.« Meine Stimme bebte.

»Wieso sollte ich?« Er musterte mich belustigt.

»Aber, wenn ich gewusst hätte, dass du Julian ...«

»Julian«, verbesserte er mich, indem er das Wort auf englische Weise aussprach.

»Dann eben *Julian*«, wiederholte ich gereizt, stützte einen Ellenbogen auf die Tischkante und bedeckte meine Augen. Ich wollte nichts mehr sehen oder hören.

»Aida«, sagte Nick leise. »Ist es wirklich so schlimm für dich, dass ich Julian bin?«

Ich hob langsam den Kopf. »Natürlich ist das schlimm, es ist sogar eine Katastrophe. Da mache ich ein Mal so einen Schwachsinn und du kommst dabei raus.«

»Aber du wolltest diese Woche doch sowieso mit mir schlafen.«

»Da war ich betrunken«, heulte ich auf und sank mit dem Kopf zurück auf meine Hand. Was sollten wir jetzt tun? Die Session war geplatzt, bevor sie überhaupt begonnen hatte. Dabei hatte ich mir heute extra ein ausgedehntes Body-Waxing an wirklich allen Stellen gegönnt.

»Heute Abend bin ich Julian«, hörte ich Nick sanft sagen und sah widerwillig auf.

»Wie meinst du das?«

Er zuckte mit den Schultern. »Dass ich der bin, den du gebucht hast. Wenn du möchtest, schenke ich dir eine unvergessliche Nacht.«

»Und Montag treffen wir uns dann auf der Station wieder, großartige Idee.« Ich klang eine Spur zu sarkastisch.

»Es wird Montag so sein wie immer. Wir werden nicht darüber

reden und so tun, als wäre nichts passiert.« Er lehnte sich zurück.

»Das wird niemals funktionieren ...«

»Weil du dir schon wieder tausend Gedanken machst«, ging er dazwischen. »Du hast mich gebucht, du bezahlst mich und hast somit ein Recht auf diese Dienstleistung. Ich«, er klopfte mit einer Hand auf seinen Brustkorb, »bin ganz bestimmt der Letzte, der dich verurteilt, falls du dir deswegen Sorgen machst.«

Er warf ein Plastikkärtchen mit dem Emblem des Hotels zwischen uns auf den Tisch. »Die Zimmerkarte.«

Ich legte die Handflächen vor den Lippen aneinander und fühlte mich wie eine Ratte im Käfig. Nicks Tattoos blitzten unter den hochgekrempelten Ärmeln hervor, wie gebannt starrte ich darauf, während Nick still abwartete. Ich liebte seine heißen Tattoos, die bis hoch zu seinen Schultern gingen, und seit dieser Woche wusste ich auch, wie zart sich die Haut an seinem Nacken anfühlte. Ein leichter Bartschatten stand ihm im Gesicht, ein wenig heller als seine Sonnenbräune, und betonte mit einem goldenen Schimmer die männlichen Kanten seines Kinns. Gegen meinen Willen reagierte mein Körper auf Nick, mir wurde heiß und ich bekam das Flattern meiner Nerven nicht unter Kontrolle. Dann wanderte mein Blick zu seinen Händen, die auf dem Tisch lagen. Er hatte kräftige, schöne Hände mit langen, schlanken Fingern und als ich mir vorstellte, was er damit wohl alles anstellen könnte, entwich mir ein kleiner Seufzer.

Nick stand auf und schnappte sich die Karte vom Tisch, bevor er einen Geldschein hinwarf und mir die Hand entgegenhielt. »Komm«, sagte er leise, aber bestimmt und nahm mir damit die Entscheidung ab. Wie in Trance ergriff ich seine Hand und erhob mich. Er verschränkte die Finger mit meinen, als wären wir ein Liebespärchen. Gemeinsam schlenderten wir durch die Bar. Mein Herz schlug so laut, dass es in meinen Ohren hallte wie das Echo in einer Kirche. Ein leichtes Zittern schlängelte sich durch meinen Körper, das Nick gewiss nicht verborgen blieb, wenn er sich auch nichts anmerken ließ. Er öffnete die Tür, ohne sich von mir zu lösen und ließ mir den Vortritt. Wir spazierten stumm durch die Eingangshalle, ich brachte keinen Ton über die Lippen. Bei den Fahrstühlen spürte ich seinen Blick auf mir und sah hoch. Mir gelang ein Lächeln, ich überspielte die innere Vorfreude und gleichzeitige helle Panik, die in meinem Körper um die Vorherrschaft rangen.

Nick zwinkerte mir zu und streichelte mit dem Daumen meinen Handrücken. »Alles klar?«

»Ja.« Ich schluckte.

»Du siehst heute sehr hübsch aus«, raunte er, seine tiefe Stimme vibrierte bis in meinen Magen.

Als sich die Türen öffneten, ließ Nick mich los und deutete ins Innere. Wie in Trance ging ich hinein, gefolgt von Nick, der den Knopf zum vierten Stockwerk drückte. Wir standen stumm nebeneinander, als der Fahrstuhl sich mit einem Ruck in Gang setzte. Völlig unerwartet drehte sich Nick zu mir und nahm mein Gesicht in beide Hände, er musterte mich lächelnd, bevor sich seine Lippen auf meine legten – sanft und prüfend. Meine Knie wurden weich, als er mit seiner Zunge meinen Mund eroberte, der Lift begann, sich zu drehen. Erneut erlag ich der süßen Hitze, die Nick in mir entfachte, ich presste mich an ihn und erwiderte seinen Kuss voller Hingabe. Es wurde heißer zwischen uns, Nicks Kuss drängender, bis das *Pling* der Tür uns aus unserem Taumel riss.

»Nicht schlecht für den Anfang.« Nicks Blick verweilte auf meinen Lippen.

Schon wieder nahm er meine Hand und führte mich. Mein Herz klopfte so schnell, dass ich glaubte, es würde zerspringen. Wow, das war in der Tat ein vielversprechender Vorgeschmack gewesen. Was würde jetzt wohl folgen? Vor einer Tür hielt Nick schließlich an, öffnete sie mit der Karte und ließ mich durchgehen. Ich hörte sie hinter mir ins Schloss fallen, als ich mit langsamen Schritten bis in die Mitte des Raums ging. Er war klassisch eingerichtet, mit dunkelblauen Samtvorhängen und beigem Teppichboden, dazu hellbraune Holzmöbel, dann fiel mein Blick auf das riesige Bett.

»Eine schöne Spielwiese, nicht wahr?«, flüsterte Nick in mein Ohr. »Deswegen mag ich dieses Hotel so gern.«

Hastig wandte ich mich um und stolperte einen Schritt zurück. Meine Befangenheit hatte mich wieder im Griff, was mich tierisch aufregte. Nick tat, als hätte er meine hektische Reaktion nicht bemerkt.

»Und was kommt jetzt?«, fragte ich leise und wich seinem durchdringenden Blick aus.

Er druckste ein wenig herum. »Normalerweise folgt die Bezahlung vorab.«

»Oh.« Hastig nahm ich meine Handtasche von der Schulter und wühlte darin herum. »Natürlich.« Ich zauberte ein Bündel Geldscheine hervor und reichte es ihm.

»Danke.« Nachdem er die Scheine kurz aufgefächert hatte, schob er sie in seine Hosentasche. Vertrauen war gut …

Ich knetete meine Hände. Vor lauter Angst, ihn nachher im Bett zu enttäuschen, schlotterte ich innerlich, was aberwitzig war, immerhin hatte ich ihm gerade einige Euro-Noten in die Hand gedrückt.

Nick kramte aus der Innentasche seiner Jacke eine Schachtel Kondome hervor, ging zum Bett und warf sie auf den Nachttisch, während ich in der Mitte des Raums stehen blieb und mir dumm vorkam. Mein Blick fixierte die rote Schachtel, die mir wie ein feixender Vorbote auf das kommende Ereignis erschien. Am liebsten wäre ich davongelaufen, diese Schnapsidee war einfach nur grotesk. Das war nicht ich. Nick legte seine Jacke auf dem Sessel beim Bett ab und musterte mich. Bestimmt bemerkte er, wie ich die verfluchten Kondome anstarrte. Was er wohl dachte? Seine Miene verriet nichts. Er musste mich für komplett unerfahren halten und das war ich eigentlich auch. Der Raum lud sich elektrostatisch auf, ich konnte die Luft beinah knistern hören, jede Regung von Nick machte mich unsicher.

»Ich …« Ich räusperte mich und legte eine Hand an meinen Hals. »Ich glaube, ich möchte doch lieber gehen.«

Wie in Zeitlupe kam Nick auf mich zu. Meine Unterlippe bebte, ich war nicht in der Lage, sie unter Kontrolle zu kriegen, geschweige denn, mich zu regen, und wäre vor lauter Anspannung beinah in Tränen ausgebrochen.

Schließlich blieb er dicht vor mir stehen und nahm mir die Handtasche ab, die er zu Boden gleiten ließ. Danach schob Nick meine Haare über die Schultern, bevor er mein Gesicht in beide Hände nahm. »Hör auf, zu denken. Heute Nacht bist du Angelina und ich Julian.«, sagte er leise, seine Lippen streiften meine. »Du allein bestimmst, wie weit wir gehen. Es wird nichts geschehen, was du nicht willst.«

Ich schluckte, mein Mund fühlte sich ganz trocken an. »Ich weiß nicht, ob ich das bringe. Du ... Du bist so erfahren, hast das alles voll im Griff und ich ...« Ich brach ab, denn es bedurfte keiner ausufernden Erklärung. Und egal, was er behauptete, Nick war nicht einfach Julian und ich keine ihm unbekannte Kundin. Nick wusste dank meiner betrunkenen Geschwätzigkeit, dass ich im Bett bisher so gut wie nichts zustande gebracht hatte.

»Vertrau mir«, flüsterte er, sein warmer Atem traf auf mein Ohr und ließ mich erschaudern. »Hier geht es nicht um mich, sondern nur um dich. Entspann dich einfach und überlass den Rest für diese Nacht mir.«

»Wenn ich *Stopp!* sage, hörst du auf.« Ich hob die Lider und sah ihn nicken.

»Ich werde keine Grenzen überschreiten.« Er küsste mich auf die Lippen, langsam und gefühlvoll. Nach einem Moment des Zögerns legte ich die Arme um seine Hüften und empfing seine Zunge mit meiner. Unser Kuss war spielerisch, von einer gewissen Leichtigkeit und schmeckte zuckersüß. Er umkreiste meine Zunge, saugte an meiner Unterlippe und gab sie dann wieder frei, presste seine Lippen gleich wieder sanft auf meine und nahm mir beinah die Luft zum Atmen. Das Engegefühl in meiner Brust löste sich, meine Hände hörten auf zu zittern, ich versank mehr und mehr in dem wundervollen Rausch, den Nick in mir auslöste, und fühlte mich gänzlich schwerelos. Nick ließ sich Zeit, er überstürzte nichts, küsste mich und streichelte meinen Rücken, während wir uns langsam Schritt für Schritt dem Bett näherten. Mittlerweile konnte ich es fast nicht mehr erwarten, mit Nick dort zu liegen. Plötzlich schob er einen Arm unter meine Kniekehlen und hob mich hoch, ohne seine Lippen von mir zu nehmen. Vorsichtig ließ er mich aufs Bett sinken und streifte sich das Hemd über den Kopf, bevor er sich neben mich kniete. Mein Herz schlug heftig in der Brust, als ich seinen athletischen Oberkörper so nah vor mir sah. Mein bewundernder Blick streifte seine breiten Schultern und den muskulösen Brustkorb bis hinunter zum flachen Bauch, auf dem sich steinharte Muskeln ein Wellenspiel lieferten. Seine Tattoos erhaschten meine Aufmerksamkeit und schürten mein Verlangen. Ein langsam anschwellendes Pulsieren zwischen meinen Beinen setzte ein. Unwillkürlich streckte ich die Hand aus und strich mit den Fingerkuppen über die harten Muskeln an seinem Bauch, worauf er zusammenzuckte und den Atem anhielt. Himmel, er fühlte sich noch tausendmal besser an, als in meinen Träumen. Lächelnd beugte er sich über mich und bedeckte mein Dekolleté mit kleinen Küssen, glitt mit seiner Zunge hoch zu meinem Hals. Ich lehnte den Kopf zur Seite und genoss seine heißen Lippen auf meiner Haut, das süße Kitzeln, wenn seine Zunge auf die sensiblen Stellen traf, und holte immer wieder zittrig Luft. Meine Hände streichelten über seine kräftigen Schultern, ich ertastete stahlharte Muskeln, was ein verräterisches Beben in meinem Bauch auslöste. Oh Gott, er war so sexy, so perfekt. Meine Brustwarzen rieben gegen meinen schwarzen Spitzen-BH und sehnten sich nach seiner Berührung, ich versank im Taumel seiner Liebkosungen. Seine Hand strich über meine linke Brust, ganz vorsichtig und sachte, als wollte er meine Reaktion testen. Schon jetzt war ich ihm willenlos ergeben, genoss es, in seinen Armen zu liegen. Wohlig seufzend, streichelte ich über seinen Rücken und hoffte, er würde endlich meine nackten Brustwarzen in den Mund nehmen, die schon nach ihm lechzten. Nick zog mit seiner Zungenspitze eine feuchte Spur über mein Dekolleté, während seine Hand langsam unter dem BH verschwand, wo sie kleine Blitze der Lust durch meinen Körper schickte. Mit Daumen und Zeigefinger drehte er meine steinharte Brustwarze, bis ich von dem süßen Schmerz lustvoll aufkeuchte, der bis in mein Höschen züngelte.

»Ja«, stöhnte ich leise, woraufhin Nick den Kopf hob und mich leidenschaftlich küsste. Seine Zunge eroberte meinen Mund, er saugte an meiner Zungenspitze, stimulierte gleichzeitig meine Brustwarze. Feuchtigkeit sammelte sich zwischen meinen Beinen, das Kribbeln meiner empfindlichsten Stelle steigerte sich zu einem fordernden Pochen, das ich kaum mehr aushielt. Ich brauchte mehr von diesem begabten Mann, diesem sündig heißen Kerl. Wieso hatte ich mich bloß so lang dagegen gewehrt? Seine Hand glitt aus meinem BH, begab sich weiter nach unten auf Wanderschaft. Als er über meinen Bauch strich, überkam mich ein Anflug von Panik, der mir kurz die Luft abschnürte. Niemand hatte mich seit dem Unfall mehr am Bauch berührt. Nicht einmal meiner Mutter hatte ich das gestattet. Reflexartig hielt ich seine Hand fest, hob sie an und führte sie mangels besserer Idee weiter nach unten, zwischen meine Schenkel. Was er jetzt wohl von mir dachte? Ich hielt den Atem an. Eine Sekunde lang hörte Nick mit dem Küssen auf, saugte dann jedoch an meiner Unterlippe und streichelte mich über der Hose zwischen den Beinen, bis ich glaubte, zu verglühen. Das Pochen meiner Scham nahm zu, brachte mich fast um den Verstand, ich ersehnte geradezu seine Hand auf meiner nackten Haut und spreizte meine Beine etwas weiter, gab ihm den nötigen Platz, um mich zu stimulieren. Dabei keuchte ich in seinen Mund und merkte verzückt, wie Nick ebenfalls heißer wurde. Unser Atem vermischte sich, als unsere Zungen wild miteinander spielten, seine Zähne an meine schlugen.

Nick musste meine Gedanken gelesen haben, er öffnete Knopf und Reißverschluss meiner Jeans und hob den Oberkörper, ließ mich leise keuchend unter sich zurück. Mit beiden Händen schälte er mir die hautenge Hose über den Hintern und streifte sie mir von den Beinen. Sein Blick ruhte auf meinem knappen schwarzen Spitzenstring, klebte beinah genauso durchdringend und verlangend an mir wie zuvor seine Berührungen und machte mich ganz verrückt vor Sehnsucht nach mehr. Oh Gott, Nick war so schön, wie er vor mir kniete, die Muskeln angespannt, einen hungrigen Blick in den Augen, den ich so intensiv noch nie zuvor bei ihm gesehen hatte. Ich wollte seine Hände endlich auf mir spüren und strich fordernd über seinen linken Oberschenkel, dabei bemerkte ich die enorme Ausbeulung in seiner Hose, die mich beinah einschüchterte. »Streichle mich«, flüsterte ich und schloss die Augen, zitterte innerlich vor sehnsüchtiger Erwartung, während kleine Glücksschauer durch meinen Magen jagten. Ich hielt den Atem an, jeder Nerv in mir spannte sich an. Wann? Wann würde er seine Hand austrecken? Wo würde er mich als erstes berühren?

Ich spürte seine Finger sachte zwischen meinen Beinen und zuckte zusammen. Er war so sanft, streichelte mich durch den schwarzen Spitzenstring und schickte heiße Wellen durch meinen Körper, die mich erneut zum Keuchen brachten. Schließlich hob Nick meine Knie an und rutschte zwischen meine Beine, küsste die Innenseiten meiner Oberschenkel und knabberte sanft an meiner Haut, dass mir die Luft wegblieb. Ein kleiner Lustlaut stahl sich über meine Lippen, als Nick mit der Zunge über das hauchdünne Netz meines Spitzenstrings leckte, der mittlerweile schon ganz feucht war. Oh Gott, das war so gut, einfach nur phänomenal. Ich streichelte die weiche Haut über seinen stahlharten Schultermuskeln und konnte nicht glauben, dass ich wahrhaftig hier mit ihm lag. Endlich. Dennoch bekam ich meine Aufregung nicht zu hundert Prozent in den Griff. Schon wieder kroch diese verflixte Nervosität mitten rein in meine Glückseligkeit. Ich hatte noch nie Oralsex gehabt, Linus hatte es nicht tun wollen, weil er dabei meinen vernarbten Bauch im Blick gehabt hätte, vor dem er sich so geekelt hatte. Nick war mit seiner Zunge so unglaublich geschickt, raubte mir den Atem, ließ mich vergessen, wie peinlich es war, dass sein Gesicht meine Scham berührte und seine Lippen meine Feuchtigkeit aufnahmen. Er mich roch und schmeckte, denn das winzige Stückchen Stoff bildete keine echte Barriere. Im nächsten Moment hielt ich Nick an den Schultern fest. »Stopp.«

Er hob den Kopf, pure Lust im Blick, und atmete hektisch. Fragend sah er mich an. Ich konnte nicht anders, als die perfekten Muskelplatten seines Brustkorbs zu bewundern, über die sich glatte, weiche Haut spannte. Sein köstliches Sixpack lief in einer makellosen V-Form bis hinunter zu den schmalen Hüften. Seine eindrucksvolle physische Präsenz hemmte mich noch mehr.

»Ich hab es noch nie oral gemacht bekommen«, beichtete ich leise und kam mir so unglaublich dumm vor.

Nick streichelte mit einer Hand über meinen Slip, dass ich zuckte, schickte einen kleinen Blitz in meine Perle, die ihn schon sehnsüchtig erwartete.

»Du wirst es mögen«, sagte er, seine Stimme klang rau und lockend. »Lass es mich machen.« Er hörte sich bittend an.

»Ich weiß nicht.« Ich schluckte.

Er streichelte meinen Schenkel entlang, wohlige Gänsehaut folgte seinen Fingern. »Ich steh voll darauf, es dir mit dem Mund zu machen.« Sein Lächeln war verführerisch. »Probier es einfach aus.«

Zögernd schloss ich die Augen und lehnte mich zurück in die Kissen, erwartete ihn mit bebenden Schenkeln, die an seinen Schultern zitterten.

Langsam streifte Nick mir den Slip ab und spreizte meine Beine. Ich spürte, dass er mich betrachtete. Nun lag ich vollkommen geöffnet vor ihm, präsentierte mich richtiggehend und hielt die Luft an. Als sein Gesicht zwischen meinen Schenkeln versank, versuchte ich, mich zu entspannen, obwohl ich mir ihm völlig ausgeliefert vorkam. »Ich glaub, ich mag es nicht ...«, sagte ich in einem Akt der Feigheit, als im selben Moment seine Zungenspitze auf meine empfindlichste Stelle traf. »Oh Gott«, keuchte ich, meine Finger krallten sich in das Leinentuch und einen Moment lang nahm es mir den Atem. Mein Verlangen jagte wie glühende Lava meine Wirbelsäule entlang und mein Rücken bog sich durch. Seine geschickte Zunge stimulierte mich mit schnellen Bewegungen, während sein Atem die Feuchtigkeit auf meiner Perle abkühlte und mir ein Feuerwerk der Lust bescherte. Er legte mein rechtes Bein über seine Schulter, sodass er nun mit seiner Zunge tief in mich eindringen konnte, während ich mich stöhnend unter ihm wand. Zwischen meinen Beinen tobte ein unglaubliches Pulsieren, das nach mehr verlangte, und Nick gab es mir. Abwechselnd leckte er mit der ganzen Breite seiner Zunge über meine Schamlippen, bevor er meine Perle mit schnellen Zungenschlägen stimulierte oder daran saugte. Nick nahm einen Finger dazu und drang in mich ein. Ich krallte beide Hände in seine Haare. »Ja«, keuchte ich. »Ja.« *Oh ja!*

Als er einen zweiten Finger in mich schob, gesellte sich ein kaum auszuhaltendes Ziehen zu meiner Erregung, das von meiner empfindlichsten Stelle bis in meinen Bauch strahlte. Er massierte einen Punkt tief in mir und sandte Hitze bis hoch in meine Haarwurzeln. Die Reibung fachte meine Lust zu einem lodernden Feuer an.

»Nick, Nick«, stotterte ich fiebrig. »Was tust du da?«

»Baby, du bist so nass für mich«, sagte Nick mit rauer Stimme und ließ seine Finger aus mir gleiten, nur um tief in mich zu stoßen. Ich stöhnte laut auf, während Nick immer schneller in mich eindrang, mich mit zwei Fingern nahm. Plötzlich baute sich ein Beben in mir auf, das meinen Unterleib rhythmisch zusammenzog. Ich hatte das Gefühl, als würde warmes Kerzenwachs langsam über meine Haut laufen. Nicks Finger verharrten reglos in mir, als ich um sie zuckte und mein eigenes Stöhnen in meinen Ohren rauschte. Sein Oberkörper hob sich an. Erst als ich schweißgebadet und kurzatmig die Augen öffnete, glitt Nick aus mir, eine Erregung im Blick, die ich noch nie zuvor bei einem Mann gesehen hatte. Und diese hatte ich verursacht. Ein kleines Glücksgefühl durchströmte mich, weil Nick es mit mir gefiel. Er kam mit dem Gesicht näher und küsste mich, ich schmeckte mich selbst auf seinen Lippen, war noch immer benebelt von dem Rausch, den er mir soeben beschert hatte. Meine Schenkel zitterten an seinen Hüften.

»Das war unbeschreiblich«, sagte ich schließlich und sah zu, wie Nick sich auf den Knien aufrichtete und seine Jeans öffnete.

»Ich wusste, dass es dir gefällt.« Sein einer Mundwinkel hob sich, sein jungenhaftes Grinsen gab ihm etwas Verwegenes, das mich ganz aufgekratzt vor Verlangen machte. »Und das war erst der Anfang, Baby.«

Welch verheißungsvolles Versprechen. Die Nacht war jung und Nick gehörte mir. Ich würde Nick für jeden verdammten Cent, den ich ihm bezahlt hatte, schuften lassen.

Er schlüpfte aus seiner Hose und trug nur noch graue Boxershorts. Die Beule wirkte unter dem dünnen Stoff noch größer.

»Zieh sie aus«, befahl ich, überrascht von meiner eigenen Courage.

Sein leises Lachen floss in mir hinunter wie Ahornsirup. »Zieh du sie doch aus.«

Ich zögerte, setzte mich langsam auf und konnte mich nicht mehr regen, starrte lediglich seine Boxershorts an, als wollte ich sie hypnotisieren.

»Komm schon, trau dich«, sagte Nick mit einem neckischen Klang in der Stimme. »Er beißt dich nicht.« Mit einer Hand strich er durch die Nässe zwischen meinen Beinen und entlockte mir einen wohligen Laut. »Du fühlst dich so wunderbar an«, raunte er genüsslich und schloss für einen Moment die Augen.

Schließlich legte ich mutig beide Hände an den Bund seiner Boxershorts und streifte sie langsam über seine muskulösen Schenkel bis zu den Knien. Er zog sie aus. Sein Glied ragte steil und mächtig vor meinem Gesicht auf und flößte mir fast schon Respekt ein. Nick musterte mich aufmerksam, als wollte er mein momentanes Befinden ausloten. Schließlich streichelte er mir übers Haar. »Don't worry«, sagte er und klang liebevoll. Wie in Zeitlupe beugte er sich vor und küsste mich auf die Lippen.

»Kein Wunder, dass du mich immer für eine Jungfrau gehalten hast, was?«, konnte ich mir nicht verkneifen und zwang mich zu einem schiefen Lächeln.

»Nein, nein«. Er nahm schon wieder mein Gesicht in beide Hände, zwang mich, ihm in die Augen zu sehen. »Es ist alles okay.

Du bist so heiß. Ich genieße jeden Augenblick mit dir.« Er küsste mich, dass mir schwindlig wurde, und drückte mich zurück in die Kissen, sodass er nun auf mir lag. Ich spürte sein steifes Glied an meinem Bauch und dasselbe süße Ziehen wie vorhin bahnte sich wieder seinen Weg durch meinen Körper, während ich in Nicks leidenschaftlichem Zungenspiel versank und alles um mich herum vergaß. Davon träumte, ihn endlich tief in mir zu spüren. Aber er ließ sich Zeit, streichelte meine Brüste durch das Shirt, knabberte an meinem Ohrläppchen und rieb sich an meiner Scham, bis ich noch nasser wurde und die Anspannung beinah nicht mehr aushielt. Nick war so geschickt, stimulierte mich so gekonnt, dass ich richtiggehend berauscht war. Ich wollte ihn endlich in mir spüren, noch einmal diesen wahnsinnigen Höhenflug erleben. Nicks Hände wanderten zum Saum meines Shirts, während seine Lippen eine wohlige Gänsehaut über die sensible Stelle an meinem Hals schickten, an der mein Puls heftig pochte. Ich hob die Arme an und half ihm, es mir über den Kopf zu streifen. Er warf es neben sich und wanderte mit den Lippen zu der Grube zwischen meinen Brüsten. Dabei schob er beide Hände zwischen mich und die Matratze und löste die Haken meines BHs. Seine Lippen fanden wieder meinen Mund, als er mir die Träger von den Armen schob und über meinen Bauch streichelte. Gleichzeitig hielten wir inne und lösten unsere Gesichter voneinander. Erst jetzt bemerkte ich, dass Nick mir zusammen mit dem Shirt auch das Unterhemd abgestreift hatte und der Schreck traf mich wie ein Stromschlag. Ich war nicht mehr in der Lage, mich zu bewegen. Nick sah nach unten, zwischen uns, er musste die Narben gefühlt haben. Er hatte sie entdeckt! Panik schoss mir durch die Venen wie eine Giftinjektion und schnürte mir die Kehle zu. Eine Sekunde später hatte Nick sich wieder gefangen, tat, als wäre nichts gewesen, und senkte den Kopf. Hingebungsvoll küsste er meinen Hals, seine Hand lag immer noch auf meinem Bauch und ich hatte das Gefühl, als verpasste er mir ein Brandmal.

»Nein.« Meine Stimme klang panisch, ich wand mich unter ihm wie eine Verrückte, Tränen schossen mir in die Augen. »Fass mich da nicht an, fass mich nicht am Bauch an. Bitte nicht. Bitte tu's nicht.« Meine Atmung wurde hektischer, als ich versuchte, ihn von mir zu stoßen, aber er entfernte sich keinen Millimeter. »Nein! Hör auf, hör auf!« Ich hyperventilierte fast und merkte erst jetzt, dass Nick meine Haare streichelte und beruhigend auf mich einredete.

»Psst ... Alles gut.« Er strich mir über den Kopf und mein Gesicht. Immer wieder küsste er mich sachte auf die Lippen. »Hey, es ist alles in Ordnung, entspann dich. Ich mache nichts, was du nicht willst.«

»Dann deck meinen Bauch zu und schau ihn nicht an«, schluchzte ich und spürte Tränen an meinen Schläfen in mein Haar rinnen. Nick schnappte sich mein Shirt und legte es zwischen uns.

»Es ist alles gut, entspann dich, Aida.« Er nahm mein Kinn und hielt es fest. »Es ist alles gut«, sagte er noch einmal leise und küsste mich auf die Lippen, woraufhin ich mich wirklich etwas beruhigte. »Wir lassen die Stelle aus, wenn du möchtest, gar kein Problem«, flüsterte er in mein Ohr und knabberte an meinem Ohrläppchen, blies seinen heißen Atem hinein, was einen Hitzeschub durch mich hindurchschickte. Sein Mund wanderte zu meinen Brustwarzen, er saugte abwechselnd daran und reizte sie mit der Zunge, bis sie so hart wurden, dass sie ein Prickeln direkt in meinen Unterleib jagten. Nur zu gern ließ ich mich wieder in diesen Strudel von Lust und Leidenschaft ziehen, entspannte mich. Nick nahm Rücksicht, bei ihm konnte ich mich fallen lassen. Keuchend legte ich die Hände auf seinen Rücken und streichelte seine weiche Haut, spürte, wie sich die Muskeln bewegten, und ließ mich von den wundervollen Gefühlen treiben, die Nick in mir hervorrief. Vergaß alles um mich herum. Seine Hand hob sich von meiner Brust, um einen Moment später zwischen meinen Beinen zu landen. Er hatte meinen Bauch ausgelassen und streichelte nun meine Vagina, fühlte, dass ich schon längst mehr als bereit für ihn war. Ich wollte ihn, mein Körper war zum Bersten angespannt, der glatte Stoff meines Seidenshirts rutschte bei jeder Bewegung zwischen uns hin und her. Nick erhob sich von mir, sein Glied war steinhart und noch mehr angeschwollen als vorhin. Wow, mir blieb bei seinem Anblick tatsächlich der Atem weg. Nick war Sünde pur, wie geschaffen für heißen, leidenschaftlichen Sex. Ich stützte mich auf einem Ellenbogen ab und streckte langsam die andere Hand aus, berührte seine dunkelrote Eichel sanft mit den Fingerspitzen, während er ein Kondom aus der Schachtel kramte. Er zuckte zusammen und presste meine Hand an sein pochendes Glied. Ich umfasste es, massierte es und brachte Nick damit zum Stöhnen. »Ich sollte schleunigst ein Kondom überziehen, wenn du auch noch was davon haben willst«, sagte er und atmete tief ein. Voll kribbelnder Vorfreude ließ ich mich zurück ins Kissen sinken, beobachtete Nick dabei, wie er das Kondom abrollte und legte eine Hand auf den Seidenstoff.

Bedächtig beugte sich Nick zu mir und küsste mich hingebungsvoll, während er mit der Hand zwischen meine Beine fasste, durch meine Nässe strich und zufrieden knurrte. »So mag ich das, Baby.«

Er stimulierte meine empfindlichste Stelle mit dem Daumen und streichelte meine Schamlippen, bis ich dieses intensive Gefühl fast nicht mehr aushielt und mich ihm einladend entgegen hob. »Bitte, nimm mich endlich.« Ich zerfloss richtiggehend unter seinen begabten Händen und konnte keine Sekunde mehr warten. Endlich senkte er sein Becken, seine Spitze drückte gegen meinen Eingang, er rieb seine Eichel an meinem zarten, nassen Fleisch. Ein so wundervoll sanftes Gefühl, dass mir die Hitze aus allen Poren brach. Dann drang er in mich ein. Ich hielt die Luft an, überwältigt von diesem ausgefüllten Gefühl, das Nick mit jedem Zentimeter, den er sich langsam in mich schob, in mir auslöste. Unwillkürlich schmiegte ich mich mit den Brüsten an seinen nackten Oberkörper und rieb über seine Haut.

»Du bist so wundervoll eng«, keuchte er, seine Schultern zitterten vor Anspannung. »Verflucht, Baby, ich hoffe, ich kann mich zurückhalten.« Pure Erregung lag in seinem Blick, seine Augen wurden dunkel und hungrig.

»Du sollst dich nicht zurückhalten«, japste ich, als er bis zum Anschlag in mir versank. Er dehnte mich so köstlich, füllte mich vollkommen aus. »Ich will, dass du mich nimmst – hart«, ergänzte ich kurzatmig und umfasste seine Oberarme.

»Okay«, sagte Nick nach einem Moment des Zögerns und ließ sich fast vollständig aus mir herausgleiten, ehe er sein Glied kraftvoll in mich trieb.

Ich stieß einen überraschten Laut aus und krallte meine Fingernägel in seine Haut, es war fast schon zu viel. Was wir hier taten, war so intensiv, dass ich hoffte, dieser Moment würde die Ewigkeit überdauern.

»Gut so?«, fragte er und klang besorgt. Als ich lächelnd nickte, fing er an, sich in mir zu bewegen, seine Stöße waren hart, aber trotzdem gefühlvoll. Er legte eine Hand unter meine linke Kniekehle und schob mein Knie bis hoch zur Brust. Nick kam nun noch tiefer in mich hinein. Er glitt ein Stück aus mir heraus, verharrte, nur um gleich darauf in mich zu stoßen. Meine Fingernägel kratzten über seinen Rücken, ich konnte ein lautes Stöhnen nicht zurückhalten. Seine Haut am Rücken wurde feucht und sein Atem traf heiß auf meine Wange. Unsere Lippen berührten sich, wir versanken in einem atemlosen Zungenkuss, ich saugte an Nicks Unterlippe. Immer wieder drang er schnell und heftig in mich ein. Sein Becken klatschte gegen meinen Hintern, er entfachte ein Feuer in meinem Bauch, gefühlt von der Größe eines Flächenbrandes. Ich hörte mich selbst laut stöhnen, dazwischen Nicks Keuchen, jeder Nerv zuckte vor Erregung, während er so wunderbar wild in mich eindrang, dass sich meine Muskeln anspannten, als wollten sie gleich bersten. Meine Fingernägel zerkratzten ihm den Rücken, denn mein Orgasmus baute sich auf, dieses Mal noch intensiver als zuvor, und ich konnte mich nicht gegen dieses übermächtige Gefühl wehren. Eine Welle der Lust peitschte über mich hinweg, die mir den Atem raubte, während ich um ihn zuckte, als auch er kam. Schwer atmend öffnete ich schließlich die Augen, beobachtete Nicks vor Lust und Anstrengung leicht verzerrtes Gesicht. Die Sehnen an seinem Hals waren angespannt. Er keuchte hektisch. Mein Körper bebte. Mit einem lauten Stöhnen sank Nick auf mich. Ich schlang die Arme um ihn, presste ihn fest an mich, wollte ihn nie wieder loslassen, die Verbindung, die uns noch vereinte, nicht kappen. Zärtlich streichelte ich über die schweißnasse Haut an seinem Rücken und gestand mir ein, dass ich drauf und dran war, mich in Nick zu verlieben.

17. Kapitel

Ich öffnete die Augen und sah mich verwirrt um, während ich mich auf den Ellenbogen abstützte. Wo war ich? Die Sonne schien durch die Ritzen der schweren dunkelblauen Samtvorhänge und tauchte den fremden Raum in ein trübes Licht. Dann kam die Erinnerung wieder, ich hatte mit Nick die Nacht in diesem Hotelzimmer verbracht. Die Bettseite neben mir war leer, seine Klamotten weg. Wie es aussah, war er gegangen, ohne sich von mir zu verabschieden. Wie oft wir gestern miteinander geschlafen hatten, wusste ich gar nicht mehr. Aber es war oft gewesen, sehr, sehr oft sogar. Und in jeder nur erdenklichen Stellung. Was war dieser Kerl kreativ im Bett. Erst am frühen Morgen war ich erschöpft und überglücklich in seinen Armen eingeschlummert.

In meinen überbeanspruchten Oberschenkeln kündigte sich ein Muskelkater an, zudem fühlte ich mich ziemlich wund zwischen den Beinen. Mir fehlte es eindeutig an Übung. Wow, Nicks Performance gestern Nacht war wirklich jeden Cent wert gewesen, die Orgasmen, die er mir beschert hatte, ließen sich gar nicht mehr zählen. Ich fühlte mich herrlich durchgenommen. Es waren aber nicht nur allein Nicks Liebhaberqualitäten gewesen, die mich in ein riesiges Feuerwerk verwandelt hatten, sondern auch seine Art. Er hatte sich so rücksichtsvoll verhalten wie noch nie zuvor, hatte mir wahrhaftig das Gefühl gegeben, begehrenswert zu sein. Es hatte sich nicht nach bedeutungslosem Sex angefühlt, sondern nach viel mehr. Als wir uns geliebt hatten, war da eine Verbundenheit gewesen, als wären wir eine Einheit und gehörten untrennbar zusammen. Beinah war es mir vorgekommen, als wäre dieses intime Treffen in einem anonymen Hotelzimmer das Normalste auf der Welt und wir ein heimliches Liebespaar. Leider schien Nick das anders zu sehen.

Ich ließ mich zurück ins Kissen sinken und starrte an die Decke. Warum war Nick einfach abgehauen? Wollte er nicht mehr neben mir liegen? Dieser Gedanke traf mich wie ein Faustschlag in den Magen. Wir hätten doch wenigstens noch zusammen frühstücken können oder uns zumindest wie zwei erwachsene Menschen verabschieden. Fürchtete er sich vor dem berüchtigten Drama am Morgen danach? Oder war ihm die Nacht mit mir peinlich? Immerhin waren wir Kommilitonen, kannten uns seit Jahren.

Ich fragte mich, ob ich seine Motive jemals erfahren würde. Ab Montag waren wir wieder einfach nur Kollegen, so hatte er es mir zumindest versprochen. Ich würde ihn niemals auf diese Nacht ansprechen und er hatte sicher auch kein Interesse daran, sie bekannt werden zu lassen.

Am besten, ich hakte sie einfach als eine wunderschöne Erinnerung an Julian ab. Der war er gestern nämlich gewesen. Julian, der zärtliche Liebhaber, nicht Nick, der aufgeblasene, fiese Wichtigtuer, der mir das Leben schwer machte.

Mein verräterisches Herz strafte meine Worte Lügen. Es schlug unruhig und weigerte sich, einen Unterschied zwischen den beiden zu machen. Julian und Nick. Nick und Julian. Die beiden waren und blieben eine Person. Nicks wunderschönes, erregtes Gesicht tauchte vor meinem inneren Auge auf und schickte sofort ein Ziehen in meine tieferen Regionen. Himmel, ich war wirklich unersättlich. Nick konnte froh sein, dass er rechtzeitig das Weite gesucht hatte.

Ich setzte mich auf und schob energisch die Beine über den Bettrand. Mich fröstelte ein wenig, denn ich trug nur das leichte Unterhemdchen. Irgendwann im Laufe der Nacht hatte ich es mir übergestreift, was Nick wortlos zur Kenntnis genommen hatte. Rasch suchte ich meine verstreuten Klamotten zusammen und stieg in den zusammengerollten Slip. Dann hob ich den seidigen Stoff an und musterte meinen entstellten Bauch mit Abscheu. Nick hatte meinen wunden Punkt entdeckt, er wusste nun von meinen hässlichen Brandnarben, obwohl er sich gestern nichts hatte anmerken lassen, und das rechnete ich ihm hoch an. Vielleicht war er deswegen heute so schnell abgehauen. Ich konnte ihm das nicht einmal verdenken. Nicks Körper war perfekt, sein Gesicht ein Traum, er war ein Mann, der sich die Frauen aussuchen konnte. Ganz sicher würde er sich nicht für die Entstellte entscheiden. Wir passten optisch null zusammen. Er, der makellose Schönling, und ich, das halb verstümmelte Angsthäschen, das sich von ihm erst mal hatte zeigen lassen müssen, wie Oralsex funktionierte. Wir waren wie *Die Schöne und das Biest*, nur in vertauschten Rollen. Das gestern war ein Job für Nick gewesen, den er professionell durchgezogen hatte, und je eher ich das kapierte, desto besser war es für mich.

Ich huschte durch die mondäne Eingangshalle des Hotels, die ich am Vorabend noch Hand in Hand mit Nick durchschritten hatte. Ob man mir ansah, weshalb ich die Nacht hier verbracht hatte? Ob die Angestellten wussten, welcher Tätigkeit Nick in diesem Hause nachging? Wie es aussah, war er öfter hier. Diese Eingebung versetzte mir einen schmerzhaften Stich. Nick war ein Callboy, der sich von jeder buchen ließ, die ihm genügend Geld hinblätterte. Wie viele Frauen er wohl vor mir schon in dieses Zimmer gebracht hatte? Und wie viele würde er nach mir noch dorthin begleiten? Dieser Gedanke brannte wie Feuer in meiner Brust. Vielleicht war heute schon die nächste dran, morgen dann eine andere. In seinem Leben war für mich kein Platz.

Ich drückte die Glastür auf und entwischte erleichtert ins Freie. Mit jedem Schritt, den ich mich von dem Hotel entfernte, fühlte ich mich ruhiger. Ich sollte das Ganze nicht überbewerten, sondern mich lieber an den Erinnerungen dieser Nacht erfreuen. Es war eine schöne Nacht gewesen, eine besondere Nacht, die ich nie wieder vergessen werden würde. Aber genau das war mein Problem. Ich wollte Nick mit jeder Faser meines Körpers und aus tiefstem Herzen, wollte noch einmal in seinen Armen liegen und hingebungsvoll von ihm geküsst werden. Seine Küsse waren einfach unglaublich, um nicht zu sagen: atemberaubend. Wenn ich ehrlich war, hatte ich mich Hals über Kopf in ihn verliebt und wusste nicht, was ich dagegen tun sollte. Es würde die Hölle für mich am Montag werden, die Coole geben zu müssen, die gleichgültig an Nick vorbeispazierte.

»Aida?«, fragte jemand hinter mir. Abrupt blieb ich stehen und drehte mich um. Ben kam auf mich zu. Ausgerechnet. Wo kam der denn an einem Sonntagmorgen um halb neun her? Hoffentlich hatte er mich nicht beim Verlassen des Hotels beobachtet.

»Hast du heute im Hotel übernachtet?«, fragte er auch sofort und ich ächzte innerlich auf, bevor ich den Rücken straffte und ihm ein – wie ich hoffte – erfreutes Lächeln schenkte.

»Hey«, sagte ich eine Spur zu laut und nestelte am Saum meines Shirts, bevor ich hastig eine Ablenkungsflak abschoss. Das Letzte, was ich jetzt gebrauchen konnte, war ein neugieriger Ben. »Und wo kommst du her? Solltest du nicht um diese Uhrzeit noch deinen Rausch ausschlafen?« Ich zwinkerte ihm zu.

Ben wirkte bedrückt, er ging nicht wie sonst auf mein Späßchen ein, sondern zuckte nur mit den Achseln. »Mal wieder Stress mit Luca.«

Wir spazierten nebeneinander die Straße entlang.

»Klappt zurzeit nicht gut bei euch, was?«, fragte ich so einfühlsam wie möglich, er tat mir leid.

Er lachte bitter auf. »Luca hält euch Mädels doch bestimmt über den eifersüchtigen Ben, der immer grundlos Stress macht, auf dem Laufenden.«

»Nein, so sagt sie das nicht.«

»Ach ja?« Er warf mir einen zweifelnden Seitenblick zu, sein attraktives Gesicht war ganz verhärtet. »Wie sagt sie es dann?«

»Sie sagt überhaupt nicht viel«, wiegelte ich rasch ab. Ich mochte nicht zwischen die Fronten geraten und dem einen erzählen, was der andere über ihn ausgeplaudert hatte. Dafür mochte ich beide viel zu sehr.

»Sie trifft sich heimlich mit diesem Joshua«, sagte Ben und sah mit schmalen Augen geradeaus. Er wirkte zutiefst verletzt. »Ich meine, was soll das? Wenn sie mich nicht mehr liebt, warum macht sie dann nicht einfach Schluss?«

»Bestimmt ist es gar nichts Ernstes«, versuchte ich, ihn zu beruhigen. »Was hat es schon groß zu bedeuten, wenn man sich mal auf ein Bier in der Stadt trifft und ein bisschen quatscht. Ich glaube, du siehst das zu eng.«

Ruckartig wandte Ben den Kopf zu mir. »Sie trifft sich also tatsächlich mit ihm? Vorhin hat sie das noch wie wild bestritten. Ich würde mir das alles nur einbilden, wäre ein Spinner und lauter so Zeugs hat sie mir an den Kopf geworfen.«

Scheiße. Ich presste eine Hand vor den Mund. Ben hatte mich reingelegt. Mein Hirn musste von den vielen Orgasmen noch außer Betrieb sein, anders konnte ich mir das nicht erklären. Luca würde mich umbringen. »Das hab ich nur so gesagt«, versuchte ich zu retten, was zu retten war. Schweiß brach mir aus allen Poren. »Das war nur beispielhaft, keine Ahnung, ob die sich in dem Pub getroffen haben.«

»Im *O'Sheas*?«

»Ben«, knurrte ich.

»Was?« Er hob die Hände an. »Von dem Pub hast du vorhin gar nichts gesagt, erst jetzt. Du kannst aufhören, dich rauszureden.«

Oh nein, ich machte alles nur noch schlimmer.

»Bitte sag Luca nicht, dass du es von mir weißt.« Ich klammerte mich an seinen Oberarm. Das durfte doch nicht wahr sein, wie konnte ich mich nur dermaßen verplappern? »Sie erzählt mir sonst nie wieder etwas.«

Er hörte mir gar nicht zu, es schien, als würde keines meiner Worte zu ihm durchdringen. Verflixt. Er musste mir wenigstens versprechen, dass er mich aus ihrem Beziehungsdrama raushielt. »Hey!«, fuhr ich ihn an.

»Warum macht sie das?«, fragte Ben statt eines Schweige-Gelöbnisses und strich sich die braunen Strähnen aus der Stirn.

»Ich weiß es nicht. Die beiden quatschen nur.«

Ein verächtliches Prusten entwich seinen Lippen. »Ich habe heute Morgen heimlich ihr Handy gecheckt.«

Ich atmete hörbar aus. So weit war es bei ihnen schon gekommen? »Ben so was ist scheiße. Ein absoluter Vertrauensmissbrauch. Was ist denn bei euch los? So kenne ich dich gar nicht.«

»Dauernd piepst dieses fucking Smartphone, sie schreiben sich Tag und Nacht. Und mich lügt sie an, es wären Nachrichten von euch oder Caro, ihr Vater hätte irgendwelche Probleme, sie erzählt mir lauter Mist.« Er senkte den Kopf, war total deprimiert. »Heute Früh um sieben kam schon wieder die erste Nachricht. Luca hat noch gepennt. Ich wollte es eigentlich nicht, aber ich hatte dieses schlechte Gefühl und konnte nicht widerstehen, kurz nachzuschauen, wer ihr geschrieben hat.« Er sah mich an, seine blauschwarzen Augen funkelten vor unterdrückter Wut. »Eigentlich nur als Bestätigung, dass ich tatsächlich nichts weiter als ein eifersüchtiger Spinner bin, verstehst du? Aber die Nachricht war von ihm. *Josh* nennt sie ihn. Er hat geschrieben, dass er sie vermisst.«

Ich schluckte. Das war bitter. »Und dann hast du Luca darauf angesprochen«, schlussfolgerte ich.

»Nein.« Er schüttelte den Kopf. »Sie hat mich mit dem Handy in der Hand erwischt.«

»Oh nein. Und wie hat sie reagiert?«

»Was glaubst du wohl?«

»Sie ist ausgerastet.«

Er nickte. »Klar ist sie das. Und natürlich hat Luca sofort den Spieß umgedreht. Ich würde sie hintergehen und ihr nachschnüffeln. Das wäre das Allerletzte und wenn ich so weitermache, dann wär's das mit uns. Dann bin ich raus, abgehauen, in der Gegend herumspaziert.« Seine Stimme zitterte leicht.

»Vielleicht musst du ihr wirklich vertrauen, Ben«, sagte ich leise und legte einen Arm um seine Taille.

»Wie denn?«

»Ich meine, wie soll es sonst mit euch weitergehen? Willst du dir ständig Sorgen machen, dass sie dich betrügt, während sie sich von dir verfolgt fühlt?« Irgendwie musste sich doch retten lassen, was einmal eine perfekte Traumbeziehung gewesen war. Was hatte ich die beiden immer für ihre tiefe Liebe zueinander bewundert. In dieser Hinsicht waren sie meine Vorbilder gewesen. Sie jetzt vielleicht scheitern zu sehen, tat mir im Herzen weh.

»Keine Ahnung, wie es weitergehen soll.« Er zuckte mit den Schultern.

Ich sah hoch, sein Kiefer war verspannt. »Du musst ihr mehr Freiraum geben«, sagte ich eindringlich. »Vielleicht macht sie das nur, weil sie sich von dir eingeengt fühlt. Wenn du da locker drüberstehst, ist der Reiz weg, verstehst du?«

Er legte einen Arm freundschaftlich um meine Schultern und wir schlenderten über den schmutzigen Gehweg. Ben sagte lange Zeit nichts, starrte nur vor sich auf den Boden. »Du meinst also«, fing er schließlich an, »ich soll den ganzen Scheiß einfach ignorieren?«

»Ja.« Ich lehnte mich an seine kräftige Schulter, die mich sofort wieder an Nick erinnerte, und sehnte mich schmerzlich nach der Geborgenheit, die sie vermittelte. Wie bescheuert war Luca eigentlich? »Ich meine, du kannst sowieso nichts anderes tun. Wenn du weiter Stress wegen Joshua machst, verlierst du sie wahrscheinlich erst recht. Aber vielleicht merkt sie, was sie an dir hat, wenn du sie einfach machen lässt.«

»Das wird hart«, gab Ben zu. »Aber klar, irgendwie hast du schon recht. Ich muss die Sache lockerer sehen, sonst macht es mich noch total kaputt. Trotzdem sollte der Kerl mir besser nicht unter die Augen kommen«, knurrte er wie ein wütender Wolf.

»Ich hoffe, du und Luca, ihr vertragt euch wieder.« Ich gab ihm einen Klaps auf den Rücken. »Unsere tolle Truppe darf nicht auseinanderbrechen, mir reicht schon, dass Pia und Chad dauernd Stress haben, jetzt ihr zwei auch noch. Das ist echt scheiße von euch.«

Er lachte. »Die Clique kaputt machen geht natürlich gar nicht. Da werde ich mich wohl mit Luca wieder zusammenraufen müssen!«

»Hoffentlich.«

Ben wuschelte mir durchs Haar. »Was ist eigentlich aus Joshuas Arsch von Kumpel und dieser beknackten Wette geworden? Hoffe, du hast dich von diesem Typen nicht flachlegen lassen.«

Musste Ben ausgerechnet jetzt von Nick anfangen? Hoffentlich wurde ich nicht knallrot, während die letzte Nacht in allen Einzelheiten vor meinem inneren Auge aufstieg.

»Nein.« Ich winkte übertrieben ab. »Niemals. Darauf kann der Blödmann ewig warten.« Mein Puls pochte in den Schläfen. Ob Ben mir ansah, dass ich log?

»Dann ist ja gut. Wenn du auf diesen Idioten reingefallen wärst, hätte ich an deinem Verstand zweifeln müssen. Es reicht schon, dass Luca ihren Egotrip ohne Rücksicht auf Verluste durchzieht.«

»Was machst du jetzt mit Luca?«

»Ich gehe erst mal Brötchen holen, dann frühstücken Luca und ich zusammen und ich werde ihr zeigen, dass Toleranz in der Partnerschaft eine meiner Stärken ist.« Sein einer Mundwinkel hob sich zu einem schiefen Grinsen.

»Klingt nach einem guten Plan, dann mach das mal. Und versemmelt es nicht gleich wieder.« Wir umarmten uns zum Abschied und Ben gab mir einen Schmatz auf die Wange.

»Aber du sagst Luca nicht, dass du das von mir weißt, okay?«, fragte ich leise.

»Ich werde ihr nicht mal erzählen, dass wir uns getroffen haben.«

»Puh«, entfuhr es mir erleichtert. »Danke.«

Zu Hause stand ein wagenradgroßer Strauß gelber und weißer Rosen auf dem Küchentisch, der einen lieblichen Duft verströmte. Ich atmete tief ein und bewunderte das wunderschöne Blumengebinde. Ob der von Nick stammte? Ein inneres Zittern erfasste mich. Am Ende hatte ich ihn falsch eingeschätzt und ihm ging diese Wahnsinnsnacht ebenfalls nicht aus dem Kopf. Eine Karte steckte mitten in den Blumen. Mit klopfendem Herzen zupfte ich sie heraus und las.

Für die schönste und aufregendste Frau der Welt. You are special.
Love, Chad

Enttäuscht ließ ich die Hand sinken. Die Blumen waren für Pia und nicht für mich. Einen Moment lang hatte ich tatsächlich geglaubt, Nick würde so etwas Romantisches für mich tun. Ich steckte die Karte zurück und setzte mich, lehnte beide Ellenbogen auf die Tischplatte und vergrub das Gesicht in den Händen. Ich fühlte mich einsam, noch einsamer als jemals zuvor. Es gab keinen einzigen Mann auf dieser Welt, der mir Blumen schickte. Sogar für ein bisschen Sex musste ich bezahlen. Ging es eigentlich noch erbärmlicher? Nick hatte gesagt, ich sollte mir nicht den Kopf darüber zerbrechen, was er über mich dachte. Nun tat ich das jedoch pausenlos. Warum war er einfach abgehauen? Diese Frage brachte mich immer noch um den Verstand. Aus einem Impuls heraus zückte ich mein Handy und schrieb ihm genau das. Wie gebannt starrte ich auf die Nachricht und fand mich noch armseliger. Wütend drückte ich auf *Abbruch* und klatschte mein Smartphone äußerst unsanft auf die Tischplatte. Nein, ich würde ihm nicht hinterherrennen, nicht in zehn Leben, nur um mir dann eine Abfuhr zu holen. Über so viel Reststolz verfügte ich glücklicherweise noch. Nick war eine Hure. Ein Mann, der sich von Frauen für seine Liebesdienste bezahlen ließ. Eigentlich hatte ich etwas Besseres verdient, redete ich mir ziemlich erfolglos ein, denn mein dummes Herz intervenierte. Es wollte Nick, egal, wie vernünftig ich ihm auch erklärte, dass dies ein großer Fehler war. Es hörte einfach nicht auf mich.

Pia kam in die Küche geschlendert und stutzte, als sie mich mit hängendem Kopf dasitzen sah.

»Oh nein.« Sie kam auf mich zu und ging vor mir in die Hocke. »War es so schlimm?«, fragte sie leise.

»Nein«, schluchzte ich auf und ließ meinen Tränen freien Lauf. »Es war die schönste Nacht in meinem Leben, denn Julian ist ein fantastischer Liebhaber.«

Pia runzelte die Stirn. »Solltest du dann jetzt nicht ... befriedigt aussehen?«

Ich musste es jemandem erzählen oder ich würde verrückt werden. »Julian ist Nick. «

»Was?« Ihr Kiefer klappte nach unten. »Er ist Nick?«

Ich seufzte. »Ja, Nick arbeitet nebenher als Callboy Julian und ich habe ihn gebucht. Der knackige Hintern, in den ich mich verguckt habe, ist seiner.«

Pia gluckste verhalten, sie hatte sichtlich Mühe, eine ernste Miene zu wahren. »Das darf doch nicht wahr sein. Und ihr hattet Sex?«

»Die ganze Nacht lang.« Ich wischte die Tränen von den Wangen, während Pia sich neben mich setzte. »Es war so unglaublich schön, das kannst du dir gar nicht vorstellen.«

»Aber warum heulst du dann?«

»Weil es vorbei ist. Er ist heute Morgen abgehauen, ohne sich zu verabschieden.«

»Oh.« Sie legte eine Hand vor den Mund. »Vielleicht macht man das in Callboy-Kreisen so?«, startete sie den ersten Aufmunterungsversuch, den ich nicht gelten ließ.

»Ich glaube eher, er hatte es eilig, wegzukommen.« Ich senkte den Kopf. »Nick hat meinen Bauch gesehen.«

»Und?« Sie legte eine Hand auf meinen Unterarm. »War er derselbe Idiot wie Linus?«

»Nein, er hat es professionell ignoriert, weil ich ihn bezahlt habe. Aber sobald der Deal vorbei war, ist er getürmt. Es muss die Hölle für einen Mann sein, mit einer verstümmelten Frau im Bett zu landen.« Meine Stimme triefte vor unterdrücktem Schmerz, obwohl ich mich schwer zusammenriss.

»Du bist nicht verstümmelt.« Pia klang beinah sauer. »Hör auf, dir das dauernd einzureden. Wenn ein Kerl wegen ein paar Narben abhaut, für die du nichts kannst, ist er deine Tränen sowieso nicht wert, lass dir das gesagt sein.«

»Ja, ich weiß. Tröstet mich trotzdem kein bisschen.« Diese verfluchte deprimierte Stimmung hatte mich im Klammergriff.

»Hak ihn ab.« Sie stand auf und ging zur Kaffeemaschine. »Wir finden schon noch einen tollen Mann für dich«, sagte sie und löffelte Kaffeepulver in den Filter. »Einen, der dich zu schätzen weiß, wie du bist.«

Ja, sicher. Wahrscheinlich war ich bis dahin alt und grau.

»Was ist eigentlich mit Chad?« Ich deutete auf die Rosen. »Ich habe die Karte gelesen, sorry, dachte sie wären vielleicht von Nick.«

Pia drehte sich um. »Ach, Süße.« Ihr Blick ruhte auf mir, als würde sie überlegen, ob sie mich mit ihrer Lovestory überhaupt behelligen sollte.

»Schon gut, erzähl.« Ich winkte ab. »Ich vertrag's und kann ein bisschen Ablenkung gut gebrauchen. Außerdem freue ich mich, wenn wenigstens bei dir in der Liebe alles glatt läuft.«

»Also gut.« Pia stellte die Kaffeemaschine an und kam zurück, ein zischendes Gurgeln erklang. »Wir hatten gestern mal wieder Zoff, das Übliche, du weißt schon. Wegen seiner Ich-liebe-dich-Allergie und dem üblichen Kram. Er fragte allen Ernstes, warum mir das denn so viel bedeuten würde. Ich wüsste doch, dass er mich mag, sonst wäre er gar nicht mit mir zusammen.« Sie hob den Zeigefinger. »Ach ja, als er das sagte, war er noch in mir.«

Ich schüttelte den Kopf. »Ist nicht wahr.«

»Also habe ich ihm gesagt, dass die eben erfolgte Beseitigung seines Triebstaus, sein Hirn eigentlich ein wenig zum Nachdenken anregen sollte.« Sie seufzte. »Natürlich wurde mein gut gemeinter Appell an seinen Denkapparat als absolute Zumutung aufgefasst und somit ignoriert. Er meinte dann allen Ernstes, der Umgang mit anhänglichen Frauen wäre eben etwas ungewohnt für ihn und mit meiner Drängelei würde ich deswegen rein gar nichts bei ihm erreichen. Im Gegenteil.«

»Der spinnt doch«, sagte ich ungläubig.

»Klar spinnt er. Ich hab ihn dann gefragt, warum er überhaupt noch mit mir zusammen ist. Nur fürs Bett könnte er sich doch auch eine suchen, die nicht so anhänglich ist wie ich. Mit der Frage konnte er übrigens nichts anfangen. Er meinte: *Wieso? Ich sehe gut aus, du siehst gut aus, mir ist eher schleierhaft, warum wir nicht schon viel früher zusammen in der Falle gelandet sind.*«

Ich war fassungslos. »Was ist denn mit den Männern heutzutage los? Bekommen die alle als Kleinkinder schon eine Gehirnwäsche zum Thema *Wer von uns ist das größte Arschloch?* verpasst?«

»Chad hatte es als Gag gemeint und sich allen Ernstes gewundert, warum ich mich nicht schlappgelacht habe. Und warum er plötzlich vor der Haustür stand.«

»Geschieht ihm recht. Chad ist so ein netter Kerl, aber manchmal kann er ein richtiger Oger sein.«

Pia spielte an einer gelben Blüte herum. »Genau das ist das Problem, hätte er nicht auch diese wirklich süße Seite an sich, dann hätte ich ihn schon längst abgeschossen.« Sie deutete auf die Blumen. »Eine Stunde später stand er damit wieder vor meiner Tür und meinte, er hätte ein wenig geübt und mal mit einem Wort begonnen. Und dann stand in der Karte *Love*.« Ihre Augen begannen zu schimmern. »Wie kann man dem Blödmann da noch böse sein?«

Ich gönnte Pia das Rosenmeer von Herzen und wünschte mir im Stillen auch eines. »Kann man nicht wirklich.« Gähnend stand ich auf. »Jetzt geh ich Schlaf nachholen.«

Als mein Smartphone klingelte, zuckte ich zusammen. Ob das Nick war? Mit zittrigen Fingern nahm ich es vom Tisch. Es war meine Mutter, stellte ich nach einem Blick darauf enttäuscht fest und ging ran.

»Hey, Mam.« Ich versuchte, so unbeschwert wie möglich zu klingen, damit ihre Antennen nicht sofort ansprangen.

»Hab ich dich geweckt?«, fragte sie gut gelaunt und lachte. »Ich wusste nicht, ob du um zehn Uhr noch in den Federn liegst.«

»Nein.« Ich ging in mein Zimmer. »Natürlich bin ich schon wach.«

»Ich habe gestern Abend schon versucht, dich zu erreichen. Du meldest dich ja nie.«

Völlig erschlagen ließ ich mich auf meinen Schreibtischstuhl fallen. »Tut mir leid, hab gerade so viel um die Ohren. Ich war gestern Abend weg ... bisschen feiern«, setzte ich schnell nach.

»Mit dem jungen Mann, von dem du mir erzählt hast?« Sie klang neugierig.

»Nein, nicht mit ihm. Mit ein paar Freunden«, log ich und spürte, wie meine Wangen sich erhitzten.

»Wie läuft es denn mit ihm?«, fragte sie wie beiläufig und ich wusste sofort, dass sie mich ausquetschen wollte.

»Wir sind immer noch nur Freunde«, erwiderte ich, obwohl ich nicht einmal wusste, wie ich meine Beziehung zu Nick definieren sollte. Aber die Details konnte und wollte ich meiner Mutter nicht erklären. »Was gibt's bei dir Neues?« Schon wieder war es Zeit für einen Themenwechsel.

»Nicht viel. Ich habe Montag wieder meinen Malkurs und Opa geht jetzt zweimal die Woche in die Tagespflege im Altersheim. Dann kommt er ein wenig unter Leute und ich kann auch mal verschnaufen.«

»Das freut mich für euch beide. Wie geht es Opa?«

»Ach, er ist der gleiche Grummelbär wie immer. Ich soll dich lieb von ihm grüßen.«

Ich gähnte hinter der vorgehaltenen Hand. »Danke. Gib ihm einen Kuss von mir.«

»Es war so schön, dich mal wieder bei uns zu haben. Wann klappt es denn das nächste Mal?«

»Wahrscheinlich erst, wenn das Praktikum vorbei ist, meine Dienstpläne sind eine Katastrophe.«

»Ach, Schatz. Ich vermisse dich so.«

»Ich dich auch.« Nur mit Mühe unterdrückte ich ein weiteres Gähnen. »Ich ruf dich demnächst an, versprochen.«

»Na, da bin ich ja mal gespannt.« Sie klang skeptisch. »Tschüss, hab dich lieb.«

»Ich dich auch, tschau.«

Nachdem ich aufgelegt hatte, klappte ich den Laptopdeckel hoch. Meine Liebesnacht schwirrte noch in allen Einzelheiten durch mein System und ließ mich nicht zur Ruhe kommen. Also öffnete ich ein neues Dokument und schrieb Kapitel zwei meiner crazy Aida-Nick-Erotikstory, ließ jeden Moment in allen Einzelheiten noch einmal Revue passieren und tippte mir die Finger wund, schilderte jeden seiner göttlichen Moves, stellte mir seinen wunderschönen Körper in Farbe vor, während ich wie verrückt in die Tasten haute, damit mir auch ja nichts entfiel. Ich ließ diesen Gefühls-Tsunami noch einmal in mir aufleben, dieses irre Beben, das Nick mit seinen geschickten Händen in mir ausgelöst hatte. Irgendwann sank ich erschöpft zurück und speicherte die vielen geschriebenen Seiten ab. Auch wenn diese besondere Nacht vorbei war, so hatte ich sie jetzt für immer festgehalten. Der Text würde meine Erinnerungen beflügeln, wenn ich mich einsam fühlte. Ein sinnlicheres Abenteuer konnte es wohl nicht mehr geben. Plötzlich war ich – trotz aller Ängste und Zweifel – unglaublich froh, dass ich von allen Callboys in Nürnberg ausgerechnet Nick gebucht hatte. Die zwei Männer, die ich heimlich angeschmachtet hatte, waren in Wirklichkeit ein und derselbe. Egal, was die Zukunft bringen mochte, mir hatte sich ein Traum erfüllt und das konnte mir niemand mehr nehmen.

18. Kapitel

Ich hatte noch nie einen Montagmorgen so sehr gefürchtet wie diesen. Mein Herz klopfte zum Zerspringen, wenn ich nur daran dachte, Nick wiederzusehen. Bestimmt würde er lässig und cool reagieren, als wäre nie etwas zwischen uns geschehen. Genauso wollte ich es auch handhaben. Heute war er wieder Nick, ich allerdings immer noch Aida, was die Sache dann doch ein wenig verkomplizierte. Ich trödelte auf dem Weg zur Arbeit, richtete es so ein, dass mir keine Zeit für ein Schwätzchen im Stationszimmer mehr blieb, sondern wollte mich umgehend mit dem Bettpfannenleeren und Bettenmachen ablenken. Plangemäß verstaute ich eine Minute vor acht meine Handtasche im Spind und ging als Erstes zu Herrn Koslowski. Dessen Gesundheitszustand war ein ständiges Auf und Ab und es hatte ihn schwer mitgenommen, dass die Ärzte ihn auf der Transplantationsliste wieder hatten herabstufen müssen. Aber mit Fieber konnten sie nicht operieren und das sah er ein.

Auf dem Flur kam mir Marga entgegen, die ihre lockigen Haare heute zu einem hohen Pferdeschwanz gebunden hatte, was ihr wirklich gut stand.

»Hey.« Ich hob kurz die Hand und deutete auf ihr Haar. »Steht dir gut.«

»Danke«, sagte sie geschmeichelt und schenkte mir ein Lächeln. »Hatte heute Morgen keine Lust zum Stylen. Wie war dein Wochenende?«

Ich schluckte. »Ach, ganz okay, nichts Besonderes. Hab eigentlich nur gefaulenzt.«

»Heute Abend ist Semesterparty im *Boat.*« Sie grinste breit. »Zum Glück habe ich morgen frei.«

»Stimmt ja.« Daran hatte ich gar nicht mehr gedacht, aber mir war sowieso nicht nach Feiern zumute. »Ich glaube, die lasse ich sausen. Sonst bin ich morgen Früh todmüde.«

»Ach, komm schon.« Sie piekte mir ihren Ellenbogen in die Seite. »Muss ja nicht bis zum Morgengrauen sein, nur bis Mitternacht oder so.«

»Ich passe.« Nach Party war mir im Moment wirklich nicht, lieber wollte ich meinen eigenen Gedanken nachhängen.

»Spaßbremse.« Marga zog einen Flunsch und lief weiter. Als ich ihr nachsah, geriet ich ins Stocken und wäre beinah über meine eigenen Füße gestolpert. Nick stand in einiger Entfernung im Flur. Er trug keinen Kittel, nur ein weißes T-Shirt, sodass seine muskulösen, tätowierten Arme meinen Blick sofort wie magisch anzogen. In diesen Armen hatte ich Samstagnacht gelegen. Er schenkte mir ein Lächeln, das sogar seine Augen erreichte, gleichzeitig tippte er sich mit zwei Fingern an die Schläfe und zeigte dann auf mich. Eine coole Pose, die ich durch mein hektisches Winken leider nicht halb so lässig erwiderte. Schon im nächsten Moment schmiss sich Marga an ihn ran und belagerte ihn mit irgendwas, sodass er ihr glücklicherweise seine Aufmerksamkeit widmete. Hastig verschwand ich in Herrn Koslowskis Zimmer, während mein Herz einen wahren Trommelwirbel vollführte. Ich hatte gewusst, dass mir unser Zusammentreffen an die Nieren gehen würde, aber dass ich so heftig auf ihn reagierte, hätte ich nicht vermutet. Oh verdammt, ich würde ziemlich viel Selbstbeherrschung aufbringen müssen, um ihn nicht in einem schwachen Moment mitten auf der Station anzufallen.

Gegen halb zwölf verkrümelte ich mich in den Verbandsraum und räumte neue Ware ins Regal. Wenn ich mir Zeit ließ, konnte ich mich bis zur Mittagspause hier verstecken. Zweimal war ich Nick mittlerweile schon begegnet und jedes Mal der Ohnmacht nah gewesen, während er mir einfach nur ein freches Lächeln geschenkt hatte, von dem ich richtiggehend dahingeschmolzen war wie Gletschereis in der Sonne. Für mein lächerliches Verhalten gab es nur eine Erklärung, egal, wie sehr ich mich dagegen sträubte: Ich war bis über beide Ohren in Nick verknallt.

Als sich die Tür öffnete und Nick im Spalt erschien, setzte mein Herz doch tatsächlich für einen Moment aus. Ich hielt mitten in der Arbeit inne und starrte ihn an wie einen Alien.

»Hey«, sagte er und kam herein, ließ die Tür hinter sich ins Schloss fallen. »Alles klar?«

Ich schluckte, aber es gelang mir nicht wirklich, den Kloß im

Hals loszuwerden, der mich beim Sprechen behinderte. »Hi«, krächzte ich und räusperte mich. »Ja, alles klar. Und bei dir?«

Langsam kam er näher, mit jedem Schritt schwoll der Pulsschlag in meinem Hals an.

»Alles bestens.« Er blieb dicht vor mir stehen. »Eigentlich hatte ich nicht vor, dich auf Samstag anzusprechen«, sagte er leise und rieb sich den Nacken.

Instinktiv legte ich eine Hand auf mein rasendes Herz. Was wollte er noch von mir? Ich sehnte mich danach, von ihm umarmt zu werden, seine Lippen auf meinen zu spüren, aber er machte mir nicht den Eindruck eines wilden Lovers, der sich kaum zurückhalten konnte.

»Warum tust du es dann?« Meine Wangen heizten sich verräterisch auf, es war mir peinlich, von ihm an diese verboten aufregenden Stunden erinnert zu werden.

»Ich bin bei diesen Treffen immer sehr diskret«, fing er schließlich an, »und verschwiegen. Von mir wird kein Mensch erfahren, dass du Julian kontaktiert hast.« Er redete, als beträfe es gar nicht ihn, als spräche er über eine vollkommen andere Person. Als Julian hatte er mich zärtlich geliebt, aber als Nick würde er unsere gemeinsame Nacht niemals zugeben. Wow, das tat tatsächlich weh.

»Danke«, sagte ich gepresst und räumte die Mullbinden in meiner Hand ins Regal. »Du verhältst dich sehr professionell, das rechne ich dir hoch an.« Ich deutete auf die offenen Kartons. »Aber jetzt habe ich noch einen Haufen Arbeit zu erledigen.« Als ich mich bücken wollte, hielt er mich am Oberarm zurück, langsam richtete ich mich wieder auf. Das Gefühl seiner Berührung war, wie wenn eine Patrone durch meinen Arm geschossen worden wäre.

»Kann ich davon ausgehen, dass du dich ebenso diskret verhältst?«, fragte er, mein Gesicht studierend.

Ach, darum ging es ihm. Er hatte Angst um seinen guten Ruf im Krankenhaus.

»Na ja.« Ich zuckte mit den Schultern. Was dachte er eigentlich von mir? Dass ich sofort losflitzte, sämtliche Stationen abklapperte und jedem, der mir begegnete, von seinen Bettqualitäten erzählte? »Wenn man von der Rundmail absieht, die ich heute diesbezüglich rausgeschickt habe, klar. Ich schweige wie ein Grab, obwohl es mir doch stark auf der Zunge brennt, allen zu berichten, dass ich dir

Geld gegeben habe, damit du mit mir schläfst. Wow, das ist eine Story, die wirklich jeder erfahren sollte.« Ich wusste, dass er diesen sarkastischen Ton an mir nicht leiden konnte. Vielleicht benutzte ich ihn gerade deswegen.

»Ich möchte dir das Geld zurückgeben«, sagte er plötzlich und ich horchte auf.

»War ich so mies?«, konnte ich mir nicht verkneifen und legte eine Hand auf mein wie wild schlagendes Herz.

»Nein«, erwiderte er gedehnt und klang überrascht. »Ich finde es bloß nicht fair, dir so viel Geld abzuknöpfen. Immerhin hätte ich auch umsonst ...«

»Nein, bitte nicht«, wehrte ich mit den Händen vor der Brust ab. »Behalte es. Wir hatten einen Deal und somit ist zwischen uns alles geregelt. Lass uns einfach weitermachen, als wäre nichts passiert.«

Sein durchdringender Blick hielt den meinen fest und ich hätte alles darum gegeben, zu erfahren, was er gerade über mich dachte. »Bist du sicher?«

»Ja.« Ich nickte. Solang er das Geld hatte, konnte ich mit der Situation besser umgehen. Ich hatte verstanden, dass von seiner Seite keine Gefühle im Spiel waren, auch wenn mein Herz dabei brach. Mit der Bezahlung hatte er mich nicht ausgenutzt, ich hatte ihn gebucht. Für mich war das ein großer Unterschied.

»Dann bis später.« Nick drehte sich um.

»Wie geht es zwischen uns weiter?«, rief ich ihm dann doch noch hinterher und hätte mir am liebsten im nächsten Moment die Zunge abgebissen. Warum konnte ich nicht einfach den Mund halten, nachdem zwischen uns alles geregelt war?

Er wandte den Kopf. »Was meinst du?«

»Ich meine, du bist einfach ohne ein Wort abgehauen.« Ich blinzelte hektisch, auf keinen Fall wollte ich vor ihm in Tränen ausbrechen. Es tat so verdammt weh, wie wenig ihm die Nacht anscheinend bedeutet hatte. »Du musst es wirklich sehr eilig gehabt haben.«

Er setzte sich auf diesen weißen Holztisch, den wir benutzten, um Verbände zuzuschneiden. »Du hattest mich bis sechs Uhr gebucht, so lang bin ich geblieben«, erklärte er betont ruhig. »Außerdem hast du so tief geschlafen, ich wollte dich nicht wecken. Wir hatten einen Deal, und den habe ich eingehalten, dafür kannst du mir jetzt keinen Vorwurf machen.«

»Schon gut.« Ich drehte mich weg und rieb kurz meine Augen mit dem Daumen und Zeigefinger. Es war nicht Nicks Schuld, dass ich in ein Geschäft viel zu viel hineininterpretierte. Er hatte mir nie falsche Hoffnungen gemacht, sondern genau das geliefert, was er mir versprochen hatte. Sex.

Plötzlich spürte ich Nick dicht hinter mir. »Das am Samstag war auch eine Überraschung für mich. Ich meine, dass du dort aufgetaucht bist, damit hätte ich nie gerechnet.«

Ich prustete. »Ich auch nicht, glaub mir.« Seine Körperwärme strahlte auf mich ab und schürte wieder dieses verdammte Verlangen in mir, das ich nur mühsam unterdrückte. So viel Kohle hatte ich nicht, um Nick noch einmal für eine erotische Nacht zu bezahlen.

»Ich weiß«, raunte er. »Aber ich fand diese Nacht mit dir wirklich schön. Du warst so sexy und konntest dich fallen lassen. Du hast mir vertraut und wir hatten so viel Spaß zusammen. Es war rundum perfekt.« Seine Hände legten sich auf meine Hüften und bescherten mir weiche Knie. Wenn ich jetzt nicht aufpasste, tat ich etwas ganz Dummes.

»Mach mir nichts vor«, sagte ich, denn ich glaubte ihm kein Wort. »Ich bin eine Loserin im Bett, mit null Ahnung. Das weiß ich.«

»Ich mag das«, sagte er dicht an meinem Ohr. Meine Brustwarzen stellten sich auf und drückten gegen den Stoff meines BHs, machten mich ganz kribbelig. Mein blöder Körper wollte ihn unbedingt.

»Ich mag den Gedanken, dass dich noch fast niemand berührt hat und ich dir Dinge zeigen konnte, die noch kein Mann vorher mit dir gemacht hat. Ich könnte dir noch viel mehr zeigen.« Sein warmer Atem traf auf meine Wange und ließ mich wohlig erschaudern.

»Tut mir leid, ich habe meine ganzen Ersparnisse am Samstag ausgegeben«, japste ich in einem Akt von Selbstverteidigung. Ich fühlte mich ihm nicht gewachsen.

Sein leises Lachen klang ungläubig. »Oh, Aida. Du hast dieses natürliche Talent, jeden schönen Moment zu ruinieren.« Er ließ mich los und trat einen Schritt beiseite.

»Ich habe am Samstag jede Sekunde mit dir genossen.« Nicks Blick durchleuchtete mich so durchdringend, als wollte er tief in mein Innerstes gelangen, weshalb ich mich richtiggehend nackt fühlte.

»Nicht jede Sekunde«, widersprach ich. Verdammt, ich dumme Kuh konnte es einfach nicht lassen, ihn von mir zu stoßen, und nun wusste ich auch, warum ich das tat. »Du kannst mir nicht erzählen, dass dir alles gefallen hat, was du Samstag zu Gesicht bekommen hast.«

Nick schnalzte mit der Zunge. »Ach, darum geht es dir. Das ist dieses große Geheimnis, stimmt's? Ich muss zugeben, ich hab das eher selten, dass eine Frau bei mir im Bett in Panik ausbricht.« Er hatte es liebevoll gesagt, als wollte er mich nicht verschrecken.

»Dann können wir ja jetzt zur Tagesordnung übergehen.« Meine Stimme bebte.

»Wie ist das passiert?«

»Warum hast du Samstag nichts dazu gesagt?«

»Samstag war ich Julian, da ging mich das nichts an. Heute bin ich Nick. Also, was ist passiert?«

Eine Übelkeitswelle erfasste mich, als die Zeit mich zurück in meine Kindheit schleuderte, direkt zu jenem schicksalshaften Tag, der mein Leben zerstört hatte. Die Erinnerungen überfielen mich und ich konnte nicht anders: Ich musste sie aussprechen. Nick stand still vor mir.

»Ich war fünf Jahre alt.« Ich schniefte unfein. »Wir wollten draußen im Garten grillen. Es war so heiß an diesem Tag und ich freute mich total. Wir hatten Freunde und Nachbarn eingeladen, ein Haufen Kinder war im Garten und wir tobten herum, während die Erwachsenen rumsaßen oder den Grill befeuerten.« Ich musste die Lider senken, sonst hätte ich nicht weitererzählen können, denn Nicks Blick ruhte so intensiv auf mir, dass es mich beinah schmerzte. Zudem setzten die Erinnerungen mir zu, die ich sonst erfolgreich verdrängte. »Ich trug eins dieser billigen rosafarbenen Prinzessinnenkleider, das ich zu Fasching bekommen hatte. Wir spielten Prinzessin und Drache. Ein Junge jagte mich über den Rasen. Ich bin kreischend vor ihm davongerannt und habe dabei immer wieder zurückgeschaut, denn er war so schnell. Irgendwann hat er mich am Kleid geschnappt. Ich geriet ins Stolpern und bin auf den Grill gestürzt, das ganze Ding ist samt mir umgefallen und ich lag auf den brennenden Kohlen. Das Nylon fraß sich in meine Haut und ich habe vor Schmerzen wie verrückt geschrien.« Ich schluckte und wagte einen scheuen Blick zu Nick, der nun näher kam und mich in den Arm nahm. »Dann wurde ich mit dem Rettungshubschrauber in eine Spezialklinik geflogen, unterwegs versagte mein Herz, ich glaube, sie mussten mich zweimal reanimieren«, erzählte ich an seiner Brust. »In der Klinik haben sie mich drei Monate in ein künstliches Koma versetzt, weil ich die Schmerzen sonst nicht ausgehalten hätte«, schniefte ich, während mich die dunklen Erinnerungen wie ein Schreckgespenst einhüllten und zum Zittern brachten. »Ich war ein ganzes Jahr in dieser Klinik, der verschmorte Nylonstoff hatte meine Haut zur tiefsten Schicht zerstört. Die Ärzte haben zwar transplantiert, sonst würde es wahrscheinlich noch schlimmer aussehen, aber die Narben werden nicht mehr verschwinden.«

»Oh, Baby«, sagte Nick an meinem Haar. »Es tut mir wirklich leid, dass du als kleines Mädchen so viel durchmachen musstest.«

»Als ich dann endlich wieder zu Hause war, ist mein Vater mit einer anderen Frau abgehauen und ich habe mich immer gefragt, ob er deswegen gegangen ist, weil ich nun so hässliche Brandnarben hatte.«

Er pustete durch den Mund. »Das ist wirklich hart. Aber ich bin mir sicher, es hatte nichts mit dir zu tun.«

»Ich weiß. Meine Eltern haben sich nicht mehr geliebt, trotzdem hab ich jahrelang geglaubt, es läge an mir.« Meine Lebensgeschichte legte sich drückend über uns. Nick hielt mich einfach, während ich beide Hände am Rücken in sein Shirt krallte, in dem Versuch, mich wieder unter Kontrolle zu kriegen. Schließlich löste ich mich von Nick und lächelte tapfer. »Ist alles schon ewig her. So, nun kennst du mein Geheimnis und ich kenne deins. Wir sind quitt sozusagen.«

Nick streichelte mit den Fingerknöcheln meine Wange. »Wie sieht's aus? Machen wir zusammen Mittagspause? Heute gibt es in der Kantine dieses merkwürdige, sauscharfe Currygericht.«

War das ein Freundschaftsangebot?

»Das ist aber echt lecker!«

»Ich mag es auch.« Er warf einen Blick auf sein Smartphone, das er aus der Hosentasche gefischt hatte und nickte zur Seite. »Zwölf Uhr. Lass uns gehen.«

Mit unseren vollen Tabletts setzten wir uns an einem freien Tisch gegenüber. Das Curry duftete lecker nach Kokos und Zitronengras. Ich nahm einen großen Schluck Mineralwasser und probierte die erste Gabel voll. Die süße Schärfe trieb mir Tränen in die Augen. »Verdammt ist das scharf«, hauchte ich. »Aber so lecker.«

»Für einen Kantinenfraß ist es echt super.« Nick schaufelte das Curry in sich rein, als wäre es purer Reis.

Ich trank mein halbes Glas leer und schaute mich unauffällig um, bevor ich leise fragte: »Wie lang machst du das eigentlich schon?«

Nick hielt mitten im Essen inne. »Das Julian-Ding, meinst du?«

»Ja. Wie kommt man auf diese Idee?«

Nick nahm einen großen Schluck von seiner Cola. »Ich wollte meinen Eltern nicht auf der Tasche liegen, als ich anfing zu studieren. Du weißt vielleicht noch, dass ich einen behinderten Bruder habe, der in einem Pflegeheim lebt.«

Als ich nickte, redete er weiter. »Sie müssen einen Haufen Kohle im Monat für seine Pflege ausgeben, damit es ihm gut geht und er glücklich ist. Da wollte ich ihnen nicht auch noch Geld abziehen und habe nebenher immer irgendwelche beschissenen Jobs gemacht. Regale im Supermarkt eingeräumt, Ferienaushilfe in Fabriken, Kurierdienst. Lauter so Zeug eben, das einen Haufen Zeit frisst, stressig ohne Ende ist und kaum etwas einbringt. Ein paar Wochen war ich Fahrradkurier und hab irgendwelche Päckchen kreuz und quer durch die Stadt geradelt. Als ich bei dieser Villa klingelte, hat mir eine Frau geöffnet, sie war vielleicht Anfang vierzig, sehr gepflegt und elegant gekleidet. Sie hat mir zweihundert Euro für eine schnelle Nummer zugesteckt und ich hab es gemacht. Nach einer halben Stunde war alles erledigt.« Er sah mir direkt in die Augen. »Für zweihundert Euro musste ich sonst drei Tage schuften. Und so kam mir die Idee, Callboy zu werden. Ich fand es irgendwie cool. Welcher Mann hat nicht gern Sex und dann bekam ich auch noch einen Haufen Kohle dafür. Man kann sein Geld auch schwerer verdienen, sagen wir mal so.«

»So finanzierst du dir also deinen Sportwagen, Klamotten, die Miete.« Ich merkte, dass ich nicht wirklich scharf auf Details war. Bei seinem Lebensstil konnte ich mir an fünf Fingern ausrechnen, wie oft er im Monat gebucht wurde. So langsam wurde mir die Tragweite unserer Unterhaltung bewusst, ich begriff, was für ein Mann Nick in Wirklichkeit war und wie viele Frauen diese schönen Hände schon gehalten hatten. Die Einsicht schmerzte, obwohl ich mich mit aller Kraft dagegen wehrte. Das hatte mein dummes Herz nun davon, dass es nicht auf meinen Verstand hören wollte.

»Ja, so bezahle ich meine Rechnungen«, sagte Nick kurz angebunden und sah auch nicht so aus, als wäre er scharf darauf, das Gespräch weiterzuführen.

»Hey«, rief jemand neben uns, »ist bei euch noch frei?« Ein paar Leute aus unserem Semester, die einer anderen Station zugeteilt waren, sahen uns erwartungsvoll an.

»Klar«, sagte ich, froh über diese willkommene Unterbrechung. Ich wollte nichts mehr über Nicks Doppelleben erfahren.

Laura und Sina setzten sich links und rechts neben mich, während die eineiigen Zwillinge Marlon und Simon es sich auf Nicks Seite gemütlich machten und ihn sofort in ein Gespräch über das gestrige vergeigte Spiel des *FC Nürnberg* verwickelten. Ich mochte die vier, ein durchgeknallter Haufen, mit dem es nie langweilig wurde.

»Wie geht's, Aida?«, fragte Sina und strich sich eine rotblonde Strähne hinters Ohr, bevor sie eine Gabel von dem Curry in den Mund nahm und tief einatmete. Man konnte zusehen, wie sie rot anlief.

»Ausatmen nicht vergessen«, sagte Marlon und inspizierte ihr Gesicht. Seine wuscheligen braunen Haare standen ihm wild vom Kopf ab. »War unter deinen Vorfahren zufällig ein Tomatenstrauch? Die Ähnlichkeit ist gerade verblüffend.«

Sina schnappte ihr Glas und leerte es in einem Zug. »Sind die verrückt?« Sie fächerte Luft in ihren offenen Mund. »Nein, keine Tomaten aber ein Psychokiller, so was vererbt sich, also pass lieber auf, was du sagst, wenn du nicht gehäutet werden willst.«

Laura stocherte kichernd in ihrem Salat, ihre sommersprossige Nase kräuselte sich. »Freu dich, Sina. So scharf wie jetzt warst du seit Jahren nicht mehr.«

Marlon biss in sein Sandwich. »Ich hab dir doch gleich gesagt, dass das Zeug ungenießbar ist«, murmelte er mit vollem Mund. »Aber du hörst ja nie auf mich.«

»Wenn ich auf dich hören würde, wären meine Haare jetzt blauschwarz und raspelkurz, ich würde Minirock und bauchfreie Tops zur Arbeit tragen und hätte ein Intimpiercing. Gecheckt?«

»Nö.« Marlon machte ein dümmliches Gesicht.

Theatralisch lehnte sich Sina zurück. »Erklär du es ihm, Nick.«

»Ich kann das schlecht beurteilen«, erwiderte Nick und trank seine Cola aus. »Dafür müsste ich dich erst mal in Minirock und bauchfrei sehen und natürlich auch das Intimpiercing.«

Die beiden Brüder klatschten sich hinter Nicks Rücken ab. »Yeah«, sagte Simon. »Wie will man sonst vergleichen, was besser ist?«

»Stecht euch doch selbst ein Piercing durch die Vorhaut«, knurrte Sina.

»Autsch.« Simon lachte.

Marga kam mit ihrem vollen Tablett an den Tisch. »Ist ja eine lustige Runde hier. Ist noch frei?«

»Klar«, sagte ich, während wir zusammenrutschten. Unterdessen angelte sich Marga einen freien Stuhl vom Nachbartisch. »Was ist denn so witzig?«, fragte sie.

»Intimpiercings«, erwiderte Simon gackernd, seine Wuschelhaare sahen wirklich aus, als hätten sie noch nie einen Kamm gesehen. Die beiden Brüder waren totale Kindsköpfe, die wahrscheinlich in der Pubertät stecken geblieben waren.

»Hast du eins?«, wollte Marlon breit grinsend wissen.

»Das wirst du«, Marga deutete mit der Gabel auf ihn, »ganz sicher nie in Erfahrung bringen.«

Nick lachte leise, woraufhin Marga einen kurzen Blick mit ihm tauschte. Mich überfiel es siedend heiß. Wusste Nick, ob Marga an dieser Stelle gepierct war? Ich sollte mir lieber nicht den Kopf darüber zerbrechen, ging mich auch überhaupt nichts an.

»Heute ist Semesterparty«, zog Simon das Wort in die Länge.

»Stimmt.« Nick ließ den Kopf kreisen. »Hab ich ganz vergessen.«

»Warum gehen wir nicht alle zusammen hin?«, fragte Laura. »Das wird bestimmt lustig.«

»Bin dabei«, sagten Simon und Marlon gleichzeitig, auch Sina nickte.

»Auf einen Abend mehr oder weniger mit euch Dösköppen kommt es auch nicht mehr an«, erwiderte sie gespielt gelangweilt und erntete einen leichten Tritt gegen das Schienbein von Marlon für ihr vorlautes Mundwerk.

»Autsch.« Sie rieb sich die getroffene Stelle.

»Sei froh, dass wir dich mitnehmen.« Marlon deutete auf sie.

»Was ist mit dir, Nick?«, fragte Marga und fixierte ihn mit ihrem Blick. »Gehst du auch mit?«

Nick sah mich so durchdringend an, dass ich nervös meine Serviette um den Zeigefinger wickelte. »Wenn Aida mitkommt, bin ich dabei.«

»Okay«, stimmte ich zu und lächelte ihn an. Alle außer Marga johlten.

»Du meintest doch heute Morgen noch, du hättest keine Lust auf Party« Ihre Augen sprühten Funken.

»Ich habe meine Meinung eben geändert.« Ich zuckte mit den Achseln. »Vorhin hast du mich deswegen noch eine Spaßbremse genannt.«

Statt einer Antwort prustete Marga abfällig durch die Nase. Ich hatte keinen blassen Schimmer, was sie jetzt schon wieder für ein Problem hatte. Vielleicht sahen wir uns einfach durch das Praktikum zu oft und fielen uns langsam auf die Nerven.

»Wo findet die Party denn dieses Jahr überhaupt statt?«, fragte Nick.

»Im *Boat.*« Laura wehrte Marlon ab, der gegen ihren Arm schnippte. »Hör endlich auf damit«, fauchte sie ihn an.

Nick hob beide Hände. »Dann muss ich passen.«

»Warum?«, fragte Marga und klang enttäuscht.

»Hausverbot.«

»Du alter Randale-Meister.« Simon klopfte ihm auf die Schulter. »Respekt, Alter.«

»Ich habe nichts gemacht«, versicherte Nick. »Ich wurde in Sippenhaft genommen. Aida ist mein Zeuge.«

»Ja, stimmt«, bestätigte ich seine Version und handelte mir schon wieder einen finsteren Blick von Marga ein. Heute war sie echt mit dem falschen Bein zuerst aufgestanden.

»Weißt du was?« Ich wandte mich an Nick. »Ben, der Typ, der

euch rausgeworfen hat, hat heute frei. Sein Kumpel übernimmt montags für ihn und der ist wirklich nett. Ich werde ihn fragen, ob er für die Party ein Auge zudrücken kann. Immerhin ist das eine Uni-Veranstaltung. Er macht das bestimmt für mich.« Es würde zwar ein hartes Stück Arbeit bedeuten, Erdie zu bearbeiten, aber wenn einer weich werden würde, dann er.

»Okay, wenn du das für mich hinbiegst, bin ich dabei.«

»Dann treffen wir uns um halb zehn vor dem *Boat*«, sagte Simon und schnippte an seinem Feuerzeug herum. Die Flamme blitzte immer wieder auf. Ich ließ sie nicht aus den Augen, fühlte Adrenalin durch meine Adern schießen. Unwillkürlich wich ich mit dem Oberkörper zurück und bekämpfte die aufsteigende Panik, fing jedoch im selben Moment Nicks Blick auf, der mich reglos beobachtete, und riss mich zusammen. Es war nur ein blödes Feuerzeug, nichts weiter. Die beiden Brüder standen synchron auf, ohne dass einer dem anderen vorher ein Zeichen gegeben hätte. »Wir gehen raus, eine rauchen. Kommt jemand mit?«

Sina und Laura schnappten sich ihre Tabletts. »Ja, wir. Bis heute Abend.« Sie winkten im Weggehen.

19. Kapitel

Erleichtert eilte ich zu den anderen, die sich bereits in der Reihe fürs *Boat* angestellt hatten.

»Erdie macht eine Ausnahme. Weil der Club von der *ASTA* gebucht wurde und sie somit heute geschlossene Gesellschaft haben.« Ich lächelte Nick an. Extra wegen ihm trug ich dasselbe weiße Kleid wie beim letzten Mal, als wir uns hier getroffen hatten. Damals hatte ich ihm so gut darin gefallen und auch heute glitt sein Blick anerkennend an mir entlang.

»Cool, danke.« Er zwinkerte mir zu. »Man muss nur die richtigen Leute kennen.«

Marlon zog aus dem Bund seiner Jeans eine Halbliterflasche Wodka. »Bisschen vorglühen.« Er schraubte den Verschluss ab.

»Die trinkst du besser leer, bevor du an der Reihe bist.« Ich hielt Ausschau nach Erdie, der soeben ein paar Leute durchwinkte. »Wenn Erdie dich erwischt, fliegst du im hohen Bogen, bevor du auch nur einen Fuß auf das Boot gesetzt hast.«

Marlon legte einen Arm locker um Nicks Schultern. »Dann geht's mir so wie dir, Alter.«

Nick schüttelte den Kopf. »Ich bau keine Scheiße, Mann.« Er nahm Marlon die Flasche ab und trank einen großen Schluck, als wäre es Wasser. »Mach sie leer, sonst gibt's nur Stress.«

Wir halfen Marlon großzügigerweise und hatten den Wodka vernichtet, bis wir an die Reihe kamen. Wärme breitete sich in meinem Bauch aus, die mich angenehm entspannte.

Erdie winkte uns durch. »Ihr könnt rein.« Als Nick ihn passierte, hielt er ihn am Arm fest und sah ihn mit schmalen Augen an. »Das ist eine Ausnahme, kapiert? Wenn du irgendwelchen Scheiß da drin baust, kriegst du es mit mir höchstpersönlich zu tun.«

Nick nahm die Ansage gelassen auf. »Alles klar«, sagte er und lief weiter. Erdie ließ die anderen durch, bevor er mich ebenfalls zurückhielt. »Aida, komm mir nicht noch mal mit so was. Ben wird ausflippen, falls er davon erfährt.«

Ich streckte mich und umarmte Erdie, der mich um einiges überragte. Mit seiner Figur wie ein Bodybuilder wirkte er sehr respekteinflößend, aber in Wahrheit war er einer der gutmütigsten Menschen, die ich kannte. Ich gab ihm einen Kuss auf die Wange. »Danke. Tue ich nicht mehr, versprochen. Du bist ein Schatz.«

»Jaja«, grummelte er und wedelte in der Luft herum. »Mach schon, dass du reinkommst.«

Im Club war die Hölle los, es war gerammelt voll und ich fragte mich, wo Erdie die ganzen Leute noch unterbringen wollte, die draußen anstanden.

»Holen wir uns was zu trinken?«, fragte Simon und winkte mit beiden Händen, um unsere Aufmerksamkeit zu erhaschen.

»Wie wäre es mit Cocktails? Die gibt es oben.« Sina deutete auf die Treppe.

Ich zuckte nur mit den Achseln, denn ich kannte Pias großzügige Mischungen und hatte morgen Früh Dienst. Außerdem war es bestimmt besser, wenn ich in Nicks Nähe nüchtern blieb ...

»Cocktails sind so teuer, lieber einen Wodka Lemon«, schlug Laura vor.

Marga stand mit verschränkten Armen neben uns. »Mir wäre ein Sekt lieber.«

Das fing ja schon gut an, wenn wir uns nicht mal auf unsere Getränke einigen konnten. Nick stand ein Stückweit entfernt an die Wand gelehnt und unterhielt sich mit irgendeinem Typen, der ihn angequatscht hatte. Heute trug er einfach nur ein eng anliegendes schwarzes T-Shirt, dazu eine gut sitzende Jeans. Ich konnte nicht aufhören, seinen Body anzustarren, vor allem seinen unglaublichen Oberkörper, der sich zu den Hüften hin verjüngte und von dem ich nun wusste, wie gut er sich anfühlte.

»Wenn Aida genug davon hat, Nick anzustarren«, hörte ich Marga neben mir trompeten und zuckte erschrocken zusammen, »können wir uns vielleicht endlich was zu trinken holen.«

Laura musterte mich kichernd, während meine Wangen glühend heiß wurden.

»Ich war ganz in Gedanken«, versuchte ich hastig zu retten, was nicht mehr zu retten war.

»Ja, klar«, erwiderte Marga giftig. »Du bist bestimmt schon ganz feucht.«

»Wie bitte?«, fragte ich fassungslos. Tickte die noch ganz richtig?

Marga winkte ab. »Vergiss es.«

Auch Nick musste sie gehört haben, denn er wandte den Kopf und lächelte mich an. Er klopfte dem Typen neben ihm auf die Schulter, bevor er zu uns zurückkam.

»Was ist denn mit der los?«, tuschelte Sina mir ins Ohr. »Das war richtig unverschämt.«

»Keine Ahnung.« Ich zuckte nur mit den Schultern und beschloss, Marga für heute zu ignorieren.

»Was möchtest du trinken?«, fragte Nick mich. »Ich lade dich ein.«

»Eine Cola oder so.«

»Nichts anderes?«

»Nein, ich muss morgen arbeiten.«

Er grinste. »Ich mag dich gern, wenn du was getrunken hast. Das weißt du.«

Ich biss mir schmunzelnd auf die Unterlippe und sah hoch zum nachtschwarzen Himmel. Es machte Spaß, mit Nick herumzualbern, seit sich langsam so etwas wie Vertrautheit zwischen uns aufgebaut hatte. »Cola ist gut.«

»Okay.«

Simon und Marlon, die die letzten Minuten damit verbracht hatten, vorbeilaufenden Frauen Schulnoten zu verpassen, gesellten sich zu uns.

»Unten veranstalten sie gleich Karaoke, sollen wir?« Simon sah in die Runde.

»Cool«, rief Sina und gab Laura einen Klaps auf den Arm. »Das ist doch was für uns. Ich steh voll auf Karaoke.«

Wir setzten uns gemeinsam in Bewegung, obwohl ich für diesen Zirkus null übrighatte, ich würde lediglich dabei zusehen, wie die anderen sich zum Affen machten. Wie selbstverständlich lief Nick neben mir her und das fühlte sich wirklich gut an.

»Singst du was für mich?«, fragte er und stupste mich mit dem Ellenbogen an.

»Nein. Aber du könntest was für mich singen.«

Er lachte leise. »Wenn du es tust, mach ich es auch.«

Ich schüttelte den Kopf. »Vergiss es, ich habe keine Lust, mich zu blamieren.«

Wir hatten Glück und ergatterten unten einen der Stehtische. Auf der Bühne kreischten bereits vier Mädels in ohrenbetäubender

Lautstärke *Girls just wanna have fun* ins Mikro. Nick verschwand und kam kurz darauf mit einem Bier und einer Cola zurück, die er mir hinhielt.

»Danke«, sagte ich und nahm ihm das Glas ab.

»Ich hole mir oben einen Cocktail«, hörte ich Marga neben mir, bevor sie abrauschte. Woher kam der plötzliche Sinneswandel? Na ja, mir sollte es recht sein.

Sina und Laura überlegten allen Ernstes, welchen Song sie performen wollten, während Simon mit mäßigem Erfolg versuchte, mit einem ziemlich hübschen Mädel am Nebentisch ins Gespräch zu kommen.

»Du hast mich vorhin also angestarrt«, raunte Nick mir ins Ohr und klang belustigt.

»Ich habe zufällig in deine Richtung geschaut.« Ich hielt mich an meiner Cola fest.

»Und feucht bist du dabei geworden.«

»Sie ist eine blöde Kuh«, regte ich mich auf, obwohl ich eigentlich über Margas dämlichem Gerede stehen sollte.

»Ach, komm schon. Ich fand es lustig.« Er nahm einen großen Schluck von seinem Bier. »Wenn sie erst eine Ahnung hätte, dass ich sogar weiß, wie feucht du werden kannst ...«

»Würdest du das bitte unterlassen.« Seine verflucht sexy Stimme schickte ungewollte Schwingungen durch meinen Körper, die in meinem Höschen endeten und genau den Zustand hervorriefen, den ich vermeiden wollte.

»Was unterlassen?«

»Mir dauernd irgendwelche Schweinereien ins Ohr zu flüstern.«

»Du bist so sexy heute«, raunte er, nah an meinem Ohr. »Ich steh voll auf dieses weiße Kleid, es sieht so heiß an dir aus. Aber noch heißer bist du ohne.« Sein Blick war so schmeichelnd wie die Berührungen, mit denen er am Samstag meine Haut liebkost hatte. Hastig trank ich einen Schluck eiskalte Cola, die Abkühlung war bitter nötig. Meine Atmung zitterte.

»Spiel nicht mit mir.«

»Wer sagt, dass ich spiele?«

»Was tust du sonst?«

Als Sina an meinem Arm zog, schloss Nick den Mund wieder. Ich hätte alles darum gegeben, seine Antwort zu erfahren.

»Komm, wir machen mit«, kreischte sie in mein Ohr und deutete zur Bühne.

»Nein«, wehrte ich mit beiden Händen ab. Der DJ suchte über das Mikro nach weiteren Freiwilligen, die nicht schlau genug waren, sich rar zu machen.

»Nur ein Lied«, fing nun auch noch Laura an. »Komm schon, das wird lustig.«

»Das wird nicht lustig«, widersprach ich vehement, »sondern peinlich.«

»Wer will noch mal, wer hat noch nicht«, quatschte der DJ gut gelaunt dazwischen und Sina hob die Hand.

»Wir!«

Ohne mich!

War das allgemeine Gelächter über den üblen Cyndi-Lauper-Verriss eben völlig an den beiden vorbeigegangen?

»Mach doch mit«, sagte Nick. »Komm schon, ist doch scheißegal. Just for fun.«

Ich schüttelte vehement den Kopf. Karaoke war ganz sicher kein Fun.

»Dann hoch mit euch auf die Bühne«, rief der DJ, worauf beide Mädels an meinem Arm zogen.

»Komm jetzt mit, du störrischer Maulesel«, sagte Laura sehr uncharmant, da ich mich mit aller Kraft dagegenstemmte.

»Jetzt stell dich nicht so an, Aida«, sagte Nick lachend.

»Sing du doch«, warf ich über die Schulter ein.

»Wenn du singst, tu ich es auch.«

Ich hielt einen Moment inne und überlegte, was taktisch unklug war, denn meine kurzfristig erschlaffte Körperhaltung verschaffte den Mädels einen Vorteil. Mit Schwung zogen sie mich in Richtung Bühne, während Simon und Marlon begeistert meinen Namen johlten. Warum war ich nur hergekommen?

Die Leute um uns applaudierten, als ich mich schließlich meinem Schicksal ergab und die zwei Stufen der Mini-Bühne erklomm. Ein paar Typen stießen anerkennende Pfiffe durch die Finger aus. Wenigstens musste sich Nick nachher genauso zum Affen machen wie ich.

»Was sollen wir singen?«, fragte Sina, die von einem Typen mit hüftlangen Haaren ein Mikro in die Hand gedrückt bekam.

Tainted love von Soft Cell schlug Laura vor, ein cooler Eighties-Song, der auf so gut wie jeder Party gespielt wurde.

Ich winkte ab, mir war schon alles egal.

Kurz nachdem Sina den Songtitel durchs Mikro gerufen hatte, was sich schrecklich laut anhörte, ertönten schon die ersten Takte und der Text flimmerte über einen Bildschirm auf der anderen Seite des Raums.

Ein wenig schüchtern stimmten wir ein. Zu dritt war es gar nicht schlimm, stellte ich erstaunt fest. Lachend stießen wir uns mit den Hüften an, während wir immer lauter sangen und uns zum Takt der Musik bewegten.

Mein Blick fiel auf Nick, während ich weitersang, er hatte sich mit den Unterarmen auf dem Stehtisch abgestützt und verschlang mich beinah mit den Augen. Ich lächelte ihm kurz zu, ehe ich meine Aufmerksamkeit wieder dem Bildschirm widmete, auf dem die Worte nacheinander rot aufleuchteten. Nachdem wir die letzte Zeile gesungen hatten, ernteten wir überraschend einen Riesenapplaus und verbeugten uns theatralisch, ehe wir uns lachend abklatschten und von der Bühne sprangen. Ich hätte nie gedacht, welchen Spaß Karaoke machen konnte. Kichernd und außer Atem kehrten wir zurück an unseren Platz, wo uns die Jungs mit viel Lob empfingen.

»Ihr seid drei richtig heiße Schnecken.« Marlon begutachtete uns der Reihe nach.

»Stimmt«, gab ihm sein Bruder recht, »warum ist uns das vorher noch nie aufgefallen?«

»Vielleicht, weil ihr bei den Tussen am Nebentisch nicht landen könnt und nun abchecken wollt, ob hier was geht?«, fragte Sina schnippisch und nippte an ihrem Sekt. »Vergesst es Jungs. Heute ist Handbetrieb angesagt.«

Nick lachte kopfschüttelnd. »Ohne euch anbaggern zu wollen, ich fand euch super.«

»Na toll!«, erwiderte sie gespielt empört. »Der einzige, der uns jederzeit anbaggern darf, will nicht.« Sie zwinkerte ihm zu.

»Ihr drei zusammen seid mir zu viel gebündelte Frauenpower«, gab er belustigt zurück.

»Ihr Typen seid bloß nicht multitaskingfähig«, erwiderte Laura. »Das ist alles.«

»Klar sind wir das«, mischte sich Marlon empört ein. »Wir können zum Beispiel mit einer Frau schlafen und dabei an eine andere denken.«

Laura rollte mit den Augen. »Und ihr zwei wundert euch, warum ihr bei keiner landen könnt.«

»Was ist jetzt mit dir?«, wandte ich mich an Nick. »Du hast gesagt, wenn ich singe, tust du es auch.« Ich deutete in Richtung Bühne. »The stage is all yours«, sagte ich gespielt förmlich.

»Ich mach's ja.« Er seufzte. »Eigentlich hätte ich ja wetten können, dass du im letzten Moment kneifst.«

»Tja.« Ich zuckte grinsend mit den Achseln. »Du weißt doch, wie unberechenbar ich sein kann.«

»Allerdings.« Er stieß sich vom Stehtisch ab. »Vorher hole ich mir noch ein Bier und wenn die da fertig sind«, er deutete nach vorn, wo zwei Typen zu *Smells like teen spirit* von Nirvana ins Mikro grölten, »singe ich.«

Als Nick weg war, nippte ich an meiner Cola und hörte Marlon und Sina amüsiert dabei zu, wie sie sich gegenseitig durch den Kakao zogen. Dann betrat Nick die Bühne und schlagartig wurde alles um mich herum unwichtig. Mein Puls pochte in den Schläfen, als ich ihn in seiner ganzen Schönheit bewunderte. Mit den Tattoos sah er im Scheinwerferlicht wie ein Rockstar aus, er war so sexy verrucht, dass ich nicht anders konnte, als ihn anzustarren. Ich merkte buchstäblich, wie alle Frauen im Raum den Atem anhielten, die Luft lud sich auf und schien um Nick zu knistern. Er stand leicht seitlich, hielt seine Bierflasche lässig in der Hand und prostete mir zu, bevor er einen großen Schluck nahm.

Dann erklang ein Bimmeln wie bei einer Schiffsglocke und eine altmodische Melodie erfüllte den Raum, die ich von einer Schallplatte meines Opas kannte. *Auf der Reeperbahn nachts um halb eins.* Wie kam Nick denn ausgerechnet auf diesen uralten Oldie? Als er anfing, zu singen, wurde mir heiß. Seine Stimme klang voll und rauchig dunkel, ich hätte ihm den einsamen Seemann, der in Hamburgs Amüsierviertel auf der Suche nach einer kurzen Liebschaft war, sofort abgenommen. Das Lied passte zu ihm, zu seinem Leben, seiner Einstellung zu Frauen und spiegelte wohl treffender seinen Charakter wider als irgendeine Beschreibung das vermocht hätte. Der charmante Seemann, der seinen Eroberungen gern auf

Augenhöhe begegnete, der die Frauen schätzte und es genoss, sich am nächsten Tag sogar noch an sie erinnerte, was nicht hieß, dass er da nicht schon wieder die nächste Kleine im Arm hatte.

Komm doch, liebe Kleine, sei die meine, sag nicht nein!
Du sollst bis morgen früh um neune, meine kleine Liebste sein.
Ist dir's recht, na dann bleib ich dir treu sogar bis um zehn ...

Nick sah mich direkt an, während er diese Zeilen sang, widmete sie mir buchstäblich. Beinah als hätte er vergessen, dass er auf einer Bühne stand, sang er dieses Lied nur für mich. Als er den Refrain anstimmte, hallten seine vorherigen Worte noch dumpf in meinem Kopf. *Bis morgen früh um neune, bis morgen früh um neune.* Nicht länger. So viel wusste ich bereits. Nur für eine Nacht. Nick tickte wirklich genau so wie dieser singende Seemann aus Hamburg, der seiner blonden Kleinen eine unvergessliche Nacht schenkte, nur um dann am nächsten Morgen auf Nimmerwiedersehen zu verschwinden, nicht ohne ihr vorgegaukelt zu haben, dass sie jemand ganz Besonderes für ihn gewesen war.

Tosender Applaus empfing ihn, nachdem er geendet hatte. Nick drückte dem langhaarigen Typen das Mikro in die Hand und sprang von der Bühne. Seine Augen fixierten mich, während er auf uns zukam. Hastig trank ich von meiner Cola.

»Hey, das war richtig cool«, sagte Sina, als Nick sich neben mich stellte und einen großen Schluck aus seiner Flasche nahm.

»Danke.« Er schenkte ihr ein freundliches Lächeln.

»Alter, nicht schlecht.« Marlon klopfte ihm auf die Schulter, dessen Bruder bequatschte schon wieder die Ärmste am Nebentisch.

Nick winkte ab. »Ist ja gut jetzt.«

»Wie bist du denn ausgerechnet auf dieses Lied gekommen?«, fragte ich leise. »Das kenne ich von der Schallplattensammlung meines Opas.«

Er stützte sich wieder am Stehtisch ab, sodass wir jetzt auf Augenhöhe waren. »Ich bin ein *Hamburger Jung*.«

»Du kommst aus Hamburg? Das wusste ich gar nicht.«

»Geboren und zum Teil dort aufgewachsen.«

»Auf die Gefahr hin, dass ich dich ebenfalls nerve. Deine Darbietung war cool.« Ich spielte nervös mit dem Strohhalm in meinem Glas.

»Freut mich, dass es dir gefallen hat. Ich mag den Song, er erinnert mich ein bisschen an dich.«

»An mich?«, wiederholte ich überrascht.

»Ja«, er betrachtete die braune Tischplatte mit den Wasserflecken. »Dieser Typ in dem Lied, der ist jahrelang einsam und allein unterwegs, genießt aber dennoch die ganz große Freiheit und inhaliert die Welt. Doch tief in seinem Herzen ist er auf der Suche nach der Einen, der einen ganz besonderen Kleinen, die ihm diese eine unvergessliche Nacht schenkt. Nach dieser ganz speziellen Frau, die es schafft, etwas in ihm zu berühren, die Eine, die aus der Masse heraussticht.«

»Aber er geht trotzdem«, rutschte es mir heraus. *Bis morgen früh um neune* echote es in meinem Kopf.

»Weil er nicht einfach sein ganzes bisheriges Leben über den Haufen werfen kann. Die Welten sind zu unterschiedlich. Aber er kommt zurück und er trifft unter all den vielen Frauen ausgerechnet seine kleine Liebste wieder. Ab dem Moment hat er nur noch Augen für sie.«

»Und? Entscheidet er sich am Ende für sie?« Mein Atem zitterte, ich merkte, dass ich unser Gerede schon wieder viel zu sehr auf mich münzte, obgleich ich keinen blassen Schimmer hatte, was er überhaupt bezweckte. Ich hasste seine doppeldeutigen Botschaften. Entweder er sagte klar, was Sache war, oder er sollte einfach ruhig sein. Ich war nicht so naiv, zu glauben, dass wir das, was zwischen uns ablief, schon irgendwie auf die Reihe kriegten. Dafür musste er mir keine Signale mittels eines beschissenen Liedes senden. Ich schluckte die aufkommende Schwermut herunter und bemühte mich um Ungezwungenheit.

»Er kommt auf jeden Fall wieder«, sagte Nick und nippte an seinem Bier. »Und ich denke, er hat sie sogar gesucht.«

»Aber wie geht es für die beiden aus?«

Sein Lächeln war warm. »Das werden wir wohl nie erfahren, denn an dieser Stelle endet das Lied.«

20. Kapitel

Weil die Zwillinge nach einer Zigarette gierten und uns die olle Karaoke-Show zunehmend langweilte, verzogen wir uns aufs Oberdeck. Ich hatte mich zu Pia an die Cocktailbar gesellt, unter dem Vorwand, mir eine Margarita zu gönnen. Um ehrlich zu sein, wollte ich vor allem Nicks Nähe entfliehen. Sein Song hatte einen Nerv in mir getroffen, der immer noch summte. Mich trieb plötzlich die Frage um, ob es in seinem Leben feste Partnerinnen gegeben hatte, und wenn ja, wie diese wohl mit seinem Nebenerwerb klargekommen waren. So sehr ich mich auch nach Nick sehnte, wusste ich doch, dass ich niemals einen Freund akzeptieren könnte, der als Callboy andere Frauen beglückte. Wieso ich überhaupt darüber nachdachte, wusste ich wiederrum nicht, denn Nicks Interesse an mir war und blieb rein sexueller Natur. Vielleicht wollte er mich auch nur als Stammkundin gewinnen – was er sich bei seinen Preisen sowieso abschminken konnte.

Pia kam zu mir. »Was möchtest du trinken?«

»Alkoholfreie Margarita.«

Sie hob eine Augenbraue an. »Alkoholfrei?«

Ich stützte mich am Tresen ab. »Hab morgen Dienst.«

Während Pia Eiswürfel in ihren Shaker schaufelte, deutete sie mit dem Kinn hinüber zu der Korbstuhlgruppe am Geländer, wo wir saßen. »Hast du ihn reingeschmuggelt?«

»Ja«, gab ich zu. »Erdie hat ein Auge zugedrückt, weil heute geschlossene Veranstaltung ist.«

»Und was läuft jetzt zwischen euch?« Sie drückte den Edelstahldeckel auf den Shaker und schüttelte ihn wie verrückt.

»Nichts.« Ich zuckte mit den Schultern. »Wir sind als Gruppe hier.«

»Aber fühlt sich das nicht komisch an, neben ihm zu sitzen, und so zu tun, als wäre nichts gewesen?« Sie musterte mich durchdringend. »Also ich wüsste nicht, ob ich da so locker drüberstehen könnte.«

»Wir tun nicht so, als wäre nichts gewesen. Wir haben über diese Nacht geredet, es ist alles cool.«

»Und was sagt er dazu?« Sie goss die schäumende Brühe in ein Glas, die Eiswürfel klirrten am Rand.

»Er hat mir eine Wiederholung angeboten«, gab ich trocken zurück und saugte am Strohhalm.

»Gratis?« Pia kicherte.

»So genau wollte ich es gar nicht wissen.«

»Süße, lass es doch einfach mit ihm.« Sie legte eine Hand unter mein Kinn und hob es an. »Du wirkst so bedrückt, dass ich mir langsam echt Sorgen mache. Der Typ ist nicht gut für dich.«

»Ich weiß«, ich warf einen verstohlenen Blick über die Schulter und beobachtete Nick dabei, wie er sich zurücklehnte und Simon irgendwas erzählte. »Das blöde ist halt, dass wir uns jeden Tag sehen, ich ihn schon unglaublich heiß fand, bevor wir im Bett gelandet sind, und mich jetzt auch noch frage, ob ein Typ wie er wirklich eine Beziehung eingehen würde, und wie das mit seinem Zweitjob zu vereinbaren wäre. Wahrscheinlich gar nicht.« Ich zwang mich zu einem schiefen Lächeln, denn ich wollte nicht schon wieder in diese melancholische Stimmung abgleiten. Nicht heute.

»Du hast dich in einen Callboy verliebt.« Ihr Lächeln war mitfühlend. »Rede einfach mit ihm darüber, sonst blas ich dem Kerl mal den Marsch«, sagte Pia energisch und widmete sich einem Typen, der ihr schon geraume Zeit an die Schulter tippte.

»Untersteh dich, Nick ist ganz sicher kein Beziehungs-Typ. Du machst mich nur lächerlich«, warnte ich sie und schnappte mir noch eine weiße Mini-Serviette vom Tresen, bevor ich zurück zu den anderen schlenderte.

Ich ließ mich neben Simon auf die Korbbank sinken, der meinen Sicherheitspuffer zu Nick bildete, und stellte mein Glas auf den Tisch. Laura und Sina hatten es sich uns gegenüber in zwei riesigen Korbstühlen bequem gemacht, in denen sie beinah versanken. Auch Marga hatte sich wieder dazugesellt, die nun auf Sinas Lehne lümmelte. Ein Sternenmeer glitzerte über uns am Himmel, die Laserstrahler waren heute nicht in Betrieb, sodass die dunkle Umgebung ihre ganz eigene Romantik entfaltete. Die abgekühlte Luft umschmeichelte meine nackten Beine und ließ mich ein wenig frösteln. Als ein Feuerzeug neben mir aufflackerte, zuckte ich erschrocken zur Seite. Simon zündete sich eine Zigarette an, während ich möglichst unauffällig von der winzigen Flamme abrückte. Mein Magen zog sich zusammen. Ich hasste Feuer abgrundtief, konnte nicht mal den winzigsten Funken in meiner Nähe ertragen. Simon stieß grauen Rauch aus dem Mund und ließ das Feuerzeug endlich in seiner Hosentasche verschwinden, dann spielte er weiter mit lauter Stimme den Alleinunterhalter.

Erleichtert atmete ich auf, bis ich merkte, dass Nick meine instinktive Reaktion mitbekommen hatte. Hastig sah ich weg und griff nach meinem Glas.

»Warum gibt es in Nürnberg keine gescheiten Weiber?«, lamentierte Marlon, der an der Reling lehnte und sofort von den Mädels wütend verbal bombardiert wurde. Der konnte es einfach nicht lassen.

»Ich wusste gar nicht, dass du so eine tolle Stimme hast«, sagte Marga durch das Gekeife zu Nick, der sich merkwürdig still verhielt. »Du warst echt zum Verlieben und das Lied war so schön. Ich kannte das vorher gar nicht«, hauchte sie und riskierte einen verführerischen Augenaufschlag, der Nick anscheinend kaltließ, denn er reagierte in keinster Weise.

Er winkte ab. »Ach, das war nur Scheiß.«

Nur Scheiß! Wieder mal zu viel in nichts hineininterpretiert.

»Dafür war es aber super«, meinte nun auch noch Laura.

»Gegen euch war das nichts.« Er zwinkerte ihr zu, man sah ihm an, dass er nicht über seine Performance reden wollte.

Immer wieder schnippte Simon seine Zigarette im Aschenbecher ab und ich hoffte, er hatte sie bald aufgeraucht.

Um mich abzulenken, nuckelte ich am Strohhalm.

»Dachte, du wolltest heute keinen Alkohol trinken?«, sagte Marga abfällig zu mir. Konnte die sich nicht langsam mal wieder einkriegen? Stand ich unter ihrer Dauerbeobachtung? Was ging sie das an?

»Alkoholfrei« Ich stellte das Glas zurück auf den Tisch, im selben Moment beugte sich Simon mit der brennenden Zigarette in Richtung Aschenbecher und erwischte mit der glühenden Spitze meinen Handrücken.

»Au!«, schrie ich auf und zog die Hand aus einem Reflex heraus zurück. Der Schmerz raste mit Lichtgeschwindigkeit durch meine Adern, nahm mir die Luft zum Atmen. Ich presste meine andere

Hand auf die Verbrennung und lehnte mich mit geschlossenen Augen zurück. Alles um mich begann sich zu drehen, meine Nervenenden explodierten und mein Bauch brannte wie damals bei dem Unfall. Hektisch versuchte ich, den Schmerz wegzuatmen, aber es gelang mir nicht. Ich fühlte mich lichterloh in Flammen stehend, das hysterische Geschrei meiner Mutter hallte in meinen Ohren, die Rotorblätter des Hubschraubers kreisten über mir, alles verschwamm in einem Nebel aus Schmerz.

»Hey, sorry. Was ist denn mit dir?«, hörte ich Simon wie durch Watte. »So schlimm war es auch wieder nicht.«

»Bist du wehleidig«, mischte sich Margas giftige Stimme dazu, während ich das Gefühl hatte, in Ohnmacht fallen zu müssen. Tränen pressten sich durch meine geschlossenen Lider und liefen über meine Wangen.

Jemand nahm meine Hand und löste die andere mit einem kräftigen Ruck, gleich darauf spürte ich etwas Kaltes auf meinem Handrücken, was mir sofort etwas Linderung verschaffte. Ich zwang mich, die Augen zu öffnen. Nick saß neben mir in der Hocke, er hatte einen Eiswürfel aus meinem Cocktail in die Serviette gehüllt und hielt mir diesen nun auf die verbrannte Stelle.

»Besser?«, fragte er leise und musterte mich besorgt.

»Ja, danke«, presste ich zwischen zusammengebissenen Zähnen heraus, immerhin hatte sich die Verkrampfung in meinem Brustkorb gelöst, sodass ich wenigstens wieder normal atmen konnte. Vorsichtig wischte er mit dem Eiswürfel über das pulsierende Brandmal.

»Alles klar?«, fragte nun auch Laura, die sich etwas vorbeugte. »Ich dachte einen Moment lang, du kippst um.«

»Ja, alles gut«, versicherte ich rasch. »Es hat nur kurz so wehgetan.«

»Schauspieltalent«, murmelte Marga und stand auf. Ich beachtete sie nicht weiter. Mir war es selbst peinlich, dass ich derart heftig reagiert hatte. Es war das erste Mal seit meiner Kindheit gewesen, dass ich mich verbrannt hatte. Eine meiner schlimmsten Ängste war eben wahr geworden.

Als ich Nick den Eiswürfel aus der Hand nahm und die Stelle selbst kühlte, stand er auf.

»Tut mir echt leid.« Simon klopfte mir auf die Schulter.

»Schon okay.« Ich begutachtete die winzige Wunde. Hoffentlich blieb keine Narbe zurück.

»Ich hol dir noch etwas Eis von der Bar«, sagte Nick und verschwand.

Ich sah ihn mit Pia reden, die ihm ein Schälchen mit Eiswürfeln füllte. Ihre Unterhaltung zog sich in die Länge, er hörte ihr aufmerksam zu und sagte zwischendurch immer wieder etwas. Worüber die beiden wohl quatschten? Bestimmt nicht über Eiswürfel. Mir wurde unwohl bei dem Gedanken, Pia könnte ihm auf die Nase binden, dass ich sie eingeweiht hatte. Vor allem, weil Diskretion bei Nick in Großbuchstaben geschrieben wurde.

Schließlich kam er zurück und stellte wortlos die Eiswürfel vor mich hin, bevor er sich umdrehte und einfach ging. Während ich ihm nachsah, wusste ich, dass ich Pia dafür umbringen würde.

Gegen Mitternacht verabschiedete ich mich von den anderen. Nick war nicht mehr aufgetaucht, wahrscheinlich war er längst nicht mehr im *Boat*. Demnächst hatte auch Pia Schichtwechsel, wir wollten uns am Eingang treffen und zusammen nach Hause fahren. Chad holte uns ab. Was zum Teufel hatte sie Nick nur erzählt? Ich war stocksauer auf sie.

Seufzend stieg ich die Treppen hinunter. Warum musste jeder Abend mit Nick in einem Desaster enden? Und wenn ich es nicht einleitete, erledigten das meine Freundinnen für mich. Pia war impulsiv, sie dachte oft nicht nach, bevor sie den Mund aufmachte, und Nick war sichtlich nicht erfreut über ihre Predigt gewesen.

Erst auf der vorletzten Stufe entdeckte ich ihn. Nick stand gegen die Wand gelehnt, einen Fuß dagegengestemmt und hatte die Daumen lässig in die Taschen seiner Jeans gesteckt. Sein Blick richtete sich starr auf das Wasser. Mit langsamen Schritten ging ich auf ihn zu, obwohl ich nicht einschätzen konnte, wie er auf mich reagieren würde.

»Hey«, sagte er, ohne den Kopf zu drehen, als ich neben ihm stand. Sein Tonfall klang gleichgültig, viel zu verdammt gleichgültig.

»Hey«, brachte ich schwach über die Lippen. Die plötzlich aufsteigende Nervosität drückte auf meinen Kehlkopf. Tausende unausgesprochene Fragen hingen in der Luft. »Ich mach mich jetzt auf den Heimweg«, sagte ich schließlich gedämpft, blieb jedoch neben ihm stehen. Mein Blick heftete sich auf diese weiche Vertiefung an seinem Hals, direkt unter seinem Adamsapfel, der sich beim Schlucken bewegte. Am liebsten hätte ich meinen Mund daraufgelegt und seinen Puls an meinen Lippen gefühlt. In seiner Nähe wurde ich schwach, mein ganzes System richtete sich nach ihm aus.

»Wie geht's deiner Hand?« Er nickte kurz in meine Richtung.

Ich zeigte ihm die kleine Brandblase. »Schon besser. Halb so wild.«

»Deine Freundin ist nicht gut auf mich zu sprechen«, sagte er plötzlich. Die ungewohnte Ernsthaftigkeit in seinem Blick brachte mich durcheinander.

»Wirklich?« Ich tat überrascht.

Er drehte sich seitlich, lehnte nun lässig mit der Schulter an der Wand. »Was hast du ihr denn über mich berichtet?«

»Hat sie was gesagt?«, gab ich den Ball zurück und spielte auf Zeit. Jetzt bloß nicht vorab zu viel verraten. Verdammt, Pia.

»Sie hat mich verwarnt. Und nun frage ich mich, was es so Schlimmes über mich zu erzählen gibt, dass deine Freunde sich Sorgen machen, sobald ich auch nur in deiner Nähe auftauche.«

»Nick, ich ...« Mitten im Satz hörte ich auf und unterbrach den viel zu intensiven Augenkontakt.

»Was?«, fragte er eine Spur zu ungeduldig und nahm mich bei den Oberarmen. Seine Berührung jagte meinen Pulsschlag in die Höhe. »Was?«, fragte er noch einmal leise.

»Nick«, instinktiv wich ich mit dem Gesicht zurück, er kam mir viel zu nah, »ich würde gern etwas wissen.« Ich strich eine störrische Haarsträhne von meiner Wange. »Aber du musst nicht antworten«, fügte ich sicherheitshalber hinzu.

»Aida.« Er drückte mich sanft gegen die Wand, stützte sich mit den Armen links und rechts von mir ab und hatte mich somit richtiggehend zwischen sich eingekeilt. »Frag. Du kannst mich wirklich alles fragen, was du willst. Ich werde dir immer antworten.«

»Hattest du Beziehungen, seit du ein Callboy bist?« Ich zwang meinen inzwischen rasenden Puls zur Beruhigung. Nick musterte mich überrascht, es schien, als versuchte er die Frage irgendwie logisch einzuordnen.

»Okay ...« Er pustete durch die Lippen. »Das ist eine typische Aida-Frage und ich habe keine Ahnung, worauf du jetzt schon wieder hinauswillst, aber ich werde sie dir beantworten.«

Seine Körperwärme hüllte mich ein, erhitzte meinen vor Aufregung zitternden Oberkörper.

»Nein, ich hatte in den letzten vier Jahren keine Beziehung, denn ich denke nicht, dass eine Freundin Julian akzeptieren würde.«

Ich nickte. Er hatte genau das ausgesprochen, was in meinem Herzen schmerzte. Als Nick kurz zusammenzuckte, wusste ich, dass er nun den Sinn meiner Frage begriffen hatte und ich kam mir so dumm vor.

»Das würde mir auch so gehen«, sagte ich leise. »Nur mal so rein hypothetisch«, ergänzte ich rasch und rang um Fassung.

»Du denkst, ich spiele mit dir.«

»Ich habe keine Ahnung, was das zwischen uns ist. Wahrscheinlich überhaupt nichts. Der Reiz vielleicht? Was schwebt dir mit mir vor?« Vielleicht war es ein Fehler von mir gewesen, Pia einzuweihen. Nicht, dass ich ihr nicht vertrauen würde, aber bestimmt hatte Nick Angst davor, dass jemand etwas über Julian erfahren könnte. Und wenn auch nur unabsichtlich. Ich konnte ihm das nicht einmal verdenken. Dass Nick mir nach dem Wochenende trotz allem so verdammt nah kam, war riskant, vor allem für ihn. Obwohl von meiner Seite aus niemals mehr etwas über Julian nach außen dringen würde. Da konnte er sicher sein. Egal, was in Zukunft zwischen uns lief.

Ich schaffte es nur mit äußerster Anstrengung, mich seiner Anziehungskraft zu entziehen, inhalierte stattdessen unauffällig seinen unwiderstehlichen, männlich herben Geruch und wünschte mir gleichzeitig, er würde auf den Quatsch, den ich verzapfte, pfeifen und mich endlich küssen.

»Das war eine klare Ansage.« Seine Stimme klang ernst, obwohl mich sein Blick beinah verschlang, seine Augen dunkel und hungrig wurden. »Obwohl ich weiß, dass du lügst.« Er kam mit dem Gesicht näher. »Was würde passieren, wenn ich dich jetzt küsse?«

Ich konnte das Testosteron, das er verströmte, buchstäblich riechen und kratzte mit den Fingernägeln über das Mauerwerk. Wenn er mich jetzt küsste, war ich verloren. Es schnürte mir die Luft ab, als er seine Lippen dicht vor meine führte, dort jedoch verharrte, ohne sie zu berühren. Ich hatte mich schon wieder in seinem Netz verfangen, spielte nach seinen Regeln.

»Nick«, japste ich, unfähig, mich zu bewegen. Mit aller Macht bezwang ich die aufsteigenden Gefühle. »Mach das nicht mit mir.«

Sein Atem zitterte an meiner Wange, er schien Mühe zu haben, sich unter Kontrolle zu halten. »Lass es doch einfach zu«, flüsterte er heiser. »Hör ein Mal auf, so viel zu denken.«

Mein Herzschlag beschleunigte. »Was wir hier tun, führt nirgendwo hin, egal, wie sehr ich es mir wünsche. Du und ich, wir leben in zwei grundverschiedenen Welten und ich werde das Gefühl nicht los, dass es genau das ist, was dich an mir reizt.« Ein Kribbeln ging durch mich hindurch. »Ich komme mit deinem Zweitleben nicht zurecht. Du hast vorhin selbst gesagt, dass für dich keine Beziehung infrage kommt, und ich kann nicht einfach so mit dir ins Bett gehen.« Ich geriet aus dem Konzept und hoffte, er kapierte, was ich damit sagen wollte. Immerhin hatte ich ihm vor ein paar Tagen erst einen Haufen Geld in die Hand gedrückt, damit er genau das tat. »Ich meine, Samstag, das war was anderes, ich wusste nicht, dass du es warst. Das hätte eine einmalige Sache werden sollen. Aber dann warst es eben du und jetzt teilen wir diese wundervolle Nacht miteinander, nach der du einfach abgehauen bist. Und ich habe Angst, dass du nach der nächsten Nacht auch wieder weg bist. Und was mache ich, wenn ich mich dann in dich verliebt habe?« So, jetzt war es endlich raus, obwohl ich mich dadurch nicht besser fühlte. Ich hatte mich verwundbar gemacht, bei einem Mann, der geradezu prädestiniert dafür war, mir das Herz aus dem Leib zu reißen.

Nick atmete tief durch. »Ich will dich.« Seine tiefe Stimme klang wie ein Knurren. Er strich mir eine Haarsträhne hinters Ohr und glitt mit den Fingerkuppen bis hinunter zu meinem Hals. Gänsehaut überzog die Stelle, an der er verweilte. »Ich will dich so sehr«, flüsterte er, ging ansonsten jedoch nicht auf meine sonstigen Bedenken ein. Er presste sich sanft gegen mich, rieb sich leicht an mir und schickte eine heiße Welle durch mich hindurch, die in meiner Mitte pulsierte. »Vertrau mir einfach«, raunte er. »Wie am Samstag.« Mir wurde schwindlig, der Boden löste sich unter mir auf, während ich mich in den Gefühlen verlor, die Nick in mir hervorrief. »Komm noch mit zu mir.« Er knabberte an meinem Ohrläppchen, das Prickeln floss bis in meine Brustwarzen, die sich sehnsuchtsvoll zusammenzogen. »Ich bin morgen Früh noch da, versprochen.«

»Du bist ein Player«, japste ich und legte beide Hände auf seinen Brustkorb, schaffte es aber nicht, ihn von mir zu stoßen. Das verräterische Flattern in der Magengrube wurde stärker, meine innere Gegenwehr bröckelte, ich gab mich voll und ganz seinen weichen Lippen hin, die meinen Hals mit kleinen Küssen bedeckten.

»Wovor hast du Schiss? Du weißt, dass ich nichts tue, was du nicht willst.« Seine Zunge strich meinen Hals nach oben, er küsste meine Kinnlinie entlang.

»Ich will das nicht«, keuchte ich mit geschlossenen Augen.

Er wich mit dem Kopf zurück, sorgte für ein wenig Abstand zwischen uns, ließ seine Arme jedoch nicht sinken.

»Den Eindruck machst du aber nicht.«

»Nicht so.« Mein Brustkorb hob und senkte sich hektisch. Die Erregung in seinem Blick entfachte ein Feuer der Lust in mir und strafte somit wohl zum hundertsten Mal meine Worte Lügen.

»In Ordnung.« Nick wirkte baff, er streichelte mir mit den Fingerknöcheln über die Wange. »Trotzdem sehr, sehr schade.«

Jemand tippte ihm auf die Schulter. »Nick«, hörte ich Marga sagen. Er rollte mit den Augen, bevor er den Kopf wandte.

»Was gibt's?«

»Kannst du mich nachher vielleicht nach Hause fahren?«

Ich sah ihm an, dass er sich nur mit Mühe einen Seufzer verkniff.

»Ich hau aber demnächst ab.«

»Wäre okay für mich.« Sie lächelte lasziv und strich sich mit einer Hand am Hals entlang.

»Du, ich hab noch was mit Aida zu besprechen. Ich sag dir Bescheid, wenn ich gehe.«

Marga schmetterte mir einen Blick entgegen wie einen Tennisball. »Ist gut, ich bleib in der Nähe.« Sie rauschte ab.

»Hast du mit Marga auch was?«, rutschte es mir heraus. Nick nahm mein Gesicht in beide Hände und küsste mich ganz kurz auf die Lippen.

»Nein. Und falls es dich interessiert, ich werde sie nachher auch schön brav bei ihr daheim abladen. Marga ist nämlich nicht mein Typ. Du bist mein Typ, auch wenn du so furchtbar kompliziert bist.« Er ließ die Hände sinken.

Mein Herz schlug einen Purzelbaum, als er das sagte. Obwohl mir Nick vorhin ausgewichen war, nahm ich diese Ansage als kleines Kompliment. Zumindest gefiel ich ihm, auch wenn er für mich seinen Lebensstil wohl nicht ändern würde.

»Bis morgen.« Ich stellte mich auf die Zehenspitzen und gab ihm einen Kuss auf die Wange. Ich hatte keine Ahnung, wie oft ich es noch schaffen würde, Nick zu widerstehen. Wahrscheinlich nicht allzu oft.

»Bis morgen«, sagte er kopfschüttelnd und strich sich die Haare zurück.

21. Kapitel

Am nächsten Morgen saß ich in der Küche, hörte Pia und Chad im Flur rumoren und konnte es nicht mehr abwarten, meine Mitbewohnerin endlich in die Fänge zu kriegen. Vor Chad hatte ich sie gestern nicht auf ihren Verrat ansprechen wollen.

»Bis heute Abend«, hörte ich sie sagen.

»Bye, love ya«, kam es von Chad, wenn auch recht schnell und abgehackt. Er war wohl in Übungsphase zwei übergetreten und das war wirklich süß. Die Tür fiel ins Schloss und Pia näherte sich nichtsahnend dem anstehenden Tribunal.

»Morgen«, zwitscherte sie und lief mir direkt in die Arme.

Ich stemmte beide Hände in die Hüften. »Warum hast du mit Nick über mich geredet, obwohl ich dir gesagt habe, dass ich das nicht will?«

Sie wickelte eine Haarsträhne um ihren Finger. »Er hat mich nach Eiswürfeln für dich gefragt.«

»Fünf Minuten lang?« Ich musterte sie mit strenger Miene, Pia knickte bei Verhören immer recht schnell ein, wenn man nur autoritär genug rüberkam.

»Herrgott, ja«, sie fuchtelte mit den Händen in der Luft herum, »ich geb's zu. Wir hatten es ganz kurz von dir.« Sie schlängelte sich an mir vorbei und öffnete den Kühlschrank.

»Jetzt lass es schon raus«, fuhr ich sie an.

»Okay.« Sie warf die Tür zu und drehte sich um. »Zuerst habe ich ihn gefragt, was er eigentlich von dir will.«

»Pia.« Entsetzt presste ich eine Hand vor den Mund.

»Dann hat er mich gefragt, wer ich eigentlich bin.« Sie öffnete die Tür wieder und nahm eine Packung Milch heraus. »Ich habe ihm dann erklärt, dass ich zufällig eine sehr gute Freundin von dir bin, die etwas dagegen hat, wenn Typen wie er ihr Ego an dir boosten.«

Ich musste mich setzen und begann mich zu fragen, ob ihr durchgeknallter Freund langsam auf sie abfärbte.

»Du kennst ihn doch gar nicht«, wagte ich einen schwachen Einwand.

Sie nahm eine Müslischüssel aus dem Hängeschrank. »Ich weiß ja wohl genug über ihn, oder nicht?« Pia sah mich an, als warte sie allen Ernstes auf eine Bestätigung.

»Und was hat er geantwortet?« Ich hielt den Atem an.

»Er meinte, er könne mich beruhigen, er bräuchte dich ganz bestimmt nicht für sein Ego.«

Bämm. Das saß. »Danke für die völlig unnötige Klärung dieses Sachverhalts.«

»Sorry.« Sie streichelte meinen Arm. »Ich war so sauer auf ihn, weil er dich so traurig gemacht hat, und habe ihm gesagt, falls er es doch wagen sollte, dich zu verletzen, dann werden wir ihn finden, egal, wo er sich versteckt. Wir sind viele.«

»Ich glaube eher, du bist schizophren.« Zum Glück hatte Nick mir gestern nichts von dieser peinlichen Unterhaltung mit Pia berichtet. Auch wenn sie es nur gut gemeint hatte, er musste uns alle für komplett durchgeknallt halten. Dass er danach noch mit mir in die Kiste gewollt hatte, musste ich ihm nach neuer Sachlage sogar hoch anrechnen.

Sie setzte sich neben mich und schüttete Cornflakes in ihre Schüssel.

»Aber du hast ihm nicht erzählt, dass du von Julian weißt, oder?« Eine Vene pulsierte in meiner Schläfe.

»Nein.« Sie schüttelte den Kopf. »Sag mal, hältst du mich für blöd?«

»Geschwätzig trifft es besser.« Pia zog eine Grimasse. Gott sei Dank. Wenigstens hatte sie in diesem Punkt dichtgehalten. »Bitte, Pia«, ich rang die Hände, »leg dich bei Nick nie wieder für mich ins Zeug.«

Es knackte, als Pia einen Löffel voll Cornflakes kaute. »Du bist echt undankbar, weißt du das?«

»Schon gut.« Mein Appell erreichte die Adressatin nicht. Ich gab's auf. Widerwillig hievte ich mich auf die Füße, der lange Abend und die wegen Nick schlaflos verbrachte Nacht steckten mir in den Knochen. »Ich geh dann mal duschen. Muss gleich zum Dienst.«

Fix und fertig warf ich mich auf den Schreibtischstuhl im Stationszimmer und knallte einen Stapel Krankenakten auf den Tisch, in die ich noch einiges nachzutragen hatte. Den ganzen Tag schon war ich mit den Gedanken ganz woanders. Seufzend klappte ich die erste Akte auf und trug die Medikamentenabgabe ein, was ich vorhin total verschwitzt hatte. Zum Glück war mein kleines Versäumnis noch keinem aufgefallen. In zehn Minuten hatte ich Feierabend. Nun wollte ich nur noch nach Hause und mich ins Bett legen, Schlaf nachholen. Ich gähnte herzhaft in meine Hand. Wenigstens hatte Marga heute frei, sodass ich von ihren spitzen Bemerkungen verschont geblieben war. Nick schwirrte zwar irgendwo auf der Station herum, aber Biggi hatte ihn mit irgendwas in Beschlag genommen, weswegen ich ihn nur von Weitem gesehen hatte. Ich fand die räumliche Distanz zwischen uns zur Abwechslung ganz entspannend.

Nachdem ich die letzte Eintragung erledigt hatte, schleppte ich mich zum Spind und zog mir ein rotes Top und Jeans-Shorts an, die ich dort für alle Fälle deponiert hatte. Normalerweise war ich zu faul zum Umziehen. Aber Frau Silberstein hatte vorhin beim Waschen ihr Mittagessen erbrochen, dabei hatten ein paar Spritzer meine weiße Arbeitshose erwischt und ich wollte ungern besudelt auf die Straße.

Draußen brauchte ich einen Moment, um mich an das gleisende Sonnenlicht zu gewöhnen und kramte eine Sonnenbrille aus meiner Handtasche. Die Hitze flimmerte in der Luft, als ich die Abkürzung über den Schotterweg in Richtung Straßenbahn-Station nahm. Ein Auto bremste scharf neben mir und hüllte mich in eine Staubwolke ein. »Vielen Dank«, hustete ich und blickte in Nicks grinsendes Gesicht. Er saß lässig in seinem offenen Cabriolet, einen Arm hatte er auf der Seitentür abgelegt, im Radio dudelte ein bekannter Popsong.

»Was machst du jetzt?« Sein Blick blieb an meinen nackten Beinen haften, die in schwarzen Chucks steckten.

»Ich gehe nach Hause.« Ich setzte mich in Bewegung, während Nick neben mir entlangrollte.

»Spring rein, ich nehme dich mit.«

»Okay.« Gegen eine Mitfahrgelegenheit in Nicks spritzigem Gefährt hatte ich nichts einzuwenden, zudem war ich dann eine halbe Stunde früher zu Hause. Noch während ich die Beifahrertür schloss, gab Nick Gas. Die Räder drehten auf dem Schotter durch, als das Auto nach vorne schoss. Hastig schnallte ich mich an.

»Fahr bitte nicht so schnell«, mahnte ich ihn, worauf er mir einen belustigten Seitenblick gönnte.

»Du solltest mir langsam mal vertrauen.« Nick stieg vom Gas und fuhr gesitteter weiter. »Besser so?«

»Viel besser.« Ich lehnte mich zurück und streckte einen Arm in die Höhe, kämpfte gegen den Fahrtwind. Die Sonne brannte mir aufs Dekolleté.

»Marga hat mir gestern zwischen die Beine gefasst«, sagte er plötzlich und bog an einer grünen Ampel rechts ab. Mein Kopf zuckte zur Seite.

»Was hat sie?«

Er lachte auf. »Ja. Ich habe sie doch nach Hause gefahren, wir saßen hier im Wagen, so wie wir beide jetzt. Plötzlich meinte Marga, dass meine Tattoos richtige Kunstwerke wären und sie die wirklich scharf finden würde.«

Mein Blick fiel bewundernd auf seine nackten Arme, an denen sich die unterschiedlichsten Motive zur wahren Vollendung verbanden. Da hatte Marga nicht übertrieben, musste ich zugeben.

»So, findet sie«, erwiderte ich betont lässig und kramte in meiner Handtasche nach einer Packung Kaugummi. »Auch einen?« Ich hielt ihm einen Streifen hin, aber er schüttelte den Kopf.

»Du magst keine Tattoos?«, erkundigte er sich.

»Doch, die sind okay.« Ich schob mir einen Kaugummi in den Mund, eine süße Schärfe legte sich auf meine Zunge. Dann zog ich meinen Ausschnitt ein wenig nach unten, um ihm mein winziges Tattoo zu präsentieren, über das er sich einmal lustig gemacht hatte. Wie es aussah, erinnerte er sich nicht mehr an seine Untat. Interessiert begutachtete er das chinesische Schriftzeichen – oder meine Oberweite.

»Das hatte ich schon ganz vergessen, trotzdem war Marga um einiges euphorischer.« Sein Tonfall klang belustigt. »Auf jeden Fall rückte sie mir im Auto richtig auf die Pelle. In einer Linkskurve rutschte sie dann quietschend auf mich drauf«, er lachte leise, schien in Erinnerungen zu schwelgen, »und landete mit einer Hand zwischen meinen Beinen. Warum fällst du nie auf mich, wenn ich um eine Kurve fahre?«

»Weil das bescheuert ist, so etwas passiert in Wirklichkeit nicht.« Ich machte eine Kaugummiblase, die mit einem *Plopp* zerplatzte. Marga hatte wirklich nicht mehr alle Tassen im Schrank. Niemals im Leben würde ich mich einem Mann auf diese Art an den Hals werfen, selbst wenn er der letzte seiner Spezies wäre. »Was hast du dann gemacht?«, fragte ich Kaugummi kauend und bekämpfte klammheimlich den Stachel der Eifersucht, der sich in meinen Brustkorb bohrte. »Die Gunst der Stunde genutzt?«

»Das war ein Überfall, ich bin beinah in den Graben gefahren.«

Ich kicherte. »So schlimm?«, fragte ich übertrieben mitleidsvoll. »Ist mir neu, dass du so schreckhaft bist.«

»Es war erstens die falsche Hand«, er zwinkerte mir zu und überholte rasant einen weißen Polo, »und zweitens stehe ich nicht auf Überfälle dieser Art.«

»Du magst also keine willigen Frauen?« Mein unterdrückter Spott in der Stimme trat deutlich hervor.

»Margas Aktion hatte etwas Pathologisches an sich. Um ehrlich zu sein, war sie mir nicht geheuer.«

»Meine Aktion am letzten Samstag war nicht weniger krank.« Nutzte ja nichts, dieses kleine Detail zu verdrängen. Ich hatte einen Typen für eine erotische Nacht gebucht, wenn das nicht krank war, dann wusste ich auch nicht mehr. Marga wäre es wenigstens im Traum nicht eingefallen, Nick einen Batzen Geld für eine heiße Nummer in die Hand zu drücken.

»Och«, er schmunzelte, »die war sehr nett.«

»Und wird eine einmalige Sache bleiben«, stellte ich sofort klar, leider mehr um mich selbst zu überzeugen als ihn.

Er hob eine Augenbraue. »Sag bloß, du traust mir immer noch nicht über den Weg.«

»Ein bisschen vielleicht.« Entspannt lehnte ich mich zurück. Nick bremste scharf ab und bog um die nächste Ecke, dann gab er stadtauswärts Gas.

Erstaunt richtete ich mich auf. »Wo fährst du hin? Nach Nürnberg geht es in die andere Richtung.«

Nick schenkte mir ein verschmitztes Lächeln. »Das wirst du bald sehen.«

22. Kapitel

Es war angenehm kühl, als ich aus Nicks Wagen stieg, während er das elektrische Autodach schloss. Die Äste der turmhohen Bäume verwoben sich über uns zu einem dichten Blätterdach, durch das an manchen Stellen die Sonne hindurchbrach und Muster auf den Waldboden zeichnete.

»Du bist mit mir in den Wald gefahren«, stellte ich fest. Nick öffnete den Kofferraum. »Ja.« Er kramte in einer schwarzen Sporttasche herum.

»Und warum?«

»Wirst du gleich sehen.« Mit einer schnellen Bewegung zog er sein weißes T-Shirt über den Kopf, schlüpfte dann aus seiner langen weißen Hose und stand mitten auf dem Parkplatz nur noch in hellgrauen Boxershorts vor mir. Unwillkürlich hielt ich den Atem an. Verdammt, ich stand voll auf seinen Astralkörper und konnte nicht aufhören ihn anzuschmachten. Seinen glatten muskulösen Brustkorb und jeden einzelnen Bauchmuskel, der sich unter der Haut abzeichnete wie ein Gemälde. Und sein Glied, das selbst in nicht erregtem Zustand seine Shorts ganz schön ausbeulte. Sein Anblick schickte eine vibrierende Nervosität durch mich hindurch.

»Warum ziehst du dich mitten auf einem Parkplatz aus?«

»Keine Sorge.« Nick zwinkerte mir zu. »Ich ziehe mich nur um.« Er schnappte sich ein gelbes *Diesel*-T-Shirt aus dem Kofferraum und streifte es über, verdeckte die wundervolle Aussicht auf seine bretthарten Muskeln. Danach zog er sich bequeme Jeans-Shorts an, die bis über die Knie reichten und schlüpfte in Sneakers. Er verstaute Handy und Geldbörse in seinen Taschen, bevor er den Wagen verschloss und auf einen Trampelpfad zeigte. »Da geht's lang.«

Ich protestierte nicht, die Natur tat mir gut. Das Rauschen der Blätter im Wind beruhigte mich und ich atmete mit geschlossenen Augen genüsslich den erdigen Geruch des Waldbodens ein. Ein paar Vögel zwitscherten in den Wipfeln, irgendwo rief sogar ein Kuckuck seinen Namen.

»Schön hier, nicht?«, hörte ich Nick neben mir und nickte.

»Ja.« Ich atmete tief ein, bevor wir den Pfad entlangwanderten. »Kommst du öfter her?«

»Das wird kein Spaziergang, ich will dir was zeigen.«

»Was denn?«

Er deutete geradeaus. »Gleich da vorn.«

Als wir um eine Kurve bogen, lichteten sich die Bäume. Eine Hütte stand auf einem gerodeten Platz, hoch oben in den Ästen turnten Leute über Drahtseile und allerhand befestigter Hindernisse.

»Ein Klettergarten.« Überrascht sah ich mich um. »Du willst mit mir klettern gehen?«

»Ja, hast du Lust?« Er beobachtete einen jungen Kerl, der in einem Affenzahn und johlend an einer Art Seilbahn zu Boden raste.

»Das hab ich noch nie gemacht«, gab ich zu, wollte es aber unbedingt ausprobieren. Das sah nach einer Menge Spaß aus.

»Tja«, er zuckte lässig mit den Schultern, »dann wirst du mir dabei wohl vertrauen müssen. Wir sind nämlich ein Team.« Er nahm wie selbstverständlich meine Hand. »Vertraust du mir?« Dabei deutete er hoch zu den Wipfeln.

Mein Lächeln kam mir erstaunlich leicht über die Lippen. »Okay. Dieses eine Mal.«

»Immerhin ein Anfang.« Er seufzte theatralisch. »Dann nichts wie los.« Nick zog mich an der Hand zu dem Kassenhäuschen und machte dort alles klar. Wir bekamen Helme und Sicherheitsgurte zum Anleinen an den Drahtseilführungen, die sich durch das Geäst zogen.

Ich stieg in die lockeren Schlaufen für die Beine und legte mir die Gurte über die Schultern.

»Du musst sie fester zurren«, sagte Nick, der schon in voller Montur bereitstand.

»Geht nicht mehr.« Ich kämpfte mit den störrischen Schlaufen, die sich nur millimeterweise bewegten.

»Das ist noch viel zu locker, du rutschst sonst raus. Warte, ich helfe dir.« Als er eine Hand auf meinen Oberschenkel legte, um den Gurt zu fixieren, zuckte ich zusammen. Seine Finger lagen nur einen Handbreit von meiner Mitte entfernt und sendeten süße Signale dorthin, wo sie gerade überhaupt nicht hingehörten. Natürlich hatte er meine Reaktion bemerkt, sein einer Mundwinkel hob sich, bevor er die Schlaufen festzurrte.

Als er sich aufrichtete, ertappte ich ihn dabei, wie er in den tiefen Ausschnitt meines roten Tops schielte, das die Ansätze meiner Brüste mit Hilfe meines Lieblings-Push-ups wirkungsvoll in Szene setzte. Er zurrte die Schultergurte fest. »Rot steht dir wirklich gut.«

»Spanner«, sagte ich spöttisch, was ihm ein kleines Lachen entlockte.

»Na, dann los.« Er gab mir meinen blauen Helm und setzte sich seinen auf. Wir sahen aus wie zwei Bergleute, die unter Tage fuhren, und amüsierten uns auf dem Weg zum ersten Parcours darüber.

Schließlich deutete er auf eine Strickleiter, die hoch über uns an der ersten Plattform befestigt war. »Da müssen wir hoch.« Er zeigte auf ein Stahlseil. »An diesen Seilen klinkst du dich mit den Sicherungshaken ein, dann kann dir bei einem Absturz nichts passieren, du wirst abgefangen.« Als er es vormachte, nickte ich.

»Ich glaube, das schaffe ich.«

»Tust du.« Nick machte eine höfliche Handbewegung. »Willst du zuerst?«

Ich trat einen Schritt zurück. »Nach dir.«

»Okay.«

Ich sah ihm zu, wie er sich geschickt die Strickleiter hochhangelte und auf die Plattform hievte. »Jetzt du«, rief er nach unten und befestigte seine Sicherungshaken am nächsten Seil. Nachdem ich mich ebenfalls gesichert hatte, trat ich den wackligen Aufstieg an, den ich leider nicht halb so souverän bewältigte wie Nick. Es war sauschwer, die Leiter drehte sich und gab bei jeder Sprosse nach, ich hing mit meinem ganzen Gewicht im Seil, sodass meine Muskeln vor Anstrengung brannten. Mittendrin war ich drauf und dran, aufzugeben, und das schon bei der Leiter! Die wirklich schwierigen Hindernisse warteten noch auf mich.

»Nicht schlappmachen«, hörte ich Nick über mir. Der hatte gut reden, immerhin bestand der Kerl nur aus Muskelmasse, ich hingegen aus sehr viel weichem Material. Ich biss die Zähne zusammen und kämpfte verbissen weiter, schaffte es schließlich nach oben, wo Nick mich das letzte Stück an den Händen auf die Plattform hievte, als wäre ich leicht wie ein Püppchen. Wie zufällig legte er die Arme um mich und half mir auf die Beine, während ich mit glühenden Wangen nach Atem rang.

»Von unten sieht das nicht so anstrengend aus«, japste ich.

»Die Leiter ist das Fieseste, ab jetzt wird es cool.« Als er mich an sich zog, legte ich instinktiv eine Hand auf seinen Brustkorb.

»Du sollst mir doch vertrauen«, sagte er mit leiser, tiefer Stimme.

»Ich glaub, ich trau dir noch nicht so ganz.« Ich spürte sein Herz kraftvoll an meiner Handfläche schlagen.

»Ich tu dir nichts.« Sein Blick suchte meine Augen. »Du fühlst dich so gut an.« Seine Hände wanderten an meinen Seiten hoch zum Hals, ich spürte seine Finger an den Ohren und erschauderte wohlig. Wie gebannt betrachtete ich seine sinnlich geformten Lippen und mein Verlangen nach ihnen wuchs, vor allem, da ich mittlerweile wusste, was er alles Atemberaubendes mit ihnen anstellen konnte. Ein besonnener Rest in mir kämpfte auf verlorenem Posten, quälte mich mit Zweifeln, die ich schon im nächsten Moment über Bord warf. Seine Daumen liebkosten die empfindliche Stelle an meinem Hals und jagten einen Schauer nach dem anderen über meinen Rücken. Der Mistkerl wusste genau, was er tat, welche Knöpfe er bei mir drücken musste, um mich in dieses gnadenlose Gefühlschaos zu stürzen, aus dem ich mich nicht allein befreien konnte. Vollkommen willenlos kam ich ihm mit dem Gesicht entgegen. Unsere Lippen trafen sich und wir versanken in einem leidenschaftlichen Zungenkuss, der meine Knie zum Beben brachte. Nick hielt mich fest, denn ich schwankte ein wenig, als seine Zunge meinen Mund eroberte. Heute war sein Kuss wild und besitzergreifend, er zeigte mir deutlich, was er von mir wollte. Ich konnte nichts dafür, dass ich ihm mehr und mehr verfiel, jede seine Berührungen schickte ein Kribbeln durch mich, machte meine Haut empfindlich und ließ mein Blut in den Ohren rauschen. In diesem Moment hätte er restlos alles mit mir machen können. Ich wurde süchtig nach ihm, als er an meiner Zungenspitze saugte und meine empfindlichste Stelle zum Pochen brachte, ohne sie überhaupt zu berühren. Schließlich löste er sich keuchend von mir, die Gier in seinen Augen war unübersehbar und machte mich noch heißer auf ihn. Aus einem Reflex heraus zerrte ich ihn an den Gurten zu mir, presste die Lippen auf seine, biss ihm in die Unterlippe und schob beide Hände in seinen Nacken. Ich wölbte mich ihm entgegen und rieb mich leise stöhnend an seinem Oberschenkel, weil ich das Pochen in meiner Mitte fast nicht mehr aushielt. Nick schob mich an den Hüften von sich und löste sich von meinem Mund, stoppte das Spiel genauso abrupt, wie er es begonnen hatte. Wir sahen uns kurzatmig an. »Baby, hier oben können wir das nicht tun.« Er sah zufrieden aus, als hätte er mich genau an diesem Punkt haben wollen. Und mir wurde klar, dass wir bereits nach seinen Regeln spielten. Seine Lippen glänzten von meinen, er trocknete sie mit dem Daumen, während ich eine Hand auf mein wild schlagendes Herz legte.

Als wäre nichts gewesen, löste er einen meiner Sicherungshaken und befestigte ihn am nächsten Drahtseil, bevor er den anderen aus- und wieder einklinkte. Scham pulsierte in meinem Gesicht, langsam wurde mir bewusst, was ich da gerade getan hatte. Ich hatte Nick buchstäblich angefallen. Er deutete die aufgereihten Hindernisse entlang, die zwischen zwei Bäumen gespannt waren. »Da müssen wir rüber, dann zum nächsten Seil und über das Spinnennetz.«

Ich besah mir die wacklige Angelegenheit, tat ebenfalls cool. »Puh, nicht ohne. Aber okay. Du gehst zuerst.«

»Feigling«, lachte Nick, bevor er sich auf ein schmales, am Drahtseil befestigtes Holzbrett stellte und über einen Stamm balancierte, der sich um die eigene Achse drehte, danach sprang er über ein paar frei schwebende Tritte zum nächsten Podest. »Komm«, rief er und winkte mich zu sich. Nach kurzem Durchschnaufen balancierte ich ihm nach, schlitterte lachend über das Rundholz und hielt mich dabei an den gespannten Seilen fest, bis ich ebenfalls die schwingenden Holzbrettchen überquerte. Das war toll!

»Super.« Nick hakte meine Sicherungen im nächsten Drahtseil ein und balancierte behände zum Spinnennetz, an das er sich von unten dranhängen musste, um es mit Händen und Füßen zu durchqueren. Seine Armmuskeln schienen unter der Haut zu tanzen, als er sein eigenes Körpergewicht in der Schwebe hielt. Ich konnte meinen Blick nicht von ihm lösen und wusste, dass ich nicht so einfach durch dieses Netz gelangen würde wie er. Dennoch näherte auch ich mich mutig dem Ding, verlor jedoch schon beim Aufstieg den Halt und hing, von einem erschrockenen Aufschrei begleitet, frei schwebend zehn Meter über dem Boden in den Gurten. Ich schluckte, wenn das Seil jetzt riss, war es aus mit mir.

»Ich schaffe das nicht«, rief ich Nick zu, »so viel Kraft habe ich nicht. Ich hab Angst, dass ich abstürze.«

»Vertrau mir, das wird nicht passieren.«

»Okay.« Ich versuchte, nicht nach unten zu sehen.

»Dann halt dich einfach am Stahlseil über dir fest und zieh dich am Netz vorbei zu mir rüber.«

Das war in der Tat bei Weitem einfacher. Nach ein paar Klimmzügen hatte ich es geschafft und Nick half mir auf die Plattform. »Alles klar?«

Ich strahlte ihn an. »Ich find's super.«

Er legte einen Arm um meine Taille, dieses Mal jedoch locker freundschaftlich. »Für so viel Mut bekommst du jetzt auch eine Belohnung.« Er deutete auf das Stahlseil, das von uns zum Boden gespannt war und hakte meine Sicherungen ein. »Lass dich einfach fallen, du musst gar nichts anderes tun. Du hängst wie vorhin auch im Gurt und rutschst an den Sicherungshaken nach unten.«

»Mach du zuerst.« Mir war das nicht geheuer, ich litt zwar nicht unter Höhenangst, aber zehn Meter über dem Boden in der Luft zu hängen, flößte mir trotzdem Respekt ein. Ich wollte erst sehen, wie Nick das schaffte, aber er schüttelte den Kopf.

»Glaub mir. Es passiert nichts.« Seine grauen Augen durchleuchteten mich. »Das ist cool, wirklich.«

Schließlich überwand ich mein banges Gefühl und vertraute darauf, dass Nick mich nicht in eine Situation brachte, die ich nicht meistern konnte. Bei dem Spinnennetz hatte er mich auch aus meiner Misere geholt und mir einen einfachen Weg gezeigt. Vielleicht konnte man jede komplizierte Situation im Leben umschiffen, wenn man es nur versuchte und sich auf den anderen einließ.

»Okay, ich mach's.«

Er legte seine Wange an meine, seine winzigen Barstoppeln kitzelten mich. »Nimm ein bisschen Schwung, aber nicht zu viel, sonst bist du unten zu schnell und knallst gegen die Wand. Halt dich an deinem Sicherungsseil fest, das ist alles.«

Schwungvoll ließ ich mich in den Gurt sinken und sauste kreischend durch den Wald, Stämme rasten an mir vorbei, ich fühlte mich frei wie ein Vogel. Das war so was von krass. Viel zu schnell war die Fahrt vorbei und ich fing mich an der gepolsterten Wand ab. Während ich meine Sicherungshaken löste, raste Nick ebenfalls am Seil nach unten, allerdings ohne hysterisches Gejohle. Lachend klatschten wir uns ab.

»Das war so toll, am liebsten würde ich das gleich noch mal machen.« Ich nahm den Helm ab und schüttelte meine verschwitzten Haare aus.

»Vorher musst du aber wieder an der Strickleiter hochklettern«, erinnerte Nick mich schmunzelnd und schob mich am Rücken zum nächsten Parcours. »Der hier ist auch super.«

23. Kapitel

Zwei Stunden später standen wir wieder am Kassenhäuschen und gaben Gurte und Helme zurück. Ich hatte Blasen an den Händen vom vielen Klettern, zudem würde der morgen einsetzende Muskelkater meine Bewegungen wohl schwer einschränken, aber das war das Erlebnis allemal wert gewesen. Schon lang hatte ich nicht mehr so viel Spaß gehabt wie heute mit Nick.

Nick reichte mir ein kaltes Mineralwasser, das er am Kiosk besorgt hatte und trank einen großen Schluck aus seiner Flasche.

»Danke.« Die kühle Flüssigkeit tat unglaublich gut, mein Körper war total ausgedörrt von der Anstrengung.

Ich setzte mich auf eine Holzbank im Schatten und Nick ließ sich neben mir nieder. »Du bist ja gar nicht so unsportlich, wie ich gedacht habe.« Er stieß mich sachte mit dem Knie an.

»Seit ich zehn war, musste ich jahrelang im Schrebergarten meines Opas beim Äpfelpflücken helfen und bin jeden Baum in der Gegend hochgeklettert. So was vergisst man nicht, ist wie Radfahren.«

»Wenn ich das vorher gewusst hätte, wären wir den schwarzen Parcours auch noch geklettert.« Er deutete hoch in die Wipfel, wo frei schwingende Riesenschlaufen in drei Seilen endeten, an denen man sich ohne Hilfe entlanghangeln musste, bis man sich auf Hanging Boards wiederfand und danach auf parallel rotierenden Stämmen balancieren musste, die nur mit Hilfe eines Partners überwunden werden konnten. Wahrscheinlich hätte ich nicht mal die Hälfte der Strecke geschafft, ließ mir allerdings nichts anmerken.

»Schade, dass wir die Ausrüstung schon abgegeben haben.«

»Wir können das gern noch ausprobieren, wenn du willst.«

Huch! »Irgendwann mal«, wiegelte ich rasch ab. Ich trank mein Mineralwasser leer und stand auf. »Ich glaube, für heute reicht's mir. Meine Motivation ist irgendwohin abgehauen, die muss ich erst mal suchen gehen.«

»Magst du einen Hotdog?« Nick deutete zum Kiosk. »Ich bin am Verhungern und die haben sonst nichts anderes hier.«

»Gern. Hotdog klingt gut.« Ich spürte ebenfalls meinen Magen grummeln, als er welche holen ging. Mir fiel auf, wie zuvorkommend sich Nick schon die ganze Zeit über verhielt, und der Gedanke, dass er heute extra wegen mir hierhergekommen war, wärmte mich innerlich. Ich fühlte mich so locker, wie seit Langem nicht mehr. Das Klettern, die unbeschwerten Stunden mit ihm hatten mir gutgetan. Ich beobachtete jede seiner Bewegungen: Wie er in seiner Hosentasche nach Kleingeld kramte, mit der Verkäuferin ein paar Worte wechselte und sie mit irgendwas zum Lachen brachte, bevor sie Brötchenhälften aufklappte und Würstchen hineinlegte. Ich sah ihm zu, wie er sich zu dem kleinen braunen Hund der Kioskfrau bückte und ihn hinter den Ohren kraulte, als der sein Schienbein beschnüffelte.

Wie oft Nick mich seit Samstag schon angefasst hatte, konnte ich gar nicht mehr zählen, meistens waren es zufällige Berührungen gewesen – leichte und freundschaftliche, die dennoch meinen Körper jedes Mal zum Klingen gebracht hatten. Bis auf den Ausrutscher vorhin hoch oben in den Wipfeln, der schon so lang vorbei war, dass ich fast an Einbildung glaubte. Ich wusste nicht, wohin wir beide drifteten, ob es erneut auf etwas Sexuelles zwischen uns hinauslaufen würde. Was mich so fertigmachte, war der Fakt, dass er mich völlig in der Luft hängen ließ. Er ging keinen Meter auf mich zu, rückte aber auch keinen von mir ab. Ich hatte null Ahnung, was Nick für mich empfand, oder ob er überhaupt etwas für mich fühlte. Müsste er das nicht? Irgendwas. Aber er benahm sich, als wäre er aus Krypton. Wahrscheinlich würde sich nichts zwischen uns ändern, selbst wenn ich mir das noch so sehr wünschte. Wir hatten eine Vergangenheit zusammen, das war alles, teilten ein kleines Stück Erinnerung, mit der ich allerdings noch längst nicht durch war. Warum ich mir Nicks Nähe dauernd antat, konnte ich mir beim besten Willen nicht erklären.

Nick kam beladen mit zwei Hotdogs zu mir zurück und ich nötigte mich zu einem ungezwungenen Lächeln. »Als der Hund hörte, wie ich Hotdogs bestellte, wurde ich auf einmal sein bester Freund. Der arme Kerl ist vierzehn Jahre alt und auf Diät. Sie sagt, er klaut den Leuten die Würstchen, wenn man nicht aufpasst.« Er reichte mir einen Hotdog und setzte sich neben mich.

Genüsslich biss ich hinein. »Der Arme. In dem Alter braucht er auch keine Diät mehr. Wenn ich alt bin, werde ich all die Dinge machen, die ich jetzt nicht tue, damit ich alt werde. Fette Havannas rauchen und jeden Tag Tequila trinken, mich mit Fast Food vollstopfen und ...«

»Dir junge Typen zum Vernaschen angeln?«, beendete er meinen Satz und musterte mich interessiert.

»Auf die Idee bin ich noch gar nicht gekommen, aber ja, das klingt nicht schlecht«, spielte ich mit. »Ich werde meine Rente mit denen verprassen und sie gefügig machen.«

»Ich stelle mich zur Verfügung«, sagte er kauend und klang spöttisch.

»Nein, danke, du bist mir dann zu alt«, kicherte ich und leckte etwas Ketchup von meinem Zeigefinger.

»Hey«, er stupste mich mit dem Ellenbogen an. »Ich dachte, du wolltest keine One-Night-Stands mit Bad Boys mehr haben?«

Ich zuckte mit den Achseln. »Selbst Oscar Wild sagte einmal: *Der einzige Weg eine Versuchung loszuwerden, ist, ihr nachzugeben.*«

Er hielt mitten im Essen inne. »Darf ich das jetzt auf mich beziehen?«

Instinktiv sprang ich von der Bank, seine Nähe war mir gerade einen Tick zu gefährlich. »Nein. Denn ich werde das alles erst tun, wenn ich eine steinalte Witwe bin, die die Kohle ihres Mannes verprasst und ihre Restlebenszeit genießt.«

Nick stand ebenfalls auf. »Du bist ein kleiner Schisser, das ist alles.« Er nickte zur Seite. »Hauen wir ab. Der Hund pirscht sich an uns ran und wir kriegen Ärger, wenn er deine Wurst klaut.«

Erst jetzt bemerkte ich den pummeligen Vierbeiner, der meine Richtung eingeschlagen hatte. »Tut mir leid, Kleiner«, sagte ich wehmütig. »Aber du hast wirklich zu viel Speck auf den Rippen.«

»Los jetzt.« Nick schob mich sanft am Rücken an. »Du willst also irgendwann mal heiraten«, sagte er, als wir den Trampelpfad zum Auto zurückgingen.

»Kann schon sein.« Ich kämpfte mit den letzten Bissen meines Hotdogs, das Ding war riesig. »Um ehrlich zu sein, mache ich mir darüber jetzt noch keine Gedanken. Ich lasse das auf mich zukommen.«

»Ich versuche gerade nur, mir vorzustellen, wie du das mit deinem *Geheimnis* vereinbaren willst.« Er betonte das Wort Geheimnis, als wollte er mir zeigen, wie albern er es fand. Dass er ausgerechnet jetzt, wo wir uns so gut verstanden, mit dieser Sache anfangen musste, nahm ich ihm übel. »Lässt du später bei deinem Mann auch das Unterhemd im Bett an?«

Seine Frage traf mich knüppelhart. Mit Mühe schluckte ich den Bissen in meinem Mund herunter und verspürte keinen Hunger mehr. Ich wollte mit Nick nicht über meine Brandnarben reden, sondern meinen entstellten Bauch am liebsten vergessen. Warum brachte er dieses Thema ausgerechnet jetzt wieder ins Spiel?

»Das geht dich nichts an«, presste ich hervor und beschleunigte meinen Gang. Natürlich kam er mir nach und hielt mich am Arm fest.

»Jetzt hau nicht gleich ab.« Er klang versöhnlich. »Ich verstehe dich einfach nicht, das ist alles.«

»Weil du nicht so aussiehst, vielleicht?«, erwiderte ich eine Spur zu laut. »Deine Haut wurde nicht verbrannt, du läufst nicht mit riesigen, hässlichen Narben herum, musst diese Verbrennungen nicht dauernd im Spiegel anschauen, dich dazu auch noch blöde vollquatschen lassen. Du hast leicht reden. Was soll das?« Meine Augen brannten, was mich zusätzlich aufregte.

»Ich will, dass du dich so akzeptierst, wie du bist.« In seiner Stimme schwang ein Hauch Mitleid mit und das brachte mich fast um. Während ich von Nicks perfektem Körper träumte, empfand er Mitgefühl für meinen. Dieses Arschloch versuchte sich an einer gottverdammten Therapie und ich Idiotin hatte beinah geglaubt, dass ihm etwas an mir lag.

»Dein beschissenes Mitleid kannst du dir sparen.« Ich warf den Hotdog-Rest in einen Mülleimer am Wegrand und stampfte davon. Leider blieb Nick mir auf den Fersen, was ja auch Sinn machte, denn wir mussten zu seinem Auto. Meine Handtasche lag noch darin, ich konnte mir nicht mal ein Taxi rufen. Erst an der Beifahrertür hielt ich an und wich seinem durchdringenden Blick aus. Er stand auf der anderen Seite des Cabrios und regte sich nicht.

»Was machst du, wenn ich die Tür öffne?«, fragte er. »Steigst du ein?«

»Das findest du gleich heraus.« Ich war so enttäuscht, dass ich ihn keine Minute länger in meiner Nähe haben wollte. Ich tat Nick leid. Das tat so weh, dass ich am liebsten losgeheult hätte.

»Ich mach nicht auf, wenn du dich nicht reinsetzt«, hörte ich

Nick sagen. »Du wirst nicht deine Tasche schnappen und abhauen.«

»Du hast mir gar nichts zu befehlen«, schleuderte ich ihm entgegen. »Fühlst du dich besser, wenn du mit dem Narbenmädchen ein bisschen deine Mitleidstour abziehst? Und nein: Ich werde niemals mein Unterhemd vor einem Mann ausziehen, kapiert?«, schrie ich ihn an.

Nick kam um den Wagen herum und packte mich am Arm. »Du wirst dich jetzt wieder einkriegen, hörst du? Und dann vergisst du die Kacke, die du dir in deinem Kopf mal wieder zusammenreimst. Ich ziehe hier keine Mitleidsmasche ab, aber langsam geht mir dein Selbstmitleid tierisch auf den Geist. Warum reduzierst du dich nur auf deinen gottverdammten Bauch?« Nun wurde auch er lauter, der Druck auf meinen Oberarm nahm zu. Er hielt mich so fest, dass ich mich nicht losreißen konnte. »Du hast wunderschöne Beine und richtig heiße Brüste, dein Hintern ist knackig und dein Gesicht einfach nur hübsch. Außerdem bist du lustig und klug. Mit dir kann man Spaß haben und du überraschst einen immer wieder. Du bist eine tolle Frau. Kam dir noch nie der Gedanke, dass dein Bauch überhaupt keine Rolle spielt?« Sein wütender Blick fixierte mich, die grauen Augen blitzten auf wie Silberpfeile im Sonnenlicht.

Meine Unterlippe zitterte, als ich mühsam einsortierte, was Nick eben zu mir gesagt hatte, und mich eine quälende Erinnerung überrannte. »So etwas Ähnliches hat Linus damals auch zu mir gesagt und dann hat es doch eine Rolle gespielt.«

»Wer ist Linus?«

Ich bebte innerlich, bei dem Versuch, mich unter Kontrolle zu halten, ich wollte nicht vor Nick weinen. Nicht wegen Linus und auch nicht um uns beide. »Der Mann vor dir«, stieß ich schließlich leise aus und senkte die Lider. »Er hat mir damals auch erzählt, dass es ihm egal ist, alles halb so wild und wie geil ich doch wäre. Aber dann hat er gemerkt, dass es ihm doch etwas ausmacht. Er konnte meinen Bauch nicht berühren, hat sogar gemeint, wenn er mich nackt sieht, bekommt er keinen hoch. Ich habe dann ihm zuliebe mein Unterhemd im Bett angelassen, aber es hat trotzdem nichts gebracht. Er machte bald darauf Schluss, sagte, er ekle sich zu sehr vor meinem Bauch und könne nicht mehr mit mir intim werden.«

Ich hörte Nick tief durch die Nase atmen, seine Hand rutschte an meinem Arm entlang zu meiner Hand. »Dieser Typ war ein Idiot«, sagte er schließlich leise. »Warum gibst du so viel auf die Meinung dieses Riesenarschlochs?«

»Weil er recht hatte.« Wie in Zeitlupe hob ich die Lider. »Weil es eine Rolle spielt, du machst doch auch so ein Riesending daraus.«

»Nur weil es für dich so ein großes Thema ist, mir sind deine Narben scheißegal und ich ekle mich auch nicht vor dir, ganz im Gegenteil. Verdammt, du wärst beinah gestorben. Weißt du eigentlich, was für ein Riesenglück du hattest? Statt dich wegen ein paar Narben so fertigzumachen, solltest du jeden Tag feiern, dass du überhaupt noch lebst. Alles andere ist doch da unwichtig.«

Ich rieb mir mit der anderen Hand über die Augen, mein Innerstes fühlte sich wund an. Ich ließ Nicks Worte nicht an mich heran, sperrte mich dagegen. So viel Glück war das nicht, wie er glaubte, nicht für diesen Preis. Ich musste Nick auf Abstand bringen, was er jetzt redete und wie er später reagieren würde, waren zwei grundverschiedene Dinge. Einmal war ich auf dieses Gequatsche schon hereingefallen und nur der Umstand, dass Linus mir nicht sonderlich viel bedeutet hatte, hatte mich davor bewahrt, etwas sehr Dummes zu tun. Bei Nick würde mir das nicht gelingen. »Nick, du kannst jede haben. Du führst dieses wilde Leben, mit den vielen Frauen. Du kannst so viele haben, dass sie dich sogar dafür bezahlen. Ich bin nur dieses unerfahrene durchschnittliche Mädchen mit den riesigen Narben, mit denen ich halt nur schwer zurechtkomme. Und ich verstehe nicht, was du überhaupt von mir willst.« Als er den Mund öffnete, hob ich die Hand, um ihm anzudeuten, er sollte mich ausreden lassen. »Ich muss zugeben, ich fühle mich geschmeichelt, wenn du mir sagst, dass du mit mir ins Bett möchtest. Aber ich kann das nicht. Ich kann nicht mit dir schlafen und das dann hinterher locker abhaken so wie du. Das habe ich dir schon mal gesagt, aber du willst es einfach nicht hören. Ich will mich nicht in dich verlieben, aber das werde ich tun, wenn du weiter mit mir flirtest. Dadurch fühle ich mich nur schlecht, denn du wirst demnächst mit irgendeiner Frau in einem Hotelbett liegen. Verstehst du?« Ich blickte ihn durch den Tränenschleier vor meinen Augen an. »Deswegen musst du damit aufhören, mir so nah zu kommen, und auch damit, mit mir schlafen zu wollen. Tu mir das nicht an, weil ich dir wahrscheinlich nicht mehr lang widerstehen kann ...«

Noch während ich redete, schob Nick eine Hand in meinen Nacken und presste seine Lippen auf meine, genauso unbändig und besitzergreifend wie vorhin oben in den Bäumen. Wut mischte sich dazu, als er mit den Zähnen schmerzhaft gegen meine Lippen schlug und mit der Zunge meinen Mund eroberte, als führte er einen Kampf. Er drückte mich gegen den Wagen, seine Hände glitten meine Seiten entlang und umfassten meinen Hintern. »Gib mir doch wenigstens eine Chance«, raunte er und lehnte sich mit seinem ganzen Gewicht an mich, sodass ich ihn überall auf mir spürte. Mir blieb der Atem weg, denn er küsste mich wieder stürmisch. Instinktiv krallte ich meine Hände in sein Shirt.

»Nick«, flehte ich an seinen Lippen, bevor mich eine Hitzewelle erfasste, die meine Nerven zum Zittern brachte.

»Ich bin so sauer, dass du mich mit diesem Arschloch vergleichst«, sagte er leise und versenkte eine Hand in meinen Haaren. »Und dass du so schlecht über mich denkst.«

»Nick, ich weiß, wie das endet«, keuchte ich, als er an meinem Ohrläppchen knabberte und kleine Schauer über meinen Rücken jagte.

Er rieb sich an mir und küsste meinen Hals. »Ich will dich, ist mir doch scheißegal, ob du ein paar Narben am Bauch hast oder nicht.«

Meine Hände glitten über seine muskulösen Oberarme, streichelten die weiche Haut, ich genoss den Gefühlstumult, den Nick in mir verursachte, als er die kleine Mulde an meinem Hals küsste und mit den Händen an meinen Seiten nach unten wanderte. Plötzlich fühlte ich seine Finger am Saum meines Tops, merkte, wie er es nach oben schob und die nackte Haut darunter berührte. Mein Herzschlag setzte kurz aus, mich überkam das Gefühl, als hätte Nick mir einen Faustschlag in den Magen versetzt. »Nein«, wimmerte ich und hielt seine Hand fest. Panisch schob ich ihn von mir, aber er bewegte sich kein Stück. »Nein, hör auf. Hör auf. Ich will das nicht.« Meine Stimme schwoll an.

Endlich wich Nick einen kleinen Schritt zurück und stieß einen verärgerten Seufzer aus, ehe er beschwichtigend die Hände hob. »Aida, es ist mir wirklich egal.«

»Ich will es trotzdem nicht, hörst du?« Ich stützte mich am Autodach ab und drehte mich zur Seite. Eine Übelkeitswelle erfasste mich. Mein Rücken stach, als bearbeitete jemand ihn mit Nadeln, während ich hektisch Luft holte, bei dem Versuch, mich endlich wieder einzukriegen. Ich reagierte total über, Nick musste mich für durchgedreht halten. »Bitte fahr mich heim«, sagte ich, als ich mich endlich wieder etwas gefasst hatte und bemerkte, wie Nick mich ernst und sorgenvoll musterte.

»Ist gut«, willigte er schließlich ein und ging zur Fahrertür.

Wir saßen schweigend im Auto, Nick fuhr gemächlich über die Landstraße. Ab und an wagte ich einen – wie ich hoffte – unauffälligen Seitenblick, um seine Stimmung auszuloten. Er blickte stur geradeaus, sein Kiefer wirkte angespannt, ansonsten ließ er sich nicht anmerken, was in ihm vorging. Aber ich konnte es hinter seiner Stirn arbeiten sehen und hätte alles dafür gegeben, zu erfahren, worüber er nachdachte. Vor uns senkte sich die Sonne und tauchte den Himmel in ein atemberaubendes Rot, wie gemacht für eine romantische Spritztour in einem offenen Wagen. Doch seit Nick vom Parkplatz gefahren war, hatten wir kein Wort mehr miteinander gewechselt.

Nick drückte am Radio herum, suchte nach einem Sender und ließ jeden Song erst sekundenlang anspielen, ehe er zum nächsten wechselte. »Nur Müll«, fluchte er leise und ich wusste, dass seine schlechte Laune eigentlich mir galt. Ich kämpfte gegen den Drang an, seine Hand zu nehmen und ihn am Rumspielen mit den Knöpfen zu hindern.

»Lass einfach irgendwas, ist doch egal.« Nervös umklammerte ich den Türgriff, als Nick mir das Gesicht zuwandte.

»Was willst du eigentlich von mir?«

»Wie meinst du das?« Ich war irritiert.

»Du willst nicht mit mir schlafen, das habe ich kapiert. Und du kennst mein Leben, so wie ich es führe. Das kannst du auch nicht akzeptieren. Aber sobald ich es darauf anlege, wirfst du dich mir an den Hals. Nur darf ich dich nicht überall berühren, das scheint dein einziges Problem dabei zu sein. Verflucht, was willst du eigentlich von mir? Ich will es nur wissen, damit ich mich darauf einstellen kann und mir dieses Theater in Zukunft erspare.«

»Ich weiß es nicht«, gab ich schließlich zu und ließ den Kopf hängen. Es stimmte, unsere Situation war total verworren. Er war mein Kollege, absolut heiß und ... ein Callboy. Diese Kleinigkeit konnte ich in der Tat niemals akzeptieren, da hatte er verdammt recht. Ich wollte Nick. Nur auf seinen Alter Ego Julian, den singenden Seemann, konnte ich gut verzichten.

»Du weißt es nicht«, wiederholte er leise und frustriert. »Aida«, er brach ab und atmete tief durch. »Wir kommen uns verdammt nah und ich mache mir langsam Gedanken, wie nah ich dir noch kommen kann.«

»Musst du nicht«, presste ich heraus. »Drehen wir einfach die Uhr auf letzten Freitag zurück.« Ein Teil von mir verdorrte, als ich das sagte. Ich sprach langsam, wollte meine Stimme unter Kontrolle halten, ich wollte nicht verletzt oder sauer klingen, ihn nicht auch noch als Freund verlieren.

Ein winziges Lächeln legte sich auf seine Lippen und die verhärteten Züge lösten sich in seinem Gesicht. Beinah sah er erleichtert aus. »Das ist wieder mal so ein typischer verkorkster Aida-Vorschlag, als ob es so einfach wäre.«

Ich lehnte mich zurück. »Ich versuche, dir einen Türspalt zu öffnen, durch den du abhauen kannst. Warum nutzt du das nicht?«

»Vielleicht, weil ich nicht abhauen will? Ich gebe es zu, ich habe keine Ahnung, was das mit uns wird. Da wabert diese ganz spezielle Anziehungskraft zwischen uns und ich muss gestehen, das macht mich nervös. Normalerweise habe ich mich bei Frauen besser im Griff. Und wenn wir ehrlich sind, wissen wir beide, was du willst. Nur kann ich jetzt noch nicht sagen, ob ich dir das geben kann. Ich brauche mehr Zeit.«

»Ich verliebe mich gerade in dich«, brach es gedämpft aus mir heraus, während mein Herz wie verrückt klopfte.

»Ich weiß«, sagte er knapp. Das war's. Ich sollte schleunigst die Gelegenheit nutzen, mein Geständnis zu revidieren, oder wenigstens etwas hinzufügen, was die Aussage abmilderte, aber mein Mund war wie gelähmt.

»Du brauchst also mehr Zeit«, erwiderte ich schließlich. Sein unwiderstehliches Gesicht, die Aura, die ihn umgab und ihm dieses gewisse Etwas verlieh, in dem ich mich mehr und mehr verlor, war eine Sache. Eigentlich sollte ich ihm sagen, dass es okay für mich war, ich sein Zögern gelassen nahm, weil wir uns wie zwei erwachsene Menschen verhalten sollten. Aber ich konnte nicht und das war idiotisch. Vielleicht käme ich durch einen lockeren Spruch möglichst heil aus diesem Durcheinander wieder heraus. Was also hinderte mich daran?

»Ich brauche mehr Leidenschaft«, sagte er schließlich, was mich richtig traf. Dass ich so lethargisch im Bett gewesen war, hätte ich jetzt auch nicht vermutet. »Ich will, dass du dich mir völlig hingibst, ohne dauernd deinen Kopf einzuschalten. Du sollst mir vertrauen und ich möchte irgendwann in nächster Zeit diese Nacht wiederholen, egal, wo es hinführt, oder ob es überhaupt irgendwo hinführt.« Eine bedeutsame Pause baute sich zwischen uns auf und spannte mich zum Zerbersten an, ich wusste, dass er noch etwas hinterherschieben würde. »Wenn es auf diese Art nichts für dich ist, dann sollten wir das in der Tat besser sein lassen. Und jetzt bist du dran.«

»Wow.« Bei seinen Worten geriet ich ins Schwitzen. »Was soll ich jetzt dazu sagen? Ein faires Angebot. Dann lassen wir also erst mal unseren Trieben freien Lauf.« Ich schenkte ihm ein gezwungenes Grinsen, welches er mit einem ungläubigen Kopfschütteln beantwortete.

»Ja«, sagte er schließlich, »auch wenn du es mal wieder so unglaublich kacke formuliert hast. Ich hingegen würde sagen: Lassen wir es einfach laufen und sehen mal, wohin es führt.«

Es ging ihm nicht darum, abzuhauen. Im Gegenteil, er wollte mehr von mir. Und ich wollte ihn, verdammt, ich wollte Nick so sehr, dass es wehtat. Als mir seine Botschaft klarer in den Kopf sickerte, zog sich mein Inneres zusammen, nur um sich explosionsartig zu weiten. Die Erinnerung an Nicks geschickte Hände auf meinem Körper beflügelte meine Fantasie. Er sollte noch einmal so heftig und leidenschaftlich in mich eindringen wie vergangenen Samstag, ich wollte die kleinen Erschütterungen erneut durchleben, die seine Küsse auf meiner Haut hervorgerufen hatten. Ich wollte ihn besitzen, ihn in mir spüren, und ja, in der Tat, meiner Begierde freien Lauf lassen.

»Und bevor ich es vergesse, ich werde es in Zukunft nicht mehr akzeptieren, dass du dich nicht vor mir ausziehen willst.«

Seine Ansage wirkte wie ein kalter Guss. »Nick«, fing ich vorsichtig an, aber er schüttelte den Kopf.

»Das ist mein Ernst.« Seine Stimme klang schroff, endgültig.

»Vergiss es.« Mich vollkommen nackt, das konnte er sich abschminken.

Plötzlich bremste Nick scharf ab, das Auto schlitterte ein Stück weit über den Asphalt, bevor er am Lenkrad drehte und mit quietschenden Reifen in einen Feldweg einbog. Das Heck scherte aus und der Wagen schlingerte ein ganzes Stück über den Schotter, knapp am Graben vorbei, bevor er zum Stehen kam. Erschrocken schrie ich auf und klammerte mich am Haltegriff fest. Fuck! Nick! Manchmal war er wirklich von allen guten Geistern verlassen.

Eine Zeitlang saßen wir einfach nur da und starrten vor uns hin. Jeder für sich und reglos. Neben uns raschelten vom Sommer ausgedörrte Maispflanzen im Feld, eine Maus wuselte vor uns auf die andere Seite und verschwand in der Wiese.

Nach einer halben Ewigkeit wandte sich Nick mir endlich zu. Ein wilder Glanz lag in seinen Augen, ich merkte ihm an, dass er sich zurücknahm. Mit angespanntem Atem erwartete ich den nächsten Anpfiff, aber er sagte nichts. Stattdessen beugte er sich langsam zu mir und küsste meine Kinnlinie entlang bis zum Ohrläppchen. Über seine plötzliche Zärtlichkeit zwar überrascht, machte ich dennoch mit. Lehnte mich mit geschlossenen Augen zurück und versenkte eine Hand in seinen Haaren, strich mit den Fingerkuppen über seine Kopfhaut und streichelte die weiche Haut in seinem Nacken, während seine Zungenspitze hinunter zu meinem Hals leckte. Sein leises Keuchen vibrierte an meinem Puls und jagte ihn in die Höhe, vermischte sich mit dem wohligen Stöhnen, das meine Lippen verließ. In Momenten wie diesen konnte Nick alles von mir haben. Ich wölbte mich ihm entgegen, lud ihn ein, auch meine Brüste zu erkunden, mein Körper füllte sich mit pulsierender Energie, die nach einem Ventil suchte, das ich nur in Nicks geschickten Fingern finden würde.

»Ja«, seufzte ich leise und fuhr mit den Fingern durch seine Haare, genoss dieses Kribbeln, das von meinem Hals abwärts direkt in meine empfindlichste Stelle strömte, die bereits fordernd pochte. Nicks Hände gingen auf Wanderschaft, streichelten meine Brüste durch den dünnen Stoff meines Tops und steigerten das Prickeln zu einem erdbebengleichen Pulsieren. Ich spreizte meine Beine ein wenig, als Nicks Hand zwischen meine Schenkel glitt und meine nackte Haut liebkoste, dabei rieb er mit der Handkante meine Mitte und ich verbrannte beinah innerlich. Am liebsten hätte ich Nick an mich gezerrt und ihm die Kleider vom Leib gerissen. Mir war alles egal, meine Bedenken zählten nicht mehr. Ich wollte von Nick genommen werden, ganz gleich, was morgen zwischen uns los war. Seine Hand strich über meine Shorts und blieb wie zufällig am Saum meines Tops liegen, während er meinen Hals mit kleinen Küssen bedeckte. Ein Anflug von Panik schürte sich durch meine Erregung und stob in einem Funkenflug über mich hinweg. Mein Körper versteifte sich instinktiv. Obwohl er es merken musste, hörte er nicht auf. *Bitte nicht*, flehte ich in Gedanken, denn meine Stimme versagte. Nicks Zunge schickte eine Gänsehaut über meinen Hals, wohlige Schauer schüttelten mich, während mein Körper gleichzeitig Nicks Hand nicht ertrug. Meine Atmung wurde hektischer. Ich biss die Zähne zusammen, als Nick mein Top zentimeterweise nach oben schob, seine Fingerspitzen berührten sachte meinen Bauch. Eigentlich war es nicht mehr als ein Hauch, aber mir kam es vor, als würde er ein schweres Eisenstück auf mir abladen. Mir wurde klar, was er vorhatte, und alles in mir sträubte sich dagegen, gleichzeitig schickte seine Zunge an meinem Hals süße Signale durch mich hindurch. Meine Hände rutschten aus Nicks Haaren und sanken wie gelähmt neben mir auf den Ledersitz, ich sah starr geradeaus, war nicht in der Lage, mich zu regen. Ich spürte den lauwarmen Lufthauch des Abends an meiner nackten Haut, als Nick mein Top bis unter meine Brüste schob und eine Hand auf meinen Bauch legte. Nur mit Mühe unterdrückte ich ein Schluchzen, das als gepresstes Wimmern herauskam. Ich wusste, was er jetzt fühlte. Da war keine glatte, samtene Haut, sondern unebene Stellen, durchbrochen von knotigen Verwachsungen und kleinen Verhärtungen. Mein Bauch fühlte sich grauenvoll an und ich schämte mich zu Tode bei dem Gedanken daran, was er jetzt wohl dachte. Bestimmt bereute er diese Dummheit schon.

»Tut es dir weh, wenn ich dich da berühre?«, fragte Nick und klang besorgt.

»Nick, du musst mich nicht anfassen, das ist schon okay.« Ich schluckte, mein Mund fühlte sich trocken an.

»Das war nicht meine Frage.« Er klang sehr ruhig. »Ich möchte wissen, ob es dir wehtut.«

»Nein.« Ich hielt den Atem an, denn ich spürte jeden einzelnen Finger auf meinem Bauch als wären es tausend. Das Gefühl war so unerträglich, dass ich glaubte, jeden Moment zusammenzuklappen.

»Das ist alles, was mich interessiert.« Nick wanderte mit den Lippen hoch zu meinem Mund, er küsste mich so gefühlvoll wie noch nie zuvor. Nach einem Moment des Zögerns kam ich ihm mit der Zunge entgegen, spielte mit seiner und leckte über seine Lippen, während sich der Knoten in meinem Magen langsam löste. Als Nick mit den Fingerspitzen meinen Bauchnabel umkreiste, verschlug es mir für einen Moment den Atem, damit hatte ich nicht gerechnet. Ein wundervolles Ziehen baute sich auf, das mich vollkommen überrumpelte. Ich stöhnte in seinen Mund, als er an meiner Unterlippe saugte und meinen Bauch zärtlich streichelte, diesen vernarbten, geschundenen Teil von mir mit einer Sanftheit zum Erbeben brachte, die ich nicht für möglich gehalten hätte. Ich mochte es, wie er mich anfasste, wie er seinen heißen Atem auf meine Wange hauchte und mir genussvolle Laute entlockte. Alles in mir lechzte nach ihm, aber er widmete sich ausschließlich meinem Bauch, verwöhnte diesen Teil von mir mit einer Hingabe, die mich zum Schmelzen brachte. Ein Hitzeschub nach dem anderen glühte über meinen Rücken und ich wollte den Moment am liebsten festhalten. Niemals hätte ich es für möglich gehalten, dass mein Bauch zu solchen Empfindungen fähig war. Meine Hände hoben sich wie von selbst und legten sich um seinen Nacken, während unser Kuss drängender und heißer wurde, unsere Münder miteinander verschmolzen, aneinander saugten und leckten.

Erst nach langer Zeit ließen wir voneinander ab und sahen uns kurzatmig in die Augen. Ein Fieber glänzte in seinen grauen Iriden, das ich noch nie zuvor bemerkt hatte. Seine Hand ruhte noch immer auf meinem Bauch und fühlte sich fast gut an, ich war vollkommen entspannt, als wäre es nie anders zwischen uns gewesen.

»Siehst du. Es gefällt dir doch«, raunte er und streifte meine Lippen mit seinen. »Und ich mag es auch. Jeder Millimeter deines Körpers ist perfekt. Ich will dich genau so, wie du bist.«

»Wow, das hatte ich echt nicht erwartet.« Ich streichelte seine Wange, sein leichter Bartschatten kitzelte meine Fingerspitzen.

»Ich sagte doch, du sollst mir vertrauen«, knurrte er und wischte mit dem Daumen über meine von seinem Kuss feuchte Oberlippe.

»Tue ich.« Ich nickte.

»Das kannst du auch.« Er klatschte sich an den Hals. »Fahren wir weiter, hier schwirren lauter Stechmücken herum.« Nick startete den Wagen und fuhr rückwärts den Feldweg zurück auf die Landstraße, während ich mich glücklich und entspannt in den Sitz lehnte.

Später hielt Nick vor meinem Wohnhaus an und nahm meine Hand, verschränkte seine Finger mit meinen. »Hast du Lust, am Samstag mit mir essen zu gehen?«

Mein Herz machte einen Freudenhüpfer. »Gern.«

Er beugte sich zu mir und küsste die empfindliche Stelle hinter meinem Ohr. Meine Brustwarzen stellten sich auf und wurden hart, verlangten nach mehr von ihm. Fast war es mir schon peinlich, wie dauererregt mein Körper sich in seiner Gegenwart verhielt. Kurz überlegte ich, Nick zu fragen, ob er mit hochkommen wollte, aber mich verließ im letzten Moment der Mut.

»Dann hole ich dich um halb acht ab.« Er küsste eine feuchte Spur zu meinem Mundwinkel. »Hast du eigentlich noch mehr solcher sexy Kleider wie das weiße?« Seine Stimme klang frivol.

»Habe ich zufällig«, keuchte ich, denn Nick vernebelte mir langsam die Sinne.

»Du solltest immer Kleider tragen«, raunte er und küsste mich auf die Lippen.

»Vielleicht ziehe ich am Samstag eins für dich an. Lass dich überraschen.« Meine Vorfreude auf das Wochenende wuchs. Nick hatte mich eingeladen, wir würden einen wunderschönen Abend zusammen verbringen. Viel besser konnte es nicht mehr laufen.

24. Kapitel

Ich saß mit meinen Freunden zur Happy Hour im *Enchilada* und wir ließen uns unsere Enchilada Cooler schmecken, knabberten nebenher an Nachos mit Dips. Seit Langem hatten wir es endlich mal wieder geschafft, uns alle abends zu treffen. Allein die Arbeitszeiten im *Boat* machten es schwierig, dass wir gleichzeitig frei hatten, meine ständig wechselnden Schichten im Krankenhaus waren auch nicht gerade hilfreich bei der Pflege von Freundschaften. Ben hatte einen Kumpel eingestellt, der ihn zweimal die Woche vertrat, sodass er nun mehr Zeit für seine Beziehung hatte. Wie es zwischen ihm und Luca stand, konnte ich nur erahnen, beide trugen ein Pokerface zur Schau. Zumindest waren sie noch zusammen.

»Was ist denn jetzt mit dem Auftritt der *White Sharks*? Findet der statt oder nicht?« Erdie tauchte einen Nacho-Chip in den Käse-Dip. »Wir haben noch nicht mal Werbung auf der Homepage vom *Boat* für den Gig gemacht. Dachte, die sollen Samstag spielen?«

Ben lehnte sich zurück, seine Augen wurden schmal, zudem wich er Lucas eindringlichem Blick aus. Was war denn jetzt schon wieder? »Weiß noch nicht«, sagte er schließlich. »Ich warte noch auf eine Antwort der Band.«

Luca prustete. »Du glaubst doch selbst nicht, dass die sich auf deine Erpressung einlassen. Was soll der Quatsch überhaupt? Das ist so lächerlich.«

»Worum geht es denn, wenn man fragen darf?« Pia nahm eine Sternfrucht-Scheibe von ihrem Glas und biss hinein.

»Ben hat der Band erklärt, sie dürfen nur im *Boat* auftreten, wenn sie für den Abend den Schlagzeuger austauschen«, klärte Luca uns alle auf. Ihr Tonfall ließ keinen Zweifel daran, wie bescheuert sie Bens Ansage fand.

»Wieso denn das?« Pia klang verwirrt, dann riss sie die Augen auf und wurde hektisch. »Oh. Ich verstehe. Vergesst es einfach.« Wie ein Kaninchen knabberte sie am Rest ihrer Frucht, während ihre Wangen sich röteten. Luca erdolchte sie mit Blicken.

»Was verstehst du?«, fragte Chad, der sich statt eines Cocktails ein German-Weizen bestellt hatte und sich einen großen Schluck genehmigte. »Ah, I'm gonna miss your beer, guys.«

Wir alle konnten sehen, wie Pia ihn unter dem Tisch heftig anstieß und ihm mit wilden Grimassen bedeutete, endlich still zu sein.

»Are you alright?« Er rieb sich sein Schienbein. »What's your problem? Das hat wehgetan. Wieso darf der Typ nicht spielen?«

»Nachher«, flüsterte sie im Elefanten-Trompeten-Ton. Wenn Pia aufgeregt wurde, hatte sie ihre Stimme nicht immer unter Kontrolle.

»Weil ich es nicht will«, erwiderte Ben knapp und stellte sein Glas zurück auf den Tisch.

»Und wenn sie gleich nach dem Auftritt abhauen?« Luca sah ihn bittend an.

»Warum ist dir das so wichtig?« Sein Kiefer spannte sich an.

Sie nahm seine Hand. »Es ist mir nicht wichtig, aber ihr habt ihnen zugesagt. Der Band. Zu der gehört Joshua nun mal auch. Lass sie doch spielen und gut ist es. Ich bin Samstag sowieso bei Caros Vernissage.«

»Joshua«, fiel Erdie ihnen ins Wort und streifte mich mit einem kurzen Blick. Was sollte das jetzt? Ich hatte mich in dieser Unterhaltung absichtlich bedeckt gehalten, nicht, dass noch ans Tageslicht kam, woher Ben seinen Wissensvorsprung hatte. »Ist das nicht der Typ, dem du Hausverbot gegeben hast, weil er Luca begrabscht hat?«, hakte Erdie nach.

»Er hat mich nicht begrabscht«, erwiderte sie empört und verschränkte die Arme. »Neulich im *Boat* hast du doch auch dieser Blondine den Arm um die Taille gelegt, als du mit ihr gequatscht hast. Ich hab es genau gesehen.«

Erdie verlor sich in einem kurzen Hustenkrampf, während Rhashmi sich interessiert aufrichtete. »Ach ja?« Ihre Lippen schoben sich zusammen.

»Das war höchstens ein Reflex. Ich hab ihr nur über den wackligen Steg aufs Boot geholfen«, verteidigte er sich und rutschte nervös auf seinem Stuhl herum.

Luca zuckte nur mit den Achseln. »Warum macht Ben bei dir nicht so einen Riesenaufstand?«

»Weil ich nicht mit Erdie zusammen bin, sondern mit dir?« Ben klang, als wollte er lediglich ihre Erinnerung auffrischen.

»Ein Reflex.« Rhashmi saugte mit einem schlürfenden Geräusch den Rest Cooler in einem großen Schluck aus ihrem Glas. »Vielleicht sollte ich diesen Reflexen auch öfter mal nachgeben. Das ist echt das Letzte.«

»Aber, ich habe doch gar nichts gemacht.« Erdie sah verwirrt in die Runde. »Chad, sag du es ihr.«

Chad grinste. »Correct me, if I'm wrong. Aber hat nicht zufällig eine gewisse Rhashmi uns erst vor Kurzem erklärt, dass flirten vollkommen harmlos ist? Ein Ego-Booster – nichts weiter. Also, Missy, stimmt das jetzt oder nicht?«

Die Spannung wich aus Erdies Gesicht, als Chad ihn aus der Schusslinie nahm.

Rhashmi fummelte an ihrer Halskette herum. »Das ist was anderes«, sagte sie schließlich.

»Etwas anderes ist es nur, wenn ihr das macht«, kam es von Ben, der nach dem Kellner winkte.

»Männer sind zum Flirten einfach nicht fähig«, erklärte Rhashmi, die sich erstaunlich schnell gefangen hatte, obwohl Chad den Spieß so schamlos umgedreht hatte.

Die Jungs kriegten sich vor Lachen gar nicht mehr ein.

»Dann hab ich ja noch mal Glück gehabt«, sagte Erdie und wischte sich Lachtränen aus den Augenwinkeln.

»Wenn du es als Glück ansiehst, heute Abend bei dir zu Hause zu schlafen, dann ja«, knurrte sie.

Er nahm ihre Hand. »Ach, Schatz. Ich könnte dich doch nie betrügen, das weißt du.«

»Und warum können Männer nicht flirten?«, kam es von Chad. »Ich dachte immer, I'm pretty good in it.«

»Weil Männer nur flirten, um eine Frau ins Bett zu kriegen«, erwiderte Rhashmi und erntete prompt ein zustimmendes Nicken von Chad. »Ihr Typen seid mit Testosteron vollgepumpt und dauer-paarungswillig. Was ihr macht, nennt sich nicht flirten, sondern abchecken, ob was geht. Wir hingegen sind sensibel. Für uns ähnelt das Flirten eher einem legeren ersten Kennenlernen eines Mannes, dessen optisches Erscheinungsbild rein zufällig unserer Vorstellung entspricht. Flirten ist ein vorsichtiges Herantasten, um zu erfahren, ob auch die inneren Werte dieses speziellen Exemplars seinem Aussehen gerecht werden. Es ist somit nichts weiter, als ein unverbindliches Erstgespräch.«

»Wenn Männer nur flirten, um mit einer Frau in die Kiste zu springen«, erwiderte Erdie nachdenklich, »warum musste ich dann vier Wochen warten, bis du mich rangelassen hast?«

Chad und Ben brachen in Gelächter aus, während Luca immer wieder unauffällig unter dem Tisch ihr Smartphone checkte. Ben tat, als bemerkte er es nicht. Offenbar hatte unser Gespräch neulich tatsächlich Früchte getragen.

»Tja, irgendwas hast du falsch gemacht, dude«, Chad klopfte sich vor Lachen auf die Schenkel. »Probier es nächstes Mal mit Tequila, das beschleunigt die Sache wie ein Turbo, dann musst du nicht wochenlang baggern.«

»Ihr seid so scheiße.« Pia schüttelte ungläubig den Kopf.

»Frauen flirten auch nur, wenn sie etwas wollen«, sagte Ben.

»Ach ja?« Pia hob eine Augenbraue. »Was wollen Frauen denn?«

»Unterschiedlich.« Ben lehnte sich bequem zurück. »Manchmal wollen sie sich einfach nur ein Getränk erschleichen oder ganz klassisch ihren Marktwert testen. Manche wollen ein Lob für ihr Aussehen abgreifen, wenn sie sich schon stundenlang im Bad abgeschuftet haben. Und nicht wenige wollen doch tatsächlich – auch wenn du es nicht glaubst, Rhashmi – mit einem Typen in die Falle.«

»Das sind Ausnahmen«, schoss Rhashmi sofort zurück.

»Ja, klar.« Bens Lachen klang sarkastisch. »Ein Mann kann jede ins Bett kriegen, wenn er sich nur geschickt genug anstellt.«

Als Ben das sagte, zuckte ich getroffen zusammen. Stellte sich Nick auch einfach nur geschickt an oder war da wirklich mehr zwischen uns? Ich konnte es nicht sagen. Vor ein paar Tagen in seinem Auto war ich mir noch sicher gewesen, dass wir auf dem richtigen Weg waren. Doch nun, mitten in dieser Unterhaltung, stellte ich fest: Wenn Männer und Frauen das Gleiche machten, war es trotzdem noch lange nicht dasselbe. Vielleicht funktionierte die Sache zwischen mir und Nick nur, solang ich nicht zu viele Gefühle investierte. Ich war in Punkto Nick eindeutig zu zart besaitet

»Wie stellt ein Mann sich geschickt an, wenn er eine Frau ins Bett kriegen will?«, fragte ich Ben, woraufhin sich alle Augen auf mich richteten. Mist. Konnte ich nicht einmal meine Klappe halten? Meine Schläfen pochten, ich hatte das Gefühl, alle sahen mir meine heimliche Affäre an der Nasenspitze an. Selbst Erdies Blick verweilte eine Spur zu lang auf mir. Er dachte bestimmt an den Abend im *Boat*, als ich Nick reingeschmuggelt hatte, aber ich wusste, dass er zu höflich war, um mich vor allen in eine blöde Situation zu bringen.

»Man erzählt ihr, was sie hören möchte«, sagte Ben. »Du gibst ihr das Gefühl, etwas Besonderes zu sein, bezirzt sie und kommst ihr langsam näher, testest aus, wie sie auf deine Berührungen reagiert, wie weit sie sich das gefallen lässt. Wenn das erste Herantasten positiv verläuft, machst du weiter. Schritt für Schritt. Ein überraschender Kuss, du greifst ihr dabei ins Haar und machst ihr ein Kompliment über ihr Aussehen oder ihr Kleid. Du musst sie dazu kriegen, dass sie total heiß wird, man kann den Erregungsgrad einer Frau sogar riechen, wenn man ihr sehr nah kommt. Sie muss dir verfallen, wenn du das als Mann schaffst, hast du sie.«

Mir kam es vor, als hätte Ben soeben die letzten Tage zwischen mir und Nick beschrieben. Verflucht, ich hasste schöne Männer mit Player-Qualitäten, die genau wussten, was sie taten. Mit aller Macht klammerte ich mich an die Hoffnung, dass ich mich gerade nur verrückt machen ließ. Nick brauchte keine billigen Tricks, um eine Frau zu verführen. Er konnte jede haben, die er wollte. Wozu so viel Energie in mich stecken, wenn er es hundertfach einfacher haben könnte? Nick wollte, dass ich ihm vertraute, und ich hatte ihm versprochen, dass ich das tat. Ben stupste mich am Oberarm an. »Alles klar?«

»Bei mir hast du das aber nicht so gemacht«, hörte ich Luca sagen.

»In dich habe ich mich auch verliebt.«

Der verbale Knüppel, den Ben mir mit dieser Ansage verbal überbriet, musste die Größe eines Hinkelsteins haben. Mein Kopf dröhnte. Was hatte Nick zu mir gesagt? Gehen wir erst mal zusammen ins Bett und schauen dann weiter. So ähnlich jedenfalls.

Später auf dem Heimweg hielt ich Ben am Arm zurück, als sich Luca gerade ausgiebig mit Rhashmi über den Verlauf des Abends austauschte.

»Es muss nicht immer so ablaufen, oder?«, fragte ich leise und schluckte. »Ich meine, das, was du vorhin erzählt hast. Es geht nicht immer nur um Sex, nicht wahr?«

»Sprichst du von dem Typen, den du trotz Hausverbot ins *Boat* geschmuggelt hast?«

»Es tut mir leid.« Ich rang mir ein Lächeln ab und hoffte, dass er nicht sauer war. »Nur weil es eine Uni-Veranstaltung war und wir alle zusammen hingehen wollten. Sorry. Kommt nicht wieder vor.«

»Schon gut«, er winkte ab. »Erdie hat dich später am Abend mit dem Kerl an irgendeiner Wand stehen sehen. Ihr seid euch ziemlich nah gekommen. Das ist doch der Typ mit der Wette, oder?«

Unglaublich. Vor meinen Freunden konnte man auch nichts geheim halten, die waren einfach überall. »Das mit der Wette war nur Scheiß. In Wirklichkeit ist er echt nett.«

»Und Joshuas Kumpel«, erwiderte er trocken.

»Ja.« Ich zuckte mit den Schultern. »Aber das hat doch nichts mit ihm zu tun.«

Ben prustete. »Er ist dasselbe Arschloch, glaub mir. Der Kerl wird dich verarschen, dir irgendwelche Scheiße erzählen, damit du ihn ranlässt und dann haut er ab.«

Mir wurde langsam klar, dass Ben für diese Unterhaltung wohl doch nicht der richtige Gesprächspartner war, dafür war er zu vorbelastet.

»Ist schon okay. Vergiss es.«

»Aida.« Ben legte einen Arm um meine Schultern. »Ich könnte wetten, du warst schon mit ihm in der Falle.«

Erschrocken zuckte ich zusammen. »Wie kommst du darauf? Meine Frage war ganz allgemein gedacht gewesen.«

»Das sehe ich dir an. Du bist voll in diesen Idioten verliebt, stimmt's?«

Mein verhaltenes Nicken entlockte Ben einen schweren Seufzer. »Ich trau dem Kerl nicht über den Weg, genauso wenig wie seinem Arschloch von Freund. Der hat dasselbe mit Luca vor, aber sie schnallt es nicht.«

»Wie läuft es bei euch?«, nutzte ich die Gunst und wechselte das Thema.

»Genauso beschissen wie vorher. Was glaubst du, mit wem sie dauernd schreibt? Bestimmt nicht mit Rhashmi.«

»Bist du sicher?«

»Keine Ahnung. Luca streitet alles ab, sagt, da ist nichts zwischen ihr und Joshua, ich bilde mir alles nur ein. Aber ich kann ihr nicht glauben.«

»Und was wirst du jetzt machen?« Ich wagte fast nicht, zu atmen.

»Keine Ahnung.« Er zuckte mit den Achseln. »Bei uns läuft nicht mal mehr was im Bett. Wenn das so weitergeht, dann war es das wohl.«

»Oh Ben. Das tut mir so leid. Ich verstehe Luca einfach nicht. Du bist so ein toller Mann.«

Ein Hauch von Verbitterung umwölkte sein Lächeln. »Auf jeden Fall wird er ganz bestimmt nicht im *Boat* auftreten, da kann Luca noch so durchdrehen.«

Mit einem Mal konnte ich nachvollziehen, warum Ben bei Joshua so auf stur schaltete. Er hatte wirklich Angst um seine Beziehung. »Ich find's richtig, dass du das nicht zulässt.« Ich betrachtete seine niedergeschlagene Miene und hätte Luca dafür am liebsten anständig den Kopf gewaschen. Sie lief nur ein paar Schritte vor uns neben Erdie und Rhashmi her und hatte sich bei ihr eingehakt. Die beiden kicherten in einem fort. »Soll er mit seiner beschissenen Band doch woanders spielen oder am besten ganz abhauen, der Penner.« Blöder, skrupelloser Joshua, ich brodelte innerlich und verfluchte Luca für ihre Dummheit, den Kerl nicht zu durchschauen.

Ein leises Lachen entwich aus Bens Mund. »Oberpenner.« Er nahm seinen Arm von meinen Schultern und vergrub die Hände in den Jeanstaschen. »Und was läuft jetzt zwischen dir und dem anderen Idioten?«

»Er hat mich für Samstag zum Essen eingeladen«, gestand ich im Flüsterton.

»Dir und Luca ist echt nicht mehr zu helfen.«

»Nick ist wirklich nett«, beteuerte ich noch einmal, auch wenn er mir das nicht abnahm. »Ich mag ihn wirklich.«

»Dann wünsche ich euch viel Spaß zusammen. Mal schauen, wie lang es hält. Ich tippe bis Sonntag.« Er kickte einen Kieselstein ins Gebüsch.

»Ben, du bist gemein.« Ich verschränkte die Arme vor der Brust, es war keine gute Idee gewesen, mit einem frustrierten Beziehungsgeschädigten ein Gespräch über Nick zu beginnen.

»Sorry«, sagte er schließlich und klang ehrlich. »Ist wohl heute nicht mein Tag. Ich lasse mich da auch gerne überraschen und wünsche es dir sogar, dass er kein Arsch ist.«

»Wie ...«, ich brach ab und holte tief Luft. »Wie merkt man, wenn es ein Typ ehrlich mit einem meint?«

Ben starrte vor sich hin, schien zu überlegen. »Bei diesem Nick meinst du? Wenn du das Wichtigste in seinem Leben wirst.«

Okay. Mit einem winzigen Satz hatte Ben alle meine Hoffnungen vernichtet. Vor ein paar Tagen hatte Nick mir gesagt, dass er noch nicht so weit wäre. »Und wenn er noch Zeit braucht?«

»Dann schwankt er noch. Wenn er sich in dich verliebt hätte, dann wüsste er das mittlerweile.« Er zögerte, bevor er weiterredete. »Fragt sich halt, was er wirklich will: Sex oder dich. Höchstwahrscheinlich findest du das am Samstag heraus.«

Am liebsten hätte ich Ben alles erzählt, mir den ganzen Druck von der Seele geredet und mich von allem, was mich belastete, befreit, um seine Einschätzung zu hören, wenn er Nicks gesamte Vorgeschichte kannte. Aber ich hatte Nick versprochen, mit niemandem über Julian zu reden, Pia war schon eine Mitwisserin zu viel. Und Ben würde mich wahrscheinlich für durchgeknallt halten, sollte er jemals erfahren, wie Nick und ich uns nähergekommen waren.

»Du hast recht«, stimmte ich deswegen nur leise zu.

»Denk nicht so viel darüber nach, lass es einfach auf dich zukommen. Du musst ja nicht gleich in seiner Bude landen.« Er zwinkerte mir zu.

Der hatte gut reden, wenn Nick mir auf die Pelle rückte, war ich schneller in seinem Bett, als ich gucken konnte. Allein der bloße Gedanke daran heizte mich auf. Scheiß auf meine tausend Bedenken. Ich würde den Samstag einfach auf mich zukommen lassen, wie Ben mir geraten hatte.

25. Kapitel

»Sehe ich zu aufgebrezelt aus?« Ich stand an der Schwelle zu Pias Zimmer und drehte mich einmal im Kreis. Pia legte ihr Buch zur Seite, hüpfte von ihrem Bett und begutachtete mich ausgiebig. Ich trug ein schwarzes Kleid mit tiefem Ausschnitt, das bis zur Taille eng anlag und dann in einen fließend schwingenden Rock überging, der ein Stück über den Knien endete. Dazu hatte ich mich dezent geschminkt.

»Wow.« Sie hob einen Daumen. »Du siehst heiß aus. Wenn ich ein Typ wäre, würden wir es gar nicht mehr bis zum Essen schaffen, ich würde dich noch auf dem Weg dorthin flachlegen.«

»Genau das wollte ich nicht hören«, wies ich sie zurecht und sah an mir herunter. »Ich bin overdressed, stimmt's? Nick wird denken, ich will ihn verführen.«

Sie kicherte. »Klar wird er das. Und ich garantiere dir: Der Junge wird sich anstrengen. Du siehst einfach nur klasse aus. Sehr schick. Was trägst du drunter? Strumpfhose oder Halterlose?«

Ich beäugte sie argwöhnisch. »Warum ist das wichtig?«

»Nylonstrümpfe kannst du nachher im Bett anlassen. Männer stehen da drauf. Chad wird da immer ganz wild. Dazu deine hochhackigen Schuhe, Nick wird sich vorkommen wie einer aus deinen Erotikromanen.«

»Du bist echt blöd. Wer sagt, dass ich mit Nick schlafen werde? Bisher war nur vom Essengehen die Rede.« Ich wischte einen hartnäckigen Fussel von meiner Schulter.

»Dann soll ich also ein Suchkommando losschicken, falls du bis morgen Früh nicht auftauchst?«

»Nein.« Ich strich meine Haare aus dem Gesicht, die ausnahmsweise in langen glänzenden Locken über meine Schultern flossen – diesem neuen Curl-Eisen aus der Werbung sei Dank. »Pia, ich bin so aufgeregt. Was mache ich, wenn der Abend ein Reinfall wird?«

Sie nahm meine Hände. »Denk doch nicht immer gleich so negativ. Nick wird dich in ein schickes Restaurant ausführen. Ihr werdet Wein trinken, leckere Sachen essen, euch unterhalten und euch vielleicht näherkommen oder auch nicht. Was soll denn da schiefgehen?«

»Stimmt auch wieder.« Ich atmete tief durch. »Ich bin nur so nervös und das ist total dumm, denn es ist ja nur Nick, den ich seit Jahren kenne.«

»So ist es.« Sie unterdrückte nur schwach ein Grinsen. »Der olle Nick. Dieser *Stell-dir-vor-was-Nick-heute-getan-hat-Arsch*«, ahmte sie mich mit hoher Stimme nach. »Der Kerl, dem du nicht mal dein Stethoskop leihen würdest. Was soll da schon passieren? Wenn der Abend beschissen läuft, trete ihm in den Arsch und blamier ihn auf der Station mit irgendwas vor allen.«

»Du weißt, wie man Menschen für einen romantischen Abend in Stimmung bringt«, sagte ich theatralisch und hielt inne. »Gehe ich recht in der Annahme, dass du ihn nachher begrüßen willst, wenn er mich abholt?«

Ihr langsames Nicken sprach Bände. »Auf jeden Fall. Ich werde ihm meinen ganz speziellen Segen mit auf den Weg geben.«

»Untersteh dich.« Ich hob warnend den Zeigefinger. »Von wegen wir sind viele und so einen Quatsch. Halt dich zurück, bitte.«

»Bleib mal locker. Nick und ich werden noch beste Freunde, du wirst sehen.«

Ich merkte Pia an, dass ihr die Sache höllisch Spaß bereitete und winkte nur ab. »Womit hab ich das verdient? Wenigstens ist dein verrückter Freund nicht hier.«

»Chad hätte Nick erst mal in den Schwitzkasten genommen und ihm ein paar Benimmregeln eingebläut.«

Mein Kiefer klappte nach unten. »Ihr beiden macht mir Angst.«

»Apropos Chad.« Sie lehnte sich an den Türrahmen. »Weißt du, was ich gemacht habe?«

»Natürlich weiß ich das nicht und ich hoffe, die Polizei steht nicht demnächst vor unserer Tür.«

Pia schüttelte den Kopf. »Ich habe mich beim Austauschprogramm der Uni für ein Studienjahr in Atlanta beworben und Chad weiß nichts davon.«

»Wow.« Ich freute mich total für Pia. Sollte sie in das Programm rutschen, gab es den ganzen Stress mit einer Long-Distance-Beziehung für die beiden wenigstens für die nächste Zeit nicht. »Das ist so cool. Ich drücke dir die Daumen, obwohl ich dich ungern gehen lasse. Wenn das klappt, könnt ihr ein Jahr zusammen in Atlanta verbringen. Warum weiß Chad nichts davon?«

»Das Auswahlverfahren beginnt erst und dauert ein paar Monate. Ich bin ja nicht die einzige Bewerberin und weiß nicht mal, ob sie mich nehmen. Aber falls doch, möchte ich Chad überraschen.« Sie kaute auf ihrer Unterlippe. »Was meinst du? Ist das eine dumme Idee?«

»Das ist eine tolle Idee, obwohl ich dich ehrlich gesagt wirklich nicht gehen lassen will. Aber Chad wird sich bestimmt freuen, wie ich ihn kenne.«

»Ich hoffe es. Und dich werde ich auch vermissen.«

Wir fielen uns vorsichtig in die Arme, um mein Outfit nicht zu ramponieren.

Das Klingeln an der Wohnungstür unterbrach unsere Gefühlsduselei.

»Nick«, hauchte ich und verharrte auf der Stelle. Mein Körper fühlte sich an wie in Beton gegossen, nur mein Herz klopfte wie verrückt.

»Mach schon auf.« Erst als Pia mir einen Schubs gab, drückte ich den Buzzer-Knopf für unten und öffnete die Wohnungstür. Schritte hallten im Treppenhaus, die langsam näher kamen.

Kurz darauf erschien Nick im Türrahmen und sah einfach nur grandios aus. Er trug zu seiner schwarzen Hose ein hellgraues, langärmliges Hemd, das seinen breiten Oberkörper an wirklich jeder Stelle betonte. Der Kragen stand lässig offen und gewährte einen Einblick auf seinen Kehlkopf und die weiche Mulde darunter, die ich am liebsten auf der Stelle geküsste hätte. Seine Haare hatte er mit Gel wuschelig gemacht. Überhaupt wirkte Nick unglaublich stylisch, als wäre er geradewegs einem trendy Modemagazin entstiegen.

»Hi.« Er überreichte mir eine langstielige rote Rose und küsste mich auf den Mund. »Du siehst umwerfend aus«, raunte er, während er mich mit Blicken verschlang. Der liebliche Duft der Rose stieg mir in die Nase und mischte sich mit dem herben Geruch seines Aftershaves, das mir schon damals im *Boat* weiche Knie beschert hatte. Mein Puls schwoll an. Er hatte mir sogar eine Blume mitgebracht, wie süß war das denn?

»Danke.« Mein Blick blieb an den dichten Wimpern hängen, die seine Augen umrahmten und zum Leuchten brachten. Wir standen uns gegenüber und keiner konnte genug vom Anblick des anderen bekommen.

Pias auffälliges Räuspern holte uns jäh aus unserem Taumel.

Ich deutete hinter mich. »Ähm, ich glaube, meine Mitbewohnerin Pia kennst du schon.«

»Ja, ich erinnere mich dunkel.« Er schmunzelte, als Pia näher kam. »Ist sie nicht in einer gefährlichen Gang, die unschuldige fremde Leute bedroht? Wenn mich nicht alles täuscht, gibt es noch viele von ihrer Sorte.«

»Ich spreche immer in einer Sprache, die mein Gegenüber auch versteht.« Pia lächelte ihn zuckersüß an.

»Pia, bitte.« Oh Mann, das hier war schlimmer, als meiner Mutter einen neuen Lover vorzustellen. Die würde ihm wenigstens Kuchen anbieten.

»Eine Frau ohne Vorurteile«, erwiderte er, »so was mag ich.«

»Tja, der erste Eindruck zählt«, gab sie zurück.

Die beiden umkreisten sich buchstäblich.

»Wann sind wir uns denn das erste Mal begegnet? An der Bar im *Boat*? Wo lag das Problem? Meine unverschämte Bitte nach ein paar Eiswürfeln für deine Freundin?«

Das fing ja gut an. »Ich stelle die Rose ins Wasser. Kann ich euch zwei kurz allein lassen?« Ich machte mir echt Sorgen, ob sich die beiden wohl gleich Boxhandschuhe überstreifen würden.

»Aber natürlich kannst du das«, sagte Pia beruhigend, ohne den Blick von Nick zu wenden. Was hatte die plötzlich für ein Problem? »Wir unterhalten uns gerade so gut.«

»Tun wir das?« Nick klang erstaunt.

»Wir sind uns vor ein paar Wochen am See begegnet. Du hattest doch diesen netten Freund dabei. Diesen Joshua«, half sie ihm auf die Sprünge und spuckte den Namen beinah aus. Mir wurde ganz schlecht. Warum musste sie jetzt mein Date ruinieren, wenn sie mich vorhin noch mühsam dafür aufgepäppelt hatte?

Ich beeilte mich mit der Blume und hörte Nick im Rücken noch *Josh?* fragen. Er hatte sichtlich null Ahnung, was Pia von ihm wollte. »Sorry, ich kann mich nicht mehr an dich erinnern.«

»Ja, dein Kumpel, der gerade die Beziehung unserer Freunde zerstört«, erwiderte sie und ignorierte den Rest.

»Hat dir schon mal jemand erzählt, dass zu einem Beziehungsende immer zwei gehören? Und was hat das mit mir zu tun?«

»Ich hoffe für dich, du bist keiner von der Josh-Sorte«, sagte Pia mit schneidender Stimme, als ich zurück in den Flur kam.

»Warum? Ist Aida auch vergeben?«

»Nein, bin ich nicht«, stellte ich klar und eilte zur Haustür. »Ich glaube, wir sollten euer erstes Kennenlernen nicht überstrapazieren.« Hastig wandte ich mich an Nick. »Wollen wir?«

»Ja, gehen wir.« Er nickte Pia zu. »War nett, dich kennengelernt zu haben. So ganz wertfrei.«

Als wir schon im Treppenhaus waren, rief Pia im Türrahmen: »Ach, Nick.« Sie wartete, bis er sich zu ihr umdrehte.

»Gibt's noch was?«

»Falls du Aida verarschst ...« Sie zog mit dem Zeigefinger eine Linie über ihren Hals und ich wäre am liebsten im Erdboden versunken.

»Ach, Mist«, sagte Nick gespielt entrüstet. »Jetzt hast du meinen schönen Plan durchschaut und ich muss mir etwas anderes einfallen lassen. Vielleicht mache ich jetzt was ganz Fieses und gehe mit ihr essen und unterhalte mich mit deiner Freundin. Du wolltest es nicht anders.«

Ich hörte Pia kichern. »Na, also. Geht doch«, rief sie uns nach, da ich Nick an der Hand die Treppen nach unten zog. »Und jetzt ab mit euch und amüsiert euch gut.«

Wir schlenderten nebeneinander über einen von elektrischen Fackeln gesäumten Kiesweg.

»Du siehst wunderschön aus.« Er bedachte mich mit einem Blick, der mich dahinschmelzen ließ.

»Danke schön.« Meine Lippen verzogen sich zu einem breiten Lächeln. »Du siehst auch toll aus.«

An der Eingangstür hielt Nick mich zurück und zückte sein Smartphone. »Warte mal kurz. Ich möchte dir was zeigen.«

Er gab Julians Homepage-Adresse in die *Google*-Leiste ein. Dann hielt er mir das Display vor die Nase.

Seite existiert nicht mehr.

Verwirrt hob ich den Kopf. »Was hat das zu bedeuten? Hast du den Provider gewechselt?« Warum musste Nick mich ausgerechnet in diesem Moment an sein Doppelleben erinnern? Beinah hatte ich es für heute vergessen.

Er streichelte mit den Fingerknöcheln über meine Wange. »Julian hatte genug von seinem Job. Er braucht eine Pause, deswegen habe ich ihn auf Weltreise geschickt. Gerade strolcht er irgendwo in Südamerika herum.« Sein Gesicht umgab ein Leuchten, das mir noch nie zuvor aufgefallen war, während mein Herz einen Sprung machte.

»Und wie lang ist er weg?«, fragte ich mit angehaltenem Atem.

»Das kann dauern.« Er legte einen Arm um meine Taille und zog mich dicht an sich. »Vielleicht kommt er gar nicht mehr zurück«, raunte er an meinem Ohr und blies mir einen Kuss darauf, der mir einen wohligen Schauer über den Rücken jagte.

»Eigentlich schade um das Foto dieses knackigen Hinterns«, rutschte es mir heraus.

»Den kannst du jederzeit in natura sehen, wenn dir danach ist.« Er grinste breit.

Ich strich mit beiden Händen über seine muskulösen Schultern, hatte zum ersten Mal das Gefühl, dass Nick ganz und gar mir gehörte, wenn auch nur für diesen Augenblick. Er hatte seinen Callboy-Job aufgegeben. Etwa für mich? »Und warum hast du ihn weggeschickt?«, konnte ich mir doch nicht verkneifen, denn ich musste den Grund aus seinem Mund erfahren. Ich wollte die Antwort von Nick ausgesprochen hören.

»Weil du Julian niemals akzeptieren würdest und ich das verstehen kann.« Ihm so nah zu sein, machte mich ganz kribbelig. »Ich möchte uns eine Chance geben. Aida, ich will ehrlich sein, ich weiß immer noch nicht genau, wohin das mit uns beiden führt. Aber ich weiß, dass ich dich gern in meiner Nähe habe. Du bist sexy und hübsch, manchmal hast du auch total einen an der Klatsche, aber genau das mag ich an dir. Du bist wie ein Vulkan, aber dann auch wieder diese sensible Frau, die in meinen Armen schmilzt. Bei dir weiß ich vorher nie, wo ich dran bin, du bist der unberechenbarste Mensch, den ich kenne. Du forderst mich heraus und gleichzeitig möchte ich dich vor allem Bösen auf der Welt beschützen.« Seine Lippen legten sich einen Moment lang auf meine. »Der Sex mit dir war einzigartig. Ich möchte mehr von dir, alle deine Seiten kennenlernen und sehen, was mit uns passiert.«

Ich wusste nicht, was ich antworten sollte, starrte Nick nur ungläubig an. Jedes seiner Worte klang in mir nach. Durfte ich seine Ansage als eine halbe Liebeserklärung werten? Immerhin liebte ich schon längst alles an ihm. Die markanten Linien seines Gesichts, die Art, wie er mich betrachtete und anfasste. Genau wie jetzt: begierig und eine Spur besitzergreifend. Ich liebte jeden Millimeter seines Körpers und seinen Charakter, den ich immer besser kennenlernte. Dazu seine Aufrichtigkeit, die ich erst nach und nach erkannt hatte. Mich elektrisierte der Gedanke, dass ich das Wichtigste in seinem Leben werden könnte und nur ihm allein gehörte.

Bedächtig legte ich beide Hände an seinen Hals und zog seinen Kopf zu mir. »Wenn du dir das mit Julian gut überlegt hast, dann bin ich dabei.«

»Ich liebe deine Formulierungen in wichtigen Momenten«, gab er spöttisch zurück und küsste mich auf die Nasenspitze.

Ich kicherte. »Was ich damit sagen wollte: Ich hätte niemals verlangt, dass du das für mich tust. Ich meine, mir gewünscht schon, aber nicht gefordert.«

»Ich weiß. Aber ich wollte es tun, vielleicht genau deswegen, weil du es nie von mir verlangt hast.« Er nahm meine Hand. »Lass uns reingehen.«

Ein Kellner im weißen Hemd und schwarzen Anzug stellte zwei Gläser Sekt als Aperitif vor uns auf das weiße Damasttuch und lächelte mich freundlich an. »Haben Sie schon gewählt?«

Das noble Ambiente schüchterte mich ein. Die Leute an den Tischen um uns herum trugen fast ausschließlich edle Abendgarderobe, sodass ich nun froh um mein kleines Schwarzes war. Die hölzerne Wandvertäfelung verlieh dem Raum einen schlossähnlichen Charakter und als ich die Preise auf der Speisekarte überflog, musste ich einige Male kräftig schlucken.

»Ich nehme den Lachs auf Weinschaum mit Trüffelrisotto und grünem Spargel«, bestellte ich mit fast schon schlechtem Gewissen, bei dem Gedanken daran, was das kostete. Von dem Geld konnte ich fast eine ganze Woche leben.

»Und der Herr?«

»Ich nehme das Filetsteak mit Rosmarin-Kartoffelecken und Grillgemüse.« Nick klappte die Speisekarte zu. »Außerdem noch eine Flasche von dem Chardonnay.« Er wandte sich an mich. »Ist Weißwein okay?«

»Ja, super.« Weißwein passte hervorragend zu meinem Gericht, aber weniger zu seinem. Ob er diese Wahl mir zuliebe getroffen hatte? Ich strich meinen Rock glatt und versuchte, meine Nervosität unter Kontrolle zu bekommen.

Nick nahm sein Sektglas und prostete mir zu. »Auf einen schönen Abend.«

Ich nahm ebenfalls mein Glas und ließ es sachte gegen seines klirren. »Auf einen schönen Abend.« Nachdem ich einen großen Schluck zur Beruhigung getrunken hatte, ging es mir tendenziell besser. Einen Moment lang prickelte der Perlwein hinter meinen Augen. »Erzähl mir ein bisschen von dir.« Ich stellte mein Glas zurück und sah ihn erwartungsvoll an, auf einmal war ich richtig versessen darauf, jede noch so kleine Kleinigkeit über ihn in mich aufzusaugen.

Er lachte leise. »Das meiste weißt du sowieso schon. Was möchtest du sonst noch wissen?«

»Keine Ahnung.« Ich strich meine Haare aus der Stirn. »Erzähl mir was über deine Familie. Du sagtest, du kommst aus Hamburg. Was machen deine Eltern?«

»Jetzt willst du es aber genau wissen.« Er trank einen großen Schluck Sekt und stützte sich mit dem Unterarm am Tisch ab. »Also gut. Mein Vater war die ersten zehn Jahre meines Lebens im Auswärtigen Dienst in Hamburg tätig, danach waren wir dauernd irgendwo in der Weltgeschichte unterwegs. Letztes Jahr wurde er als Botschafter an die deutsche Botschaft in Tokio versetzt, wo meine Eltern nun leben. Als ich Abi machte, zogen wir nach München um. Dort in der Nähe lebt mein Bruder immer noch in einem Pflegeheim.«

Sein Vater war Botschafter. Diplomaten kannte ich nur vom Fernsehen. Puh. Ich hatte keine Ahnung von Nicks nobler Herkunft gehabt. Mein Vater kam aus einer italienischen Arbeiterfamilie, er selbst hatte irgendwo am Fließband gestanden, bevor er das Weite gesucht hatte.

Der Kellner kam mit der Flasche Wein an unseren Tisch und

schenkte uns beiden ein. »Auf Ihr Wohl, die Herrschaften.«

Wir nickten ihm freundlich zu.

»Ich wusste gar nicht, dass du von so edlem Geblüt bist.« Ich zwinkerte ihm zu, wollte es als Scherz anklingen lassen, obwohl es schon wieder in meinem verdammten Kopf ratterte. Uns trennten Welten. Und zwar in allen Bereichen.

Nick lehnte sich zurück. »Ich habe es gehasst.« Sein Kiefer verspannte sich. »Es war zum Kotzen. Man steht unter Dauerbeobachtung. Mein Vater war ein paar Jahre lang Konsul in San Francisco, bis wir wieder zurück nach Deutschland zogen, weil er irgendeinen Referatsleiter-Posten im Auswärtigen Amt in Hamburg angenommen hatte. Egal, wo ich hinkam, überall kannte man mich dort als Konsul Brockmanns Sohn. Einmal ging ich auf eine Party, da war ich vielleicht sechzehn, auf jeden Fall nicht viel älter. Ein paar Leute haben dort Marihuana geraucht und ich hab's ausprobiert. Hockte so rum mit einer Tüte in der Hand und blies Rauch in die Luft. Ich fand mich megacool. Wie das in dem Alter halt so ist. Später war ich total breit und habe mit irgendeinem Mädchen rumgemacht, wir haben auf dem Sofa geknutscht und gefummelt, uns dabei halb ausgezogen. Irgendjemand hat Fotos von dem ganzen Scheiß gemacht und sie an den *Hamburger Tagesanzeiger* verhökert. Die Bilder wurden veröffentlicht, obwohl ich noch minderjährig war, natürlich mit einer Riesenstory dazu.« Er formte eine Headline in der Luft. »*Diplomatensohn feiert Sexorgie im Drogenrausch – Skandal: Konsul Brockmanns Sohn ins kriminelle Milieu abgerutscht.*« Nick trank einen großen Schluck Wein, während ich alle Hände voll damit zu tun hatte, das eben Gehörte zu verdauen. Das war ja grauenvoll. Wer von uns war nicht schon mal betrunken gewesen und hatte über die Stränge geschlagen? Aber wir standen wenigstens hinterher nicht in der Zeitung. Ich konnte mir nicht mal ansatzweise vorstellen, wie es sich anfühlen musste, keine Privatsphäre zu haben.

»Oje. Und was ist dann passiert? Das klingt grauenvoll. Ich habe mal in der Schule während eines Referats in Geschichte am *Mac* was verwechselt und versehentlich meiner Klasse ein paar Fotos von einer sehr feuchtfröhlichen Partynacht präsentiert. Aber das ist wohl nicht dasselbe.«

Nick lachte leise auf. »Nicht ganz. Aber somit kannst du nun bestimmt nachfühlen, wie es mir damals ging.« Er klang ironisch, aber auf eine lustige Art und Weise. Nick leerte sein Weinglas in einem Zug, während ich an meinem nippte. Der Wein war wirklich lecker, aber ich wollte vorsichtshalber das Essen abwarten, bevor ich damit loslegte. Eine ordentliche Grundlage konnte ich heute mit Sicherheit gut gebrauchen.

»Was haben deine Eltern dazu gesagt?«

»Sie sind komplett ausgerastet. Mein Vater sollte damals schon nach Tokio versetzt werden, das war eine Riesenchance für seine Karriere. Nach dem Skandal wurde seine Versetzung erst mal auf Eis gelegt. Er hat dann die Zeitung verklagt, wegen Verletzung der Persönlichkeitsrechte und Rufmord. Lauter so Sachen eben. Ein paar Tage später wurde dann eine Mini-Richtigstellung gedruckt. Und das war's. Seit dem Tag war ich der drogensüchtige Sohn des ehemaligen Konsuls und er hat sich zu Tode für mich geschämt. Ihm war es scheißegal, dass die Sache nicht so abgelaufen war, wie diese Arschlöcher geschrieben haben. Und dieser Punkt hat mich am meisten getroffen. Dass ausgerechnet er mich vorab verurteilt hat.«

Der Kellner kam mit zwei Tellern zurück, die er vor uns stellte. »Guten Appetit, die Herrschaften.«

»Danke.« Ich lächelte ihn an. Das Essen duftete köstlich und war kunstvoll angerichtet. Auf diese Art kannte ich das bisher nur von Fotos aus irgendwelchen Kochbüchern.

Nick nahm sein Besteck. »Lass es dir schmecken.«

»Du dir auch.« Ich probierte von dem Lachs, der auf der Zunge zerging. So etwas Wundervolles hatte ich noch nie zuvor gegessen. Danach nahm ich eine Gabel von dem Trüffelrisotto, das eine wahre Geschmacksexplosion in meinem Mund auslöste. »Das schmeckt super. Wow.«

»Freut mich, dass du es magst. Ich komme gern hierher. Das Essen hat was, auch wenn der Laden ein bisschen spießig ist. Aber ab und zu finde ich es ganz nett.«

»Und hat sich dein Vater wieder eingekriegt?«, griff ich das vorherige Thema noch einmal auf, weil ich die Geschichte so unglaublich fand.

»Nicht wirklich.« Nick zuckte mit den Achseln und schnitt ein Stück von seinem Steak ab. »Mein Vater ist leicht cholerisch.

Damals ist er fast durchgedreht und bis heute hat er die Sache nicht überwunden. Er fängt immer wieder davon an, wo er wohl heutzutage beruflich stehen würde, wenn ich ihm nicht die Karriere versaut hätte.«

»Glaubst du wirklich, dass du das getan hast? Ich kann mir das nur schwer vorstellen.« Ich schob etwas Risotto auf meine Gabel.

»Keine Ahnung, ob es damals nur darum ging oder der Zeitungsartikel vorgeschoben wurde. Ein Kollege, der wohl auch scharf auf den Posten in Tokio war, bekam den Job schlussendlich. Ich hatte keinen Einblick in seinen Beruf. Alles topsecret.« Er trank einen großen Schluck Wein. »Das mit Julian war deshalb leicht heikel. Aber ich dachte, das Risiko, dass mich hier in Nürnberg jemand erkennt, ist minimal. Und so war es dann auch. Ich glaube, einen zweiten Skandal hätte mein alter Herr nur schwer verkraftet.« Sein leises Lachen klang bitter.

»Und wovon lebst du jetzt?«, fragte ich nicht gerade diplomatisch. »Ich meine, deine Einnahmequelle fällt ja nun weg. Bittest du deine Eltern um Geld?«

Er schüttelte den Kopf. »Nein, als ich dir damals sagte, dass ich ihnen nicht auf der Tasche liegen will, war das nur die halbe Wahrheit. Mein Vater und ich haben seit dem Skandal kaum mehr miteinander gesprochen, erst dieses Jahr hat sich unser Kontakt wieder einigermaßen gebessert. Wir telefonieren öfter mal miteinander, das ist schon ganz cool. Meine Mutter hat das eingefädelt, ich weiß, wie sehr sie darunter leidet, dass es so schlecht zwischen uns stand. Ich hätte mir damals eher die Hand abgehackt, als einen Cent von meinem Vater anzunehmen, um mir dann von ihm anhören zu müssen, dass ich ewig in seiner Schuld stehe.« Er schenkte uns Wein nach. »Mittlerweile mag ich meine Unabhängigkeit, ich glaube, das ist auch der Grund, weshalb es mit meinem Vater auch wieder besser klappt. Wir sind uns nichts mehr schuldig.«

»Und wovon willst du dann leben?« Ich legte mein Besteck beiseite und war pappsatt. Das war mit Abstand das beste Essen meines Lebens gewesen. »Pizzakurier oder Kneipenaushilfe?« Mir war egal, womit er zukünftig seinen Lebensunterhalt bestritt. Wegen mir mussten es auch keine Restaurants in dieser Preisklasse sein, obwohl ich den Abend hier sehr genoss. Ich wollte lediglich aus ihm herauskitzeln, ob Nick seinen Entschluss nicht irgendwann bereuen würde.

»Vielleicht so etwas in der Art.« Er lehnte sich zurück und betrachtete mein Gesicht, in seinen Augen lag ein dunkler Glanz, der mir durch und durch ging. »Irgendwas wird sich schon finden. Mich hat vor ein paar Wochen mal ein Modelscout angesprochen. Vielleicht probiere ich das mal aus.«

»Du wirst es also nicht bereuen, Julian in die Wüste geschickt zu haben?«, fragte ich leise und mit klopfendem Herzen.

Nick nahm meine Hand, die auf dem Tisch lag. »Nein, werde ich bestimmt nicht. Ich glaube, jetzt ist ein guter Zeitpunkt für den nächsten Schritt in meinem Leben.« Er spielte mit meinen Fingern, legte seine Handfläche an meine und schickte mit jeder kleinen Berührung Stromstöße durch meinen Körper, weckte die lebhafte Erinnerung daran, was er mit diesen geschickten Händen alles anstellen konnte. »Möchtest du Nachtisch? Die haben eine tolle Mousse au Chocolat hier.«

Ich rieb mir über den Bauch. »Ich kriege keinen Bissen mehr herunter. Aber das Essen war fantastisch. Vielen Dank.«

»Freut mich, dass es dir hier gefällt.« Seine Augen schienen mich durchleuchten zu wollen. »Worauf hast du sonst noch Lust? Wir können nachher in der Stadt noch irgendwo einen Cocktail trinken, wenn du magst. Oder wir gehen auf ein Gläschen zu mir. Ganz wie du möchtest.«

26. Kapitel

Ich sah mich in Nicks großzügig geschnittener Wohnung um, als wir durch den Flur ins Wohnzimmer gingen. Eine moderne schwarze Ledercouch stand in der Mitte, gegenüber hing ein riesiger Flachbildfernseher an der Wand. Eine weiße Essgarnitur in der Ecke rundete das Bild ab. Ein paar Zeitschriften lagen auf dem Couchtisch, CDs stapelten sich neben einem von Tonträgern überquellenden Regal. Es war aufgeräumt, aber man sah, dass hier jemand wohnte. Meine hohen Absätze klackerten bei jedem Schritt auf dem Parkettboden, der warm und einladend wirkte.

»Hier hänge ich rum, wenn ich von der Schicht nach Hause komme.« Nick deutete auf das Sofa.

»Das ist eine mega Wohnung.« Ich trat ans bodentiefe Fenster und blickte über die Pegnitz, in deren schwarzem Wasser sich das helle Mondlicht spiegelte. »Tolle Aussicht. Schade, dass du keinen Balkon hast, so mit Blick auf den Fluss.«

Nick trat hinter mich und legte beide Hände auf meine Taille. Ich spürte seinen Brustkorb im Rücken, als sein heißer Atem auf meinen Hals traf, und schloss die Augen. Unwillkürlich lehnte ich mich an ihn. Gott, wie hatte ich seinen Körper und diese Hände auf mir vermisst. »Zum Schlafzimmer gehört eine Dachterrasse mit Blick auf den Fluss«, flüsterte er und küsste meinen Hals, bis die Stelle kribbelte. »Möchtest du sie sehen?«

Gänsehaut stellte die feinen Härchen an meinem Nacken auf. Meine Brüste spannten verräterisch im BH. Ich wusste, wie gefährlich es war, sofort in seinem Schlafzimmer zu landen, aber alles in mir sehnte sich nach ihm. »Ich ... Ich weiß nicht«, wisperte ich und streichelte über seine Oberschenkel, obwohl meine Hände zitterten. Er bemerkte meine Nervosität, da war ich mir zu hundert Prozent sicher.

»Baby, es gelten immer noch dieselben Regeln. Es geschieht nichts, was du nicht willst.« Als Nick zärtlich über meinen Bauch strich, krallte ich unwillkürlich die Finger in seine Hose. Mein Magen verkrampfte sich.

»Möchtest du etwas trinken? Ein Glas Wein vielleicht, ich hab auch Cherry Coke für dich besorgt.« Seine Hände lagen nicht mehr als eine Handbreit über meiner Mitte, kreisten über dem luftigen Stoff meines Kleides um den Bauchnabel. Mein Atem beschleunigte sich, in mir kämpften wachsendes Verlangen und die altbekannte Unsicherheit wegen meiner Narben um die Vorherrschaft.

»Ich möchte nichts, danke«, sagte ich zittrig. »Aber es ist wirklich lieb von dir, dass du sogar an Cherry Cola gedacht hast.« Ich drehte mich in seinen Armen um und lächelte ihn an. »Du wolltest mir doch deine Dachterrasse zeigen.«

»Vorher muss ich dir noch etwas beichten«, fing er leise an und mein Körper versteifte sich instinktiv.

»Und was?«

»Leider kann ich auch morgen Früh nicht hier sein.«

Ich ging unwillkürlich auf Abstand. Ein Spalt hatte sich gebildet, der eine seltsame Kühle zwischen uns legte. Er würde also wieder abhauen wie vergangenes Mal. Sofort türmten sich sämtliche Zweifel in mir auf. Lernte ich es nie?

Nick strich sich durch die Haare. »Ich habe meinem Bruder versprochen, dass ich ihn morgen besuchen komme.« Er klang, als hätte er ein schlechtes Gewissen. »Wir haben uns schon ein paar Wochen nicht mehr gesehen und er fragt dauernd am Telefon, wann ich endlich bei ihm auftauche. Bist du mir böse?«

Er wollte seinen behinderten Bruder besuchen, wie konnte ich da beleidigt sein? »Nein, das ist schon okay, ich verstehe das. Irgendwann anders kriegen wir ein gemeinsames Frühstück bestimmt hin.«

»Beim nächsten Mal, versprochen.« Er wirkte erleichtert. »Ich muss zwar früh los, aber du kannst hier ausschlafen, wenn du willst. Alles ganz easy.«

Nick ging also fest davon aus, dass ich die Nacht bei ihm verbrachte. In meinem Magen flatterten ganze Schwärme von Schmetterlingen, die mich ganz aufgekratzt machten.

»Komm.« Nick führte mich an der Hand ins Schlafzimmer, in dessen Mitte an der Wand ein riesiges Metallbett stand.

»Du stehst auf große Betten, was?«, konnte ich mir nicht verkneifen.

»Das sind die besten Spielwiesen«, raunte Nick und nahm mein Gesicht in beide Hände. Er betrachtete mich, hielt mich noch ein

Stück auf Abstand, als meine Lippen sich bereits erwartungsvoll öffneten. »Du zitterst«, sagte er leise und streichelte mit den Daumen über meine Wangen. »Don't worry.« Wie in Zeitlupe beugte er sich vor, legte seine Lippen auf meine, und saugte meine Unterlippe ein, ehe er wieder davon abließ. Seine Zunge drang in meinen Mund und spielte mit meiner, sie umkreisten einander mit einer ungeahnten Leidenschaft. Unser Kuss nahm an Tiefe zu, füllte sich mit einem elektrisierenden Kribbeln, das mich vollkommen benebelte, während seine Hände an meinen Seiten entlangwanderten und meinen Körper zum Beben brachten. Er packte meinen Hintern, presste mich an sich und ich fühlte die Ausbeulung seiner Hose an meinem Bauch, was mein sehnsüchtiges Verlangen weiter steigerte. Ich wollte Nick so sehr, alles an ihm war betörend und berauschend. Ich liebte es, wie er mich anfasste und genoss seine fühlbare Erregung, die ich ins Unermessliche steigern wollte. Nick sollte mir ebenfalls verfallen und zwar mit allen Sinnen. Langsam öffnete ich Knopf für Knopf sein Hemd und steigerte auf diese Weise meine eigene Vorfreude. Ich löste mich von seinen Lippen und küsste jeden Zentimeter freigelegte Haut, schob ihm den lästigen Stoff über die Schultern. Mit der Zungenspitze kreiste ich um seine Brustwarze, die sich zusammenzog, während ich meine Fingerspitzen auf Wanderschaft schickte und seinen Bauchnabel umspielte, wie ich das von ihm gelernt hatte.

Nick keuchte leise auf und grub eine Hand in mein Haar. »Oh Baby.«

Er zog den Reißverschluss meines Kleides im Rücken nach unten, während er über meinen Hals leckte und kleine Lustblitze in meine tieferen Regionen schickte. Seine Hand wanderte unter mein Kleid, streichelte mich durch den Slip, bis ich an seinen Schultern nach Halt suchen musste. Meine Knie gehorchten mir nicht mehr. Er tauchte in mein Höschen, seine geschickten Finger stimulierten meine empfindlichste Stelle und meine Schamlippen. Feuchtigkeit sammelte sich zwischen meinen Beinen, er brachte mich derart auf Touren, dass ich mich stöhnend an seinen Fingern rieb. Am liebsten hätte ich Nick sofort in mir gehabt, mich von seinem mächtigen Glied ausfüllen lassen, das mich von einem Orgasmus zum nächsten schickte. Aber er ließ sich Zeit, bedeckte mein Dekolleté mit kleinen Küssen und strich meine Oberschenkel entlang. Mit der anderen Hand schob er mein Kleid von den Schultern. Unwillkürlich hielt ich es fest, als es über meine Brüste rutschte und schon fast meinen Bauch freilegte. Mein Magen zog sich zu einem schweren Klumpen zusammen. Ich hob die Lider und sah Nick bittend in die Augen. Vielleicht konnten wir wenigstens das Licht löschen.

Kaum merklich schüttelte er den Kopf. Nach einem Moment des Zögerns ließ ich das Kleid schließlich los. Mir war zum Heulen zumute, als der dünne Stoff an meinem Körper entlang zu Boden rutschte. Ich ließ den Kopf hängen und verschränkte die Arme vor dem Bauch, fühlte mich Nick im Licht der Lampe hilflos ausgeliefert. »Es ist so hell«, sagte ich gepresst. Nick umarmte mich und drückte mich an sich.

»Du bist wunderschön«, raunte er, seine winzigen Bartstoppeln kitzelten meine Wange. Geschickt öffnete er die Haken meines BHs und streifte mir das Wäschestück über die Arme. »Soll ich die Lampe dimmen?«

Als ich nickte, ließ er mich los und ging zum Lichtschalter. Es wurde dunkler im Zimmer, beinah als hätte jemand Kerzen im Raum verteilt und ich fühlte mich sofort besser vor seinen Blicken geschützt. Die Ausmaße meiner Narben waren nun nicht mehr so deutlich sichtbar. Unterdessen kam Nick mit langsamen Schritten zurück und löste meine verschränkten Handgelenke, sodass meine Arme nun locker nach unten hingen. Er küsste mich zärtlich auf die Lippen.

»Ich stehe total auf halterlose Strümpfe und High Heels.« Er grinste frivol und führte mich zum Bett, auf das er sich setzte, bevor er mich im Stehen zwischen seine geöffneten Beine zog. Nun hatte er meinen Bauch direkt im Blickfeld, mein Mund wurde trocken und ein Anflug von Panik krachte über mich hinweg, den ich nur mühsam bekämpfte. Ich konzentrierte mich auf Nicks zärtliche Berührungen. Er küsste die Haut über meinen schwarzen halterlosen Nylons, kam meiner Mitte mit dem Gesicht immer näher. Unwillkürlich legte ich den Kopf in den Nacken und erwartete ihn atemlos. Mit geschlossenen Augen genoss ich seine weichen Lippen auf mir. Er hakte die Finger in den Saum meines dunkelvioletten Seidenstrings, der von meiner Erregung schon ganz feucht war, und zog ihn mir langsam hinunter bis zu den

Knöcheln. Ich stieg aus dem winzigen Stück Stoff, meine Beine zitterten vor Anspannung, denn ich hatte meinen Körper nicht mehr unter Kontrolle. Nick war einschüchternd sexy.

»Ich stehe voll drauf, wenn du so shaky bist«, raunte er. »Du bist so süß und unschuldig und wirst es lieben, was ich alles mit dir machen werde, auch wenn du jetzt solchen Schiss davor hast.«

Ich strich durch seine Haare und biss mir auf die Unterlippe, als er eine Hand unter meine linke Kniekehle legte und meinen Fuß neben sich auf der Bettkante abstellte.

»Ich will dich anschauen«, sagte er leise, aber bestimmt und schob eine Hand zwischen meine Beine. Er umfasste mit den Fingern meine Pobacken und zog mich näher an sich. Meine feuchten Schamlippen berührten seinen Unterarm und ich verbrannte beinah innerlich, glühte bis hoch zu den Haarwurzeln. »Deine Pussy ist so wunderschön.« Nick leckte mit der ganzen Breite seiner Zunge über meine Schamlippen und entlockte mir einen kleinen Lustlaut, während ich die Beine spreizte und ihm alles zeigte. Ihm meine intimste Stelle darbot, während mein Atem vor Erregung bebte. Himmel, er war so talentiert. Er schob mein äußeres Fleisch mit Daumen und Zeigefinger auseinander und stimulierte meine empfindlichste Stelle mit der Zungenspitze. Hitzeschübe fluteten meinen Körper und brachten mein Blut in Wallung, bis ich kaum mehr Luft bekam. Ich war ihm vollkommen ausgeliefert, als er mich mit schnellen Zungenschlägen in Richtung Höhepunkt trieb. Er hielt mich noch immer zwischen den Beinen am Po fest, sodass ich seinen süßen Quälereien nicht entkommen konnte. Ich hörte mich selbst stöhnen, wand mich, konnte aber seiner Kraft nichts entgegensetzen und ergab mich schließlich seiner geschickten Zunge, die meine Perle umkreiste.

»Ja«, keuchte ich leise.

»Ich will, dass du kommst. Nur für mich.« Er sah kurz zu mir hoch, mit schierer Lust im Blick. Sein athletischer Oberkörper war angespannt und ich konnte mich an seinem wunderschönen kantigen Gesicht nicht sattsehen.

Hitze floss in meinen Bauch und bis hoch zu meinen Brüsten. Ich musste mich mit einer Hand an Nicks Schulter abstützen, sonst wäre ich eingeknickt. »Oh Gott«, keuchte ich, als sich dieses Ziehen tief in meinem Inneren aufbaute, jedes Mal wenn Nicks Zungenspitze auf meine Perle traf oder er an ihr saugte. Die Spannung in mir wuchs, ich hörte mich selbst stöhnen, schwankte, wurde jedoch von Nick sicher gehalten. Das Zucken in meiner Scham wuchs zu einer Explosion und wirbelte mein Inneres nach außen. Ich spannte die Schenkel an, wenn meine Beine nachgeben wollten, während Nick weiterhin hingebungsvoll von mir kostete. Er machte das perfekt, einfach nur perfekt. Ich dankte dem Himmel, dass er mir diesen erfahrenen Mann geschickt hatte, der mich um den Verstand leckte. Schließlich nahm er einen Finger dazu und drang in mich ein, massierte diesen tiefen geheimnisvollen Punkt. »Nick«, japste ich und wähnte mich im Himmel, als die Wellen über mir zusammenschlugen, die meinen Bauch vor Lust rhythmisch zusammenpressten und mich in einem Wirbelsturm davontrugen.

Als meine Beine wie in Zeitlupe nachgaben, zog Nick mich rittlings auf seinen Schoß, mein ganzer Körper zitterte noch von diesem Wahnsinnshöhepunkt. Wie gebannt betrachtete er meine Brüste, die sich vor ihm wölbten und küsste meine steinharten Nippel, welche nach seiner Berührung lechzten, obgleich ich noch völlig außer Atem von dem Höhenflug war, den er mir soeben geschenkt hatte.

»Ich will das auch mal bei dir machen«, sagte ich nach einer Pause, in der ich meinen Atem wiedergefunden hatte. Er wich mit dem Kopf zurück, bevor sich ein Lächeln über seine Lippen legte. Auf einmal wollte ich es unbedingt ausprobieren, ihn genauso zum Kommen bringen, wie er das bei mir getan hatte. Seine steigende Erregung spüren, wenn er unter mir zuckte. Ob ich das schaffte? Mein Herz klopfte schneller. Er küsste mich sanft und zärtlich auf die Lippen, bevor er die Hände ausbreitete.

»Ich gehöre ganz dir. Du darfst alles an mir ausprobieren, lass deiner Fantasie freien Lauf.«

Nach einem Moment des Zögerns kniete ich mich nackt wie ich war zwischen seine Beine. Nick beobachtete jede meiner Bewegungen. Mit bebenden Fingern öffnete ich seinen Gürtel, dann auch noch Hosenknopf und Reißverschluss. Er stemmte beide Hände auf die Matratze und half mir, ihm Hose und Boxershorts abzustreifen. Inständig hoffte ich, mich nicht allzu blöde anzustellen. Ich hatte noch nie einen Mann oral befriedigt, war mir aber sicher, dass Nick sich das halbwegs denken konnte. Sein Blick wurde dunkel, hungrig, er saß reglos vor mir, sein steinhartes Glied ragte prall und riesig vor mir in die Höhe. Es roch sauber und angenehm. Schließlich umfasste ich es mit einer Hand und leckte über den winzigen Tropfen, der sich auf seiner dunkelroten pochenden Spitze gebildet hatte. Er schmeckte herb und nach mehr. Nicks wohliges Seufzen machte mir Mut. Mit der Zungenspitze leckte ich seinen Schaft entlang, während Nick sich mit beiden Händen auf der Matratze abstützte und den Kopf in den Nacken legte. Sein Glied pulsierte in meiner Hand, als sich meine Lippen um seine Eichel schlossen und ich ihn langsam ein Stück in den Mund saugte. Mit der Zungenspitze leckte ich über die zarte Haut, bewegte meinen Kopf vor und zurück.

»Genau so, Baby«, stöhnte Nick und griff in mein Haar, zwang mich unter sanftem Druck, ihn tiefer in den Mund zu nehmen. Er gab mir einen Rhythmus vor, kam mir mit dem Becken entgegen und stieß in mich, bis zu dem Punkt, an dem ich ihn wieder zurückdrängen musste. Ich saugte an seiner Eichel, lutschte an ihm, während sein lauter werdendes Keuchen an mein Ohr drang. Das anwachsende Pochen zwischen meinen Beinen verriet mir, wie sehr mich Nicks Erregung anmachte. Noch immer lag seine Hand auf meinem Hinterkopf, er führte mich schneller, sein Glied pulsierte zwischen meinen Lippen. Nick stöhnte laut, als er sich ergoss. Instinktiv wich ich zurück, aber Nick hielt mich fest und presste sein Glied in meinen Mund, sodass ich jeden herben Tropfen schlucken musste, bevor er mich freigab. Sein Gesicht war von dem Orgasmus noch leicht verzerrt, er zerfloss buchstäblich, wurde wachsweich und hatte nur Augen für mich.

»Baby«, keuchte er kurzatmig, »oh Baby.«

Im nächsten Moment packte er mich bei den Schultern und stieß mich sanft zu Boden. Schon war er über mir und legte sich auf mich. Wir ließen unseren Trieben freien Lauf, die Zeichen standen nicht mehr auf sinnliche Zärtlichkeit, im Gegenteil, wir fielen wie ausgehungerte Wölfe übereinander her. Zähne prallten auf Lippen, süßer Schmerz durchflutete mich, als er meine Nippel zwischen Daumen und Zeigefinger drehte und mir sachte in den Hals biss. Unsere feuchte Haut klebte aneinander. Meine Fingernägel kratzten über seinen Rücken und hinterließen sicherlich Spuren, die ihn noch länger an diese Nacht erinnern würden. Ich versank in einem

Rausch, folgte nur noch meiner Begierde. Nebenher kramte Nick ein Kondom aus seiner Hose, die neben uns auf dem Boden lag. Ohne mit dem Küssen aufzuhören, riss er es auf, während ich beide Hände in seinen knackigen Hintern grub und nach Atem japste. Er hob den Oberkörper etwas an und rollte geschickt das Kondom ab, dann schob er sich mit einem einzigen heftigen Stoß in mich und dehnte mich köstlich. Ich genoss es, wie er mich perfekt ausfüllte und in mir pulsierte, bis ich ihn überall spürte. Zum Glück gab er mir kurz Zeit, um mich an seine Größe zu gewöhnen, ehe er sein Glied mit schnellen, kräftigen Bewegungen in mich trieb.

»Du bist so eng«, keuchte Nick, »das ist so geil.« Ich wölbte mich ihm entgegen, zog die Knie an und genoss dieses unvergleichliche Gefühl in mir, zuckte kurz hoch, als er mit seiner Spitze diesen empfindlichen Punkt in meinen Tiefen erwischte. Bei allen Heiligen, es gab kein besseres Gefühl auf der Welt als dieses. Nick wusste genau, wie er mich nehmen musste, wie es mir gefiel und vor allem, welche Stellen er reizen musste, um alles in mir zum Klingen zu bringen. Wie im Fieber stöhnte ich immer wieder seinen Namen. Mein Herz raste in meiner Brust, als sich das wohlige Ziehen in mir aufbaute und mir fast den Verstand raubte. Fleisch klatschte an Fleisch, Schweiß vermischte sich mit Schweiß. Ich krallte beide Hände in sein feuchtes Haar und gab unserem Verlangen nur allzu gern nach. Mein Unterleib zog sich um ihn zusammen und die süßen Erschütterungen vibrierten bis in meine Oberschenkel. Das Ziehen war kaum noch zu ertragen, ließ gar nicht mehr nach, sodass ich glaubte, ich müsste sterben. Jeder Nerv war überreizt und schrie nach Erlösung, bis ich schließlich mit einem lauten Stöhnen kam, während Nick keuchend auf mich sank.

Wir blieben auf dem Parkett liegen, ich fühlte mich herrlich schwach und hatte das Gefühl, über dem Boden zu schweben. Als Nick sich neben mich rollte, schmiegte ich mich in seine Achselhöhle. Genüsslich atmete ich den warmen Duft seiner Haut ein, der mich an Sommer und Meer erinnerte. Nick zog mich an sich und streichelte mich, die plötzliche Stille summte in meinen Ohren, meine Emotionen schlugen Loopings. Sein atmender Körper neben mir brachte mich zum Glühen. So fühlte sich Liebe an. Wahre und echte Liebe.

»Ich glaube, du machst mich wirklich glücklich«, sagte Nick plötzlich in die Stille. »Du bist so süß.« Sein Blick suchte meine Augen und er lächelte. »Süß wie Cherry Cola.«

Ich kicherte leise, mir gefiel der Vergleich.

Nick strich mit den Fingerspitzen über meine Brüste. »Ich hätte nie gedacht, jemals einer so scheuen und unschuldigen Frau zu verfallen, aber ich bin gerade dabei.«

»So unschuldig war das aber eben nicht.« Ich malte mit dem Zeigefinger kleine Kreise auf seinen Brustkorb.

»Nein, das war alles andere als das«, gab er zu. »Der Sex mit dir ist unglaublich. Ich will, dass du mir gehörst. Mir ganz allein.«

Überrascht setzte ich mich auf, mit dieser klaren Ansage von ihm hatte ich im Traum nicht gerechnet und quoll beinah über vor Freude und Glück. Ich wollte die Seine sein. Auf eine ganz altmodische und romantische Weise. Was uns verband, war nicht nur Leidenschaft, zumindest meine Gefühle gingen viel, viel tiefer. Bei Nick fühlte ich mich frei, als wäre ich nach langer Zeit einem viel zu kleinen Käfig entstiegen. Und er wollte mich – ganz allein für sich. Gab es da draußen tatsächlich ein Universum, das geheimste Wünsche erhörte? Meine Brüste hoben und senkten sich bei jedem Atemzug. Kleine Glücksblitze zuckten durch meine Adern. Nick war jemand Besonderes. Langsam konnte ich die tiefe Liebe, die ich für ihn empfand, nicht mehr unterdrücken. Er musste meinen inneren Tumult schon längst bemerkt haben, in jedem Blick von mir und in jeder Geste. Von nun an gab es nichts mehr zu verheimlichen. Er sehnte sich genauso nach mir wie ich mich nach ihm und ich war bereit, ihm alles zu schenken, was immer er auch von mir begehrte. Mein Herz wummerte unruhig in der Brust, der blöde Verstand flüsterte protestierend dazwischen, dass ich einen so schönen Mann wie ihn niemals halten konnte, aber dieses Mal stellte ich ihn auf stumm. Ich war bereit für das Wagnis, bereit für alles, was Nick mir zu geben hatte. »Heißt das ...«, ich schluckte, »heißt das, du willst mit mir zusammen sein, oder wie darf ich das verstehen?«

Nick stützte sich mit den Ellenbogen auf dem Boden ab. Der wilde Blick tigerte wieder durch seine Augen, der jedes Mal dann erschien, wenn er mich begehrte. »Ja«, erwiderte er schließlich. »Genau das soll es wohl heißen.« Er streichelte über meine Hüfte, ein wohliger Schauer schüttelte mich und verriet meine Erregung, die uns noch immer wie ein elektrisierendes Band aneinander schmiedete.

Ich räusperte mich. »Einen Versuch wär's wert.«

Sein leises Lachen umfing mich. »Das ist so typisch für dich.« Er setzte sich ebenfalls hoch. »Der Boden ist tierisch hart. Warum legen wir uns nicht ins Bett?« Nick stand auf und hielt mir die Hand hin, half mir auf die Beine. Als ich stand, legte er beide Arme um meine Taille und ich schmiegte mich an ihn, versank in seinen muskulösen Armen und fühlte mich geborgen. Er sah mich an, als hätte er etwas auf dem Herzen, als überlegte er noch, ob er es aussprechen sollte. Seine sinnlichen Lippen öffneten sich einen Spalt. »Möchtest du meinen Bruder kennenlernen?«, fragte er schließlich leise.

27. Kapitel

Der lang gezogene Altbau lag idyllisch mitten in einer weitläufigen Parkanlage, die von uralten Kastanienbäumen gesäumt war. Nick und ich spazierten Hand in Hand über den Kiesweg, Gelächter wehte von einer nahe gelegenen Wiese zu uns herüber, auf der sich ein paar Leute in Rollstühlen einen Ball zuwarfen. Vorhin hatte Nick mich noch kurz bei meiner Wohnung vorbeigefahren, sodass ich mich umziehen konnte, und nun trug ich bequeme Jeans und ein weißes T-Shirt mit der roten Aufschrift *Lassen Sie mich durch, ich könnte Arzt sein.*

»Hier ist es wirklich schön.« Ich bewunderte die gekalkten Mauern mit den hohen weißen Kastenfenstern.

»Daniel fühlt sich hier total wohl. Der Park ist super, gerade für Rollstuhlfahrer, es ist alles eben und die Leute, die hier arbeiten, sind alle cool drauf.« Grinsend deutete er mit dem Daumen auf meinen Brustkorb. »Witziges T-Shirt.«

»Danke. In der Eile hab ich vorhin einfach das Erstbeste erwischt.«

Wir erreichten die massive Holztür. Nick legte eine Hand auf die schwere Eisenklinke und verharrte. »Nur damit du vorbereitet bist. Daniel lebt mit multiplen Behinderungen, er ist geistig auf dem Level eines Vorschulkindes. Seine Hände und Füße sind wegen verkürzter Sehnen verbogen. Er kann also nicht laufen und seine Hände so gut wie nicht gebrauchen. Daniel sitzt im Rollstuhl.«

»Okay.« Ich lächelte ihn an. »Kein Problem. Ich habe eher Schiss, dass er mich vielleicht nicht mag.« Um ehrlich zu sein, machte mich diese Möglichkeit furchtbar nervös. Es wäre schrecklich für mich, wenn Nicks Bruder mich nicht leiden könnte.

»Daniel mag dich bestimmt. Er steht auf verrückte Leute.« Nick zwinkerte mir zwar zu, handelte sich aber trotzdem meinen Ellenbogen zwischen den Rippen ein und hielt sich theatralisch die Seite. »Autsch.«

»Du weißt, wofür der war.« Ich betrat hinter ihm das Haus. Wir schlenderten durch den hellen, weitläufigen Gang. Stimmengewirr und Gelächter drangen von irgendwoher zu uns. Der Geruch von

Putzmitteln schlug mir entgegen, aber nicht aufdringlich. Die Wände zierten bunte, selbst gemalte Bilder, die zum Teil außerordentlich gut gelungen waren, wie ich feststellte, als ich daran vorbeiging.

»Da haben aber einige richtig Talent.« Ich deutete auf das Bild eines wunderschönen Sonnenuntergangs über dem Meer. »Um nur annähernd so gut malen zu können, musste meine Mutter ein paar Volkshochschulkurse belegen. Die zeichnen hier um einiges besser als ich.«

»Die Bewohner hier im Heim werden oft unterschätzt. Es gibt viele Talente darunter.« Vor einer orangenen Tür blieben wir schließlich stehen. »Das ist Daniels Zimmer, er steht total auf *Lego Ninjago*.« Er hielt eine rechteckige Schachtel in die Höhe, die in dunkelblaues Geschenkpapier eingewickelt war, ehe er die Tür öffnete.

Mit klopfendem Herzen trat ich ein. Daniel saß mitten im Raum in seinem Rollstuhl und schaute einen Zeichentrickfilm. Schränke und Regale, deren Fronten in bunten Farben gehalten waren, gaben dem Zimmer eine gemütliche Atmosphäre. Ich hatte mir sterile weiße Krankenhausmöbel vorgestellt, aber alles war modern und liebevoll eingerichtet. *Lego-Ninjago*-Poster hingen an den Wänden, überall standen *Lego*-Fahrzeuge und Fantasie-Fluggeräte herum. Hier war ein absoluter Hardcore-Fan zu Hause.

»Hey, Daniel.« Als Nick auf ihn zuging, wandte sein Bruder den Kopf und ich war froh, dass Nick mich ein bisschen auf seinen Anblick vorbereitet hatte. Daniels Hände und Füße waren so stark verbogen, dass er sie wohl kaum benutzen konnte. Er sah uns durch dicke Brillengläser hinweg an und begann zu strahlen.

»Nick«, rief er und hüpfte wie verrückt in seinem Rollstuhl auf und ab. »Nick ist da, Nick ist da«, jubelte er mit schwerer Zunge, aber doch verständlich. Nick strich ihm durch sein struppiges hellbraunes Haar, bevor er auf ein Knie sank und seinen Bruder in die Arme schloss.

»Hey, wie geht's dir? Alles klar?«, fragte Nick mit weicher Stimme und legte ihm das Geschenk auf den Schoß. »Ich habe eine Überraschung für dich.«

»Den Kommando-Zeppelin?« Daniel nahm die Schachtel umständlich in die Hände, sie rutschte immer wieder durch seine

Finger, bis Nick das Papier entfernte. »Ja, er ist es«, freute sich Daniel und streichelte bewundernd über die bunte Abbildung auf dem Karton.

»Daniel, ich habe heute jemanden mitgebracht.« Nick stand auf. Daniel sah sich um und schien mich erst jetzt zu registrieren.

»Das ist Aida«, stellte Nick mich vor.

Zögerlich trat ich näher und winkte schüchtern. »Hallo, Daniel.« Ich lächelte verhalten, während er mich einer ausgiebigen Musterung unterzog.

»Würdest du's mir sagen, wenn ich tot wäre?«, fragte Daniel und ich geriet völlig aus dem Konzept.

»Ähm ...« Hilfe suchend sah ich zu Nick.

»Klar würde sie das«, erwiderte Nick an meiner Stelle und legte seinem Bruder eine Hand auf die Schulter.

»Was schaust du da?«, fragte ich, auf den Fernseher deutend, wo sich *Lego*-Männchen in Raumschiffen eine wilde Verfolgungsjagd lieferten.

»*Lego Ninjago*. Sind zwar keine schönen Männchen, aber sie sind schnell.« Daniel fummelte an der Schachtel auf seinem Schoß herum. »Warum hast du Aida mitgebracht, Nick?«

Ups. Er klang nicht sonderlich erfreut über meinen Besuch.

Nicks Blick schweifte kurz zu mir. »Weil sie meine Freundin ist und ich wollte, dass du sie kennenlernst.«

Daniel brach in heftiges Gekicher aus. »Mein Bruder ist in Aida verliebt.« Er hielt eine Hand vors Gesicht, seine Wangen röteten sich.

»Ja.« Nick legte einen Arm um meine Taille. »Bin ich.«

Ein warmes Gefühl breitete sich in meinem Inneren aus. Nick liebte mich und sprach darüber, als wäre es das Selbstverständlichste auf der Welt für ihn. Mein Herz stolperte, nur um gleich darauf in doppeltem Tempo zu schlagen. Trotz vergangener Nacht war ich nicht auf das Beben gefasst, das sein Bekenntnis in mir auslöste. Durch die Blume zwar, aber dennoch eindeutig. Er hatte seine Gefühle für mich sogar seinem Bruder gebeichtet. Ihm war es wirklich ernst mit uns, er stellte mich dem wichtigsten Menschen in seinem Leben vor und das wirbelte alles in mir durcheinander. Ich brauchte einen Moment, um diese Erkenntnis sacken zu lassen.

Daniel musterte uns abwechselnd, ihm schien Nicks Geständnis auf eine lustige Art peinlich zu sein. »Wenn man sich lieb hat, küsst man sich.«

»Du willst jetzt aber nicht, dass ich Aida vor dir küsse, oder?« Nick klang spaßig, man merkte den beiden an, wie nah sie sich standen.

»Doch.« Daniel quietschte und hüpfte aufgeregt in seinem Rollstuhl herum.

»Also gut.« Theatralisch schlang Nick die Arme um mich und zog mich an sich, wie die Helden in alten Hollywoodstreifen das immer taten. Daniel quiekte auf und hielt sich die verbogenen Hände vors Gesicht, beobachtete uns aber zwischen den Fingern.

»Soll ich wirklich?«, fragte Nick leise lachend und deutete mit dem Kinn in Daniels Richtung. Der nickte glucksend. Nick zwinkerte mir zu, auch ich konnte ein Kichern nur schwer unterdrücken. Wie in Zeitlupe legte Nick die Lippen auf meine und gab mir einen festen Schmatz, bevor er sich an seinen Bruder wandte. »Na, was sagst du jetzt?«

»Ihr habt euch lieb.« Daniels Wangen röteten sich bis hoch zur Stirn. »Das darf man aber nur machen, wenn man es wirklich ernst meint und du musst Aida das auch ganz oft sagen, damit sie dich nicht vergisst.«

Nick sah mich durchdringend an. »Ist das so? Vergisst du mich, wenn ich das nicht sage?«

»Ähm, du hast es mir bisher noch gar nicht gesagt«, wagte ich eine kleine Erinnerung.

»Dann musst du das aber ganz schnell tun«, hörte ich Daniel, dessen Stimme vor Aufregung flatterte. »Du hast Aida geküsst.«

»Ich hab dich lieb.« Nick rieb seine Nasenspitze an meiner, während Daniel in lauten Jubel ausbrach.

Ich konnte vor Rührung kaum sprechen. Eine ganz besondere Stimmung breitete sich im Raum aus, als würde positive Energie kreisen, die sich immer weiter ausdehnte und uns einhüllte wie ein silberner Schweif. Mein Herz raste in der Brust.

»Ich dich auch.« Meine Lippen verzogen sich zu einem breiten Grinsen, ich musste vollkommen bescheuert aussehen, konnte es aber nicht abstellen. Gerade war ich der glücklichste Mensch der Welt. Nick küsste mich noch einmal auf die Lippen, dieses Mal versanken wir in einem leidenschaftlichen Zungenspiel und ließen uns auch von Daniels *Igitt*-Rufen nicht aus der Ruhe bringen.

»Aida und Nick lieben sich und das ist eklig«, schmetterte Daniel und ließ sich lachend gegen die Lehne seines Rollstuhls fallen, während Nick nur schmunzelnd den Kopf schüttelte. Die beiden wirkten wie eine verschworene Einheit. Ich konnte gar nicht anders, als auch Daniel ins Herz zu schließen.

»Nick«, sagte Daniel, woraufhin wir uns voneinander lösten. »Würdest du's mir sagen, wenn ich tot wäre?«

»Klar würde ich das«, erwiderte Nick und wuschelte ihm durchs Haar.

Wir fuhren gemächlich zurück nach Nürnberg. Der warme Fahrtwind umschmeichelte mich, ich saß neben Nick und fühlte mich einfach nur glücklich. Vorhin hatten wir Daniel noch beim Zusammenbau des *Lego*-Zeppelins geholfen und waren mit ihm im Park spazieren gegangen. Nun wusste ich alles über *Lego Ninjago*. Schweren Herzens hatten wir uns dann verabschiedet.

»Daniel ist wirklich toll«, sagte ich in meine glückselige Stimmung hinein.

»Ja, ist er«, stimmte Nick mir zu und streifte mich mit einem Seitenblick. »Er mag dich auch. Daniel ist besonders, ich habe in meinem Leben schon viel von ihm gelernt.«

»Was denn?«

Er überholte einen LKW kurz vor einer Kurve und gab Gas. »Sich selbst nicht so wichtig zu nehmen, zum Beispiel. Jedem Menschen eine Chance zu geben.« Nick zwinkerte mir zu und ich fühlte mich unangenehm an unsere Anfangszeiten erinnert. Wie es aussah, hatte Daniel mir zwischenmenschlich einiges voraus. »Daniel mag erst mal jeden, er sieht in allen Menschen das Gute. Und ich glaube, das spüren die Leute. Jeder, der ihm das erste Mal begegnet, lächelt. Du hast das vorhin auch gemacht.«

»Daniel strahlt diese Herzlichkeit aus, er ist von innen heraus schön.« Ich tastete nach Nicks Hand, die auf der Armlehne zwischen uns ruhte, und verwob meine Finger mit seinen. »Ich mag ihn auch sehr. Aber warum fragt er dauernd, ob man es ihm sagen würde, wenn er tot wäre?«

Nick lachte leise auf. »Er fragt das schon immer. Zigmal am Tag.

Jeden. Daniel hat schreckliche Angst davor, er könnte eines Tages sterben und es gar nicht bemerken. Dieses ständige Wiederholen der Frage gibt ihm Sicherheit, er braucht die Bestätigung, dass wir für ihn da sind, verstehst du? Er vertraut uns.«

»Ach, so ist das. Ich war nur total überrascht und wusste nicht, wie ich reagieren sollte.«

»Du hast super reagiert. Du bist auch die erste Freundin von mir, die er kennenlernt.« Er streichelte meinen Handrücken mit dem Daumen und mein Magen hüpfte vor Freude, als er mich so nannte. Ich war seine Freundin, wir gehörten zusammen. Nick wollte mich, für ihn war das ganz selbstverständlich. »Bisher war keine darunter, die ich ihm hätte vorstellen wollen. Aber bei dir war ich mir irgendwie sicher, dass ihr euch mögen würdet.« Nick lächelte mich an. »Jetzt kennst du den wichtigsten Teil meiner Familie.«

»Ich bin froh, dass du mich mitgenommen hast und dass ich Daniel kennenlernen durfte. Das bedeutet mir wirklich viel.« Mein Handy kündigte in der Handtasche mit einem kurzen Klingelton eine Nachricht an. Ich kramte es hervor und tippte aufs Display. Meine Mutter hatte geschrieben.

Hallo, Schatz. Wie geht's dir? Kommst du nächsten Sonntag zum Mittagessen nach Hause?

Ich las die Nachricht ein zweites Mal. Eigentlich wäre die Gelegenheit günstig, Nick nun ebenfalls zu fragen, ob er mitkommen wollte, aber ich konnte mich nicht überwinden. Ich biss mir auf die Unterlippe, denn ich wusste selbst nicht genau, warum ich so reagierte. Schämte ich mich tatsächlich für mein Zuhause? Für die Mini-Wohnung und die Krankenstation im Wohnzimmer? Schämen war nicht der richtige Ausdruck, wenn ich so darüber nachdachte. Ich war eher noch nicht bereit für diesen nächsten Schritt. Nick und ich hatten erst gestern beschlossen, dass wir es miteinander probieren wollten. Ich brauchte ein wenig mehr Zeit für uns, bevor ich Nick meiner Mutter vorstellte.

»Alles klar?«, fragte Nick und legte eine Hand auf mein Knie. »Du bist plötzlich so still.«

»Jaja.« Hastig verstaute ich mein Smartphone wieder in der

Tasche. »Nur die übliche Kontrollnachricht meiner Mam. Sie will wissen, wie es mir geht. Ich antworte ihr später.«

»Hast du ein gutes Verhältnis zu deiner Mutter?« Er streichelte meinen Schenkel entlang und erzeugte einen wohligen Schauer in meinem Höschen. Verdammt, ich könnte schon wieder ...

»Ja, wir verstehen uns super«, sagte ich hastig und versuchte, meine Gelüste im Zaum zu halten. »Sie ist erst dreiundvierzig, hat mich also früh bekommen. Jetzt pflegt sie meinen Opa, er hatte vor ein paar Jahren einen Schlaganfall und ist nun halbseitig gelähmt.«

»Klingt nach einem Fulltime-Job.«

»Ist es auch. Sie schuftet rund um die Uhr. Ich beneide meine Mam wirklich nicht.«

Das Klingeln meines Handys unterbrach unsere Unterhaltung. Wer war denn das schon wieder? Als ich es herausgekramt hatte, leuchtete mir Mam entgegen. »Meine Mutter«, ließ ich ihn wissen. »Sie ist heute sehr anhänglich.«

»Willst du nicht rangehen?«, fragte er nach dem vierten Läuten.

»Doch.« Widerwillig nahm ich das Gespräch an. Diese beiden Parts in meinem Leben passten noch nicht so recht zusammen.

»Hey, Schatz«, zwitscherte meine Mutter gut gelaunt ins Telefon. »Du machst dich schon wieder so rar, dass ich mich frage, ob du überhaupt noch lebst.«

»Wenn ich nicht leben würde, wäre ich jetzt nicht ans Telefon gegangen.« Ich rollte mit den Augen, was Nick zu amüsieren schien.

»Da ist nichts Komisches dran, als junge Frau kann man nicht vorsichtig genug sein, mit wem man sich einlässt. Bist du unterwegs?«, fragte sie. »Du klingst, als würdest du in einem Auto sitzen.«

»Mein Kidnapper verschleppt mich gerade in einen tiefen, dunklen Wald«, erwiderte ich kichernd.

»Bring mich nicht auf solche Ideen«, raunte Nick und seine Finger wanderten in Richtung meiner Mitte, sodass mir die Luft wegblieb. Mit Mühe unterdrückte ich ein Japsen.

»Das ist nicht lustig, Aida. Ich mache mir Sorgen, wenn ich so lang nichts von dir höre.«

»Mir geht es gut, Mam. Ich sitze hier mit ...« Ich geriet ins Stocken. »Mit einem Freund aus der Uni«, beendete ich schließlich in Lichtgeschwindigkeit den Satz und merkte, wie Nicks Schultern sich ein wenig versteiften, obwohl seine Miene ausdruckslos blieb.

»Mit dem jungen Mann, von dem du mir erzählt hast?«, fragte sie aufgeregt. Scheiße. Ich wollte dieses Thema nicht am Telefon bereden, schon gar nicht, wenn er danebensaß und mit seiner Hand an meinem Schenkel entlangwanderte. Ich atmete tief ein.

»Bring ihn doch am Sonntag mit. Wir würden ihn gern kennenlernen. Wie heißt er denn?«

»Mam ... Nick. Ich weiß noch nicht«, stammelte ich herum und keuchte unterdrückt auf, als Nick mit der Handkante meine Scham leicht rieb. Mir wurde heiß, viel zu heiß. »Vielleicht.« Ich hielt seine Hand fest, meine Zehen rollten sich ein. Er grinste fies.

»Du, ich muss Schluss machen, ich gebe dir die Woche Bescheid«, sagte ich mit flacher Stimme.

»Nick heißt der Glückliche also. Ich bin so neugierig auf ihn. Bring ihn doch mit, bitte.« Sie ignorierte meine Einwände in ihrer Euphorie vollkommen. Konnte man sich tatsächlich dermaßen freuen, wenn auch nur die geringste Chance bestand, dass die eigene Tochter unter die Haube kam? Es war nicht zu fassen. Nicks Finger strichen über meine Mitte, schickten Blitze in meine empfindlichste Stelle, die nun heftig pulsierte. Ich hielt das kribbelnde Gefühl fast nicht mehr aus.

»Mam«, keuchte ich gereizt, das war der denkbar schlechteste Moment für ein Gespräch dieser Art, ich wollte gerade ganz anders unterhalten werden. »Ich weiß nicht mal, ob er Zeit hat. Können wir das jetzt lassen? Ich melde mich noch mal. Also tschau.«

»Warum bist du denn gleich so sauer?« Sie klang so verletzt, dass ich schon wieder ein schlechtes Gewissen bekam.

»Ich bin nicht sauer. Alles gut.«

»Also, dann gib mir Bescheid. Bis bald, Liebes.«

Manchmal war meine Mutter echt anstrengend. Erleichtert legte ich auf und ließ Nicks Hand los, der nun über das Pochen in meiner Mitte massierte, dass mir das Blut in den Ohren rauschte.

»Wofür habe ich keine Zeit?«, hörte ich ihn wie von weiter Ferne fragen. Was wollte er wissen? Mein Hirn war wie vernebelt, dieses himmlische Ziehen kroch bis hoch in meinen Bauch und beanspruchte meine ganze Aufmerksamkeit. Ich hatte keine Lust aufs

Quatschen, sondern konzentrierte mich mit allen Sinnen auf Nicks heiße Streicheleinheiten.

»Nichts, vergiss es. Sie ist nur neugierig.« Ich schloss die Augen.

»Meine Mutter ist genauso.« Er nahm seine Hand von meinem Schenkel und legte sie aufs Lenkrad, denn ein schleichender *Ford Fiesta* mit einer weißhaarigen Omi am Steuer musste überholt werden. Ich seufzte innerlich auf und fühlte mich, als wäre mir der Bus vor der Nase weggefahren.

28. Kapitel

Ich saß in aller Herrgottsfrühe an meinem Schreibtisch und tippte wie wild auf den Laptop ein, feilte am dritten Kapitel meines Nick-und-Aida-Pornos. Diesmal schilderte ich den Sex in aller Ausführlichkeit und ließ dabei keine noch so winzige Einzelheit aus. Selbst seinen göttlichen Penis beschrieb ich bis ins letzte Detail. Unseren Dirty Talk – also besser gesagt: Nicks Dirty Talk – schmückte ich aus. Ich ließ meiner Fantasie freien Lauf und antwortete ihm frivol, bevor ich ihn mit wechselnden Stellungen überraschte, die jedem Kamasutra alle Ehre gemacht hätten. In nächster Zeit wollte ich all das auch in echt erleben – sofern ich biegsam genug dafür war. Nick hatte mir bereits ein paar Stellungen gezeigt, von denen ich nicht mal geahnt hatte, dass die funktionierten. Und wie sie das taten. Nun wollte ich mehr von ihm. Nick war ein absoluter Lover-Gott und genauso nannte ich ihn in meiner Mischung aus sinnlichem Tagebucheintrag und heißem Porno auch des Öfteren. Mir wurde allein vom Schreiben heiß, Schweiß rann mir den Rücken hinunter, bei der Erinnerung an die vielen Orgasmen, die Nick mir beschert hatte. Mittlerweile war ich richtiggehend orgasmussüchtig geworden und freute mich schon wie blöd auf unser nächstes Date.

Draußen auf dem Flur hörte ich Pia rumoren und vor sich hin fluchen. Was war denn jetzt schon wieder los? Ich tippte auf ein neuerliches Fehlverhalten seitens Chad, der immer noch nicht die kompletten drei Worte am Stück ausgesprochen hatte. Gleich darauf klopfte es an meiner Tür und ich wechselte hastig zu einer anderen Datei auf dem Laptop.

»Ja?«

Pia streckte den Kopf zur Tür hinein. »Hey, du bist schon wach. Gut.«

»Ja, ich muss in einer halben Stunde los ins Krankenhaus, hab heute Frühdienst. Was gibt's? Hat Chad mal wieder Mist gebaut?«

Sie schüttelte den Kopf. »Ausnahmsweise nicht. Ich glaube, mein Laptop ist hinüber, zumindest fährt er nicht mehr hoch, und ich brauche ihn ganz dringend für ein Referat, das ich gleich mit ein paar Leuten ausarbeiten muss. Kann ich mir vielleicht deinen leihen?« Pia legte den Kopf schräg und sah mich bittend an.

»Klar, nimm ihn mit.« Schon wollte ich den Deckel zuklappen, da fiel mir etwas ein. Meine selbst fabrizierten Erotikstorys waren auf der Festplatte gespeichert und ich wusste nicht, wer nachher noch alles Zugang zu meinem Computer haben würde. Außerdem wollte ich nicht, dass Pia meine neuesten Werke zu Gesicht bekam, dafür waren sie zu intim und nur für mich allein bestimmt. »Ich mache nur schnell Sicherungskopien von ein paar wichtigen Hausarbeiten, die ich abgespeichert habe. Wenn ich die verliere, bin ich angeschmiert.«

»Ja, klar.« Sie nickte. »Sicher ist sicher, aber ich passe auf deinen Laptop auf, versprochen.«

Ich schloss einen USB-Stick an und zog die heiklen Dateien rüber, bevor ich sie von meiner Festplatte löschte. Gleich fühlte ich mich viel sicherer. Der Teufel steckte immerhin im Detail. Nachdem ich ihr den Rechner gegeben hatte, ließ ich den verräterischen Stick im Seitenfach meiner Handtasche verschwinden und stand auf, um zu duschen.

»Danke, du bist ein Schatz.« Pia gab mir einen Schmatz auf die Wange. »Wie lief dein Date? Du siehst irgendwie durchgenommen aus.« Sie kicherte.

Ich grinste breit. »Es war toll, trotz deines Psycho-Auftritts, über den wir besser nicht reden.«

Theatralisch legte Pia eine Hand auf ihren Brustkorb, als fühlte sie sich zutiefst getroffen. »Vielleicht hat er sich deswegen so anständig verhalten.«

»Anständig war er nicht gerade.« Verträumt knabberte ich an meinem Daumennagel. Ich konnte es nicht abwarten, Nick endlich wiederzusehen.

»Also doch.« Pia stupste mich mit dem Ellenbogen an. »Ist er ohne Bezahlung genauso gut wie mit?«, gluckste sie.

»Noch besser. Pia«, ich schluckte, meine Unterlippe zitterte, »wir sind zusammen.«

Ein strahlendes Lächeln erblühte auf ihren Lippen. »Das freut mich so für dich. Jetzt hast du endlich auch einen Blödmann gefunden, genau wie wir. Warum soll es dir besser gehen?«

»Nick ist kein Blödmann. Er hat mir gesagt, dass er mich liebt.«

Pia schob die Unterlippe vor. »Okay, anscheinend ist nur meiner ein Blödmann.«

»Ach, Süße.« Ich nahm sie in den Arm. »Chad liebt dich auch ohne Worte, das sieht man ihm an.«

»Egal, langsam kann er mich mal.« Sie winkte ab und warf einen Blick auf ihre Armbanduhr. »Huch, so spät schon. Ich muss los.« Pia verschwand im Stechschritt aus meinem Zimmer. Leichtfüßig schwebte ich zum Schrank und suchte frische Wäsche zusammen, rüstete mich vorsichtshalber mit einem pinkfarbenen Spitzenstring und dem dazu passenden BH aus. Sicher war sicher, man wusste schließlich nie, was sich spontan ergab, und ich wollte ungern von Nick in weißer Baumwollunterwäsche überrascht werden. Die Zeit der bequemen Unterhosen war ein für alle Mal vorbei. Immerhin würde ich Nick nachher im Krankenhaus wiedersehen und war gespannt, wie er mich dort wohl begrüßen würde.

Ich tänzelte richtiggehend durch die weitläufigen Krankenhausflure, egal, was ich auch machte, meine Gedanken kreisten ununterbrochen um Nick und je mehr sie das taten, desto mehr vermisste ich ihn. Meine Wangen schmerzten von dem Dauergrinsen. Zehn lange Stunden waren wir nun schon getrennt, aber mir kam es vor wie zehn Wochen. Jedes Mal, wenn sein attraktives Gesicht vor meinem inneren Auge auftauchte, klopfte mein Herz gegen meine Rippen. Ich war noch nie in meinem Leben so verliebt gewesen wie in Nick.

Als ich auf die Station abbog, geriet ich ins Stocken. Nick stand vor einem der Zimmer und war in eine angeregte Unterhaltung mit Marga vertieft. Besser gesagt: Sie redete auf ihn ein, während er ihren Worten aufmerksam lauschte. Mit langsamen Schritten kam ich näher, während die Aufregung in mir wuchs und mir ein innerliches Zittern bescherte. Als ich schon fast bei ihnen war, hob Nick den Kopf und entdeckte mich. Ein Lächeln wuchs auf seinen Lippen, er verschlang mich beinah mit Blicken. Noch immer quatschte Marga ihn mit irgendwas voll, sie redete und redete, wurde dabei jedoch langsamer und war urplötzlich still. Es war wie in einem Slapstick Movie. Schließlich folgte ihr Blick seinem und ihre Miene verdüsterte sich schlagartig, als sie mich ausmachte. Ihre hohe Stirn legte sich in tiefe Falten und ließ sie um Jahre älter aussehen.

»Nick«, fiepste sie und tippte ihm an den Arm. »Ich war noch nicht fertig, das Beste kommt erst noch.«

Nick reagierte nicht. Es schien, als hätte er alles um sich herum ausgeblendet. Er kam mir einen Schritt entgegen. Der Puls pochte mir im Hals und mein Magen schlug Purzelbäume. Nick sah heute noch tausendmal besser aus als gestern, als irgendwann sonst, auch wenn ich das bisher für unmöglich gehalten hatte. Seine Augen leuchteten und das wunderschöne Lächeln, das er mir schenkte, ließ sein kantiges Gesicht ganz weich wirken. Seine völlige Aufmerksamkeit galt mir allein und die Welt hörte tatsächlich für einen Moment auf, sich zu drehen, als er mich in seine muskulösen Arme schloss. Ich atmete seinen unwiderstehlichen Duft tief ein und wusste, dass ich wirklich alles an ihm liebte.

»Hey, du«, sagte er leise und küsste mich auf die Lippen. »Alles klar?«

Meine Hände legten sich wie von selbst um seinen Nacken, ich wollte ihn nie wieder loslassen und fühlte mich leicht und schwerelos. »Alles bestens.« Gefühlvoll erwiderte ich seinen Kuss und versank in Nicks wunderschönem Lächeln, wünschte mich dabei an einen fernen einsamen Ort, wo wir uns für immer verkriechen konnten.

»Habe ich was verpasst?«, hörte ich Marga in abfälligem Tonfall fragen und erwachte aus meinem glückseligen Taumel.

Nick ließ nur mit einer Hand von mir ab, die andere hatte er fest um meine Taille gelegt und drückte mich an sich. »Ja, hast du.« Er lehnte seinen Kopf an meinen. »Aida hat endlich gemerkt, dass ich ihr Traummann bin, und mir eine Chance gegeben.«

Margas Prusten hätte für meinen Geschmack ruhig etwas weniger abschätzig ausfallen können, aber heute war mir die dumme Nuss egal. Sollte sie doch denken, was sie wollte. Von ihr ließ ich mir meine Beziehung zu diesem wundervollen Mann ganz bestimmt nicht vermiesen.

»Na, dann gratuliere ich dir«, sagte sie spöttisch an Nick gerichtet, mich ignorierte sie völlig, und schüttelte demonstrativ den Kopf, als wäre es die abwegigste Sache auf der Welt, sich in mich zu verlieben.

Nick ließ sich nichts anmerken, sein Blick löste sich keine

Sekunde von mir und strahlte eine Wärme aus, die mir durch und durch ging. Ich konnte nicht genug von seinem Anblick bekommen und wünschte mir sehnlichst das Schichtende herbei, um ihn für seine liebevolle Begrüßung mit körperlicher Zuwendung zu belohnen. Unauffällig langte ich am Rücken unter sein T-Shirt und streichelte die nackte Haut. Er atmete tief ein. »Ja, Aida ist eine tolle Frau«, sagte er zu Marga, ehe er mir einen Kuss auf die Schläfe drückte. »Und ich gebe sie nicht mehr her.«

»Ich muss gehen.« Marga musterte mich, als wäre ich eine überfahrene Kröte. Als müsste sie sich gleich übergeben. »Manche Leute haben schon einen komischen Geschmack«, murmelte sie im Weggehen, jedoch laut genug, um gehört zu werden.

»Sie ist eifersüchtig«, stellte ich fest, nachdem Marga außer Hörweite war. Ihre Reaktion kränkte mich. Immerhin kannten wir uns schon ein paar Jahre und hatten uns bisher gut verstanden.

»Lass sie doch.« Nick schien ihrer Reaktion nicht halb so viel Wert beizumessen wie ich. »Ich wollte, dass sie endlich kapiert, dass sie bei mir nicht landen kann. Vorhin hat sie mir wieder die Ohren vollgesülzt, ob wir uns nicht mal treffen können. Jetzt weiß sie wenigstens Bescheid.«

»Ja, und ist stinksauer.« Ich seufzte. Die nächsten Praktikumswochen konnten ja heiter werden.

Er nahm mich mitten auf dem Flur in den Arm und streichelte meinen Rücken, was mir hier vor allen Leuten schon fast peinlich war. »Soll sie doch. Von mir aus kann jeder erfahren, dass ich mich in dich verliebt habe.« Seine Lippen legten sich auf meine und versetzten meinen Körper in Schwingungen. Der Kuss war zuckersüß und kochend heiß, ich schmolz richtiggehend dahin.

»Nein!«, tönte eine aufgeregte Stimme neben uns und wir ließen voneinander ab. »Ihr zwei habt endlich zusammengefunden? Langsam habe ich nicht mehr daran geglaubt.« Biggi umarmte uns beide überschwänglich und drückte uns an ihren üppigen Busen. »Ich freue mich für euch. Ihr zwei seid so ein süßes Paar.«

»Wenigstens eine, die sich freut«, rutschte es mir heraus und sie ließ wieder von uns ab.

»Wieso? Wer freut sich denn nicht?«

»Marga«, ließ ich sie schulterzuckend wissen.

»Ach.« Biggi winkte ab. »Es läuft eben nicht immer so, wie man es gern hätte und man kann nichts erzwingen. Marga kriegt sich schon wieder ein.«

»Sehe ich genauso«, sagte Nick. »Ich konnte Aida endlich auch von meinen inneren Werten überzeugen.« Er zwinkerte mir zu.

»Hauptsache, ihr lasst euch nicht gemeinsam im Krankenwagen erwischen.« Biggi kicherte und schien über ihren kleinen Skandal hinweg zu sein.

»Für den habe ich leider keinen Schlüssel«, erwiderte Nick lachend. »Stelle ich mir ansonsten ganz cool vor.«

»Nick«, sie drohte ihm scherzhaft mit dem Zeigefinger, »verdirb mir unsere liebe Aida bloß nicht.«

Er machte ein betroffenes Gesicht. »So was traust du mir zu? Dabei bin ich ganz harmlos.« Er griff mir in den Nacken und drückte mich sanft an seine Brust. »Aida könnte es nicht besser gehen mit mir.«

»Dir traue ich alles zu.« Sie lachte im Weggehen und musterte uns dabei noch einmal eingehend. »Aber ihr zwei seid wirklich so ein hübsches Paar, ich wünsche euch nur das Beste.«

»Danke«, sagte ich gerührt und schmiegte mich an Nicks Schulter.

»Aber jetzt marsch an die Arbeit.« Biggi wedelte mit den Händen. »Die Bettpfannen warten.«

Nick begleitete mich zu meinem Spind, in dem ich meine Handtasche verstaute. Offensichtlich konnte er sich genauso schwer von mir trennen wie ich von ihm. Er legte von hinten beide Hände um meine Taille und schmiegte sich an meinen Rücken. »Ich habe dich so vermisst«, raunte er mir ins Ohr und knabberte an meinem Ohrläppchen, bis ich wohlig erschauderte. »Du warst so lang weg, ich habe es fast nicht ausgehalten ohne dich. Du darfst mich nie wieder so lang allein lassen, das musst du mir versprechen.«

Ich lehnte mich an seinen festen Brustkorb und schloss die Augen. »Es waren nur zehn Stunden.«

»Zehn Stunden zu viel.« Seine Lippen küssten an meiner Kinnlinie entlang.

»Du hast mir auch gefehlt.« Ich drehte mich um und sah in seine strahlenden Augen, das Grau seiner Iriden leuchtete wie Kristalle in der Sonne. Auf einmal wollte ich der ganzen Welt von Nick erzählen. Ich räusperte mich, um meiner Stimme Kraft zu verleihen. »Möchtest du am Sonntag zum Mittagessen mit zu meiner Mutter kommen?«, fragte ich spontan. »Sie würde dich gern kennenlernen.«

Sein Lächeln umschmeichelte mich. »Ich komme sehr gern mit. Aber gestern wolltest du doch nicht ...«

»Nein«, ich schüttelte den Kopf, »da hat sie mich irgendwie überrumpelt und war am Telefon auch noch so euphorisch, weißt du?« Ich nahm sein Gesicht in beide Hände. »Ich wollte meine Mam ein bisschen bremsen. Das hatte nichts mit dir zu tun«, erklärte ich, weil ich nicht mehr nachvollziehen konnte, was ich gestern für ein Problem gehabt hatte. Alle sollten erfahren, dass wir uns liebten, jeder Augenblick in Nicks Nähe machte mich zum glücklichsten Menschen der Welt.

»Du wolltest also ihre Erwartungen an mich ein bisschen herunterschrauben«, sagte er schmunzelnd und ich klatschte mit der flachen Hand auf seine Schulter.

»Nein, sie war mir nur peinlich. Meine Mutter hat sich am Telefon aufgeführt wie ein Teenager. Okay, sie hat nicht viele Typen von mir kennengelernt und ...«

»Ist schon okay.« Er bremste meinen Redeschwall mit einem Kuss. »Ich mag begeisterte Mütter und komme am Sonntag gern mit – wenn du dafür heute bei mir übernachtest.« Seine Zunge öffnete meine Lippen und spielte mit meiner. »Ich kann nicht noch mal zehn Stunden ohne dich überstehen, außerdem gibt es da ein paar Dinge«, murmelte er an meinem Mund, »die muss ich dir unbedingt noch zeigen.«

Meine Mitte pulsierte, als er seine Lenden an mir rieb und ich hoffte, der Tag möge mit Überschallgeschwindigkeit vorüberfliegen. »Dann bleibt mir wohl nichts anderes übrig, als mitzukommen«, flüsterte ich und erwiderte hoffnungslos verliebt seinen Kuss. Meine Mutter würde Nick ebenso lieben, da war ich mir ganz sicher und auch mein Opa war bestimmt begeistert von ihm. Ich hatte mir den tollsten Mann der Welt geangelt und würde ihn nie wieder hergeben.

29. Kapitel

Ich drehte mich wohlig schnurrend auf den Bauch, sanfte Lippen liebkosten meinen Nacken und bahnten sich ihren Weg über meine Wirbelsäule den Rücken hinunter, hinterließen eine feuchte Spur auf meiner Haut, ehe sie über mein rechtes Schulterblatt wieder nach oben wanderten.

»Guten Morgen«, raunte Nick mir ins Ohr und küsste meine Schulter. »Es ist halb elf.«

»Hmm«, machte ich genießerisch, »nicht aufhören mit dem Küssen.«

Er streichelte über meinen Rücken. Als seine heißen Lippen auf meine Wange trafen, drehte ich mich um und legte die Arme um seinen Hals. Wir sahen uns tief in die Augen, ich versank in dem grauen Meer und dachte wehmütig daran, dass wir schon bald zu meiner Mutter losfahren mussten, wenn wir pünktlich zum Mittagessen dort sein wollten. Mam war vor Freude total ausgeflippt, als ich ihr erzählt hatte, dass ich in Männerbegleitung kommen würde, danach hatte sie mich gefühlte Stunden über Nick ausgequetscht. Spontan hatte sie sich extra für ihn ein verwegenes Drei-Gänge-Menü ausgedacht und wollte dazu noch zwei Kuchen backen. Ich wusste, dass sie einen guten Eindruck bei ihm hinterlassen wollte. Liebe war bei meiner Mutter schon immer durch den Magen gegangen. Wer das alles essen sollte, war mir allerdings schleierhaft. Aber ich ließ Mam ihren Spaß. Dass Nick ein Diplomatensohn aus stinkreichem Haus war, hatte ich ihr wohlweislich verschwiegen. Von solchen Details ließ sie sich schnell verschrecken und sie sollte sich nicht für unser einfaches, aber gemütliches Zuhause schämen. Mittlerweile hatten sich meine Bedenken dahingehend verflüchtigt. Ich hatte Nick alles über uns erzählt und er hatte kein Problem mit dem Lebensstandard meiner Familie gehabt. Ich liebte ihn dafür, dass er vorurteilsfrei auf jeden Menschen zuging.

Ein wohliger Seufzer entfuhr mir, als Nick an meiner linken Brustwarze saugte und vorsichtig daran knabberte. Wenn wir jetzt nicht aufhörten, blieben wir heute im Bett. Schweren Herzens schob ich ihn an den Schultern von mir. »Das müssen wir auf heute Abend verschieben, sonst kommen wir zu spät.«

Nick richtete sich auf und nickte wehmütig. »Schade. Es hätte dir gefallen.« Er streichelte über meine Brüste, worauf ich drauf und dran war, ihn wieder auf mich zu ziehen, aber ich zügelte mich. Ich wollte meine Mam nicht warten lassen. Energisch schwang ich die Beine aus dem Bett. »Kann ich kurz duschen?«

»Klar.« Nick stand ebenfalls auf. »Im Badregal liegen frische Handtücher. Ich mache schon mal Kaffee.«

Nach einem ausgedehnten Zungenkuss lösten wir uns schließlich widerwillig voneinander. Wir hatten nur noch eine halbe Stunde, bevor wir uns auf den Weg machen sollten.

Nackt wie ich war, eilte ich ins Bad und schloss die Duschkabine hinter mir. Als ich das Wasser andrehte, plätscherte ein warmer Regenschauer von dem überdimensionalen Duschkopf an der Decke auf mich hinab und hüllte mich richtiggehend ein. Das war Duschvergnügen pur. Mit geschlossenen Augen genoss ich die vielen sanften Tropfen auf meiner Haut, als sich die Glastür öffnete und Nick zu mir unter die Dusche kam. Ich hatte noch nie mit einem Mann zusammen geduscht. Er schmiegte sich an meinen Rücken und umarmte mich, streichelte meine nasse Haut. »Soll ich dich einseifen?«, fragte er leise und nahm sein Shampoo von der Ablage. Nick drückte etwas davon auf seine Hand und verrieb es zwischen seinen Handflächen, bevor er meine Haare einseifte, dann strich er sanft über meine Brüste bis hinunter zu meinem Bauch. Seine Hände prickelten angenehm auf meiner Haut, mittlerweile genoss ich es sogar, wenn er meinen Bauch streichelte. Genüsslich glitt er über meinen glatt rasierten Hügel. Durch das Shampoo flutschten seine Finger mühelos zwischen meine Schamlippen. Ein leises Stöhnen entwich mir, als er meine empfindlichste Stelle mit dem Daumen rieb und mir ein wildes Pochen meiner Klitoris bescherte.

»Nick«, keuchte ich und hielt mich an seinen Oberschenkeln fest, »wir haben keine Zeit dafür.«

»Wir müssen auch sauber sein«, sagte er spöttisch, während er meine empfindlichen Falten streichelte, bis mir der Atem wegblieb. Das Feuer in seinen Augen machte mir deutlich, dass er nicht vorhatte, sich von mir hetzen zu lassen. Und ich konnte ebenfalls nicht genug von ihm bekommen. Ich rieb meinen Hintern an seinem steifen Glied, woraufhin er sich ein wenig krümmte und meine Brüste mit der anderen Hand umfasste, um sie abwechselnd sanft zu kneten. Wenn er wollte, könnte er in dieser Position mit Leichtigkeit von hinten in mich eindringen.

»Oh Baby«, flüsterte er heiser und nahm den Duschkopf von der Wandbefestigung. Er stellte ihn an und spülte mein Haar aus, danach noch über meinen Oberkörper und schließlich traf der Wasserstrahl auf meine empfindlichste Stelle, was meinen Puls steil in die Höhe jagte. Das süße Ziehen ließ sich beinah nicht mehr aushalten, ungeduldig rieb ich mich an Nicks Härte. »Nimm mich endlich«, japste ich, als Nick mit zwei Fingern in mich eindrang.

»Nimmst du die Pille?«, fragte er. »Ich habe kein Kondom im Bad.«

»Nein«, keuchte ich mit zittrigen Knien, denn Nick stieß mit seinen Fingern immer wieder tief und schnell in mich.

»Dann können wir das nicht tun«, ächzte er und ich verfluchte innerlich, dass er sich so gut im Griff hatte, obwohl Nick wirklich vernünftig war. Ich langte hinter mich, nahm sein steifes Glied in die Hand und massierte ihn unter leichtem Druck, während seine geschickten Finger mich unweigerlich in Richtung Höhepunkt trieben. Dampf wogte um uns, die Scheiben der Kabine waren beschlagen. Seine andere Hand griff in mein Haar, er zog meinen Kopf in den Nacken, überstreckte meinen Hals und biss mir nicht gerade sanft hinein. Ich sog scharf die Luft ein, als der unerwartete Schmerz mich durchflutete, der bis in meine empfindlichste Stelle prickelte. Es war das erste Mal, dass Nick mich beim Sex hart anfasste. Er verstärkte den Zug auf meine nassen Strähnen, während seine Finger in mir rieben.

»Nick«, keuchte ich und packte seinen Arm, woraufhin er von meinem Haar abließ. Stattdessen umfasste er meine Schultern und presste mich an seine Brust.

»Ja, genau so«, keuchte Nick, seine Stimme klang hungrig und rau, während ich seinen Schaft bis zur Eichel massierte. Mein atemloses Stöhnen mischte sich mit seinen kehligen Lauten, bis ich innerlich explodierte. Nick keuchte auf, sein Glied pulsierte in meiner Hand und etwas Klebriges spritzte auf meinen Rücken, das von dem warmen Regen weggewaschen wurde. Langsam rutschten seine Finger aus mir heraus. Im nächsten Moment presste er mich fest an sich und küsste die Stelle an meinem Hals, an der er mich gebissen hatte. »War ich zu grob?«

Ich schüttelte den Kopf. »Nein, schon gut. Ich vertrage das.«

Er streichelte über mein Haar. »Das war noch zu früh, es tut mir leid.«

»Muss es nicht.« Ich drehte mich um und schmiegte mich an ihn. »Ich fand es ganz cool.« Das stimmte sogar, ich fand diese Facette an ihm sehr aufregend, sie war lediglich so überraschend gekommen. Wow, ich ahnte, dass völlig neue Spielmöglichkeiten im Bett auf mich warteten, und zitterte innerlich vor Aufregung.

Er küsste mich auf die Stirn. »Ich glaube, wir sollten uns langsam wirklich beeilen.«

Leichter Nieselregen setzte ein, sobald wir losfuhren. Die Sonne versteckte sich hinter dunklen Wolkenbergen und blitzte nur hier und da hindurch. Wir brausten mit geschlossenem Verdeck über die Landstraße und meine Nervosität wuchs, je näher wir meinem Heimatort kamen. Der Scheibenwischer surrte vor uns über die Scheibe. Heute trug Nick ein graues Langarmshirt, das seine Tattoos verdeckte.

»Du hast ja richtig auf dem Land gewohnt.« Sein Blick schweifte über die Wiesen und Äcker rings um uns.

»Ja, Idylle pur. Unerträglich. Wenn man kein Auto hat, ist man vollkommen aufgeschmissen.«

»Ich mag es hier.« Er streichelte mit den Fingerköcheln über meine Wange und ich neigte unwillkürlich den Kopf in Richtung seiner Hand. Ich war richtiggehend versessen darauf, von ihm angefasst zu werden.

»Du magst alles, was mit mir zu tun hat«, sagte ich spöttisch.

»Ja«, gab er nickend zu.

»Du kannst nachher auch wieder wegfahren.«

Er lachte. »Werde ich auch.«

Wir passierten das gelbe Ortsschild und fuhren die Hauptstraße entlang.

»Da vorn musst du rechts abbiegen«, ich deutete zur Seite.

»Was ist eigentlich mit deinem Vater? Hast du keinen Kontakt mehr zu ihm?«

Ich schüttelte den Kopf. »Nein, er ist mit seiner neuen Frau irgendwohin ins Ausland abgehauen, als ich noch klein war. Ich glaube, die beiden wollten sich die Kohle für meine Alimente sparen. Interpol hat ihn deswegen auf die Fahndungsliste gesetzt.«

»Klingt, als wäre dein Vater ein Drecksack.« Ich überhörte die Verachtung in seinem Tonfall nicht und stimmte ihm innerlich zu. Die Erinnerung an meinen Vater trübte kurz meine Laune, aber ich wischte den Kerl sofort aus meinen Gedanken. Er sollte mir den Tag nicht verderben, nicht heute, nicht wenn ich neben Nick saß und mich so glücklich fühlte.

»Ja, das ist er wohl. Meiner Mutter ging es damals sehr schlecht. Sie hatte mich zu versorgen, es dauerte Jahre, bis meine Narben richtig verheilt waren. Kurz darauf starb meine Oma und nebenher musste Mam auch noch die ganze Zeit arbeiten.«

Sein Blick schweifte zu mir. »Aber sie hat das alles ganz allein hingekriegt, klingt, als wäre deine Mutter eine wirklich starke Frau.«

»Ja, das ist sie. Sie hat richtig geschuftet, sich selbst nie etwas gegönnt und sich in all den Jahren nicht mal einen neuen Partner gesucht. Sie meinte immer, dafür genieße sie ihre wiedergewonnene Freiheit zu sehr. Mein Vater war wohl ziemlich tyrannisch ihr gegenüber. Wir sind hier im Ort dreimal umgezogen, jedes Mal in eine kleinere Wohnung, weil wir uns die vorherige nicht mehr leisten konnten. Das war schon hart.«

»Das glaube ich.« Er lehnte sich zu mir und stahl sich einen raschen Kuss von meinen Lippen. »Deswegen bist du also so tough.«

»Nein.« Ich kicherte. »Tough bin ich nur bei dir. Wie sagte Pia so schön? *Man muss mit dir in der Sprache reden, die du verstehst.*«

Nick kniff mir ins Knie. »Deine Freundin hat einen Knall.«

»Ja.« Ich lachte bei der Erinnerung an Pias Auftritt vor Nick. »Aber einen lieben Knall. Sie ist die Beste.«

Ich deutete auf ein graues Flachdachgebäude mit riesengroßen Fenstern. »Hier bin ich zur Grundschule gegangen. Wegen des Unfalls wurde ich ein Jahr später eingeschult. In der ersten Klasse haben ich und eine Freundin uns mal im Klassenzimmer versteckt, um heimlich mit Kreide an der Tafel zu malen. Das fanden wir so toll. Unsere Klassenlehrerin hat uns nicht bemerkt und abgeschlossen, bevor sie nach Hause gefahren ist. Erst abends hat uns die

Polizei gefunden und rausgelassen. Wir hatten null Ahnung, warum alle ausgeflippt sind. Meine Mutter war völlig hysterisch und dachte schon, ich wäre einem Kinderschänder in die Hände gefallen.«

Nick lachte auf. »Nachvollziehbar, vor allem nachdem sie dich erst kurz zuvor mit einem Rettungshubschrauber in eine Klinik geflogen haben.«

»Heute sehe ich das genauso, aber damals dachte ich nur: Was soll mir denn groß passieren, ich bin doch in der Schule.«

Ich zeigte geradeaus auf ein sandfarbenes älteres Mehrfamilienhaus. »Da wohnt meine Mutter.« Mein Puls pochte dumpf in den Schläfen, vor Aufregung zog sich mein Magen zusammen. Was dachte Nick wohl gerade? Möglichst unauffällig studierte ich seine Mimik. Er war vollkommen entspannt und wirkte gut gelaunt, was mich wieder ein wenig beruhigte. Schließlich parkte Nick ein Stückchen entfernt am Seitenstreifen. Nachdem wir ausgestiegen waren, kam Nick um den Wagen zu mir. Er nahm mich in die Arme und küsste mich zärtlich.

»Ich liebe dich«, sagte er leise. Wir sahen uns tief in die Augen, sein Blick war warm und voller Emotionen.

»Ich liebe dich auch.« Kleine Glücksschauer schüttelten mich. Ich konnte mich nicht von ihm lösen, sein warmer Duft stieg in meine Nase. Unwillkürlich kam ich mit dem Gesicht näher, roch mit geschlossenen Augen an seiner Halsbeuge.

»Beschnüffelst du mich?« Er klang belustigt.

»Ja, du riechst so gut«, gab ich zu und atmete tief ein. »Wie ein Tag am Meer, wenn die Sonne scheint und ein Hauch von Kokosöl in der Luft liegt.«

Nick legte seine Wange an mein Haar. »Ich kann dich nicht loslassen, am liebsten würde ich jetzt mit dir solang fahren, bis wir morgen Früh in Frankreich am Strand sind.«

Ich gluckste. »Meine Mutter steht bestimmt schon seit sechs Uhr in der Küche, sie wäre tödlichst beleidigt, wenn wir jetzt einfach abhauen, aber dein Vorschlag klingt sehr verführerisch.«

»Irgendwann entführe ich dich einfach dorthin.« Er legte einen Arm um meine Taille und wir schlenderten Arm in Arm über den verwachsenen Bürgersteig zum Haus meiner Mutter. Mein Herzschlag nahm an Geschwindigkeit zu, als ich den Klingelknopf drückte und Schritte von drinnen hörte. Kurz darauf öffnete sich die Tür und meine Mutter erschien strahlend im Rahmen.

»Aida, endlich seid ihr da, ich hatte mir schon Sorgen ...« Sie verstummte mitten im Satz, als ihr Blick auf Nick fiel. Ihr Mund stand offen, sie starrte ihn an, als stünde ein gesuchter Massenmörder vor ihr. Im selben Moment versteifte sich auch Nick, seine Hand krallte sich für eine Sekunde in mein Shirt. Er riss die Augen auf und sah ebenfalls geschockt aus. Was war denn mit den beiden los? Im nächsten Moment hatten die zwei sich schon wieder gefangen. Fahrig strich sich meine Mutter eine dunkelbraune Strähne aus der Stirn und kam einen Schritt auf uns zu.

»Ähm, ich bin Aidas Mutter und Sie sind dann wohl Nick.« Ihr Lächeln sah gezwungen und aufgesetzt aus, während sie ihm ihre zittrige Hand entgegenstreckte. Irgendwas stimmte nicht mit ihr. Ich hatte sie noch nie so nervös und verstört erlebt.

Nick räusperte sich. »Ja, der bin ich«, sagte er gepresst und nahm ihre Hand für den Bruchteil einer Sekunde, ehe sie sich gleichzeitig voneinander lösten, als bestünde Ansteckungsgefahr. Eine dumpfe Ahnung stieg in mir hoch, eher ein rabenschwarzes eisiges Gefühl, das meine Wirbelsäule nach oben kroch und wie eine Kanonenkugel in meinen Schädel krachte.

»Ihr kennt euch«, quetschte ich die Worte mühsam aus meinem Mund, denn langsam wurde mir klar, dass es nur eine einzige Möglichkeit gab, wo die beiden sich schon einmal begegnet sein konnten.

»Was?« Mam klang betroffen, sie rieb sich über ihr Dekolleté, als stünde es in Flammen.

»Ihr zwei kennt euch!« Meine Stimme klang hysterisch, ich riss mich von Nick los und trat einen Schritt zur Seite, mit einem Gefühl, als griffe eine eiskalte Klaue in meine Brust, um mir das Herz herauszureißen.

»Aida«, sagte Nick, betroffen zwar, aber mit fester Stimme. »Lass uns reingehen, wir sollten darüber reden.«

»Er hat recht, Schätzchen.« Mam griff nach meiner Hand, aber ich war schneller und entzog mich.

»Fass mich nicht an.« Das durfte alles nicht wahr sein. Was hier gerade passierte, war nichts weiter, als ein beschissener schlechter Joke, der sich augenblicklich auflösen würde. Ein Missverständnis, nichts weiter. Gleich würden die zwei anfangen zu lachen und

April, April! rufen oder etwas Ähnliches.

»Aida«, hörte ich Nick beschwörend neben mir und begrub meine Hoffnungen beim Klang seiner Stimme.

»Und du fass mich auch nicht an«, schrie ich vollkommen außer mir. »Ich kann mir denken, woher ihr zwei euch kennt.« Ein lauter Schluchzer entrang sich meiner Kehle, in meinen Augen schwammen Tränen. Die ersten perlten bereits über meine Unterlider, die ich hastig mit dem Handrücken wegwischte. Dann wandte ich mich an meine Mutter. »Hast du in deinem Alter nichts Besseres zu tun, als mit jungen Typen ins Bett zu steigen?« Meine Stimme schwoll an. »Ich fasse es einfach nicht.« Wieder und wieder schüttelte ich den Kopf.

»Aida«, sagte Nick neben mir. »Lass uns das in Ruhe klären.«

»Du hast mir überhaupt nichts zu sagen«, fauchte ich. »Hau ab, ich will dich nie wieder in meinem Leben sehen.«

»Aida, bitte komm rein«, flehte meine Mutter, der ebenfalls Tränen in den Augen standen. »Es tut mir unendlich leid, das musst du mir glauben.«

»Und du bist auch für mich gestorben.« Ich deutete auf sie. »Warum geht ihr zwei nicht rein und tut das, was ihr immer macht, wenn ihr euch trefft? So viel Kleingeld wirst du doch im Haus haben«, giftete ich sie mit schmalen Augen an. Meine Wangen brannten vor Wut und Enttäuschung. Ich konnte es nicht glauben, das durfte einfach nicht wahr sein. Meine Mutter hatte sich einen Callboy genommen und Nick sich mit ihr in den Kissen gewälzt.

»Aida, beruhig dich bitte«, redete Nick leise auf mich ein, als wäre ich eine Irre, die aus der Psychiatrie ausgebrochen war. In seinen Augen spiegelte sich Angst, blanke nackte Angst. Aber das war nichts gegen den brutalen Schmerz, der mich gerade entzweiriss.

»Da gibt es nichts mehr zu klären, kapiert?«, schrie ich ihn an, ich konnte nicht normal reden, nur brüllen. Die Wut in mir hatte endgültig die Oberhand gewonnen, mein Verstand flüsterte mir zu, dass ich selbst schuld war. »Du hast meine Mutter gevögelt und dann hast du mich gevögelt, du bist echt das Allerletzte.«

Nick packte mich bei den Oberarmen. »Hör auf, hier so herumzubrüllen. Lass uns bitte endlich reingehen.«

Ich riss mich los – und schlug zu. Es klatschte laut, als meine

Hand auf seine Wange traf. Er rieb sich über die getroffene Stelle und musterte mich mit schierer Verzweiflung im Blick. Meine Tränen wollten einfach nicht versiegen, ich versuchte, den Schmerz in meinem Brustkorb wegzuatmen. Es fühlte sich an, als stocherte jemand mit messerscharfen Splittern darin herum. Mit einem Schlag wurde mir klar, dass dieser Moment das Ende meiner großen Liebe bedeutete. Ich hatte Nicks Vergangenheit einfach beiseitegeschoben, so getan, als wäre sie zusammen mit Julians Website verschwunden und hätte keine Auswirkungen mehr auf unser Leben. Ein großer Teil von mir wollte trotz allem von Nick in den Arm genommen werden, sich an seinen Brustkorb lehnen und solang dort stehen bleiben, bis ich endlich aus diesem Albtraum erwachte. Aber ich träumte nicht, was mit uns passierte, das würde ich niemals in meinem ganzen Leben vergessen. Je länger ich so dastand, desto größer wurde die Gewissheit, dass ich nicht mit Nick zusammen sein konnte. Ich kam nicht klar damit, was er getan hatte, um seinen Lebensunterhalt zu finanzieren.

Genauso hart traf mich die Erkenntnis, dass meine Mutter mir immer erzählt hatte, sie bräuchte keinen Mann. Von wegen. Sie bezahlte sogar für Sex. Ich kannte sie nicht mehr.

»Lasst mich bloß in Ruhe. Alle beide!«, sagte ich schließlich leise, denn mich verließ langsam die Kraft. Meine Mutter stand noch immer starr an demselben Fleck, als wäre sie tot oder aus einem Eisblock gemeißelt. Hass auf sie quoll in mir hoch, tiefster, erbärmlichster Hass dafür, dass sie mich aus meinem Traum von einem Leben mit Nick so niederschmetternd herausgerissen hatte. Auch wenn es nicht wirklich ihre Schuld war, fühlte es sich für mich so an.

»Bitte«, hörte ich Nick mit belegter Stimme sagen, »du kannst das mit uns nicht so enden lassen. Ich liebe dich.«

Wie in Zeitlupe wandte ich den Blick von meiner Mutter zu ihm, ich biss die Zähne zusammen, denn mein Herz blutete aus hunderttausend Wunden. »Wenn du nicht abhaust, gehe ich.« Noch ehe er antworten konnte, hatte ich mich umgedreht und stürmte davon. Die Straße verschwamm durch meinen Tränenschleier. Ich hörte Nicks Schritte hinter mir und wurde schneller, hastete den Gehsteig entlang.

»Aida!« Er hielt mich an der Schulter fest. »Bleib stehen. Ich fahre dich nach Hause, wir müssen auch nicht reden, aber renn nicht einfach weg.«

Ruckartig drehte ich mich um und stieß ihn mit beiden Händen von mir, er taumelte einen Schritt zurück und blieb dann stehen. Am liebsten wäre ich auf ihn losgegangen, ich wollte mit den Fäusten auf ihn einprügeln, bis er mir beichtete, dass alles gar nicht wahr war, mir meine Fantasie lediglich mal wieder einen üblen Streich gespielt hatte. Dass ich mir den ganzen Quatsch nur in meinem Kopf zusammengereimt hatte. Doch ein Blick in seine schuldbewussten Augen genügte, um zu wissen: Dieser beschissene Albtraum war eben keiner. »Lass mich endlich in Ruhe«, schrie ich ihn an. »Hau ab!« Ich lief weiter, wischte mir die Tränen von den Wangen, die einfach nicht versiegen wollten, und stellte erleichtert fest, dass Nick mich tatsächlich gehen ließ.

Ich saß auf dem Rücksitz von Chads *Mustang* und starrte aus dem Seitenfenster. Er und Pia hatten mich abgeholt. Ich hatte nichts bei mir gehabt, meine Handtasche lag noch in Nicks Auto. In meiner Verzweiflung hatte ich Stunden später tränenüberströmt beim Pfarrer geklingelt, der mich sein Telefon hatte benutzen lassen.

Immer wieder wandte Pia den Kopf und unterzog mich einer besorgten Musterung, aber ich ignorierte sie.

»Was ist denn passiert?«, fragte sie schließlich und schon flossen wieder Tränen.

»Nichts«, schluchzte ich, denn ich wollte mich nicht auch noch vor Chad erniedrigen, der keinen blassen Schimmer von Nicks Zweitberuf hatte. Ich war selbst schuld, eine dumme Nuss. Dümmer als Marga. Warum hatte ich mich überhaupt auf Nick eingelassen? Wieso hatte ich mich ausgerechnet in einen beschissenen Callboy verliebt?

»Deine Mutter hat schon zehnmal bei mir auf dem Handy angerufen«, hörte ich Pia sagen und schrak auf.

»Was hat sie?«

»Sie macht sich große Sorgen um dich und wollte wissen, ob du schon daheim bist, ob ich was von dir gehört habe oder ob sie die Polizei verständigen soll. Sie hatte einen Riesenschiss, du könntest dir was antun.« Im selben Moment klingelte ihr Handy. »Sie ruft schon wieder an.«

»Geh nicht ran, lass es einfach klingeln.« Meine Mutter war die letzte Person auf der Welt, mit der ich mich jetzt beschäftigen wollte. Mein Herz fühlte sich ganz wund an. Ich saß in diesem dunklen Loch, aus dem ich sicher nie wieder herausfinden würde. Ich hatte mein Vertrauen in Nick verloren. In meinen Nick. Er hatte mit meiner Mutter geschlafen. Meine Mutter hatte ihn nackt gesehen, seinen wunderschönen Körper berührt. Nick geküsst! Das war total falsch, das ging einfach nicht und ich konnte das Bild nicht aus meinem Kopf herausbekommen.

»Aida, what happened?« Auch Chad klang besorgt, er musterte mich im Rückspiegel.

»Mit Nick ist Schluss«, warf ich ihnen schließlich einen Knochen hin. »Und ich möchte ihn nie wieder in meinem Leben sehen.« Was schwierig werden würde, denn ich musste morgen zur Frühschicht im Krankenhaus erscheinen, genauso wie er. Aber darüber konnte ich mir jetzt keine Gedanken machen, am besten, ich ließ mich krankschreiben. Das war nicht mal gelogen, ich fühlte mich auch krank. Sterbenskrank sogar.

»You had a boyfriend?« Chad klang erstaunt. »Wann? Ich habe gar nichts mitgekriegt.«

Wie es aussah, war Pia wirklich zu hundert Prozent vertrauenswürdig. Sie hatte ihm keinen Ton von Nick erzählt.

Pia legte ihre Hand auf seinen Arm und schüttelte den Kopf, woraufhin er hilflos die Achseln zuckte. Im Rückspiegel sah ich, wie er mit den Augen rollte.

Ich rechnete es meinen Freunden hoch an, dass sie nicht weiter in mich drangen, sondern wohl instinktiv spürten, dass ich nicht reden konnte. Zumindest nicht, solang Chad anwesend war. Eine halbe Stunde später bog Chad in die Straße ab, wo wir wohnten, und fand einen Parkplatz direkt vor dem Haus. Noch bevor ich ausgestiegen war, entdeckte ich ihn. Nick lehnte neben der Haustür und hielt meine Tasche in der Hand.

»Scheiße, das ist doch Nick«, sagte Pia, bevor sie die Tür öffnete.

»The guy who made her cry?« Chad klang sauer.

»Genau der«, klärte Pia ihn knurrend auf.

»Ignoriert ihn einfach. Ich tue es auch«, erwiderte ich matt und stieg aus. Ich blieb einen Moment stehen und konnte mich nicht überwinden, auf ihn zuzugehen. Ich wusste, dass ich mich nicht unter Kontrolle hatte. Höchstwahrscheinlich würde ich beim ersten Ton von ihm wieder in Tränen ausbrechen. Nick verschlang mich mit seinem Blick. Er stieß sich von der Wand ab und stand einfach nur da. Nick sah genauso wunderschön aus wie immer. Als wäre nichts passiert, als hätte er nicht mit meiner Mutter geschlafen. Ich fühlte mich schwach und verwundet, alles tat mir weh. Mein dummes Herz wollte ihn trotz allem immer noch so sehr, es sehnte sich nach ihm: den starken Armen, seinen geschwungenen Lippen und dem leidenschaftlichen Blick, mit dem er mich heute Morgen noch betrachtet hatte. Jetzt allerdings war sein Blick leer. Ich trat näher und als ich ihn endlich erreicht hatte, konnte ich durch die Pupillen bis in seine Seele schauen. Alle Reue und der Schmerz darin war nichts gegen das, was ich fühlte. Wir standen uns gegenüber und sahen uns an.

»Hey«, sagte er schließlich leise und ignorierte meine beiden Begleiter, die ihn feindselig musterten. »Du hast deine Tasche bei mir im Wagen liegen lassen.«

Ich nahm sie, streng darauf bedacht, seine Hand nicht zu berühren, ansonsten wäre ich verloren gewesen. »Danke.«

»Wie geht's dir?«, fragte er und hielt mich mit den Augen fest.

»Nick, lass es.« Ich schüttelte den Kopf und schon flossen Tränen.

»Bitte verzeih mir, ich wusste nicht, dass sie ...« Er brach ab und atmete tief ein. »Ich liebe dich.«

Momente verstrichen, die sich wie Monate dehnten, in denen wir uns nur stumm betrachteten. Mein Herz tat so weh, dass ich nur noch schreien wollte. Aber ich blieb ruhig, es war nicht mehr die Zeit für hysterische Ausfälle. Es war vorbei. »Ich bin müde«, sagte ich kraftlos und wollte an ihm vorbeigehen, aber er hielt mich am Handgelenk fest.

»Du kannst mich nicht einfach so verlassen.«

Reflexartig riss ich mich los. »Doch, kann ich.« Mein Körper wurde von Schluchzern geschüttelt, ich konnte mich nicht beruhigen, so sehr ich es auch versuchte. Chad schnappte Nick am Kragen und schleuderte ihn gegen die Hauswand. Er kam dicht vor Nicks Gesicht und ballte die rechte Hand zur Faust.

»Kannst du nicht hören? Leave her alone or I'll beat the crap out of you.« Seine Stimme klang bedrohlich.

Nick wehrte sich nicht, er stand nur da und nickte schließlich. Währenddessen hatte Pia einen Arm um mich gelegt und führte mich zur Haustür. »Gehen wir rein. Du siehst so bleich aus, du solltest dich unbedingt hinlegen.«

Wie ein getretener Hund lag ich zusammengerollt auf meinem Bett und starrte gegen die Wand. Ich konnte Nicks Gegenwart nicht ertragen und vermisste ihn gleichzeitig unendlich. Verzweifelt fragte ich mich, ob dieser Schmerz wohl jemals wieder vergehen würde. Es fühlte sich an, als würde sich ein Felsbrocken auf meine Brust senken, der mich langsam zerquetschte. Mittlerweile wusste Pia Bescheid, ich hatte ihr alles berichtet und sie war genauso schockiert wie ich gewesen.

Ein leises Pochen an meiner Zimmertür schreckte mich auf. Pia streckte den Kopf zur Tür hinein. »Deine Mutter ist dran.« Sie hielt eine Hand über ihr Smartphone. »Du hast dein Telefon ausgeschaltet, meint sie.«

Ich nickte. »Ja, und das bedeutet, dass ich nicht mit ihr reden will, sag ihr das.«

»Habe ich schon. Es interessiert sie nicht. Sie hat angekündigt, sie ruft mich so lang an, bis sie mit dir gesprochen hat. Bitte rede mit ihr, sonst hört sie mit dem Telefonterror nicht auf.«

Mühsam setzte ich mich auf. Es war eine dumme Idee gewesen, meiner Mam Pias Nummer als Notfallkontakt zu geben. Ich wollte nichts mehr mit ihr zu tun haben. Ohne sie hätte ich bestimmt vergessen können, dass Nick gegen Geld mit allen möglichen Frauen geschlafen hatte. Warum hatte sie sich nicht wenigstens einen Mann in ihrem Alter gesucht, statt einen blutjungen Callboy zu buchen? Die leise Stimme in mir, die mir ins Ohr flüsterte, dass es nicht ihre Schuld war und ich sogar dasselbe getan hatte, würgte ich brutal ab. Meine Wut brauchte ein Ventil. Der Zorn auf sie sprengte mich fast, dennoch winkte ich Pia heran und nahm das Handy. Es war nicht fair, dass sie nun die Hysterie meiner notgeilen Mutter ausbaden musste.

»Was gibt's? Fass dich kurz«, fuhr ich sie an.

»Ich wollte wissen, wie es dir geht«, hörte ich Mam leise sagen, ihre Stimme bebte.

»Wie es einem halt so geht, wenn die eigene Mutter mit dem Freund schläft.«

»Aida, es tut mir so leid.«

»Was tut dir leid? Dass du mit Nick geschlafen hast? Come on.«

»Aber ich wusste doch nicht ...«

»Das ist mir scheißegal, ob du es wusstest oder nicht. Fakt ist: Du hast mit ihm geschlafen und das werde ich dir nie verzeihen. Und jetzt lass mich endlich in Ruhe und hör auf, meine Mitbewohnerin zu belästigen.«

Ihr ersticktes Schluchzen traf mich wie ein Messerstich in den Hals. Ich hatte auch meine Mam verloren. Nie im Leben hätte ich das für möglich gehalten. Mein ganzes Leben lang waren wir beide ein Team gewesen und jetzt saßen wir auf einem riesengroßen Scherbenhaufen, der sich nicht mehr kitten ließ. Ich war froh, in diesem Moment nicht auf einer hohen Brücke zu stehen.

»Ich bin immer für dich da«, sagte sie kaum wahrnehmbar. »Vielleicht können wir uns in ein paar Tagen treffen und noch einmal über alles reden.«

»Ich glaube nicht.« Der Boden schwankte unter mir, als wäre ich betrunken, weiße Punkte tanzten vor meinen Augen. »Ich lege jetzt auf.«

»Eins noch, Aida.« Ich hörte, dass sie weinte. Meine Mam weinte. Noch nie hatte sie das vor mir getan, nicht mal als mein Vater abgehauen war. Aber ich konnte ihr nicht entgegenkommen, dieses Bild von ihr und Nick, wie sie sich in den Kissen tummelten, ließ sich nicht aus meinem Kopf verscheuchen. Es brachte mir eine Gänsehaut und jede Menge dunkler Emotionen, die ich nicht haben wollte.

»Was?«, fragte ich monoton.

»Eigentlich wollte ich dir das heute beim Mittagessen erzählen. Es war eine Überraschung. Als du klein warst, habe ich eine Ausbildungsversicherung für dich abgeschlossen und ein paar Euro monatlich für dich eingezahlt. Die wurde jetzt fällig. Fünftausend Euro. Ich habe sie auf dein Konto überwiesen, um dich ein wenig beim Studium zu unterstützen, im Rahmen meiner Möglichkeiten.«

»Mam«, schluchzte ich auf und ließ den Kopf hängen. Tränen tropften über meine Nase zu Boden. »Ich will das Geld nicht, bitte behalte es und ruf mich nicht mehr an.« Ein heftiger Schmerz krampfte meinen Brustkorb zusammen und nahm mir die Luft zum Atmen. Sie sollte nicht solche Dinge für mich tun – nicht mehr.

»Es ist schon auf deinem Konto.« Sie weinte immer noch. »Es tut mir leid, Liebes. Ich wollte dir eine Freude machen.«

»Ich lege jetzt auf.« Am liebsten hätte ich sie in die Arme geschlossen, aber es ging nicht, denn sie war mit Nick im Bett gewesen. Damit kam ich nicht klar.

»Dann versprich mir wenigstens, dass du dich meldest, wenn du mich brauchst. Ich bin immer für dich da und ich liebe dich.«

»Okay, ich melde mich, falls irgendwas ist. Bye.« Ich drückte auf *Abbruch*, bevor sie noch gänzlich aufgelöst auf irgendwelche dummen Ideen kam, wie etwa hier aufzutauchen. Ihre Worte hallten in mir nach. Meine Mam liebte mich, trotz allem. Verdammt. Ich liebte sie auch. Trotz allem.

30. Kapitel

Eine ganze Woche hatte ich mich in meinem Zimmer verschanzt, vor mich hin gestarrt und mir *Goodbye My Lover* von James Blunt in Endlosschleife reingezogen. Heute war Montag, sieben Uhr. Mein empathieloser Hausarzt hatte sich schlichtweg geweigert, mich eine weitere Woche krankzuschreiben. Liebeskummer ließ sich anscheinend nicht über die Krankenkasse abrechnen. Das empfand ich als zutiefst ungerecht, immerhin fühlte ich mich sterbenskrank. Wie es aussah, führte kein Weg an Nick vorbei. Irgendwann musste ich ihm wieder über den Weg laufen. Nachher wollte ich bei Doktor Lehmann nachfragen, ob sie mich nicht auf eine andere Station versetzen konnte. Auf diese Art könnte ich wenigstens bis zum neuen Semesterbeginn einen großen Bogen um Nick machen.

Mit hängendem Kopf schlurfte ich in die Küche, ich brauchte dringend Kaffee. Die letzten Tage hatte ich mich hauptsächlich von Koffein und Cherry Cola ernährt, obwohl sich Pia rührend um mich gekümmert und mich sogar bekocht hatte. Ich hatte mindestens drei Kilo abgenommen und fühlte mich so schwach, als wäre ich tagelang durch die Sahara geirrt.

Pia und Chad saßen am Küchentisch und frühstückten.

»Gott sei Dank, du bist endlich aufgestanden«, begrüßte Pia mich. »Ich dachte schon, wir müssen dich zukünftig überallhin tragen.«

»Mir blieb nichts anderes übrig, mein Hausarzt meinte, ich solle mir einfach einen anderen Freund suchen. Eine Woche wegen eines Typen zu heulen, wäre mehr als genug. Er ist ein Idiot.« Ich schenkte mir eine Tasse mit Kaffee voll und setzte mich zu ihnen. Vorsichtig nippte ich an der heißen Brühe, das Zeug machte mich gar nicht mehr richtig wach. Ob ich bereits eine Kaffee-Immunität entwickelt hatte?

»Oh my god, Aida. I'm so depressed now.« Chad nahm einen großen Schluck aus seiner Kaffeetasse. »Eine ganze Woche mussten wir uns James Blunt anhören. Von jetzt an, I fuckin' hate that song for the rest of my life.«

»Tut mir leid, ich werde mir zukünftig Kopfhörer aufsetzen.«

»No, don't listen to this song at all. Das ist furchtbar. Dein Doktor hat recht.« Chad lehnte sich zurück. »Meine Güte, wenn ich geahnt hätte, dass ihr Mädels so leidet, dann hätte ich mit der einen oder anderen freundlicher Schluss gemacht.«

Pia boxte ihm gegen den Arm. »Und wie wirst du dann mit mir Schluss machen?«

Er warf ihr einen verwirrten Blick zu. »I'm not breaking up with you, honey.«

»Du haust halt ab, auch nicht viel besser.« Ihre Lippen pressten sich zu einem Strich zusammen.

Er hob die Hände an und ließ sie auf den Tisch sinken. »Du wusstest doch von Anfang an, dass ich wieder zurückgehe. Warum führen wir immer wieder dieses Gespräch?«

»Weil du mir nicht sagen willst, wie es dann mit uns weitergeht.« Sie säbelte an ihrem Brötchen herum, als würde sie einen Leichnam zerstückeln.

»Because I don't know. Dann liegen fast achttausend Kilometer zwischen uns.« Er wackelte mit den Augenbrauen. »Ein langer Weg für einen Quickie.«

»Du bist so ein Arsch.« Pia klang schwer gekränkt.

»Honey«, er nahm ihre Hand, »das war ein Joke. Not very funny, ich gebe es zu. Aber wir werden sehen, was kommt. Wir haben Telefon und Skype. Irgendwie klappt das schon.«

Selbst in meinem Zustand hörte ich Chads Stimme an, dass nicht mal er sonderlich von dem überzeugt war, was er daherredete. Pia hatte ihm immer noch nichts von ihren Plänen mit dem Auslandssemester erzählt, denn sie steckte noch mitten im Bewerbungsverfahren. Ein ganzer Haufen Studenten hatte sich für die wenigen Plätze beworben, deswegen rechnete sie sich keine großen Chancen aus.

»Und wenn ich mal eine Zeitlang zu dir nach Atlanta kommen würde?«, fragte sie vorsichtig.

»Klar kannst du mich mal ein paar Wochen besuchen.« Er biss in sein Honigbrötchen.

»Ich meinte länger.«

Chad hörte mit dem Kauen auf. »Müssen wir das jetzt besprechen?« Mit der anderen Hand kramte er sein Handy aus der Hosentasche und warf einen Blick darauf. »I'm late.« Er stand auf.

»Meine Vorlesung beginnt gleich. Let's talk about this another time.«

»Dann beeil dich«, fauchte sie. »Damit du nicht zu spät kommst.«

Tatsächlich verschwand Chad und wirkte zur Krönung sogar erleichtert. Alle Männer waren Schweine, stellte ich fest und leerte den Rest meines Kaffees in einem Zug. »Der schmeckt so komisch, ich glaube, ich hab es mit der Brühe übertrieben, er macht mich nicht mal mehr richtig wach.«

Pia schraubte das Marmeladenglas auf. »Ich habe ihn durch koffeinfreien ersetzt«, gab sie zu und lächelte schuldbewusst. »Du hast dir jeden Tag zehn Tassen reingepfiffen, ich hatte Angst, deine Venen könnten demnächst explodieren oder so.«

»Venen können nicht explodieren«, klärte ich sie auf und winkte ab. »Egal.«

»Gerade ist wirklich überall der Wurm drin.« Sie verteilte die rote Masse auf ihrem Brötchen.

»Bei wem denn noch?« Ich gähnte hinter der vorgehaltenen Hand, die wegen Nick schlaflos verbrachten Nächte setzten mir zu.

»Luca und Ben haben auch Megastress. Sie trifft sich immer noch mit Josh-Arsch.«

Also für diese Info hatte ich nur noch ein abfälliges Prusten übrig. »Sie hat echt einen an der Waffel. Wie kann sie ihre Beziehung zu Ben einfach so wegwerfen?« Mir war das immer noch absolut schleierhaft. Ben war so ein toller Mann. Dieser Josh konnte ihm wirklich in keinem Bereich das Wasser reichen.

»Sie sagt, sie fühlt sich eingeengt von Ben. Er ist immer so eifersüchtig und stresst rum.« Pia biss von ihrem Brötchen ab.

»Ich wäre auch nicht begeistert, wenn mein Freund ...« Ich brach mitten im Satz ab. Erstens hatte ich keinen Freund mehr und zweitens hatte mein Exfreund mit einer Million Frauen rumgemacht, sogar mit meiner eigenen Mutter. So richtig bewusst war mir die Bedeutung dessen erst in den vergangenen Tagen geworden. Nick hatte seinen Körper verkauft, an jede Frau, die ihm genügend Geld gegeben hatte. Sogar ich hatte ihn dafür bezahlt. Was hatte ich eigentlich erwartet? Dass uns seine Vergangenheit nie einholen würde? Ich war wirklich selten naiv.

Pia streichelte meinen Arm. »Gib dir ein bisschen mehr Zeit, es ist alles noch zu frisch, was passiert ist.«

Ich nickte und stand auf. »Dann gehe ich mal zum Dienst, mein Ex ist bestimmt auch schon dort.«

Ich beschloss, einen auf cool zu machen, mir nicht anmerken zu lassen, wie sehr ich gelitten hatte. Wie eine Raupe igelte ich mich in einen Schutzkokon aus gespielter Gleichgültigkeit ein. Wenn Nick mir über den Weg lief, würde ich einfach so tun, als wäre nie etwas zwischen uns gewesen. Bei der erstbesten Gelegenheit wollte ich dann bei Doktor Lehmann um meine Versetzung bitten. Ich spürte meinen Herzschlag bis hoch in den Hals, als ich die Station betrat und mich panisch nach allen Seiten umsah. Nick war auf den ersten Blick nirgends zu entdecken, stellte ich halbwegs erleichtert fest, aber der Feind konnte ja bekanntlich überall lauern. Meine unterdrückte Wut der vergangenen Tage bahnte sich mit aller Kraft ihren Weg durch mich hindurch. James Blunt hatte mich in eine lethargisch-trauernde Stimmung versetzt, sodass ich mehr oder weniger die ganze letzte Zeit über vor Selbstmitleid zerflossen war. Nun meldete sich meine kämpferische Seite zurück und ich wollte Nick nicht zeigen, wie ich gelitten hatte. Stattdessen sollte jede meiner Gesten ihm verdeutlichen, dass ich schon längst über ihn hinweg und unser kleines lächerliches Intermezzo bedeutungslos war.

Vielleicht war das Glück mir wenigstens einmal hold und er hatte heute frei. Nachdem ich meine Sachen im Spind verstaut hatte, schlüpfte ich ins Stationszimmer und studierte mit angehaltenem Atem den Dienstplan an der Wand.

»Ich habe heute Dienst, falls du danach suchst«, hörte ich seine tiefe Stimme im Rücken und erstarrte. Das Blut rauschte mir in den Ohren, als ich mich langsam umdrehte. Mein Puls schoss steil in die Höhe. Nick sah übermüdet aus. Er musste sich ein paar Tage nicht rasiert haben, ein dunkler Bartschatten stand ihm im Gesicht, der ihn verwegen und sexy aussehen ließ. Verdammt, kapierte mein bescheuertes Herz eigentlich nie etwas? Es sehnte sich noch immer nach ihm, aber dieses Mal war ich besser auf der Hut, ich schluckte und überspielte meine zittrige Nervosität mit einem gleichgültigen Schulterzucken.

»Da muss ich dich enttäuschen, dein Dienstplan ist mir nämlich scheißegal.«

»Aida.« Er kam einen Schritt auf mich zu. »Ich muss mit dir reden.«

»Es gibt nichts mehr zu reden, Nick.« Meine Stimme brach zum falschen Zeitpunkt, dabei hatte ich doch die Starke spielen wollen. »Zwischen uns ist es endgültig vorbei«, presste ich mit einem letzten Rest Selbstbeherrschung heraus. Meine verfluchten Augen brannten, als hätte ich rohe Zwiebeln geschnitten.

Er wischte sich mit beiden Händen übers Gesicht und atmete tief durch. »Das kann nicht dein Ernst sein. Aida, ich liebe dich. Gib uns noch eine Chance.«

Ich biss mir auf die Unterlippe, konzentrierte mich darauf, die Tränen zurückzudrängen und den brutalen Schmerz in meinem Herzen unter Kontrolle zu halten. Es fühlte sich noch immer so schrecklich wund an. »Ich kann nicht«, sagte ich leise und ging an ihm vorbei. Ich konnte wirklich nicht, obwohl die Welt vor meinen Augen unterging. Marga trudelte ins Stationszimmer, natürlich zum schlechtesten Zeitpunkt, und beinah wären wir auch noch zusammengeprallt. Sie hatte Simon und Marlon im Schlepptau. Ausgerechnet. Für die beiden Spinner hatte ich heute überhaupt keinen Nerv. Ein spöttisches Grinsen legte sich über ihre Lippen, als sie meine feucht-glänzenden Augen bemerkte.

»Ups.« Sie legte die Fingerspitzen auf die Lippen. »Ist die große Liebe etwa schon wieder vorbei?«

Nick drehte sich zu ihr um. »Halt die Klappe, Marga.«

»Ihr zwei habt was miteinander, echt?« Simon warf sich auf einen der Stühle und blätterte durch eine Krankenakte, die Marga ihm aus den Fingern riss.

»Hey, die gehen dich nichts an.«

Simons Grinsen wurde breit. »Was ist los, Aida? Bringt er's nicht im Bett? Lass mich doch mal ran, ich verpasse dir gern einen warmen Einlauf.«

Nick riss ihn vom Stuhl auf die Beine und seine Faust landete einen Treffer an Simons Kinn, der sich mit beiden Händen das Gesicht hielt und *Aua, aua!* jammerte.

»Verpiss dich von der Station, aber schnell«, knurrte Nick wie ein aggressiver Wolf.

»Hey, spinnst du?«, ging Marlon dazwischen. »Das war doch nur Spaß. Seit wann hast du keinen Humor mehr?«

Nick schnappte Marlon am Kragen und schleuderte ihn rücklings auf den Schreibtisch, bevor er sich mit erhobener Faust über ihn beugte. »Ihr sollt abhauen, verstanden?« Es sah aus, als würde sich all der in Nick aufgestaute Frust der letzten Tage entladen. Wie in Zeitlupe legte er eine Hand um Marlons Kehle und zerrte ihn in die Höhe, ehe er ihn grob in Richtung Tür stieß. »Verpisst euch alle drei!«

»Komm mal runter«, fuhr Marga ihn an. »Was können wir denn dafür, wenn ihr Stress miteinander habt?«

»Hey, Alter, reg dich wieder ab.« Simon drückte sich an Nick vorbei in Richtung Flur. »Die hat's dir aber richtig gegeben.« Er nickte mit dem Kinn in meine Richtung und ich sah buchstäblich, wie sich etwas in Nick ausschaltete. Oh nein. Von der Situation vollkommen überfordert, wusste ich nicht, wie ich reagieren sollte, und stand einfach nur da. Nick ging den Brüdern nach und ballte die Faust.

»Nick«, rief ich und stellte mich dazwischen. Mein Herz klopfte zum Zerspringen. »Hör auf. Bitte. Tu's nicht«, redete ich beschwörend auf ihn ein. Tatsächlich entspannten sich seine Finger, sein Blick ruhte so sehnsüchtig und gequält auf mir, dass ich am liebsten alles vergessen und ihn umarmt hätte. Stattdessen drehte ich mich um und verließ mit hämmerndem Herzen hinter den dreien das Stationszimmer. Es war mehr eine Flucht, Nicks Nähe brachte mich vollkommen aus dem Gleichgewicht, noch schlimmer, als ich befürchtet hatte. Ich hörte die Zwillinge fluchen, Simon rieb sich immer noch das Kinn und ich hoffte, er hatte noch lang Freude an seinem blauen Fleck.

Ich wickelte Frau Hausers Verband am Knie ab und begutachtete die Wunde, die sich schon deutlich gebessert hatte. »Ich denke, in den nächsten Tagen können wir den Verband ganz weglassen.«

Sie strahlte. »Das sind mal gute Nachrichten. Meine Schwiegertochter entrümpelt anscheinend schon meine Wohnung, höchste Zeit, dass ich entlassen werde und der Giftspritze mal gehörig die Meinung geige.«

»Wie ist ihr Sohn eigentlich an die geraten?« Ich entsorgte die benutzte Bandage im Müllbeutel und begann mit dem Spülen der Wunde.

Sie strich ihr altrosa Nachthemd glatt. »Keine Ahnung. Ich vermute, es war eine Menge Alkohol im Spiel.« Frau Hauser zwinkerte mir zu. »Nein, im Ernst. Er hat sie geschwängert und deswegen geheiratet. Mein Sohn war schon immer sehr pflichtbewusst, das hat er jetzt davon. Aber für meinen Enkel ist es natürlich ein Glück, dass die Eltern noch zusammen sind, das kommt ja nicht mehr so oft vor in der heutigen Zeit. Ihr jungen Leute trennt euch doch schon bei den ersten kleinen Problemen. Das war früher ganz anders.«

»Manchmal ist es eben besser, einen Schlussstrich zu ziehen, wenn man merkt, dass es nicht funktioniert«, warf ich ein und suchte im Verbandswagen nach Kompressen.

Sie nickte. »Ihr habt es auch einfacher. Heutzutage habt ihr Frauen alle einen Beruf. Ich saß zu Hause, habe den Haushalt geschmissen und die Kinder versorgt, während mein Mann arbeiten gegangen ist. Hätten wir uns scheiden lassen, wäre ich wahrscheinlich verhungert. Dann habe ich es eben vorgezogen, mit einem Gefühlslegastheniker zusammenzuleben.«

Gefühlslegastheniker. Von der Sorte kannte ich auch ein paar. Nick war nie so einer gewesen, kam es mir in den Sinn. Verdammt, ich vermisste ihn. »Das ist verständlich, es waren eben noch andere Zeiten.« Ich kramte weiter nach geeignetem Verbandsmaterial.

»Obwohl mein Karl-Heinz ein richtiges Ekel sein konnte«, redete sie weiter und ich musste wider Willen schmunzeln. »Einmal habe ich ihn gebeten, mir doch auch mal was Nettes zu sagen, daraufhin meinte er: Hast du nicht eine schöne neue Küche bekommen?«

»Oje, dann sollten Sie Ihr Leben aber richtig genießen, wenn Sie entlassen werden.« Ich durchwühlte alle Fächer nach Kompressen, fand aber nirgends welche.

»Das mache ich auch.« Sie spielte mit einem Zipfel ihres Betttuchs. »Am Tag meiner Beerdigung ist kein Cent mehr übrig, bis dahin habe ich alles unter die Leute gebracht.«

»Richtig so. Ich gehe mal kurz frische Kompressen holen, bin gleich wieder da«, sagte ich im Weggehen und schloss die Tür.

Im Verbandsraum durchstöberte ich das Regal nach der richtigen Größe, als ich hörte, wie sich die Tür öffnete. Ruckartig fuhr ich herum, mein Herz setzte einen Schlag lang aus und mein Hals wurde eng. Nick kam auf mich zu, seine Augen wanderten unruhig von mir zu den Regalen.

»Aida«, sagte er kratzig.

»Was willst du noch? Ich dachte, ich hätte mich vorhin klar ausgedrückt.« Ich verbarg das auffällige Zittern meiner Hände hinter dem Rücken. Oh Gott. Er durfte mir nicht so nah kommen, sonst würde ich vom Fleck weg sterben.

Er lachte bitter auf. »Kannst du mir nicht ein einziges Mal deine beschissene Arroganz ersparen, wenn du unsicher wirst? Alles, was ich möchte, ist ein klärendes Gespräch. Ist das zu viel verlangt?«

»Ich möchte eben nicht über diese Sache reden. Ist das zu viel verlangt?«, betonte ich jedes einzelne Wort, obwohl sie mir allesamt fast im Hals stecken blieben. Warum hatte das mit uns beiden passieren müssen?

Nick sah hoch zur Decke und strich sich mit beiden Händen durch die Haare, als ringe er um Worte. »Ich hatte doch keine Ahnung, dass Nathalie deine Mutter ist.«

»Sie heißt nicht Nathalie«, meine Stimme bebte, »sondern Christine.«

»Siehst du«, er deutete auf mich, »ich kenne noch nicht mal ihren richtigen Namen.«

»Das ist mir scheißegal.« Meine Stimme schwoll schon wieder an, ich hatte mich null im Griff. »Du hast trotzdem mit ihr geschlafen. Du hast dich mit ihr in diesem Hotelzimmer getroffen, ihr habt euch ausgezogen, euch überall angefasst, du hast sie geküsst.«

»Nein.« Er schüttelte den Kopf. »Wir haben uns nicht geküsst. Ich küsse meine Klientinnen nie.«

»Du hast mich geküsst.« Warum konnte er nicht endlich ruhig sein? Ich brauchte keine Details von ihm. Alles, was er mir erzählte, tat weh, so weh.

»Das war eine Ausnahme. Dich wollte ich küssen.« Er kam näher. »Aida, das mit deiner Mutter war nur ein Job für mich, nichts weiter. Es hatte nichts zu bedeuten.«

»Für mich hat es viel zu bedeuten. Ich könnte nie wieder mit dir schlafen, ohne meine Mutter dabei vor Augen zu haben.« Ich wandte mich halb von ihm ab, weil ich ihm nicht mehr in die Augen sehen konnte, ohne dabei in einem Weinkrampf zu enden. Dennoch blinzelte ich immer wieder in seine Richtung. Es war wie ein Zwang, noch immer hatte ich seiner unglaublichen Wirkung auf mich nichts entgegenzusetzen. In seiner bloßen Nähe wurde ich sofort schwach.

»Warum musst du alles immer gleich so dramatisieren?« Sein Kiefer spannte sich an. »Du wusstest doch, dass ich dieses Vorleben habe. Bisher hat es dir nichts ausgemacht. Wegen dir habe ich es aufgegeben, bedeutet dir das überhaupt nichts? Ich kann es nicht rückgängig machen, verdammt noch mal.«

Mühsam atmete ich den Druck in meiner Brust weg. Er fand also, dass ich mich in Szene setzte und diese Sache unnötig aufbauschte. Wer hatte denn hier für Geld mit Frauen geschlafen? »Mich hat dein Doppelleben schon immer gestört«, warf ich ihm wütend an den Kopf. »Die Sache mit meiner Mutter hat mir das nur verdeutlicht.«

»Ich will, dass du zu mir zurückkommst.« Nick ging gar nicht auf das ein, was ich sagte. Das war so typisch für ihn und machte mich stinkwütend. Er kam so dicht heran, dass nur noch eine winzige Lücke zwischen uns frei blieb und mir wurde klar, was für ein Spiel er gerade wieder abzog. Er stellte Nähe zwischen uns her, denn er wusste, wie mein verräterischer Körper auf ihn reagierte. Mein Pulsschlag jagte das Blut durch meine Venen und verströmte Hitze unter der dünnen Haut meines Dekolletés.

»Das mit uns ist etwas Besonderes, ich will dich wieder in meinen Armen halten, dich küssen, streicheln. Mit dir in meinem Bett liegen und morgens neben dir aufwachen. Komm zu mir zurück.« Seine Stimme klang leise und dunkel, verführerisch und verfehlte ihre Wirkung auf mich nicht. Meine Mitte pochte, auch meine Brustwarzen richteten sich fahnenflüchtig auf. Ich kämpfte mit mir, versuchte, nicht schwach zu werden, ansonsten würde diese Sache mit uns sicherlich in einer Katastrophe enden.

»Okay«, hauchte ich und ließ es zu, dass unsere Schläfen sich berührten. »Ich gebe dir fünftausend Euro für eine schnelle Nummer mit dir.« Meine Stimme bebte, als ich das sagte, aber das war mir egal. Die Summe sollte für sich sprechen. Wie erwartet wich er zurück.

»Was?« Er war sichtlich verwirrt.

Ich sah ihm starr in die Augen. »Was hast du daran nicht verstanden? Fünftausend Euro. So schnell hast du dein Geld noch nie verdient.«

Er benötigte einen Moment für eine Antwort. »Ich will kein Geld von dir, ich will dich.«

Ich lachte gekünstelt auf, wollte ihn genauso verletzen, wie die ganze verflixte Situation das bei mir getan hatte und tat mir doch selbst am meisten weh. »Du warst doch noch nie wählerisch, wenn es ums Geld ging.«

Sein Adamsapfel bewegte sich beim Schlucken und ich bereute schon halb, was ich zu ihm gesagt hatte. Am liebsten hätte ich sein Gesicht in beide Hände genommen und ihn um Verzeihung gebeten, aber ich konnte nicht. Ich kam mit seiner Vergangenheit nicht klar, egal, was er sagte oder tat, und diese Erkenntnis brachte mich fast um. Unsere große Liebe war vorbei und ich der traurigste Mensch der Welt. Es gab nur einen Weg, Nick zu entkommen, ich musste ihn so von mir stoßen, dass er mich nicht mehr wollte. Mein Herz zog sich zusammen, wehrte sich gegen meinen Verstand, der die Kontrolle übernommen hatte. Was ich tat, war Selbstschutz, völlig überzogener, hirnverbrannter Selbstschutz, aber ich wusste mir nicht anders zu helfen. Nick musste aus meinem Leben verschwinden, sonst würde mich das umbringen.

Er schüttelte nur leicht den Kopf. »Aida, ich werde jetzt gehen. Damit du in deinem aufgelösten Zustand nicht noch irgendwas sagst, was du nicht mehr gutmachen kannst – und bereuen wirst. Du bist impulsiv und verletzt und das tut mir leid, denn wie es aussieht, gibt es nichts auf der Welt, was dich umstimmen kann. Aber gerade bist du nichts weiter als eine unreife Göre.« Er drehte sich um, ging zu der schweren weißen Eisentür und legte die Hand auf die Klinke.

»Und du bist nichts weiter als eine Hure«, warf ich ihm hinterher, weil er mich schon wieder als die Dumme hinstellte. Ausgerechnet er! »Fünftausend Euro, komm schon, die lässt du dir wirklich entgehen?« Meine Unterlippe zitterte, als er sich umdrehte und mit langsamen Schritten zurückkam. In seinen Augen loderte solch ein Höllenfeuer, dass sich meine Kehle zuzog. Instinktiv wich ich einen Schritt zurück. Er kam dicht vor mich, vergrub eine Hand in meinem Haar und zog mir den Kopf in den Nacken. Es tat nicht weh, er fixierte mich dadurch allerdings vor sich.

»Du hörst nicht auf, oder?« Seine Stimme klang kalt und hart. Unsere Oberkörper berührten sich. Obwohl meine Knie weich wurden, hielt ich seinem Blick stand. »Warum machst du das?«, fragte er und ließ nicht von mir ab. »Du machst alles kaputt, wegen einer einzigen Sache, die nichts weiter als ein beschissener Zufall war.«

»Nein, du hast alles kaputt gemacht, weil du jede vögelst, die dir genügend Geld gibt. Warum willst du meine Kohle jetzt nicht? Vor ein paar Wochen hast du sie auch genommen. Komm schon, das Beste habe ich dir noch gar nicht verraten: Das Geld kommt von meiner Mutter.« Ich wollte ihn demütigen, er hielt mich in dieser dominanten Pose fest und hatte schon wieder die Oberhand über meinen willigen Körper gewonnen, der nach ihm lechzte.

Nach einem Wimpernschlag des Zögerns spürte ich seine Hand an meinem Hosenbund und mein Herzschlag setzte aus. Er tat das nicht wirklich! Jetzt war der Moment, in dem er eigentlich verletzt und wütend aus dem Raum stürmen sollte. Stattdessen öffnete Nick mit einer beängstigenden Langsamkeit den Knopf meiner weißen Jeans, seine Augen wurden schmal, auch die Sehnen an seinem Hals spannten sich an. Ich regte mich nicht und sah ihn nur hochmütig an, während ich dieses Ziehen in meinem Unterleib fast nicht mehr aushielt. Kurz hielt er inne, bevor mein Reißverschluss surrte und er mir Hose und Slip gleichzeitig über die Hüften zerrte. Mit der anderen Hand hielt er noch immer mein Haar umklammert und fixierte mich dicht vor sich. Er hielt inne, als suchte er in meinem Gesicht nach irgendeinem Anzeichen von Abwehr. Aber mit meiner Selbstkontrolle war es schon längst vorbei, denn meine empfindlichste Stelle pochte immer heftiger. Als nichts von mir kam, glitt seine Hand zwischen meine Beine und seine Finger streichelten für einen winzigen Moment durch meine feuchte Spalte. Ich schnappte zwar nach Luft, hielt aber Gott sei Dank seinem Blick dennoch mühsam stand, während mein Körper sich ihm reglos ergab, einfach dahinschmolz, obwohl mein Verstand dazwischenschrie, ich sollte das nicht tun.

»Wie hast du mich vorhin genannt?«, fragte er leise knurrend wie ein scharfer Pitbull.

»Eine Hure«, flüsterte ich mit stockendem Atem.

Wie in Zeitlupe ließ er mein Haar los, seine Hand wanderte in meinen Nacken, an dem er mich bäuchlings auf den Tisch neben uns stieß. Er presste mich zwischen den Schulterblättern nach unten, bis ich das kühle Holz auf meiner glühenden Wange fühlte. Ich war unfähig, mich zu bewegen, mehr noch – wollte mich nicht regen. Mit einer schnellen Handbewegung riss er mir Hose und Slip bis zu den Knien, bevor ich das Klimpern seiner Gürtelschnalle vernahm. Meine empfindlichste Stelle pulsierte und meine harten Brustwarzen rieben qualvoll an meinem BH. Mein ganzer Körper erwartete ihn sehnsüchtig, jede meiner Zellen wollte ihn – nur ihn. Ich spürte ihn dicht hinter mir verharren. »Sag Ja und ich werde in einer Sekunde in dir sein«, flüsterte er mir ins Ohr. Ich brachte keinen Laut über die Lippen, konnte nur kurz nicken und drückte mich ihm entgegen. Seine zarte Spitze schob sich mühelos durch meine verräterische Nässe, dann drang er in mich ein – grob und wütend. Ich ächzte leise auf und meine Hände umklammerten die Tischkante, das plötzliche ausgefüllte Gefühl nahm mir den Atem. Dieses Mal gab er mir keine Zeit, sich an ihn zu gewöhnen, er schob sich hart in mich und presste mich weiterhin auf den Tisch, obwohl ich einfach nur dalag. Mit der anderen Hand umfasste er meine Hüfte, erhöhte so den Widerstand, während er wild und schnell in mich stieß. Trotz unseres Riesenstreits gefiel mir, was er mit mir machte, mehr noch, ich hatte den Sex mit ihm so unglaublich vermisst. Hitze baute sich zwischen meinen Schenkeln auf, meine Mitte pulsierte aufgeregt, konnte nicht genug von Nicks kräftigen Stößen bekommen. Sein keuchender Atem drang an mein Ohr, trotz seiner Erregung spürte ich den Zorn, der in ihm tobte und den er soeben an mir ausließ. Meine Perle schickte kribbelnde Signale bis hoch in meine Brustwarzen, die meinen Bauch zum Schwingen brachten. Plötzlich zog sich mein Inneres um Nick zusammen und ich stöhnte, als er mich über die Klippen stieß. Oh verdammt, Nick war einfach nur perfekt. Meine Knie wurden schwach, ich verlagerte mein ganzes Gewicht auf meinen Oberkörper, denn die Welt hörte einen Moment lang auf, sich um uns beide zu drehen. Meine eigenen Lustlaute schreckten mich hoch. Hinter mir japste Nick atemlos nach Luft, er stieß ein letztes Mal tief in mich und verharrte dann. Ein Zittern ging durch seinen ganzen Körper. Keine zwei Sekunden später zog er sich aus mir zurück. Ich hörte das Sirren seines Reißverschlusses und erhob mich langsam vom Tisch, während Nick bereits in Richtung Tür entschwand. Mit einer Hand strich ich mir die wirren dunkelbraunen Haarsträhnen aus dem Gesicht und war noch vollkommen benebelt von dem, was eben geschehen war.

»Ach ja«, hörte ich Nick kurzatmig sagen und wandte den Kopf. Als sich unsere Blicke trafen, war das wie ein Blitzeinschlag. »Deine beschissene Kohle kannst du dir sonst wohin stecken.« Als er an meinem Körper entlangsah, erstarrte Nick. Etwas Warmes, Klebriges lief an meinem Oberschenkel hinunter. Gleich darauf hatte er sich wieder gefasst und verließ wortlos den Raum. Was war da gerade passiert? Wir hatten miteinander geschlafen und trotz der verheerenden Umstände hatte ich jede einzelne Sekunde genossen. Ich musste masochistisch veranlagt sein, anders konnte ich mir das nicht erklären. Ich zupfte ein Taschentuch aus meiner Hosentasche und säuberte rasch meinen Schenkel. Scheiße. Nick klebte überall an mir. Hastig zog ich die Jeans nach oben, bevor noch jemand reinkam und mich halb nackt erwischte. Endlich schaltete sich mein Gehirn wieder ein. Das durfte sich unter keinen Umständen wiederholen. Mein nächster Weg würde mich umgehend zu Doktor Lehmann führen.

31. Kapitel

Später am Abend saß ich gegen die Wand gelehnt auf meinem Bett und hörte James Blunt beim Nachweinen seiner verlorenen Liebe zu. Mir war egal, ob ich meine Mitbewohnerin und ihren Freund damit zur Verzweiflung trieb. James allein wusste haargenau wie ich mich gerade fühlte und ich hegte die Befürchtung, dass mein deprimierter Zustand bis an das Ende meiner Tage andauern würde. Doktor Lehmann hatte mir vorhin erklärt, dass sie ihre Praktikanten ganz sicher nicht auf eine andere Station versetzen würde, nachdem sie sie mühsam eingelernt hatte. Für mich grenzte diese Einstellung an Egoismus pur. Ich hatte persönliche Differenzen als Grund angegeben, ohne explizit Nicks Namen zu erwähnen. Immerhin wusste ich ja, wie dicke die beiden miteinander waren. Nach einem ellenlangen Monolog über Problembewältigung, erwachsenes Verhalten am Arbeitsplatz und dem gut gemeinten Ratschlag, doch Berufliches von Privatem zu trennen, hatte sie mich endlich aus ihren Fängen gelassen. Diese Frau war wie ein Raubvogel. Es war zum Verrücktwerden. Ich wurde Nick einfach nicht los. Vorhin hatte ich mit Nick Sex gehabt. Von allen Wiedersehens-Szenarien, die ich mir die letzten Tage immer wieder ausgemalt hatte, war dies die unwahrscheinlichste Variante gewesen. So unwahrscheinlich, dass ich sie nicht einmal in Betracht gezogen hatte. Trotzdem hatte ich es sogar genossen. Und wie! Mein Körper schüttelte sich wohlig bei der Erinnerung daran. Ich kam einfach nicht von ihm los, alles in mir sehnte sich schon wieder nach ihm. Ich wollte neben ihm liegen, die weiche Haut an seinem Hals küssen und seinen wundervollen Geruch einatmen. Oh Gott, wie ich ihn vermisste.

Mein Handy kündigte mit einem Piepsen eine Nachricht an. Heute hatte ich es zum ersten Mal, seitdem das alles passiert war, überhaupt wieder eingeschaltet. Die Mailbox war übergequollen und WhatsApp vor ungelesenen Nachrichten fast zusammengebrochen. Lediglich Nick hatte sich bisher kein einziges Mal gemeldet, obwohl ich extra wegen ihm mein Smartphone stillgelegt hatte. Seufzend griff ich danach und warf einen Blick aufs Display. Nicks

Profilbild leuchtete mir entgegen, er lächelte mich an. Mein Pulsschlag schnellte steil in die Höhe, als ich darauf tippte.

Es tut mir leid wegen heute. Ich hatte mich nicht im Griff.

Ich zuckte zusammen, bei der Vorstellung, dass auch Nick ganz allein bei sich zu Hause auf dem Sofa saß und an mich dachte. Dieser Gedanke wärmte mein Herz. Wir machten uns das Leben wirklich gegenseitig schwer. Ich schrieb ihm zurück, denn ich sehnte mich so nach ihm.

Das muss es nicht.

Kurz darauf kam seine Antwort.

Ich hätte das trotzdem nicht tun dürfen.

Ich zögerte, überlegte, ob ich ihm ehrlich antworten sollte. Schließlich tat ich es doch.

Ich mochte es.

Mit angehaltenem Atem erwartete ich seine Reaktion. Es dauerte eine ganze Zeitlang, wie gebannt starrte ich auf das Display, hypnotisierte es richtiggehend. Schließlich kam sie.

Kann ich dich anrufen?

Mein Hals zog sich zusammen und quetschte meinen Kehlkopf. Wenn ich jetzt seine Stimme hörte, war's das mit meinen Vorsätzen, dann würde ich mit wehenden Fahnen zu ihm zurückkehren. Minuten verstrichen, in denen ich mich nicht zu einer Antwort überwinden konnte. Egal, welche ich gab, diese war final, würde uns endgültig in die eine oder andere Richtung bugsieren. Schließlich berührte mein zitternder Zeigefinger das Display.

Ja.

Ich starrte eine halbe Ewigkeit auf die beiden harmlos aussehenden Buchstaben, ehe ich sie schließlich wegschickte. Gleich darauf klingelte mein Telefon. Ich ließ es dreimal läuten, schaltete schnell noch James Blunt auf stumm, bevor ich dranging.

»Hey«, hörte ich ihn leise, sein Atem vibrierte.

»Hi.« Meine Stimme zitterte, bestimmt bemerkte er es sofort. Er hatte diese unglaubliche Antenne für meine Stimmungen.

»Wie geht's dir?«

»Ganz gut. Und dir?« Ich lehnte mich an die Wand und schloss die Augen, seine tiefe Stimme rieb durch mich hindurch wie feines Schmirgelpapier, fühlte sich an wie eine Berührung. Gänsehaut bildete sich auf meinen Armen, stellte die feinen Härchen dort auf.

Ich hörte ihn tief durchatmen. »Ich hätte heute nicht mit dir schlafen dürfen. Nicht so«, fügte er noch an. »Mir ist eine Sicherung durchgebrannt, das passiert nie wieder. Ich war so grob zu dir und das tut mir so leid.«

»Ich hätte dich nicht reizen dürfen«, erwiderte ich fast tonlos. »Ich wollte dir wehtun«, gestand ich kaum hörbar.

»Vielleicht habe ich es verdient«, antwortete er. Bitternis schwang unterschwellig mit. »Ich meine, die Sache mit diesem Callboy-Job, das war irgendwie schon eine bescheuerte Idee. Ich habe es mir leicht gemacht und nie einen Gedanken daran verschwendet, wie sich das für eine Frau in meinem Leben wohl anfühlen könnte. Und dann auch noch ausgerechnet deine Mutter ...« Er brach ab, klang, als würde er nach Worten ringen. »Als sie am Sonntag vor mir stand, dachte ich, mich trifft der Schlag.«

»Nick«, sagte ich leise. »Wir müssen nicht darüber reden.«

»Doch, müssen wir. Ich will nicht, dass diese Sache zwischen uns steht. Es muss wohl das schlimmste Gefühl der Welt sein, wenn der eigene Freund mit der Mutter geschlafen hat. Denk nicht, dass mir das nicht klar ist. Ich kann nachfühlen, wie furchtbar das für dich sein muss. Aber ich kann es nicht mehr ändern. Wenn du noch etwas für mich empfindest, dann musst du mir verzeihen und mir vertrauen, dass in Zukunft nur noch du eine Rolle in meinem Leben spielst. Ich liebe dich, Aida. Ich weiß nicht, wie oft ich dir das noch sagen muss, damit du mir endlich glaubst.«

Tränen tropften über meine Wangen und ich schniefte leise. Nick hatte mir eine wundervolle Liebeserklärung gemacht, wir beide litten wegen einer Sache, die sich in der Tat nicht rückgängig machen ließ, da hatte er recht. Ich horchte in mich hinein, fühlte nach, ob es nicht doch eine Chance für uns gab. Ein schwacher Funke wärmte mein Herz, es war nur ein Glimmen, aber ich wusste, dass ich ihn wieder zum Lodern bringen konnte, wenn ich nur gut genug darauf achtgab.

»Ich hätte dich nicht Hure nennen dürfen«, erwiderte ich, obwohl ich wusste, dass er etwas ganz anderes hören wollte. »Entschuldige.«

Sein leichtes Auflachen klang ungläubig. »Falsche Antwort«, sagte er leise aber liebevoll. »Irgendwie war ich das auch, *Callboy* ist wohl nur eine extravagantere Bezeichnung dafür. Aber dieser Teil meines Lebens ist definitiv vorbei. Aida, wir können unsere Beziehung wieder auf die Reihe kriegen, ich weiß es ganz genau. Wenn du uns nur eine Chance gibst. Nur eine. Bitte.« Ein feines Beben hatte sich unter seine Worte gemischt, ich spürte seine aufgewühlten Emotionen sogar durchs Telefon.

»Dann lass uns noch mal von vorn beginnen«, sagte ich schließlich und hielt den Atem an. Ich hörte ihn schmunzeln.

»Du meinst hoffentlich nicht ganz von vorn, zu den Zeiten, als du mir noch Salz in den Kaffee gestreut hast.«

Mein leichtes Kichern löste die Anspannung in mir. »So weit zurück würde ich jetzt nicht gehen wollen, aber vielleicht treffen wir uns mal auf einen Kaffee.«

»Auf einen Kaffee«, wiederholte er leicht amüsiert. »Ich denke, das ließe sich einrichten. Wie wäre es mit morgen Nachmittag, nach dem Dienst?«

»Da habe ich bis jetzt noch nichts vor.«

»Dann sehen wir uns also morgen?« Seine Stimme schnurrte wie bei einem Kater, der gerade gekrault wurde.

»Ja, bis morgen«, erwiderte ich leise, kleine Glücksblitze zuckten in mir. »Gute Nacht, Nick.«

»Gute Nacht, aber so ganz allein, ohne dich, schlafe ich immer ganz schlecht.«

32. Kapitel

»Guten Morgen«, trällerte ich und tänzelte gut gelaunt in die Küche. Überschwänglich umarmte ich Pia von hinten, die am Tisch saß und in einer Illustrierten blätterte. »Meine Lieblings-Mitbewohnerin.«

Sie wandte den Kopf und sah mich entgeistert an. »Du hast nur *eine* Mitbewohnerin«, stellte sie klar. »Was ist mit dir? Bist du jetzt durchgeknallt? Irgendwas stimmt hier nicht. Gestern Abend hörte James Blunt mitten im Lied auf zu jaulen und seitdem hab ich nichts mehr von ihm gehört. Muss ich mir deswegen Sorgen machen?«

Ich sank auf den Stuhl neben ihr und fühlte mich so leicht und schwerelos wie schon lang nicht mehr. Ein fettes Grinsen klebte in meinem Gesicht, als hätte jemand meine Lippen mit Superkleber fixiert. »James wer?«, fragte ich und wickelte eine Strähne meines Haars um den Finger.

»Du bist durchgeknallt«, stellte Pia trocken fest. »Was Liebeskummer aus Menschen machen kann, das ist echt beängstigend.«

»Ich habe keinen Liebeskummer mehr«, ließ ich sie wissen und nahm ihre halb volle Kaffeetasse. Ich trank einen Schluck und verzog das Gesicht. »Uahh, wie viel Zucker ist da drin?«

»Drei Löffel. Aber jetzt erzähl schon. Du hast dich nicht etwa mit Nick versöhnt?«

»Halbwegs.«

Ihr Kiefer klappte nach unten. »Das wird Chad gar nicht gefallen, er wollte ihn noch vermöbeln.«

»Pia«, rief ich sie zur Ordnung und stemmte eine Ferse gegen die Sitzfläche. »Hier wird keiner handgreiflich. Nick und ich haben gestern Abend miteinander telefoniert und vielleicht gebe ich ihm noch eine Chance.«

»Okay.« Sie klang irgendwie ungläubig.

Ich betrachtete sie genauer. »Was meinst du damit?«

»Nichts.« Sie zuckte mit den Achseln. »Ich meine ja nur. Eine ganze Woche gehst du auf Tauchstation, folterst uns mit traurigen Liebesschnulzen und leidest wie ein Hund. Dann ruft Nick an und fünf Minuten später hat sich alles wieder eingerenkt. Warum hast du dann nicht gleich mit ihm geredet und dir den ganzen Herzschmerz erspart?«

Ich seufzte schwer. Für einen Außenstehenden musste das in der Tat ein wenig merkwürdig erscheinen. »Weil ich das nicht geplant hatte, es hat sich einfach ergeben. Nachdem wir gestern im Krankenhaus Sex hatten ...«

»Ihr hattet was?« Pia kippte fast vom Stuhl. »Also langsam komme ich mir echt verarscht vor.«

»Wir hatten zuerst Streit«, verteidigte ich mich, »und währenddessen ist es dann passiert. Ich konnte nichts dafür.« Mein breites Grinsen sprach eine andere Sprache, obwohl es die reine Wahrheit war. Und nichts als die Wahrheit!

»Sicher.« Sie stand kopfschüttelnd auf und ging zur Kaffeemaschine. »Dann lass dir beim nächsten Krach bitte nicht mehr eine ganze Woche Zeit, um dich mit ihm zu versöhnen. Vernasch ihn einfach irgendwo und alles ist wieder gut.«

»Bist du sauer?«

Sie drehte sich um. »Nein, ich bin nicht sauer. Ich habe nur mal wieder Stress mit Chad, das ist alles.«

Ich erhob mich und ging zu ihr. »Was ist denn jetzt schon wieder?«

Sie pustete durch die Lippen. »Er ist gestern Abend nicht mehr vorbeigekommen, obwohl er es versprochen hat. Als ich ihn angerufen habe, hat er mich weggedrückt.«

»Ach, Süße.« Ich streichelte ihr den Rücken. »Vielleicht war er nur mit irgendwas beschäftigt.«

»Ja, bestimmt mit einer anderen.« Sie klang bitter.

»Chad ist nicht so, das glaube ich nicht.« Konnten wir denn nie alle gleichzeitig glücklich sein? Warum ging das nicht?

»Warum muss ausgerechnet ich immer an diese bindungsgestörten Idioten geraten? Das ist einfach nur ungerecht.« Pia ließ den Kopf hängen.

»Chad liebt dich«, sagte ich mit Nachdruck. »Das sieht man sofort an der Art, wie er dich immer anguckt. Ich glaube eher, er hat Schiss.«

»Wovor denn?« Sie rollte mit den Augen. »Vor mir etwa?«

»Davor, dass euch bald fast achttausend Kilometer trennen und er nicht weiß, wie er damit umgehen soll.«

»Dann muss man halt nach einem Weg suchen.« Tränen glänzten in ihren Augen. »Es gibt tausend Möglichkeiten, wenn man es nur will. Zum Beispiel das Austauschsemester in Atlanta. Oder er könnte noch mal für ein Praktikum nach Nürnberg kommen. Aber für ihn ist das alles nur ein Game. Ich glaube, er hat schon längst mit uns abgeschlossen und hält mich nur noch fürs Bett warm.«

»Wenn er das macht, dann vermöble ich ihn, aber anständig.« Ich schwang eine Faust durch die Luft und entlockte Pia tatsächlich ein kleines Prusten.

»Wir haben schon ein Pech mit unseren Blödmännern, nicht wahr?«, sagte sie kichernd.

»Und was für eins«, stimmte ich ihr schmunzelnd zu.

Heute konnte ich gar nicht schnell genug ins Krankenhaus kommen. Ich flog geradezu den Plattenweg in Richtung Eingang entlang, mein Inneres surrte vor Aufregung und Vorfreude. Nick und ich hatten uns halbwegs versöhnt, heute Nachmittag würden wir uns treffen und uns in die Augen sehen. Wir würden noch einmal ganz von vorn beginnen und ich wollte ihm wirklich eine Chance geben. Vielleicht bekam ich sogar die Sache mit meiner Mutter wieder geradegebogen. Als ich den Eingangsbereich erreicht hatte, entdeckte ich Sina ein Stück entfernt und winkte ihr. Sie schlug eine Hand vor den Mund und drehte sich kichernd weg. Was war mit der denn heute los? Normalerweise verhielt sie sich nicht so albern. Ich sah an mir hinunter. Stimmte irgendwas nicht? War mein Reißverschluss offen oder mir irgendwo eine Naht geplatzt? Nachdem ich mich gründlich abgesucht hatte, aber nichts Verdächtiges feststellen konnte, machte ich mich kopfschüttelnd wieder auf den Weg. Mittlerweile war Sina laut gackernd ins Innere entflohen. Ob sie heute Morgen heimlich Alkohol getrunken hatte? Nachdem ich die elektrische Drehtür passiert hatte, eilte ich zum Fahrstuhl. Peggy an der Information starrte mich an, als wäre ich ein auferstandener Zombie. Was hatte die denn? An den meisten Tagen guckte die nicht mal hoch, wenn man sie direkt ansprach, was schon zu viel Frust geführt hatte.

»Morgen«, grüßte ich und winkte kurz.

Peggys Miene blieb ausdruckslos, aber ihre Augen ließen nicht von mir ab, beinah als würde sie auf irgendetwas lauern. Langsam wurde mir mulmig zumute. Warum verhielt die sich jetzt auch noch so komisch? Ob irgendwas passiert war? Aber was denn? Beim Fahrstuhl drückte ich auf den Knopf mit der vier und wartete. Zwei Krankenschwestern, die mir völlig unbekannt waren, stießen sich an und deuteten kaum zu übersehen in meine Richtung. Irritiert untersuchte ich noch einmal meine Kleidung, diese ganzen merkwürdigen Reaktionen wurden langsam auffällig. Was hatten die denn alle? Glücklicherweise öffnete sich der Fahrstuhl und ich stieg ein. Die beiden Frauen blieben draußen stehen und ich wunderte mich, warum sie nicht reinkamen. War doch genügend Platz. Vielleicht warteten sie auch nur auf jemanden, beruhigte ich mich selbst, als sich die Türen schlossen, und beobachtete die nach und nach rot aufblinkenden Zahlen über mir. Als sie sich wieder öffneten, stieg ich aus. Mit einem schweren Stein im Magen machte ich mich auf den Weg zum Dienst und passierte die riesige Infotafel aus Kork. Dort hingen immer alle möglichen wichtigen Informationen, Gottesdienstzeiten und irgendwelche Werbung. Heute jedoch war sie voll gepflastert mit schwarz bedruckten Seiten, die drei ganze Reihen ausfüllten. Ein leiser Verdacht regte sich in mir, aber der konnte einfach nicht richtig sein. Ich hielt an und hatte das Gefühl, in zwei Teile gerissen zu werden. Mein Herzschlag setzte aus und Adrenalin brannte sich sekundenschnell durch meine Adern wie Salzsäure, erreichte jede Zelle. Wie in Zeitlupe presste ich eine Hand vor den Mund und unterdrückte einen spitzen Schrei. Nein, das durfte nicht wahr sein. Ich halluzinierte nur. Wie fremdgesteuert ging ich näher, studierte jedes einzelne Blatt und riss sie dann nacheinander herunter. Mein Puls klopfte dumpf in meinem Schädel und ich glaubte, in Ohnmacht fallen zu müssen. Im nächsten Moment öffnete ich meine Handtasche und durchsuchte panisch jedes Fach. Der Stick war weg, ich konnte ihn nicht mehr finden. Fieberhaft überlegte ich, ob ich ihn vielleicht schon längst wieder herausgenommen hatte, konnte mich aber nicht erinnern. Den blöden Stick hatte ich schlichtweg vergessen und nun hingen an der Infotafel meine ganzen Notizen, die ich über mich und Nick verfasst hatte. Unsere Namen leuchteten mir auf den Zetteln wie eine Neonreklame fett entgegen. Ich hatte sogar erwähnt, dass er ein Callboy war, den ich gekauft hatte. Aber ich hatte das alles doch nur für mich aufgeschrieben. Ein Gedanke traf mich wie ein Donnerschlag, gleichzeitig zuckte es durch meinen Körper, als hätte ein Blitz mich gestreift. Ob Nick das Zeug schon gesehen hatte? Wie kam dieser Mist überhaupt an die Pinnwand? Irgendjemand musste das doch getan haben. Meine Gedanken rotierten wie ein Karussell, prallten aneinander, ich war nicht mehr in der Lage, klar zu denken. Aus einem Impuls heraus zerfetzte ich die verräterischen Seiten und stopfte die Schnipsel in meine Handtasche, wo sie wenigstens niemand mehr zu Gesicht bekam. Ich wusste nicht, was ich tun sollte, und stützte mich an der Wand ab. Der Boden schwankte unter mir. Nachdem ich ein paarmal tief durchgeatmet hatte, stakste ich los, um die Lage zu sondieren. Vielleicht hatte noch niemand davon Wind bekommen. Wer las schon den Mist an der Infotafel? Tränen brannten in meinen Augen. Als ich an der Sitzgruppe vor der Station vorbeikam, war es wie ein Schlag in den Magen. Auf dem Tisch lagen weitere Notizen von mir herum. Hastig schnappte ich sie und wandte mich suchend um. Auf der anderen Seite stapelten sich ebenfalls welche sowie auf dem Verbandswagen am Stationseingang. Panisch sammelte ich alles ein und klemmte die Papiere unter den Arm. Mit brennenden Wangen hastete ich den Flur entlang. Lernschwester Steffi kam im selben Moment aus einem Patientenzimmer und hielt mitten in der Bewegung inne.

»Du bist ja eine richtige Nymphomanin«, gluckste sie. »Und du hast Nick tatsächlich Geld gezahlt, damit er Sex mit dir hat? Wie viel kostet er denn so?«

Hastig wandte ich den Kopf, denn ich konnte Steffi nicht in die Augen sehen. Meine Schläfen pulsierten vor Scham und brachten mein Gesicht zum Glühen. Schon wollte ich kopflos davonlaufen, da fiel mein Blick auf das Stationsfenster, durch welches man den Flur im Blick hatte. Heute jedoch hing alles voll mit meiner Geschichte. Dieses Zeug war einfach überall. Das durfte doch nicht wahr sein. Hektisch riss ich die Seiten ab. »Nein«, rief ich und zerfetzte alles. »Nein, nein, nein.«

»Gib dir keine Mühe«, hörte ich Steffi hinter mir kichern. »Die Story hängt überall im ganzen Krankenhaus. Vom Leichenkeller bis hoch in den fünften Stock. Jeder hat es schon gelesen. Nick sah nicht glücklich über deinen Liebesbeweis aus, als er mir vorhin über den Weg gelaufen ist.«

Mein Herzschlag setzte aus, als sie das sagte. Nick hatte die Szenen bereits gelesen? Ich presste eine Hand vor den Mund und dachte, ich müsste sterben. Eigentlich wollte ich das auch, einfach nur tot umfallen. Warum hatte ich dumme Kuh unsere richtigen Namen verwendet? Zur Krönung hatte ich unsere Treffen haarklein beschrieben, seinen Callboy-Job groß aufgebauscht, weil ich es wie einen richtig heißen Erotikroman hatte aussehen lassen wollen. Woher sollte ich denn ahnen, dass meine privaten Dateien plötzlich hier für alle sichtbar ausgestellt werden? Wer, um alles in der Welt, war denn so hinterhältig?

»Aida, du bist echt ganz schön verdorben«, redete Steffi lachend weiter. »Dass ihr es so wild miteinander treibt, hätte ich dir niemals zugetraut. Und Nick arbeitet wirklich nebenher als Callboy? Das ist so krass, einfach nur krass.«

Jedes ihrer Worte verbrannte mich, sie schmerzten fast schlimmer als die Narben auf meinem Bauch. Ich dumme Kuh hatte meine privatesten und intimsten Momente detailliert aufgeschrieben und dann nicht darauf aufgepasst. Warum hatte ich Pia nur meinen Laptop geliehen? Mit hängenden Schultern machte ich mich auf den Weg ins Stationszimmer. Ich musste mich dringend setzen, mein Gehirn brauchte einen Moment zur Regeneration. Was sollte ich jetzt tun? Nick wusste ebenfalls schon Bescheid. Erschöpft sank ich auf einen Stuhl. Vielleicht sollte ich ihn suchen, ihm alles erklären? »Oh mein Gott«, wimmerte ich und vergrub das Gesicht in beiden Händen.

»War das dein Werk?«, hörte ich Nicks Stimme kalt fragen und ließ die Hände sinken. Er stand mitten im Raum und musterte mich kopfschüttelnd.

»Nein.« Mühsam stand ich auf, mein Körper fühlte sich tonnenschwer an.

»Ist das deine Rache, weil ich einen Fehler gemacht habe?«

»Nein«, keuchte ich und japste nach Luft. »Das war ich nicht.«

»Wer soll es denn sonst gewesen sein?« Seine Stimme schwoll an. »Willst du etwa behaupten, dass du diesen Müll hier nicht verzapft hast?« Er hielt einen Stapel Blätter hoch und klatschte mit der anderen Hand dagegen. »Wer sonst, wenn nicht du!«

»Ja, ich hab's geschrieben, aber ich habe es nicht ...«

»Du tickst echt nicht mehr richtig.« Nick klang entsetzt.

»Nick.« Ich rang die Hände. »Ich hab das doch nur für mich aufgeschrieben, ganz privat. Niemand sonst sollte diese Zeilen je zu lesen kriegen.«

»Und wie kommt der Scheiß dann hierher?« Er pfefferte die Blätter in den Mülleimer in der Ecke. »Das Zeugt hängt überall. Wieso zum Teufel musstest du ...« Nick verstummte und winkte ab. »Es hat sowieso alles keinen Sinn mehr.« Er drehte sich um und wollte gehen, aber ich hielt ihn am Arm fest. Mein Herz klopfte zum Zerspringen.

»Was meinst du damit? Erst gestern hast du ...«

»Aida, lass es.« Er befreite sich mit einem Ruck aus meiner Umklammerung. »Wieso musstest du die Callboy-Sache erwähnen?«

»Es tut mir leid. Ich habe nicht nachgedacht. Ich konnte doch nicht damit rechnen, dass so etwas passiert. Jemand muss mir den USB-Stick aus der Handtasche gestohlen haben.«

Sein Blick wurde kühl und immer kälter. »Oder du warst es selbst.«

Ich konnte nicht fassen, dass er mir etwas derart Gemeines überhaupt zutraute. Nick glaubte wahrhaftig, ich könnte ihm das antun? Wem würde eine solche Racheaktion nützen? Mir ganz bestimmt nicht. Und wozu auch? Seine Anschuldigung machte überhaupt keinen Sinn. »Du weißt nicht, was du redest.« Ich drückte mich an ihm vorbei und stolperte in den Flur. Nach dieser Unterredung wollte ich nur noch weg. Raus aus dem Krankenhaus, wo jeder mit dem Finger auf mich zeigte, und fort von Nick, der mir nur Schlechtes zutraute.

»Aida, warte«, hörte ich ihn hinter mir, dann hielt er mich an der Schulter fest und drehte mich zu sich um. »Ich habe keine Ahnung, was ich denken soll. Ich glaube aber langsam, wir sollten es besser sein lassen. Die Sache zwischen uns entwickelt sich zu einem richtigen Desaster. Warum nur hast du das alles aufgeschrieben? Die Hälfte stimmt nicht mal.«

»Es tut mir leid.« Mehr brachte ich nicht über die Lippen als diese eine Entschuldigung. Trotz meiner Panik hatte ich sehr wohl verstanden, was Nick mir hatte vermitteln wollen. Für ihn war es aus. Tränen schwammen in meinen Augen. »Gib mir noch eine Chance, bitte.«

Sein Kiefer verspannte sich. »Aida, ich kann nicht ...«

»Warum willst du mir keine geben? Ich habe dir doch gestern auch eine gegeben.«

»Das war was völlig anderes.«

»Und wenn schon. Ich habe dir geglaubt und wollte deine Callboy-Vergangenheit einfach vergessen.« So ein Mistkerl! Warum sollte nur ich Kompromisse machen?

»Aida«, zischte er, »sei bloß sti...«

»Brockmann.« Jemand klopfte Nick auf die Schulter und er zuckte mit allen Fasern seines Körpers zusammen. »Sie sind ja ein richtiger Schwerenöter.«

Als ich den Kopf wandte, hätte ich mir am liebsten ein Loch geschaufelt. Doktor van Beuren, der Chefarzt persönlich, stand neben uns und konnte sich ein hämisches Grinsen nicht verkneifen. Doktor Lehmann war bei ihm und musterte uns abwechselnd mit regloser Miene.

»Ähm.« Nick griff sich räuspernd in den Nacken. »Sie hat Blödsinn verzapft.« Er deutete auf mich, woraufhin van Beurens völlige Aufmerksamkeit auf mir ruhte. Noch nie zuvor hatte er auch nur ansatzweise Notiz von mir genommen.

»Dann sind Sie wohl diese ominöse Aida?« Er lachte. »Ihr Schreibstil ist nicht schlecht, sofern man auf solche Sachen steht.« Verschwörerisch zwinkerte er mir zu. »Das mit dem Callboy ist also tatsächlich nicht ausgedacht«, flüsterte er hinter vorgehaltener Hand, aber so laut, dass auch ja alle ihn hören konnten. Für ihn war das ein Megaevent. Am liebsten wäre ich davongerannt.

»Das geht Sie einen Scheißdreck an«, spuckte Nick ihm beinah vor die Füße, woraufhin ich kurz vor einem Herzinfarkt stand. Wenn er jetzt nicht still war, konnte er seine berufliche Karriere in diesem Krankenhaus vergessen. Oh Gott, mit viel Pech hatte ich vielleicht sogar Nicks medizinische Laufbahn ruiniert. Das würde ich mir nie im Leben verzeihen. Schlagartig verfinsterte sich die Miene des Chefarztes, was mich das Schlimmste befürchten ließ, denn er und Nick starrten sich feindselig an.

»Nick«, sagte Doktor Lehmann leise und beschwörend, kaum merklich schüttelte sie den Kopf und legte den Zeigefinger vor die

Lippen. Ein Nerv zuckte an Nicks Kinn, ich sah, wie er die Hände zu Fäusten ballte, und alle anderen bemerkten es ebenfalls.

»Jetzt spielen Sie sich bloß nicht so auf, Brockmann. Seien Sie ein Mann, stehen Sie zu Ihren Taten. Ihren Vater in Tokio wird dieser Skandal weitaus mehr treffen als Sie. Einen Callboy in der Diplomaten-Familie hat man schließlich nicht alle Tage.«

»Lassen Sie meinen Vater aus dem Spiel.« Nicks Stimme klang wie bedrohliches Donnergrollen.

»So was spricht sich rum, Junge. Das hättest du dir vorher überlegen müssen.« Ohne eine Antwort abzuwarten, setzte sich Doktor van Beuren in Bewegung. Doktor Lehmann folgte ihm.

»Komm um zehn ins Besprechungszimmer«, flüsterte sie Nick im Vorbeigehen zu.

Noch bevor ich etwas sagen konnte, hatte Nick bereits die andere Richtung eingeschlagen. Und ich stand einfach nur da: sprachlos, fassungslos und mit einem schlechten Gewissen, das mich beinah erdrückte.

33. Kapitel

Ich saß allein an einem Tisch in der Kantine und stocherte in meinem Salat herum. Nick hatte sich schlichtweg in Luft aufgelöst. Den ganzen Vormittag über hatte ich ihn nirgends mehr gesehen und hoffte nun, dass Doktor Lehmann oder sogar der Chefarzt persönlich ihn nicht hochkant vor die Tür gesetzt hatten. Doktor van Beuren wusste über Nicks Familie Bescheid, sogar in welcher Position sein Vater tätig war. Was würde wohl passieren, wenn Botschafter Brockmann diese heiklen News über seinen Sohn erfuhr? Immerhin gab es Internet, wer wusste schon, ob sich die Story nicht bereits auf zig Seiten im Web tummelte. Die beiden waren sich gerade erst wieder ein wenig nähergekommen, worüber Nick wirklich glücklich war. Und jetzt passierte das! Ob ich seinen Vater kontaktieren sollte, um ihm alles zu erklären? Nach kurzem Überlegen verwarf ich den Einfall wieder, nicht dass ich noch die Erste war, die ihm brühwarm von dem neuesten Skandal seines Sprösslings berichtete. Mir tat alles so schrecklich leid. Warum nur hatte ich den ganzen Mist aufgeschrieben? In den Szenen wirkte ich wie ein nymphomaner Vamp, der den gekauften Nick mit Haut und Haar verschlang. Wieso nur hatte ich dermaßen übertreiben müssen? Mein Geschreibsel war einfach nur grotesk. Ich schämte mich zu Tode dafür und überlegte allen Ernstes, ob ich bei der Fremdenlegion anheuern sollte, um alles hinter mir zu lassen. Dort könnte ich zudem für all meine Fehler und Sünden büßen. Ein Blick ins Internet zerschlug meine Pläne. Die nahmen keine Frauen! Nicht mal die Fremdenlegion wollte mich. Mir war zum Heulen zumute. Eine Pommes traf mich am Kopf und plumpste vor mir auf den Tisch. Ich wandte mich suchend nach dem Werfer um. Zwei Tische weiter saß Marga gemeinsam mit den Zwillingen, Sina und Laura und noch ein paar Leuten aus unserem Semester. Alle bogen sich vor Lachen, nur Marga saß mit vereister Miene da und musterte mich. Zum ersten Mal glomm ein Verdacht in mir auf. Bisher war ich so mit meinem Selbstmitleid und der Reue wegen Nick beschäftigt gewesen, dass ich mir noch gar keine Gedanken über den Täter gemacht hatte.

»Hey, Aida«, rief Simon feixend. »Wie wär's heute Abend mit einem *Sex on the beach*? Du bezahlst!«

»Er meint aber nicht den Cocktail«, stellte Marlon noch grölend richtig, als wäre es schwierig gewesen, Simons kindischem Fantasiepfad zu folgen.

Ich drehte mich weg und ignorierte die beiden, blinzelte aber immer wieder unauffällig zu Marga. Die saß nur still da und kam mir höchst suspekt vor. Warum lachte sie nicht mit? Glaubte sie wirklich, mit einem Pokerface wirkte sie weniger verdächtig? Mittlerweile war ich mir fast zu hundert Prozent sicher, dass sie uns das angetan hatte. Immerhin hatte sie locker Zugang zu den Spinden und genügend Gründe gab es auch. Warum schloss ich auch nie ab? Mein naives Gottvertrauen würde mich eines Tages noch in große Schwierigkeiten bringen – so wie jetzt. Seufzend stand ich auf und beschloss, meine Pause früher zu beenden. An Margas Tisch ging es drunter und drüber, die Truppe überschlug sich mit dummen Sprüchen auf meine Kosten und jetzt wusste ich auch, warum Nick hier nicht aufgetaucht war. Er war schlichtweg schlauer als ich gewesen. Schon beim Anstellen für das Essen vorhin war rings um mich getuschelt worden, begleitet von kleinen Lachern und einer ab und an aufgeschnappten fiesen Äußerung. Sogar die sonst so schüchterne Malika von der Essensausgabe hatte mich kichernd gefragt, ob's noch ein heißes Würstchen hätte dazu sein dürfen. Die wären heute besonders groß gewesen.

Alle Blicke im Raum folgten mir, als ich mein Tablett zum Servierwagen brachte und die Kantine verließ. Ich wusste nicht, wie lang ich das Getratsche und Gelächter noch durchstehen würde. Ich fühlte mich splitternackt. Man hatte meine geheimsten Gedanken und Sehnsüchte schonungslos offengelegt, mich erniedrigt und bloßgestellt. Und Nick erging es noch viel schlimmer. Die Reaktion seines Vaters mochte ich mir gar nicht erst ausmalen. Mit viel Pech sprach sich der Skandal vielleicht sogar bis in die höchsten Regierungskreise herum. Ein Gefühl ritzte mich, als hätte ich Nick höchstpersönlich verraten, ihm ein Messer in den Rücken gejagt und es auch noch zweimal in der Wunde herumgedreht. Kein Wunder, dass er nichts mehr mit mir zu tun haben wollte. Diese Einsicht traf mich wie ein einziger großer Schmerz, ich konnte nicht mal genau definieren, wo es überall wehtat. Ich war wie ein verwundetes Reh, das sich vor der Meute im Gebüsch versteckte.

Ich verteilte das Mittagessen an die Patienten in den Zimmern und versuchte, mich dabei so gut wie unsichtbar zu machen. Wirklich jeder, der mir begegnete, hatte einen dummen Spruch auf Lager. Bis auf Biggi. Sie hatte mich vorhin einfach nur schweigend in den Arm genommen und genau das hatte ich gebraucht.

Herr Koslowski war als letztes dran. Ich musterte ihn besorgt, als ich an sein Bett trat. Er sah nicht gut aus. Egal, was wir auch probiert hatten, nichts hatte angeschlagen, von Transplantation war keine Rede mehr. Metastasen an der Nieren bereiteten uns zusätzlich Sorgen. Seine Gelbsucht hatte ihn fast schon gebräunt, zudem schwemmten die beiden lädierten Ausscheidungsorgane seinen Bauch immer weiter auf, was ihm zusehends mehr Schmerzen bereitete. Der Leberkrebs hatte das Endstadium erreicht, wir konnten sein Leiden nur noch lindern. Mittlerweile bekam er Morphin und lag leicht erhöht und lethargisch im Bett. Seinen kleinen Hund konnten wir nur noch kurze Zeit zu ihm lassen, denn Herr Koslowskis Zustand verschlechterte sich beinah täglich.

»Hallo, Herr Koslowski.« Ich klappte die Verlängerung an seinem Nachttisch hoch und stellte das Tablett darauf ab. »Ich habe Nudelsuppe für Sie, wie Sie es sich gewünscht haben.«

»Danke«, keuchte er, die geschwollenen Nieren drückten auf seine Lungen. »Aber ich habe keinen Appetit.«

»Nur ein paar Löffel«. Ich nahm die Haube vom Teller und schob das Essen vor ihn.

»Ich probier's.« Er nahm den Löffel in die zittrige Hand, sein Anblick tat mir in der Seele weh.

»Brauchen Sie noch was?«, fragte ich leise.

»Nein, ich bin so müde.« Er keuchte schwer.

»Dann schlafen Sie nach dem Essen ein bisschen. Nachdem ich meine Runde gedreht habe, schaue ich noch mal rein, Sie bekommen später eine frische Infusion.« Ich inspizierte den fast leeren Beutel am Gestell neben seinem Bett.

»Ist gut.« Zittrig hob er den Löffel zum Mund, die Hälfte der Brühe landete gleich wieder im Teller.

Ich verließ das Zimmer und sammelte die leeren Tabletts

zusammen, sah mich dabei immer wieder unauffällig nach Nick um, konnte ihn jedoch nirgends entdecken. Ob er sich für den Rest des Tages freigenommen hatte? Vielleicht hätte ich das auch tun sollen.

Schließlich holte ich Herrn Koslowskis Infusionsbeutel und machte mich auf den Weg. Im selben Moment betrat Nick gemeinsam mit Doktor Lehmann die Station, die zwei redeten leise und ernst miteinander. Mit ihr hatte er also die Mittagspause verbracht. Hätte ich mir denken können. Als er den Kopf hob, streiften sich unsere Blicke und sofort sah er weg, während ich den Blick nicht von ihm lösen konnte, bis die beiden zusammen im Besprechungszimmer verschwunden waren. Ich machte mir ja selbst Vorwürfe und konnte sein Verhalten sogar fast nachvollziehen, dennoch tat es auch unglaublich weh. Wir saßen doch im selben Boot. Mich hatte diese hinterhältige Aktion immerhin genauso getroffen wie ihn. Hatte er mir nicht erst gestern geschworen, er würde mich über alles lieben? Und so schnell war diese Liebe wieder erloschen, oder was?

»Kommst du mit einen Kaffee trinken?« Biggi lächelte mich mitleidig an und deutete auf den vollen Beutel in meiner Hand. »Herr Koslowski kann bestimmt fünf Minuten warten.«

Ich folgte ihr mit hängendem Kopf ins Stationszimmer, wo ich erschöpft auf einen Schreibtischstuhl fiel und mir von ihr eine Tasse Kaffee reichen ließ. Sie streichelte meinen Arm. »Du hast heute viel aushalten müssen. Zuerst diese üble Sache mit dem Zeug, das hier überall im Haus herumhängt, dazu das Geläster deiner Kollegen. Das kann einen ganz schön fertigmachen, nicht wahr?«

Ich nickte. »Es ist so furchtbar. Ich weiß nicht, was ich tun soll, wenn das jetzt für immer so weitergeht. Jeder weiß Bescheid, alle reden über mich. Und Nick will nichts mehr mit mir zu tun haben.«

»Das Getratsche wird sich legen. Frag mich mal! Ich habe gedacht, der Klatsch über mich und Erik würde nie vorbeigehen, doch heute redet kein Mensch mehr über uns. Wenn ich dir einen Rat geben darf: Lass das nicht zu sehr an dich ran, aber lerne auch etwas daraus.« Sie schenkte mir ein schiefes kleines Grinsen. »Ich halte mich von Krankenwagen fern und auch du solltest in

Zukunft sorgfältiger mit deinem Privatleben umgehen. Du siehst, was dabei herausgekommen ist, aber du kannst es nicht mehr rückgängig machen. Jetzt schau nach vorn. Nick ist natürlich wütend, aber das wird er bestimmt nicht sein ganzes Leben lang bleiben, wie ich ihn kenne. Gib dir und ihm etwas Zeit und haltet vielleicht ein bisschen Abstand, bis Gras über die Sache gewachsen ist.«

»Nick wird mir niemals verzeihen, das weiß ich.« Nachdem ich vorhin den eiskalten Ausdruck in seinen Augen bemerkt hatte, wusste ich, dass wir am absoluten Ende unserer Beziehung angelangt waren, und fühlte mich so machtlos.

»Aida.« Sie nahm meine Hände. »Wenn dem so ist, dann musst du das akzeptieren, dir wird nichts anderes übrig bleiben.«

Mein Herz brach wie ein Stück Kreide, als sie das sagte. »Es ist so ungerecht«, schluchzte ich und wischte mir mit dem Handrücken die Tränen von den Wangen.

»Es ist immer ungerecht«, flüsterte sie, bevor ihr ein erschrockener Laut entfuhr. »Oh, Frau Doktor Lehmann, ich habe Sie gar nicht hereinkommen hören.«

Ruckartig sah ich auf und direkt in die unergründlichen braunen Augen der Oberärztin. Was sie wohl von mir dachte? Mir wurde schlecht vor Scham.

»Frau di Giorgio, haben Sie einen Moment Zeit?« Doktor Lehmanns Wangen spannten sich an.

»Natürlich.« Ich räusperte mich und stand auf. »Das trifft sich gut. Frau Doktor Lehmann, ich weiß, ich war erst gestern bei Ihnen und habe Sie um meine Versetzung auf eine andere Station gebeten und Sie haben Nein gesagt. Aber ich möchte Sie noch einmal dringend bitten, mich zu versetzen. Ich würde nicht fragen, wenn es nicht so wichtig für mich wäre. Ganz ehrlich, ich brauche ein wenig Abstand zu Nick Brockmann. Sicher haben Sie mitbekommen, was vorgef...«

»Sie können morgen in der Chirurgie anfangen, wenn Sie möchten«, unterbrach sie mich. »Dort ist eine Stelle frei.«

Ich brauchte einen Moment, um meine Überraschung hinunterzuschlucken. Das klang fast so, als hätte sie diesbezüglich bereits alles für mich in die Wege geleitet. Ob Nick sie um meine Versetzung gebeten hatte, damit er sich hier nicht mehr mit mir herumschlagen musste? Ich rieb mit den Fingerknöcheln das beengte Gefühl auf meinem Brustbein weg. Doktor Lehmann hatte richtig gehandelt. Es war besser, sie schickte mich weg als ihn. Wir beide gemeinsam auf der Station, das würde nur Drama hoch zehn bringen.

»Danke«, sagte ich gepresst. »Dann werde ich mich morgen dort melden.«

Nach einem kurzen Nicken drehte sie sich um und ging zur Tür. Dort verharrte sie, bevor sie mich noch einmal ansprach. »Leider verlässt Nick Brockmann die Station ebenfalls. Auf seinen Wunsch hin fängt er morgen auf der Kinderstation an.« Sie rauschte davon wie ein schneeweißes eisiges Winterwesen, während ich diese Info erst mal sacken lassen musste. Nick hatte sich versetzen lassen? Somit gab es eigentlich keinen Grund, mich ebenfalls woanders hinzuschicken. Langsam sickerte eine Erkenntnis in mein Bewusstsein. Das eben war ein glatter Rausschmiss gewesen.

34. Kapitel

Drei Wochen hatte ich Nick schon nicht mehr gesehen, drei lange Wochen, in denen ich keine Ahnung gehabt hatte, was er gemacht hatte oder wie es ihm gegangen war. Noch immer dachte ich Tag und Nacht nur an ihn und verfluchte mich für meine Anhänglichkeit. Mir ging es auch körperlich nicht gut, oft war mir einfach nur noch schlecht von dem ganzen Stress, außerdem tat mir alles weh. Eine bleierne Dauermüdigkeit quälte mich wegen der vielen schlaflosen Nächte, in denen ich Nick vor Augen hatte. Ich sehnte mich nach ein bisschen Urlaub. Zum Glück begann Montag meine letzte Praktikumswoche, danach ging es zurück an die Uni. Mittlerweile hatte ich mich ganz gut in meiner neuen Station eingearbeitet. Mein Chef Doktor Schwarz, ein blonder Hüne, mit einer Stimme, die einem in den Ohren dröhnte wie ein vorbeifahrender Schnellzug, hatte jede Art von dummen Sprüchen mir gegenüber sofort im Keim erstickt und ich war ihm sehr dankbar.

Heute hatte ich nun zum ersten Mal wieder ein freies Wochenende und wollte mit den Mädels auf Tour gehen, um endlich mal ein bisschen in die Gänge zu kommen. Mein deprimierter Dauerzustand fiel mir selbst schon auf die Nerven. Luca hatte irgendeinen Club vorgeschlagen, der absolut super sein sollte, und den wollten wir uns nicht entgehen lassen. Deswegen stand ich nun mit Luca und Pia vor dem *Hazy Fantasy* herum, wir warteten auf Rhashmi. Sie und Erdie waren den ganzen Tag über auf Wohnungssuche gewesen, darum verspäteten sie sich ein wenig. Möglichst unauffällig musterte ich die nicht gerade einladende Fassade des Schuppens. Putz bröckelte von den Wänden. Über der ramponierten Eingangstür, die wohl einem Einbruchsversuch standgehalten hatte, flackerte eine trübe Lampe. Irgendjemand hatte einen überdimensionalen Penis an die Wand gesprüht. Darüber stand: *Suck my dick!* Okaaaay.

»Du willst wirklich da rein?«, fragte ich Luca leise. Zwei Typen, ganz in schwarz gekleidet und mit zur Hälfte geschorenen Haaren, schlenderten zum Eingang. Der Linke erinnerte mich irgendwie an Marilyn Manson. Eine ganze Menge merkwürdiger Leute waren schon im Club verschwunden. Ich fühlte mich in meinem roten Top und der weißen Jeans total fehl am Platz.

»Es ist so super da drin«, schwärmte Luca eine Spur zu euphorisch. Sämtliche Alarmglocken in mir schrillten.

»Ist das dein Ernst?«, stand Pia mir bei und klang entsetzt. »Warum gehen wir nicht in die *Nachtschicht*, da gibt es heute ein Glas Sekt gratis für alle Frauen.«

Wir befanden uns mitten im Industriegebiet und außer diesem Laden gab es sonst nichts, was offen hatte.

»Ihr wart doch noch gar nicht drin.« Luca verschränkte die Arme vor der Brust. »Immer diese bescheuerten Spießer-Schuppen. Mir reichen schon die Angeber im *Boat*. Lasst uns doch mal was anderes ausprobieren.«

»Warum?« Pia runzelte die Stirn. »Ich mag die Leute im *Boat*.«

Ein Typ mit im Nacken zusammengebundenen dunkelblonden Haaren sowie in schwarzer Lederkluft spazierte an uns vorbei. Er spuckte neben Pia auf den Boden, ehe er den Club betrat.

»Igitt.« Ich schüttelte mich.

Zu meiner Erleichterung brauste Erdies silberner *3er BMW* auf uns zu. Er würde uns bestimmt rüber zur *Nachtschicht* fahren. Als er hielt, stieg Rhashmi aus und sah sich entgeistert um. Erdie ließ die Seitenscheibe runter und nickte uns zu. »Ist das euer Ernst?« Mit dem Daumen deutete er Richtung Eingangstür, durch die gerade ein paar Emo-Mädchen ins Innere verschwanden.

»Heute ist Mädelsabend«, klärte Luca ihn auf, als ob er das nicht selbst wüsste. »Wir bestimmen, wohin wir gehen wollen.«

»Ich will da aber nicht rein«, raunte ich und erntete einen finsteren Blick von ihr.

Rhashmi stöckelte heran, sie trug ein sexy, schwarz glänzendes Minikleid, in dem sie hier noch viel deplatzierter wirkte als wir alle drei zusammen.

»Schaut es euch wenigstens mal an.« Lucas Augen warfen blitzende Pfeile in unsere Richtung, die uns darauf vorbereiteten, dass sie wohl kurz vor einer Explosion stand. Sie wollte da wirklich unbedingt rein und ließ sich in diesem Zustand auch garantiert nicht von uns abhalten.

»Also gut, aber wenn es uns nicht gefällt, hauen wir wieder ab.« Rhashmi setzte sich mutig und mit schwingenden Hüften in Bewegung. Sie winkte ihrem Freund kurz zu.

»Ruf an, wenn was ist«, rief Erdie ihr nach und klang besorgt, was Luca ein Augenrollen entlockte.

»Ja, da drinnen werden sie uns fesseln und häuten und in dünne Scheiben schneiden«, sagte sie Rhashmi folgend.

»Machen wir, Erdie, darauf kannst du dich verlassen«, erwiderte ich und ging den beiden widerwillig nach. Was sollten wir in dieser Spelunke? Nachher musste ich unbedingt mal ein ernstes Wörtchen mit Luca reden, sie hatte sich in letzter Zeit derart verändert, dass ich sie nicht wiedererkannte.

An der Kasse betrachtete ich angewidert sowie fasziniert die Augen des Typen, der dort kassierte. Er musste irgendwelche Kontaktlinsen tragen, die seine Pupillen in schmale Schlitze verwandelten wie bei einer Schlange.

»Fünfzehn Euro.« Er hielt die Hand auf, seine Fingernägel waren schwarz lackiert. Ich schnappte nach Luft. So viel Eintritt verlangten sie nicht mal im *Boat*.

»Saftige Preise«, konnte ich mir nicht verkneifen und war drauf und dran, dieses Rattenloch wieder zu verlassen. Ich kam mir total verarscht vor.

»Heute spielt 'ne Band«, klärte er mich auf und klatschte auf ein Plakat, das neben ihm an der Wand hing. Das aufgerissene Maul eines weißen Hais sprang mir darauf entgegen, darüber stand *White Sharks*. Irgendwo hatte ich den Namen dieser Band schon mal gehört. Bloß wo? Luca drückte ihm zwei Scheine in die Hand und spazierte den düsteren Gang entlang. Seufzend bezahlten wir ebenfalls, bevor wir ihr folgten. Die schwarzen Wände waren im Graffiti-Look mit bunten Farben bekritzelt, bei jedem Schritt klebte ich am Boden fest. Mich schüttelte es vor Ekel. Schließlich kamen wir in einen verrauchten Raum, in dem sich schon ein ganzer Haufen Leute tummelte, die quatschend herumstanden. Meine Augen begannen zu tränen, ich hasste Zigarettenqualm. War Rauchen in Lokalen nicht verboten? Wir stellten uns an einen Stehtisch im hinteren Teil des Ladens. Tja, und da standen wir dann. Eine Stimme, die sich anhörte wie die von Rammstein, grölte aus den Boxen. Trinken wollte ich lieber nichts, Sauberkeit schien nicht ganz oben auf der Prioritätenliste des Clubs zu stehen. Eigentlich wollte ich nur gehen. Luca war nachher definitiv fällig. Da ging ich nach wochenlanger, mühsamer Trauerbewältigung das erste Mal wieder aus und dann lotste sie uns in so eine Spelunke?

»*White Sharks*«, sagte Pia neben mir nachdenklich, dann riss sie die Augen auf. »Ist das nicht die Band, in der Josh Schlagzeug spielt?«

»Ja, klar.« Ich hielt den Atem an. »Daher kam mir der Name bekannt vor. Luca.« Ich verlieh meiner Stimme einen autoritären Tonfall. Das durfte doch nicht wahr sein. »Du missbrauchst unseren schönen Mädelsabend, um dich mit diesem Typen zu treffen? Und weihst uns nicht mal ein? Das ist so was von daneben.«

Luca legte beide Hände auf ihr Brustbein, als wäre meine Anschuldigung die abwegigste Sache der Welt. »Ich treffe mich doch gar nicht mit ihm. Er spielt Schlagzeug. Ihr müsst die Band mal hören, die sind einfach nur super.«

»Du hättest uns das trotzdem erzählen müssen«, empörte sich nun auch Rhashmi und zupfte an ihrem kurzen Rock. Ein bärtiger Kerl stierte ihre Beine an, als beschwörte er eine Kobra.

»Wärt ihr dann mitgekommen?« Luca spielte an ihrer silbernen Halskette.

»Nein«, sagte Pia mit Nachdruck.

»Deswegen hab ich auch nichts gesagt, denn ansonsten wäre euch eine wirklich tolle Band entgangen.« Luca strich sich die Stirnhaare hinter die Ohren.

»Weiß Ben davon?«, fragte ich einer inneren Eingebung folgend.

»Dass wir heute Mädelsabend haben?«, stellte sich Luca dumm. »Ja, klar.«

»Nein, dass wir in diesem Club sind.« Ich rieb meine Handflächen aneinander, denn ich hatte versehentlich den versifften Stehtisch berührt.

»Das haben wir doch ganz kurzfristig entschieden«, behauptete Luca allen Ernstes, woraufhin ich über so viel Dreistigkeit erst mal nach Luft schnappen musste. Egal, jetzt waren wir hier. Wir sollten das Beste daraus machen.

Eine halbe Stunde später hatte ich mir doch eine Cola an der Bar geholt, aber nur, weil diese in kleinen Flaschen verkauft wurde, von denen der verlotterte Barkeeper eine vor meinen Augen geöffnet hatte. Somit tendierte die Gefahr der Ansteckung mit Herpes oder sonstigen unerfreulichen Krankheiten gegen null. Ich schlenderte zurück zu den anderen, auf der Bühne machte die Band gerade Soundcheck, was bei dem Krach, den sie verursachten, vollkommen überflüssig war. Joshua trommelte wie blöde auf seinem Schlagzeug herum und ich konnte bereits jetzt sagen, dass die Musikrichtung ganz bestimmt nicht meinem Geschmack entsprach. Als ich meinen Blick durch den Raum schweifen ließ, wäre ich fast hintenüber gekippt. Abrupt blieb ich stehen und legte eine Hand auf mein wie wild klopfendes Herz. An einem der Stehtische stand Nick mit seinem blonden Kumpel Lars vom See. Der Typen, mit dem er die bescheuerte Wette abgeschlossen hatte. Das durfte doch nicht wahr sein. Was machte Nick denn ausgerechnet in dieser Absteige? Was wohl? Er besuchte ein Konzert seines Kumpels. Das hätte ich mir doch denken können. Was sollte ich jetzt machen? Hingehen und ihn begrüßen? Kurz *Hallo* sagen und ein bisschen Small Talk halten? Etwas Normalität in unser angespanntes Verhältnis bringen?

Schon wollte ich meine Überlegung in die Tat umsetzen, da tänzelten zwei Blondinen zu ihnen, die ebenso wenig hier reinpassten wie wir. Nick begrüßte beide mit Küsschen auf die Wange. Sie kannten sich also. Lachend unterhielten sie sich miteinander. Von Liebeskummer war bei Nick keine Spur zu erkennen. Er hatte sich wirklich schnell über mich hinweggetröstet, stellte ich fest und biss die Zähne zusammen. Ich musterte ihn wie unter Zwang von hinten, seine kurzen braunen Haare und den braun gebrannten Nacken. Mein Blick glitt über das türkisfarbene T-Shirt, das über seinem breiten Rücken spannte, der sich nach unten zu den Hüften hin verschmälerte. Sein knackiger Hintern in der gut sitzenden Jeans stach mir ins Auge. Oh Gott, wie ich ihn noch immer vermisste. Die eine Blondine legte ihre Hand auf seinen Oberarm und flüsterte ihm etwas ins Ohr. Ihm schien ihre Berührung in keinster Weise unangenehm zu sein. Er neigte den Kopf in ihre Richtung und erwiderte etwas, das sie zum Lachen brachte. Was er wohl gesagt hatte? Sein Blick schweifte durch den Raum, er warf einen über die Schulter und entdeckte mich, geriet ins Stocken. Zu meinem Leidwesen wirkte er alles andere als erfreut über meinen Anblick. Seine Miene blieb ausdruckslos wie eine Maske. Noch bevor ich ihm winken konnte, hatte er sich schon wieder weggedreht. Er legte eine Hand um die Taille der Blondine und zog sie enger an sich. Die beiden wirkten wie ein Liebespaar.

Ich schloss für einen Moment die Augen, versuchte, das Chaos in meinem Inneren unter Kontrolle zu bekommen, aber es gelang mir nicht. Nick so unvorbereitet wiederzusehen, katapultierte mich gefühlsmäßig um drei Wochen zurück. Mein Pulsschlag im Hals schmerzte, ich wollte zu ihm gehen, mit ihm reden, ihn berühren, die Hand dieser Tussi von ihm herunterschlagen und ihr klipp und klar zu verstehen geben, dass Nick mir gehörte.

Aber er gehörte mir nicht mehr. Nick würde mich nie wieder so leidenschaftlich und sehnsüchtig ansehen, wie er das früher getan hatte. Es war aus! Nick würdigte mich keines weiteren Blickes, stattdessen streichelte er den Rücken einer hübschen Frau und dieser Anblick traf mich wie ein Peitschenhieb. Plötzlich legte sich ein Arm um mich und ich schrak zusammen. Pia stand neben mir. »Komm mit«, sagte sie.

»Nick ist da.« Meine Unterlippe zitterte.

»Ich weiß, ich habe ihn gesehen. Und jetzt komm.« Sie führte mich zurück zu den Mädels und ich folgte ihr mit hängendem Kopf. Dabei versuchte ich krampfhaft, Nick nicht anzuschauen, und widmete meine Aufmerksamkeit stattdessen der Bühne, wo die Band gerade das erste Lied anstimmte.

35. Kapitel

Mit Nick im selben Raum zu stehen, war die Hölle für mich. Immer wieder sah ich in seine Richtung, konnte es nicht abstellen, es war wie ein Zwang. Die ganze Zeit über nahm er den Arm nicht von dieser Frau. Ab und an nippte er an etwas, das wie ein Whiskey aussah. Die Blondine hatte sich an ihn geschmiegt und schien seine Nähe voll auszukosten. Ich wusste nur zu gut, wie es sich gerade für sie anfühlte: in seinen Armen zu versinken, seine Körperwärme zu spüren und diesen einzigartigen, wundervollen Duft einzuatmen, den er verströmte. Sie stellte sich auf die Zehenspitzen und flüsterte ihm etwas ins Ohr, entlockte ihm tatsächlich ein wunderschönes Lächeln, dasselbe Lächeln, das er mir immer geschenkt hatte. Es war beinah wie Verrat. Sie wippte zurück auf die Fersen und roch dabei an seiner Halsbeuge, was ihn zum Lachen brachte. Die Vertrautheit der beiden machte mich fertig. Nick hatte mir alles vorgespielt, nur gefaked, dass er mich liebte und begehrte. Wie sonst konnte er binnen drei Wochen alles, was zwischen uns gewesen war, hinter sich lassen und vergessen? Als existierte ich für ihn überhaupt nicht mehr.

Das elende Geschrubbe der Band verklang. »Hey, Leute«, sagte der Sänger und ich riss mich von Nicks Anblick los. »Josh, unser Schlagzeuger«, er deutete nach hinten, »hat einen neuen Song geschrieben.«

Ein paar Leute applaudierten und anerkennende Pfiffe erschollen. Zweifellos ein paar Ultras der Band, denn ich konnte dem Lärm immer noch nichts abgewinnen. »Unser letzter Song für heute Abend ist ein ruhigeres Stück, mal was ganz anderes. Ein Lovesong und er heißt: *Miss you, Luca.*«

Mein Mund stand offen. Joshua hatte Luca ein Liebeslied geschrieben? Alle Augenpaare am Tisch richteten sich auf Luca, der unsere überraschte Reaktion sichtlich peinlich war.

»Ich wusste nichts davon«, verteidigte sie sich, konnte sich jedoch ein breites Grinsen nicht verkneifen. »Aber ist das nicht süß? Mir hat noch nie jemand ein Lied geschrieben.«

»Ja, Luca, sehr süß!«, sagte Rhashmi. »Du hast einen Freund.«

Luca seufzte schwer. »Ich glaube nicht, dass das mit mir und Ben noch lang geht.« Sie senkte die Lider.

»Was?«, schnappte Pia und warf ihr Haar zurück. »Das ist nicht dein Ernst. Wegen dem?« Sie fuchtelte in Richtung Bühne, wo soeben die ersten Takte des Songs erklangen.

»Nein, nicht wegen ihm.« Luca klatschte mit der flachen Hand auf den Tisch, dass meine Colaflasche hüpfte. »Sondern weil es mit mir und Ben nicht gut läuft. Wir streiten ständig, ich halte das nicht mehr aus. Es funktioniert einfach nicht mit uns. Was soll ich denn machen?«

»Triffst du dich mit Josh?«, fragte Rhashmi.

»Ja.« Luca nickte. »Aber nicht so, wie ihr glaubt. Wir verstehen uns einfach super. Ich kann mit ihm über alles reden, er hat so viel Verständnis und er bringt mich zum Lachen.«

»Zum Lachen«, wiederholte Pia augenrollend.

Luca schluckte. »Mit Josh ist alles so einfach. Er lässt mich sein wie ich bin. Mit Ben wird alles immer komplizierter, ich ertrage seine chronische Eifersucht nicht mehr. Das ist ja nicht nur bei Josh der Fall. Er tickt bei allen Typen sofort aus, wenn sie mich nur anschauen.«

Der Refrain hallte durch den Raum, woraufhin Luca den Mund schloss.

I miss you Luca,
miss your lovely smile.
Hold me tight,
just for a while.

»Da läuft nichts«, bekräftigte Luca, als hätte sie unsere Gedanken gelesen. »Das ist nur ein Song.« Ihre Stimme bebte und ein Glühen umrahmte ihr Gesicht, das sie wunderschön und glücklich aussehen ließ. So strahlend hatte ich Luca seit Monaten nicht mehr erlebt. Man konnte Gefühle eben nicht erzwingen, wurde mir klar. Ben konnte es nicht und ich ebenso wenig. Meine Sehnsucht nach Nick brachte mich fast um, aber das nutzte nichts. Es gab nichts mehr, was uns verband. Wenn der Zeitpunkt zum Gehen kam, musste man eben loslassen.

»Ich muss mal kurz frische Luft schnappen«, sagte ich, schmerzlich überwältigt von meiner eigenen Einsicht, und entfernte mich vom Tisch. Ich eilte in Richtung Ausgang. Im Vorbeigehen bemerkte ich eine Person, die an der Wand lehnte, und mich riss es beinah von den Füßen. Ben stand dort. Mit ausdrucksloser Miene starrte er zu Boden. Was um alles in der Welt machte er denn hier? Heute Abend war im *Boat* bestimmt die Hölle los.

»Ben, was machst du hier?«, stellte ich ihn zur Rede.

Wie in Zeitlupe sah er hoch und wirkte kein bisschen erstaunt, dass ich vor ihm stand. »Ich wollte es mit eigenen Augen sehen.«

»Ach, Ben.« Ich nahm ihn in den Arm, aber er schüttelte mich ab.

»Er hat ihr einen Song geschrieben.« Seine Augen waren leer, ließen mich tief in sein dunkles Inneres sehen, das ihn fest im Klammergriff hielt. Bens sonst so hitzige Eifersucht war einer lethargischen Gleichgültigkeit gewichen. Unter anderen Umständen wäre er schon längst dort oben auf die Bühne gestürzt, hätte Josh-Arsch von seinem Schlagzeug gezerrt und ihn als Drumstick missbraucht. Sein jetziges, ungewohntes Verhalten verängstigte mich weit mehr.

»Luca hat gesagt, es laufe nichts zwischen ihnen.«

»Hat sie das?« Er zuckte mit den Achseln. »Vielleicht bis zu diesem Song noch nicht.«

»Ben, es tut mir so leid.« Ich rieb mir über die Stirn. Was passierte heute denn noch alles?

Er stieß sich von der Wand ab. »Muss es nicht. Du kannst ja nichts dafür.« Ben winkte im Weggehen. »Tschau, Aida.«

Hilflos beobachtete ich, wie Ben in der Menschenmenge verschwand. Mittlerweile hatte die Band aufgehört zu spielen und ich hoffte, dass er den Club verließ, bevor es doch noch zu einer Eskalation kam. Mein Herz blutete für ihn und plötzlich wurde mir klar, dass ich Ben in diesem Zustand nicht allein weggehen lassen sollte. Wir waren Freunde und Ben war immer für mich da gewesen, wenn ich ihn gebraucht hatte. Nach einem Moment des Zögerns eilte ich ihm nach und erwischte ihn auf dem düsteren Flur, von dem Türen zu den Toiletten und dem Privatbereich des Clubbesitzers abgingen.

»Ben.« Ich hielt ihn am Shirt fest, legte die Arme um seinen Hals und lehnte meine Stirn an seine. »Bitte, geh nicht. Nicht so. Vielleicht kriegt ihr doch noch mal alles auf die Reihe. Ihr könnt das nicht so enden lassen.«

»Es ist schon längst zu Ende«, sagte Ben und streichelte meinen Rücken. Ich spürte, dass ihm meine Nähe guttat, er brauchte einen Freund und ich wollte für ihn da sein.

»Ich kann es einfach nicht fassen, dass es auf diese Art mit euch zu Ende geht. Aber Luca hat vorhin gesagt, dass bisher wirklich nichts zwischen ihr und Josh-Arsch gelaufen ist. Vielleicht, wenn du ihr mehr Freiraum gibst?«

Er lachte bitter auf und wich mit dem Kopf zurück. »Ich habe deinen Ratschlag doch befolgt, habe ihr nicht mehr hinterhergeschnüffelt, war mir auch scheißegal, wenn sie mit ihm am Handy geschrieben hat, ich habe nichts mehr gesagt. Und? Was hat es gebracht?«

»Luca weiß, dass du der Beste für sie bist, da bin ich mir sicher. Sie spinnt nur gerade. Als ob dieser Josh-Arsch dir das Wasser reichen könnte ...«

»Darf ich mal durch«, hörte ich eine Stimme und sah hoch. Der Schreck zuckte richtiggehend durch meine Adern, denn Nick stand hinter Ben. Wir versperrten den Zugang zu sämtlichen Türen.

»Klar«, brachte ich über die Lippen und ließ Bens Hals los. Er hingegen hielt mich immer noch im Arm und fixierte Nick mit starrem Blick.

»Du bist doch das Arschloch, wegen dem Aida sich so fertigmacht«, sagte Ben mit hasserfüllter Stimme. Oh nein.

»Ist schon gut«, beschwichtigte ich schnell und presste mich an die Wand, um Nick Platz zu machen. »Bin schon längst darüber hinweg.« Leider verschwand Nick nicht, sondern sah mich so eindringlich an, dass ich seinem intensiven Blick nicht lange standhalten konnte. Ich senkte die Lider, denn mein dummes Herz schmerzte schon wieder. Was wollte er noch? Sich persönlich davon überzeugen, dass ich auch ja genügend wegen ihm litt? Den Gefallen würde ich ihm nicht tun. Er legte den Daumen unter mein Kinn und hob es an, zwang mich, ihm in die Augen zu sehen. Seine Berührung ging mir durch und durch, schmolz in Sekundenschnelle meinen eisigen Schutzpanzer weg, den ich mir mühsam zugelegt hatte. Mein Puls pochte in den Schläfen, während ich mir nichts sehnlicher wünschte, als dass zwischen uns alles wieder in

Ordnung wäre. Bens Worte hatten ihn getroffen, stellte ich fest. Sein Kiefer war angespannt, wie er das immer war, wenn Nick sich nicht richtig unter Kontrolle hatte. Wehmut lag in seinem Gesicht, als trauerte er einer alten Liebe hinterher, die für ihn nichts anderes mehr war als eine nostalgische Erinnerung. Ich ahnte, dass er seine Meinung nicht mehr ändern würde und mein Herz brach mit einem lauten *Knack*. Einmal und dann noch mal.

»Es ist zum Schluss wirklich schlecht mit uns gelaufen«, sagte er leise. »Aber das bedeutet nicht, dass ich dich nicht geliebt habe. Sorry«, flüsterte er und ich schluckte nur mühsam die aufsteigenden Tränen hinunter. Das final aus seinem Mund zu hören, die Endgültigkeit, die seine Worte heraufbeschworen, damit konnte ich nur ganz schlecht umgehen. Ich spürte Bens Hand an meiner Taille, er drückte seine Finger in meine Haut und diese Geste bewahrte mich davor, in einem Weinkrampf zu enden.

»Sorry«, wiederholte ich stattdessen bitter, denn er machte es sich wirklich leicht. Nick sollte endlich abhauen.

»Es tut mir wirklich leid für uns.« Nick wandte sich ab.

»Manche Leute sind es einfach nicht wert, dass man sie liebt, Aida. Sei froh, dass du ihn los bist. Ich habe dir von Anfang an gesagt, dass er ein Arschloch ist«, sagte Ben so laut, dass Nick ihn hörte. Seine Stimme klang abfällig.

Nick wandte sich an Ben. »Ich weiß, dass du mich wegen Josh provozieren willst, aber das kannst du vergessen. Auch wenn du das nicht hören willst, aber zu einem Beziehungsende gehören immer zwei. Das war so bei mir und Aida und so ist es auch bei dir und Luca. Denk mal darüber nach.«

»Die beiden sind nicht getrennt«, sagte ich völlig wirr, weil Nick nicht auch noch dieses Ende heraufbeschwören sollte.

Er zuckte nur mit den Schultern. »Mich geht das nichts an. Ich muss jetzt weiter, der Band beim Zusammenräumen helfen.« Er legte eine Hand auf die Klinke der Tür, an der *Privat* stand, wandte sich dann aber noch einmal an mich. »Ich wünsche dir alles Gute, Aida.«

Ich rieb kurz meine Augen mit Daumen und Zeigefinger, wollte ihm die Genugtuung nicht geben, wegen ihm in Tränen auszubrechen. Er wirkte so knallhart und gefühlskalt, ich hatte den Eindruck, einen völlig anderen Menschen vor mir stehen zu haben.

Nick wollte unserer Beziehung keine zweite Chance geben. Er vertraute mir einfach nicht mehr und ich selbst konnte mir mein fahrlässiges Verhalten mit dem Stick nicht verzeihen. »Das war es dann ja wohl, oder? Dir auch alles Gute, Nick.« Ich hob den Kopf, obwohl mir das alles abverlangte. Unser Ende wollte ich hoch erhobenen Hauptes überstehen, zusammenbrechen konnte ich später noch zu Hause. Nach einem Moment des Zögerns öffnete Nick die Tür und stoppte nach einem Schritt. Beinah wäre er in ein Pärchen gelaufen, das lachend und redend dort an der Wand stand. Eine eiserne Faust traf mich im Nacken. Es waren Luca und Josh-Arsch. Sie mussten den Raum über den Bühnenausgang betreten haben, sonst hätten wir sie bemerkt.

Im ersten panischen Moment dachte ich, Ben würde sich nun auf seinen Rivalen stürzen, aber er stand einfach nur da und bannte Luca mit seinem Blick. Er wirkte so verletzt, dass ich sie dafür am liebsten geohrfeigt hätte. Ein Vulkan explodierte in mir und Wut auf diesen ganzen verkommenen Haufen, der sich einen Dreck um die Gefühle andere Leute scherte, gewann die Oberhand. Sollten sie sich doch allesamt zum Teufel scheren.

»Ihr seid das Letzte«, schleuderte ich ihnen entgegen. »Alle drei.«

»Ben.« Lucas Mund stand offen. »Wir reden nur, da läuft nichts.«

»Luca«, sagte Ben monoton. »Ich denke eher, wir müssen reden.«

Es war schon weit nach Mitternacht, als ich Ben endlich auf einer Treppe nah dem versifften Club fand. Ich hatte alles nach ihm abgesucht und mir riesige Sorgen um ihn gemacht. Vor allem, da er auch nicht ans Handy gegangen war. In meinem Kopf hatten sich schon Schreckensszenarien geformt, die ich gleich wieder vergessen wollte. Pia und Rhashmi knöpften sich derweil drinnen Luca vor, von deren Ausflüchten und Ausreden ich für heute mehr als genug hatte. Obwohl ich nicht wusste, wie Ben reagieren würde, setzte ich mich neben ihn.

»Hey.« Ich stieß ihn sanft mit dem Ellenbogen an. »Alles klar?«

»Deine Ratschläge sind scheiße. Keiner davon funktioniert«, erwiderte er emotionslos und starrte vor sich hin.

»Ich weiß«, seufzte ich. »Tut mir leid. Hör bloß nie wieder auf mich. Woher wusstest du eigentlich, dass wir heute hier waren?«

Er zuckte mit den Schultern. »Erdie.«

»Ah, klar.« Ich nickte.

»Ich habe mit Luca Schluss gemacht«, hörte ich ihn leise sagen und mein Herz verknotete sich, sank in Richtung Magen. Mir wurde so übel, dass ich glaubte, mich übergeben zu müssen.

»Und? Wie hat sie es aufgenommen?«

Er verzog die Lippen. »Gefasst.«

»Ich versteh sie einfach nicht.« Ich schüttelte den Kopf, denn ich tat es wirklich nicht. Was fand sie nur an diesem Schlagzeuger-Idioten?

Ben wischte sich mit beiden Händen übers Gesicht. »Ach, ein bisschen Drama gehört eben dazu. Wenn es nicht wehtut, dann war die Beziehung auch nichts wert.«

»Was hat sie gesagt?« Meine Hände zitterten, ein Steinchen stach durch die Jeans in meinen Hintern und ich wischte es weg.

»Dass nichts zwischen ihr und dem Idioten läuft. Aber ich glaube ihr nicht.« Seine Stimme war belegt und ich fühlte richtiggehend den Druck, der auf seinem Brustkorb lasten musste. »Ach ja, und dass es ihr leidtut, wie alles gekommen ist.«

Ich prustete abfällig. »Dasselbe hat Nick mir vorhin ja auch erzählt. Ob die sich abgesprochen haben?«

Ben lachte bitter auf. »Hinterher tut es ihnen immer leid. Morgen zieht sie aus.«

»Etwa zu ihm?«

»Nein«, schnaubte er. »Erst mal zu Caro.«

»Und sonst hat sie nichts gesagt?« Speichel sammelte sich salzig in meinem Mund. Die Aufregung machte meinem Magen schon wieder schwer zu schaffen. Wenn ich so weitermachte, bekam ich mit dreiundzwanzig noch ein Magengeschwür.

»Sie hat gesagt, unsere Probleme haben nichts mit dem Idioten zu tun. Unsere Beziehung hätte sich verändert, wir streiten dauernd und mit ihm wäre alles anders. Er bringt sie zum Lachen und mit ihm kann sie reden.« Ben wandte mir das Gesicht zu. »Ich mache sie nicht mehr glücklich, verstehst du?«

»Oh Ben«, quetschte ich heraus.

»Ich verstehe nicht, wie ich so blöde sein konnte, dass ich das nicht kommen sah«, redete er weiter und ließ den Kopf hängen, beide Unterarme hatte er auf den Schenkeln abgestützt. »Ich habe mir irgendwas vorgemacht. Dachte, wenn ich die Scheiße nur lang genug ignoriere, dann löst sich das Problem irgendwann von selbst. Tut es aber nicht.« Er warf mir einen Seitenblick zu. »Und dein Typ hat auch nur so eine beknackte *I'm-sorry*-Nummer abgezogen. Er hat vorhin auch schon wieder mit einer anderen rumgemacht. Dieses Arschloch.«

Bittere Galle brannte mir die Speiseröhre hoch. Tief durchatmend, kämpfte ich gegen das würgende Gefühl im Hals an.

»Ist was?« Ben sah mich durchdringend an.

»Schon gut.« Ich schluckte und wischte mir über den Mund. »Mir ist von der Aufregung nur ein bisschen schlecht. Passiert mir in letzter Zeit öfter, aber normalerweise eher am Morgen.«

Bens Blick ruhte auf mir, während ich darum kämpfte, meinen Mageninhalt bei mir zu behalten. »Aida«, sagte er schließlich leise, »vielleicht solltest du dir mal einen Schwangerschaftstest besorgen.«

36. Kapitel

Ich starrte auf den harmlos aussehenden Plastikstift in meiner Hand und war nicht in der Lage, mich zu regen. Es war bereits der zweite Test, den ich heute Morgen gemacht hatte. Beim ersten war ich noch dem schwachen Hoffnungsschimmer erlegen, dass ich irgendwas falsch gehandhabt hätte. Daneben gepinkelt vielleicht oder ein fehlerhaftes Produkt erwischt. Kam doch alles vor! Doch wie schon der erste zeigte auch dieser hier zwei blaue Balken an. Ob ich mir noch einen dritten besorgen sollte? Das durfte einfach nicht wahr sein. Ich presste meine zittrige Hand vor den Mund und überlegte fieberhaft, suchte nach einer Lösung, aber mir fiel einfach keine ein. Was sollte ich mit einem Kind machen? Mitten im Studium. Zudem war ich erst dreiundzwanzig Jahre alt und fühlte mich nicht reif für diese Riesenverantwortung. Unwillkürlich legte sich meine andere Hand auf meinen Bauch. Da drinnen wuchs ein winziger Punkt heran, der zur Hälfte von Nick stammte. Dem Mann, der nichts mehr mit mir zu tun haben wollte.

Ich stand auf und eilte über den Flur, klopfte kurz an Pias Zimmertür, wartete jedoch gar keine Antwort ab, sondern stürmte einfach hinein. Pia und Chad lagen wild knutschend im Bett, wenigstens waren sie noch angezogen. Die zwei fuhren auseinander, als ich mich neben ihnen auf die Bettkante sinken ließ.

»Aida.« Chad grinste breit. »Please tell me you want to join in. Ein kleiner Abschieds-Dreier wäre der Hammer! Autsch.« Er hielt sich die Rippen, zwischen denen Pia soeben ihre Faust versenkt hatte. »War doch nur Spaß«, ächzte er sich aufsetzend.

Pia stützte sich auf den Ellenbogen ab und musterte mich. »Ich hoffe schwer, dass Chad nicht richtigliegt, sondern du einen anderen Grund hast, hier einfach so hereinzuschneien.«

Wortlos zeigte ich ihr den Test und sie setzte sich hastig auf. »Oh nein.« Sie legte einen Arm um mich. »Vielleicht ist das Ding kaputt.«

Ich ließ den Kopf hängen. »Es ist der zweite, den ich gemacht habe.«

»Also darf man nicht gratulieren?«, fragte Chad vorsichtig und ich schluchzte auf. Diese Schwangerschaft war in der Tat kein Grund zum Feiern.

»Ich kann es nicht behalten. Was soll ich ganz allein mit einem Kind? Das schaffe ich niemals.« Mit einer Hand bedeckte ich meine Augen. Angst kroch in mir hoch, nackte Angst und Panik.

»Hat man euch beiden nie etwas über Verhütung erzählt?« Chad setzte sich neben mich.

»Es war nur ein einziges Mal ohne.« Erste Tränen liefen in meinen Augen über und tropften über meine Unterlider.

»Dann würde ich sagen: Volltreffer.« Sein Gequatsche half mir in keinster Weise weiter, im Gegenteil. Ich steckte in einer riesigen Katastrophe fest. Hatte ich bis Samstag noch geglaubt, mein Leben könnte nicht mehr schlimmer werden, wurde ich nun eines Besseren belehrt. Es war völlig im Eimer.

»Chad, halt die Klappe. Jetzt ist wirklich nicht der richtige Zeitpunkt für blöde Witze.« Pia setzte sich auf meine andere Seite und nahm meine Hand. »Was willst du jetzt machen?«, fragte sie leise.

»Ich weiß es nicht.« Hilflos zuckte ich mit den Achseln. »Ich weiß überhaupt nichts mehr, nur dass ich nicht schwanger sein will. Ich schaffe das ganz allein nicht.« Ich sah sie durch meinen Tränenschleier hindurch an. »Meine Mam hat mich allein großgezogen und ich weiß, was das bedeutet. Ihr Leben war so gut wie vorbei.«

»Wann sagst du es Nick?« Sie drückte meine Hand und ich ließ den Kopf wieder hängen. Nick hatte mir erst am Samstag klargemacht, dass es endgültig aus zwischen uns war. Wenn ich jetzt auch noch mit einer Schwangerschaft daherkam, würde er bestimmt bis ans andere Ende der Welt vor mir flüchten und ich müsste Interpol auch auf ihn ansetzen lassen. Außerdem hatte er allem Anschein nach schon längst eine andere.

»Gar nicht.« Ich schluckte, alles tat mir weh.

»Aida«, hörte ich Chad neben mir nachdrücklich. Er packte meinen Kiefer und drehte mein Gesicht in seine Richtung. »He's the dad. He needs to know.« Chad ließ mich los.

»Nick will doch nichts mehr von mir wissen.« Als ein Muskel an meinem Kinn zuckte, wischte ich das unangenehme Gefühl mit den Fingerknöcheln weg.

»Du musst es ihm sagen«, erwiderte Chad ungewohnt ernst. »Er hat ein Recht, es zu erfahren. And maybe he'll change his mind.«

»Ich finde auch, du solltest es ihm zumindest sagen.« Pia nickte. »Warum sollst du da allein durch? Er hat genauso viel Anteil an dieser Schwangerschaft wie du. Lass ihn nicht so einfach davonkommen. Zumindest ein bisschen Verantwortung soll er übernehmen, egal, wie du dich entscheidest.«

»Ich habe keine Ahnung, wie ich mich entscheiden soll«, schluchzte ich auf. Ich fühlte mich völlig überfordert, der Berg vor mir wuchs so hoch, dass ich keinen Weg mehr sah.

»Das musst du heute auch noch nicht«, redete Pia eindringlich auf mich ein und streichelte meinen Rücken. »Findet gemeinsam eine Lösung, sprecht miteinander. Sag es ihm.«

Ich stand auf. »Okay, ich rede mit ihm. Heute Abend gehe ich bei ihm vorbei und erzähle ihm von dem Baby.«

Auch Pia erhob sich und nahm mich in den Arm. »Du schaffst das. Egal, wie du dich entscheidest, wir sind alle für dich da. Wir lassen dich nicht allein.« Sie gab mir einen Kuss auf die Wange.

»Danke.« Mein Hals zog sich schmerzhaft zu.

»Heute und morgen lassen wir sie allein«, erinnerte Chad sie leise daran, dass die beiden nachher nach Hamburg aufbrachen, um Chads *Mustang* per Containerschiff zurück in die Staaten transportieren zu lassen. Sie würden erst irgendwann morgen im Laufe des Tages wieder in Nürnberg sein. Chad flog Donnerstag zurück nach Atlanta.

»Soll ich hierbleiben?«, fragte Pia.

»Nein.« Ich schüttelte den Kopf. »Ihr habt nur noch so wenig Zeit miteinander, geh ruhig mit. Bis morgen halte ich schon durch.«

»Okay.« Sie wischte mir die Tränen von den Wangen. »Aber mach bitte keinen Blödsinn, solang wir weg sind.«

»Mache ich bestimmt nicht«, versprach ich und meinte es ernst. Für überstürzte Aktionen fühlte ich mich viel zu erschöpft. Eigentlich wollte ich mich nur in meinem Bett verkriechen und nie wieder hervorkommen. »Ich gehe dann mal zum Dienst, das lenkt mich vielleicht ein bisschen ab.«

»Hab dich lieb.« Pia drückte mich an sich.

»Ich dich auch.« Mit langsamen Schritten verließ ich das Zimmer und zitterte jetzt schon vor Nicks Reaktion.

Ich lief die Abkürzung über den geschotterten Parkplatz zum Krankenhaus. Vorhin hatte ich mich noch zweimal übergeben müssen und mir war hundeelend. Wenn das so weiterging, musste ich mich krankschreiben lassen. Die Morgensonne stach auf mich herunter, der strahlend helle Tag passte überhaupt nicht zu meiner trüben Stimmung. Ob der Punkt in meinem Bauch wohl merkte, dass ich ihn nicht wollte? Mich überkam ein schlechtes Gewissen. Dieses Zellknäuel konnte nichts für das Drama, das zwischen mir und Nick herrschte. Zwischenzeitlich tendierte ich sogar dazu, es wegmachen zu lassen, weil ich mich so vor dem Baby fürchtete. Es würde mein Leben von Grund auf verändern und dazu war ich einfach noch nicht bereit. Oh Gott, ich war so ein schlechter, egoistischer Mensch.

Als ich den Kopf hob, sah ich eine Person langsam auf mich zukommen und blieb stehen. Es war ausgerechnet Nick. Und ich stand ausgerechnet neben seinem roten Cabrio. Er trug einen Karton in beiden Händen. Spontan wollte ich die Gelegenheit beim Schopf ergreifen und ihn um ein Gespräch bitten. Chads und Pias eindringliche Stimmen hallten in meinen Ohren. Nick musste von der Schwangerschaft erfahren. Immerhin war er der Vater. Er kam nur langsam näher, war sichtlich nicht über meinen Anblick erfreut. Die unverhohlene Ablehnung, die er so offensichtlich zur Schau stellte, traf mich wie ein Steinschlag.

»Hey«, sagte er schließlich, als er vor mir stehen blieb. Mit der Fernbedienung entriegelte er den Wagen.

»Hi.« Es war nur geflüstert. Ich wartete auf eine Reaktion, irgendein weiteres Wort, aber es kam nichts. Nichts!

»Wie geht's auf deiner neuen Station?«, fragte ich schließlich, um das Eis ein wenig zu brechen und um irgendeine Basis zu finden, an die wir anknüpfen könnten.

»Ist ganz okay.« Als Nick die Tür öffnete, gelang mir ein Blick in den Karton, der von seinem Kram überquoll. Ein paar Wechselklamotten, sein Stethoskop, Handouts, die wir regelmäßig bekamen, und noch einiges mehr. Erst jetzt fiel mir auf, dass er keine Krankenhausmontur anhatte. Er steckte in einem roten T-Shirt und schwarzen Shorts.

»Du arbeitest heute nicht?«

»Nein.« Er wich meinem Blick aus. »Ich gehe zurück nach Hamburg. Am Wochenende ziehe ich um.«

»Was?« Mein Schädel dröhnte, als hätte er mir mit einem Megaphon ins Ohr gebrüllt. »Das ist nicht dein Ernst.« Oh Gott, ich klang so entsetzt, wie ich mich fühlte.

Sein schwerer Seufzer streifte mich wie ein Bus. »Aida, lass es doch endlich. Ich dachte, wir hätten Samstag schon alles geklärt.«

Ich griff mir an den Hals, denn mir zog es die Kehle zu. Nick ging weg? Und hatte seinen Umzug bereits geregelt? »Nick, bitte. Ich muss mit dir reden, es ...«

»Aber ich nicht mit dir«, flankte er mit fester Stimme dazwischen. Alles in ihm spannte sich an und ich spürte, er wollte nur noch weg. Und zwar von mir.

Unwillkürlich streckte ich die Hand nach ihm aus, ließ sie aber mitten in der Bewegung wieder sinken. Die Kluft zwischen uns ließ sich nicht mehr überbrücken. Ich hatte keine Chance mehr und versuchte es dennoch in einem Anflug von Verzweiflung. Ich war nicht in der Lage, ganz allein ein Kind aufzuziehen. Wenn er mir nicht beistand, konnte ich es definitiv nicht behalten. »Bitte, wir müssen reden, ich muss dir etwas sagen. Können wir uns nicht ...«

»Aida«, unterbrach er mich erneut. Konnte er mich nicht wenigstens ausreden lassen? Sein Blick wanderte gen Himmel. »Herrgott, du warst der größte Fehler meines Lebens.«

Ein Teil in mir starb, als er das sagte. Zumal seine Behauptung ganz sicher nicht stimmte. Da gab es mit hundertprozentiger Sicherheit größere Fehler, die er begangen hatte. Es ging nicht um einen Fehler, nicht um meinen und nicht um seinen, er bereute schlichtweg, sich auf mich eingelassen zu haben. »Das stimmt nicht«, wagte ich dennoch leisen Widerspruch. Meine Unterlippe bebte. »Du kannst mich doch nicht für den Rest meines Lebens bestrafen.«

»Ich bestrafe dich nicht.« Er strich sich mit einer Hand durch die Haare. »Mein Leben ist nur gerade total im Arsch. Es hat sich alles herumgesprochen – bis Tokio. Ich brauche Abstand, Zeit, um alles wieder auf die Reihe zu kriegen, und das geht hier nicht. Ich will nur noch fort von hier, raus aus dieser Stadt – und weg von dir«, fügte er noch hinzu und rammte mir damit ein glühendes Eisenstück mitten durch die Brust.

»Wie hat dein Vater reagiert?« Ich hielt den Atem an.

»Ich habe keinen Kontakt mehr zu meinen Eltern.« Nick klang niedergeschlagen, erst jetzt fielen mir die dunklen Schatten unter seinen Augen auf.

»Oh Nick, das tut mir so leid. Ich hätte niemals gedacht, dass alles so kommen würde.« Das durfte doch nicht wahr sein. Was hatte ich bloß angerichtet mit meinen bescheuerten Storys? Diesem Schund. Im nächsten Moment verfluchte ich Marga, die aus niederen Motiven unser beider Leben zerstört hatte. »Ich glaube, es war Marga, die die Zettel im Krankenhaus aufgehängt hat«, sagte ich, sah jedoch, wie er den Kopf schüttelte.

»Nein, sie war es nicht.«

»Woher willst du das wissen?«

»Weil ich sie gefragt habe.«

Ich schluckte. »Ach, und du glaubst ihr so einfach?« Das war wirklich das Allerletzte.

»Ja, ich glaube ihr«, bestätigte er nachdrücklich.

Wow. Ich fasste es nicht. »Dann bedeutet das im Gegenzug, dass du mir nicht glaubst.«

»Aida.« Er klang genervt. »Mir ist es inzwischen scheißegal, wer das war. Du oder jemand anderes, das spielt keine Rolle mehr für mich. Ich will nur noch von hier abhauen.« Er pfefferte den Karton auf den Beifahrersitz.

»Ich muss mit dir reden«, ich fasste ihn an der Schulter, »hörst du? Ich bin ...«

Er wischte meine Hand von sich. »Herrgott noch mal. Es gibt nichts mehr zu bereden, wie oft denn noch? Ich will, dass du aus meinem Leben verschwindest. Wie viel deutlicher muss ich denn noch werden?« Seine Stimme schwoll mit jedem Wort an.

»Du bist ein Mistkerl.« Ich biss mir in die Wangen, bis sich ein metallischer Geschmack in meinem Mund ausbreitete. »Der allerletzte Scheißkerl, der hier rumläuft.«

»Das Arschloch hast du in deiner Aufzählung noch vergessen.« Sein Blick wurde düster und schäumte vor Wut beinah über. »Warum stehst du überhaupt hier, wenn ich so ein Drecksack bin? Warum willst du dann überhaupt noch mit mir reden? Sei doch froh, dass du mich los bist.«

»Vergiss es einfach«, schrie ich ihn an. »Hau ab nach Hamburg und werde dort glücklich. Hoffentlich sehen wir uns nie wieder. Ich weine dir bestimmt keine Träne nach. Aber weißt du, was ich wirklich bereue? Dass ich mit dir im Bett war.«

»Ach ja?« Er schnaubte. »Dafür bist du aber ziemlich oft gekommen.«

Ich holte aus und schlug zu, aber er fing meinen Unterarm ab, bevor ich seine Wange traf. Wir standen uns gegenüber und fixierten uns mit wütenden Blicken, während er meinen Arm mit einer Hand umklammerte. An seinem hektischen Atem merkte ich, wie er sich mühsam unter Kontrolle hielt, und etwas in meinem Inneren brach auf wie brodelnde, kochende Lava. Ich fühlte mich so gedemütigt und hätte ihn am liebsten geschlagen, aber er ließ mich nicht los, sondern verstärkte den Druck, sodass ich mich nicht rauswinden konnte. »Du tust mir weh«, keuchte ich mit zusammengebissenen Zähnen. »Scheißkerl.«

Nick stieß grob meinen Arm beiseite. »Verschwinde aus meinem Leben«, sagte er noch einmal dumpf, bevor er sich in den Wagen setzte und die Tür mit einem lauten Knall schloss. Staub wirbelte auf, als er über den Schotter losfuhr und dann mit quietschenden Reifen auf die Straße bretterte. Ich sah ihm nach, bis er verschwunden war, jeder Nerv in mir zitterte. Nick war weg und zwar für immer. Und ich stand hier allein und trug sein Kind in mir.

37. Kapitel

Nachdem ich meine Sachen im Spind verstaut hatte, schloss ich ab und rüttelte an der Tür. Ich hatte eine regelrechte Phobie entwickelt, so weit war es schon mit mir gekommen. Der Streit mit Nick ging mir nicht aus dem Kopf. Der Blödmann hatte mich nicht einmal zu Wort kommen lassen. Was sollte ich jetzt machen? In meiner Verzweiflung rief ich Pia an, landete aber nur auf ihrer Mailbox und hinterließ eine Nachricht, dass ich sie dringend sprechen musste. Dann trat ich schweren Herzens meinen Dienst an. Ich wusste, ich würde mich heute auf nichts konzentrieren können und hoffte nur noch, dass der Tag schnell vorbeiging, damit ich mich in meinem Bett verkriechen konnte. Nick schmiss hier in Nürnberg alles hin und verabschiedete sich nach Hamburg, weil er nicht mal mehr in derselben Stadt mit mir existieren konnte. Diese Information war mehr als niederschmetternd gewesen. Hätte ich nur auf meinen Verstand gehört oder wenigstens auf Ben. Der hatte Nick sofort durchschaut gehabt. Ich schlurfte über den Korridor zu dem OP, der vorhin erst frei geworden war, um das gebrauchte Besteck zur Sterilisation einzusammeln. Doktor Schwarz kam mir auf dem Flur entgegen und ich musste richtiggehend den Kopf in den Nacken legen, als ich vor ihm stand. »Guten Morgen.« Ich zwang mich zu einem freundlichen Lächeln, nach dem mir überhaupt nicht zumute war.

»Morgen, Aida. Die letzte Praktikumswoche beginnt, danach geht es wieder zum Faulenzen an die Uni.« Er zwinkerte mir zu. Ich mochte seine lockere Art, von Anfang an hatte er mich geduzt und behandelte mich wie seine Tochter oder so.

Ich schüttelte den Kopf. »Dann ist wieder büffeln angesagt, vom Faulenzen kann keine Rede sein.«

Er seufzte. »Ich kann dir nur raten, genieße deine Studentenzeit.«

Genießen. Der hatte gut reden. Er war auch nicht mitten im Studium schwanger geworden, noch dazu von einem Totalausfall, der sich ans andere Ende des Landes verdrückte. »Ich probiere es.«

Doktor Schwarz schmunzelte. »Diese Woche darfst du bei ein

paar OPs zuschauen, wenn du möchtest. Damit du mal siehst, was in den nächsten Jahren auf dich zukommt.«

»Wirklich?« Ein Lächeln erblühte auf meinen Lippen. Das allererste Mal heute überkam mich so etwas wie Freude. Doktor Schwarz, einer der renommiertesten Chirurgen des Landes, ließ mich bei seinen OPs dabei sein. Das war eine Ehre sondergleichen und einfach nur cool. Bisher hatte ich lediglich die Operationsräume hinterher aufräumen und Patienten in den Aufwachraum überführen dürfen. »Danke, vielen Dank. Das ist ... Ich weiß gar nicht, was ich sagen soll. Einfach klasse.« Mein Strahlen kam aus dem allertiefsten Herzen. Endlich durfte ich bei den richtigen Ärzten mitmischen, zwar nur auf der Zuschauerbank, aber ich war live dabei.

Doktor Schwarz warf einen Blick auf sein Handy, das an seinem Gürtel piepste. »Die Notfallambulanz. Wie es aussieht, kannst du gleich bei deiner ersten OP dabei sein. Also mach dich dafür fertig.« Dann ging er ran. »Was gibt's? Ich bin unterwegs.« Er eilte davon.

Am liebsten wäre ich ihm noch im Nachhinein um den Hals gefallen. In Gedanken ging ich das Procedere durch, das ich bei den Ärzten schon zigmal beobachtet hatte. Als erstes OP-Kleidung anziehen, rief ich mir ins Gedächtnis und besorgte mir eine grüne Hose und das dazugehörige Oberteil im Umkleideraum. Mit zittrigen Händen schlüpfte ich hinein. Mein Magen pulsierte, als ich mich im Spiegel an der Wand betrachtete, und ich fand, dass ich aussah wie eine richtige Chirurgin. Mein Herz gehörte der Chirurgie, hatte ich in den letzten Wochen festgestellt. Nachher durfte ich da drin nur nichts falsch machen. *Halte dich im Hintergrund*, sagte ich mir immer wieder still vor. *Steh niemandem im Weg und gib vor allem keine blöden Kommentare von dir.* Das kribbelnde Beben in meinem Magen wuchs. Bisher kannte ich Operationen nur aus der Theorie, nun würde ich eine in der Realität verfolgen. Hoffentlich war ich irgendwann auch einmal in der Lage, die richtigen Entscheidungen zu treffen und sie schnell und präzise umzusetzen. Die Verantwortung war nicht leicht zu tragen, schließlich ging es um ein Menschenleben. Ich riss mich von meinem ungewohnten Anblick los, setzte die OP-Haube auf, schnappte mir einen Mundschutz und eilte zum Waschraum, wo die beiden OP-Schwestern Susanne und

Nadine mit Händeschrubben beschäftigt waren.

»Hey«, sagte Nadine, als sie mich bemerkte. »Sag bloß, du darfst heute mitschneiden.«

Ich stellte mich neben sie und pumpte eine große Ladung Desinfektionsseife auf meine Hand. »Nur zuschauen. Noch lassen sie mich nicht ans Messer.«

»Du musst deine Hände trotzdem gründlich desinfizieren.« Susanne beugte sich über mich und inspizierte jede meiner Bewegungen, ihre fülligen Wangen wackelten beim Reden. »Auch zwischen den Fingern, mindestens drei Minuten, kein Schmuck, keine langen Fingernägel.«

»Ich weiß«, besänftigte ich sie und schrubbte, bis der weiße Schaum an meinen Unterarm entlanglief.

»Da hast du dir den richtigen Tag ausgesucht. Ein Verkehrsunfall kommt rein«, ließ Nadine mich wissen und schnalzte sich ein paar sterile Handschuhe über. »Gleich gibt's richtig Action, soll nicht gut aussehen für den Armen.«

Mir wurde mulmig zumute. »Oje, ein entzündeter Blinddarm hätte es fürs Erste auch getan.«

Sie lachte. »Das kann ich mir vorstellen, glaub mir.«

Nachdem ich mir ebenfalls Mundschutz und sterile Handschuhe übergezogen hatte, gingen wir zusammen in den OP und warteten auf das Eintreffen des Patienten.

Kurz darauf schwang die Tür auf. Eine Traube Ärzte scharte sich um den Verletzten, der auf einer Trage hereingerollt wurde. Ich konnte fast nichts erkennen. Nur, dass man ihn unten in der Ambulanz bereits intubiert hatte. Ein Assistenzarzt presste über einen Ballon Luft in dessen Lungen. Ein anderer hing den Infusionsbeutel an das dafür vorgesehenes Gestell. Elektroden klebten auf dem Brustkorb des Unfallopfers, die über dünne Drähte mit einem Monitor verbunden waren. Die Ärzte riefen sich immer wieder irgendwelche Anweisungen zu, wirkten wie ein eingespieltes Team. Ich fragte mich, ob ich es wohl jemals schaffen würde, dieselbe Routine zu entwickeln, und war schwer beeindruckt. Immerhin ging es hier um Leben und Tod. Meine Nervosität stieg, der Schwerverletzte tat mir leid. Es sah nicht gut für ihn aus.

»Blutdruck ist runter auf achtzig zu sechzig«, sagte Mark der Anästhesist mit einem Blick auf den Monitor. Er war erst Anfang dreißig und normalerweise ziemlich locker drauf, bot jedem sofort das Du an.

»Er blutet massiv in den Bauchraum, wo bleibt Schwarz, verdammte Scheiße«, fluchte einer der Ärzte und drehte sich suchend um. »Wir müssen ihn sofort aufmachen ... Alle zugleich.« Mit einem Ruck hievten sie den Mann zusammen mit der Unterlage von der Liege auf den Tisch, Mark schloss ihn an das elektrische Beatmungsgerät an, danach wechselte er die Drähte vom tragbaren Monitor an den mobilen Geräteturm. Plötzlich bemerkte ich die tätowierten Arme und mein Blick flog zum Gesicht des Verletzten. Mein Puls jagte in die Höhe, eine eisige Klaue durchschlug meinen Brustkorb und meine Gedärme verschlangen sich ineinander, mir schnürte es die Luft ab. Eine schreckliche Angst griff nach mir, rammte mich richtiggehend gegen die Wand und ließ mich nicht mehr klar denken. In meinem Gehirn schrie alles durcheinander. Vor mir auf dem OP-Tisch lag Nick! Das konnte doch nicht wahr sein. Vor nicht mal einer Stunde hatten wir draußen auf dem Parkplatz noch miteinander gestritten. Jetzt lag er hier mit geschlossenen Augen und einem Tubus im Hals und kämpfte um sein Leben.

Doktor Schwarz und ein weiterer Arzt eilten aus dem Waschraum dazu, wo sie ihre Hände desinfiziert hatten, und ließen sich von Susanne sterile Handschuhe überstreifen.

»Blutdruck fällt«, klärte Mark ihn auf, während Doktor Schwarz einen Schwall rotbrauner Desinfektionslösung auf Nicks Bauch bis hoch zum Brustkorb verteilte.

»Wir haben keine Zeit mehr, der Milzriss muss sofort behoben werden. Er verliert zu viel Blut. Wieland, Sie assistieren mir.« Dann wandte er sich an Nadine. »Hängen Sie eine Konserve Null negativ an, um den Blutverlust auszugleichen. Skalpell.«

»Blutdruck sinkt auf siebzig zu fünfzig«, informierte Mark. »Ziehen Sie zehn Milligramm Supra auf«, wies er Susanne an, die sofort eine Spritze vom Besteckstisch nahm.

»Nick«, sagte ich leise und riss mich zusammen, versuchte, eine professionelle Miene zu wahren. Ich wusste, wenn ich jetzt ausflippte, würde Doktor Schwarz mich aus dem OP werfen. Das Letzte, was er gebrauchen konnte, war eine hysterische Praktikantin, während er versuchte, ein Leben zu retten. *Bleib ruhig, bleib ruhig. Sie tun alles für ihn, sie werden ihn bestimmt retten,* redete ich stumm auf mich ein, während mein Herzschlag bis hoch in die Ohren dröhnte. *Sonst lassen sie dich nicht hier bei ihm sein.* Aber ich musste bei Nick bleiben.

Doktor Schwarz sah hoch. »Du kennst ihn?«

»Er studiert in meinem Semester, das ist Nick Brockmann, er arbeitet als Praktikant auf der Kinderstation«, sagte ich mit so ruhiger Stimme wie möglich, obwohl ich fast keine Luft bekam. Oh Gott, ich würde doch jetzt hoffentlich nicht dabei zuschauen müssen, wie Nick starb? *Du musst überleben*, sagte ich in Gedanken. *Du musst überleben, du musst überleben*, wiederholte ich unaufhörlich wie eine beschwörende Zauberformel. *Bitte Gott, hilf ihm.*

Nach einem Moment der Starre, in der sich Doktor Schwarz und Mark einen kurzen Blick zugeworfen hatten, machten alle weiter, ruhig und routiniert. »Ich öffne ihn jetzt«, verkündete Doktor Schwarz und schnitt mit dem Skalpell tief ins Fleisch. Etwas Blut floss aus der Wunde, als er die scharfe Klinge nach unten zog. Ich würgte und mein Magen presste sich ruckartig zusammen.

»Retraktor. Wieland, fassen Sie mit an.« Die beiden dehnten den langen Schnitt mit den Händen, bevor sie mit der Spreizklemme die Bauchöffnung fixierten. Mit gerunzelter Stirn begutachtete Doktor Schwarz den Bauchraum. Mir war kotzschlecht, als ich Nick so vor mir liegen sah. Meinen Nick. Meinen wunderschönen, makellosen Nick. Ich riss meinen Blick von der OP-Wunde los und betrachtete sein Gesicht. Ein Bluterguss lief über seinen linken Wangenknochen bis hinunter zum Kiefer, auch ein paar Hautabschürfungen zogen sich über Stirn und Kinn, ansonsten hatte er dort nicht viel abbekommen. *Oh Nick*, sagte ich in Gedanken zu ihm. *Was hast du nur gemacht?* War ich am Ende schuld an seinem Unfall? Mühsam schluckte ich die aufsteigenden Tränen hinunter. Hätte ich vorhin nicht all die schlimmen Dinge zu ihm gesagt, dann wäre er auch nicht wie ein Verrückter davongerast. Warum hatte ich blöde Kuh überhaupt mit ihm geredet? Er hatte mir doch Samstag klipp und klar mitgeteilt, dass es endgültig zwischen uns vorbei war. Nur wegen mir lag er hier und starb vielleicht sogar. Dieser Gedanke brachte mich fast um und rabenschwarze Angst ummantelte mein Herz.

Mark starrte auf den Bildschirm. »Blutdruck sackt weiter ab auf sechzig zu vierzig, er wird bradykard. Noch mal fünf Milligramm

Supra.«

»Verdammt«, fluchte Doktor Schwarz. »Alles voller Blut, ich kann nichts erkennen – saugen und noch eine Blutkonserve. Es fließt alles sofort wieder aus ihm raus.«

Der Alarm des Überwachungsgeräts sprang an, übertönte das schlürfende Geräusch des Saugers und schrillte grell in meinen Ohren. Marterte mein Gehirn mit einem stechenden Schmerz, der mich fast ohnmächtig werden ließ. Panik zerfleischte mich innerlich und nahm mir die Luft zum Atmen.

»Kammerflimmern«, sagte Mark.

»Defibrillator her.« Doktor Schwarz winkte ungeduldig, bis er die beiden Paddles gereicht bekam. Er platzierte sie auf Nicks Brustkorb. »Laden auf zweihundert. Und weg.« Ein dumpfes Geräusch erklang, gleichzeitig hob sich Nicks Oberkörper. Wie gebannt starrten wir alle auf den Monitor. Ich betete in Gedanken, obwohl ich noch nie ein sonderlich gläubiger Mensch gewesen war. *Bitte Gott, lass ihn nicht gehen.*

Nulllinie.

Adrenalin raste durch meine Venen und brachte meine Haut zum Kribbeln. »Bitte überlebe«, flüsterte ich und wischte mit den Schultern die Tränen von den Wangen. »Oh Gott, Nick«, wimmerte ich. »Du darfst nicht sterben.«

»Di Giorgio, Klappe halten«, schnauzte Doktor Schwarz. »Laden auf dreihundert. Zurücktreten.« Erneut hob sich Nicks Oberkörper mit einem dumpfen Schlag.

»Immer noch Kammerflimmern.« Mark schüttelte den Kopf.

»Wir verlieren ihn«, sagte Doktor Wieland, die mit beiden Händen in Nicks geöffnetem Bauchraum wühlte. »Er blutet überall.«

»Wir verlieren ihn nicht«, widersprach Doktor Schwarz scharf und klang sauer. »Such die Stelle, aus der er am stärksten blutet und verschließe sie.«

»Nick«, kreischte ich, beide Hände an die Schläfen pressend, Tränen schwammen in meinen Augen, tropften über mein Kinn zu Boden und verwandelten den Raum in ein unscharfes Horrorszenario. »Du darfst nicht sterben. Ich muss dir doch noch etwas sagen. Wir bekommen ein Kind. Nick! Lass mich jetzt nicht allein.« Die kahlen Wände warfen meine Stimme zurück, sie hallte laut im Raum nach.

»Di Giorgio, raus aus dem OP«, herrschte Doktor Schwarz mich an. »Noch mal laden auf dreihundert.«

»Ich injiziere erneut fünf Milligramm Supra«, teilte Mark mit.

»Bitte geh nicht!«, rief ich zitternd.

»Raus jetzt«, brüllte Doktor Schwarz. »Verschwinde endlich aus dem OP!«

Susanne legte einen Arm um meine Taille und führte mich in Richtung Tür. Ich riss mich los. »Nein, ich muss bei ihm bleiben!«

Sie hielt mich am Oberarm fest. »Lass die Ärzte ihre Arbeit machen, du hilfst ihm nicht, wenn du hier drinnen durchdrehst. Im Gegenteil.«

Der dumpfe Knall des Defis traf mich bis ins Knochenmark. Noch immer schrillte der Alarm und der aufgeregte Ton sägte meinen Kopf fast in Stücke. Ich dachte, mein Schädel müsste explodieren. Verzweifelt versuchte ich, mich zu beruhigen, indem ich tief durchatmete. Susanne hatte recht. Wenn ich im OP blieb, machte ich für Nick alles nur noch schlimmer. Die Ärzte mussten sich jetzt voll und ganz um ihn kümmern, ich lenkte sie mit meinem Geschrei nur ab.

»Ich gehe.« Meine Beine sackten weg, denn sie konnten mein Gewicht nicht mehr tragen, Susanne musste mich richtiggehend mit sich schleifen. Auf dem Flur riss ich mir Mundschutz und Haube vom Kopf und sank auf einen Stuhl gegenüber der OP-Tür, starrte sie nur an. Dahinter lag Nick und kämpfte um sein Leben, vielleicht verließ er mich in diesem Moment sogar für immer. Schluchzend vergrub ich das Gesicht in beiden Händen.

38. Kapitel

Die Stunden tröpfelten dahin, in denen ich nichts weiter tat, als diese verdammte Tür mit meinem Blick zu fixieren. Ich hatte mich noch nie so hilflos gefühlt. Mittlerweile schwankte ich zwischen Hoffnung und totaler Verzweiflung. Einerseits würden die Ärzte bestimmt nicht so lang operieren, wenn die Lage aussichtslos war. Andererseits war die OP vielleicht auch schon längst beendet und das Ärzte-Team durch einen anderen Ausgang verschwunden. Am Ende hatten sie vollkommen vergessen, dass ich hier saß und auf Nachricht wartete. Vielleicht war Nick längst tot und ich wusste nichts davon. Ich gehörte nicht mal zur Familie. Warum sollte mir jemand Auskunft erteilen?

Mein Handy läutete in der Hosentasche, ich musste vorhin in der Aufregung vergessen haben, es im Spind zu deponieren und hatte es versehentlich mit in den OP genommen. Es war Pia. Ich ging ran, ohne mich zu melden. Meine Stimme gehorchte mir nicht.

»Aida?«, hörte ich sie fragen, im Hintergrund brummte ein Motor, leise Musik mischte sich in die Geräusche. »Bist du dran?«

»Ja.« Mein eigener lauter Schluchzer riss mich aus meiner Starre.

»Ist was passiert?« Sie klang bestürzt.

»Nick hatte einen Autounfall, er wird gerade operiert. Pia, ich weiß nicht, ob er überlebt.« Meine Schultern bebten und Tränen rannen mir wieder über die Wangen.

Ich hörte Pia nach Luft schnappen. »Oh Gott«, krächzte sie schließlich. »Wir sind schon fast in Hamburg, Chad muss den Wagen morgen Früh einschiffen. Aber er kann mich bestimmt irgendwo an einem Bahnhof absetzen oder ich nehme mir in Hamburg ein Flugzeug zurück.«

»Nein, ist schon okay. Wir können sowieso nur warten. Ich bleibe im Krankenhaus, bis die OP vorbei ist. Das kann noch Stunden dauern. Keine Ahnung.« Ich schniefte. »Pia.«

»Ja?«

»Nick und ich hatten vorhin Streit, ich wollte ihm von der Schwangerschaft erzählen, aber es ist nicht mehr dazu gekommen.

Vielleicht erfährt er jetzt gar nicht mehr, dass er Vater wird.« Meine Finger wurden taub, ich fühlte mich leer und ausgebrannt. Und schuldig.

»Du solltest jetzt nicht allein sein. Soll ich Luca oder Rhashmi anrufen, damit sie zu dir kommen?«

»Nein.« Ich schluckte. »Bitte nicht. Ich kann Luca jetzt nicht um mich haben – und Rhashmi auch nicht. Bitte lasst mich einfach hier sitzen. Ich will nur wissen, wie es Nick geht.« Ich presste eine Hand vor den Mund, denn ein Weinkrampf rollte an, der mich am Sprechen hinderte. Ich schluckte gegen den Kloß im Hals an. »Pia«, wimmerte ich. »Vorhin habe ich Nick einen Scheißkerl genannt und ich wollte ihn sogar schlagen. Er ist so wütend weggefahren und ich habe keine Ahnung, was dann passiert ist. Wenn ich nicht total ausgerastet wäre, würde er jetzt nicht um sein Leben kämpfen müssen.«

»Das darfst du dir nicht einreden«, sagte sie eindringlich. »Das darfst du nicht einmal denken. Du musst dich beruhigen, hörst du? Ich versuche, so schnell wie möglich zurück zu sein.«

»Danke«, schniefte ich und hörte, wie sich Schritte über den Linoleumboden näherten. Hastig sah ich hoch. Gab es Neuigkeiten? Im nächsten Moment sackte ich enttäuscht in mich zusammen. Es war nur Biggi. Zu allem Übel hatte sie ausgerechnet Marga im Schlepptau. Ihr Anblick verursachte Brechreiz in mir. »Ich muss auflegen, ein paar Kollegen sind gekommen.«

»Gut, dann bist du wenigstens nicht allein. Ich denke an dich und habe dich lieb.«

»Ich dich auch.« Ich ließ das Handy sinken und starrte Marga an, die meinem Blick auswich. Was zum Teufel wollte sie hier?

»Wie geht es Nick?«, fragte Biggi mit zittriger Stimme, ihre Augen glänzten feucht. Sie setzte sich neben mich und nahm meine Hand.

»Er wird noch operiert.« Ich sah sie an. »Woher weißt du, dass ...« Meine Stimme verließ die Kraft.

»Erik hat ihn reingebracht«, erzählte sie. »Er hatte heute Dienst und wurde zur Unfallstelle gerufen.«

»Was ist passiert?« Meine Hände zitterten, sie streichelte meinen Handrücken.

»Überhöhte Geschwindigkeit. Er ist wohl zu schnell in eine

Kurve gerast, der Wagen ist von der Straße abgekommen, hat sich ein paarmal überschlagen und ist auf dem Dach gelandet. Zum Glück waren ein paar Autofahrer zur Stelle, die ihn geborgen und erste Hilfe geleistet haben.«

»Wegen mir«, sagte ich bitter. »Wir haben uns heute Morgen gestritten, deswegen ist er so gerast. Es ist meine Schuld.«

»Du kannst nichts dafür«, hörte ich Marga sagen, die sich neben Biggi gesetzt hatte. »Nick ist schon immer wie ein Verrückter gefahren.«

Ich hob den Kopf und musterte sie. Meine Rückenmuskeln spannten sich an, bei dem Gedanken, was sie uns alles angetan hatte. »Was willst du hier?« Nur mit Mühe hielt ich den aufbrechenden Zorn im Zaum. »Verschwinde.«

»Marga möchte dir etwas sagen«, hörte ich Biggis sanfte Stimme.

»Ich möchte aber nichts hören.« Ich rang um Fassung, meine Schläfen pochten zum Zerspringen. Das Letzte, was ich jetzt gebrauchen konnte, war Margas dämliches Gelaber.

»Du glaubst, ich hätte deine Geschichte im Krankenhaus verteilt, aber das war ich nicht«, sagte Marga und am liebsten hätte ich sie von der Station geprügelt. Was spielte das jetzt noch für eine Rolle? Nick lag im Sterben!

»Ist mir scheißegal.« Ich knirschte mit den Zähnen.

»Lass sie doch ausreden, bitte«, mischte Biggi sich ein.

»Wozu?« Ich sprang auf die Beine. »Was soll das jetzt noch bringen? Will sie schnell noch ihr schlechtes Gewissen erleichtern?«

»Ich wollte mich bei dir entschuldigen.« Auch Marga stand auf und so etwas wie Reue blitzte in ihren Augen. »Es tut mir leid, dass ich so fies zu dir war. Ja, ich gebe es zu, ich war eifersüchtig auf dich. Nick hat dich immer so verliebt angesehen und egal, was ich auch versucht habe, er hat mich jedes Mal abblitzen lassen. Ich habe ihn dir nicht gegönnt. Es war gemein von mir, dich so mies zu behandeln.« Ihr Blick schweifte zu Boden. »Marlon und Simon haben den Stick geklaut. Ich habe davon zuerst gar nichts mitbekommen. Simon hat sich an dem Tag, an dem er mit Nick im Stationszimmer aneinandergeraten ist, eine CD aus meinem Spind geholt, die er mir geliehen hatte. Das habe ich ihm erlaubt. Dabei muss er aber deine Sachen durchwühlt haben.«

»Und warum rückst du erst jetzt mit der Sprache heraus?« Mein

Mund stand offen. Wie lang war sie über die Wahrheit bereits im Bilde? Hatte Nick ihr deswegen geglaubt, weil er den echten Sachverhalt längst kannte?

»Ich wusste bis vor Kurzem nicht, dass Simon dahintersteckt.« Ihre Stimme kippte und Tränen schwammen in ihren Augen. »Zuerst hatte ich dich in Verdacht, ich dachte, du hast das Zeug aufgehängt, um dich in den Mittelpunkt zu spielen.«

»Aida«, Biggi legte einen Arm um mich. »Das Krankenhaus hat Nachforschungen wegen der Aushänge anstellen lassen. Doktor Lehmann muss das wohl in die Wege geleitet haben. Ein paar Zeugen haben sich daraufhin gemeldet, die die beiden nachts beim Aufhängen der Zettel beobachtet haben. Die zwei mussten sich ihre Papiere bei der Krankenhausleitung abholen. Hier in die Klinik werden diese Schwachköpfe keinen Fuß mehr hineinsetzen, höchstens noch als Patienten.«

Ich sank zurück auf meinen Stuhl, diese Neuigkeiten musste ich erst einmal sacken lassen. Simon und Marlon waren also die Täter gewesen. Was spielte das jetzt noch für eine Rolle?

»Nicks Eltern haben wegen dieser Sache den Kontakt mit ihm abgebrochen.« Ich wusste nicht einmal, warum ich ihnen davon erzählte. Der Gedanke an Nicks Eltern fror mich richtiggehend ein. Ob sie bereits von dem Unfall wussten? Würden sie überhaupt herkommen? Und was würde Daniel machen, wenn Nick nicht mehr da war? Was würde er denken, wenn sein Bruder ihn nicht mehr besuchte? Ich stoppte meine Gedanken energisch. Noch war Nick nicht tot. Solang die Ärzte nichts anderes verkündeten, war er noch am Leben.

»Seine Eltern wurden verständigt und sind auf dem Weg«, informierte Biggi mich leise. »Aber sie werden wahrscheinlich erst morgen im Laufe des Tages in Nürnberg eintreffen.«

»Wenn es dann nicht zu spät ist«, brach es aus mir heraus, bevor ich wieder in Tränen zerfloss. Diese elende Warterei machte mich ganz verrückt, zerrte an meinen Nerven und schürte diese gottverdammte Angst in mir. Ich lehnte den Kopf an die harte Wand und fixierte wartend die Tür.

»Doktor Schwarz operiert ihn«, sagte Biggi eindringlich. »Er ist einer der besten Chirurgen im ganzen Land. Wenn es einer schafft, ihn zu retten, dann er.«

»Ich möchte, dass ihr geht. Bitte.« Auf einmal konnte ich die beiden nicht mehr in meiner Nähe ertragen. Meine Nerven lagen blank und ich wollte ganz für mich allein an die schönen Zeiten mit Nick denken. Mir unsere Liebe und die Zärtlichkeiten, die wir getauscht hatten, noch einmal vor Augen rufen, statt über das Drama der vergangenen Wochen zu reden. Ich wollte in diesem Moment nicht an meine verlorene Liebe zu Nick und die vielen schmerzvollen Tage und Nächte, die ich durchgemacht hatte, erinnert werden. Das konnte ich gerade nicht gebrauchen. Ich brauchte meine ganze Kraft für Nick.

Sie taten mir den Gefallen, entfernten sich still, und jeder Schritt, den sie machten, erleichterte mich.

39. Kapitel

Eine weitere Ewigkeit war vergangen, als sich schließlich tatsächlich die Türen zum OP öffneten. Nacheinander verließen die erschöpft aussehenden Ärzte den Raum. Ich schnellte in die Höhe und machte einen Schritt auf sie zu, doch keiner von ihnen beachtete mich. Sie redeten leise miteinander. Mark rieb sich mit einer Hand über das Gesicht. »Ich brauche jetzt erst mal einen Kaffee«, sagte er leise. Schon wollte ich ihnen nacheilen, um zu erfahren, ob Nick noch lebte, als Doktor Schwarz herauskam und meine Richtung einschlug. Er sah ernst aus, seine wasserblauen Augen ließen mich nicht los. Ob er noch sauer auf mich war? Aber das war mir egal, mich interessierte nur, wie es Nick ging.

»Setz dich«, sagte er streng und deutete auf den Stuhl, auf dem ich bis eben noch gesessen hatte. Meine Halsschlagader pochte zum Zerspringen, ich bekam richtige Angst, sie könnte platzen und presste eine Hand darauf. Wie in Zeitlupe ließ ich mich nieder.

Er nahm neben mir Platz und musterte mich mit ernster Miene. »Es ist uns gelungen, deinen Freund zu stabilisieren. Der Milzriss konnte behoben werden, auch die inneren Blutungen konnten wir stoppen.«

»Gott sei Dank.« Erleichterung löste die Starre in meinen Gliedern und ich legte erlöst beide Hände auf den Brustkorb. Nick lebte!

Doktor Schwarz hob eine Hand. »Es gab einige Komplikationen während der OP, wir mussten ihn noch zweimal reanimieren, sein Zustand ist weiterhin kritisch, Aida.« Er fasste mich an der Schulter und mich überkam ein ganz schreckliches Gefühl. Noch nie hatte er sich so vertraulich mir gegenüber verhalten. Hektisch versuchte ich, den verdammten Schmerz wegzuatmen, der sich in meinen Brustkorb fraß.

»Was bedeutet das?«, fragte ich leise und merkte, wie ich anfing, zu hyperventilieren.

»Dass wir nicht vor morgen Früh sagen können, ob er es tatsächlich schafft. Er ist noch nicht stabil.«

Nur langsam sickerte in mein Gehirn, was Doktor Schwarz mir

erklärte. Wegen der Schwere seiner Verletzungen befand sich Nick noch immer in einem lebensbedrohlichen Zustand. Er konnte immer noch sterben. In diesem Moment fühlte ich mich verloren wie noch nie, als hätte jemand ein lebenswichtiges Organ aus mir herausgeschnitten. Mein Hals zog sich zusammen, sodass ich keine Luft mehr bekam und Tränen schwammen schon wieder in meinen Augen.

»Aida«, hörte ich Doktor Schwarz wie durch einen düsteren Schleier. »Du musst dich beruhigen. Wegen deiner Schwangerschaft kann ich dir kein Beruhigungsmittel geben. Aber wenn du dich so aufregst, dann schadest du damit vielleicht deinem ungeborenen Kind, verstehst du?«

Ich nickte und versuchte, mich unter Kontrolle zu bekommen, atmete langsam ein und aus, bis ich wieder einigermaßen runterkam. Dem Baby durfte nicht auch noch etwas geschehen. Mit einer Hand streichelte ich über meinen immer noch straffen Bauch, ich fühlte die Verbindung zu Nick und die Liebe, die in mir für dieses winzige Wesen wuchs.

»Darf ich zu ihm?« Ich sah ihn bittend an.

Er schüttelte den Kopf. »Ich glaube, das ist in deinem Zustand keine gute Idee, außerdem haben nur Familienmitglieder Zutritt zur Intensivstation.«

»Bitte.« Ich faltete die Hände. »Lassen Sie mich zu ihm. Ich bekomme sein Kind und er weiß nicht einmal was davon. Ich muss es ihm sagen. Er muss doch wenigstens wissen, dass er Vater wird. Seine Eltern fliegen aus Tokio her, sie werden vor morgen sowieso nicht hier sein. Er kann doch diese Nacht nicht vollkommen allein verbringen, ohne dass jemand bei ihm ist.«

Doktor Schwarz seufzte schwer und stand auf. »Also gut, ausnahmsweise. Aber nur fünf Minuten.«

Mit langsamen Schritten näherte ich mich dem Bett, in dem Nick reglos lag, und klammerte mich an mir selbst fest. Seine Augen waren geschlossen, die langen Wimpern warfen kleine halbmondförmige Schatten über seine Unterlider. Er lag bis zum Brustkorb unter einer dünnen weißen Decke. Ich wünschte mir so sehr, mit ihm über all die Dinge, dic passiert waren, reden zu können. Über jeden unserer Fehler, die wir gemacht hatten, und die plötzlich nicht mehr wichtig waren. Bedächtig beugte ich mich über ihn und küsste sacht seine Stirn. Meine Tränen tropften auf sein Gesicht und hinterließen verräterische Spuren.

»Hallo, Nick«, flüsterte ich mit schmerzendem Hals und streichelte vorsichtig über seine Wange. Überall ragten Schläuche und Drähte aus seinem Körper, das Zischen der Beatmungsmaschine durchbrach auf eine beängstigende Weise die Stille. Wohingegen mich das leise und regelmäßige Piepsen am Monitor einigermaßen erleichterte. Sein Herz schlug wieder ruhig und gleichmäßig, es ging noch nicht zu Ende. Zumindest jetzt nicht.

In den vergangenen Stunden war mir klar geworden, wie dumm die meisten unserer Auseinandersetzungen gewesen waren. Vielleicht wäre es sogar nie zu dem Unfall gekommen, wenn wir auf dem Parkplatz nicht gestritten und er in diesem aufgebrachten Zustand nicht ins Auto gestiegen wäre.

Ich hätte ihn nicht anschreien dürfen, stattdessen hätte ich es anders versuchen müssen. Zur Not mit einer Handy-Nachricht. Mit irgendwas. Alles wäre besser gewesen als dieser sinnlose Streit mit Nick. Mein schlechtes Gewissen legte sich schwer wie ein Stück Blei auf meine Schultern und zwang mich in die Knie.

Ich wollte ihm so viele Dinge sagen, aber ich fand kaum den Mut, sie auszusprechen, nicht einmal jetzt, wo er mich nicht hören konnte. Ich liebte ihn trotz allem, er war für mich der wundervollste Mann auf der ganzen Welt und ich konnte mir nicht vorstellen, dieses Gefühl jemals für einen anderen zu empfinden. Wir würde ein gemeinsames Kind haben.

Verschwinde aus meinem Leben waren seine letzten Worte an mich gewesen. Wenn Nick das wirklich vom mir verlangte, würde ich auch das tun, selbst wenn es mir das Herz dabei brach. »Du musst jetzt stark sein, Nick«, flüsterte ich und nahm vorsichtig seine Hand, die sich warm und weich anfühlte – so wie immer. »Wenn du die Nacht überstehst, hast du das Schlimmste hinter dir. Also kämpfe.« Mit dem Daumen streichelte ich über seinen Handrücken, seine Haut war noch immer tief gebräunt und sah lebendig und jung aus. »Nick, ich muss dir etwas sagen.« Meine Stimme bebte und nur schwerlich unterdrückte ich ein leises Schluchzen. »Ich bin schwanger, Nick. Das wollte ich dir heute erzählen. Ich bekomme ein Kind von dir.« Mit angehaltenem Atem studierte ich sein Gesicht, wusste gar nicht, worauf ich eigentlich wartete, denn Nick regte sich natürlich nicht. Wie auch? Er stand noch immer unter Narkose. Der Druck fiel ein bisschen von meiner Brust ab, die ganze Zeit über war ich mit dem Gedanken nicht fertiggeworden, Nick könnte sterben, bevor er überhaupt von seiner Vaterschaft erfahren hatte. Nun hatte ich es ihm endlich gestanden. Ganz egal, was heute Nacht noch passierte, er wusste nun Bescheid. Ich ließ seine Hand los und streichelte über seine Stirn und den großen blauen Fleck auf seiner Wange.

Bilder flackerten durch mein Bewusstsein, eine ganze Reihe wirrer Erinnerungen, die sich kreuz und quer durch mein Gehirn schoben. Meine erste Begegnung mit Nick stand mir noch groß vor Augen. Das war an meinem allerersten Tag in der Uni gewesen. So lang kannten wir uns schon. Ich war spät dran und deshalb in Eile gewesen. Als ich damals schwungvoll in den Vorlesungssaal abgebogen war, war ich Gesicht voraus mit Nicks Brustkorb kollidiert. Peinlicher hätte der Tag nicht beginnen können. Nick hatte es lustig gefunden. *Netter Versuch* hatte er lachend gemeint. *Leider habe ich jetzt eine Vorlesung, aber ich komme auf dein Angebot gerne mal zurück.* Natürlich war mir keine gewitzte Antwort eingefallen, ich hatte nur mit hochrotem Kopf irgendwas herumgestammelt. Seit diesem Moment hatte er mich auf dem Kieker gehabt, ich war zum Lieblingsziel seiner bescheuerten Jokes geworden und hatte ihn abgrundtief dafür gehasst.

Heute würde ich alles für einen dummen Spruch aus seinem Mund geben. Zwischen seinen sinnlich geschwungenen Lippen steckte der Tubus, durch den Sauerstoff in seine Lunge gepumpt wurde, der ihn am Leben erhielt. Ich hatte solche Sehnsucht nach seinen Lippen. Aber sie würden mich nie wieder küssen.

»Nick«, flüsterte ich und schloss für einen Moment die Augen. Was ich ihm zu sagen hatte, verlangte mir alles ab. »Ich gebe dir jetzt ein Versprechen. Wenn du diese Nacht durchstehst, dann werde ich deinen Wunsch erfüllen und aus deinem Leben verschwinden. So wie du es mir heute Morgen gesagt hast. Ich werde dich nie wieder belästigen, keine Sorge. Ich habe es jetzt kapiert, dass du mich nicht mehr willst. Du kannst nach Hamburg ziehen und dort zu Ende studieren, dein Leben wieder auf die Reihe kriegen.« Meine verzerrten Lippen erschwerten mir das Sprechen. Ich wollte nicht vollkommen aufgelöst mit ihm reden. Er kämpfte gerade um sein Leben und nichts anderes war wichtig. »Ich will auch, dass du wieder glücklich wirst, und es tut mir so, so leid, was passiert ist. Bitte verzeih mir, wenn du kannst.« Mit beiden Händen wischte ich über meine Wangen, von denen Tränen tropften. »Heute Nacht bleibe ich noch bei dir. Wir stehen das gemeinsam durch. Ich werde draußen auf dem Flur warten. Du musst durchhalten, hörst du mich?« Meine Lippen hauchten einen Kuss auf seine Schläfe. »Du musst kämpfen, ich werde dich ganz sicher nicht mehr belästigen, versprochen. Ich bin weg, wenn du morgen aufwachst. Aber heute Nacht bin ich noch für dich da.«

Als sich eine Hand auf meine Schulter legte, schrak ich zusammen und richtete mich ruckartig auf. Doktor Schwarz stand hinter mir und musterte mich mitleidig. Ob er mich gehört hatte?

»Er braucht jetzt Ruhe und du auch.« Sein Tonfall hingegen klang unerbittlich.

Ich nickte und biss die Zähne zusammen, denn ich wollte ihm keine Szene machen, immerhin hatte er mir dieses letzte Treffen mit Nick ermöglicht und dafür war ich ihm sehr dankbar. Doktor Schwarz nahm mich in den Arm und drückte mich sanft an seine Brust, sein herbes Aftershave drang mir in die Nase und verströmte eine väterliche Geborgenheit, die mir gerade unglaublich guttat. Ich konnte meine Tränen nicht mehr unterdrücken und weinte mit bebenden Schultern in sein grünes OP-Shirt, während er mich einfach hielt.

»Wir haben getan, was wir konnten. Jetzt bleibt uns nichts anderes übrig, als abzuwarten.« Er streichelte meinen Rücken. »Du solltest nach Hause gehen und dich ausruhen.«

»Nein, ich will nicht von ihm weg«, erwiderte ich an seiner Brust und klammerte mich an sein Hemd. »Ich habe Nick versprochen, dass ich heute Nacht bei ihm bleibe, auch wenn ich draußen auf dem Flur warten muss, ich kann jetzt nicht gehen.«

»Ich verstehe«, sagte Doktor Schwarz und löste sich von mir. »Wenn er die Nacht übersteht, holen wir ihn morgen Früh langsam aus der Narkose, dann kommt auch der Tubus aus seinem Hals. Er kann dann sprechen, vielleicht solltest du noch einmal mit ihm reden, wenn es ihm besser geht.«

Ich schüttelte den Kopf. »Es ist alles gesagt, ich bleibe nur noch heute Nacht.«

Er schob mich sacht an der Schulter in Richtung Tür. »Wenn du dich schon nicht umstimmen lässt, hol dir wenigstens einen Tee und etwas zu essen.«

Draußen auf dem Flur blieb ich erst mal stehen und atmete tief durch. Ich hatte eine lange Nacht vor mir, von der ich nicht wusste, wie sie für mich und Nick enden würde. Die Ungewissheit war schrecklich und die Angst um Nick traf mich immer wieder wie ein Keulenschlag. Meine Nerven lagen blank, ich hatte alle weggeschickt, weil ich allein sein wollte, fühlte mich aber nun unglaublich einsam dabei. Meine Gedanken kreisten in Dauerschleife um Nick, zwischendurch ertappte ich mich allerdings auch dabei, wie ich über absolute Belanglosigkeiten nachdachte. Für den Semesteranfang nächste Woche musste ich mir noch eine neue Bookbag besorgen. In der WG brauchten wir Geschirrspülmittel, unseres war fast leer.

Im gleichen Moment wurde mir schmerzlich bewusst, dass Nick vielleicht nie wieder studieren oder in einem Laden etwas einkaufen würde. Er überlebte möglicherweise die nächsten Stunden nicht. Und selbst wenn, würde mein Leben ohne ihn irgendwie weitergehen müssen. An der Stelle versuchte ich energisch, mein Gedankenkarussell zu bremsen. Nein. Ich würde Nick nicht aufgeben. Niemals!

Eine Hand berührte sacht meinen Arm und holte mich schlagartig zurück auf den Flur, Angst donnerte über mich hinweg wie ein Düsenjet. War Nick tot? Dann sah ich in das besorgte Gesicht meiner Mutter und warf mich in ihre Arme. »Mam.« Noch nie in meinem Leben war ich so glücklich gewesen, sie zu sehen. »Was machst du hier? Woher weißt du, dass ich hier bin?«

»Pia hat mich verständigt«, erwiderte sie leise. »Sie macht sich riesige Sorgen um dich. Leider bekommt Pia vor morgen Früh keinen Flug nach Nürnberg.« In den Augen meiner Mutter schwammen Tränen.

»Dann weißt du, was passiert ist?«, schniefte ich.

»Ja.« Sie nickte. »Wie geht es Nick?«

»Er hat die Operation hinter sich, aber es ist noch nicht sicher, ob er die Nacht übersteht. Ich werde hier solang warten, bis es Neuigkeiten gibt.«

Mam schien mich zu verstehen, sie nickte erneut. »Möchtest du, dass ich bei dir bleibe?«

Ich war so froh über ihren Vorschlag, denn ich konnte nicht mehr länger hier allein mit meiner Angst sitzen. Unser verdammter Streit verblasste, wurde schlichtweg unwichtig. Seine Callboy-Vergangenheit oder die kurze Liaison mit meiner Mutter interessierte mich nicht mehr. Nick musste überleben, gesund werden und das Krankenhaus auf eigenen Beinen verlassen, nichts sonst war mehr wichtig.

»Ja, bitte bleib bei mir.« Ich lehnte meine Stirn an ihre Schulter und atmete den vertrauten Duft ihres Lotus-Duschgels ein, das sie seit meiner Kindheit benutzte, während sie ihre Arme um meine Taille legte. Sie hielt mich einfach, wiegte mich sanft wie früher, als ich noch ihr Mädchen gewesen war. Auf einmal wollte ich wieder klein sein, bei einem Problem auf den Schoß meiner Mutter krabbeln und darauf vertrauen, dass alles wieder gut werden würde. Leider wusste ich heute, dass es nichts nutzen würde.

Irgendwann ließ meine Mutter mich los und hob mein Kinn an. »Wann hast du das letzte Mal etwas gegessen?«

»Heute Morgen«, sagte ich gerädert, eine bleierne Müdigkeit fraß sich durch meine Knochen, gegen die ich verbittert ankämpfte.

»Es ist schon Mitternacht. Unten stehen ein Kaffeeautomat und einer mit Snacks und Sandwiches. Ich hole uns etwas. Hast du irgendwelche Wünsche?«.

»Nein, mir egal.« Ich winkte ab, lehnte mich an die kühle Wand und schloss die Augen.

Als mir jemand auf die Schulter tippte, hob ich erschrocken die Lider und fuhr hoch. War etwas Schlimmes mit Nick geschehen? Meine Mutter stand mit zwei dampfenden Bechern und einem in Plastikfolie verpackten Sandwich vor mir. Erleichtert atmete ich aus.

»Du bist eingeschlafen, eigentlich wollte ich dich gar nicht wecken, aber das hättest du mir wohl nicht verziehen.« Sie setzte sich neben mich.

»Nein.« Ich nahm ihr einen dampfenden Becher ab und trank

vorsichtig einen Schluck. Die heiße Flüssigkeit tat mir gut, sie wärmte mich von innen und machte mich etwas frischer.

Mam nippte ebenfalls an ihrem Kaffee. »Es tut mir noch immer so leid, wie das alles gelaufen ist«, sagte sie leise und mit belegter Stimme.

»Mir auch.« Ich seufzte auf. »Ich hätte nicht gleich so hysterisch weglaufen dürfen. Wir hätten uns hinsetzen und über alles reden sollen, irgendwie hätten wir das bestimmt auf die Reihe bekommen.« Ich war so dumm gewesen, hatte mir mit tausend unwichtigen Problemen selbst das Leben schwer gemacht und die Menschen von mir gestoßen, die mir am allerwichtigsten waren. Und jetzt war es zu spät, zumindest für Nick und mich. Aber vielleicht nicht für mich und meine Mutter.

Meine Mam wickelte das Sandwich aus der Folie und hielt es mir hin. »Hier, iss eine Kleinigkeit.«

Widerwillig nahm ich es und biss ein kleines Stückchen ab, schmeckte Schinken, Salat und Mayonnaise auf meiner Zunge. Ekel stieg in mir hoch, dennoch kaute ich tapfer.

»Ich würde gern mit dir über alles reden, aber ich weiß, dass jetzt nicht der richtige Zeitpunkt ist«, hörte ich meine Mutter leise neben mir.

»Nein«, ich schüttelte den Kopf, »lass uns reden. Nick würde das auch wollen.« Ich wandte den Kopf. »Also sag mir, wie bist du auf die Idee gekommen, dir einen Callboy zu buchen?«

Die Hände meiner Mutter spielten mit dem Stück Frischhaltefolie, in das mein Sandwich eingewickelt gewesen war. »Das mit Julian war nicht exklusiv.«

Sie benutzte seinen Callboy-Namen und diese Abgrenzung machte es mir tatsächlich leichter, mit der Situation umzugehen. Julian war eine völlig andere Person gewesen. »Was meinst du damit?«

»Dass ich nicht ausschließlich Julian gebucht habe. Ihn selbst sogar nur ein einziges Mal. Ich habe die Männer immer gewechselt. Ich wollte nur ab und zu ein bisschen Sex haben, das war alles. Ohne mich irgendwem verpflichtet fühlen zu müssen.«

»Sex«, wiederholte ich perplex, irgendwie war meine Mutter mein ganzes Leben lang ein triebloses Wesen für mich gewesen. Ich hatte nie auch nur einen Gedanken daran verschwendet, dass sie als Frau auch Bedürfnisse verspüren könnte.

Sie wickelte die Folie um ihren Finger. »Ich war sechsundzwanzig, als dein Vater mich verlassen hat. Einerseits ist damals eine Welt für mich zusammengebrochen, denn ich wusste nicht, wie ich unsere Zukunft ganz allein meistern sollte. Obendrein hat er mir auch noch einen Berg Schulden hinterlassen, dazu hatte ich noch ein krankes Kind zu versorgen. Es war wirklich eine harte Zeit.«

Ich nahm ihre Hand. »Das verstehe ich.«

Sie lächelte gezwungen. »Aber andererseits war ich auch unglaublich froh, als er weg war. Endlich hatte ich meine Freiheit wieder, ich konnte tun und lassen, was ich wollte. Und diese neue Selbständigkeit wollte ich nicht mehr aufgeben. Niemals wieder. Für keinen Mann der Welt. Trotzdem sehnte ich mich manchmal einfach nach ein paar Streicheleinheiten, nach jemandem, der wenigstens so tat, als würde er mich begehren.« Mam atmete zittrig ein und ich verstand sie. Meine Mutter war genauso einsam, wie ich es vor Nick gewesen war. Hatte ich mir nicht aus denselben Gründen einen Callboy gebucht?

»Ich besuche doch schon seit Jahren einmal im Monat Lotti in Erlangen, um ab und zu mal ein bisschen abzuschalten, was anderes zu erleben und mich ein wenig zu zerstreuen. Ich möchte trotz all dem Stress ein bisschen leben. Wir gehen abends aus und amüsieren uns. Natürlich lernt man mal den ein oder anderen Mann kennen, Interesse an mir ist oft da, aber ich kann einfach nicht. Ich glaube, ich bin von deinem Vater total beziehungsgeschädigt. Einmal machte Lotti mir dann den Vorschlag, ich sollte mir nur zum Spaß einen Lover buchen. Und das habe ich dann getan. Immer nur für eine Stunde, denn mehr konnte ich mir nicht leisten. Doch es war so einfach. Und dieser geschäftsmäßige Sex gefiel mir. Wir trafen uns, hatten Spaß zusammen und gingen dann wieder unserer Wege. Es gab keinerlei Verpflichtungen. Ich konnte doch nicht ahnen, dass einer davon dein neuer Freund werden würde, sonst hätte ich doch nie ...«

Ich legte einen Finger auf ihren Mund. »Ist schon gut. Ich verstehe dich. Wirklich. Lass uns einfach nicht mehr darüber reden. Es ist passiert und wir können es sowieso nicht mehr rückgängig machen, wie alles andere auch nicht.«

Sie nahm meinen Finger von ihren Lippen. »Ich liebe dich, Aida.

Du bist der wichtigste Mensch für mich und das wirst du immer sein.«

In diesem Moment sah ich sie zum ersten Mal seit Langem richtig an. Ihre leuchtenden blauen Augen und das jung gebliebene Gesicht, lediglich ein paar Fältchen gruben sich ganz fein in ihre Haut. Sie war immer noch sehr attraktiv und ich wollte sie nicht verlieren.

»Ich liebe dich auch.« Mein Magen begann zu rebellieren und Galle floss mir die Speiseröhre hinauf. Eine Hand vor den Mund gepresst, sprang ich auf und rannte zur Toilette. Dort erbrach ich das Sandwich samt Kaffee und lehnte anschließend schnaufend an der Kabinentür. Wie sollte ich diese Riesenverantwortung allein meistern? Ich sah nichts als Finsternis in der Zukunft und hatte Angst, mein Leben würde genauso schwer und einsam verlaufen wie das meiner Mutter. Schließlich trat ich hinaus in den Waschraum und spülte mir noch rasch den Mund aus, bevor ich zurück zu meiner Mam ging. Ich setzte mich neben sie und holte einmal tief Luft.

»Ich bin schwanger von Nick«, beichtete ich gegen die weiße Wand starrend.

»Oh Schatz«, hörte ich sie neben mir, dann nahm sie meine Hände. »Wie lang schon?«

»Ganz früh, erst ein paar Wochen. Nick weiß es nicht einmal.« Ich hörte sie neben mir atmen, ansonsten war alles still. Ich ahnte, dass sie überlegen musste, wie sie reagieren sollte, es war diese Art von überforderter Stille, wenn einem partout nicht einfiel, was man Tröstendes sagen sollte.

»Willst du es behalten?«, fragte sie schließlich leise und ich fand keine Antwort.

»Ja«, sagte ich und war mir plötzlich ganz sicher. » Es ist ein Teil von Nick.«

»Ich bin für dich da. Wir schaffen das gemeinsam.« Sie legte einen Arm um meine Schultern. In diesem Moment fiel mir ein Stein vom Herzen. Auch wenn es erst zu einer Katastrophe dieses Ausmaßes hatte kommen müssen, bevor ich in der Lage gewesen war, mich mit meiner Mutter wieder zu vertragen, so war sie doch immer noch für mich da.

»Bitte entschuldige, dass ich so gemein zu dir war.« Ich schmiegte mich an sie. Ihre Nähe fühlte sich so gut an. Mam streichelte meinen Rücken. »Alles wird gut«, flüsterte sie mir ins Ohr.

Die Sonne schob ihre ersten diesigen Strahlen durch die großen Fenster zu uns auf den Flur. Die Nacht hatte sich schleichend verabschiedet, Vögel zwitscherten draußen in den Ästen der uralten Kastanienbäume. Ich hatte mir zwischendurch noch mal Kaffee geholt, der glücklicherweise im Magen geblieben war. Nun hockte ich auf meinem Stuhl und konnte kaum mehr die Augen offenhalten, während ich auf Neuigkeiten von Nick wartete. Meine Mutter saß dösend neben mir.

Gefühlte Stunden später trat endlich Doktor Schwarz durch die Sicherheitstür der Intensivstation und stockte bei meinem Anblick, bevor er zu uns herüberkam.

»Du bist wirklich noch da.« Er ließ sich neben mir nieder und sofort trommelte mein Herz in der Brust.

»Wie geht es ihm?« Ich wagte fast nicht, diese Frage zu stellen.

»Er lebt.« Doktor Schwarz lächelte mich an.

Erlöst schloss ich die Augen und atmete tief durch. »Gott sei Dank.«

»Wir haben schon damit begonnen, ihn langsam aus der Narkose zu holen, bis heute Mittag sollte er aufwachen, dann nehmen wir ihn auch vom Beatmungsgerät. Ob er wieder vollständig gesund wird, wissen wir noch nicht, aber das Schlimmste hat er überstanden.«

»Vielen Dank, Doktor Schwarz.« Ich fühlte mich so erleichtert. Biggi hatte recht behalten. Wenn es einer schaffte, Nick zu retten, dann er.

Er legte eine Hand auf meine Schulter. »Geh nach Hause und ruh dich endlich aus. Du kippst ja schon fast vom Stuhl.«

»Mache ich.« Ich stand mühsam auf und bemerkte einen Mann und eine Frau in den mittleren Jahren. Er trug einen perfekt sitzenden dunkelblauen Nadelstreifenanzug, sein graues Haar war seitlich gescheitelt. Sie steckte in einem beigen Kostüm und perlmuttfarbener glänzender Bluse, ihre Augen waren rot verquollen. Als sie uns erreichten, wandte der Mann sich an Doktor Schwarz, er wirkte fahrig und aufgelöst. »Entschuldigen Sie bitte, mein

Name ist Holger Brockmann. Unser Sohn Nick soll hier auf der Station liegen.« Er deutete auf das beleuchtete Intensivstation-Schild.

Doktor Schwarz erhob sich. »Guten Morgen. Schwarz mein Name. Ich bin der behandelnde Arzt Ihres Sohnes. Bitte folgen Sie mir.«

Erst als die drei hinter der Tür verschwunden waren, blies ich meinen Atem aus der Lunge. So sahen also Nicks Eltern aus. Sie würden nun bei ihm sein, wenn er aufwachte, und ihm hoffentlich auch verzeihen. Nick lebte, nur das allein zählte. Jetzt war es für mich an der Zeit, zu verschwinden. Ich wandte mich an meine Mutter. »Gehen wir.«

Sie legte einen Arm um mich. »Waren das seine Eltern?«

Ich nickte nur schwach. Zum Glück hatten sie mich nicht beachtet. Wie hätte ich ihnen erklären sollen, wer ich war?

»Wann willst du Nick eigentlich von dem Kind erzählen?«, fragte meine Mutter im Gehen.

»Gar nicht.« Ich fröstelte, mein Kreislauf spielte verrückt und ließ mich lauter weiße Punkte vor den Augen sehen. »Nick will nichts mehr mit mir zu tun haben und das respektiere ich.«

»Aber das ist doch jetzt eine völlig andere Situation.« Sie klang schockiert. »Du solltest unbedingt mit Nick über alles reden, sobald es ihm wieder besser geht.

Ich fühlte mich so todmüde wie schon lang nicht mehr und außerdem einer Diskussion nicht gewachsen. »Mache ich vielleicht auch«, erwiderte ich, nur damit sie endlich Ruhe gab, obwohl ich wusste, dass es nicht dazu kommen würde. Sie hatte nicht in Nicks Augen gesehen, als er mir gesagt hatte, dass ich aus seinem Leben verschwinden sollte, und sie hatte auch nicht gehört, *wie* er es zu mir gesagt hatte. Nick war es bitterernst damit gewesen, außerdem hatte ich ihm gestern ein Versprechen gegeben.

40. Kapitel

»Juhuuu!« Der laute Freudenquieker hallte durch die ganze Wohnung und ich hielt mit dem Streichen meines Marmeladenbrötchens inne. Was war denn in Pia gefahren? Seit Chad vor fünf Monaten zurück in die Staaten geflogen war, hatte sie nur noch schlechte Laune gehabt. Erschwerend war hinzugekommen, dass er die vergangenen Wochen immer mal wieder Skype-Verabredungen verpasst hatte und ansonsten auch nur sehr schwer erreichbar war. Obwohl er Pia regelmäßig Blumen schickte und sein Facebook-Status immer noch *In einer Beziehung mit Pia Felten* anzeigte. Warmhalte-Taktik nannte sie das. Unistress nannte er das. Somit stand es Aussage gegen Aussage. Dennoch tat sie mir leid. Chad hatte Pia gar nicht verdient.

»Aida«, johlte sie und tänzelte in die Küche, wo sie nach einem Freudensprung, der jede Ballerina neidisch gemacht hätte, vor mir stehen blieb. »Ich habe endlich Antwort gekriegt, habe schon gar nicht mehr daran geglaubt, weil die sich seit Monaten nicht gemuckst haben.«

Ich sah hoch. »Wer ist *die*? Das Syndikat? Hast du ein Attentat auf Chad geplant, weil er sich wie ein Arsch verhält?«

»Mhh.« Sie stützte ihr Kinn auf der Faust ab und tat, als würde sie überlegen. »Diese Möglichkeit habe ich noch gar nicht in Betracht gezogen. Klingt nach einer sauberen, schnellen Sache.«

»Als ob du Chad ein Haar krümmen könntest.« Ich lachte. »So fies kann der gar nicht werden. Aber was ist dann los?«

»Ich habe Antwort von der Uni bekommen, wegen dem Austauschsemester in Atlanta. Und jetzt rate mal.« Ihre Lippen verzogen sich zu einem breiten Grinsen, dazu gesellte sich ein Strahlen in den Augen, als hätte ihr jemand eine Glühbirne in den Schädel gedreht.

»Du wurdest angenommen.« Ich leckte unfein mein mit Marmelade besudeltes Messer ab.

»Ja.« Sie drehte sich im Kreis. »Ich fliege in ein paar Wochen für zwei Semester nach Atlanta.«

»Oh Pia, ich gratuliere dir.« Ich stand auf und umarmte sie. Sie streichelte über meinen Babybauch, der schon eine stattliche Größe angenommen hatte.

»Danke. Aber dann werde ich gar nicht zur Geburt hier sein.«

»Ich schicke dir ein Video davon«, kicherte ich.

Sie machte ein schockiertes Gesicht und schüttelte sich. »Untersteh dich bloß.«

»Wann sagst du es Chad? Heute Abend? Köpft ihr zusammen eine Flasche Sekt über Skype?«

»Nein.« Pia schüttelte den Kopf. »Ich erzähle ihm noch nichts. Es soll eine Überraschung werden. Ich werde rüberfliegen und einfach vor seiner Wohnungstür aufkreuzen.«

»Er wird in Ohnmacht fallen«, gab ich zu bedenken.

»Ich werde mir von dir Mund-zu-Mund-Beatmung und Herzdruckmassage beibringen lassen und ihn wieder auf die Beine bringen.«

Wir kicherten bei der Vorstellung von Chads verblüffter Miene, wenn er die Tür öffnete. Zu gern wäre ich dabei.

»Du musst mir dann haarklein berichten, wie er reagiert hat.«

»Mach ich.« Sie warf einen Blick auf die Küchenuhr. »So spät schon. Ich muss los.«

Huch. Kurz vor neun. Ich sprang vom Stuhl auf. »Meine Vorlesung beginnt auch gleich.«

Ich schlüpfte in meinen beigen Wollmantel, den ich am Bauch beinah nicht mehr zubekam und schnappte meine Bookbag. Langsam wurde die Schwangerschaft mühsam. Mein Bauch wuchs immer weiter, dazu hatte ich in letzter Zeit öfters mit Rückenschmerzen zu kämpfen. Mit langsamen Schritten stieg ich die Treppen nach unten.

Von Nick hatte ich seit dem Tag seines Unfalls nichts mehr gehört. Biggi hatte mir ein paar Wochen später berichtet, dass er in eine Reha verlegt worden war und höchstwahrscheinlich wieder ganz gesund werden würde und das freute mich für ihn. Bestimmt lebte er schon längst in Hamburg und hatte sein Leben fest im Griff. Unwillkürlich strich ich mit einer Hand über meinen Bauch. Einen Teil von ihm trug ich in mir und das tröstete mich.

Ich trat durch die massive Haustür hinaus ins Freie und schlenderte den Gehsteig entlang, die eisige Luft ließ mich frösteln. Immer wieder rieb ich meine Hände aneinander und lief schneller. Nichts wie raus aus der Kälte.

»*Komm doch ... liebe Kleine ... sei die meine ... sag nicht nein*«, hörte ich plötzlich eine leise, dunkle Stimme hinter mir flüstern und hielt unwillkürlich den Atem an. »*Sollst bis morgen früh um neune meine kleine Liebste sein ...*«

Ich wirbelte herum und sah Nick vor mir. Konnte es gar nicht glauben, er stand tatsächlich vor mir. So attraktiv und sexy wie immer. Nichts an ihm hatte sich verändert. Seine hellbraunen Haare hingen ihm in die Stirn und die grauen Augen glänzten wie Schnee im Mondlicht. Der Anflug eines Lächelns zeigte sich in seinem Gesicht, während er mich richtiggehend mit seinem Blick verschlang. Er wirkte nervös, während ich einfach nur fassungslos dastand. Ein Kribbeln wuselte durch meinen Bauch, das immer stärker wurde und sich ausbreitete. Ich liebte die seltene Farbe seiner Augen und auch seine Haare und erst dieses unwiderstehliche Lächeln, obendrein seinen starken muskulösen Körper, der noch dieselbe Wirkung auf mich hatte wie früher. Himmel, ich liebte einfach alles an ihm. Aber dann kamen mir seine zornigen Worte kurz vor seinem Unfall in den Sinn und das Bild stieg in mir auf, wie er seinen Arm um dieses hübsche Mädchen gelegt und sie eng an sich gezogen hatte. Was wollte er noch von mir? Warum stand er hier? Unwillkürlich strich ich über meinen Bauch.

»Wieso bist du noch in Nürnberg?« Meine Stimme zitterte, ich befand mich in einem totalen Schockzustand.

»Ich musste wegen des Unfalls den Umzug verschieben.« Sein Lächeln geriet schief, beinah schon schuldbewusst.

»Schön, dass es dir wieder besser geht«, erwiderte ich gepresst. Das freute mich in der Tat. Es war ein gutes Gefühl, dass er gesund vor mir stand. Dennoch war ich wütend auf ihn. Damals im Krankenhaus hatte meine Verzweiflung die Oberhand gewonnen, unser Streit war zu etwas Kleinem, Unwichtigem geschrumpft gewesen. Ich hatte nur noch um sein Überleben gebetet. Aber jetzt stand er vor mir: so unglaublich gut aussehend und vor Kraft strotzend und hatte immer noch dieselbe unwiderstehliche Wirkung auf mich. Dennoch hatte er mich verletzt, mir so wehgetan wie kein Mann jemals zuvor.

»Mir geht es ganz okay«, sagte er knapp und rieb sich den Nacken.

»Geht deine Freundin mit nach Hamburg?«, rutschte es mir unbedacht heraus und am liebsten hätte ich mir selbst eine Kopfnuss verpasst.

Er wich mit dem Kopf zurück. »Freundin?«

»Die Frau in dem Club, die du im Arm hattest.« Ich senkte die Lider. Es war mir unmöglich, ihm weiter in die Augen zu sehen. Falls er mir jetzt von einer neuen großen Liebe erzählte, war es vorbei mit meiner mühsam errungenen Fassung. Ein leichtes Beben erfasste meinen Bauch, das sich ausdehnte und meinen Herzschlag antrieb.

»Sie ist nur eine Bekannte, wir haben nie miteinander geschlafen«, hörte ich ihn leise sagen und hob die Lider. »Ich wollte dich auf Abstand halten«, fügte er noch an und rammte mir damit einen Pflock ins Herz.

»Du musst dich für unwiderstehlich halten.« Ich war froh, dass meine Stimme nicht halb so schlimm zitterte, wie ich mich fühlte. Die vergangenen Monate hatte ich einigermaßen gut überstanden. Das kleine Leben in mir brauchte mich und meine Liebe zu dem winzigen Wesen wuchs mit jedem Tag. Außerdem war es meine unsichtbare Verbindung zu Nick, dem liebevollen Nick, dem ich etwas bedeutet hatte. Nur an diesen wollte ich mich noch erinnern. Ansonsten kam ich auch ohne ihn zurecht, was die vielen verstrichenen Wochen mir eindrucksvoll bewiesen hatten. Meine wundervollen Freunde und meine Familie standen mir bei. Warum nur war er hergekommen? Um noch einmal mein Herz zu zerfetzen, bevor er es mir endgültig aus der Brust riss? Um sein Gewissen zu erleichtern?

Mit dem Fingerknöchel wischte er eine Träne von meiner Wange. Ich hatte gar nicht gemerkt, dass ich weinte. Verdammt.

»Es tut mir leid«, flüsterte er, aber das war nicht genug für mich. Ich schüttelte den Kopf, woraufhin sein gequälter Blick gen Himmel streifte, bevor er mich wieder eindringlich musterte.

»Ich war einfach überfordert mit der Situation«, fing er leise an. »Über mir ist mit Lichtgeschwindigkeit alles zusammengebrochen. Ich war im totalen Panikmodus. Noch am selben Abend hat mein Vater in Tokio von dem ganzen Mist erfahren und mir die Ohren vollgebrüllt, dass dieser Vorfall das endgültige Aus seiner Karriere nach sich ziehen könnte. Dass er einen weiteren Skandal nicht mehr verkraften würde und ich an allem schuld sei. Zuerst war ich sauer auf dich.« Er verkniff entschuldigend die Lippen. »Aber ziemlich schnell wurde mir klar, dass ich die Verantwortung für das, was geschehen war, selbst zu tragen hatte. Immerhin hatte ich mich aus freien Stücken dafür entschieden, Callboy zu werden, verbunden mit dem Risiko, irgendwann aufzufliegen.«

»Tut mir leid, dass dein Vater so heftig reagiert hat.« Ich atmete tief durch und fühlte mich wieder, als wäre das alles erst gestern passiert.

»Ich habe dich trotzdem nicht aus dem Kopf bekommen«, machte er leise weiter und schluckte. »Egal, wie sehr ich mich auch bemühte, du warst dauernd in meinen Gedanken präsent. Als du nach Wochen plötzlich in diesem Club aufgetaucht bist, wusste ich mir nicht anders zu helfen, als vor deinen Augen mit einer anderen herumzumachen, obwohl mir klar war, dass ich mich wie der größte Mistkerl verhielt. Ich brauchte Abstand.«

»Abstand bis nach Hamburg«, konnte ich mir nicht verkneifen und klang verbittert.

Sein Blick hielt den meinen gefangen. »Sonst wäre ich nicht über dich hinweggekommen.«

»Aber ich war doch der größte Fehler deines Lebens.« Das auszusprechen, schmerzte noch genauso, wie diese Worte an jenem Tag aus seinem Mund zu hören. Mein Herz zog sich zusammen.

»Du bist die größte Liebe meines Lebens.«

Ein breites Lächeln wuchs auf meinen Lippen, während eine geballte Ladung Endorphine durch meine Venen raste und die drückende Anspannung in meinen Gliedern löste. Mit einem Mal flog ein Bataillon Schmetterlinge in meinem Magen Sturm und alle Gefühle für Nick, die ich mir so lang verboten hatte, stoben in die Freiheit.

Nick zog mich am Mantelkragen an sich heran. Meine runde Babykugel stieß sacht gegen seinen flachen Bauch und verhinderte, dass wir uns ganz nah kamen. Er sah zwischen uns. »Und du wolltest mir davon wirklich nichts sagen?«, fragte er und klang enttäuscht.

»Doch, ich wollte es dir sagen, damals auf dem Parkplatz. Erinnerst du dich? Aber du wolltest nichts hören. Du wolltest, dass ich aus deinem Leben verschwinde, und das habe ich dann getan.«

Er ächzte bitter auf. »Ich war so ein Idiot.«

»Nein.« Ich nahm sein Gesicht in beide Hände, spürte winzige Barstoppeln an meinen Handflächen. »Wenn, dann waren wir beide Idioten.«

Seine Hände gruben sich in meine Seiten und hielten mich, als hätte er Angst, ich könnte mich losreißen. »Ich musste ununterbrochen an dich denken.« Er lehnte seine Stirn an meine, sein warmer Atem vermischte sich mit meinem. »Biggi hat mir vor ein paar Wochen erzählt, dass du nach der OP die ganze Nacht im Krankenhaus geblieben bist.«

»Ich musste wissen, ob es dir gut geht. Ob du es schaffst. Es stand so schlecht um dich und ich hatte solche Angst, dass du sterben könntest.«

»Das alles wäre nicht passiert, wenn ich mich nicht wie ein riesengroßes Arschloch aufgeführt hätte, wenn ich dir zugehört hätte. Dann hättest du mir von dem Kind erzählen können, wenn ich gewusst hätte, dass du ...« Er brach ab, seine rechte Hand wanderte zu meinem Bauch, er strich sacht über die kleine Kugel und dieses Gefühl ging mir durch und durch. Ich hatte seine zärtlichen Hände auf mir so vermisst. Ich hatte Nick so sehr vermisst!

»Es ist passiert.« Glückselig beobachtete ich, wie er mich streichelte. »Wir hatten beide unseren Anteil an diesem Chaos. Lass uns nicht mehr davon anfangen.« Auf einmal wollte ich nicht mehr in alten Wunden graben. Wir beide hatten etwas Neues erschaffen, ein kleines Wunder wuchs in mir heran, das mir plötzlich wie ein Glücksbote für die Zukunft erschien. Egal, was geschehen war, wir konnten das Schicksal immer noch drehen.

»Schon so lang wollte ich dich anrufen.« Seine Stimme klang warm und voller Gefühl. »Aber nach allem, was passiert ist, war ich mir sicher, dass du mir keine zweite Chance mehr geben würdest. Ich hatte mich dir gegenüber wie das größte Arschloch des Jahrhunderts verhalten.«

Ich schloss einen Moment die Augen. Er entschuldigte sich tatsächlich bei mir! Als er tief Luft holte und ansetzte, noch etwas zu sagen, hielt ich ihm einen Finger vor den Mund und brachte ihn so zum Schweigen. »Wie geht es dir jetzt?«, wechselte ich das Thema, ich wollte nicht mehr an die Vergangenheit erinnert werden, die sich sowieso nicht mehr ändern ließ. Ich musterte ihn, der gequälte Ausdruck in seinem Gesicht verschwand ein wenig.

»Mir geht's so weit ganz gut. Nach meinem Klinikaufenthalt, der sich leider noch längere Zeit hingezogen hat, war ich noch sechs Wochen in einer Reha. Seitdem bin ich wieder einigermaßen fit. Ich habe dich so vermisst, Aida.«

»Ich dich auch.« Ich schloss die Augen, genoss die Wärme, die mich innerlich flutete und zum Schweben brachte. Nick war bei mir, er war zu mir zurückgekommen und ich würde ihn nicht mehr gehen lassen. Seine Lippen legten sich auf meine, zuerst sanft, dann drängender und leidenschaftlicher. Ich schmolz in seinen Armen, fuhr mit den Händen durch seine Haare und empfing seine Zunge mit meiner. Sie umkreisten sich, seine Hände glitten über meinen Rücken und pressten mich an ihn, bis mir ein wohliges Stöhnen entwich. So lang hatte ich mich nach diesem Moment gesehnt, obwohl ich nicht mehr daran geglaubt hatte.

Er knabberte an meiner Unterlippe, bevor er mir zuflüsterte: »Lass uns zu dir hochgehen. Wir haben noch so viel zu bereden.«

»Okay«, keuchte ich und löste mich von ihm. Langsam wurde ich klarer. Wir standen mitten auf dem Gehweg, Autos fuhren die Straße entlang, Leute drängten sich an uns vorbei.

»Woher weißt du eigentlich von der Schwangerschaft?«, fiel mir plötzlich ein. Er hatte vorhin nicht sonderlich erstaunt über mein voluminöses Erscheinungsbild gewirkt.

Nick pustete durch die Lippen. »Ich traue mich gar nicht, dir das zu beichten.«

»Jetzt bin ich neugierig.«

»Das habe ich befürchtet. Also gut.« Er griff mir in den Nacken und zog mich an seine Brust. Ich spürte seinen Herzschlag an meiner Wange und verliebte mich in diesen dumpfen Ton in seiner Brust, war einfach nur glücklich, dass es schlug. Dieses Herz hatte mir die schlimmsten Stunden meines Lebens bereitet. »Deine Mutter kam mich gestern besuchen und hat mir davon erzählt. Bitte, sei ihr nicht böse«, fügte er noch schnell hinzu und hielt mich fest an sich gepresst.

Ein paar Sekunden vergingen, in denen ich mich nicht rührte und er zärtlich meinen Rücken streichelte. Sein Körper war angespannt. »Dann habe ich es also ihr zu verdanken, dass du jetzt hier bei mir bist«, sagte ich und wich lächelnd mit dem Kopf zurück. »Meine Mutter ist eine kluge Frau.«

Seine Mundwinkel hoben sich. »Das ist sie. Dafür schätze ich sie. Und dich liebe ich.« Immer wieder fanden seine Hände zu meinem Bauch, den er liebevoll streichelte. Er konnte gar nicht genug von der Kugel bekommen, wie es schien. »Wo wir gerade dabei sind: Ich muss dir noch etwas sagen.« Er klang so ernst, dass ein Zittern durch mich hindurchwanderte.

»Und was?«, hauchte ich.

»Ich habe da jetzt eine ziemlich hässliche Narbe, die nicht schön anzuschauen ist.« Er zuckte entschuldigend mit den Schultern.

Ich nahm sein Gesicht in beide Hände und schmunzelte kopfschüttelnd. Plötzlich erinnerte ich mich an unser Wortgefecht nach dem Klettern im Wald. »Ich will dich«, sagte ich, seine Worte von damals benutzend. »Ist mir doch scheißegal, ob du ein paar Narben hast oder nicht.«

Epilog

Nick schloss die Wohnungstür auf und küsste mich auf die Lippen, bevor er mich zuerst hindurchtreten ließ. »Willkommen daheim.«

Er folgte mit der Babyschale in der Hand. Vorhin hatte er mich und unsere neugeborene Tochter aus dem Krankenhaus abgeholt. Als sich Pia vor ein paar Wochen zum Studieren in die USA aufgemacht hatte, war ich zu Nick gezogen. Er war tatsächlich bei einer Modelagentur untergekommen und hatte schon ein paar gute Jobs gehabt, sodass wir uns trotz des Studiums die tolle Wohnung weiterhin leisten konnten. Darüber hinaus hatte er es geschafft, seine Versetzung nach Hamburg rückgängig zu machen, weshalb wir beide nun gemeinsam in Erlangen zu Ende studieren konnten. Meine Mutter wollte uns das erste halbe Jahr bei der Betreuung des Babys helfen, für die Zeit danach hatte ich einen der begehrten Krippenplätze an der Uni ergattert.

Ich bog ins Wohnzimmer ab, um mich ein bisschen auszuruhen. Der Mutterjob schlauchte ganz schön und das, obwohl ich in der Klinik fachmännische Unterstützung gehabt hatte. Wie würde die nächste Zeit wohl verlaufen?

»Überraschung«, rief es plötzlich vielstimmig, Konfetti und Luftschlangen flogen mir entgegen.

Ich blieb im ersten Moment erschrocken stehen, aber dann sah ich mich lächelnd um und mein Herz hüpfte vor Freude. Alle unsere Freunde waren da. Erdie stand grinsend neben einer hibbelig hüpfenden Rhashmi. Ben hatte sich zu ihnen gesellt und winkte kurz. Zwischen ihm und Nick lief es mittlerweile etwas besser, dennoch hatten sie sich nicht viel zu sagen. Aber sie tolerierten sich zumindest. Auch meine Mam war gekommen und hatte sogar meinen Opa im Rollstuhl mitgebracht, darüber freute ich mich ganz besonders. Er hatte zur Geburt sein Sparschwein geplündert und die Kinderzimmerausstattung spendiert. Daniel parkte neben ihm und freute sich wie verrückt über die Anwesenheit eines anderen Rollifahrers. Die beiden grinsten sich an und schienen prima miteinander klarzukommen. Auf der anderen Seite standen Lars und Luca mit Joshua, mit dem ich im Gegenzug einigermaßen

Frieden geschlossen hatte. Zu unser aller grenzenloser Erstaunen waren die beiden immer noch kein Paar. Was genau zwischen Luca und Josh lief, wusste niemand von uns so recht. Ben hatte die Trennung nicht rückgängig gemacht, wie ich insgeheim vermutet hatte. Er ignorierte die beiden, sodass wir uns wenigstens alle gemeinsam für kurze Zeit im selben Raum aufhalten konnten. Selbst Doktor Lehmann war erschienen, der ich den halben Rausschmiss immer noch ein wenig nachtrug. Leider fehlten Nicks Eltern heute und das tat mir leid für ihn. Aber wenigstens hatten sie sich mit Nick ausgesöhnt. Sein Unfall war wohl ein heilsamer Schock für beide gewesen, uns stand nun deutlich vor Augen, wie schnell alles vorbei sein konnte. Die Nachricht von meiner Schwangerschaft hatte sie außerdem wirklich gefreut, wie Nick mir berichtet hatte. Sie telefonierten wieder regelmäßig miteinander. In drei Monaten wollten wir sie sogar in Tokio besuchen.

»Hey.« Ich winkte in die Runde. »Ich freue mich total, dass ihr alle da seid.« Im Krankenhaus hatten wir keinen Besuch gewollt, einzig meine Mam hatte kommen dürfen. Wir hatten die ersten Tage mit unserer Tochter allein verbringen wollen, damit wir sie erst mal richtig kennenlernen konnten und unsere wundervollen Freunde hatten unseren Wunsch akzeptiert.

Nick stellte die Babyschale auf den Esstisch und löste die Gurte. Alle scharten sich neugierig um ihn.

»Oh, ist die süß, sie schläft«, sagte Rhashmi und wandte sich dann mit glänzenden Augen an Erdie. »Ich will auch so eins.«

Der Ärmste verlor sich in einem kurzen Hustenkrampf, während Nick dem Baby das weiße Mützchen vom Kopf zog. Ein feiner hellbrauner Haarflaum schimmerte auf der rosigen Haut. Vorsichtig nahm er die Kleine heraus und hielt sie im Arm. »Das ist Emmy.« Stolz schwang in seiner Stimme mit, als er sie präsentierte. Er küsste sie auf das Köpfchen. In seinen muskulösen Armen sah sie so winzig aus. Mein Herz quoll beinah über vor lauter Liebe.

»Haste gut hingekriegt.« Lars klopfte ihm auf die Schulter. Emmy ließ sich von dem Trubel nicht stören, sie hatte die Augen geschlossen und kuschelte ihr Gesicht an Nicks dunkelblaues Shirt.

»Warum hast du denn so ein kleines genommen?«, fragte Daniel und klang ganz enttäuscht. »Mit dem kann man ja gar nicht spielen.«

Verhaltenes Lachen erklang.

»Das kommt noch.« Nick konnte seinen bewundernden Blick nicht von Emmy lösen. »Jeder fängt mal klein an. Aida, ich muss dir gestehen, ich verliebe mich gerade in eine andere.«

»Okay.« Ich kicherte. »Daran erinnere ich dich heute Nacht um zwei, wenn sie die Windeln voll hat.«

»Ich bin nicht für die Nachtschicht zuständig«, wehrte er ab.

»Das werden wir noch sehen«, gurrte ich. Seine Kumpels lachten schadenfroh.

Lars klopfte Nick auf die Schulter. »Tja, Alter. Wer zu früh kommt, den bestraft das Leben. Ich denk an dich, wenn ich heute Abend auf die Piste gehe.«

Die Jungs lachten spöttisch.

Emmy streckte sich und maunzte wie ein Kätzchen.

»Ich gratuliere euch beiden«, sagte Doktor Lehmann und lächelte uns zu. »Dann ist ja aus dem ganzen Schlamassel am Ende wenigstens noch etwas Gutes entstanden.«

»Wenn du erst wüsstest, wo sie entstanden ist«, erwiderte Nick grinsend und bekam dafür meinen Ellenbogen zu spüren.

»Sie ist so hübsch.« Luca streichelte Emmy mit einem Finger über das Köpfchen. »Irgendwann will ich auch mal so eins.« Merkwürdigerweise blinzelte sie dabei in Bens Richtung, der ihren Blick für den Bruchteil einer Sekunde erwiderte, bevor er sich abwandte. Ob sie die Trennung von ihm bereits bereute? Hoffentlich. Josh und Ben blieben auffallend still, aber das war bestimmt auch ganz gut so, obwohl Ben mir immer noch leidtat und Josh in meinen Augen noch derselbe Arsch war.

»Jetzt bin ich Uropa«, verkündete Opa mit Stolz in der Stimme und ließ sich die Kleine zeigen. »Dass ich das noch erleben darf.«

»Sie wird sogar noch auf deinen Knien schaukeln, wirst schon sehen.« Ich gab ihm einen Kuss auf die Wange.

Mein Blick fiel auf die Geschenkeberge, die überall vor dem Sofa verteilt waren, und ich nickte mit dem Kopf hinüber. »Wie es aussieht, braucht Emmy bis zur Uni nichts mehr.«

»Ihr müsst sie aufmachen.« Rhashmi klang ganz aufgeregt und lotste mich an einer Hand durchs Zimmer. Ich wusste, dass sie solche Events liebte, sie hatte sich das von irgendwelchen US-Serien abgeschaut und ich tat ihr den Gefallen. Schnell schnappte ich noch Nick bei der Hand und zog ihn mit. Der sollte nicht so leicht davonkommen. Ich betrachtete meine wunderschöne Tochter auf seinem Arm und mein Herz quoll über vor Liebe. Ein Leben ohne sie konnte ich mir nicht mehr vorstellen. Insgeheim fragte ich mich, wovor ich eigentlich solche Angst gehabt hatte. Alles war gut geworden. Ich hatte Nick bekommen und zusätzlich das schönste Baby der ganzen Welt.

YOUR SONG
AVA & IAN
von Lou River

ISBN-Paperback: 978-3-903130-52-4
ISBN-EPUB: 978-3-903130-53-1

Ava fühlt sich überrumpelt, als die Aktionäre verlangen, ihre mit Herzblut aufgebaute Firma einem anderen anzuvertrauen. Um den Kopf frei zu bekommen, zieht sie mit ihrer besten Freundin los und landet bei der Open Mic Night in einer abgelegenen Bar – und zwei Tage später mit dem anziehenden Barkeeper und Musiker Ian im Bett.

Auf der Suche nach einem geeigneten Geschäftsführer stößt Ava an ihre Grenzen. Immer öfter führt ihr Weg zu Ian, der ein besonderes Gespür für ihre Bedürfnisse zu haben scheint. Bald schon muss Ava erkennen, dass hinter ihrem geheimnisvollen Toy Boy mehr steckt, als nur ein sexy Körper und ein attraktives Gesicht. Doch Ian hat ein Geheimnis, das ein Für-immer zwischen ihnen unmöglich erscheinen lässt ...

125 TAGE LEBEN
von Tina Köpke

ISBN-Paperback: 978-3-903130-44-9
ISBN-EPUB: 978-3-903130-45-6

Wie schafft man es, das erste Jahr auf dem College zu überleben? Man legt sich die richtigen Geheimnisse zu ...

125 Tage hat Harper Zeit, um ihren Eltern zu beweisen, dass sie sich in einer fremden Stadt ein neues Leben aufbauen kann. 125 Tage, in denen sie sich von Problemen jeder Art fernhalten muss, bis Gras über ein paar sehr persönliche Angelegenheiten gewachsen ist. Doch ihr Vorsatz droht bereits am ersten Tag zu scheitern, als sie vor dem Wohnheim des Little Springs Colleges Liam begegnet. Er sieht mörderisch gut aus, ist ziemlich scharfsinnig, setzt sich für den Tierschutz ein und ist alles, was Harper im Moment nicht gebrauchen kann. Liam scheint das anders zu sehen, denn ihre Wege kreuzen sich auf mysteriöse Weise immer wieder, und bald muss sich Harper eingestehen, ihr altes Leben vor dem neuen nicht ewig verstecken zu können ...

BURNING DESIRE:
FÜR DICH ENTFLAMMT
von Kristy Deluca

ISBN-Paperback: 978-3-903130-46-3
ISBN-EPUB: 978-3-903130-47-0

Marketingexperte Nate Westbrook hat einen wichtigen Großauftrag an seinen Konkurrenten Parker Rowe verloren und nur eine Chance, ihn zurückzubekommen. Er muss sich auf die unverfrorene Wette von Parker einlassen und die als unnahbar geltende, bis zum Hals zugeknöpfte Amelia Heart verführen, die sich nach ihrem Harvard-Abschluss ganz auf ihre Karriere konzentriert. Da Nate auf den Auftrag nicht verzichten kann, lässt er sich auf das Spiel mit dem Feuer ein – und das lodert schon bald heißer, als er es für möglich gehalten hätte, denn sobald Amelia die Hüllen fallen lässt, ist nichts mehr von ihrer Scheu übrig ...